AF553297

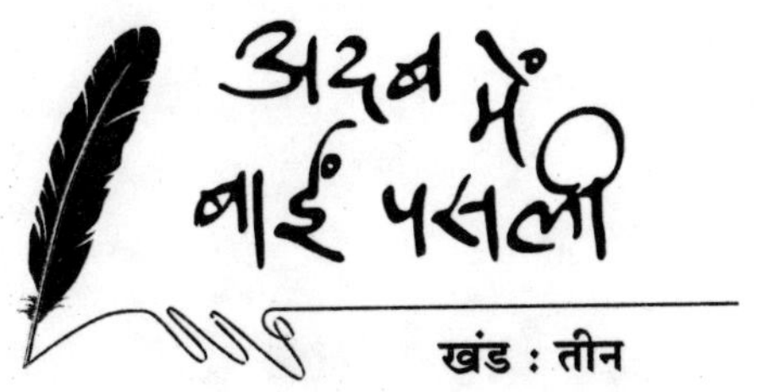

एफ़्रो-एशियाई लघु उपन्यास

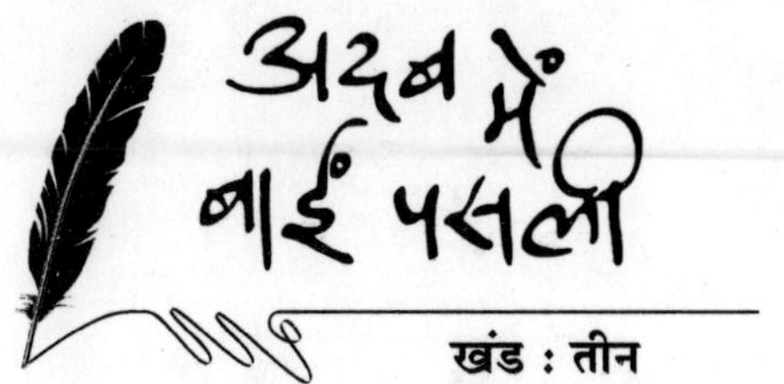

एफ़्रो-एशियाई लघु उपन्यास

संपादन व अनुवाद

नासिरा शर्मा

लोकभारती प्रकाशन
पहली मंजिल, दरबारी बिल्डिंग, महात्मा गांधी मार्ग
इलाहाबाद-211 001
वेबसाइट : www.lokbhartiprakashan.com
ई-मेल : info@lokbhartiprakashan.com
शाखाएँ : 1-बी, नेताजी सुभाष मार्ग, दरियागंज
नई दिल्ली-110 002
अशोक राजपथ, साइंस कॉलेज के सामने
पटना-800 006
36 ए, शेक्सपियर सरणी, कोलकाता-700 017

पहला संस्करण : 2017

आवरण-चित्र : नास्सेर ओवेस्सी

बी.के. ऑफसेट
नवीन शाहदरा
दिल्ली-110 032 द्वारा मुद्रित

Adab Mein Baaeen Pasli-3
AFRO-ASIAYI LAGHU UPANYAS
Edited and Translated by Nasera Sharma

ISBN : 978-93-86863-08-9

मूल्य : ₹795

प्रोफ़ेसर ज़ामिन अली
और
उन सभी निष्ठावान लोगों के नाम
जिन्होंने
अपना सारा जीवन अपने विषय को अर्पित किया

अनुक्रम

अपनी बात

उपन्यासों में क़ैद ज़िंदगी के तीन चेहरे

आपके हाथो में मेरे अनुवाद किए तीन उपन्यास हैं। तीन भाषाएँ, तीन देश, तीन लेखक आमने सामने हैं अपने परिवेश, संवेदना और वैचारिक प्रतिबद्धता के साथ। उनमें कुछ भी एक सा नहीं है मगर बहुत कुछ एक सा है, जो अंतरधारा की तरह शब्दों, वाक्यों और अभिव्यक्तियों के बीच बहता रहता है।

साहित्य की दुनिया में उत्कृष्ट रचनाओं की कमी नहीं है। उसमें से अनुवाद के लिए कुछ भी उठाना जितना सरल है, उतना ही कठिन भी! ख़ासकर तब जब मेरी योजना किसी एक देश तक सीमित न होकर कई देशों के बीच फैली हो जो मेरे लेखन, अध्ययन और विचार मंथन से पिछले चार दशक से भी ज़्यादा के समय से जुड़ी हो। मुझे महत्त्वपूर्ण लघु उपन्यास का चयन करना था ताकि कम से कम तीन उपन्यास एक साथ अपना संवाद पाठकों से स्थापित कर सकें।

उपन्यास *आधी रात का मुक़दमा* का अनुवाद मैंने अंग्रेज़ी से किया। कहानी कहने का अंदाज़ जटिल था। कुछ शब्द मैंने जानबूझकर उस परिवेश के रहने दिए ताकि वहाँ की हल्की महक पाठ में बसी रहे। मुझे जो परेशानी हुई वह थी लेखक के बारे में मालूमात की जो न विस्तार से मेरे पास थी, न पुस्तक में दी गई थी न इंटरनेट पर मौजूद थी। इजिप्ट दूतावास के प्रेस अटैची ने यह कहकर बात ख़त्म करनी चाही कि जब लेखक जीवित नहीं है तो फिर उसके बारे में जानने का क्या मतलब है? उनको बताना पड़ा कि जब तक लेखक के लिखित शब्द ज़िंदा रहेंगे तब तक लेखक की मृत्यु का कोई प्रभाव नहीं पड़ेगा। इसलिए यदि आप उनकी फ़ैमिली का कोई संपर्क सूत्र दे सकें तो मेरा काम पूरा हो जाएगा। इसके बाद लंबी ख़ामोशी और मायूसी! चूँकि अरब देशों पर काम करने का अनुभव रहा है इसलिए आस नहीं टूटी और अंत में, उन्हें यह लिखकर भेजा कि आपके शिक्षा मंत्रालय के कल्चरल विभाग ने महत्त्वपूर्ण अरब रचनाओं की शृंखला फ़लाँ वर्ष छापी थी यदि आप उस विभाग से मालूमात करा सकें या कोई संपर्क सूत्र मुझे दे दें। जवाब आया कि फ़िलहाल उस विभाग का कामकाज ठप है, जंग के कारण मंत्रालय भी बंद है। इसके बाद मैंने ज़हन पर ज़ोर दिया कि आख़िर यह लघु उपन्यास मुझे इराक़ में

किस के द्वारा मिला था, लेखक, प्रशंसक या फिर उसके सांस्कृतिक विभाग द्वारा? नाउम्मीद होकर मैंने बिना लेखक के बारे में अधिक जाने हुए उपन्यास अपनी पुस्तक श्रृंखला 'अदब में बाईं पसली' में रखने का इरादा बना लिया। तभी, महीनों बाद असिस्टेंट प्रेस काउंसलर शाहनवाज़ साहब का फ़ोन आया कि मुहम्मद गलाला के बारे में मालूमात हमें मिल गई है, मैं अरबी से अंग्रेज़ी में करके आपको मेल कर रहा हूँ। छह माह में उनके लिए छोटा और मेरे लिए बहुत बड़ा काम अंजाम पा गया। जिसके लिए मुझे शाहनवाज़ साहब और उनके इजिप्शियन कल्चरल अटैची को धन्यवाद देना ज़रूरी हो गया है।

उर्दू में उपन्यास का चयन करना मुश्किल था। अपनी पसंद के सारे महत्त्वपूर्ण उपन्यास हिंदी में आ चुके थे। पाठकों के लिए कुछ भी नया नहीं था। नए लेखकों के उपन्यास थे मगर उनके पन्नों की संख्या इतनी अधिक थी कि वह मेरी पुस्तक श्रृंखला 'अदब में बाईं पसली' के पाँचवें खंड में शामिल नहीं हो सकते थे। मेरी पसंद के दो लेखक थे जिन्हें मैंने पढ़ रखा था मगर उनकी कहानियाँ मैं खंड छह में ले चुकी थी। एक नाम दो बार रखना नहीं चाह रही थी। तब मेरी नज़र से 'निसाई आवाज़' (ज़नानी आवाज़) गुज़री तो मैं असमंजस में पड़ गई। मेरी इस योजना में यह तय था कि देश तो बार बार दोहराए जाएँगे मगर लेखक नहीं। इसलिए ख़ुद से एक लंबे संवाद के बाद आग़ा बाबर की कहानी *गुलाबदीन चिट्ठीरसाँ* को खंड पाँच से हटाकर उनका उपन्यास ले लिया। इसके लिए मैं ख़ासतौर से मर्ग़ूब अली जी का शुक्रिया अदा करूँगी, जो बेहद ख़स्ता हालत में अपनी व्यक्तिगत लाइब्रेरी से इसकी प्रति मुझे दे सके। यह उपन्यास वास्तव में मेरा अनुवाद नहीं है बल्कि मैंने उर्दू लिपि को हिंदी में लिपिबद्ध किया है। कहीं पर कुछ शब्दों को ज़रूर आसान बनाया है।

मेरा अनुवाद किया उपन्यास *बुफ़-ए-कूर* (अंधा उल्लू) है, जो सादिक़ हिदायत की महत्त्वपूर्ण रचना है। सादिक़ हिदायत की कहानी *आवारा कुत्ता* मैंने खंड दो में रखी थी। इसलिए उनकी तरफ़ ध्यान ही नहीं गया जबकि बुज़ुर्ग अलवी, सीमीन बहबहानी, सादिक़ हिदायत, सभी महत्त्वपूर्ण लेखकों के उपन्यास मेरे पास मौजूद थे, तो भी मैं उनसे कुछ अलग सा कुछ ढूँढ़ रही थी। जब अपने ईरानी लेखक मित्रों से सलाह मशविरा किया तो बात *बुफ़-ए-कूर* पर आकर रुकी। दिल्ली स्थित ईरान कल्चरल सेंटर में यह पुस्तक मौजूद न थी। किसी के पास थी तो वह गले काग़ज़ों के रूप में थी। मुझे पता भी न था कि इस उपन्यास का विषय क्या है क्योंकि उसका छपना उन दिनों ईरान में बंद था। इसलिए मेरे साथ वह किताब ईरान से आई भी नहीं थी।

लेखिका ख़दीजा आज़ीर ने सही नुस्ख़ा *बुफ़-ए-कूर* का जर्मनी से मुझे भेजा (जब कि यह उपन्यास इंटरनेट पर मौजूद था मगर पूरा नहीं था) ख़दीजा का इसरार इस बात के लिए था कि मैं मुम्बई जाऊँ। सादिक़ जहाँ ठहरे थे जिन लोगों से मिले

थे उन सारी मालूमात को जमा करूँ। उधर कवि मोहसिन मीहन दूस्त का कहना था कि मैं इस उपन्यास का अनुवाद करके अदब की बहुत बड़ी ख़िदमत अंजाम दूँगी। *बुफ़-ए-कूर* (अंधा उल्लू) को लेकर ईरानी इतने भावुक भी हो सकते थे, यह मेरे लिए सोचने का विषय था। इस पुस्तक को लेकर मैं ख़ासे तनाव में आ गई कि अब एक नाम को दोबारा इस शृंखला में दोहराना पड़ेगा क्योंकि दूसरा खंड फाइनल हो चुका था। तनाव से मुक्ति का एक ही रास्ता दिखा—उपन्यास को मैंने लिफ़ाफ़े में लपेटकर अलमारी में रख दिया। कुछ महीनों बाद ख़्याल गुज़रा, आख़िर मैं अपनी योजना को लेकर इतनी सख़्त दिल क्यों हो रही हूँ। उसे तोड़ना भी मेरा काम है। लचीलापन तो ज़रूरी है। एक दिन पैकेट खुला, एक सौ बीस पन्नों पर बेहद बारीक एवं छोटे फांट में लिखे नॉवेल को मैंने पढ़ा। उस उपन्यास पर आई आलोचनात्मक विवेचना की पुस्तक पढ़ी, समकालीनों के विचार पढ़े और महसूस हुआ कि इस उपन्यास का अनुवाद करना वास्तव में ज़िम्मेदारी का काम है। ख़दीजा आज़ीर लगातार फ़ोन पर ई-मेल द्वारा जर्मनी से मुझसे संपर्क बनाए रहीं जिसका नतीजा यह निकला कि मैं *महर-ए-गियाह* का मतलब समझ सकी वरना उसका अनुवाद मैं 'प्रेम बेल' कर डालती। अब याद आता है कि ईरानी चित्रकार की बनाई पेंटिंग को मैंने अपने पहले कहानी संग्रह *शामी काग़ज़* के लिए पसंद किया था जिसमें एक मर्द-औरत कुछ इस तरह एक दूसरे से लिपटे बैठे हैं कि पता नहीं चल रहा है कि कौन-कौन हैं सिवाए लंबे और छोटे बालों के। उनके पैरों से एक बेल उगी हुई है। वह दरअसल *महर-ए-गियाह* ही का रूपक थी।

इस उपन्यास के लिए ख़दीजा आज़ीर ने जिस गहरे भाव और निष्ठा से मेरी मदद की है और मुझे इस पूरे काम के लिए प्रेरणा दी है उसके लिए मैं तहे दिल से धन्यवाद कहना चाहूँगी।

यह तीनों उपन्यास लगभग साढ़े तीन वर्षों में, मैंने अनुवाद किए मगर लगातार काम नहीं किया, क्योंकि एक साथ मैं कई पुस्तकों पर काम कर रही थी। एक में अटकती तो दूसरे पर अपना ध्यान केंद्रित कर देती। मुझे नहीं पता मेरे पाठकों को यह तीनों उपन्यास पसंद आते हैं या नहीं! मगर मुझे सिर्फ़ इतना पता है कि ये तीनों लेखक और तीनों उपन्यास अपने समय के चर्चित, महत्त्वपूर्ण उपन्यास हैं जिनकी गूँज उनके देश और विदेश में आज भी साहित्य प्रेमियों के बीच सुनाई पड़ती है।

—नासिरा शर्मा

अंधा उल्लू

फ़ारसी भाषा का लघु उपन्यास

फारसी उपन्यासों का ऐतिहासिक परिदृश्य

लेखक जो अपनी ही जलाई आग में सुलगता रहा : *सादिक़ हिदायत*

समकालीन रचनाकारों के घेरे में उपन्यासकार

फ़ारसी उपन्यासों का ऐतिहासिक परिदृश्य

ईरान के असातीरी क़िस्से अर्थात् पुरीनी दास्तानें और इतिहास, सभी कुछ शेरों में बयान किया जाता था जिसके लिए उनके पास साहित्यिक विधा 'मसनवी' थी जिसे हम काव्य खंड कह सकते हैं। जिसमें इरफ़ान (दिव्य ज्ञान) से लेकर ऐतिहासिक गाथाएँ और इश्क़िया क़िस्से कहानी तक बयान किए जाते थे। ऐसी बेजोड़ रचनाएँ जैसे शाहनामा जो 60,000 शेरों पर आधारित महाकाव्य है जिसमें फ़िरदौसी (जन्म 323 हिजरी) ने ईरान की दास्तानों और लोक कथाओं के साथ ईरान का सारा इतिहास बयान कर दिया है जिसके शेर क़हवाख़ानों, जिम्नेज़ियम और महफ़िलों में नक़्क़ाली के रूप में आज भी गाए जाते हैं। इसका रचना समय 380 हिजरी क़मरी में आरंभ होकर 400 हिजरी क़मरी में समाप्त होता है।

वे मसनवियाँ जिनमें पुराने क़िस्से कहानियाँ बयान की गई हैं उनमें सबसे ज़्यादा रूमानी व लोकप्रिय मसनवी निज़ामी गंजवी द्वारा लिखी गई है। निज़ामी गंजवी (1141 से 1209) हिजरी में पैदा हुए। उनकी मसनवी *खुसरु व शीरिन, बहराम गूर, बहरामनामा, सिकंदरनामा, लैला-मजनू* हैं।

फ़रीदउद्दीन अत्तार नीशापूर सूफ़ी कवि पूरा नाम अबू हमीद बिन अबू बकर इब्राहीम (1110 से 1220) ने नब्बे वर्ष की आयु में मृत्यु को गले लगाया। फ़रीदउद्दीन अत्तार की रचनाएँ *असरारनामा, खुसरुनामा, मन्ताक़ुत्तैर, मुसीबतनामा, इलाहीनामा, जवाहरनामा, शहर अल क़ल्ब* है। अपनी रचना मुख़्तारनामा में उन्होंने लिखा कि मैंने अपनी दो रचनाएँ *जवाहरनामा* व *शहर-अल-कलब* अपने हाथों ख़त्म कर दीं। उनकी सभी रचनाओं में इरफ़ान, सूफ़ी संवेदनाओं से मिश्रित दर्शन के साथ दास्तानें मौजूद हैं।

मौलाना रूमी (1207-1273) उनकी मसनवी, *नाला-ए-नई* (बाँसुरी का रुदन) भी ख़ुदा के इश्क़ में डूबी है मगर उसमें अनेक विषय पर कहानियाँ भी मौजूद हैं। उनका दीवान उनके अपने नाम की जगह उनके अपने उस्ताद शम्स तबरीज़ी के नाम से जाना जाता है।

मसनवी लेखन की परंपरा में अनेक महत्त्वपूर्ण कवि हैं। दास्तान पढ़ने वाले, क़िस्सें के शौक़ीन लोग उस दौर में साहित्य की प्राचीन व परंपरागत शैली 'काव्य' में उसे

पढ़ते थे। वे किरदार उनके साथ-साथ चलते थे। कुछ को ज़बानी याद हो जाते वे गाकर पढ़कर मज़ा लेते। जो कविता के रूप में व्यक्त नहीं कर पाते थे वह क़िस्सें के रूप में सुनाने बैठ जाते जो क़िस्सागोई का ही एक रूप था। इन कहानियों के पात्रों के किरदार की ख़ूबी और ख़राबी पर मुहावरे व कहावतें भी बनी हैं। शाहनामा फ़िरदौसी में एक क़िस्सा *शतरंज की पैदाइश* के नाम से हिंदुस्तानी राजा का भी शामिल है।

ऐसा नहीं था कि ईरान में गद्य लेखन था ही नहीं परंतु उसका विषय दूसरा था। हिकमत (तत्त्वज्ञान), इरफ़ान, धर्म, गणित और भी दूसरे महत्त्वपूर्ण विषयों पर पुस्तकें थीं जो किसी भी तरह शेरों में बयान नहीं की जा सकती थीं। सियासतनामा, क़ाबूसनामा, तूतीनामा, कलीलो दमना, मूश व गुरबे इत्यादि अनेक ऐसे नाम हैं जो गिनाए जा सकते हैं। जो अनुवाद भी थे। दास्तानगोई का चलन भी अरब, ईरान और हिंदुस्तान का मिला जुला इलाक़ा है। किसने किससे प्रेरणा ली, कौन-सी विधा दूसरे देश व भाषा में दाख़िल हुई, उसका भी एक दिलचस्प फ़साना है।

ईरान में गंभीरता के साथ गद्य की बुनियाद अट्ठारहवीं सदी के मध्य से शुरू हो गई थी। अली अकबर दहख़ुदा (1880-1956) मुहम्मद अली बहार (1886-1951) मुहम्मद अली करोगी (1877-1942) मुहम्मद जगनवी (1877-1949) अब्बास इक़बाल इशतियामी (1896-97-1956) सईद नफ़ीसी (1895-1976) एक लंबी सूची है इन नामों की जिनमें मुख्य नाम यहाँ दिए जा रहे हैं। जिन में सईद नफ़ीसी और दहख़ुदा पत्रकार और गद्यकार थे उन्होंने फ़ारसी भाषा साहित्य में गद्य को बढ़ाने, लोकप्रिय बनाने का काम अपनी रचनाओं द्वारा अंजाम दिया।

क़ाजार काल में मुहम्मद बाक़र मिर्जा खुसर्वी राजकुमार थे। उन्होंने मंगोल आक्रमण के दौर की कहानी लिखी जिसमें इतिहास के साथ प्रेम-कथा भी साथ-साथ चलती है। उपन्यासों की यह त्रयी, *शम्सो तुग़रा, मारी-ए-वेनिसी* और *टागराल होमे* नाम से 1919 में शहर किरमानशाह से छपी थी। इन उपन्यासों पर 'ख़ुसरू' व 'शीरिन' नामक मसनवी और फ्रेंच उपन्यासों का असर साफ़ नज़र आता है। 'नुसरत स्कूल हमादान' के डायरेक्टर शेख मूसा नखरी (1882) ने ऐतिहासिक उपन्यास लिखे, जो *इश्क़ व सल्तनत* या *.फ़तूहात-ए-कबीर* नाम से हमादान शहर में (1919) में छपे थे। उनका दूसरा उपन्यास सायरस महान की विजयगाथा पर था। तीसरा उपन्यास *अमीर निज़ाम* मुम्बई में छपा था। हसनबदी नुसरत अल-वोज़रा (1872-1937) का उपन्यास *दास्तान-ए-बासताने, सरगुज़श्त-ए-खुसरू* (शाह ख़ुसरू की गाथाएं) के नाम से 1920 में आया। यह उपन्यास भी शाहनामा की *दास्तान-ए-बीज़न व मनीज़ा* के प्रभाव से मुक्त नहीं था। यह सभी उपन्यास उन ऐतिहासिक उपन्यासों की श्रृंखला में आते हैं जिसमें इतिहास मौजूद तो है परंतु पूरे प्रामाणिकता के साथ नहीं बल्कि घटनाओं को ईरान की महिमा के रूप में दर्ज किया गया था। इसमें से बेहतर कही जाने वाली रचना हुसैन मसरूर (1888-1968) का उपन्यास

दह नफ़र ख़ंज़नबाश (दस लोग ख़ज़लबाश) के नाम से 1948 में क़िस्तवार समाचार-पत्र 'इत्तालात' में छपा फिर 5 खंडों में 1956 में पुस्तक रूप में आया।

काज़ार काल के बाद पहलवी काल की शुरुआत होती हैं। कई तरह की उखाड़ पछाड़ आम आदमी के जीवन में सामाजिक एवं राजनीतिक रूप से दाख़िल हुई। उसी के साथ ज़बर्दस्ती लाई गई आधुनिकता, पर्दा और लिबास में बदलाव जिससे ईरानी जनता का तालमेल संवेदना एवं परंपरा के स्तर पर बनना बहुत कठिन लग रहा था। लेकिन कुछ वर्षों बाद ईरान पूर्ण रूप से आधुनिकता की ओर हर दृष्टिकोण से बढ़ चुका था। इस दौर में लिखे गए उपन्यास थोड़ा बहुत अपनी ऐतिहासिक गौरव गाथा से मुक्त ज़रूर हुए तो भी उनका लिखा जाना जारी रहा। जैसे अब्दुल हुसैन (1895-1973) जो महत्त्वपूर्ण लेखक थे। जिन्होंने साइंस फ़िक्शन भी लिखीं। परंतु शुरू के लिखे उनके उपन्यास ऐतिहासिक घटनाओं पर ही आधारित रहे बतौर मिसाल *इंतक़ाम ख़ाना-ए-मज़दक* (शाह मज़दक़ का प्रतिशोध) 1921 और 1922 में दो खंडों में मुम्बई में छपा था। इसका दूसरा संस्करण 1925-26 में तेहरान से छपा। ज़ैनुल आबदीन मोतामेन (1914) का उपन्यास *आशियान-ए-उक़ाब* (उक़ाब का घोंसला) नाम का उपन्यास 1939 में छपा जब रज़ाशाह पहलवी प्रथम के सत्ता से जाने के अन्तिम दिन थें।

पहलवी दौर में लिखे अन्य चर्चित उपन्यास भी हैं, जिनमें मुर्तज़ा मोहशाफ़िक़ (1902-77) *तेहरान-ए-माक़ूफ* नाम से यह उपन्यास दो खंडों में 1922 में छपा। जिसमें उस समय की सामाजिक गतिविधियों का ज़िक्र था जिसमें प्रेम के साथ, लालच, वेश्यावृत्ति, भ्रष्टाचार को लेकर कहानी बुनी गई थी। अब्बास ख़लीली (1891-1971) *रूज़गार-ए-सियाह* (काले दिन 1924) *इन्तिक़ाम* (1925) के नाम से उनके उपन्यास आए जिनमें महिलाओं की स्थितियों को दर्शाया गया था। जो उस समय के देखते विषय में एक नयापन लिए हुए थे। सैरयद याबाया दौलताबादी (1863-1939) ने *शहरनाज़* नाम से इसी तर्ज़ पर उपन्यास लिखा। जहाँगीर जलाली (1909-1939) का उपन्यास *मन हम ग्रिया करदम* (मैं भी रो दिया 1934), मुहम्मद मसूद (1905-1977) जो पेशे से पत्रकार थे साथ ही अच्छे लेखक भी, उनके उपन्यास *तफ़रीहात-ए-शब* (रात की तफ़रीह 1933), दर *तलाशेमआश* (रोजगार की तलाश 1933), *अशराफ़ुलमखलूक* (प्राणियों में श्रेष्ठ मनुष्य 1934), (फूल जो नरक में खिलते हैं 1943) जलीली ने आत्महत्या की और दूसरे लेखक व पत्रकार मुहम्मद मसूद को मौत की सज़ा हुई।

उपन्यास लेखन ने यथार्थ की धरती पर अपने क़दम जमा लिए थे। टेलीविज़न में भी उनकी माँगे क़िस्तवार रूप से शुरू हो गईं। मुहम्मद हेजाजी (1900-1973) अली दश्ती (1896-1981) के लिखे सीरियल शुरू हो गए जिसमें *हुमा* (1927), *परिचहर* (1929), *ज़ेबा* (1949), *फ़ितना* (1949), *ज़ाद* (1952) ये सारे सीरियल औरतों के नाम पर थे और उन्हीं से संबंधित थे। *जेबा* उपन्यास हेजाज़ी का लोकप्रिय उपन्यास रहा है।

ईरान में सत्ता जब बदलती तो बदहवासी के बाद कुछ दिन चैन से कटते फिर बग़ावत और बेचैनी शुरू हो जाती, रज़ाशाह के जाने के बाद उनके बेटे आर्या मेहर रज़ाशाह पहलवी को सिंहासन पर बिठाया गया। यह वह समय था जो विकास की दृष्टि से शहरों को अपना केंद्र बना रहा था। उतनी ही तीव्रता से वह स्वयं का प्रचार भी कर रहा था। ज़बान और क़लम आज़ाद थे परंतु व्यवस्था की आलोचना करने वालों का जीना शाही पुलिस 'सावाक' ने हराम कर दिया था। बुद्धिजीवियों की रचनाएँ बिना सेंसर हुए छापेखाने का मुँह नहीं देख पातीं थीं। अमेरिका व लंदन-फ्रांस से शोध एवं जीवन के दूसरे क्षेत्रों में संबंध तो बहुत पहले से थे मगर रूस (सोवियत संघ) की वैचारिक प्रतिबद्धता का भय ऐसा था कि कहीं वह ईरान को अपना कोई प्रान्त न बना ले। जिसके कारण अमेरिका का राजनीतिक प्रभाव ईरान की धमनियों में बहने लगा और ईरानी सभ्यता एवं संस्कृति के लिए एक चुनौती बन गया। अंकुश के साए में भूमिगत विद्रोह आम आदमी से लेकर बुद्धिजीवी वर्ग तक फैलने लगा जिसमें धार्मिक वर्ग की भी भूमिका थी। इन सारी विषमताओं का दरपर्दा संकेत लेखन में होता और कभी-कभी शक के चलते गोली, जेल, जलावतनी भी ईरानियों को सहनी पड़ती। मगर एक विशेष वर्ग ईरान में ख़ुश था वह दरबारी भी थे, ताजिर भी थे, वे बुद्धिजीवी भी थे जो केवल अपने शोध तक सीमित थे।

आधुनिक लेखन एवं इतिहास के मोह से और विदेशी सत्ता को नकारते हुए लेखकों की ऐसी जमात तैयार हुई जो आम इंसानों के दुख दर्द, अपनी प्राचीन सभ्यता एवं संस्कृति को सँजोते हुए फ़ारसी भाषा साहित्य की मेरुदंड साबित हुई। जिसे तोड़ने की कोशिशें जी तोड़कर की जाने लगीं मगर जान देकर भी लोगों ने समझौता नहीं किया। सादिक़ हिदायत का पैना क़लम देख बुज़ुर्ग अलवी भी साथ हो लिए। उस दौर में चार समर्पित लेखकों को सादिक़ हिदायत बुज़ुर्ग अलवी, मसूद फ़रज़ाद मुजतक मीनावी के ग्रुप को तोड़ने के लिए बुज़ुर्ग अलवी को जेल में डाल दिया गया। सादिक़ आत्महत्या कर चुके थे मगर वे 'बुफ़-ए-कूर' को दफ़न न कर पाए। उसी तरह बुज़ुर्ग अलवी को जिनकी जेल में लिखी रचनाओं ने उन्हें लोगों के दिल व दिमाग़ में गहरे बिठा दिया था। बुज़ुर्ग अलवी (1907-1997) की रचना *वरक़-ए-परिदां-ए-ज़िनदान* (1941 जेल में बंद पंछी के लिखे पन्ने), *नामेहा* (पत्र 1952), *पंजाह-ओ-से नफ़र* (तिरपन लोग 1942), *चश्महायश* (आँखें 1952), *सालारहा* (सरदार 1979) में पूर्वी बर्लिन में छपा, उनकी सभी किताबों पर ईरान में प्रतिबंध लग चुका था। *मूरयानेहा* (दीमक 1993) में छपा। शाह के जाने के बाद वह जर्मनी के ईरान लौटे परंतु ईरान की दुर्दशा उनसे सही नहीं गई। क्योंकि पहले के इंकलाबी जेल में ठूसे जा रहे थे। वह वापस चले गए। मोहम्मद अली जमालज़ादे (1895-1997) एक महत्त्वपूर्ण नाम था जो अपनी कहानियों और अन्य विधाओं के चलते महत्त्वपूर्ण हस्ताक्षर थे। उनका एक उपन्यास 1942 में आया जिसका नाम

दर-अल-मज़ानीन था। जलाल आले अहमद के दो उपन्यास *मुदीरे मदरसा* (स्कूल प्रिंसिपल 1958), *नफ़रीनर-ए-ज़मीन* (लान्त ज़मीन पर) में आया था।

इस दौर 1953 से 1979 तक लेखक अपनी जड़ें जमा चुके थे जिनमें सादिक़ चूबक, जलाल-आले-अहमद और सीमीन दानिश्वर इन तीनों के नाम चर्चित हुए। जलाल को मृत्यु की सजा मिली। उनकी पत्नी सीमीन दानिश्वर जो एक दक्ष अनुवादक थीं (1921-1912) उनके दो उपन्यास आए। पहला *सियाशून* (वह घास जो सियावुश शहज़ादे की क़ब्र पर उगी थी) दूसरा *जज़ीरा-ए-सरगर्दानी* (भटकन का द्वीप)।

सादिक़ चूबक (1916-1998) ने अपने उपन्यासों में निम्न वर्ग पर क़लम उठाया और पहली बार संवाद शैली को गद्य में लाए। उनके उपन्यास *तंगसीर* (1963), *आदमी अपनी बंदूक* के साथ (1966) *संगे सबूर* (साबिर पत्थर), *रूज़-ए-अव्वल* दर *क़ब्र* (क़ब्र में पहला दिन 1990) इत्यादि बहुत चर्चित रहे हैं।

अली मुहम्मद अफ़गानी (1925) का उपन्यास *शौहर-ए-अबु खानम* जो लगभग 800 पन्नों पर आधारित था। 1961 में आया और बेहद पसंद किया गया। उसका विषय अधेड़ उम्र बाक़र और उसकी दूसरी जवान बेगम को लेकर सामाजिक ताने-बाने के साथ लिखा गया और उसे क्लासिक उपन्यासों के रुतबा मिला। डायरेक्टर दाउद मोलापूर ने 1968 में इस पर फिल्म भी बनाई थी। 'क़रसू घाटी' की पृष्ठभूमि' में 'डॉ. बक़्ताश' और 'मृत्यु पंक्ति में' उनके चर्चित उपन्यास रहे हैं। बहराम सादक़ी (1936-83) का उपन्यास *मलाकूत* (स्वर्ग साम्राज्य) 1961 में आया। मोहशिफ़िग़ काज़मी (1902-1977) का उपन्यास *तेहरान माक़ूफ* (तेहरान-बंद) आया।

कुछ समय के लिए सेंसरशिप नीति की जकड़न कम हुई और गोष्ठी सेमिनार हुए। उन्हीं दिनों सादिक़ हिदायत द्वारा नए लेखक गुलाम हुसैन (1923) का नाम उभरा जिनका उपन्यास *अफ़साना-ए-सारबान* (ऊँटों चलाने वाले 1948) काफ़ी चर्चित हुई।

1981 के आसपास बाज़रगान के समय हर काल से ज़्यादा लिखा गया और छपा भी उसी शिद्दत से था। सेंसर पूरी तरह से हट चुका था। छुपी पांडुलिपियाँ बाहर निकल आई थीं। औरतों का सहयोग गद्य में बढ़ गया था। इसके बाद जो अंकुश का दौर आया तो सारे पहचान लिए गए चेहरों को फिर से जेल और जलावतनी का दर्द झेलना पड़ा। जिसमें रज़ा बहरानी जैसे लोग थे जो जीवन भर राजशाही व्यवस्था के विरुद्ध रहे और इस नई व्यवस्था में भी उन्हें आलोचना के चलते जेल जाना पड़ा। उन का क़लम रुका नहीं, उनके उपन्यास *चाह बे चाह* (कुएँ से कुएँ तक, 1983), *आवाज़-ए-कुश्तग़ान* (मरे लोगों की आवाज़, 1985), *राज़हा-ए-सरज़मीन* (धरती के रहस्य, 1987), *आज़ाद ख़ानम व नवीसंदेहा* (स्वतंत्र बेगम व लेखक वर्ग, 1988) सामने आए।

1980-1981 के बाद जवान लेखकों के पास विषयों की भरमार थी। जो देश में थे वह संकेतों में लिख रहे थे जो बाहर थे, वह खुलकर अंग्रेज़ी भाषा में लिख रहे

थे। जिससे नुक़सान उन लेखकों को पहुँचा जो देश में थे और उन्हें विदेशों में हो रहे सेमिनारों में जाने की इजाज़त बहुत मुश्किल से मिलती। क्योंकि इस्लामिक सरकार को शंका थी कि ये बाहर निकलते ही मौजूदा व्यवस्था की बुराई करेंगे और लौटकर नहीं आएँगे। ईरान के शत्रु देश उन्हें ईरान में विरुद्ध इस्तेमाल करेंगे। उनका यह डर काफ़ी हद तक सही भी था। इस सबके बावजूद सरकार और लेखकों के बीच तनातनी का वातावरण बना हुआ था और उनकी माँग अपनी जगह सही थी कि उन्हें लिखने-पढ़ने और बोलने की पूरी आज़ादी दी जाए।

युवा लिखने वालों में शाहरोश पारसीपूर (1945) का उपन्यास *कुत्ता और लंबी शीत ऋतु* (1976), दूसरा उपन्यास *ज़नान बूद न मर्दान* (न मर्द था न औरत, 1989) में आया जिसमें समय का यथार्थ था! मोहसिन मरियमलबाब (1957) *हौज़े सुल्तान* (साल्ट माश कुम शहर के पास 1984), *क्रिस्टल बाग* (1986) में आया। उनके सारे उपन्यास समय के सच से मुठभेड़ करने वाले हैं। अब्बास मारुफी (1957) पत्रकार एवं लेखक उनका उपन्यास *सिनफुनी-ए-मुर्देगान* (मरे हुए लोगों की सिनफुनी, 1989), *यायावरी* (घुमक्कड़ी 1995)। इनके उपन्यास पसंद किए गए हैं। फताना हाजी सय्यद जव्वादी (1942) की पुस्तक *बामदाद ख़ुमार* (1996 'सुबह का खुमार') कई बार छपी और पसंद की गई! *फ़रीश्ते सारी* (सारी के फ़रिश्ते 1955), *मुरवारीद ख़ातून* (मोती 1990), *ज़ंजीरें नीली* (1991) उपन्यास आए। शीबा अरस्तू का *उरा दीदम ज़्याद जीबा शुदम* (उसे देखा और ज़्यादा सुंदर हुई 1993), अहमद अकबर पूर (1970) इनके उपन्यास *उस रात की ट्रेन* (1998), *जब हम उदास होते हैं तो सड़क ख़त्म नहीं होती* (2001), *शब्दों के शहनशाह* (2002) में आया!

सहर दिलीजानी (1983) इनका जन्म तेहरान के इंवन जेलखाने में हुआ। इनके माता-पिता इस्लामिक सरकार के विरोध में प्रदर्शन कर रहे थे। माँ को दो वर्ष और पिता को चार वर्ष की क़ैद हुई। चचा को भी 1988 में फाँसी की सज़ा हुई। सहर और सहर के बड़े भाई की देखरेख दादी ने की जब तक माँ-बाप जेल से नहीं लौटे। 1983 से 2011 तक के अपने अनुभव और ग्रीन रेवोलूशन जिसमें ईरानी युवाओं ने भाग लिया था, तब तक का अंदर-बाहर का सारा अनुभव उन्होंने अपने पहले उपन्यास *चिल्ड्रेन ऑफ़ द जाकारान्दा ट्री* में लिखा जो 2012 में लंदन से प्रकाशित हुआ। यह उपन्यास अभी तक 75 देशों में और 28 भाषाओं में अनुवाद होकर छप चुका है। 2013 में 'टॉप बुक कानसास' में सिटी स्टार और अन्य कई तरह के सम्मान पा चुका है।

इस पूरे ऐतिहासिक परिदृश्य व परिप्रेक्ष्य में सादिक़ हिदायत की *बूफ़-ए-कूर* उर्फ अंधा उल्लू उपन्यास पाठकों के सामने है।

लेखक जो अपनी ही जलाई आग में सुलगता रहा

सादिक़ हिदायत ईरान के एक कुलीन घराने में 19 फरवरी, 1903 में ईरान की राजधानी तेहरान में पैदा हुए। इनके पिता का नाम मैहदी क़ोली हिदायत था। इनके दादा रेज़ाक़ोली ख़ान हिदायत अपने दौर के प्रमुख लेखकों में से एक थे। पूरा परिवार बड़े-बड़े सरकारी ओहदो पर रहा। सादिक़ हिदायत की शिक्षा फ्रेंच कैथोलिक स्कूल 'सेंट लुईस' में हुई थी और दारूलफ़ुनून (1914-1916) के उन चन्द चुने हुए विद्यार्थियों में सादिक़ भी थे जिन्हें आगे की शिक्षा पूरी करने के लिए यूरोप भेजा गया था। बेल्जियम में इंजीनियरिंग की पढ़ाई अचानक बीच में छोड़कर वास्तुविद् की शिक्षा के लिए पेरिस चले गए।

1927 में हिदायत ने मारने (Marne) नदी में कूदकर आत्महत्या करनी चाही थी मगर मछवारों ने उन्हें बचा लिया। पेरिस में चार साल गुज़ारने के बाद स्कॉलरशिप छोड़ वह तेहरान लौट आए बिना डिग्री लिये हुए। कई नौकरियाँ बहुत कम अरसे के लिए कीं मगर लेखन उनका लगातार चलता रहा। उनकी महत्त्वपूर्ण रचनाएँ : लघु उपन्यास *बुफ़-ए-कूर* (अंधा उल्लू 1937), *ज़िन्दे बे गूर* (ज़िंदा दफ़न 1980), *सगे वलगर्द* (आवारा कुत्ता 1942), *सहे क़तरे ख़ून* (तीन बूँद लहू 1932) हिदायत ने पूरा जीवन यूरोपियन साहित्य, ईरानी इतिहास व लोकसाहित्य को पढ़ने और शोध करने में गुज़ार दिया। उनके पसंदीदा लेखक रेनर मारिया रिल्के (Rainer Maria Rilke), एडगर एलन पोय (Edar Allan Poe), फ्रांज़ काफ़का (Franz kafka), एनटान चेख़ोव (Anton Chekhov), गा.डी. मोमासा (Guy De Maupassan) थे। सादिक़ ने कहानियाँ, लघु उपन्यास, ड्रामे, रेखाचित्र, व्यंग्य, यात्रा संस्मरण, आलोचना लेख लिखे हैं। फ्रेंच और पहलवी से फ़ारसी भाषा में अनुवाद भी किए हैं।

कहा जाता है कि हिदायत ने अपने लेखन द्वारा फ़ारसी भाषा और साहित्य को अंतर्राष्ट्रीय स्तर पर मुख्य धारा में जोड़ने का काम किया है। वह आधुनिक काल में अग्रणी लेखक थे। सादिक़ की दृष्टि में आधुनिकता केवल यूरोपियन वैज्ञानिक तर्काधार और उनके जीवन मूल्यों को अपनाने का नाम नहीं है।

सादिक़ हिदायत का समय संकट भरा राजनीतिक व आर्थिक समय रहा है

जिससे वह बच नहीं सकते थे। इसलिए उनकी आलोचना के दो आधार थे। पहला राजशाही व्यवस्था दूसरा कठमुल्ला पिछड़ापन। इन दोनों को वह ईरान के लिए बहुत बड़ी लानत समझते थे। अपने लेखन द्वारा उन्होंने कहने की कोशिश की, कैसे इन दो लानतों को लोग सहते चले जा रहे हैं। उनका विरोध हर तरफ़ से हुआ, उनके अपने भी उनसे रुष्ट हुए क्योंकि स्वयं सादिक़ उस वर्ग से थे जिसकी वह आलोचना करते थे। हिदायत की अन्तिम रचना द *मैसेज आफ़ काफ़्का* है जो नैराश्य, दुर्भाग्य और विषाद के विषय में चर्चा करती है, उनके दृष्टिकोण को सामने रखते हुए जिन्होंने पक्षपात और दमन को अपने जीवन में सहा है।

सादिक़ हिदायत की रचनाओं को पाठकों का विरोध सहना पड़ा। यूरोप के इस्लामिक ग्रुप ने हिदायत का उपन्यास विशेषकर *हाजी आग़ा* को फ्रेंच पुस्तकालय और दुकानों से हटवा दिया। ईरान में होने वाले 18वें अंतर्राष्ट्रीय पुस्तक मेले (2005) में *हाजी आग़ा* और *अंधा उल्लू* पर प्रतिबंध लग गया था। ईरान में 2006 से हिदायत की सारी पुस्तकें बिना सेंसर किए छपना बंद हो गईं। यदि मूल पुस्तक बिना सेंसर के लेनी है तो वह केवल पुरानी ही प्राप्त थी।

सादिक़ हिदायत भारत आए थे। मुम्बई (1937-1939) में रहे और अपना सबसे महत्त्वपूर्ण लघु उपन्यास (अंधा उल्लू) वहीं रहकर लिखा जो लेथोग्राफ़ी में पहली बार बंबई में छपा था। *अंधा उल्लू* की प्रशंसा हेनरी मिलर (Henry Miller) आन्द्रे ब्रेतान (Andre Breton) जैसे दिग्गज लेखकों के साथ, उस समय के अहम लेखकों ने की। उपन्यास की प्रशंसा करते हुए यह स्वीकार किया गया कि यह फ़ारसी भाषा साहित्य की शीर्ष साहित्यिक कृति है।

सादिक़ हिदायत की अन्य चर्चित कृतियाँ निम्नलिखित हैं :

कहानी, उपन्यास : *साए-ए-मंगोल* (मंगोलों की छाया 1931), *साए-ए-रौशन* (रौशनी की छाया 1933), *वाग़ वाग़ साहाब* (मिस्टर बो-वो 1934), *अलाविया ख़ानम* (अलाविया बेगम 1943), *तितले तातले* (झूठी अफ़वाह 1944), *आब-ए-ज़िंदगी* (जीवन-जल 1944), *हाजी आग़ा* (हाजी साहब 1945), *फ़र्दा* (कल 1946), *तप्प-ए-मोरवारीद* (तोप वाली पहाड़ी 1947)

फ्रेंच भाषा में : *सैमषिनिज* (1936), *लुनैटिक* (1936)

नाटक (1930-1946) : *परवीन दुख़्तरे सासियान, माज़ियार, अफ़सान-ए-आफ़रीनश* (पृथ्वी की उत्पत्ति की कहानियाँ)

यात्रा संस्मरण : *अफ़साने निस्फ़े जहान* (इस्फ़ाहान शहर के बारे में), *रूये जाददेह नमनाक* (भीगी सड़क 1935 अप्रकाशित)

शोध व आलोचना लेख : *रुबाइयात-ए-उम्मर ख़्य्याम* (1925), *इंसान और हैवान* (1924), *मर्ग* (मृत्यु 1927), *फ़वायदे गियाह ख़ूरी* (शाकाहारी होने के फ़ायदे 1927), *हयात बानतीजे* (जीवन मूल्य 1932), *तरान-ए-ख़य्याम* (1934)

चेकोवस्की (1940), दर *पीरामून-ए-लुग़त-ए-फ़ारस-ए-असदी* (असदी फ़ारसी शब्दकोश के बारे में 1940), *शिवाह-ए-नवीन दर तहक़ीक-ए-अदबी* (शोध की नई शैली 1940), *दास्तान-ए-नाज़* (1941), *शिवाह-ए-नवीन दर फ़ारसी* (नए प्रतिमान, फ़ारसी के 1941), *फिल्म मुल्ला नसरुउद्दीन की आलोचना* (1944), *गूग्लस द गवर्नमेंट इंसपेक्टर* (साहित्यिक आलोचना फ़ारसी अनुवाद 1944), *चंद नुकते दरबार-ए-विसवा रामिन* (रामिन के दरबार के बारे में चंद बातें 1945), *प्यामे काफका* (काफका का संदेश 1948), *इस्लामिक मिशन इन द यूरोप* (योरप में इस्लामिक मिशन साल ज्ञात नहीं)

अनुवाद—फ्रेंच भाषा : *गूज़बरीज़* (चेखोव 1931), *इन द पैनेल कालोनी* (काफ़का 1948), *बिफ़ोर द ला* (1944 काफका), *मेटामारफोसिस* (काफ़का 1950), *द वाल* (जाँ पाल सात्र 1950), *टेल्स आफ टू कंटरी* (अलेग्ज़ेंडर किल्लैड 1950), *ब्लाइंड जेरोनिमो एंड हिज़ ब्रादर* (Arthur Sehnitzler 1950), *पहलवी भाषा अनुवाद* (इस्लाम से पहले ईरान की भाषा), *कमामे-ए-अर्धशीर-ए-पापाकान* (अर्धशीर (पापाकान के बेटे) की बातें 1943), *अमादान-ए-शाह बहराम-ए-वरज़ावन्द* (शाह बहराम वरजावन्द का आना), *ज़न्द वा होमान यासन* (1944), *गोज़सते अबालिश* (1940)

हिदायत की कृतियों पर बनी फिल्में : 1987 में राउल रूइज़ ने *अंधा उल्लू* उपन्यास पर (लाचोइते अरूल) नाम से पेरिस में फिल्म बनाई थी। जिस पर फिल्म डायरेक्टरों का कहना था कि पिछले दशकों में फ्रेंच सिनेमा में यह फिल्म एक सुंदर मोती की तरह है। सादिक़ हिदायत के आख़िरी दिनों पर कासिम इब्राहिमियान ने 'सैकरेड एंड द एबसर्ड' नाम से एक फिल्म डायरेक्ट की थी जो 2004 में त्रिबेका फिल्म महोत्सव में दिखाई गई। ईरानी डायरेक्टर ख़ुसरू सिनाए ने 2005 में सादिक़ हिदायत पर एक डॉक्यूड्रामा 'गुफ़्तगु बा साया' (अपनी छाया से बातें) नाम से बनाई थी। 2009 में मोहसिन शमज़दार और सैमकालन्तरी ने 'फ्राम नं 937' नाम से फ़िल्म बनाई थी।

दर्जन भर से भी ज़्यादा पुस्तकें अभी तक विभिन्न भाषाओं में हिदायत पर लिखी जा चुकी हैं। असंख्य, सन्दर्भ व विवेचनाएँ भी। उपन्यास *बुफ़-ए-कूर अक्का द ब्लाइंड आउल* नाम से जो 1974 में कियूमर्स देरमबख़्श द्वारा डायरेक्ट हुई जिसमें परवेज़ फानीज़ादे, फ़रशीद फ़रशूद और परवीन ने कलाकार के रूप में भूमिका निभाई।

अंधा उल्लू (बुफ़-ए-कूर) का विभिन्न भाषाओं में अनुवाद : फ्रांस में पहली बार। दूसरे विश्व-युद्ध के समय 'बुफ़-ए-कूर' लेखक सादिक़ हिदायत की रज़ामंदी के साथ 1953 में Roger Leseot द्वारा फ्रेंच भाषा में अनुवाद हुई फिर फ्रेंच अकादमी के सदस्य 'Pasteur Vallery Radot' द्वारा अनुवाद की गई। फ्रांस में

पाठकों द्वारा दोनों अनुवादों का स्वागत हुआ।

जर्मनी में 1960 के आरंभ में 'अंधा उल्लू' का दो बार अनुवाद हुआ। पहला अनुवाद 'Die Blind Eule' शीर्षक के साथ हशमत मोआईद, Otto H. Hegal and Ulrich Rlemerschmidt द्वारा सीधे फ़ारसी भाषा से किया गया। दूसरी बार **ईस्ट जर्मनी** में Gerd Henniger द्वारा फ्रेंच अनुवाद से किया गया था।

टर्की में फ़ारसी भाषा से सीधा अनुवाद उपन्यास का 1977 में तुर्की के प्रसिद्ध कवि Behct Necatigil द्वारा Korbaykus से किया गया था।

अंग्रेज़ी में उपन्यास का अनुवाद D.P. Costelo के ज़रिए 1957 में हुआ। 1974 में Heniry D.G. Law, Naveed Noori एवं Iraj Bashiri द्वारा 1974 में हुआ Bashiri का अनुवाद दोबारा 2013 में आया।

पोलैंड में सीधे फ़ारसी भाषा से *बुफ़-ए-कूर* (अंधा उल्लू) का अनुवाद ईरानियन स्टडीज़ की Barbra Matewska द्वारा हुआ जो Slepa Sowa नाम से साहित्यिक पत्रिका में 1978 में छपा फिर बुक रूप में 1979 में प्रकाशित हुआ।

रोमानिया में उपन्यास *बुफ़-ए-कूर* (1996) में ओरियंटलिस्ट फ़ीलाजिस्ट 'Gheorghe Lorga' ने अनुवाद 'Bufnita-Oarba' से किया था जिसका दूसरा संस्करण 2006 में आया।

मैक्सिको में 1966 में फ्रेंच अनुवाद से स्पेनिश भाषा में Agusti Bartra ने LA LechuZa CieGi के नाम से किया था।

पाकिस्तान में *बुफ़-ए-कूर* उपन्यास का अनुवाद इसी नाम से अजमल कमाल ने सीधे फ़ारसी से उर्दू भाषा में किया है। प्रथम संस्करण 1994 में और दूसरा 1997 में छपा था।

भारतवर्ष में मलयालम भाषा में दो बार उपन्यास का अनुवाद हुआ। पहला 'Kurudan Moonga' नाम से प्रसिद्ध उपन्यासकार स्वर्गीय विलासिनी द्वारा हुआ। दूसरा Kurudan Kooman के नाम से S.A. Qudsi द्वारा 2005 में, दूसरा संस्करण 1911 में आया।

फिनलैंड में सीधे फ़ारसी भाषा से फिन्निश भाषा में 1990 में Henri Broms, Petri Pohjanlehto और Leena Talvio और Sokee Pollo के नाम से हुआ था।

अरमेनियन भाषा में Eduard Hakhverdyan द्वारा हुआ।

जापान में 1983 में उपन्यास का अनुवाद Kiminori Nakamura द्वारा momoku no fukurou नाग से किया गया था।

इंडोनेशिया में उपन्यास *बुफ़-ए-कूर* का अनुवाद 2004 में Noor Aida. A.K.A. द्वारा किया गया था।

भारतवर्ष में हिंदी भाषा में सीधे फ़ारसी भाषा से हिंदी की उपन्यासकार और फ़ारसी भाषा-साहित्य की जानकार नासिरा शर्मा द्वारा 2015 में हुआ।

यह अफ़वाह है या सच कि ईरान में इस उपन्यास पर प्रतिबंध लगाने का एक कारण यह भी था कि इस उपन्यास को पढ़कर कई पाठकों ने आत्महत्या की थी।

19 अप्रैल, 1951 अपने कमरे में गैस पाइप ऑन कर, सादिक हिदायत ने आत्महत्या कर ली। चूँकि मृत्यु पेरिस में हुई इसलिए उनको पेरिस के क़ब्रिस्तान 'Pere Lachaise Cemetry' में दफ़नाया गया। मृत्यु के समय उसकी उम्र मात्र 48 वर्ष की थी। सादिक़ हिदायत के लिए उनके भतीजे ने यह बात किस आक्रोश, गहराई और दर्द से कही होगी! यह बात सादिक़ की ज़िंदगी के उतार चढ़ाव और समय के विरुद्ध खड़े होने की प्रवृत्ति को दर्शाती है : ग़लत आदमी, ग़लत जगह, ग़लत समय में।'

सादिक़ हिदायत को सदा जीवित रखने वाला उपन्यास *अंधा उल्लू* है। लेखक अपनी संवेदनाओं की तपिश में जीवन भर बेचैन रहा जिसका लेखन इस बात का गवाह है।

समकालीन रचनाकारों के घेरे में उपन्यासकार

सादिक़ हिदायत अपने समय के महत्त्वपूर्ण हस्ताक्षरों में से हैं जिन्हें नई फ़ारसी कहानी का अग्रदूत कहा जाता है। वह अपने समय में और मृत्यु के बाद भी साहित्य संसार में अपने लेखन को लेकर चर्चित रहे हैं। उन्हें जितनी आलोचना एवं नफ़रत सहनी पड़ी उससे कहीं ज़्यादा सम्मान और लोकप्रियता भी मिली। जो उन्हें चाहिए था वह ज़रूर उन्हें नहीं मिल पाया इसलिए वह अपने लेखन में उन्हीं लोगों के पक्ष में खड़े नज़र आते हैं जो महरूम हैं। वे लोग किसी भी वर्ग के हो सकते हैं उसी तरह जैसे कुकर्म करने वाले किसी एक तबक़े से नहीं आते, जिन्हें सादिक़ अपनी अभिव्यक्तियों में 'रजालेह' या 'रजालहा' कहकर सम्बोधित करते हैं और अपने आक्रोश को 'रज्जालो' शब्द की ध्वनि में गुंजारित करते हैं। अपने लेखन में उन्होंने किसी भी व्यक्ति को नहीं छोड़ा है। वे सार विषय उन्होंने समय से पहले उठाए जो उनके समय का अभिशाप था ही मगर आज उसने विकराल रूप धारण कर लिया है। उनके लेखन के साथ उनके द्वारा तीन बार आत्महत्या का प्रयास भी उन लोगों की आलोचना का केंद्र बना जो इंसान की जिजीविषा पर गहरा भरोसा रखते हैं मगर अक्सर इंसान पागल नहीं होते हैं मगर अत्यन्त संवेदनशील होने के कारण चेतन और अवचेतन में वे सदा अपने आसपास की नकारात्मक स्थिति से आक्रांत रहते हैं और उसे जीने में भी! यहाँ तक की साँस लेने तक में परेशानी का सामना करना पड़ता है और तन्हाई इन बातों को उस समय और बढ़ावा देती है जब व्यक्तिगत स्तर पर आपके ज़हनी ज़ख्मों को सहलाने और बहलाने वाला कोई न हो।

सादिक़ हिदायत पर कई तरह के आरोप थे जैसे वह भाषा का प्रयोग ठीक तरह से नहीं करते थे। ऐसे शब्द प्रयोग करते थे जो उचित नहीं थे। उनका झुकाव इस्लाम से ज़्यादा ज़रदुश्त बाज़ी की तरफ़ था। यदि वह अभिजात वर्ग के न होते तो कभी ख़ुदकुशी न करते क्योंकि तब वह संघर्ष करना जानते। उनका दुनिया के प्रति बेहद नकारात्मक नज़रिया था। मौत को वह ज़िंदगी से ज़्यादा महत्त्व देते थे। वह सूफ़ी फ़िरंगी थे। गहरा लगाव ईरान से था और जान पहचान दुनिया के विभिन्न इलाक़ों से थी। वह बड़े ख़ानदान से थे, जिसका सिलसिला ईरान की

गहरी जड़ों वाले ख़ानदान से जाकर जुड़ता था। वह जेब के पैसे ख़र्च करने में बेहद किफ़ायत से चलने वालों में से थे, मगर ज़िंदगी को ख़र्च करने का उन्हें सलीक़ा नहीं आता था।

ईरान के वह पुराने ख़ानदान जिसका एक सिलसिला, एक इतिहास था वह 'बुर्ज़वा' एक नई परिभाषा, में तब्दील कर दिए गए। उनसे रिश्ता रखना भी एक तरह का अस्वीकार मुद्दा बन गया। इस नज़र से हिदायत को देखा जाता मगर देखने वालों ने यह नहीं देखा कि सादिक़ हिदायत न केवल बेहतरीन तरीक़े से पहलवी भाषा जानते थे बल्कि उनका शोधकार्य आज भी शोधकर्ताओं के लिए राह दिखाने वाला साबित होता है। उनके ज्ञान और समझ के आगे विश्वविद्यालय के उस्ताद भी नतमस्तक थे। तभी तो सादिक़ के लिए उनकी महिमा को समझने वालों में सईद नफ़ीसी जैसे साहित्य एवं भाषा मर्मज्ञ को लिखना पड़ा, "वह क्यों चला गया?"

सादिक़ हिदायत के हाथ में क़लम था न कि सोना और फ़ौलाद। सादिक़ ने काग़ज़ पर एक दुनिया बसाई थी। जब उसी दुनिया को फिर से छपने का अवसर प्राप्त नहीं तो फिर यह उम्मीद करना कि एक नई दुनिया वजूद में आएगी? सादिक़ पर जब अभिजात होने का कटाक्ष होता तो वह हल्के से मुस्कुरा भर देते, वह क्या सब यह जानते हैं कि आत्महत्या से पहले अपने दफ़नाने का ख़र्चा हज़ार फ्रांक वह सूटकेस के ऊपर रखकर गए थे। उनकी जेबें ख़ाली थीं। यह धन केवल उनके दफ़नाने भर के लिए काफ़ी था, न कि उनके मक़बरे पर पत्थर लगवाने के लिए।

सादिक़ हिदायत की ज़बान क़ब्र के अंदर बंद है और वह अपने बारे में हो रही इन बातों का जवाब नहीं दे सकते हैं। मगर हम ख़ुद सादिक़ हिदायत को ख़ुद उनकी भावनाओं के ज़रिए समझ सकते हैं, जब वह ज़िंदा थे तो अपने लेखन के पीछे के इंसान के रूप में कैसे थे।

अहसान तबरी *दीदार बा हिदायत* में लिखते हैं : ...'जब *हाजी आग़ा* पुस्तक आई और उसकी बिक्री से काफ़ी पैसा आया। पुस्तक का प्रकाशक ज़रदुश्ती था और सादिक़ का दोस्त था। उसका नाम 'फ़रीदून फ़खरदीन' था। "मैंने पुस्तक की आमदनी से अभी-अभी नया रेडियो ख़रीदा है। सादिक़ के पास रेडियो नहीं है। चलो हम दोनों उस के नए घर चलते हैं।" मैं मान गया। हम दोनों काफ़ी दूर चलकर उनके घर पहुँचे, वह घर पर मौजूद थे। जब उन्हें पता चला कि हमने उनके लिए रेडियो ख़रीदा है तो बड़ी कड़वाहट से बोले, "सूरज के नीचे रख दो चलने लगेगा," हमें पता ही न था कि उनके घर में बिजली का कनेक्शन नहीं और हम बिना जाने उपहार लेकर चले गए और दोनों ही बहुत बोर हुए।'

एक जगह हिदायत कहते हैं, "किताबें पढ़ना मेरी आदत बन चुकी है। यह आदत मुसीबत है। जैसे ही घर में घुसता हूँ फिर किताब लेकर बैठ जाता हूँ। मैं

जानता हूँ मेरी सारी बदक़िस्मती इसी लिखने-पढ़ने के कारण है। लेकिन मैं यह भी जानता हूँ कि इसके अलावा मैं कोई और काम नहीं कर सकता हूँ।''

कटाक्ष करने वाले यह भी कहते हैं कि वह पहले काफ्का का धर्म अपनाते हैं फिर शाकाहारी बन जाते हैं। कुछ ने यह भी कहा कि हिदायत की बदतरीन किताब *अंधा उल्लू* है। चूँकि सादिक़ ईरान के जिस पढ़े-लिखे ख़ुशहाल परिवार से थे जिसकी जड़ें जितनी गहरी थीं, उतनी ही बाद में ज़माने के करवट बदलने के कारण उखाड़ी गईं। जिसके कारण सादिक़ को गहरा मानसिक आघात लगता है और वह ज़िंदगी की क़दर नहीं करते। यदि वह गाँव में रहते, जानवरों के बीच भूखे रहते और दिन भर में पीठ पर कई बार कोड़े भी खाते तो वह ज़िंदगी से प्यार करना जान जाते।

यह सारी गुफ़्तगू ग़ैरज़रूरी और बुज़दिली लगती है क्योंकि एक लेखक के लेखन पर बात न होकर उन महत्त्वपूर्ण मुद्दों से फ़रार है जो सादिक़ ने अपने लेखन में उठाए हैं। उससे बचने के लिए और अपनी ज़िम्मेदारियों के प्रति गंभीरता न अपनाकर उससे मुँह चुराना है। सादिक़ हिदायत जैसे संसार के अनेक लेखक हैं जिन्होंने या तो समय से पहले अपनी बात कही या फिर उस दुखती नब्ज़ पर क़लम की नोक रखी जिससे लोग बचते हैं और सामना करने से डरते हैं। उनकी किताब का हाल भी वही हुआ जो आज सादिक़ हिदायत का हुआ। उनके पास भी पीड़ा ही पीड़ा थी। अपनी बात कहने की क़ीमत लेखक को चुकानी पड़ती है।

बुफ-ए-कूर (अंधा उल्लू) लघु उपन्यास के लिए आलोचकों का कहना है कि एक तरफ़ वह ईरानी सूफ़ीवाद से तो दूसरी ओर बुद्ध के दर्शन से प्रभावित नज़र आता है। काश! हम लेखक को उसी तरह स्वीकार कर सकते जैसा वह है और तब उसके अनुभव, अनुभूति विचार और ज़िंदगी के बारे में बात करते तो शायद हम किसी नतीजे पर पहुँच पाते!

ईरानी कवि नादिर नादिर पोर ने एक जगह कहा कि हिदायत के सभी समकालीन लेखक जानते थे कि वह एक बड़ा लेखक है, मगर उसे ईरानी संगीत में ज़रा भी रुचि नहीं है। इसलिए सादिक़ के दोस्त तक़ी तफ़ुज़्ज़ली जो सहतार के प्रसिद्ध वादक थे और पेरिस में रहते थे कई बार उन्होंने कहा कि बैठो, ज़रा कभी ईरानी संगीत को भी सुना करो। यह सुनते ही हिदायत ने ज़ोरदार तरीक़े से इंकार किया। एक दिन हिदायत अपने दोस्त के घर पहुँचे, गहरे अवसाद में डूबे थे। कमरे में एक कोने में जाकर बैठ गए। सदा की तरह तक़ी तफ़ुज़्ज़ली अपनी जगह से उठे और दोस्त के लिए यूरोपियन क्लासिकल म्यूज़िक का रिकॉर्ड लगा दिया। एकाएक हिदायत कहते हैं कि तुम सितार पर मुझे शेर-ए-ईरानी सुनाओ। दोस्त को हैरत में डालते हुए वह आधी रात तक ईरानी संगीत सुनते रहे फिर तक़ी तफ़ज़्ज़ली से बोले, ''मैं जो ईरानी संगीत नहीं सुनता इसका कारण यह नहीं है कि मैं ईरानी संगीत पसंद नहीं करता बल्कि मैं ज़रूरत से ज़्यादा उसे पसंद करता हूँ मगर जो वजह है वह यह

है कि मुझे ईरानी संगीत बहुत गहरे ग़म में डुबो देता है और मेरे बदन के पोर-पोर में झनझनाहट सी पैदा कर देता है।''

इस बात के चन्द रोज़ बाद तक़ी तफ़ुज़्ज़ली को दोस्त की आत्महत्या की ख़बर मिलती है। कवि अख़्वाने सालिस ने जब यह सारी घटना तक़ी तफ़ुज़्ज़ली के मुँह से सुनी तो अवाक रह गए और उनके दिल पर ऐसा गहरा प्रभाव पड़ा कि उन्होंने तुर्कमानिस्तान के देहातों में बजाए जाने वाले इकतारा वाद्ययंत्र, जो दर्दीले स्वर के लिए जाना जाता है, को अपने शेर में ढाल सादिक़ हिदायत की कही बात को दोहराते हैं। शेर में ख़ुद एकतारा उस वादक से कहता है जो उसका तार छेड़ रहा है :

बस करो ख़ुदा के लिए इकतारवादक! बस करो।
तुम्हारा यह साज़ बहुत दुखभरा और वहश्तनाक है।
जो भी सुर छेड़ते हो
उसमें दर्द ही दर्द छलकता है।
मानो मेरे तार में छुपे दुख को छू लेते हो
उसके सुनने की न ताब है और न ही हौसला
बस इतना ही।

उपन्यास *बुफ़-ए-कूर* लिखने की शुरुआत 1930 में सादिक़ अपने विद्यार्थी जीवन के दौरान पेरिस में कर चुके थे। जिसको उन्होंने बाद में हिंदुस्तान में रहकर इसे पूरा किया और *बुफ़-ए-कूर* फ़ारसी में पहली बार इस नोट के साथ बंबई में 'ईरान में बिक्री और छपने के लिए नहीं' बहुत कम संख्या में छपा था। ईरान में पहली बार 1941 में क़िस्तवार एक समाचार-पत्र में *बुफ़-ए-कूर* छपी और उसका बड़ा गहरा प्रभाव लोगों पर पड़ा। यह दौर रज़ाशाह पहलवी के अंकुश और दबाव के (1923-1941) अन्तिम दिन थे। वास्तव में 'बुफ़-ए-कूर' उपन्यास का समय पूरे संसार के उथल-पुथल, बदलाव और नए विचारों के स्वागत का समय था। संसार भर के बुद्धिजीवी वर्ग एक तरह से सोच रहे थे। वे तब्दीली लाना चाहते थे। *बुफ़-ए-कूर* (अंधा उल्लू) इस कसौटी पर पूरी तरह कामयाब रहा भले ही इस वर्ग की सोच से अलग सोचने वालों को कई तरह की शिकायतें इस उपन्यास और लेखक से रही हैं।

एक पाठक, लेखक, अनुवादक की नज़र से जब मैंने *अंधा उल्लू* उपन्यास को देखा तो मुझे कई तरह की अनुभूतियाँ हुईं। कुल मिलाकर छ-सात बार मैंने उपन्यास को पढ़ा ताकि मैं उसके पाठ की पेचीदगियों को समझ सकूँ। कहानी आसन है किसी को संक्षिप्त में बताने के लिए! मगर जिस तरह सादिक़ हिदायत विचारों को छोड़ते और पकड़ते हैं उसे समझने के लिए उनकी हर पंक्ति में छुपे कटाक्ष, संकेत, ऐतिहासिक स्थानों एवं दर्शन को ध्यान देकर पढ़ना पड़ता है। उनका फ़ारसी बयान ख़ासा जटिल है जबकि भाषा बेहद सादी और सरल है मुहावरे भी बहुत ज़्यादा

इस्तेमाल नहीं हुए हैं। मगर चरित्रों के रूप में उनके रूपक समझ में आते हैं तो उपन्यास का पाठ बहुत अर्थपूर्ण और वज़नदार हो उठता है। उसमें छुपे कटाक्ष और आलोचना खुलकर सामने आने लगते हैं। तब समझ में आता है कि उनके आलोचक किस बात से तिलमिलाए हैं। बतौर मिसाल ख़ेंज़रपेंज़री (अंजर-पंजर ढीला) उस कुबड़े किरदार जो दरअसल कबाड़ी वाला है और जिसकी पुरानी चीज़ें वर्तमान समय में किसी काम की नहीं हैं। यह रूपक है और गहरे अर्थपूर्ण ढंग से उस आडंबर का विरोध करता है जो लोगों के ज़हन पर हावी है। अनुवाद करते समय यह शब्द मुझे बेहद रोचक लगा और उसे मैंने वैसा ही रहने दिया। इसकी तरह के शब्द हिंदी लोकल बोली में मिल जाते, मगर मुझे लगा जब उसके उच्चारण में मुझे मज़ा आ रहा है तो फिर पाठक भी एक नए शब्द का आनंद लें।

इसमें कोई शक नहीं कि इस उपन्यास की ज़मीन मृत्यु या मृत्यु का डर या फिर इंतज़ार है। जिस दुनिया को आदमी अपने घमंड में हर तरह के कुकर्म कर के जीतना चाहता है मगर मृत्यु? आवागमन के इस दर्शन को जिसे ख़य्याम की रुबाइयों में निहित दर्शन का नाम भी दे सकते हैं, उसे सादिक़ ने बार-बार उस चित्र द्वारा व्यक्त किया है जो उन्हें हज़ारों वर्ष पहले ख़ुदाई में मिले गुलदान राग़े के ऊपर बना है या फिर वह चित्रकार द्वारा क़लमदान पर बनवाते हैं। वह बूढ़ा एक ख़ास क़िस्म की हँसी हँसता है और कई चरित्र वही हँसी उपन्यास में हँसते हैं। दरअसल वह हँसी उन पर है जो यह नहीं जानते कि यह संसार नश्वर है। फ़ानी है।

'महर-ए-गियाह' का प्रयोग भी एक रूपक है। इस दुनिया के लोगों का एक दूसरे पर निर्भर बने रहने का और मर्द औरत के बीच उस चाहत का जो इस दुनिया को किसी पेड़ की तरह सूखे पत्ते गिरा नई कोपलें फोड़ने का। यह वनस्पति सिसली में बहुतायत से होती है और शायद ईरान में भी। उस नाम को भी मैंने वैसा ही रहने दिया क्योंकि उस नाम के साथ उस वनस्पति का एक इतिहास जुड़ा हुआ है।

लेखक शारीरिक संबंधों में प्रेम, समर्पण और निष्ठा का क़ायल है और उनके प्रति जो कोई सम्मान दृष्टि नहीं रखता है और इंसान के इस पवित्र जज़्बे को ऐसी भूख में तब्दील कर देते हैं जो वासना और हवस में तब्दील होकर रह जाती है। उसके लिए उन्होंने 'लक्काते' (रंडी) शब्द प्रयुक्त किया है। यह किरदार रिश्ते में उनकी फूफीज़ाद बहन और बीवी है। पहली नज़र में लोग इस शब्द को स्त्री अपमान तक सीमित रख सकते हैं मगर यह शब्द असल में लोगों की ज़बान पर चढ़ा हुआ है मर्दों के भी औरतों के भी। उसका आनंद भी लेते हैं, यह कटाक्ष भी ऐसी भाषा के बोलने वालों की तरफ़ है और उन औरतों की तरफ़ भी और मर्दों की तरफ़ भी जो प्रेम शब्द का अर्थ समझते ही नहीं है। चित्रकार जो मर्यादा में रहता है। उस लड़की से गहरे जज़्बाती रिश्ते से बँधा है तिल तिल कर मरता है। इस किरदार द्वारा यह भी कहा गया है कि शारीरिक आवश्यकताएँ एक नॉर्मल व्यक्ति के लिए

कितनी ज़रूरी हैं। बुद्ध का निर्वाण, इस दुनिया से ऊब और नफ़रत, दुनिया की ज़रूरतों से ऊपर उठ जाना, यह दर्शन भी समानान्तर रूप से चलता रहता है।

ईरानी सोच और फ़लसफ़े के साथ भारतीय दर्शन और विश्वास को भी लेखक साथ-साथ लेकर चलता है। शिवलिंग, शिव की गर्दन में लिपटा साँप, देवदासी और वह ज़हर की बोतल जो शिव के पिए जाने वाले विष का प्रतीक है। अरबों द्वारा लाया धर्म और भाषा जो सदियों बाद भी लेखक सहज रूप से ग्रहण नहीं कर पाता और अपने को उन्हीं आतिशकदों (अग्निकुंड) से जोड़कर वह शिवलिंग के खंभों के साए में जीना चाहता है जो धर्म नहीं बल्कि उस सभ्यता एवं संस्कृति की ओर इशारा करता है जो इस इलाक़े में साझी एकता थी। वास्तव में अनादि और अनंत का बार-बार ज़िक्र भी इसी कारण लाया जाता है। ख़ुदा से शिकवा ज़रूर है परंतु उसके प्रति कोई अनादर नहीं। परंतु जड़ता जो धर्म की हो या विचार की उसके प्रति गहरा आक्रोश है। क़स्साब का ज़िक्र, हाथ काटकर कड़ाही में डालना, ये सारी बातें और इसी तरह की और दूसरी अमानवीय घटनाएँ सादिक़ को मानसिक पीड़ा पहुँचाती हैं। वह शाकाहारी थे। मांसाहारी होना उनके लिए एक ग़ैर इंसानी काम था, ज़िंदा जानवर पर मुर्दा जानवर लदवाना।

बुफ़-ए-कूर (अंधा उल्लू) में लेखक स्वयं को अशुभ पंछी का रूप देता है और यह बताता है कि वह इस दुनिया के लायक नहीं। यहाँ जीने वाले कुछ अलग तरह के लोग हैं जो केवल धन और वासना की हवस रखते हैं और ऐसे लोगों का उसे एक समूह नज़र आता है जो समाज के हर वर्ग में मौजूद हैं जिसे वह 'रजालेह' का नाम देते हैं। इस शब्द का अनुवाद शब्दकोश के अनुसार नौकर या टहलुवा है। दूसरे उच्चारण के साथ नौकरशाही का भी अर्थ देता है। मगर जिस मायनों में लेखक उसे ले रहा था वह केवल निम्नवर्ग या हल्के लोग तक सीमित नहीं था। कुकर्मी का अर्थ भी लगाया जा सकता था इत्तफ़ाक़ से एक शब्द 'घटिहा' शब्दकोश में मिल गया जो उसके रजालेह के समानान्तर लगा। जिसमें वे सारे अर्थ समाहित हो जाते हैं जिनकी तरफ़ लेखक का संकेत है : स्वार्थ साधने वाला, व्यभिचारी, लम्पट, दुष्ट, नीच, छली। सब से बड़ी मेरी परेशानी 'लक्काते' को लेकर थी कि क्या मैं रंडी की जगह 'बदचलन' प्रयोग करूँ या फिर लक्काते चलने दूँ। पुस्तक से कई बार गुज़रने के बाद मुझे लगा जो शब्द एक संवेदनशील, बाहोश, जागरूक लेखक लिख रहा है उसकी पर्दादारी करने वाली मैं कौन हूँ और हो सकता है यह भी एक रूपक हो। ईरान की आधुनिकता और विदेशों का प्रभाव ज़्यादातर पसंद नहीं किया जाता था। हो सकता है लक्काते वह व्यवस्था थी जो बनावटी अंदाज़ से अपने को सजा चुकी थी। उस व्यवस्था में उसके पास देशवासियों के लिए समय न था कि उनकी स्थिति क्या है। तभी सपने में उस मासूम लड़की का आना छुपन छुपाई खेलना एक गहरी पीड़ा का संकेत था। गुलदान का ले जाना भी इशारा है ईरान की धरती से बहुत कुछ

लूटकर ले जाने की ओर—यह सारे दुखों से भागना अपने को नशे के हवाले करना था। तिरयाक का सहारा बहुत बड़ा था। आम पाठक के लिए यह एक आम सी कहानी भी है और जो उस इलाक़े को, देश को जानते हैं, उनके लिए बहुत ख़ास। सादिक़ अपने छोटे से वाक्य में बहुत कुछ कह जाते हैं, जैसे प्रेम व द्वेष का बारीक फ़र्क़ का ज़िक्र भी लेखक द्वारा एक जगह किया गया है। शायद उसी तरह जैसे लेखक इस घटिया दुखों से भरी दुनिया को नहीं देखना चाहता है और अंत में आँख का मुट्ठी में आना भी एक संकेत हो। उसी तरह जिस तरह क़ब्रिस्तान, कोच और कोचवाला व मौसम का बदली भरा होना जो ईरान का न होकर फ्रांस का है जहाँ लंबे अरसे तक हिदायत रहे भी, वहीं उनकी मुहब्बत ने दम तोड़ा और वहीं उन्होंने मौत को गले लगाया।

एक सौ बीस पन्नों पर फैला यह लघु उपन्यास जिस पर दो सौ चार सौ पन्नों की पुस्तकें लिखी जा चुकी हैं वह अकारण नहीं है। क्योंकि इस उपन्यास की हर पंक्ति अपने में सागर समोए हुए है—दर्शन, इतिहास, संवेदना, विचारों का! इसलिए पाठक यदि मेरी विवेचना को रद्द करते हुए अपनी व्याख्या *अंधा उल्लू* के बारे में दें तो यह कमाल *बुफ़-ए-कूर* उपन्यास का है।

अंधा उल्लू

सादिक़ हिदायत

ज़िंदगी में कुछ घाव ऐसे भी होते हैं जो तन्हाई में कोढ़ बन रूह को ख़ाते और तराशते रहते हैं।

ऐसी पीड़ा का इज़हार किसी से किया भी तो नहीं जा सकता है क्योंकि हममें से ज़्यादातर लोग यक़ीन न आने वाली व्यथा को संयोग या फिर हैरतअंगेज़ व अद्भुत हादसों में शुमार करते हैं। इत्तफ़ाक़ से कोई मुँह खोल दे या फिर अपना दिल काग़ज़ के पन्नों पर उड़ेल दे तो तयशुदा सोच वाले और केवल अपने तक सीमित रहने वाले शक भरी मुस्कान और मज़ाक़ उड़ाने वाले अंदाज़ से उसे सुनेंगे। मुश्किल तो सबसे बड़ी यह है कि अभी इंसान इसका कोई सही उपचार ढूँढ़ नहीं पाया है, सिवाए नशे और नींद के। अपने दर्द से भागने के लिए अफ़ीम या इसी तरह की अन्य नशीली चीज़ों के सेवन से वह वक़्ती तौर पर सुकून तो हासिल कर लेता है मगर जब वह बनावटी नींद से जागता है तो दर्द की शिद्दत में पहले से कहीं ज़्यादा इज़ाफ़ा पाता है।

वास्तव में इस भेद को जाना जा सकता है जो अनहोनी घटनाओं के रूप में, बेहोशी और होशमंदी के बीच, आत्मा की छाया बन प्रतिबिम्बित होती हैं। उसका सुराग़ कौन पा सकता है?

अनहोनी घटनाओं में से मैं केवल उसी घटना का यहाँ ज़िक्र करना चाहूँगा जो मुझ से ताल्लुक़ रखती है। जिसने मेरे सारे वजूद को हिलाकर रख दिया है जब तक मैं ज़िंदा हूँ उसे भुला देना मेरे लिए मुहाल है। नित्यता से अनादिकाल तक, वहाँ से जहाँ तक इंसानी समझ और सोच की पहुँच मुमकिन नहीं, मेरी ज़िंदगी उस हद तक ज़हर में डूब चुकी है। ज़हर शब्द को मैंने लिखा ज़रूर है, दरअसल मैं कहना चाहता हूँ कि यह 'दाग़' जो मुझे लग चुका है अब वह मेरी सारी ज़िंदगी का साथी है।

मैं अपनी पूरी कोशिश करूँगा कि वह सब जो इस घटना से संबंधित बातें हैं और वह सब कुछ जो यादों के नाम पर मेरी आँखों में बसा है सारा का सारा लिख डालूँ; हो सकता है इस तरह मैं एक अन्तिम फ़ैसले पर पहुँचूँ, न सिर्फ़ इससे मुझे सुकून मिलेगा बल्कि अपने ऊपर मेरा विश्वास भी बढ़ेगा। मुझे इस बात की ज़रा भी

परवाह नहीं कि दूसरे क्या सोचते हैं और उन्हें मेरी बातों पर एतबार आता है या नहीं, मेरी चिंता सिर्फ़ इतनी है कि मैं अपने को पहचानने से पहले कहीं मर न जाऊँ?

ज़िंदगी के विभिन्न अनुभवों से गुज़रता हुआ मैं इस नतीजे पर पहुँचा हूँ कि मेरे और दूसरों के बीच एक गहरी खाई है। मैं इस बात की तह तक पहुँच चुका हूँ कि ख़ामोशी मेरे लिए ज़रूरी है—ख़ासतौर से अपने ख़्यालात को ख़ुद अपने तक रखना। अभी-अभी जो मैंने लिखने का फ़ैसला लिया है, वह सिर्फ़ इसलिए कि ख़ुद को मैं अपनी छाया से मिलवाऊँ। छाया जो दीवार पर कुछ इस अंदाज़ से झुकी हुई है मानो मैं जो कुछ काग़ज़ पर उतारूँगा, वह उससे कहीं ज़्यादा जानती है। मैं इसके इस दावे को परखना चाहता हूँ। देखता हूँ शायद इसी तरीक़े से हम एक-दूसरे को बेहतर तरह से पहचान सकें। वैसे भी अरसा हुआ मैंने दूसरों से मिलना-जुलना छोड़ दिया है। सिर्फ़ इसलिए कि मैं चाहता हूँ ख़ुद को बाख़ूबी समझ सकूँ।

खोखली सोच! ठीक है लेकिन हर हक़ीक़त से ज़्यादा मुझे अपने वश में करती है।

ये लोग जो देखने में मेरी तरह लगते हैं जो ऊपरी तौर पर मेरी तरह की इच्छाएँ और आवश्यकताएँ रखते हैं क्या वे मुझे फ़रेब देने के लिए नहीं हैं? क्या यह मुट्ठी भर परछाइयाँ नहीं, जो मेरा मज़ाक़ उड़ाने और मुझे ठगने के लिए आईं हैं? जो मैं महसूस करता हूँ, देखता हूँ, समझता हूँ क्या वह सब वास्तविकता से दूर, केवल भ्रम है?

मैं सिर्फ़ अपनी छाया के लिए लिखने जा रहा हूँ जो लैम्प के सामने दीवार पर पड़ रही है। अब ज़रूरी है कि मैं उससे अपना परिचय कराऊँ।

दो

यह घटिया दुनिया जहाँ ग़रीबी और बेबसी का राज है। वहाँ, मुझे पहली बार ऐसा महसूस हुआ जैसे मेरी ज़िंदगी में सूरज की किरण चमकी हो मगर अफ़सोस! वह सूरज की किरण नहीं थी बल्कि कौंध भर थी या फिर कोई पुच्छल तारा जो एक औरत के भेस में था। एक फ़रिश्ते के रूप में उभरी उस एक पल में, उस एक लम्हे में, मुझे अपनी सारी तबाही और बर्बादी नज़र आ गई। मैं उस भव्यता एवं गरिमा का पीछा करता, जो किरण भँवर की कालिमा में हर हाल में डूबने वाली थी कि अचानक एक आन में मेरी आँखों से ओझल हो गई। जिसे मैं अपने लिए संजो न पाया।

आज उसे खोए हुए तीन माह, नहीं दो माह चार दिन गुज़र गए। उसकी फिर कोई झलक मुझे देखने को नसीब न हुई। लेकिन उसकी कभी न भूलने वाली वह जादुई आँखें, मार डालने वाली उन आँखें की चमक, मेरी यादों में हमेशा बसी रहेगी। जो मेरे जीवन का अटूट हिस्सा बन चुकी है। उसे भला मैं कैसे भूल सकता हूँ।

मैं उसका नाम कभी ज़बान पर नहीं लाऊँगा। बारीक धुंध में लिपटी अपनी चकित चमकीली आँखों के संग जिसके पीछे दर्द से भरी मेरी ज़िंदगी धीमे-धीमे

जल और पिघल रही है। वह इस घटिया बेरहम दुनिया से नहीं है, कभी नहीं, मैं उसका नाम कैसे ज़मीन की दूसरी चीज़ों के साथ मिला सकता हूँ।

इसके बाद मैंने अपने को इंसानों, मूर्खों और भाग्यशाली कहलाने वालों के जमघट से कोसों दूर कर लिया और भूल जाने के लिए शराब और तिरयाक की पनाह में आ गया। मेरी सारी ज़िंदगी उस चहारदीवारी में सिमट कर रह गई जहाँ मेरे रात-दिन गुज़र रहे हैं और आगे भी इसी तरह बीतेंगे।

सारा सारा दिन मैं क़लमदानों के चमड़ों के ख़ोलों पर चित्रकारी करने में गुज़ार देता, बाक़ी वक़्त मैं तिरयाक और शराबनोशी में डूबा रहता हूँ। सच पूछा जाए तो मैंने मसख़रों जैसा काम केवल इसलिए करना शुरू किया था ताकि इस बहाने मैं ख़ुद को बहलाए रखूँ और किसी तरह वक़्त काट सकूँ।

संयोग से मेरा घर शहर से बाहर एक पुरसुकून जगह पर था। शोरग़ुल और लोगों के जंजाल व भीड़-भड़क्के से अलग थलग, जिसके चारों तरफ़ फैले खँडहर थे, केवल उस तरफ़ खाई थी। जिसके क़रीब कच्चे मकानों की क़तारें थीं जहाँ से शहर की शुरुआत होती थी। नहीं जानता इस घर को किस दीवाने मजनू या फूहड़ ने पिछले वक़्तों में बनाया था। जब कभी आँखें बंद करता हूँ तो न सिर्फ़ उसके सारे अदृश्य सूराख़ तक आँखों के सामने तैरने लगते हैं बल्कि उनका सारा बोझ मुझे अपने कंधों पर लदा महसूस होता है।

हो सकता है बहुत पहले कभी इन घरों का चित्र क़लमदानों के ख़ोलों पर बनाए जाते रहे हों।

यह सब कुछ लिखना ज़रूरी है ताकि मैं समझ सकूँ कि यह सब अपने में अस्पष्ट तो नहीं है। कहीं कोई घपला तो नहीं है। फिर ये सारी बातें मैं दीवार पर पड़ रही अपनी छाया से कहूँगा, हो सकता है यह सिर्फ़ मेरी ख़ुशफ़हमी हो या फिर दिल का बहलावा भर हो।

इस मसख़रेपन वाली व्यस्तता के साथ अपने घर की चहारदीवारी में क़ैद मैं ब्रश चलाता रहता हूँ और समय दबे पाँव चींटी की रफ़्तार से गुज़रता रहता है। मगर उन दोनों आँखों के दीदार के बाद अचानक दुनिया की हर चीज़ का अर्थ, अहमियत और भाव मेरे लिए अपना महत्त्व खो चुके हैं। यह अजीब व ग़रीब बात है जो किसी भी तरह से यक़ीन के क़ाबिल नहीं है, वह यह कि मेरे हर चित्र में उभरने वाला दृश्य शुरू से आज तक एक सा रहता है। एक सर्व का वृक्ष है जिसके नीचे एक बूढ़ा कूबड़ निकाले ठीक हिंदुस्तानी जोगियों की तरह सिर पर साफ़ा बाँधे और बदन पर अबा लपेटे पालथी मारकर आश्चर्य की स्थिति में बैठा है और बाएँ हाथ की तर्जनी को अपने होंठों पर रखे है। ठीक उसके सामने एक लड़की लंबा काला वस्त्र धारण किए, थोड़ी सी झुकी उसे नीलोफ़र के फूल भेंट कर रही है। उनके बीच में पतली-सी नदी की धारा बह रही है।

क्या पहले कहीं मैंने यह दृश्य देखा है या फिर सपने में पाया कोई ख़ुदाई संकेत हो ? नहीं जानता, लेकिन जब भी पेंटिंग करता हूँ यही दृश्य यही विषय उभरता है। बिना किसी इरादे के अपने आप ब्रश चलने लगता है और ताज्जुब तो यह कि बाज़ार में इसकी माँग भी बहुत है। अपने चचा के ज़रिए ये सारे चमड़े के खोल मैं हिंदुस्तान बिकने के लिए भेजता रहता हूँ और वे बिक्री के बाद मुझे रुपये भेज देते हैं।

यह दृश्य यादों में कभी नज़दीक आता तो कभी दूर चला जाता। ठीक से याद नहीं। अभी जो घटना मेरे ज़हन में उभरी तो सोचा अपने संस्मरण लिख डालूँ, लेकिन यह अनहोनी बहुत बाद में घटी इस का कोई संबंध इस विषय से नहीं है लेकिन उसके प्रभाव में आकर मैंने चित्र बनाना हमेशा के लिए छोड़ दिया। दो मास पहले, नहीं दो मास चार दिन गुज़रे थे। वह नौरोज़ का तेरहवाँ दिन था। लोग शहर से बाहर इकट्ठा थे। मैंने कमरे की खिड़की बंद कर ली ताकि आराम से चित्र बना सकूँ। सूरज केडूबने का समय हो रहा था मैं ब्रश चलाने में व्यस्त था कि अचानक दरवाज़ा खुला और मेरा चचा अनायास कमरे में दाख़िल हुआ। यह तो ख़ुद उसने बताया था कि वह मेरा चचा है वरना मैंने इससे पहले उसे कभी नहीं देखा था। क्योंकि वह जवानी में ही दूर किसी यात्रा पर निकल चुका था। जैसे कि वह कश्ती का बादबान हो। अचानक ख़्याल गुज़रा कि कहीं इसको मुझसे कोई तिजारती काम तो नहीं आन पड़ा। कभी मैंने यह किसी से सुना था कि वह तिजारत भी करता है। बहरहाल देखने में चचा बूढ़ा और झुका हुआ नज़र आ रहा था। सिर पर हिंदुस्तानी साफ़ा लपेटे हुए, कंधों से पीले रंग की फटी अबा झूलती सी और गर्दन में पड़ी शाल से अपना सिर और दाढ़ी ढके हुए था। खुले गरेबान से उसके सीने के घने बाल नज़र आ रहे थे। दाढ़ी के छिदरे बाल शाल की लपेट से झाँक रहे थे जो आराम से एक-एक करके गिने जा सकते थे। पपोटे नासूर की तरह सुर्ख़ और होंठ पैदाइशी अधकटा हुआ। आश्चर्य! इस समय बिल्कुल जोकरों वाली समानता मुझमें और चचा में लग रही थी। जैसे मेरी छवि बिगड़े आईने में अटककर रह गई हो। जब कभी पिता की कल्पना मैंने की तो वह भी कुछ इसी शक्ल व सूरत के साथ ज़हन में उभरे।

कमरे में घुसते ही वह एक तरफ़ पालथी मारकर बैठ गए। मुझे लगा कि चचा की आवभगत मुझे करनी चाहिए। चिराग़ जला दिया और सामान वाली कोठरी की ओर गया और खाने के लिए कुछ तलाश करने लगा। वहाँ न पीने को शराब न खींचने को तिरयाक बाक़ी बचा था। अचानक मेरी नज़र ताक़चे की ओर उठ गई मुझे ऐसा लगा जैसे यहाँ कुछ हो सकता है, वाक़ई वहाँ शराब की एक छोटी बोतल रखी दिखी जो मुझे विरासत में मिली थी। मेरे जन्म के समय खींची गई शराब तब से अब तक यहाँ रखी थी। इस बीच मुझे कभी उसका ख़्याल भी नहीं आया था, और न ही मुझे याद रहा कि यहाँ एक बोतल शराब भी मौजूद है। मेरा हाथ उस बोतल तक पहुँच जाए इसलिए मैंने पास पड़ा स्टूल घसीटा और उस पर चढ़ गया।

चाहता था कि बोतल हाथ बढ़ाकर उठाऊँ कि अकस्मात् मेरी निगाह कारनिस के हवादान से होती कमरे के पीछे फैले मैदान पर जा पड़ी। वहाँ एक बूढ़ा कुबड़ा सर्व के दरख़्त के नीचे बैठा था और एक जवान लड़की, नहीं एक आसमानी फरिश्ते के रूप में वह युवती थोड़ा सा आगे झुकी हुई अपने दाहिने हाथ में पकड़े गहरे नीले रंग के नीलोफ़र के फूल को आगे बढ़ा रही थी जबकि बूढ़ा अपने बायें हाथ की उँगली का नाख़ून दाँतों से चबा रहा था।

लड़की ठीक मेरे सामने चेहरा किए खड़ी हुई थी। देखने से लग रहा था कि जैसे लड़की अपने परिवेश से बिल्कुल बेख़बर हो। वह देख रही थी मगर इस तरह नहीं जैसे उसे देखना चाहिए था। बिना किसी इरादे के मदहोश सी मुस्कान उसके होंठों के किनारों पर आन कर जैसे ठहर सी गई थी मानो वह किसी अदृश्य व्यक्ति के ख़्यालों में डूबी हो।

यही वह वक़्त था जब ख़तरनाक जादूगर जैसी फ़रेबी आँखों से मेरी आँखें चार हुईं जिनमें तल्ख़ी भरी फटकार, बला की बेचैनी, ताज्जुब, चेतावनी और वायदों के तैरते भावों को एक साथ नाचते हुए मैंने देखा; और मेरी ज़िंदगी में चमकी वह इकलौती किरण उन भाव मिश्रित अर्थपूर्ण आँखों की गहराई में एकाएक जा समाई। आइने की तरह झिलमिलाती वे आँखें चुंबकीय आकर्षण से भरपूर उस एक पल में मेरे पूरे अस्तित्व को वहाँ तक खींच कर ले गईं जहाँ तक इंसानी अक़्ल का पहुँचना दुश्वार था। उन तिरछी तुर्कमानी आँखों में कैसी अद्‌भुत सी नशीली चमक, साथ ही साथ भयभीत करने वाली तरंगें जो अपने में सोख लेने की कैफ़ियत रखती थी। जिन्हें देखकर गुमान होता था जैसे कि इन आँखों ने कोई बेहद डरावना दृश्य देखा हो, कुछ ऐसा जो क़ुदरत से परे हो और जिसे हर कोई नहीं देख सकता है। उसके हड्‌डी उठे कपोल, चौड़ा ललाट, बारीक आपस में मिली हुई भवें, भरे भरे होंठ, आधे खुले से जैसे अभी-अभी एक भरपूर ऊष्मा से भरे चुंबन से अलग हुए हों और जी न भरा हो। काले खुले बिखरे बाल उसके चाँद जैसे चेहरे को बादलों की तरह घेरे हुए थे। अंगों की कोमलता और लापरवाही भरी अदा का यह वक़्ती ठहराव साफ़ बता रहा था कि यह संतुलन भारतीय बुतख़ाने की नर्तकी में ही मुमकिन हो सकता है।

उसकी उदासी और दुख भरी ख़ुशी ये सारी कैफ़ियतें साफ़ बता रही थीं कि न इसका हुस्न मामूली है और न ही उसका व्यक्तित्व। वह एक नशीले सपने की तरह मेरे सामने थी। मेरे अंदर भी उसने 'महरे गियाह'* जैसी इश्क़ की तपिश भर

* एक तरह की बेलें हैं जो आपस में उलझी होती हैं। उनकी पत्तियाँ इंसानों के हाथों की तरह होती हैं। उनमें गोल फल जो बीच से इस तरह फटे होते हैं जैसे खुले होंठ। सिसली में पाई जाने वाली यह वनस्पति मर्द व औरत के प्यार का रूपक है। इस पर ढेरों कहानियाँ व क़िस्से लिखे जा चुके हैं। हिंदुस्तान में यह 'देखा देखी' के नाम से जानी जाती है (शब्दकोश दहख़ुदा)

दी। उसके नाजुक बदन का आकार, कंधे से बाजू तक का मुनासिब कटाव जो उसके कूल्हों से होता पैर के पंजों तक आ रहा था। उसे देखकर लग रहा था जैसे कि उसे उसके जोड़े के आग़ोश से खींचकर ज़बर्दस्ती लाया गया हो। वह सृष्टि का मूल तत्त्व थी जिसे उसकी जड़ों से उखाड़ा गया था। उसने चुन्नट भरा लिबास पहन रखा था जो उसके बदन से चिपका हुआ था। मेरी नज़र जब पहली बार उस पर पड़ी थी तो ऐसा लग रहा था जैसे अपने और बूढ़े के बीच की पतली नदी की धार को वह उड़कर पार करना चाहती हो जो वह नहीं कर पाई। ठीक उसी समय बूढ़ा हँस पड़ा, उसकी वीभत्स हँसी ऐसी थी जिसे सुनकर किसी भी आदमी के बदन के रोंगटे खड़े हो सकते थे। वह दो ध्वनियों वाली हँसी सूखी और उपहास से भरपूर बिना चेहरे के भाव को बदले हुए गूँजी थी, जैसे अंदर के ख़ालीपन को उसने उगला हो।

शराब की बोतल हाथ में थामे हुए मैं स्टूल से कूद पड़ा। मैं बुरी तरह काँप रहा था। मेरा काँपना पता नहीं क्यों भय और सुख की मिली-जुली हालत थी जैसे मैंने कोई वहशतनाक सपना देखा हो। शराब की बोतल को मैंने वहीं ज़मीन पर रखा और अपने दोनों हाथों से सिर को पकड़ा, पता नहीं मैं कितने घंटे और मिनट उस स्थिति में रहा, नहीं समझ पाया? जैसे ही मेरे हवास वापस लोटे मैं शराब की बोतल उठाकर कमरे में लौटा, देखा चचा वहाँ नहीं थे। कमरे का दरवाज़ा मुर्दे के मुँह की तरह सपाट खुला छोड़ गए थे। मैं अभी भी बूढ़े की उस भयानक हँसी से ज़हनी तौर पर निकल नहीं पाया था।

अँधेरा फैल चुका था। लैम्प से धुआँ निकलने लगा था। वह झुरझुरी, डर और आनंद भरी मुझे कुछ देर पहले जो बुरी तरह झिंझोड़ चुकी थी उसका असर अभी बाक़ी था। एक नज़र काफ़ी थी मेरी ज़िंदगी को बदलने के लिए। वह आसमानी फ़रिश्ता, वह ख़्यालों में बसी लड़की जिसने इंसानी अक़्ल से परे मुझ पर अपना प्रभाव डाला था।

मैं उस वक़्त अपने आप में नहीं था ऐसा लग रहा था जैसे मैं उस लड़की का नाम पहले से जानता हूँ। आँखों से फूटती रौशनी, रंग, ख़ुशबू,अदाएँ, उसका सब कुछ मेरा जाना पहचाना सा था। मसलन पिछली ज़िंदगी में हमारी आत्मा एक थी। हम एक ही स्रोत से थे इसलिए अब हमें एक हो जाना चाहिए और इस ज़िंदगी में साथ-साथ रहना चाहिए, एक दूसरे से बँध जाना चाहिए। मेरा हरग़िज़ यह मतलब नहीं है कि मैं उसका स्पर्श करूँ, बल्कि नज़र न आने वाली तरंगें जो हमारे शरीर से निकली हों और आपस में घुलमिल गईं हों, मेरे लिए बस उतना ही काफ़ी था। यह संयोग कैसा विचित्र था कि वह पहली नज़र में मुझे अपनी सी लगी। क्या हमेशा ही ऐसा होता है दो प्रेमियों के बीच, जैसे उन्होंने पहले भी एक दूसरे को देख रखा हो और उनके बीच पूर्व परिचय की अंतर-धारा बहती रही हो? इस अजीब दुनिया में

क्या मैं उसका प्यार चाहता था या फिर किसी का भी, या फिर कोई दूसरा इस तरह से मुझे प्रभावित कर पाता ? बूढ़े का खरखराता भयानक अट्टहास गूँजा और हमारे बीच का रिश्ता उस मनहूस ने काट दिया।

तमाम रात मैं इस चिंता में डूबा रहा कि जाऊँ और उस रौशनदान से बाहर झाँकूँ मगर बूढ़े की भयानक हँसी से भयभीत रहा, दूसरे दिन भी इसी चिंता में डूबा रहा क्या मैं उसके दीदार से हमेशा के लिए आँखें फेर सकता हूँ। तीसरे दिन आख़िर डर से काँपने के बावजूद मैंने फ़ैसला कर लिया कि मैं शराब की छोटी बोतल को उठाकर उसकी जगह पर रख दूँगा। मैंने कोने का पर्दा हटाया और झाँका, काली दीवार, वही अँधेरा जिसने मेरी ज़िंदगी को ढक रखा था मेरे सामने फैला हुआ था। वहाँ कोई रौशनदान नज़र नहीं आ रहा था। रौशनदान चारों दीवारों के बीच से अचानक कहीं ग़ायब हो चुका था और दीवारें सपाट लग रहीं थीं जैसे यहाँ कोई रौशनदान कभी था ही नहीं। मैंने स्टूल को अपनी तरफ़ खींचा और जितनी ज़ोर से मुट्ठी दीवार पर मार सकता था मारी, दीवार में कान लगाकर आहट लेनी चाही, चिराग़ उठाकर नज़रें दौड़ाई लेकिन छोटा-सा निशान तक रौशनदान का कहीं मौजूद नहीं था। मेरी मुट्ठियों की चोट भी मोटी मज़बूत दीवार का कुछ भी न बिगाड़ सकीं।

तीन

क्या मैं इस पूरी घटना से आँख मूँद लूँ ? मगर ऐसा कर पाना मेरे बस में नहीं रह गया था। लगता था मेरी रूह पूरी तरह उसके चंगुल में फँस चुकी थी। इंतज़ार में रहा, सचेत रहा, जुस्तुजू में रहा मगर नतीजा कुछ हाथ न लगा। घर के चारों तरफ़ चक्कर लगाकर ज़मीन रौंद डाली, एक दिन दो दिन नहीं बल्कि दो माह चार दिन, ठीक उसी तरह जैसे हत्यारे अपने जुर्म के स्थान पर लौटते हैं। मैं भी हर दिन सूरज डूबने के समय सिर कटे मुर्ग़े की तरह अपने घर के चारों तरफ़ छटपटाता फिरता रहता। यहाँ तक कि मैंने उस जगह की रेत का एक-एक कण और चारों तरफ़ बिखरे पत्थरों को अच्छी तरह पहचान लिया था लेकिन कोई भी निशान सर्व के वृक्ष, नहर और किसी आदमी का वहाँ नहीं मिला था। रातों को चाँद की रौशनी में इस उम्मीद में जूते की एड़ियाँ घिस डालीं कि शायद पेड़ों, पत्थरों और चाँद की निगाहें मुझ पर पड़ जाएँ। इन सभी के सामने गिड़गिड़ाया, विनती की मगर उसकी हल्की सी झलक तक मुझे देखने को नहीं मिली। मैं समझ गया मेरी सारी कोशिशें बेकार हैं क्योंकि वह इस दुनिया की नहीं है। तब भला उन चीज़ों से वह कैसे ताल्लुक़ रख सकती थी। पानी जिससे उसके बाल धुले थे ज़रूर उस जादुई चश्मे से होगा जो गुफ़ा में दूसरों की नज़रों से छुपा बहता होगा और उसके कपड़ों के रेशम और सूत, जिनसे वह बुना गया होगा कोई साधारण धागे नहीं होंगे और न ही किसी आम आदमी के

हाथों वह सिला गया होगा। वह ख़ुद भी अद्वितीय व्यक्तित्व की मालिक थी। समझ गया हूँ मैं कि वह नीलोफर कोई मामूली फूल नहीं थे, मुझे इत्मीनान सा हुआ कि अगर वह मामूली पानी से अपना मुँह धोती तो उसका चेहरा कुम्हला जाता और अगर अपनी पतली लंबी उँगलियों से नीलोफ़र का मामूली फूल तोड़ती तो उसकी उँगलियाँ फूल सी मुरझाई पँखुड़ियों की तरह झड़ जातीं।

इन सारी बातों को मैं समझ चुका था। यह लड़की नहीं, यह फ़रिश्ता, मेरे लिए आश्चर्य और देववाणी का ऐसा बोध थी जिसे बयान नहीं किया जा सकता था। उसका वजूद सुकमार और अनछुआ था। वह थी जिसने मुझमें सोई इबादत की भावना को जगाया। मुझे इस बात का इत्मीनान सा था जैसे एक अजनबी एक बेहद मामूली आदमी की नज़रें उसे मलिन और अपवित्र कर देंगी। जबसे मैंने उसे खोया है तब से सीसक की बनी एक मज़बूत दीवार बिना किसी झरोखे के मेरे और उसके बीच रुकावट बनकर खड़ी हो गई। मैंने महसूस किया है कि मेरी ज़िंदगी हमेशा से निरर्थक और ख़ाली-ख़ाली सी रही है, तो भी मैंने उसकी आँखों से असीम आनंद और मेहरबानी के तैरते भावों को महसूस किया है मगर यह सब एकतरफ़ा था, मुझे जवाब नहीं मिला, क्योंकि उसने मुझे देखा ही कहाँ था। मुझे उन चितवनों की ज़रूरत थी, सिर्फ़ एक नज़र उसकी मेरे लिए काफ़ी थी जो जीवनदर्शन की सारी पेचीदगियों और ख़ुदा के वजूद की पहेलियों को मेरे लिए हल कर देती। फिर मेरे लिए कोई गुत्थी कोई भेद वजूद न रखता।

इस हादसे के बाद मैंने शराब और तिरयाक की मिक़दार ज़्यादा कर दी जो मेरे घाव पर फाया रखने की जगह, हर क्षण, हर घंटे, दिन-ब-दिन उसकी याद मुझे पहले से कहीं ज़्यादा बेचैन करती। उसका ख़्याल उसका चेहरा, उसका बदन मेरी आँखों के सामने पहले से कहीं ज़्यादा शिद्दत से उभरता।

मैं ऐसा क्या करूँ जो उसे भूल जाऊँ? मेरी आँखें खुलीं हों या बंद, वह तो मेरे सामने सोते-जागते मौजूद रहती उस रात जब फ़िक्र और तर्क जैसे कि घुल मिल गए हों। उस चार कोने वाले रौशनदान से दिखता वह बाहर का दृश्य मेरी आँखों से एक पल के लिए भी ओझल नहीं हो पाया था।

मेरा आराम और चैन लुट चुका था। हर रोज़ सूरज डूबने के समय मेरी दिनचर्या सी बन गई थी कि मैं बाहर टहलने जाऊँ। एक ज़िद सी सवार हो गई थी कि सर्व के पेड़, नदी की पतली धारा और नीलोफर के पौधों को ढूँढ़ निकालूँ। जिस तरह मुझे शराब और तिरयाक की लत लग गई थी उसी तरह टहलने की भी आदत पड़ चुकी थी। जैसे मेरे अन्दर छुपी कोई शक्ति मुझे इस काम के लिए प्रेरित करती हो। तमाम रास्ते मैं उसकी फ़िक्र में डूबा रहता। नौरोज़ के तेरहवें दिन जिस तरह मुझे वह नज़र आई थी काश! उसी तरह फिर मुझे नज़र आ जाए। अगर सर्व का पेड़ ढूँढ़ लेता, उसकी छाया में कुछ देर बैठ लेता तो मेरे अंदर की यह व्याकुलता भरी

तृष्णा शांत हो जाती। लेकिन अफ़सोस वहाँ केवल झाड़ियाँ, जलती रेत और बदबू फैलाती घूरे पर पड़ी घोड़े और कुत्ते की पसलियों के अलावा कहीं कुछ न था। क्या सचमुच मेरी मुलाक़ात उससे हुई थी? नहीं, हरगिज़ नहीं, मैंने चोरी से छुपकर अपने रौशनदान से उसे देखा भर था। ठीक उस भूखे कुत्ते की तरह जो बू सूँघता हुआ घूरे के ढेर में से अपने लिए कोई चीज़ खाने के लिए ढूँढ़ रहा हो। मगर जैसे ही दूर से कूड़ादान उठाए किसी को घूरे की तरफ़ आता देखता डरकर फ़ौरन छुप जाता है फिर लौटता है और अपने लिए मज़ेदार टुकड़े को ढूँढ़ने की कोशिश में दोबारा जुट जाता है। मेरा भी कुछ ऐसा ही हाल था। लेकिन दीवार का वह मुख़्खा तो बंद हो चुका है। वह मेरे लिए तरोताज़ा फूलों का गुलदस्ता थी जो अब घूरे पर फेंका जा चुका था।

हर रात की तरह, मैं आख़िरी रात भी टहलने निकला। मौसम घटा भरा था। हलकी बारिश के साथ गहरी धुंध चारों तरफ़ छाई हुई थी। बारिश जो रंगों की कुरूपता और चीज़ों के घिनौनेपन को छुपा लेती है। मैंने भी अपने अंदर अजीब-सा सुकून और खुलापन महसूस किया जैसे बारिश की गिरती बूँदों ने मेरे अंदर की निराशा भरी सियाही को धो डाला हो। आज की रात जो नहीं घटना चाहिए था वह घट गया। मैं सदा की भाँति अकारण ही अपनी सोच में गुम था। तन्हाई के इन क्षणों में कब तक अपने से बात करने में डूबा रहा मुझे याद नहीं। मैं पहले से भी कहीं ज़्यादा भयभीत हो उठा जब मैंने बादलों के झीने ग़ुबार के बीच से उसका चेहरा अचानक उभरता देखा। भावहीन और कैफ़ियत कुछ ऐसी जैसे दावात के ख़ोल पर बना चित्र, ठहरा और बेजान।

जब लौटने लगा तो अंदाज़ा हुआ कि रात आधी से ज़्यादा गुज़र चुकी है। बादल ज़्यादा घने हो उठे थे। इतने कि मुझे अपने पैरों के आसपास कुछ सुझाई नहीं दे रहा था। अपनी आदत के अनुसार गुमान सा हुआ जैसे घर के ठीक सामने किसी औरत का काला साया बैठा हुआ हो।

मैंने माचिस जलाई ताकि कुंजी का छेद देख सकूँ। मेरी नज़रें यूँ ही उस साए की तरफ़ उठ गईं। दो शालीन आँखें, काली बड़ी-बड़ी सी, उसके चाँद जैसे कमज़ोर चेहरे पर नज़र आईं। वही आँखें जिनकी चमक से किसी की भी आँखें चकाचौंध हो सकती थीं। नहीं, मुझे धोखा नहीं हुआ। यह काली परछाईं उसी की थी। देखते ही मैं उसे पहचान गया अगर उसे पहले न देख रखा होता। वह वही थी। मेरी हालत उस शख़्स जैसी हो गई जो ख़्वाब देख रहा हो और ख़ुद समझ भी रहा हो कि यह महज़ ख़्वाब है और चाहता है जाग जाए मगर उससे हो नहीं पाता। मैं पूरी तरह चकराया अपनी जगह जम सा गया था अगर जलती तीली मेरी उँगली के पोरो को जला न बैठती तो मैं अपने होश में ही न आता। किसी तरह कुँजी को ताले में घुमाया, दरवाज़ा खोलकर मैं एक किनारे हठ गया। वह फुटपाथ से उठी और

अँधेरा दालान पार करती हुई कमरे में दाख़िल हो गई जैसे उसे रास्ते का पता हो। मैं भी उसके पीछे कमरे में गया। बौखलाया सा, मैंने आगे बढ़कर लैम्प जलाया तो देखा कि वह सीधे जाकर मेरे बिस्तर पर लेट गई थी। उसका चेहरा अँधेरे में था। नहीं जानता कि उसने मुझे देखा या नहीं। वह मेरी आवाज़ सुन सकती थी या नहीं, देखने में न वह सहमी हुई थी न उसमें किसी भी तरह की भिड़ंत की शक्ति बची हुई थी बस, जैसे यूँ ही वह इधर चली आई हो।

क्या वह दुखी थी? या फिर रास्ता भटक गई थी या फि सपने में चलने वालों की तरह चलते-चलते अपने आप यहाँ पहुँच गई थी? जानता हूँ, कोई भी शख़्स, मेरी इस हालत की कल्पना भी नहीं कर सकता है कि मैं किस ख़ामोश दर्द से उस पल गुज़रा हूँगा। नहीं, मुझे कोई धोखा नहीं हुआ है। यह वही औरत, वही लड़की थी अगर मैंने उसे पहले न भी देखा होता तो भी पहचान लेता जिसकी निगाहे बिना देखें ही घूरने का भ्रम देती थीं। बिना किसी झिझक बिना किसी आवाज़ के, मेरे कमरे में आ चुकी थी। मैं हमेशा यही सोचता था कि हमारी पहली मुलाक़ात कुछ इसी अंदाज़ से होगी। यह हालत मेरे लिए एक गहरे लंबे, न समाप्त होने वाले ख़्वाब का संकेत दे रही थी। क्योंकि जब हम बहुत गहरी नींद में सोते हैं तभी ऐसे सपने नज़र आते हैं और यह ख़ामोशी मेरे लिए निरंतर बहने वाले जीवन का सन्देशा थी। क्योंकि अनादि और अनंत की स्थिति के बारे में कुछ भी कहना मुश्किल है।

मेरे लिए वह औरत थी मगर वह ख़ुद में इंसानों से अलग एक हस्ती थी। उसके चेहरे पर नज़र पड़ते ही मेरे ज़हन से दूसरे सभी चेहरे मिट से गए। उसे देखते ही मैं काँपने लगा और महसूस हुआ जैसे मेरे पैरों की सारी जान निकल गई हो। उसी पल मैं अपनी ज़िंदगी की उन सारी दर्दनाक दास्तानों को उन आँखों के पीछे से देख लिया, उन्हीं आँखों के, जो ज़रूरत से कहीं ज़्यादा बड़ी-बड़ी थीं। पनीली और चमकीली। जैसे काले हीरे हों जिन्होंने जी भरकर आँसू बहाए हों उन काली आँखों में, उसकी उन काली आँखों में, शबे अबद अर्थात रात की अनंतता और निरंतर बढ़ती कालिमा को मैं ढूँढ़ रहा था जो मुझे मिल गई और मैं जादू भरी उन विचित्र आँखों में तैर गया, इस तरह जैसे मेरे वजूद के अंदर की शक्तियों को बाहर खींचा जा रहा हो। मेरे पैरों के नीचे की ज़मीन काँपने लगी अगर मैं उस समय मूर्छित हो जाता तो अवर्णनीय आनंद से दोचार होता।

मेरा दिल ठहर गया था। मैंने अपनी साँसें इस ख़्याल से रोक रखी थीं, कहीं मेरे साँस लेने से वह फिर बादल या धुआँ बन ग़ायब न हो जाए। उसकी ख़ामोशी एक जादुई करिश्मा थी। जिसने कि हमारे बीच एक बिल्लौर की दीवार उठा दी हो। उसी समय, उसी पल मैं नित्यता में डूब गया। उसकी थकन से बोझिल आँखों ने प्रकृति से परे ऐसी ग़ैरमामूली चीज़ देख ली हो जिसे सब नहीं देख सकते हैं। उदाहरण के लिए जैसे मौत को सामने खड़ा देखा हो, पपोटे के दोनों कोने आहिस्ता से मिले और

आँखें बंद हो गईं। मैं एक डूबने वाले की तरह जी जान की बाज़ी लगाकर पानी की सतह के ऊपर निकला और तेज़ बुख़ार में तपता बुरी तरह काँपता हुआ माथे पर छलक आए पसीने को अपनी आस्तीन से पोंछने लगा।

उसका चेहरा भावहीन था, वह बिना हिले-डुले लेटी थी मगर चेहरा पहले से पतला और कमज़ोर लग रहा था। वह उसी तरह आराम से लेटी अपने बाएँ हाथ की तर्जनी का नाख़ून दाँतों से चबा रही थी, उसका चाँद जैसा दमकता चेहरा और महीन काले कपड़ों में कसा उसका शरीर का हर अंग, हाथ, बाज़ू, दोनों तरफ़ के सीने, जाँघ, पैर, साफ़ नज़र आ रहे थे।

मैं उस पर झुका ताकि उसे ठीक से देख सकूँ क्योंकि उसकी आँखें बंद थीं। जितना मैं उसे ध्यान से निहारता उतना ही यह अहसास जागता कि वह मुझसे कोसों दूर है। अचानक ख़्याल गुज़रा कि मैं उसके मन में छुपी भावनाओं को नहीं जानता और हमारे बीच कोई रिश्ता भी तो नहीं है।

मेरे मन में आया कुछ कहूँ मगर दिल मारकर रह गया कि कहीं उसके कान जो आसमानी मुलायम मधुर संगीत सुनने के आदी हैं उन्हें मेरी कर्कश आवाज़ नगवार न गुज़रे।

एकदम से मुझे इस बात की चिंता सताने लगी कि कहीं इसको भूख या प्यास न लगी हो। यह सोचकर मैं कमरे के कोने की तरफ़ बढ़ा ताकि खाने के लिए वहाँ कुछ ढूँढ़ सकूँ, यह जानते हुए कि वहाँ कुछ नहीं है। फिर भी मुझे जैसा पहले महसूस हुआ था कि वहाँ कुछ हो सकता है। ताकचे के ऊपर एक बोतल बग़ली शराब की रखी मिली, जो मुझे पिता की तरफ़ से विरासत में मिली थी। मैंने स्टूल घसीटा उस पर चढ़कर छोटी बोतल उतारी। उसे लेकर दबे पैरों बिस्तर के पास पहुँचा तो देखा वह किसी मासूम बच्चे की तरह थकी सी सो रही थी। वह सचमुच गहरी नींद में डूबी थी। उसकी मखमली पलकों के साए एक-दूसरे से मिले हुए थे। शराब की बोतल का ढक्कन मैंने खोला और एक प्याले में शराब भरी और उसके कसे हुए दाँतों के बीच में से बूँदें आहिस्ता-आहिस्ता उसके मुँह में टपकाईं।

ज़िंदगी में पहली बार एकाएक मैंने ऐसी राहत की साँस ली। जब देखा उसकी आँखें मुँद चुकी हैं। जो शैतान मुझे अभी तक अपने चंगुल में जकड़े था। जो दुःस्वप्न हर रात अपने फ़ौलादी पंजों से मुझे अंदर ही अंदर निचोड़ता था, उससे छुट्टी मिली।

मैं अपने लिए कुर्सी लेकर आया और पलंग के पास रख दी और उसकी शक्ल को हैरत से देखने लगा, कैसी बच्चों वाली मासूम सूरत, कितनी अजनबी! क्या ऐसा हो सकता है यह औरत, यह लड़की या एक फ़रिश्ता इतना दुखी हो। नहीं जानता कौन-सा नाम उसके चेहरे को दूँ। क्या ऐसा मुमकिन है कि यह दो ज़िंदगी एक साथ जीती हो? इतनी ज़्यादा पुरसुकून, उतनी ही बेतकल्लुफ़!

अब मैं उसके बदन की गर्मी को महसूस कर सकता हूँ, उसके घने बालों से उठती नम सी गंध को सूँघ सकता हूँ। नहीं जानता मैंने अपने काँपते हाथ को ऊपर क्यों उठाया, मेरा हाथ मेरे क़ाबू में नहीं था। मैंने उसके बालों पर अपना काँपता हाथ फेरा, जिसकी एक लट हमेशा की तरह उसकी कनपटी से चिपकी हुई थी। फिर मैंने अपनी उँगलियाँ उसके बालों में फँसाईं जो गीले और ठंडे थे, बिल्कुल ठंडे, जैसे उसे मरे कई दिन गुज़र गए हों, मुझे धोखा नहीं हुआ है, वह मर चुकी थी। मैंने अपना हाथ लिबास के अंदर से उसके सीने पर रखा, ज़रा सी भी गर्मी महसूस नहीं हुई। आईना उठाकर लाया और उसकी नाक के पास रखा मगर ज़िंदगी का कोई आसार नज़र नहीं आया।

मैं चाहता था कि अपने बदन की गर्मी से उसके बदन में हरारत भर दूँ, शायद इस तरह से अपनी आत्मा को उसके शरीर में डाल सकूँ। यह सोचकर मैंने उसके शरीर से कपड़े अलग किए और बिस्तर पर पहुँच उसके क़रीब जाकर लेट गया, फिर ठीक नर व मादा 'महरे गियाह' की तरह मैं उससे लिपट गया। वास्तव में उसका बदन मादा 'महरे गियाह' का था जिसे उसके नर से अलग कर दिया गया था। उसमें इश्क़ की वही तड़प थी जो महरे गियाह की थी। मुँह का मज़ा ठीक खीरे की तरह कड़वा था और कच्चे अंगूर की तरह खट्टा था। कुछ क्षणों बाद मुझे महसूस हुआ कि मेरी शिराओं में ख़ून जम सा गया है जिसका प्रभाव मेरे दिल तक पहुँच चुका था। मेरी सारी कोशिशें बेकार गईं। मैं बिस्तर से नीचे उतरा और कपड़ा पहना, नहीं झूठ नहीं वह इस जगह मेरे बिस्तर पर आई और अपना शरीर मेरे सुपुर्द किया। उसने अपनी रूह और बदन को मेरे हवाले किया!

जब तक वह ज़िंदा थी, उसकी आँखें ज़िंदगी से भरपूर थीं मुझे तो सिर्फ़ उसकी यादगार आँखों ने जो क़हर मुझ पर ढाया था। अब वह बेहिस बे हरकत, ठंडी देह और बंद आँखों के संग यहाँ आई और ख़ुद को मुझे सौंप दिया, उन्हीं बंद आँखों के साथ!

यह वही थी जिसने मेरी पूरी ज़िंदगी ज़हर से भर दी थी, मेरी ज़िंदगी जैसे इस बात के लिए तैयार भी थी कि वह ज़हर आलूदा बन जाए और अब मैं ज़हर भरी इस ज़िंदगी के अलावा दूसरी ज़िंदगी चाहकर भी जी नहीं सकता। इस कमरे में इसी जगह उसने अपना तन और अपनी परछाइयाँ मुझे सौंपीं। उसकी टूटी रूह और वक़्ती ठहराव, किसी भी तरह का संबंध इस दुनिया की ज़मीनों से नहीं रखता था। उसका शिकनों से भरा लिबास जो उसके जिस्म से बुरी तरह चिपका हुआ था उससे आहिस्ता से बाहर निकली और भटकती परछाइयों की दुनिया से जा मिली, वह इस तरह सो गई जैसे मेरी छाया भी अपने साथ ले गई हो। लेकिन अपना बिना हरकत वाला, बेहिस बदन यहाँ छोड़ गई। उसके शरीर के कोमल अंगों का स्पर्श, उसकी हड्डियाँ और तंतु सब अब गलने के कगार पर पहुँच चुके थे जो जल्द ही कीड़े

मकोड़ों और ज़मीन में रहने वाले चूहों के लिए स्वादिष्ट भोजन बनने वाले थे। मैं इस कमरे में ग़रीबी की हालत में हर तरह की तंगहाली को झेल रहा था। यह कमरा मेरे लिए किसी क़ब्रगाह से कम न था। सदा बनी रहने वाली स्याह रात मेरे अंदर समा चुकी थी जो इस कमरे की दीवारों में भी पेवस्त हो गई थी। एक लंबी अँधेरी सर्द रात में, इस मुर्दे को यानी कि उसकी लाश को कहीं आसपास ले जाना पड़ेगा। मेरी नज़र में यह दुनिया जब तक रहेगी और मैं ज़िंदा रहूँगा, यह बेहरकत बेहिस ठंडी लाश मेरे इस अँधेरे कमरे में मेरे साथ साँस लेती रहेगी।

उस लम्हा मेरी सोच जम के रह गई, जब यह अहसास जागा कि मेरी ज़िंदगी किसी विचित्र जीव की ज़िम्मेदारी से बँध कर रह गई है जबकि मेरी ज़िंदगी उन सबके लिए थी जो मेरे नज़दीक थे जिनकी परछाइयाँ मेरे चारों तरफ़ डोलती रहती हैं जो गहरा लगाव और बिछोह की पीड़ा, धरती और उस पर साँस लेने वालों व प्राकृतिक के साथ मेरा था, वह आज भी अदृश्य रिश्तों द्वारा मेरे और कायनात के सभी तत्त्वों के बीच बरक़रार है। किसी भी तरह की फ़िक्र और सोच मेरी नज़रों में मुझे अस्वाभाविक नहीं लगती। मुझे पूरा विश्वास है कि मैं बहुत आसानी से पुरानी चित्रकारिता के भेदों, दर्शन की पेचीदगियों, शुरुआती दौर की कठिनाइयों और उनकी क़िस्मों की खोज कर सकता हूँ। क्योंकि मैं उस पल ज़मीन और आसमान, बढ़ते पेड़-पौधों, जानवरों की गति में बराबर का शरीक रहा, उनका अतीत वर्तमान और भविष्य एक ही शृंखला में मुझसे जुड़ा हुआ है।

इस तरह की घटनाओं के कारण कोई भी अपनी पुरानी आदत या किसी तरह के वहम की पनाह में चला जाता है जैसे शराब पीने वाला जमकर पीता है, लेखक लिखने में व्यस्त और संगतराश मूर्तियाँ तराशने में डूब जाता है और हर कोई अपने दुख और कुंठा को इन कामों के ज़रिए कम करना चाहता है और अपने बोझ को हलका करता है। ऐसे ही किसी मौक़े पर एक कलाकार अपनी कला का बेहतरीन 'शाहकार' वजूद में ला सकता है। लेकिन मैं बेचारा, हर कला से दूर सिर्फ़ क़लमदानों के ख़ोल पर तस्वीर बनाने वाला मामूली आदमी आख़िर क्या कर सकता है ? यह सारी तस्वीरें सूखी, शोख़ रंगों वाली बेजान सी जो कि एक तरह की होती हैं ऐसी हालत में ऐसा क्या बना सकता था जो 'शाहकार' में ढाल सके ? पता नहीं कैसे मेरे पूरे वजूद में शौक़ की एक तेज़ लहर सी दौड़ी और अजीब तरह की नई सी सृजनात्मक बेक़रारी जो विशेष तरह की उत्तेजना से भरपूर थी एकाएक मेरे अंदर चौकड़ी भरने लगी। मैं चाहता था कि जो आँखें सदा के लिए बंद हो गई हैं उनकी तस्वीर काग़ज़ पर बना डालूँ और अपने लिए सुरक्षित रख लूँ। इस इच्छा की तीव्रता ने मुझे मजबूर किया कि मैं ऐसा कर डालूँ मगर यह मेरे बस की बात न थी। ख़ासकर तब जब इंसान किसी मुर्दे के साथ क़ैद हो तो इसी तरह के ख़ुराफ़ाती ख़्यालात आकर उसे ख़ुशी दे सकते थे।

चिराग़ जो अब धुआँ देने लगा था मैंने फूँक मारकर बुझा दिया और दो मोमबत्तियाँ लाकर उसके सिरहाने जला दीं। मोमबत्तियों की थरथराती रौशनी में उसका चेहरा पहले से ज़्यादा पुरसुकून लग रहा था, कमरे में फैली रौशनी रहस्य का अद्भुत समा बाँध रही थी। काग़ज़ और दूसरी ज़रूरी चीज़ें उठा मैं उसके पलंग के सिरहाने आकर खड़ा हो गया, क्योंकि अब यह बिस्तर उसका हो गया था। मैं चाहता था कि वह शक्ल जो धीरे-धीरे गलने और समाप्त होने वाली है, जो ऊपर से बिना हिले डुले एक विशेष स्थिति में पड़ी है, फ़ुरसत से उसके चेहरे को काग़ज़ पर उतार लूँ। वे सारे नैन व नक़्श जिन्होंने मुझ पर असर डाला था। उन्हें चुन लूँ और उन्हें काग़ज़ भर खींच दूँ। तस्वीर चाहे जितनी भी संक्षेप में क्यों न बने मगर होनी प्रभावी चाहिए जो सादगी के साथ सीधे दिल पर रूहानी असर डाले। लेकिन मुझे तो क़लमदान के ख़ोल पर छपी हुई पेंटिंग बनाने की आदत थी। अब मुझे अपना पूरा ध्यान अपने काम पर लगाना चाहिए। पहले वे सारी कैफ़ियतें जिन्होंने मेरे दिल पर असर डाला है उन सबको अपनी आँखों के सामने उभारूँ, एक नज़र उसके चेहरे पर डालूँ फिर आँखें बंद कर लूँ और उसमें से चुने हुए नैन नक़्श को, काग़ज़ पर उतार लूँ और शायद ऐसा करने से मैं अपने ख़्याल और रूह जो तिरयाक के पंजे में फँसी है उसे भी पा सकूँ। अंतत: मैं ज़िंदगी से ख़ाली बेहिस चेहरे की लकीरों की पनाह लेने पर मजबूर हो गया।

मेरी यह बात, मुर्दे की चित्रकारी वाली एक विशेष तरह का अर्थ अपने में रखती थी। मुर्दे का चित्र बनाना, दरअसल मैं मरे हुए लोगों का ही तो चित्र अभी तक बनाता रहा था। लेकिन आँखें, वह भी उसकी बंद आँखें अब मेरे लिए ज़रूरी था उसे फिर से देखूँ क्योंकि वे आँखें मेरी नज़रों और ज़हन में बहुत साफ़ न थीं।

मैं नहीं जानता सुबह तक मैंने कितनी बार उसके चेहरे का स्केच बनाया मगर कोई भी उसके चेहरे से हु-ब-हू नहीं मिल पा रहा था। तंग आकर हर बार उसे फाड़ देता और दूसरा बनाने लगता। आख़िरकार मैं थक गया। इस बीच मुझे समय के गुज़रने का आभास भी न हुआ।

अँधेरा रौशनी में बदला, उजाला पिछली खिड़की के शीशे से अंदर दाख़िल हुआ। मैं उसकी तस्वीर बनाने में डूबा रहा। आख़िरी स्केच सबसे बेहतर निकला मगर आँखें ? आँखें जिसमें भर्त्सना का ऐसा भाव तैर रहा था जैसे मुझसे ऐसा गुनाह हुआ है जिसकी माफ़ी मुमकिन नहीं, उन आँखों को काग़ज़ पर नहीं उतार सकता था। एक बारगी ज़िंदगी और उन आँखों की यादें दिमाग़ से बिल्कुल साफ़ हो गई। मेरी सारी कोशिश बेकार गई। उसके चेहरे पर कई बार नज़रें गाड़ीं मगर उस कैफ़ियत को याद करने में कामयाब न हो सका। अचानक मैंने देखा, उसके गाल धीरे-धीरे गुलाबी हो रहे हैं ठीक उस जिगर के रंग के जो क़स्साब की दुकान पर

देखा था। उसके निस्तेज पड़े शरीर में जान वापस आ गई थी और आँखें ज़रूरत से ज़्यादा खुल गई थीं। आश्चर्य से भरी उन आँखों में ज़िंदगी के आसार साफ़ नज़र आ रहे थे। जो अपनी सारी नाख़ुशी के साथ चमक रहे थे। प्रताड़ना देती वे बीमार आँखें बहुत धीमे से खुलीं और मेरे चेहरे पर अटक गईं। यह पहली बार हुआ जब उसने मुझे भरपूर नज़रों से देखा। उसकी नज़रें मेरे चेहरे पर अभी ठीक से ठहरी भी न थीं कि पलकें दोबारा मुँदने लगीं। यह कैफ़ियत एक मिनट से ज़्यादा नहीं रही मगर मेरे लिए इतना ही काफ़ी था। ब्रश की नोक से मैंने उन भावों को काग़ज़ पर उतारा मगर दूसरे काग़ज़ों की तरह इस स्केच को फाड़ा नहीं।

इसके बाद मैं अपनी जगह से उठा और बिना आवाज़ किये, दबे पाँव उसके समीप गया। मेरे ख़्याल से वह ज़िंदा थी। मेरे इश्क़ की तपिश ने उसके ठंडे पड़े जिस्म में रूह फूँक दी थी। लेकिन क़रीब पहुँचते ही मेरे नथनों में मुर्दों की मख़सूस बू सी आती मुझे महसूस हुई। उसके बदन में छोटे-छोटे कीड़े रेंग रहे थे और दो सुनहरी मधु मक्खियाँ शमा की फीकी रौशनी में उसके चारों तरफ़ चक्कर काट रही थीं। वह पूरी तरह मर चुकी थी। लेकिन उसकी आँखें कैसे खुलीं ? नहीं जानता मैं, क्या मैं कोई सपना देखा था, क्या यह सब सच था ?

नहीं चाहता कोई भी किसी तरह का सवाल मुझसे करे। असली काम तो उसके चेहरों का स्केच था, नहीं, उसकी आँखें! जब वे आँखें मिल गईं, उन आँखों की रूह को मैं काग़ज़ पर उतार चुका तो उसके बदन का कोई महत्त्व मेरे लिए बाक़ी नहीं बचा था। वह बदन जो नाश होने वाला हो, ज़मीन में रहने वाले चूहों और कीड़ों का कौर बनने वाला हो। इसके बाद वह मेरे वश में थी न कि मैं उसकी गिरफ़्त में, अब मैं जब चाहूँ उसकी आँखों का दीदार कर सकता हूँ। उस चित्र को मैंने पूरी सावधानी के साथ टिन की संदूक़ची में जहाँ थोड़ी सी जगह थी रखा। फिर उस टिन की संदूक़ची को कमरे में कोने में अँधेरे ताकचे में जाकर छुपा आया।

चार

रात धीमे-धीमे कुछ इस तरह गुज़र रही थी जैसे वह थकन से चूर हो, इस समय दूर से आती मद्धिम आवाज़ें भी बहुत साफ़ सुनाई पड़ रही थीं। शायद किसी गुज़रने वाले परिंदे ने ख़्वाब देखा हो या फिर घास ने अपना सिर निकाला हो, इस समय रंग उड़े सितारे बादलों की ओट में जा छुपे हों, मुझे अपने चेहरे पर सुबह की नर्म थपकी का स्पर्श महसूस हुआ। तभी मुर्ग़े के बांग की तेज़ आवाज़ गूँज उठी।

अब मैं इस लाश के साथ क्या कर सकता हूँ। वह लाश जो तेज़ी से ख़राब होने की तरफ़ बढ़ रही थी। पहले ख़्याल आया कि इसको यहीं अपने कमरे में गाड़ दूँ,

बाद में सोचा क्यों न इसे बाहर लेजाकर किसी कुएँ में फेंक आऊँ, जहाँ नीले नीलोफर उगते हों। ये सारे काम सबकी नज़रों से छुपाकर अंजाम देना कितना मुश्किल है। इसके लिए समझ, हिम्मत और दक्षता की ज़रूरत है। फिर मैं यह भी तो नहीं चाहता कि किसी ग़ैर की नज़र इस पर पड़े। ये सारे काम मुझे ख़ुद अपने हाथों से अंजाम देने होंगे, जैसा मेरा दिल कहता है उसके मरने के बाद मेरे जीने को कोई मक़सद नहीं रह जाता? लेकिन उसकी लाश को मामूली और अजनबी निगाहों से, मुझे छोड़कर दूसरी किसी भी निगाह से बचाना होगा। वह मेरे कमरे में आई थी, अपना ठंडा बदन और अपनी परछाईं उसने मुझे सौंपी थी। सिर्फ़ इसलिए कि उस पर किसी की नज़र न पड़े, कोई ग़ैर उसे देख न ले। अंत में मुझे एक तरकीब सूझी कि क्यों न इसके बदन के टुकड़े-टुकड़े कर अपने पुराने सूटकेस में ठूँस दूँ और यहाँ से दूर बहुत दूर ले जाकर कहीं गाड़ आऊँ।

इस बार मैंने अपनी तरकीब को रद्द नहीं किया। चाक़ू जिसका दस्ता हड्डी का बना हुआ था अंदर कोठरी के ताकचे से उठा लाया। पहले मैंने उसका कपड़ा जो मकड़ी के जाले की तरह उसके बदन से चिपका हुआ था, तन्हा कपड़ा जो वह पहने हुए थी मैंने उसे फाड़ दिया। लग रहा था जैसे उसका क़द बढ़ गया हो क्योंकि मुझे वह इस वक़्त पहले से ज़्यादा लंबी लग रही थी। कपड़ा फाड़ने के बाद मैंने उसका सिर धड़ से अलग किया। जमा हुआ ख़ून का थक्का उसके गले से गिरा। फिर मैंने उसके हाथों और पैरों को काटा और उसके बदन के सारे अंगों को सूटकेस में ठीक तरह से जमा दिया। कपड़ा, वही उसका काला लिबास उठाकर उससे अच्छी तरह उसे ढक दिया। सूटकेस में ताला लगाकर कुंजी जेब में डाल ली। काम से निबटकर मैंने राहत की साँस ली। फिर सूटकेस को हाथ में उठाकर एक बार वज़न का अंदाज़ा किया, सूटकेस काफ़ी भारी था। इससे पहले मैंने अपने अंदर इस तरह की थकन कभी महसूस नहीं की थी। इस सूटकेस को मैं अकेला उठाकर बाहर नहीं ले जा सकता था।

मौसम फिर से घटा भरा हो उठा और धीमी फुहारें पड़ने लगीं। बाहर निकला ताकि जाकर किसी को देखूँ जो सूटकेस को बाहर ले जाने में मेरी मदद कर सके। आसपास कोई नज़र नहीं आया। कुछ दूर पर, ग़ौर से देखने पर धुंध के बीच से एक बूढ़ा आदमी दिखा जो कूबड़ निकाले सर्व के वृक्ष के नीचे बैठा था। गर्दन में पड़ी शाल के चौड़े पल्लू से अपना मुँह छुपाए हुए था, जो नज़र नहीं आ रहा था। आहिस्ता से उसके पास पहुँचा और अभी कुछ कह भी नहीं पाया था कि बूढ़ा एक साथ दो आवाज़ों वाली हँसी हँसा, बेहद ख़ुश्क और भयानक, जिसे सुनकर आदमी के बदन के रोंगटे खड़े हो जाएँ! "क्या, हम्माल चाहिए, मैं हाज़िर हूँ; लाश उठाने वाली गाड़ी भी मेरे पास है। रोज़ मैं मुर्दों को उठाकर शाहअब्दुलअज़ीम के पास

मिट्टी में दफ़न करता हूँ, मैं ताबूत भी बनाता हूँ; मैं हर अंदाज़े का ताबूत रखता हूँ, बाल तक का फ़र्क़ नहीं! मैं हाज़िर हूँ अभी फ़ौरन...हा?"

वह कुछ इस तरह हँसा कि उसके कंधे झटकों से हिलने लगे। मैंने हाथ का इशारा घर की तरफ़ किया मगर उसने मुझे बोलने की मोहलत भी नहीं दी और बोल उठा।

"ज़रूरी नहीं है कि मैं तुम्हारा घर जानता हूँ...अभी फ़ौरन।" वह अपनी जगह से उठा और मैं घर की तरफ़ पलटा और कमरे में जाकर बड़ी मुश्किलों से लाश वाला सूटकेस चौखट तक खींचकर लाया तो देखा कि एक लाश ढोने वाली पुरानी खचड़ा-सी मुर्दा गाड़ी घर के ठीक सामने खड़ी थी जिसमें दो काले दुबले घोड़े बिल्कुल चुसे हुए जुते हुए थे! आदमी झुका हुआ ऊपर बैठा हुआ था, उसके हाथ में लंबा सा चाबुक था। उसने मुड़कर मेरी ओर देखा भी नहीं। मैंने सूटकेस को बड़ी मुश्किल से मुर्दा गाड़ी पर रखा। जहाँ विशेष रूप से ताबूत रखने की जगह थी। ख़ुद भी ऊपर चढ़ गया और ताबूत रखने वाली जगह पर जाकर लेट गया और सिर को किनारे पर टिका दिया ताकि मैं अपने चारों तरफ़ फैला मंज़र देख सकूँ। इसके बाद मैंने सूटकेस को अपने सीने की तरफ़ खींचा और दोनों हाथों से कसकर पकड़ लिया।

चाबुक हवा में लहराया और हाँफते हुए घोड़े रास्ता तय करने लगे। उनकी नाक से निकली भाप चिमनी के धुएँ की तरह इस धुंध भरे मौसम में भी साफ़ नज़र आ रही थी। उनके पतले लंबे पैर उस चोर के हाथों की तरह नज़र आ रहे थे जिसकी उँगलियाँ क़ानूनी धारा के अनुसार काट दी गई हों और उन्हें खौलते तेल में डालकर निकाल लिया गया हो। इस तरह वे पैर कभी तेज़ी से तो कभी धीमी गति से ज़मीन पर पड़ रहे थे। उनकी गर्दनों में पड़ी घंटियाँ, इस गीले मौसम में एक ख़ास तरह की संगीत ध्वनि पैदा कर रही थीं। एक अजीब तरह का आराम बिना किसी तर्क एवं विवेचना के मेरे सारे शरीर में फैल रहा था। मुर्दा गाड़ी की चाल कुछ ऐसी थी कि मेरे पेट का पानी तक नहीं हिल पा रहा था, मगर भारी सूटकेस का वज़न मेरी पसलियाँ ज़रूर महसूस कर रही थीं।

उसका मुर्दा जिस्म, उसकी लाश का यह वज़न सदा मेरे दिल पर भारी बोझ बना रहेगा। गहरी धुंध ने सड़क को अपने में लपेट रखा था। मुर्दा गाड़ी तेज़ मगर बिना किसी झटके के मैदान, नदी, पहाड़ पार करती एक गति से चलती चली जा रही थी। चारों तरफ़ का दृश्य पहली नज़र में कुछ अलग और बड़ा आधुनिक सा नज़र आया। जिसे न मैंने सोते में न जागते में देखा था। पहाड़ कटे-कटे से बिखरे, वृक्ष की क़तारें अजीब टेढ़ी-मेढ़ी सी, वृक्ष लानत बने सड़क के दोनों तरफ़ खड़े थे जिनके बीच से दिखते सुरमई रंग के तिकोने और चौकोर आकार के एक से बने घर जिनकी तंग अँधेरी बिना शीशों वाली खिड़कियाँ थीं। जो कुछ इस तरह की लग रही थीं जैसे तेज़ बुख़ार में किसी की चकराई बेचैन आँखें! पता नहीं उन दीवारों में ऐसा

क्या था जिनको देखकर इंसान के दिल पर अवसाद की अनुभूति और ठंड की झुरझुरी सी सारे बदन में छा जाती, जिनमें जाकर किसी भी ज़िंदा इंसान का रहना नामुमकिन सा था सिवाए उन भटके भूत प्रेतों के, जिनके लिए यह घर बनाए गए होंगे।

बूढ़ा कुबड़ा गाड़ीवान मुझे किसी ख़ास रास्ते या फिर घुमा-फिराकर ले जा रहा था। जहाँ मीलों तक कटे और टेढ़े-मेढ़े से वृक्षों की पंक्तियाँ फैली हुई थीं जिनके बीच से झाँकते घर ऊँचे और नीचे ज्यामितिक आकारों में बने, जिनकी खिड़कियाँ पतली और तिरछी थीं। पूरी तरह खँडहर में तब्दील शंक्वाकार, इनके बीच-बीच से नीलोफर के गहरे नीले फूलों की बेलें उगी हुई थीं जो नीचे से ऊपर को जा रही थीं। अचानक यह दृश्य गहरी धुंध में छुप गया। पानी से भरे मेघों ने पहाड़ की चोटियों की ढक लिया और धीरे-धीरे बूँदें गिरनी शुरू हो गईं। मौसम कुछ ऐसा हो गया जैसे चंचल, आवारा ग़ुबार फुहारों में बदल गया हो। काफ़ी देर चलने के बाद मुर्दा गाड़ी एक ऊँचे पहाड़ के नीचे बिना घास पानी की जगह पर जाकर ठहर गई।

मैंने भारी सूटकेस को सीने से सरकाया और नीचे उतरा। पहाड़ के पीछे शांत और साफ़-सुथरा सा परिसर था। यह जगह मैंने इससे पहले नहीं देखी थी। मेरे लिए जगह अनजान थी मगर मुझे बड़ी पहचानी सी लग रही थी। कहने का मतलब था मेरी कल्पना से बाहर की जगह नहीं थी। पूरी जगह बिना सुगंध के गहरे नीले रंग के नीलोफर के खिले पुष्पों से भरी हुई थी। मुझे लगा कि इधर की तरफ़ कोई आया नहीं है। मैंने लाश का सूटकेस नीचे उतारा। गाड़ीवान ने मेरी तरफ़ मुँह घुमाया और कहा, ''यह जगह शाहअब्दुलअज़ीम के पास है, यहाँ परिन्दा भी पर नहीं मारता, हाँ! इससे बेहतर तुम्हारे लिए कोई और जगह नहीं हो सकती थी। मैंने जेब में हाथ डाला, ताकि गाड़ीवान का मेहनताना दे सकूँ। जेब में दो क़रान एक अब्बासी के सिवा कुछ न था। गाड़ीवान बेहद सूखी भयानक हँसी हँसा और कहने लगा :

''कोई बात नहीं, बाद में ले लूँगा, घर तो आपका देख लिया है, कुछ और काम तो नहीं हा? मैं क़ब्र ख़ोदने के मामले में अनाड़ी नहीं हूँ, हा? शर्म की बात नहीं, चलता हूँ यहीं पास में नदी के किनारे, सर्व का पेड़ है, फावड़े से ठीक सूटकेस की नाप की क़ब्र ख़ोदकर आगे बढ़ जाऊँगा।''

वह बूढ़ा आदमी बड़ी फुर्ती से, जिसकी कल्पना भी मैं नहीं कर सकता था, अपनी गाड़ी की गद्‌दी से नीचे कूदा। मैंने सूटकेस पकड़ा और दोनों चल पड़े दरख़्त के तने के पारा जहाँ सूखी नदी का तल था। वह बोल पड़ा।

''यह जगह ठीक है?''

इससे पहले की मेरा जवाब सुनता वह फावड़ा और बेलचा जो अपने साथ लाया था उससे ज़मीन खोदनी शुरू कर दी। मैंने सूटकेस ज़मीन पर रखा और हैरान होकर वहीं खड़ा हो गया। बूढ़ा अपने कूबड़ के साथ झुका, बड़ी फुर्ती से आदमी के पुराने काम में जुटा हुआ था। खोदते-खोदते अचानक उसे मिट्‌टी के अंदर से

क़लई चढ़ा चिकना-सा कोई बर्तन मिला। उसे गंदे से रूमाल में लपेटकर वह खड़ा हुआ और कहने लगा।

"यह गड्ढा है न, ठीक सूटकेस के बराबर है, बाल भर का जो फ़र्क़ हो, हा!"

मैंने जेब में हाथ डाला ताकि उसकी मज़दूरी दे दूँ।

दो क़रान एक अब्बासी से ज़्यादा एक छदाम भी जेब में न था। बूढ़ा भयानक ख़ुश्क हँसी हँसा, "नहीं चाहिए! इसकी क्या ज़रूरत है। आपका घर तो जानता हूँ, हाँ अलबत्ता अपनी मज़दूरी के बदले मुझे रंग व रौगन किया, यह गुलदान मिल गया ज़रूर यह पुराने शहर 'रे'* का होगा, हा?"

उसी तरह कूबड़ निकाले झुका-झुका सा घृणित हँसी हँसा! कुछ इस तरह से हँसा कि झटकों से उसके कंधे हिलने लगे। मीनाकारी किया गुलदान गंदे अँगोछे में लिपटा उसके बग़ल में दबा था। उसी तरह वह अपनी गाड़ी की तरफ़ गया और एक ख़ास क़िस्म की फुर्ती के साथ वह उचककर अपनी गद्दी पर बैठ गया। चाबुक हवा में सनसनाया और हाँफते हुए घोड़े आगे बढ़ने लगे। उनकी गर्दनों में पड़ी घंटियाँ इस बदली के मौसम में बड़ी सुरीली आवाज़ करती गाड़ी के साथ आगे बढ़ने लगीं और धीरे-धीरे धुंध के बादलों के बीच आँखों से ओझल हो गईं।

मैं जैसे ही तन्हा हुआ, मैंने राहत की साँस ली ऐसा लगा जैसे मेरे दिल पर से भारी बोझ उतर गया हो और एक बेहद अजीब-सी आराम भरी कैफ़ियत मेरे दिल व दिमाग़ पर छा गई। दूर तक मैंने नज़रें दौड़ाईं। यह, एक छोटा-सा परिसर था जहाँ नीले रंग के पहाड़ फँसे हुए से नज़र आ रहे थे। पहाड़ियों की एक शृंखला के ऊपर चौड़ी ईंटों से बने पुराने घर और एक सूखी नदी की तलहटी क़रीब से गुज़रती नज़र आ रही थी। यह आरामदेह जगह बिना किसी शोर-शराबे के आबादी से ख़ासी दूर थी। मुझे ख़ुशी सी महसूस हुई और सोचने लगा कि जब बड़ी-बड़ी आँखों वाली ज़मीनी शै ख़्वाब से जागेगी तो इस मुनासिब जगह और इन घरों का हुलिया देख, उस वक़्त वह अपने को लोगों से अलग-थलग और बाक़ी मुर्दों से भी अपने को दूर पाएगी। ठीक उसी तरह जैसे ज़िंदगी भर वह दूसरों से दूर रही।

सूटकेस को मैंने पूरी, सावधानी के साथ उठाया और गड्ढे के बीचोबीच रख दिया। गड्ढा बिल्कुल सूटकेस के नाप का था, बाल भर का भी फ़र्क़ न था लेकिन एक इच्छा मन में उठी, जाने से पहले एक बार, सिर्फ़ एक आख़िरी बार उसका दीदार कर लूँ। मैंने दूर तक अपनी चोर नज़रें दौड़ाई वहाँ न आदम था न आदमजाद! जेब से चाबी निकाली बेफ़िक्र होकर सूटकेस खोला। उसकी लाश के ऊपर ढका उसका काला लिबास ज़रा सा सरकाया ही था कि क्या देखता हूँ कि थक्के जमे ख़ून के बीच उसके कटे अंगों में मनों के हिसाब से कीड़े बिलबिला रहे थे। उसकी उन

* एक पुराना शहर तेहरान से दक्षिण की ओर जिसे रागे भी कहा जाता है।

दो बड़ी-बड़ी काली आँखों को देखा जो बड़े निस्संकोच भाव से मुझे घूर रही थीं। इन्हीं आँखों की गहराई में मेरी पूरी ज़िंदगी डूब चुकी थी। तेज़ी से मैंने सूटकेस को बंद किया और उस पर मिट्टी डालने लगा। जब गढ्ढा पट गया फिर मिट्टी को अच्छी तरह पैरों से दबाया ताकि ज़मीन बराबर हो जाए। जब मिट्टी सख़्त पड़ गई तो मैं जाकर बिना गंध वाले गहरे नीले रंग के नीलोफर के ढेरों फूल ले आया और उन्हें अच्छी तरह क़ब्र पर बिछा दिया,इसके बाद बालू और पत्थर उठाकर इस तरह क़ब्र पर फैलाया कि लगे यहाँ कोई क़ब्र कभी थी ही नहीं। यह काम मैंने ऐसी महारत से किया था कि चन्द लम्हे बाद मैं ख़ुद भी ढूँढ़ न सका कि वहाँ क़ब्र किस जगह थी।

काम ख़त्म करने के बाद मेरी निगाह अपने कपड़ों पर गई, धूल से अटे, जगह-जगह से फटे जिन पर ख़ून के थक्कों के काले सूखे धब्बे पड़े थे। दो सुनहरी मधुमक्खियाँ मेरे चारों तरफ़ मँडरा रहीं थीं और मेरे जिस्म पर छोटे-छोटे कीड़े चिपके हुए थे जो रेंग भी रहे थे। मैं अपने कपड़ों पर पड़े ख़ून के धब्बों को छुड़ाना चाहता था मगर जितना उन पर थूक लगाकर मसलता, वे उतना ही फैलते और पहले से ज़्यादा बदतर नज़र आते और साथ ही साथ ज़्यादा गहरे रंग के हो जाते, इस तरह से वह पूरे बदन में फैल गए और मुझे महसूस हुआ जैसे ठंडे ख़ून के थक्कों से मेरा शरीर भर गया हो।

सूरज डूबने का समय हो रहा था। फुहारें पड़ रही थीं। बिना कुछ सोचे मैं मुर्दा गाड़ी के पहियों के निशान पर चल पड़ा। जैसे ही अँधेरा हुआ पहियों के निशान दिखना बंद हो गए तो भी बढ़ते अँधेरे के साथ मैं बिना कुछ सोचे समझे लगातार आगे की तरफ़ बढ़ता रहा यह जाने बग़ैर कि मुझे पहुँचना कहाँ है, मेरा इरादा और मक़सद क्या है ? आख़िरी बार उन ख़ून के थक्कों के बीच उसकी बड़ी-बड़ी आँखों को देखने के बाद, अँधेरी रात में, रात की इस गहराई में मेरी सारी ज़िंदगी अपने में डुबो रखी थी, मैं चल रहा था, क्योंकि वह दो आँखें जो मंज़िल की चिराग़ थीं हमेशा के लिए बुझ चुकी हैं। ऐसी हालत में मेरे लिए क्या फ़र्क़ पड़ता था कि मैं अपने ठिकाने पहुँचूँ या शायद कभी न पहुँचूँ।

चारों तरफ़ सन्नाटे की हुकूमत थी और मुझे ऐसा महसूस हो रहा था जैसे मुझे सबने तन्हा छोड़ दिया है और अब मैं बेजान चीज़ों के बीच में साँस ले रहा हूँ। मेरे और नैसर्गिक गतिविधियों एवं घोर कालिमा के बीच पनपा अटूट रिश्ता अब मेरी आत्मा की गहराइयों में उतर रहा था। यह सन्नाटा एक ऐसी भाषा थीं जो मेरी समझ से परे थी। इतना चलने के बाद मेरा सिर घूमने-सा लगा और जी मितलाने से मेरे पैर सुस्त पड़ गए और एक कभी न समाप्त होने वाली थकन मुझे महसूस होने लगी। दोनों हाथों से मैंने सिर पकड़ लिया। सड़क के एक तरफ़ क़ब्रिस्तान था, वहीं जाकर

एक क़ब्र के पत्थर पर बैठ गया। मुझे अपने इस हाल पर हैरानी सी हो रही थी। तभी बेहद सूखी, भयानक हँसी गूँजी, जिसने मुझे चौंकाकर रख दिया। अपनी गर्दन घुमाई तो देखा, मेरे पहलू में कोई बैठा है जिसने गर्दन में पड़ी शाल से अपना सिर और चेहरा छुपा रखा था। उसके बग़ल में कपड़े में लिपटा कोई बस्ता दबा हुआ था। उसने चेहरा मेरी तरफ़ घुमाया और कहने लगा।

"ज़रूर तुम शहर जाना चाहते हो, रास्ता भूल गए हो, हाँ? जानता हूँ, तुम दिल ही दिल में सोच रहे होगे, रात के इस पहर क़ब्रिस्तान में क्या कर रहा हूँ मैं? डरो मत! मेरा रिश्ता सीधे मुर्दों से है, उनके लिए क़ब्र जो खोदता हूँ। यह कोई बदलचनी नहीं, हा, मैं यहाँ के चप्पे-चप्पे से वाक़िफ़ हूँ कुआँ हो या पहाड़। बताता हूँ तुम्हें, मिसाल के तौर पर आज मैं एक क़ब्र खोदने गया था। खोदते हुए ज़मीन में दबा यह गुलदान मिट्टी के नीचे से निकला, गुलदान राग़े, पुराने शहर 'रे' का है, हा? आपके क़ाबिल तो नहीं, फिर भी मैं यह पात्र आपको देता हूँ, मेरी तरफ़ से यादगार समझकर रखो।"

मैंने जेब में हाथ डाला दो क़रान व एक अब्बासी निकाली और बूढ़े की तरफ़ बढ़ाई। वह बूढ़ा बेहद सूखी भयानक हँसी हँसा।

"हरगिज़ नहीं, मैं तो आपको पहचानता हूँ, आपका घर मुझे पता है, यहीं बग़ल में मेरी मुर्दा गाड़ी खड़ी है, आइए आपको घर तक पहुँचा दूँ, दो क़दम दाहिनी तरफ़" उस बर्तन को मेरी गोद में रख, वह उठा खड़ा हुआ। हँसी की शिद्दत की वजह से उसके दोनों कंधे हिल रहे थे।

मैंने वह बस्ता उठा लिया और उस कुबड़े बूढ़े के पीछे-पीछे चल पड़ा। पेचदार रास्तों से गुज़रता मुर्दा गाड़ी के पास पहुँचा। मुर्दा गाड़ी देखने में खचड़ा थी जिसमें दो मरगिल्ले घोड़े जुते हुए थे। बूढ़ा ग़ज़ब की फुर्ती के साथ उचका और पलक झपकते अपनी गद्दी पर जा बैठा। मैं भी गाड़ी में चढ़ा और ताबूत रखने वाली जगह पर जाकर सीधा-सीधा लेट गया। अपना सिर उठी हुई जगह पर मैंने टिका दिया ताकि अपने चारों तरफ़ फैले माहौल को देख सकूँ। उस कपड़ा लिपटे पात्र को मैंने सीने पर टिका लिया और दोनों हाथों से कसकर पकड़ लिया।

उसके हाथ से पकड़ा चाबुक हवा में लहराया जिसकी आवाज़ के साथ हाँफते घोड़े चल पड़े। उनके पैर बिना आवाज़ किए धीरे-धीरे ऊपर नीचे पड़ रहे थे। उनके गर्दनों में पड़ी घंटियाँ इस नम मौसम में किसी जलतरंग की तरह बज रही थीं। बादलों के पीछे से सितारे, जैसे ख़ून का थक्का जमी, आँखों की तरह टिमटिमाते ज़मीन को देख रहे थे। मैं बड़ी आराम की मुद्रा में लेटा हुआ था। बस, वह पात्र किसी लाश की तरह मेरे सीने पर बोझ बना हुआ था। दरख़्तों की शाखाएँ पेंच दर पेंच इस तरह झुकी और आपस में उलझी हुई थीं अगर इस अँधेरे में डरकर वह हिलें या फिसल कर गिरें तो एक-दूसरे का हाथ थामें रहें। अजीब व ग़रीब तरह के

घर कटे-कटे से अंकों के आकार के, जिनकी खिड़कियाँ बिल्कुल काली, वे सड़क के किनारे क़तार बाँधे खड़े थे। लेकिन इन मकानों की दीवारों की चौखटें अलबत्ता जुगनू की तरह धुँधली दीप्ति और अपनी नाख़ुशी को दिखाते नज़र आ रही थीं। सहमे हुए दरख़्तों के झुंड के झुंड एक के बाद एक गुज़र रहे थे जैसे एक-दूसरे का पीछा करते भाग रहे हों। मुझे नज़र आ रहा था कि नीलोफर की नरम टहनियाँ पेड़ों की जड़ों से लिपटी ज़मीन पर फैली हुई थीं। लाश की बू, गलते गोश्त की गंध ने मुझे अपने घेरे में इस तरह से कस रखा था जैसे हमेशा से मुर्दे की बू मेरे बदन में बसी हुई हो और मैं अपनी सारी उम्र, एक अँधेरे ताबूत में लेटे हुए गुज़ार चुका हूँ और ऊपर से एक बूढ़ा कुबड़ा, जिसकी सूरत मैंने नहीं देखी, वह मुझे धुंध और गुज़रे लोगों की परछाइयों के बीच से भगाए लिए जा रहा था।

मुर्दा गाड़ी चलते-चलते अचानक रुक गई। मैंने वह बस्ता उठाया और मुर्दा गाड़ी से कूदा। मैं घर के सामने था। तेज़ी से अपने कमरे में घुसा और बस्ते को मेज़ पर रखा और फुर्ती से टिन वाली छोटी संदूक़ची, वही संदूक़ची जिसमें वह स्केच रखकर अँधेरी कोठरी में छुपा दिया था, खोली, चाहता था वह ख़ाली संदूक़ची बूढ़े गाड़ीवान को उसकी मज़दूरी के बदले में दे दूँ। शीघ्रता से उसे उठाए जब मैं बाहर निकला तब तक वह उड़नछू हो चुका था। गाड़ीवान व उसकी मुर्दागाड़ी का दूर-दूर तक कहीं कोई निशान न था, निराश हो मैं दोबारा कमरे में लौट आया।

चिराग़ जलाकर मेज़ पर रखा, गंदे कपड़े से लिपटे उस गुलदान को बाहर निकाला। उस पर जमी धूल को मैंने अपनी आस्तीन से रगड़कर साफ़ किया, उस पात्र पर पुरानी चिकनी बैंगनी रंग की क़लई चढ़ी हुई थी जिस पर सुनहरी मधु-मक्खियों के रंग का बारीक काम किया गया था। एक तरफ़ उसके ऊपर लौज़ के आकार से गहरे नीले रंग का हाशिया और और बीच में...

उस की सूरत...! उस पर एक औरत की तस्वीर बनी हुई थी जिसकी आँखें काली बड़ी-बड़ी सी आम आँखों से कुछ ज़्यादा ही बड़ी, प्रताड़ना से भरी वे आँखें मुझे घूर रही थीं। मानो मुझसे ऐसा गुनाह हो गया हो जिसकी माफ़ी नहीं मिल सकती लेकिन वह गुनाह है क्या, यह तो मैं भी नहीं जानता। वह जादूभरी फ़रेबी आँखें एक तरफ़ बेचैन तो दूसरी तरफ़ चकित, एक तरफ़ फटकारती तो दूसरी तरफ़ वायदा देती हुई जिनमें भय भी था और कशिश भी। उनमें प्रकृति से अलग एक मस्ती भरा ख़ुमार था जो आँखों की गहराई में झिलमिला रहा था। हड्डी उठे रुख़सार, चौड़ी पेशानी, बारीक आपस में मिली भवें, भरे भरे अधखुले होंठ और बेतरतीब बाल जिसमें से कुछ लटें कनपटी से चिपकी हुईं।

कल रात जो मैंने उसका स्केच बनाया था उसे संदूक़ची से बाहर निकाला, तुलना की तो महसूस हुआ कि वह उस गुलदान पर बनी तस्वीर से ज़रा भी फ़र्क़ नहीं रखता था। देखकर लगता था जैसे एक ही तस्वीर आमने-सामने रखी हो, उन्हें

एक ही बदक़िस्मत चित्रकार ने बनाया, जो क़लमदान साज था। शायद गुलदान पर तस्वीर बनाने वाले चित्रकार की रूह मुझमें समा गई हो जब मैं यह तस्वीर बना रहा था और मेरे हाथ से हू-ब-हू तस्वीर बन गई हो। दोनों को एक-दूसरे से अलग जाँचा नहीं जा सकता था। फ़र्क़ दोनों में बस इतना था कि मेरी तस्वीर काग़ज़ पर थी और वह तस्वीर गुलदान पर पुरानी लुआबी कलई द्वारा की गई थी। जिसमें क़ैद रहस्यमयी अनजानी असाधारण रूह की उपस्थिति को बाख़ूबी महसूस किया जा सकता था। आँखों की गहराई में एक नटखट रूह जैसी किरण फूट रही थी, नहीं, यह बिल्कुल यक़ीन के क़ाबिल बात न थी; वही बेफ़िक्र सी बड़ी-बड़ी आँखें और अलगाव भरा चेहरा उतना ही आज़ाद!

कोई नहीं जानता कि मेरे दिल पर क्या गुज़री। जी में आता है कि ख़ुद अपने आपसे कहीं दूर भाग जाऊँ। मैं कैसे यक़ीन करूँ कि जीवन में इस तरह के इत्तफ़ाक़ात भी मुमकिन हो सकते हैं कि मेरी आँखों के सामने मेरी ज़िंदगी की सारी बदक़िस्मती दोबारा आन खड़ी हो? क्या किसी एक शख़्स की आँखें मेरी ज़िंदगी के लिए काफ़ी नहीं थीं। अब दो लोग उन्हीं आँखों से, आँखें जो उसकी थीं, मुझे ताक रहे थे, नहीं बिल्कुल नहीं, यह सहन करना मेरे लिए बहुत मुश्किल है। वह आँखें तो ख़ुद पहाड़ के पास, सर्व के पेड़ के नीचे, नदी की सूखी तलहटी के किनारे दफ़नाई जा चुकी थीं जिसे गहरे नीले रंग के नीलोफर के फूलों के नीचे, गाढ़े जमे ख़ून के थक्कों के संग, कीड़ों, डसने वालों, जानवरों के बीच जश्न मनाने के लिए छोड़ा जा चुका था। जहाँ वनस्पति के रेशे जल्द ही आँखों के हल्कों में पहुँच उनका रस चूसेंगे तो भी ज़िंदगी से भरपूर ये आँखें मुझे घूर रही थीं।

पाँच

सच पूछा जाए तो मैं ख़ुद को इस हद तक भाग्यहीन और घृणित नहीं मानता था लेकिन मेरे अंदर छुपा अपराधी भाव मुझे अब यह सोचने पर मजबूर कर रहा था। यह भी अपने में विचित्र संयोग था कि इस कुंठा के साथ, बिना किसी कारण के एक ख़ुशी, विचित्र तरह की प्रसन्नता का जज़्बा मेरे अंदर हिलोरें ले रहा था जब मुझे पता चला कि मेरा एक पुराना हमदर्द भी इस दुनिया में मौजूद था। गुज़रे ज़माने का यह चित्रकार, जिसने सामने रखे हुए गुलदान पर सौ साल नहीं तो हज़ारों साल पहले यह दिलकश तस्वीर बनाई थी, असलियत में माना जाए तो वह मेरा हमदर्द ही था? और यह भी हो सकता है कि मेरे और उसके अनुभवों में ख़ासी समानता हो? अभी तक मैं ख़ुद को संसार की हर चीज़ से ज़्यादा भाग्यहीन समझता था मगर अब समझ में आया, किसी दौर में इन पहाड़ों पर मोटी ईंटों से बने मकानों के वीरान खँडहरों में भी इंसान रहा करते थे। आज जिस्म तो दूर उन

की हड्डियाँ तक मिट्टी में मिल चुकी थीं, उनके विभिन्न अंग अब नीलोफर के रूप में जहाँ लहलहा रहे थे। क्या पता उन्हीं में से कोई, कोई मुसीबत का मारा चित्रकार कोई लानतज़दा चित्रकार या मेरी तरह क़लमदान के ख़ोल पर चित्रकारी करने वाला बदक़िस्मत चित्रकार भी शामिल हो। मैं सब कुछ महसूस कर रहा हूँ मगर सिर्फ़ एक बात जानना चाह रहा था कि उनमें से कोई मेरी तरह उन दो बड़ी-बड़ी काली आँखों के लिए ज़िंदगी भर जलता-सुलगता रहा हो, इसीलिए मेरी दिलदारी कर रहा था।

मैंने काग़ज़ पर बनाई उस तस्वीर को वहीं मेज़ पर तस्वीर बने गुलदान के साथ सजा दिया और बाहर जाकर बड़े चाव के साथ अपने लिए मनक़ल* की तैयारी में जुट गया। जब कोयले सुलग कर लाल अंगारों में तबदील हो गए तो मनक़ल उठाकर मैं अंदर लाया और तस्वीरों के सामने रख दिया और वाफ़ूर पर तिरयाक लगा एक साथ कई कश खींचे। तिरयाक का असर मुझ पर आहिस्ता-आहिस्ता हो रहा था और चकित नज़रों से मैं उन दोनों चित्रों पर नज़रें गाड़े था। चाहता मैं यही था कि तिरयाक के धुएँ में अपने बिखरे ख़्यालात जमा करूँ क्योंकि यह धुआँ ही मुझे एक आरामदेह स्थिति में पहुँचाकर मेरा ध्यान किसी एक विचार बिंदु पर केंद्रित करने में मेरी मदद कर सकता था!

जितनी तिरयाक मेरे लिए बची हुई थी, उसे मैं तब तक खींचता रहा जब तक इस अजनबी नशे ने मेरी कठिनाइयों, मेरी आँखों पर पड़े पर्दे और उन पुरानी यादों के लगातार बढ़ते सुरमई टीलों को बिखेर न दिया। मैं इंतज़ार में था, वह आया उसे मुझसे ज़्यादा जल्दी थी। धीरे-धीरे मेरी सोच साफ़, विस्तृत और पर्तदार-सी होने लगी। मुझ पर ख़्वाब और बेसुधी की सी कैफ़ियत छाने लगी।

इसके बाद ऐसा लगा जैसे अब मैं अपने सीने पर पड़ा बोझ बड़े आराम से सहन कर सकता हूँ। गुरुत्व नियम का मेरे लिए कोई वजूद बाक़ी नहीं बचा था। अब मैं पूरी आज़ादी के साथ अपने विचारों, जो सूक्ष्म, गंभीर और पूरी तरह खुल चुके थे, उड़ान भर सकता था। मेरे सारे बदन में गहरा सुरूर-सा छा गया था। क़ैद के बोझ से तन आज़ाद था। एक आरामदेह दुनिया लेकिन रहस्यमयी और ख़ुशगवार, रंगों व शक्लों से भरी हुई, बाद में मेरे विचार एक-दूसरे का पीछा करते हुए—आहिस्ता-आहिस्ता इन रंगों में जाकर घुल गए। जिन मौजों के बीच मैं ग़ोताख़ोर बना हुआ था, वह स्नेह, उन्हीं के प्रभाव की देन थीं। अपने दिल की धड़कनें मैं सुन रहा था, अपनी शिराओं के बहाव को महसूस कर रहा था। सच पूछा जाए तो यह हाल मेरे लिए बड़ा अर्थमय और आनंदमयी था।

मैं दिल की गहराइयों से चाहता था। मेरी आरज़ू भी थी कि मैं अपने को भुला देने वाले सपनों के हवाले कर दूँ। अगर यह फ़रामोशी मुमकिन होती, उसमें नि

* लोहे या टीन की चौकोर अँगीठी।

रंतरता होती ! मान लो मेरी पलकें बंद हो जाती हैं और मैं, अपनी इस दुनिया से परे एक अजनबी लोक पहुँच जाता हूँ जहाँ मुझे अपने वजूद का होश न रहता, तब क्या ऐसा मुमकिन हो सकता है कि मेरा सारा वजूद एक चुटकी भर मिश्रण या फिर संगीत की किसी लय में या फिर रंगीन किरण में घुल जाता और सारी परेशानियाँ और थपेड़े उस विस्तार में जा अचानक धुँधले पड़कर ग़ायब हो जाते, तब कहीं मैं अपनी कामना तक पहुँच पाता।

धीरे-धीरे नशा गहराने लगा, मूर्च्छा-सी मुझ पर छाने लगी जैसे एक मीठी-मीठी थकन और झीना-झीना सुरूर मेरे अंदर से निकल बाहर आ रहा हो। इसके पश्चात मुझे अनुभव हुआ जैसे कि मेरी हालत बिगड़ रही है। धीरे-धीरे पुरानी बातें और घटनाएँ मेरी यादों से जो दूर जा चुकी थीं जिन्हें मैं भूल चुका था। वह बचपन का ज़माना मेरी आँखों के सामने उभरने लगा, सिर्फ़ उभरा भर नहीं बल्कि मैंने ख़ुद को उसमें पूरी तरह डूबा पाया और गहराई से उसे अनुभव करने की हालत में चला गया, हरपल मैं पहले से छोटे से छोटा होता चला गया और एकाएक मेरे विचार धुँधले फिर अँधेरे में डूब गए। ऐसा लगा जैसे मैं एक अँधेरे गहरे कुँए में पतले छल्ले से लटका हुआ हूँ फिर उस छल्ले से अपने को अचानक आज़ाद पाता हूँ और काँपता हुआ दूर तक चलता चला जाता हूँ मगर कहीं पहुँच नहीं पाता हूँ, वह एक अंतहीन सीधी खड़ी चट्टान सी एक अनंत रात थी। इसके बाद वह सारी झलकियाँ गुम हो गईं और एक के बाद एक मेरे सामने चेहरे व तसवीरें उभर रही थीं। एक सेकंड की बेसुधी में सिर्फयही देख पाया। जब सुध में आया तो अपने को एक कमरे में पड़ा पाया, एक ख़ास हालत में देखा, वह मेरे लिए जगह अनजानी भी थी और स्वाभाविक भी।

इस नई दुनिया में जब मैंने आँखें खोली तो परिवेश और स्थान बेहद अपना और परिचित सा लगा। इस तरह जैसे इस ज़िंदगी और माहौल से पहले कभी मेरा गहरा लगाव उससे रहा हो और यही मेरी असली ज़िंदगी का आईना था, एक दुनिया अलग मगर मुझ से कितनी गहरी अपनाइयत और नज़दीकी रखती थी, जिसे देखकर यह ख़्याल गुज़रा कि मैं अपने वास्ताविक परिवेश में लौट आया हूँ। जो पुरानी दुनिया तो है मगर उसी के साथ बनावट से दूर सादगी से भरपूर, जहाँ मैं पैदा हुआ था।

पौ अभी फटी नहीं थी। मेरे सिरहाने चर्बी का दिया जल रहा था। कमरे के कोने में मेरा बिस्तर पड़ा था, लेकिन मैं जाग रहा था, मुझे ऐसा लग रहा था जैसे मेरा शरीर तप रहा हो और ख़ून के धब्बे मेरी अबा और गर्दन की शाल पर पड़े हैं, मेरा हाथ ख़ून से भरा हुआ था। बावजूद बुख़ार और चक्कर आने के साथ ही मुझे बेचैनी और विशेष तरह की उत्तेजना भी महसूस हो रही थी। इसका कारण ख़ून के धब्बे थे

जिन्हें मैं किसी भी तरह से मिटा देना चाहता था। इससे भी तीव्र चिंता जो मुझे खाए जा रही थी वह यह कि किसी भी पल दरोग़ा हाज़िर हो जाएगा और मुझे रँगे हाथों पकड़ ले जाएगा। अभी से नहीं बल्कि अरसे से मैं इस चिंता में घुल रहा था कि जाने कब दरोग़ा के हाथ लग जाऊँ। मगर मैंने तयकर रखा था कि पकड़े जाने से पहले कारनिस पर रखी विषैली शराब का एक घूँट ज़रूर भरूँगा। यह तो लिखने का मुझ पर दबाव था जो मेरे लिए एक ज़बर्दस्ती का कर्त्तव्य बन गया था, चाहता था कि जो राक्षस अंदर ही अंदर मुझ पर अत्याचार कर रहा था उसे बाहर खींच निकालूँ, चाहता था अपने दिल की परी को काग़ज़ पर उतार दूँ। बहरहाल थोड़ी बहुत चूँ चरा के बाद चर्बी के दिये को मैंने अपने क़रीब लाकर रखा और इस तरह लिखना आरंभ कर दिया—

मेरा ख़्याल था कि ख़ामोशी से बेहतरीन कोई दूसरी चीज़ नहीं। सदा से मैं यही सोचता आया हूँ कि नदी किनारे बगुले की तरह अपने डैने खोलकर आदमी तन्हा बैठे लेकिन अब यह मुमकिन नहीं, यह आदमी के हाथ में नहीं है, जो नहीं घटना चाहिए था वह घट जाता है, कौन जानता है..., शायद इसी पल या फिर घंटा भर बाद पहरेदारों का एक गिरोह नशे में मस्त मुझे गिरफ़्तार करने चला आए। मुझे इस बात में ज़रा भी दिलचस्पी नहीं है कि मैं अपनी लाश का बचाव कैसे करूँ? सच तो यह कि अब इंकार की भी कोई गुंजाइश बाक़ी कहाँ बची है, सिवाए इसके, मैं इन ख़ून के धब्बों को अच्छी तरह से साफ़ कर दूँ। मगर गिरफ़्तारी से पहले एक प्याला शराब, उसी शराब की छोटी बोतल से जो मुझे विरासत में मिली थी और उस तंग कोठरी के ताकचे पर रखी हुई थी, पी लूँ।

मेरी प्रबल इच्छा है कि मैं अपनी सारी ज़िंदगी को अंगूर के गुच्छे की तरह मुट्ठी में लेकर निचोड़ डालूँ, उसके रस को, नहीं, उसकी शराब को, क़तरा, क़तरा अपनी छाया के सूखे पड़े गले में ठीक अपनी क़ब्र के पानी की तरह टपकाऊँ। केवल, मेरी एक ही तमन्ना बाक़ी बची है कि जब मैं जाऊँ, उससे पहले अपनी पीड़ा जिसने कोढ़ या अलसर की मानिंद इस कमरे की तन्हाई में धीरे-धीरे कर मुझे खाया है, उसे काग़ज़ पर लिख जाऊँ, सिर्फ़ यही एक तरीक़ा बचा है जिसके ज़रिए मैं अपने विचार क्रमबद्ध व संग्रहित कर सकूँ। इस तरह से काम करने का मतलब कहीं वसीयतनामा लिखना तो नहीं है? नहीं, यह मुमकिन नहीं, क्योंकि न मेरे पास धन-दौलत है जो डर हो कि उसे दीवान खा जाएगा और न ही ईमान रखता हूँ कि जिसे शैतान ले उड़े तो फिर इस लम्हा मेरे पास ऐसी कौन-सी बहुमूल्य वस्तु है इस धरती पर जो मेरे लिए अहमियत रखती हो? जो ज़िंदगी मेरी थी भी वह भी हाथ से निकल चुकी थी। उसे गुज़ारा भी और चाहा भी किसी तरह गुज़र जाए और अब जब मैं चला जाऊँगा तो उसके बाद बिना शक, कोई मेरा लिखा पढ़ना ज़रूर चाहेगा और यह भी हो सकता है कि सत्तर वर्ष अँधेरे में डूबे पन्नों को न भी पढ़ना चाहे।

इतनी हड़बड़ाहट में लिखना मेरे लिए बहुत ज़रूरी हो गया है ताकि मैं अपने वक़्ती विचारों को अपनी छाया तक पहुँचाऊ वास्तव में यह मेरी मजबूरी है। यह अशुभ छाया जो चर्बी के दिये की रौशनी के सामने दीवार पर झुकी सी पड़ रही है इसका मतलब साफ़ है कि मैं जो भी लिख रहा हूँ उसे वह बड़े ध्यान से पढ़ रही है और समझ भी रही है। बिना शक, यह छाया मुझसे ज़्यादा समझदार है। मैं सिर्फ़ इसीलिए अपनी छाया के साथ जी भरकर बातें करता हूँ क्योंकि वह मुझे बोलने पर मजबूर करती है सिर्फ़ वही तो है जो मुझे पहचानती है और जानती भी है...मैं चाहता हूँ रस, नहीं, शराब, मेरी ज़िंदगी की कड़वी शराब बूँद-बूँदकर उसके सूखे हल्क़ में टपकाऊँ और कहूँ, "यह है मेरी ज़िंदगी!"

कल जिसने मुझे देखा, एक टूटे जवान के रूप में दुखी देखा लेकिन आज एक बूढ़े कुबड़े, मर्द की शक्ल में देखेंगे, जिसके बाल सफ़ेद, आँखें बेज़ार, और होंठ अधकटे! मुझे डर लगता है अपनी खिड़की से झाँकते हुए और आईने में ख़ुद को देखते हुए क्योंकि मुझे हर जगह अपनी दो शक्लें नज़र आती हैं। चूँकि मैं चाहता हूँ कि दीवार पर झुकी अपनी छाया को अपनी ज़िंदगी का हाल कह सुनाऊँ तो फिर मुझे एक कहानी तो सुनानी पड़ेगी, ओह! कितनी ढेर सारी बातें अपने बचपन के बारे में, अपने प्रेम के बारे में, शादी और मौत के जमावड़ों के बारे में, जिसमें कुछ भी सच नहीं है, मैं अब क़िस्सागोई से थक चुका हूँ।

मैं पूरी कोशिश करूँगा इस ख़ोशे को निचोड़ने की मगर इतना कम रस क्या पूरी ज़िंदगी का निचोड़ बन पाएगा, मैं नहीं जानता। मैं तो यह भी नहीं समझ पा रहा हूँ कि मैं हूँ कहाँ और यह एक टुकड़ा आसमान जो मेरे सिर पर है और चन्द बलिश्त ज़मीन जो मेरे पैरों के नीचे है जिसे पर मैं बैठा हूँ वह नीशापूर की या बल्ख़ की या फिर बनारस की है, मुझे किसी भी तरह, किसी बात पर इत्मीनान महसूस नहीं होता।

मैंने जीवन के उतार चढ़ाव में, इतनी उलटी-सीधी चीज़ें देखीं और तरह-तरह की बातें सुनी हैं कि मेरी आँखों के सामने अनेक तरह के अनुभव टूटे बिखरे पड़े हैं जिनकी नर्म और सख़्त चीख़ों की प्रतिध्वनियाँ मेरे ज़हन में, रूह की गहराई में गूँजती हैं।

अब मैं किसी बात पर यक़ीन नहीं करता हूँ। प्रमाण के साथ गुरुत्वाकर्षण जैसी खुली और मानी हुई चीज़ों पर, मैं अभी भी संदेह करता हूँ। न ही जानता अगर मैं अपना अँगूठा पत्थर की ओखली जो आँगन के कोने में रखी है, उस पर रखकर उससे पूछूँ : क्या तुम साबुत और मज़बूत हो, उसके इक़रार करने के बावजूद, क्या ज़रूरी है कि मैं उसकी बात पर विश्वास करूँ या न करूँ?

क्या मैं एक अलग और विशिष्ट तरह का जीव हूँ? नहीं जानता; लेकिन अभी जो निगाह आईने पर डाली तो एकाएक ख़ुद को पहचान नहीं पाया, नहीं वह 'मैं'

नहीं था वह तो पहले ही मर चुका है, साबित हो चुका है लेकिन हमारे बीच किसी क़िस्म का कोई मतभेद नहीं है। ज़रूरी है कि अब मैं अपनी बात शुरू करूँ मगर समझ नहीं पा रहा हूँ कि आप बीती कहना शुरू कहाँ से करूँ, दरअसल मेरी सारी ज़िंदगी क़िस्सों और हादसों से भरी हुई है। इसका मतलब यह हुआ, मैं अंगूर के ख़ोशे को निचोड़ूँ और उस रस को चम्मच चम्मच, बूढ़े की छाया के सूखे गले में डालूँ।

आख़िर शुरू कहाँ से हो? क्योंकि सारे विचार जल्दबाज़ी में मेरे शब्दों में इस तरह उबलते हैं जैसे बिल्कुल अभी की बात हो, घंटा, मिनट, तारीख़ अहम नहीं है, मुमकिन है मेरे लिए एक संयोग जो कल ही गुज़रा हो, हज़ार साल पहले गुज़रे संयोग के मुक़ाबले में बेअसर और बेहद पुराना साबित हो।

शायद वह बिंदु जहाँ से मेरे सारे संबंध बाक़ी दुनिया से कट चुके थे, उसकी यादें मेरी आँखों के सामने से गुज़र रही हैं; अतीत, वर्तमान, भविष्य, घंटा, दिन, महीना और साल सब के सब मेरे लिए एक से हैं। बचपन और बुढ़ापे के गुज़रने की अनेक बातें विभिन्न स्तरों पर मेरे लिए खोखली गपबाज़ी के सिवा और कुछ नहीं है। लेकिन घटिहा* प्रवृत्तियों वाले लोगों के लिए, सच पूछो यही नाम उनके लिए ढूँढ़ रहा था जिनकी जीवन की हदें, मौसमों के समय की तरह तय रहती हैं। जिनकी ज़िंदगी उत्तरी इलाक़े में गुज़रती है। लेकिन मेरी ज़िंदगी शुरू से एक मौसम और एक सी हालत रखती है। बतौर मिसाल एक ठंडे इलाक़े में न समाप्त होने वाले अँधेरे में गुज़री है, जबकि मेरे बदन में हमेशा एक आग सी सुलगती रहती जो मुझे शमा की तरह हर पल पिघलाती रहती है।

चहारदीवारी के बीच जो मेरे कमरे को आकार देती है और वह परिधि जो मेरी ज़िंदगी और विचारों के चारों तरफ़ खिंची हुई थी, उनके बीच मेरी ज़िंदगी शमा की तरह धीमे-धीमे पिघल रही थी, नहीं, मैं ग़लत कह रहा हूँ। मैं जलानेवाले लकड़ियों का एक ऐसा गीला चैला हूँ जो जलते चूल्हे से छिटक कर एक किनारे लुढ़का पड़ा है जो न पूरी तरह सुलगकर कोयला बनता है और न बिना जला ही रहता है। सिर्फ़ धुआँ फेंकते दूसरों की साँसों को रोकते हुए धीमे-धीमे सुलगता है। मेरा कमरा दूसरे कमरों की तरह ईंट और गारे से बना हज़ारों घरों के खँडहरों पर खड़ा है। उसकी दीवारें सफ़ेद हैं और एक तरफ़ कतीबे की लकीर खिंची हुई, हू-ब-हू मक़बरे की शक्ल में। मेरे हालात और कमरे में मौजूद फ़िज़ा मुझे विचारों में उलझाए रखने के लिए काफ़ी है जैसे कमरे में मकड़ी के लटकते जाले जो मेरे बिस्तर पर यूँ पड़े रहने के कारण पूरी छत पर छा गए हैं। एक तरफ़ अस्तबल की कीलों द्वारा छत से लटकता पालना जो मेरा और मेरी बीवी का था लटक रहा है जो कल शायद किसी और बच्चे का वज़न उठाने के काम आ जाए। मिट्टी की दीवार

* घटिहा : दाँव पाकर अपना स्वार्थ साधनेवाला, व्यभिचारी, दुष्ट, लम्पट, छली, नीच।

में और कील के थोड़ा नीचे चूना झड़ी दीवार में कुछ चीज़ें और लोगों की जो कभी इस कमरे में रहे होंगे, उसकी बू बसी हुई है। सारी बदबुएँ कमरे में कुछ इस तरह से रची-बसी हैं कि अभी तक हवा का झोंका या कोई बदलाव नहीं आया जो इस तरह की ज़िद्दी गंदी ठहरी बदबू को सदा के लिए अपने साथ उड़ा ले जाए : पसीने की बदबू, पुरानी नाराज़गी की बदबू, मुँह की बदबू, पैर की बदबू, पेशाब की तेज़ खराहिन्द, ख़राब हुए तेल की महक, गली-सड़ी चट्टाइयों की, जले आमलेट, जली प्याज़ की बदबू, जोशादे, पनीर और बच्चे के पोतड़ों की बदबू, नए-नए बालिग़ हुए लड़के की बदबू के साथ गली से उठती भाप की बदबू और मुर्दों की तरह मरने की अवस्था में पड़े लोगों एवं ज़िंदा लोगों की जिन्होंने अपनी अलग सी पहचान बना रखी है उनकी बदबू। इसके अलावा न जाने और कितनी तरह की बदबुएँ हैं जिनकी सही पहचान और स्रोत का अभी पता नहीं है मगर वह अपना असर छोड़ती हैं।

मेरा कमरा जिसमें एक छोटी कोठरी पीछे की तरफ़, दो दरीचें बाहर की तरफ़, घटिहा आदमियों की तरफ़ खुलते हुए जिनमें से एक अपने आंगन में दूसरा गली की ओर जो मुझे शहर 'रे' की दिशा में ले जाता है। वह शहर जिसे दुनिया की दुल्हन का नाम दिया गया था जो हज़ारों गली दर गली और दबे-दबे से घरों के साथ मदरसे व कारवाँसरा से बसा नज़र आता है। वह शहर जो दुनिया के सबसे बड़े शहरों में कभी गिना जाता था जो ठीक मेरे कमरे के पीछे जीता और साँस लेता महसूस होता है। अपने कमरे के कोने में बैठा जब मैं आँख बंद करता हूँ तो मेरी आँखों के सामने से महल, मस्ज़िदें और बाग गुज़रने लगते हैं जो मेरी यादों का बहुत बड़ा हिस्सा हैं।

दरअसल ये दो दरीचे मुझे बाहरी दुनिया से मिलवाते हैं जो असल में घटिहा लोगों की दुनिया है...लेकिन कमरे की दीवार पर एक आईना लटका हुआ है जिसमें मैं अपना चेहरा देखता हूँ और अपनी सीमित दुनिया, जो घटिहा लोगों की दुनिया से ज़्यादा बेहतर है और जिससे मेरा कोई लेना-देना नहीं है, मैं जीता हूँ।

शहर के सारे दृश्यों में से मेरे दरीचे के ठीक सामने एक क़स्साबी की छोटी-सी दुकान है जो रोज़ लगभग दो भेड़ों का गोश्त बेच लेता है। मैं जब भी दरीचे की तरफ़ निगाह उठाता हूँ क़स्साब की दुकान को सामने पाता हूँ। सुबह सवेरे दो टट्टू सूखे काले कमज़ोर बुख़ार से तपते सूखी खाँसी खासते हुए आते हैं। खुरों में फँसी उनकी सूखी पतली टाँगें लगती हैं जैसे कि एक वहशी क़ानून के मुताबिक़ उनके पैरों को काटकर खौलते तेल में डाल दिया गया हो। उनकी पीठ के दोनों तरफ़ भेड़ों के खाल उतरे शरीर का गोश्त लटकता हुआ जिसे ढो करके वे इन्हीं टाँगों से लाते दिखते हैं। क़स्साब अपने चर्बी सने हाथ को अपनी मेहँदी लगी दाढ़ी पर फेरता नज़र आता। पहले वह ख़रीदारी की नज़रों से उन लाशों को तौलता फिर उनमें से

दो को पसंद करता और हाथ में उठा उनके वज़न का अंदाज़ा लगाता फिर उन्हें ले जाकर दुकान में लटकते क़ुल्लाबों में टाँग देता। टट्टू उसी तरह हाँफते काँपते आगे बढ़ जाते। उस समय क़स्साब, ख़ून में डूबी इन लाशों को जिनके सिर कटे हुए, ठहरी हुईं पुतलियाँ, ख़ून से तर पलकें, जो गर्दन के प्यालों से दूर पड़ी हैं, उनके खाल उतरे जिस्म को प्यार से थपथपाता हुआ वह पूरे बदन पर हाथ फेरता है। फिर हड्डी वाले दस्ते के चाक़ू को उठाकर बड़ी महारत से उनके बदन के टुकड़े-टुकड़े करता है। बाद में उन बोटियों को मुस्कान के साथ ग्राहकों के हाथों बेचता है। यह सारा काम वह बहुत मगन होकर करता है। मुझे पूरा विश्वास है कि ऐसा करने में उसे एक तरह का आनंद और तृप्ति-सी मिलती है। और वह पीले रंग का कुत्ता, जिसने हमारे मोहल्ले को अपनी मिल्कियत समझ रखा है अपनी टेढ़ी गर्दन और बेगुनाह आँखों से जिसमें हसरत के भाव भी नाचते हैं वह क़स्साब के हाथों पर नज़र रखता है। वह कुत्ता भी यह बात समझ चुका है कि क़स्साब को अपने पेशे में बड़ा लुत्फ़ आता है।

कुछ दूरी पर मेहराब के नीचे एक विचित्र सा बूढ़ा आदमी बैठा है जिसके सामने फैली बिसात पर दो हँसिया, जंग लगा चिमटा, सँड़सी, दो नाल, कई रंग के मोहरे, एक ख़ंजर, एक चूहेदानी, रौशनाई की टिकिया, एक कंघा जिसके दाने टूटे हुए, एक बेलचा, एक क़लई चढ़ा गुलदान जिस पर एक गंदा रूमाल पड़ा हुआ। घंटों, महीनों, हर रोज़ मैं दरीचे के पीछे से उसे देखता रहता हूँ। जो एक गंदी शशतरी* शाल गले में लपेटे। अबा का गरेबान खुला हुआ जिसमें से सफ़ेद बालों का गुच्छा बाहर झाँकता सा, पलकें झड़ी आँखों से ढिठाई और बेहयाई उबलती हुई, बाज़ू पर जादुई तावीज़ बाँधे एक सी मुद्रा में बैठा रहता। सिर्फ़ जुमे की रात टूटे और बचे पीले दाँतों के साथ क़ुरआन पढ़ता जैसे कि इसी रास्ते से वह अपनी रोटी कमाता हो। क्योंकि मैंने आज तक किसी को उसकी बिसाती की दुकान से कुछ ख़रीदते नहीं देखा था। मैंने जो भी बुरे बुरे सपने आज तक देखे थे, उस में इस तरह की शक्ल वाला आदमी ज़रूर रहता था। माजूफल** के आकार का उसका घुटा सिर जिसके चारों तरफ़ इमामा शीर शक्कर*** बाँधा हुआ उसकी तंग पेशानी के पीछे न जाने कौन से फ़क़ीराना और अहमक़ाना ख़्यालात बेकार की घास की तरह उगे हुए थे? जैसे कि उस बूढ़े के सामने फैली दुकान उस पर सजा ख़ेंज़रपेंज़री (बेकार की चीज़ें) सामान उसकी ख़ुद की ज़िंदगी से एक विशेष तरह का रिश्ता रखते थे। कई बार मैंने सोचा कि उसके पास जाऊँ और उसकी बिसाती की दुकान से कुछ ख़रीदूँ लेकिन हिम्मत नहीं पड़ी।

---

* शहर शूश की बनी शाल

** ईरानी गोल सर के आकार का फल

*** सफ़ेद पीली धारी या बिंदी वाला कपड़ा

दाई ने मुझे बताया था कि यह आदमी अपनी जवानी में कुम्हारी करता था। यही एक बर्तन उसने यादगार के तौर पर अपने लिए बचा कर रखा है। फ़िलहाल फुटकर चीज़ों को बेचकर अब वह अपना गुज़ारा करता है।

छह

बाहर की दुनिया से मेरा संबंध बस इतना ही था। अंदर की दुनिया मेरी केवल ननजून और बदचलन बीवी तक सीमित थी लेकिन ननजून उसकी भी दाई है बल्कि हम दोनों की दाई है। क्योंकि न सिर्फ़ मैं और, मेरी पत्नी आपस में रिश्तेदार थे बल्कि ननजून आया ने हम दोनों को अपना दूध भी पिलाया था। दरअसल मेरी फूफी उसकी माँ के साथ ही साथ वह मेरी माँ भी थी। हक़ीक़त तो यह थी कि मैंने अपने माँ बाप को कभी देखा ही नहीं था। उसकी माँ लंबे क़द की औरत, जिनके बाल सुरमई रंग के थे। उन्होंने मुझे अपनी औलाद समझकर, पालपोस कर बड़ा किया था। सच भी यह था कि मैं पत्नी की माँ को अपनी माँ की तरह प्यार करता और यही एक कारण था कि मैंने उनकी बेटी से शादी की थी।

अपने माँ बाप से कई तरह की कहानियाँ सुनी थीं। उनमें से सिर्फ़ एक कहानी जो मैंने ननजून के मुँह से सुनी थी, उसके बारे में अक्सर सोचा करता हूँ शायद वही सच हो। ननजून ने मुझे सुनाया था कि मेरे पिता और मेरे चचा, आपस में जुड़वाँ भाई थे। वह देखने, सुनने में बिल्कुल एक से लगते थे। उनका स्वभाव भी मिलता-जुलता था यहाँ तक कि उनकी आवाज़ों में भी कोई फ़र्क़ न था। बहुत मुश्किल था उन्हें पहचानना कि कौन, कौन है। उनके बीच में गहरा रूहानी और हमदर्दी भरा संबंध था। यहाँ तक कि अगर एक दुखी है तो दूसरा भी दुखी हो जाता, लोगों का कहना था जैसे एक सेब के दो टुकड़े हों। बहरहाल बड़े होकर दोनों ने अपने लिए व्यापार का पेशा पसंद किया और बीस साल की उम्र में दोनों भाई हिंदुस्तान की तरफ़ निकल गए। वह शहर रे से सामान ले जाते जैसे तरह-तरह के कपड़े, 'मुनीरा' फूलदार कपड़ा, सूती कपड़ा, लंबे जब्बे, शाल, सूइयाँ, मिट्टी से बने बर्तन, और जिल्दे क़लमदान वग़ैरा। इस सारे सामान को ले जाकर हिन्दुतान में बेचते। मेरे पिता बनारस में रहते और चचा को तिजारती काम के लिए दूसरे शहरों में भेजते रहते। कुछ समय बाद मेरे पिता एक कुँवारी लड़की बोगाम दासी जो लिंगम (शिवलिंग) मंदिर में नर्तकी थी। जिसका काम शिवलिंग के आगे धार्मिक नृत्य करना और मंदिर की सेवा थी। उस पर आशिक़ हो गए। वह लड़की गर्म ख़ून की ज़ैतूनी रंगत वाली थी जिसके सीने नींबू, के आकार वाले, आँखें तिरछी और बड़ी बड़ी थी। भवें बारीक और आपस में जुड़ी हुई थीं जिसके बीच में वह बिंदी लगाती थी।

अब मैं कभी-कभी कल्पना में डूबता, उतरता हूँ कि वह बोगाम दासी (देवदासी) यानी कि मेरी माँ जो ज़रदोज़ी के काम की रंगीन रेशमी साड़ी में लिपटी, सीना खुला, दीबा का सिरबंद लगाए जिस में गूंथे उनके अनादिकाल की रातों की तरह लंबे काले बाल जो उनकी पीठ पर लंबी चोटी के रूप में दिखते थे। हाथ की कलाइयों में चूड़ियाँ, पैरों में पाज़ेब नाक में सोने की नथ। आँखें तिरछी काली ख़ुमार आलूदा, साफ़ चमकते दाँत और नज़ाकत भरे संतुलन के साथ सारंगी, वीणा, ढोलक, तुरही और झाँज-मजीरा की ध्वनि-लय की सुसंगत पर नाचती। उसी के साथ एक-सा मधुर गीत नंगे बदन पर सिर्फ़ धोती लपेटे मर्द साथ-साथ गाते, जिसमें गहरे अर्थ छुपे होते देवमालाओं के सारे रहस्य, सूक्ष्मता, रसिकता और हिंदुस्तानियों के दुख-दर्द संक्षिप्त हो उन अदाओं में इस तरह घुल-मिल जाते कि बोगाम दासी किसी कली की तरह खिलती महसूस होती थी। अपने कंधों और हाथों को नचाते हुए कभी झुकती कभी उठती अपनी मुद्राओं से बिना ज़बान हिलाए बहुत कुछ कहती नज़र आती। पता नहीं मेरे पिता पर इन सारी बातों का क्या असर हुआ हो, ख़ासकर अधपके अंगूरों के बखटेपन का और मिर्चों के स्वाद के साथ मोंगरा के फूलों और संदल के तेल की भीनी मिली-जुली सुगंध जो इन दृश्यों में छुपी रसिकता के अर्थ खोलती हो। वे सारे दरख़्त और जड़ी बूटियाँ जो हमारे हाथों की पहुँच से कोसों दूर हैं। उनके वजूद से निकला बूदार तरल पदार्थ बड़ी संवेदना और ख़ामोशी से ज़िंदगी देता है। पैकेट में बंद दवा जो प्रसव कक्ष में अन्य ख़ुशबूदार दवाओं के साथ रखी जाती हैं, वह हिंदुस्तान से आती हैं। वह तेल जो एक अजनबी अनजान देश से आता है जो प्राचीनकाल से अर्थपूर्ण शिष्टाचार और रीति-रिवाजों का मालिक है उसकी यह गंध हमारे यहाँ के जोशाँदे से कितनी मिलती-जुलती है। यह सारी बातें मुझे अपने पिता की हत्या की याद दिलाती हैं। वही पिता जो उस बोगाम दासी (देवदासी) पर इस हद तक मर मिटे थे कि उस नर्तकी के धर्म, उस शिवलिंगम् के पूरी तरह गिरवीदा हो चुके थे। उनकी यह दीवानगी जारी रही जब वह लड़की गर्भवती हुई तो उसे मंदिर की सेवा से अलग कर दिया गया।

मैं अभी पैदा हुआ था कि मेरे चचा अपना दौरा पूरा कर बनारस लौटे। चूँकि उनका सौंदर्यबोध ठीक मेरे पिता के समान ही था सो एक दिल नहीं हज़ार दिल से वह मेरी माँ पर फ़िदा हो उठे। आख़िर में हुआ यह कि वह उसे धोखा देने में कामयाब हो गए क्योंकि ऊपरी तौर से और रूहानी स्तर पर चचा मेरे पिता की ही तरह लगते थे। बात खुलनी थी खुलकर रही। उन दोनों को मेरी माँ छोड़ने को तैयार हो गई लेकिन उन्होंने एक शर्त सामने रखी कि पिता और चचा नाग की परीक्षा से गुज़रें और उन दोनों से जो बच निकला माँ उससे संबंध रखेगी।

परीक्षा में यह तय हुआ कि पिता और चचा एक अँधेरे तहख़ाने में एक नाग के साथ रहेंगे। उन दोनों में से जिस किसी को साँप डसेगा वह तो चिल्लाने पर मजबूर

होगा ही तब सपेरा कमरे का दरवाज़ा खोलेगा और दूसरे को बाहर निकालेगा और बोगाम दासी उससे संबंध बहाल कर लेगी।

इससे पहले कि उन्हें अँधेरे तहख़ाने में बंद किया जाता मेरे पिता ने मेरी माँ से इच्छा प्रकट की, एक बार वह उसके सामने नाचे, वही नाच पवित्र मंदिर वाला दिखाए। उनकी इस इच्छा को माँ ने स्वीकार कर लिया और मशाल की रौशनी में सपेरे की बीन पर कुछ ऐसी मुद्राओं और अदाओं में अर्थपूर्ण ढंग से नाची जैसे नाग झूमता–सा अपने में पेंच ताव खाता हुआ कुंडली मार रहा हो। इसके बाद मेरे पिता और चचा को नाग के साथ एक अँधेरे भूतल में बंद कर दिया गया। कुछ पल बाद ही उत्तेजना भरी चीत्कार की जगह, एक रुदन वीभत्स अट्टहास के साथ सुनाई पड़ा, एक पागलों जैसी चीख़, उसी के साथ दरवाज़ा खोला गया तो अंदर से चचा को बाहर निकलते देखा गया। लेकिन उनकी सूरत बूढ़ी और निढाल और सिर के बाल डर और परेशानी की अधिकता से बर्फ की तरह सफ़ेद हो गए थे। नाग की क्रोधित फुंकार, गोल गोल आँखें जिसमें से चिनगारी निकलती हुई और ज़हरीले दाँत के साथ वह आराम से बदन को सीधा व फ़न इस तरह काढ़े था जैसे चम्मच की आकृति में आ गया हो। चचा के कमरे से निकलते ही शर्त के अनुसार फ़ैसला मेरे चचा के हक़ में हो गया। एक वहशतनाक बात यह थी कि पता नहीं चल पाया परीक्षा के बाद जो ज़िंदा बचा था वह मेरे चचा थे या मेरे पिता थे।

इस परीक्षा का नतीजा यह निकला कि उनको गहरा दिमाग़ी झटका लगा और वह अपनी पहली ज़िंदगी पूरी तरह भूला बैठे यहाँ तक कि वह अपने बच्चे तक को नहीं पहचानते थे। इस तरह सोचा जा सकता है कि वह चचा ही थे। क्या यह सारा अफ़साना मेरी ज़िंदगी से संबंधित नहीं है, वह वीभत्स अट्टहास और ऐसी ख़तरनाक परीक्षा ने मेरी ज़िंदगी पर कोई असर नहीं छोड़ा होगा, क्या ये सारी बातें मुझसे जुड़ी हुई नहीं मानी जाएँगी?

इसके बाद से मैं सिर्फ़ एक रोटी खाने वाले से ज़्यादा कुछ और नहीं रह गया था। इस घटना के बाद चचा या पिता अपने व्यापार संबंधित काम के सिलसिले से मेरी माँ और मुझे लेकर शहर 'रे' वापस लौटे और मुझे अपनी बहन जो मेरी फूफी थी उन्हें मुझे सौंप दिया।

दाई बताती है, माँ ने मुझसे विदा लेते हुए एक लाल रंग की शराब की छोटी बोतल जिसमें नाग का ज़हर मिला हुआ था उसे मेरे लिए फूफी को दी। एक बोगाम दासी (देवदासी) इससे बेहतर कौन सी चीज़ यादगार के तौर पर अपनी औलाद के लिए छोड़ सकती थी? वह लाल शराब जो एक आरामदेह मौत के लिए अकसीर साबित हो सकती थी; शायद उसने अपनी ज़िंदगी को भी अंगूर के गुच्छे की तरह निचोड़ा था और शराब के रूप में मुझे बख़्शा हो; वही ज़हर जिसने मेरे बाप को मारा था। अब मेरी समझ में आ रहा है कि उसने कितना बहुमूल्य उपहार मुझे दिया है!

क्या पता मेरी माँ ज़िंदा हो। शायद वह इस समय यहाँ से दूर हिंदुस्तान के किसी शहर के किसी मैदान में मशाल की रौशनी के सामने एक साँप की तरह बलखाती नाच रही हो, कुछ इस तरह जैसे साँप ने उसे काट खाया हो और औरत व बच्चे और उत्सुक अधनंगे बदन के दर्शक उसको घेरे हुए हों। जबकि मेरे चचा या फिर पिता सफ़ेद बालों के साथ कूबड़ निकाले मैदान के किनारे बैठे उसे देख रहे हों और अँधेरे तहख़ाने में ग़ुस्से से भरे डोलते नाग की फुंकारों की याद में जो अपना फन काढ़कर बैठा था जिसकी आँखें बिजली की तरह चमक रही थीं और गर्दन करछुल की तरह उठी थी। लकीरें जो ऐनक की शक्ल में गहरे धूसर रंग की थी। वह उसकी गर्दन के पीछे नज़र आ रही थीं।

जो भी हो मैं दुधमुँहा बच्चा था जिसे इसी दाई ननजून की गोद में डाल दिया गया। मेरी फूफी की बेटी और मुझे उन्होंने दूध पिलाया था। उन्हीं की गोद में बचपन गुज़ारा और मैंने उसी फूफी जिनका क़द लंबा और बाल अधपके, सुरमई रंग के थे। उसी घर में मैंने अपना लड़कपन उनकी बेटी इसी रंडी के साथ गुज़ारा और बड़ा हुआ।

जब मैं समझदार हुआ तो माँ के रूप में उन्हीं को देखा और माँ की तरह उन्हें चाहा। चूँकि उनकी बेटी उन्हीं कें रूप रंग वाली थी इसलिए मैं अपनी उसी हमशीर बहन से शादी करने के लिए राज़ी हो गया।

सच तो यह है, मैं मजबूर था उससे शादी करने के लिए। सिर्फ़ एक बार इस लड़की ने मेरे आगे समर्पण किया वह भी अपनी माँ के सिरहाने जिसे मैं उम्र भर नहीं भूल सकता हूँ, वह भी अपनी मरी हुई माँ के सिरहाने। काफ़ी रात गुज़र चुकी थी। मैं आख़िरी बार उन्हें अलविदा कहने की ग़र्ज़ से इस समय इसलिए गया था कि वह वहाँ अकेली होगी सारे घर वाले जा चुके होंगे। मैंने उस समय सिर्फ़ पायजामा के अंदर वाला जाँघिया और ऊपर बनियान पहन रखी थी। बिस्तर से सीधा उठकर मैं उस कमरे की तरफ़ बढ़ा जहाँ उनका मुर्दा जिस्म रखा था। उनके सिरहाने दो काफ़ूरी मोमबत्तियाँ जल रही थीं। एक क़ुरआन शरीफ़ उनके पेट पर रखा हुआ था ताकि उनके शरीर में शैतान का प्रवेश न हो सके। उनके चेहरे पर पड़ा कपड़ा हटाया और अपनी फूफी को जिनका शानदार, दिलकश चेहरा मैंने देखा तो लगा दुनिया की सारी दिलचस्पियाँ उनके चेहरे से मिट सी गई हैं। दिल किया कि झुककर उनके सामने कारनिश बजा लूँ, तभी अचानक मेरी आँखों के सामने यह भेद खुला कि मौत एक सहज प्रक्रिया का नाम है और मामूली घटना के रूप में इसे लेना चाहिए। उनके चेहरे पर उपहास भरी मुसकान जो उनके होंठों पर जमी देखी। दिल चाहा आगे बढ़कर उनके हाथ चूम लूँ और कमरे से बाहर चला जाऊँ, लेकिन जैसे ही मैंने अपना चेहरा घुमाया कि आश्चर्यचकित रह गया। देखा वही रंडी जो अब मेरी पत्नी है कमरे में दाख़िल हुई और मुर्दा पड़ी माँ के सामने बड़ी गर्मजोशी के साथ मुझसे

लिपट गई और अपनी तरफ़ खींचकर ऐसे गीले चुंबनों की बौछार मुझ पर कर दी कि मैं हक्का-बक्का रह गया, शर्म से ज़मीन में गड़ा जा रहा था। मेरी समझ में नहीं आ रहा था अब क्या करूँ? मुर्दा अपने रेख़ जमे दाँतों के साथ जैसे हमारा मज़ाक़ उड़ा रहा हो। एकदम से ऐसा महसूस हुआ जैसे आराम भरी वह मुस्कुराहट मुर्दे के चेहरे पर अचानक बदल चुकी है। मैंने एकाएक घबराहट में उसे अपने आग़ोश में कसा और उसका चुंबन लिया। लेकिन उसी समय मुजाविर के कमरे का पर्दा हटा और फूफी का शौहर, इस बदचलन का बाप पीठ झुकाए और गर्दन में शाल लपेटे कमरे में दाख़िल हुआ।

ऐसी सूखी घिनौनी हँसी-हँसा जिसे सुनकर आदमी के बदन के रोंगटे खड़े हो जाएँ। उसके कंधे क़हक़हे के झटकों से बुरी तरह हिल रहे थे। मगर उसने हमारी तरफ़ नहीं देखा। मैं शर्म के मारे चाहता था ज़मीन फट जाए और मैं उसमें समा जाऊँ, अगर ऐसा कर सकता तो मुर्दे के चेहरे पर ज़रूर चाँटा जड़ता कि क्यों वह हमारी ओर व्यंग्य और उपहास भरी नज़रों से घूर रहा है, यह कैसी बेशर्मी है? घबराया-सा मैं कमरे के बाहर भागा, सिर्फ़ इसी रंडी के चलते, शायद इस तरह की स्थिति जानबूझकर बनाई गई थी ताकि मैं इस बदचलन से मजबूर होकर शादी कर लूँ।

इसके बावजूद कि हम दूध शरीक भाई बहन थे। उनकी बदनामी न हो, मजबूर था उस को अपनी पत्नी बनाने के लिए जबकि वह लड़की कुँवारी अछूती नहीं थी। इसका मतलब भी मैं नहीं जानता था। मैं जान भी नहीं सकता था। यह बात तो मुझ तक पहुँचाई गई थी। उस शादी की रात जब हम अकेले रह गए। मैंने जाने कितनी ख़ुशामदें और ख़्वाहिशों का इज़हार किया मगर उसने एक नहीं सुनी और किसी तरह कपड़े उतारने पर राज़ी नहीं हुई। कहने लगी, "पाक नहीं हूँ" इस तरह से उसने मुझे अपने को छूने नहीं दिया, चिराग़ बुझाकर दूसरी तरफ़ के कमरे में जाकर सो गई। अलबत्ता वह बेदे मजनूँ वृक्ष की कमज़ोर शाख़ की तरह काँप रही थी जैसे कि उसे अंधे कुएँ में अज़दहे के साथ फेंक दिया गया हो। किसी को यक़ीन नहीं आएगा यह यक़ीन करने की बात भी नहीं है कि उसने एक बोसा तक मुझे अपने होंठों का नहीं लेने दिया। दूसरी रात को भी मैं पहली वाली जगह पर गया और आकर ज़मीन पर सो गया, कौन इस बात पर यक़ीन करेगा? दो महीनों, नहीं, दो महीना चार दिन तक उससे दूर ज़मीन पर सोता रहा मगर उसके पास जाने की हिम्मत नहीं जुटा पाया।

उसने पहले से ही उस रूमाल को तैयार कर लिया था जिस पर ख़ूने कबूतर मल रखा था या फिर वही रूमाल होगा जो पहली बार उसको किसी अन्य के साथ शारीरिक संबंध बनाने के बाद उसने यादगार के तौर पर सँभालकर रख छोड़ा हो, मेरा मज़ाक़ पहले से भी ज़्यादा उड़ाने के लिए। सब उस वक़्त मुझे मुबारकबाद दे रहे थे एक-दूसरे को आँख मार रहे थे और ज़रूर अपने दिल ही दिल में कह रहे होंगे

"यारू ने कल रात क़िला जीत लिया।" लेकिन मैं अपने चेहरे पर मुबारकबाद जैसा कोई भाव नहीं लाया। मेरे ऊपर हँस रहे थे। बेशक यह सब मेरी मूर्खता पर हँस रहे थे। मैंने ख़ुद से शर्त बद रखी थी कि एक दिन मैं यह सब कुछ लिखूँगा ज़रूर!

इसके बाद मुझे यह भेद समझ में आ गया कि वह मिलनसार थी। सभी तरह के दुराचारियों से उसका संबंध था शायद इसी कारण के चलते, मुल्ला ने कुछ वाक्य अरबी भाषा में पढ़े और उसे मेरे निकाह में दे दिया था। उसे मैं पसंद नहीं था शायद वह आज़ाद रहना चाहती हो। एक रात मैंने मन ही मन ठान लिया कि मैं उसके साथ ज़ोर ज़बर्दस्ती करके रहूँगा। अपने इस संकल्प को मैंने व्यावहारिक रूप दे डाला मगर वह लंबी कश्मकश के बाद खड़ी हुई और बिस्तर से उठकर भाग गई और मैं केवल इस बात से संतुष्ट था कि उसके बिस्तर में, जिसमें उसके गर्म बदन की हरारत की हल्की सी महक बसी हुई थी जो उसी की उपस्थिति का अहसास दिला रही थी, मैं करवट पर करवटें बदलता रहा, आख़िर सो गया। यही एक रात थी जब मैं सुख की गहरी नींद सोया था। इसके बाद उसने अपना कमरा मेरे कमरे से अलग कर लिया।

रात को जब मैं घर लौटा तब तक वह लौटी नहीं थी, मैं जानना भी नहीं चाहता था कि वह वापस आई है या नहीं, क्योंकि मैं तन्हाई का क़ैदी था मुझे मौत की सज़ा सुनाई जा चुकी थी। अब मैं चाहता था कि उन सारे पापियों से जाकर मिलूँ, मेरी इस बात पर भी कोई यक़ीन नहीं करेगा। किसी के बारे में सुनता कि वह उसे पसंद करती है। मैं उन्हें खोजता उन सबका पीछा करता था। अंत में ज़िल्लत और शर्मिंदगी को ताक़ पर रख रुसवाई का भय हज़ारों बार महसूस करने के बाद भी मैंने मन बना लिया कि उन आदमियों से जाकर सीधा मिलूँगा। पहुँचा, जाकर उनसे चापलूसाना बातें करता, उनको फुसलाता फटकारता फिर किसी तरह उनको समझा-मनाकर साथ ले आता, वह भी कैसे-कैसे हरामकार : ख्वाँचा लगाने वाले सिराबी फ़रोश, धार्मिक मामलों के ज्ञाता, कलेजी भूनने वाले पुलिस हेडक्वार्टर के हेड, मुफ़्ती, सौदागर, दार्शनिक उनकी पदवी और उपाधि में ज़रूर फ़र्क़ था मगर वे सब एक थैली के चट्टे-बट्टे थे। मुझ पर इन सबको महत्त्व देती थी! कैसे-कैसे अपमान और दुतकार को झेलकर मैंने अपने को छोटा और बेचारा बना लिया था। जानता हूँ कोई इन बातों पर विश्वास नहीं करेगा। मैं डरा हुआ था कि कहीं मेरी बीवी भाग न जाए। मैं चाहता था कि पत्नी के साथ हरामकारी करने वालों के तौर-तरीके, बरताव, रफ़्तार, दिल को मुट्ठी में करने की अदाएँ सीख लूँ। लेकिन मैं एक नाकाम बदक़िस्मत दलाल था जो सारे अहमक़ मेरे पीठ पीछे मुझ पर हँसते थे, वास्तव में यह कैसे मुमकिन था कि मैं उन घटिहाओं के व्यवहार और रफ़्तार में ढल जाता? मैं अभी भी समझता हूँ कि वह इन सबको पसंद करती थी क्योंकि यह सब बेहया, बेवक़ूफ़ और बदबूदार थे। उनका इश्क़ असलियत में गंदगी और मौत से जुड़ा हुआ था। क्या वाक़ई मैं उसके प्रति आकर्षित था, उसके साथ सोना चाहता

था। क्या उसने अपनी शक्ल सूरत की ऊपरी ख़ूबसूरती के कारण अपना दीवाना बना रखा या फिर मेरे प्रति उसकी नफ़रत या फिर उसकी बेजा हरकतें थीं या फिर उसकी माँ के प्रति मेरा गहरा लगाव और प्यार जो बचपन से मेरे अंदर गहरी जड़ें जमा चुका था या फिर यह सारी भावनाएँ एक-दूसरे में गड्डमड्ड थीं? नहीं, नहीं, मैं नहीं जानता केवल एक चीज़ जानता हूँ : यह औरत, यह रंडी, इस जादूगरनी ने पता नहीं मेरी आत्मा में ऐसा कौन-सा विष भर दिया है जो मुझे उसे प्यार करने के लिए प्रेरित करता है बल्कि मेरे शरीर की सारी इन्द्रियाँ उसके बदन को अपने लिए ज़रूरी समझती थीं! वे सब पुकार पुकार कर कहती थीं। मेरी दिली इच्छा थी कि मैं उसे ऐसे गुप्त, नामालूम द्वीप में, जहाँ न आदम हो न आदमज़ाद उसके साथ रहूँ। मेरी आरज़ू थी कि भूकंप, तूफ़ान आए या आसमान फट पड़े ताकि वे सारे घटिहा जो मेरे कमरे के बाहर साँस ले रहे हैं, दौड़ भाग और मस्ती कर रहे हैं, सबके सब एकबारगी तबाह और बर्बाद हो जाएँ और सिर्फ़ मैं और वह रह जाएँ।

वह, इस वक़्त भी क्या दूसरे जानवरों, एक हिंदुस्तानी साँप या एक अज़दहे को मुझ से ज़्यादा महत्त्व न देती? मेरी तमन्ना थी कि एक रात उसके साथ गुज़ारूँ और उसी रात हम एक दूसरे की आग़ोश में दम तोड़ दें। मेरी नज़र में यह सबसे बढ़िया विकल्प मेरी ज़िंदगी का था।

ऐसा लगता था जैसे यह रंडी मुझे पीड़ित देखकर आनंद विभोर हो जाती है जैसे कि जो दर्द मुझे घुला रहा है वह काफ़ी नहीं था! इन बातों का नतीजा यह निकला कि मेरा काम छूट गया, कहीं आना जाना बंद हो गया और मैं घर में नज़रबंद होकर रह गया, ठीक एक हिलते-डुलते मुर्दे की तरह! कोई भी हमारे बीच के भेद को नहीं जानता था। मेरी बूढ़ी दाई मुझे धीरे-धीरे मौत के क़रीब जाता देख रही थी। मुझे बुरा भला कहती सिर्फ़ इस रंडी की ख़ातिर, मेरे पीठ पीछे मेरे चारों तरफ़ कानाफूसी चलती, सब एक दूसरे से कहते, ''यह औरत बेचारी कैसे इस शौहर को सहन करती है?'' अपनी जगह ठीक थे क्योंकि मैंने जिस तरह के अपमान सहे, वह यक़ीन के क़ाबिल नहीं थे।

दिन ब दिन मैं सूखता चला जा रहा था। आईने में अपना चेहरा देखता, गाल लाल ठीक क़स्साबी की दुकान के सामने लटके भेड़ के गोश्त की तरह, बदन हरारत से तपता और आँखें ख़ुमार से भारी-भारी जिनमें ग़म की कैफ़ियत होती।

अपनी इस नई हालत से मैं ख़ुश होता। मैंने अपनी आँखों में मौत की छाया मँडलाती देखी थी कि मैं अब जाने वाला हूँ।

अंत में उन्हें हकीम बाशी को बुलाना पड़ा। घटिहाओं के हकीम! मेरे ख़ानदानी हकीम, बक़ौल ख़ुद उनके, जिन्होंने मुझे बड़ा किया था। सिर पर मुलायम सफ़ेद मायल पीले कपड़े 'शीर शकरी' का इमामा बाँधे, तीन मुट्ठी लंबी घनी दाढ़ी के

साथ कमरे में दाख़िल हुए। उन्हें इस बात पर बड़ा फ़ख़्र था कि उन्होंने मेरे दादा को मर्दानगी की दवा 'बाह' दी थी, बचपन में खाके शीर और जड़ी बूटी का रस मेरे गले में टपकाया है। और फलूस को मेरी फूफी की कमर में बाँधा है। इस बार आकर वह मेरी पलंग के सिरहाने बैठ गए। मेरी कलाई की नब्ज़ पर हाथ रखा, मेरी ज़बान देखी और कहा कि गधी का दूध और माँशीर मैं खाऊँ। रोज़ाना दो बार कुन्दर व ज़रनीख़ का धुआँ लूँ, बाद में जो नुस्ख़ा लिखा वह लंबा चौड़ा, जिसे दाई को दे दिया जैसे जोशाँदा और विचित्र क़िस्म के विभिन्न तेल जिनका नाम पुरज़ोफ़ा, जैतून, रुबसास काफ़ूर, परयावशान, बबूने, कलहंस की चर्बी का तेल, फिर अलसी का बीज, चीड़ का बीज, कुछ इसी तरह की बेतुकी और अल्लम-ग़ल्लम दूसरी चीज़े भी। इस तरह मेरा इलाज शुरू हो गया।

मेरी हालत पहले से बददतर हो गई। फ़क़्त मेरी दाई जो उसकी भी आया थीं अपने अधपक्के बालों और बूढ़े चेहरे के साथ कमरे के कोने में, मेरे सिरहाने बैठी, मेरे माथे पर ठंडे पानी की पट्टियाँ रखती या फिर मेरे पीने के लिए जोशाँदा लाती रहती। बीच बीच में वह मेरे और उस रंडी के बचपन की बातें भी बताती जाती थीं। जैसे उन्होंने मुझे बताया कि मेरी पत्नी पालने में लेटी हमेशा अपने बाएँ हाथ की उँगली को चूसती रहती और इस हद तक चूस लेती कि वहाँ घाव हो जाता, कभी मेरे लिए कहानी सुनाने बैठ जाती। मुझे ऐसा लगता जैसे बचपन के ये क़िस्से मुझे पीछे ले जाते और मेरे अंदर मासूमियत भर देते थे। ये सारी यादें उस दौर की हैं जब मैं और मेरी पत्नी एक ही पालने में एक-दूसरे के नज़दीक सोये रहते थे। वह दो बच्चों का बड़ा पालना था मुझे अच्छी तरह याद है। ये क़िस्से जो वह सुनाती हैं उस पर मुझे पहले विश्वास नहीं आता था, अब मेरे लिए ये बातें सहज और मामूली थीं।

चूँकि बीमारी ने, मेरे अंदर एक नई तरह की हालत पैदा कर दी थी, एक अनजानी कैफ़ियत धुँधली और तस्वीरों व रंगों व लगाव से भरी हुई जो सेहतमंद होने पर, मुझे कभी महसूस न होती और न ही मैं कल्पना कर पाता, न ही परस्पर विरोधी लोक कथाओं के सुनने से जो आनंद और उत्तेजना सी मेरे अंदर दौड़ती, उसे शब्दों में बयान नहीं कर सकता। ऐसा महसूस हो रहा था कि मैं बच्चा बन गया हूँ, अभी मैं लिखने में डूबा हुआ हूँ, अभी इस लम्हे की सारी अनुभूतियों को इस लेखन में शामिल करना चाहूँगा जो कल की नहीं हो सकतीं।

ऐसा लगता है जैसे हमारी गति, विचार इच्छाएँ और आदतें हमारे पुरखों की इन्हीं कहावतों द्वारा आने वाली पीढ़ी तक पहुँचती हैं जो ज़िंदगी की अहम ज़रूरतों में से हैं। हज़ारों वर्षों से यही बातें दोहराई जा रही हैं। उन सबको जमा करते चले आ रहे हैं, इसी तरह की बचकानी व्यस्तता में डूब रहे हैं, क्या शुरू से अंत तक ज़िंदगी, हँसी से भरा, मज़ाकिया क़िस्सा नहीं है? एक न यक़ीन करने वाली

मूर्खतापूर्ण कहावत? क्या मैं अपना फ़साना और कहानी नहीं लिख रहा हूँ? क़िस्सा-कहानी कहना केवल नाकाम तमन्नाओं से भागना भर है। वे ख़्वाहिशों जो पूरी नहीं हुईं। इच्छाएँ जो कि कहावतों, लोकथाओं और क़िस्सों में हम बयान करते हैं वे हमारी सीमित रूहानी हद और अपनी विरासत का फल है।

काश! मैं उस ज़माने की तरह जब मासूम बच्चा था। बड़े आराम की नींद में डूब जाऊँ बिना किसी परेशानी के? जब जागा। मेरे गाल लाल हो रहे थे क़स्साब की दुकान पर लटके गोश्त की तरह। बदन तप रहा था और खाँस भी रहा था। कैसी गहरी भयानक खाँसी! खाँसी का पता नहीं चल पा रहा था कि किस लापता गड्ढे से निकल रही थी ठीक उन टट्टुओं जैसी जो भोर में क़स्साब के लिए भेड़ों के चर्बी वाले गोश्त लेकर आते हैं।

मुझे अच्छी तरह से याद है कि अभी अँधेरा था, चन्द पल मैं बेसुध सा पड़ा था। इस से पहले कि मुझे नींद आए मैं ख़ुद से बातें कर रहा था; उस समय मुझे अनुभूति सी हुई कि मैं सचमुच बच्चा हो गया था और पालने में सो रहा था, कोई मेरे पास खड़ा था। घर के लोग तो बहुत पहले सो चुके थे। सुबह की नमाज़ का समय था। बीमार लोग जानते हैं कि यह वह वक़्त है जब ज़िंदगी दुनिया की सरहद से बाहर की तरफ़ खिंची जाती है। मेरा दिल तेज़ी से धड़कने लगा लेकिन मुझे डर नहीं लगा। मेरी आँखें खुली हुई थीं लेकिन किसी को देख नहीं पा रही थीं। क्योंकि अँधेरा काफ़ी घना था। कुछ लम्हे गुज़रे, एक ख़्याल बेकार सा आया, ख़ुद से कहने लगा, "शायद वह है।" उसी पल मुझे अनुभूति सी हुई कि किसी ने अपना ठंडा हाथ मेरे जलते माथे पर रखा हो।

मैं अंदर से काँप कर रहा गया। दो-तीन बार अपने आपसे पूछा, " क्या यह यमदूत का हाथ नहीं था?" फिर नींद में डूब गया। सुबह सो कर उठा तो दाई ने बताया, मेरी बेटी, उसका इशारा मेरी पत्नी, उस रंडी की तरफ़ था और अपनी गोद में मेरा सिर और तकिया रखकर उसे हल्के-हल्के बच्चे की तरह हिला रही थी, जैसे कि उसके अंदर ममता भरा सेवा भाव उभर आया हो। काश! मैं उसी वक़्त मर गया होता, शायद वह बच्चा जो उसके पेट में था, मर गया, या उसके बच्चे ने इस दुनिया में आँखें खोलीं? मुझे नहीं पता।

सात

यह कमरा जो हर पल मेरे लिए घुटा-घुटा सा क़ब्र से भी ज़्यादा तंग महसूस होता उसमें लगातार मेरी आया की नज़रें दरवाज़े पर टिकी उसकी राह देखती होतीं, लेकिन वह नहीं आई। क्या यह सब, उसकी बदौलत नहीं है जो मैं आज इस हालत में पड़ा हूँ? मामूली बात नहीं, तीन साल, नहीं दो साल चार महीने गुज़र

गए लेकिन दिन और महीने का क्या महत्त्व? मेरे लिए तो अब उनका कोई अर्थ भी नहीं रह गया, जो ख़ुद क़ब्र में लेटा हो, वह देश-काल का अहसास खो देता है, यह कमरा मेरे विचारों और ज़िंदगी का मक़बरा था। सारी गहमागहमी, आवाज़ें, दिखावा दूसरों की ज़िंदगी का है। उन घटिहाओं के शरीर और आत्मा सब एक साँचे में ढले होते हैं। मेरे लिए वे अर्थहीन और फ़ुज़ूल हैं। जब से मैं बिस्तर से लगा हूँ, एक अनजानी व यक़ीन न करने वाली दुनिया में जी रहा हूँ और अब मुझे वास्तव में इन घटिहा कहे जाने वालों की कोई ज़रूरत महसूस नहीं होती है। एक पूरी दुनिया जो मेरे अंदर बस चुकी है जो बिना किसी पहचान की है। दरअसल, मैं मजबूर हो गया था कि अपने जीवन के इन सारे अनदेखे सूराख़ों को ढूँढूँ और उन सबकी पड़ताल करूँ।

रात के उस पहर जब मेरा शरीर दो दुनिया की सरहदों के बीच मौजें मार था, गहरी नींद में डुबकी मारने से लम्हा भर पहले मैंने ख़्वाब सा देखा जैसे कि पलक झपकते ही मैं अपनी ज़िंदगी से अलग एक और ज़िंदगी में पहुँच गया हूँ। दूसरे परिवेश में साँसे ले रहा हूँ और काफ़ी दूर हूँ जैसे मैं अपनी ज़िंदगी से फ़रार चाहता हूँ और अपने भाग्य को बदल डालना चाहता हूँ। जब मैंने आँखें बंद कीं तो मेरी असली ज़िंदगी मेरे सामने आन खड़ी हुई। वे सारी तस्वीरें जो ख़ुद एक ख़ास ज़िंदगियाँ अपने लिए रखती थीं। अपनी मर्ज़ी से पहले धुँधली पड़ीं फिर साफ़-साफ़ नज़र आने लगीं। मानो मेरे संकल्प ने उनको तनिक भी प्रभावित नहीं किया लेकिन इसका यह मतलब क़तई नहीं है कि वे सारे दृश्य जो मेरी आँखों के सामने उभरे थे वे कोई मामूली ख़्वाब नहीं थे, क्योंकि अभी भी मुझे, नींद ने अपनी गिरफ़्त में नहीं लिया था मैं बेहद सुकून और आराम से इन दृश्यों का विश्लेषण करता हुआ उनकी आपस में तुलना भी कर रहा था। मैं इस नतीजे पर पहुँचा जैसे अभी तक मैंने अपने को पूरी तरह पहचाना नहीं था और आज तक जो कुछ मैंने दुनिया के बारे में कल्पना की थी उसका अर्थ और शक्ति वह खो चुकी थी और उसकी जगह एक काली रात की हुक्मरानी हो गई; क्योंकि मुझे कभी सिखाया नहीं गया था कि रात को देखूँ-परखूँ और उसे पसंद करूँ। उससे प्यार करूँ।

मैं नहीं समझता इस वक़्त वाक़ई मेरे बाज़ू मेरे वश में हैं भी या नहीं; गुमान हुआ कि अगर मैं अपने हाथ अपने क़ाबू में रखता तो भी एक अनदेखी अनजानी शक्ति से अपने आप चल पड़ता, बिना मेरे किसी तरह के हस्तक्षेप या कोशिश के, अगर लगातार अपने बदन पर संयम न रखता और बिना इरादे उसकी तरफ़ ध्यान न गया होता तो ज़रूर अपनी शक्ति से वह काम कर बैठता जिसका मुझे क़तई इंतज़ार न होता। बहुत दिनों से यह अहसास मेरे अंदर पनप रहा था कि मैं ज़िंदा रहते हुए अपना विश्लेषण कर सका। न केवल मेरा शरीर बल्कि मेरी आत्मा और

मेरा दिल परस्पर विरोधी रहे हैं। उनके बीच कोई साज़िश नहीं थी बल्कि मैं सदा एक क़िस्म के विघटन और विचित्र तरह के टूटन से गुज़रा हूँ कभी उन चीज़ों के बारे में सोचता हूँ तो उन पर ख़ुद यक़ीन नहीं कर पाता। कभी-कभी मेरे अंदर भय का भाव पैदा होता जबकि उसी वक़्त अक़्ल मुझे फटकारती। ज़्यादातर ऐसा तब होता जब मैं किसी एक से बातें करता, या कोई काम कर रहा होता, तब मेरे अंदर तरह-तरह के विषयों पर बहस अनायास शुरू हो जाती जबकि मेरे हवास कहीं और होते, किसी और सोच में होता और दिल ही दिल में अपने को बुरा भला भी कहता जाता, कुछ लोगों का विश्लेषण कर उन्हें रद्द भी करता जाता। यह हमेशा से इसी तरह था और आगे भी इसी तरह चलेगा, एक गड्डमड्ड असंतुलित परंतु विचित्र स्थिति थी।

मेरे लिए जो चीज़ असहनीय है, मैंने महसूस किया है कि वे सारे लोग, जिन्हें मैं अपने चारों तरफ़ रहते देखता हूँ, लेकिन उनमें एक बाहरी समरूपता, एक समानता धुँधली व दूर और उसी के संग-संग नज़दीक भी, मुझे इन पर निर्भर कर देती है, यही ज़िंदगी की मिली-जुली ज़रूरतें हैं जो मेरे आश्चर्य को कम करती हैं। यह साम्य यह सादृश्यता मुझे सबसे ज़्यादा दुख पहुँचाती थी, वह यह थी कि यह कुकर्मों, घटिहा कहलाने वाले इस रंडी, यानी मेरी पत्नी को पसंद करते थे और वह भी इनकी तरफ़ खिंचती थी। मुझे पूरा विश्वास है कि ख़राबी हम दोनों में से, किसी एक में है।

मैंने उसका नाम रंडी रख दिया है, क्योंकि इससे बेहतर और मुनासिब नाम उसके लिए हो ही नहीं सकता है; नहीं चाहता कहना 'मेरी जीवन संगनी' क्योंकि हमारे बीच पति पत्नी, और जीवन भर साथ निभाने जैसा कोई संबंध न था। मैं ख़ुद झूठ बोल रहा हूँ। मैं सदा से,पहले दिन से उसे रंडी कहता आया हूँ क्योंकि इस नाम में एक विशेष क़िस्म की कशिश है। मैंने उसे इसलिए अपने निकाह में लिया क्योंकि पहले वह मेरी तरफ़ बढ़ी थी, वह भी मक्कारी और षड्यंत्र के साथ, नहीं, उसे मुझसे कोई लगाव न था। यह कैसे मुमकिन हो सकता कि वह किसी के प्रति लगाव रखे? एक औरत कामावेग में डूबी हुई, एक आदमी को केवल अपनी कामवासना की तृप्ति के लिए, एक को केवल इश्क़बाज़ी के लिए और एक को सिर्फ़ ज़ुल्म ढाने के लिए ज़रूरी समझती हो, मुझे शक है कि इतने से न उसे संतोष मिलता होगा न उसकी सीमा का अंत है! मुझे उसने बिना शक केवल और केवल अत्याचार करने के लिए चुना है और इससे बढ़िया और कोई चुनाव हो भी नहीं सकता था। मैंने उसे केवल इसलिए निकाह में लिया, क्योंकि वह अपनी माँ की तरह थी, मैं न केवल उसे प्यार करता था बल्कि मेरे बदन का रुवाँ-रुवाँ उसे चाहता था। ख़ासकर मेरे जिस्म के बीच का हिस्सा। मैं नहीं चाहता कि सच्ची भावनाओं को छुपाकर घुमाकर, इश्क़, आकर्षण और आलौकिक लफ़्फ़ाज़ी में

बयान करूँ जैसे साहित्यिक 'हूज़वारेशन'* मेरे मुँह में स्वाद नहीं दे पाते, मुझे ऐसा गुमान होता कि यह एक तरह का प्रसारण या प्रभाव मंडल है। मिसाल के तौर पर प्रभाव मंडल ज़्यादातर पैग़ंबरों और देवताओं के सिर के चारों तरफ़ खींचा जाता है। मेरे बदन के बीच मौजे उठतीं और मेरे बदन के बीच हर हालत में वह प्रभाव मंडल दुखी और दर्द भरा उसे पाना चाहता और अपनी सारी शक्ति और क्षमता के साथ अपनी तरफ़ ख़ीचता था।

मेरी तबीयत कुछ सँभली, मैंने पक्का इरादा किया कि कहीं दूर चला जाऊँ, ख़ुद को कहीं गुम कर दूँ, जैसे कोढ़ी कुत्ता जानता है कि अब वह मरेगा, ठीक उसी तरह जैसे चिड़ियाँ मरने से पहले छुप जाती हैं। सुबह-सुबह उठ गया। कारनिस के ऊपर दो बिस्कुट पड़े थे। उन्हें उठाया और इस तरह घर से भागा कि किसी का ध्यान मेरी तरफ़ न जाए। जिस मनहूसियत ने मुझे घेर रखा था, दरअसल मैं उससे दूर भागना चाहता था। बिना किसी तयशुदा मक़सद के गली के बीच से, बिना किसी तकलीफ़ के उन घटिहाओं के पास से, जिनके चेहरे लालच से भरे नज़र आते और जो सारे समय वासना पूर्ति और धन कमाने के लिए दौड़-भाग करते रहते हैं। मैं उनके बीच से गुज़रा। मुझे उनकी तरफ़ नज़रें उठा के देखने की ज़रूरत नहीं थी, क्योंकि एक व्यक्ति उन सबका नमूना लगता जिनकी ज़ुबान और बोली बिल्कुल एक सी होती और उनके पीछे मुट्ठी भर अँतड़ियाँ झूलतीं जो वास्तव में उनकी जननेंद्रियाँ होतीं।

मुझे महसूस हुआ जैसे मैं अचानक हलका और फुर्तीला हो उठा हूँ। मेरे पैर विशेष गति से, जिसकी कल्पना भी मैं नहीं कर सकता बड़ी तीव्रता के साथ आगे बढ़ रहे थे जैसे ज़िंदगी के सारे क़ैदख़ानों से नजात पा चुका हूँ। मैंने कंधों को ऊपर झटका। यह मेरी सहज हरकत थी। बचपन में जब मैं किसी ज़िम्मेदारी या परेशानी से छुटकारा पाता तो इसी तरह कंधा उचकाता था।

सूरज ऊपर आ चुका था, तेज़ धूप तन को जला रही थी। ख़ाली पड़ी गलियों से गुज़रने लगा। रास्ते में सुरमई रंगों के घर जो अंकों के आकार के विचित्र से लगे। कुछ शंक्वाकार, त्रिघाती, बंदीगृह की तरह थे जिनकी खिड़कियाँ तंग और अँधेरी नज़र आ रही थीं। ये सारी खिड़कियाँ और दरीचे बिना चौखट दरवाज़े के, बिना मालिक के, कामचलाऊ नज़र आ रहे थे। साफ़ लग रहा था कि इन घरों में कोई भी ज़िंदा आदमी नहीं रह सकता है।

सूरज की किरणें सुनहरी तलवार की तरह दीवार के किनारों को काटती आगे बढ़ रही थीं जिनकी चमक ने पुरानी दीवारों से घिरी गली में सफ़ेदी भर दी थी और

* यह ऐसे शब्द और वाक्य हैं जो पहलवी लिपि में दूसरी भाषाओं से जैसे सुरयानी या सामी से आए थे।

यह सफ़ेदी धीरे-धीरे रेंग रही थी। सभी जगह आरामदेह ख़ामोशी की कैफ़ियत सी छाई हुई थी जैसे कि पवित्र क़ानून के सारे तत्त्वों ने इस झुलसते मौसम को मेरा लिहाज़ करते हुए एक ठहराव सा दे दिया था। साफ़ ज़ाहिर था कि हर जगह एक रहस्य छुपा हुआ था कुछ इस तरह से कि मेरे फेफड़े भी साँस लेने की जुर्रत नहीं कर पा रहे थे।

एकाएक मेरा ध्यान गया कि मैं दरवाज़े से बाहर निकल आया हूँ। सूरज की किरणें जैसे अपने हज़ारों मुँह से मेरे जिस्म से पसीने की बूँदों को खींच रही थीं। सहरा (मरुस्थल) की झाड़ियाँ चमकते सूरज के नीचे तपकर हल्दी के रंग की हो गईं थीं। बुख़ार से तपता सूरज अपनी जलती किरणों को इस निर्जीव गूँगे दृश्य पर न्यौछावर कर रहा था। लेकिन यहाँ की मिट्‌टी और वनस्पति एक खास क़िस्म की गंध वाली थी। यह गन्ध इतनी तीखी और तेज़ थी कि उसको सूँघते ही मैं अपने बचपन के पलों की याद में खो गया, न सिर्फ़ उसका स्पंदन व संवाद उस समय को मेरे सामने जीवित कर गया बल्कि एक क्षण के लिए मैंने उसे अपने अंदर महसूस किया जैसे कि यह घटना गुज़रे कल ही की हो। एक अजीब तरह की ख़ुशगवार चकराहट की अनुभूति सी हुई कि मैं अपनी खोई दुनिया में दो बार पैदा हो गया हूँ। यह अनुभूति एक विशेष तरह की मस्ती दे गई जिसका प्रभाव पुरानी शराब की मिठास बन मेरी शिराओं में बहने लगी। सहरा में काँटों, पत्थरों,दरख़्तों के तनों व बनजवायन की छोटी झाड़ियों को पहचानता था। जाने हुए पौधों की बू को पहचानता था। गुज़र गए दिनों की यादों ने फिर मुझे अपनी तरफ़ खींचा। लेकिन ये सारी यादें जादुई अंदाज़ से मुझसे बहुत दूर हो गई थीं। मगर वे सारी यादें आपस में मिली हुई एक ठोस सच्चाईयाँ थीं जबकि मैं एक दूर खड़े तमाशाई की तरह उनके साथ नहीं था और मुझे लगता है उनके और मेरे बीच में एक गहरी खाई सी आ गई है। मुझे महसूस हो रहा था कि मेरा दिल ख़ाली तथा झाड़ियाँ व पौधे उस ज़माने की जादुई सुगंध खो चुके थे, सर्व के ज़्यादातर दरख़्तों के बीच में फ़ासला आ गया था। पहाड़ियाँ पहले से ज़्यादा ख़ुश्क नज़र आ रही थीं। उस वक़्त जो मैं था वह अब नहीं रह गया था और अगर उसे उपस्थित भी यहाँ कर दूँ और उससे बातचीत करना आरंभ कर दूँ तो न वह मेरी सुनेगा न मेरा मतलब समझेगा। वह एक आदमी की सूरत में था इसलिए मैं पहले उसे जानता था लेकिन अब वह न मैं और न मेरा हिस्सा था।

मेरी नज़र में दुनिया एक गमग़ीन ख़ाली घर की तरह है और मेरे सीने में एक बेचैनी सी दौड़ती है। जैसे कि मैं मजबूर था कि नंगे पाँव इस घर के सारे कमरों में एक बाग़ी की तरह घूमूँ, कमरे दर कमरे मैं गुज़रता हुआ। लेकिन जैसे ही आख़िरी कमरे, उस रंडी के सामने वाले कमरे में पहुँचा मेरी पीठ के पीछे दरवाज़ा अपने

आप बंद हो गया सिर्फ़ लरज़ती परछाइयाँ दीवारों पर उनकी आकृतियों की धुँधला सी गई थीं जो काली त्वचा वाले ग़ुलामों और कनीज़ों की थीं जो मेरी चारों तरफ़ से पहरेदारी कर रहे थे।

सोरेन नदी के पास जैसे ही पहुँचा मेरी नज़रों के सामने ख़ाली सूखा पहाड़ उभरा। पहाड़ के सूखे व सख़्तपन ने मुझे दाई की याद दिला दी, मैं नहीं जानता उनके बीच क्या रिश्ता था। पहाड़ के किनारे से गुज़रता तो एक साफ़ सुथरे छोटे से अहाते में पहुँचा जो कि चारों तरफ़ से पहाड़ से घिरा हुआ था। ज़मीन गहरे नीले रंग के नीलोफर के फूलों से भरी हुई थी और पहाड़ की चोटी पर एक क़िला जो कि भारी ईंटों से बना हुआ दिखा। उस समय मुझे थकन लगी, सोरेन नहर के किनारे पहुँच एक सर्व के पुराने दरख़्त के नीचे रेत पर जाकर बैठ गया।

जगह अकेली और आरामदेह थी। ऐसा लग रहा था कि अभी तक कोई भी इधर आया नहीं था। एकाएक मेरा ध्यान उधर की तरफ़ गया जहाँ सर्व के वृक्षों के बीच से एक छोटी बच्ची आती दिखाई पड़ी फिर क़िले की तरफ़ चली गई। वह काले कपड़े पहने हुए थी जिसके ताने बाने बहुत नाज़ुक और महीन धागों से मानो रेशम से बुने गए थे। वह अपनी बाएँ हाथ की उँगली का नाख़ून दाँतों से चबा रही थी और एक लापरवाही भरी आज़ादी के साथ ठहलती हुई सामने से गुज़र गई। मुझे पता नहीं क्यों ऐसा लगा कि मैं इसे पहले भी देख चुका हूँ और पहचानता भी हूँ लेकिन इतने दूर से सूरज की चमक के बीच समझ नहीं पाया कि वह अचानक ही आँखों से ओझल कैसे हो गई?

मैं अपनी जगह पर जम सा गया। ज़रा सा भी हिलडुल नहीं सकता था लेकिन इस बार मैंने अपने बदन की आँखों से उसे देखा था कि मेरे सामने से गुज़री और पलक झपकते ग़ायब। क्या उसका वजूद सचमुच था या सिर्फ़ मेरा वहम था? यह ख़्वाब था जो मैंने देखा था या फिर बेदारी थी, मैं जितना दिमाग़ पर ज़ोर देता उतना ही उलझ जाता। एक ख़ास तरह का कंपन मैंने अपने रीढ़ के पीछे अँधेरे में महसूस किया जैसे कि इस पल क़िले की सारी परछाइयाँ जी उठी हों और वह लड़की पुराने शहर रे की ही बाशिन्दा थी।

जो दृश्य मुझे सामने नज़र आ रहे थे पहली नज़र में ख़ासे जाने पहचाने से लग रहे थे। मुझे याद आया वह नौरोज़ का तेरहवाँ दिन जब हम सब यहाँ आए थे। मेरी बीवी की माँ और वह रंडी, हम दोनों कितनी देर तक इन सर्व के वृक्षों के चारों तरफ़ एक दूसरे के पीछे दौड़े थे। एक बच्चों का झुंड भी आकर हममें मिल गया था। ठीक से याद नहीं, हमने छुपन-छुपाई का खेल खेला था। एक बार मैं उसी रंडी के पीछे भागा था। नहर सोरेन का किनारा था। उसका पैर जाने कैसे फिसला और वह नहर में जा गिरी। उसे बड़ी सावधानी से बाहर निकाला गया और सर्व के दरख़्तों के झुंड की तरफ़ ले गए ताकि उसके कपड़े बदले जाएँ। मैं भी उनके पीछे-

पीछे गया, उसके सामने नमाज़ की चादर से आड़ कर कर रखी थी। मैंने पेड़ के पीछे से उसके नंगे बदन को देखा था। वह मुस्कुराते हुए अपनी तर्जनी वाली उँगली के नाख़ून को चबा रही थी। उसके बदन के चारों तरफ़ सफ़ेद स्कार्फ को बाँध दिया गया था और उसके काले रेशमी कपड़ों को वहीं धूप में सूखने के लिए फैला दिया गया था।

मैं, अंत में पुराने सर्व के दरख्त की जड़ के पास महीन रेत पर लेट गया। पानी की आवाज़ कटी-कटी सी जो समझ में न आती हो। जैसे आदमी ख़्वाब में बुदबुदाता हो, मेरे कानों में पहुँच रही थी। मैंने अपने हाथों को अचानक नम गर्म रेत में डाला और उसे मुट्ठियों में लेकर भींचा, जैसे कसे मांस वाली लड़की का बदन हो जो पानी में गिरा था और जिसका लिबास बदला गया था।

पता नहीं कितना समय गुज़र गया था। जब अपनी जगह से उठा तो बिना किसी इरादे के आगे बढ़ा। जगह ख़ामोश और आरामदेह थी मैं आगे बढ़ ज़रूर रहा था मगर मेरी नज़र मेरे परिवेश पर नहीं थी। मेरे अंदर ऐसी कोई शक्ति बिना कारण न थी जो इस तरह मुझे चलने पर आमादा कर रही हो। ठीक उसी पानी में गिरी काले लिबास वाली लड़की की तरह मेरा पैर फिसला और मैं उधर से गुज़रा। यही कि जैसे मेरी सुध लौट आई, देखा कि मैं शहर में अपनी पत्नी के पिता के घर के सामने खड़ा हूँ। उनका छोटा बेटा, मेरी पत्नी का भाई चबूतरे पर बैठा था जैसे एक सेब को दो फाँक कर दिया गया हो! आँख तिरछी तुर्कमानी उभरे हुए रुख़सार, गेहुआँ रंग, कामुक नाक, चेहरा पतला व पक्का। अपने बाएँ हाथ की तर्जनी का नाखून दाँतों से काटता हुआ। मैं अकस्मात् उसकी तरफ़ बढ़ा। जो बिस्कुट मैं लाया था जेब से निकाल उसकी तरफ़ बढ़ाते हुए बोला, "इसे शाहजान ने तुम्हारे लिए भेजा है।" क्योंकि यह मेरी पत्नी को अपनी माँ की तरह शाहजान ही कहता था। मैं उस के पास वहीं घर के चबूतरे पर बैठा। उसने ताज्जुब से बिस्कुटों की तरफ़ देखा फिर झिझकते हुए उसने अपना हाथ बढ़ाया। मैंने उसे अपने पास बिठाया और लिपटाया। उसका बदन गर्म था। उसके पंजे ठीक मेरी पत्नी के पंजों की तरह थे और अदाओं में वही बेतकल्लुफ़ी थी। उसके होंठ अपने पिता की तरह थे। इसके बावजूद कि मुझे उसके पिता से घृणा सी थी मगर इसके लिए मेरे दिल में खिंचाव सा था, इसका कारण था कि उसके अधखुले होंठ, जैसे अभी-अभी एक लंबे ऊष्मा भरे चुंबन से जुदा हुए हों, मैंने उसके अधखुले होंठों पर प्यार किया जो ठीक मेरी पत्नी से मिलते-जुलते थे। उसके होंठ खीरे की कड़वाहट भरे और कच्चे अंगूरों का खट्टापन जैसा स्वाद देने वाले थे, हो सकता है उस रंडी के होंठों का स्वाद भी यही हो।

उसी वक़्त देखा, उसका पिता झुका हुआ बूढ़ा, गर्दन में शाल लपेटे घर से बाहर आया, इससे पहले कि वह मुझे देखता, पास से गुज़र गया। रुक-रुककर हँस

रहा था। ऐसी हँसी ख़ुश्क और ख़ौफ़नाक जिसे सुनकर आदमी के बदन के रोंगटे खड़े हो जाएँ। हँसी से उसके कंधे हिल रहे थे! शर्म के मारे दिल चाहा वहीं ज़मीन में गड़ जाऊँ। सूरज डूबने का समय हो रहा था मैं अपनी जगह से उठा और इस तरह जैसे ख़ुद से भागना चाह रहा हूँ बिना किसी इरादे के, मैं अपने घर की तरफ़ चल पड़ा, रास्ते में किसी को न देखा और न ही इधर-उधर नज़रें डालीं। मेरे चारों तरफ़ अंकों के आकार के घर बिखरे थे जिनके दरीचे खुले और अँधेरे में डूबे, लेकिन उनका हुलिया ऐसा था कि उसमें कोई भी रेंगने वाला कीड़ा तक नहीं रह सकता था। अलबत्ता उनकी सफ़ेद दीवारों पर इतनी कम रौशनी में कुछ चमक रहा था जो अनजाना सा था, वह चीज़ थी जिस पर मेरा विश्वास करना कठिन था, मैं चाँद की रौशनी में इन सारी दीवारों के सामने जाकर खड़ा हुआ। मेरी छाया बड़ी और गहरे रंग की पड़ रही थी मगर जो बिना सिर के थी। मेरी छाया सिर वाली नहीं थी; मैंने सुन रखा था कि अगर किसी की छाया बिना सिर के पड़े तो वह साल के अंदर-अंदर मर जाता है।

बदहवास सा मैं घर में घुसा और अपने कमरे में शरण ली। ठीक उसी समय मेरी नकसीर फूटी काफ़ी अधिक मात्रा से मेरे दिमाग़ से ख़ून बह निकला और मैं बेहोश अपने बिस्तर पर गिर पड़ा। दाई मेरी देखभाल में जुट गईं।

इससे पहले की मैं नींद में डूबूँ मैंने अपना चेहरा आईने में देखा, क्या देखता हूँ कि मेरा चेहरा उतरा, धुँधला और बिना जान के लग रहा था। इतना ज़्यादा फीका नज़र आ रहा था कि मैं ख़ुद को पहचान नहीं पाया। बिस्तर पर गिरकर मैंने ख़ुद पर लिहाफ खींचा, ग़लत कहा, चेहरा मैंने दीवार की तरफ़ किया। पैरों को समेटा आँखें बंद कीं और विचारों के पीछे ख़ुद को छोड़ दिया। ये सारे रिश्ते जो मेरी अँधेरी, रोमांचकारी, दर्दभरी, आशंकाओं से घिरे भाग्य की संरचना करते हैं जहाँ पहुँचकर ज़िंदगी और मौत आपस में गड्डमड्ड-सी हो कर रह गई थीं। और एक नकारात्मक विचारों से भरे अस्तित्व को जन्म देती महसूस हुईं। मेरी पुरानी इच्छाएँ जिनकी हत्या कर दी गई थी। ख्वाहिशें जो धुँधलाकर पूरी तरह मर चुकी थीं वे एकबारगी फिर जीवित हो उठीं और प्रतिशोध लेने के लिए चीत्कार कर उठीं; और इस समय मैं प्रकृति और बाहरी दुनिया से कटकर रह गया और पूरी तरह अपने को तैयार पाया कि ख़ुद को अज़ल के बहाव में गुम होने के लिए छोड़ दूँ। ख़ुद ही ख़ुद कई बार बड़बड़ाया, ''मौत...मौत तुम कहाँ हो?'' इतने से ही जैसे मुझे तसल्ली मिल गई, मेरे आँखें नींद से बोझिल होने लगीं।

आँखें बंद हुईं तो ख़ुद को मैदाने मोहम्मदिया में खड़ा पाया जहाँ फाँसी का फंदा ऊँचाई पर लटकाया गया था। बूढ़े आदमी ख़ेंज़रपेंज़री को मेरे कमरे के आगे घूमते पहिए वाले फाँसी के फंदे पर लटकाया जा रहा था। कई दरोग़ा नशे में मस्त

शराबनोशी कर रहे थे। मेरी पत्नी की माँ आपे से बाहर हुई मगर विश्वास भरे चेहरे के साथ, ठीक वही भाव जो ग़ुस्से के वक़्त मैं अपनी पत्नी के चेहरे पर देखता हूँ, के साथ त्यौरी पर बल डाले, उड़े रंग के होंठों और उबली आँखों में भरी वहशत के साथ, भीड़ के बीच मेरा हाथ खींचती हुई, सीधे जल्लाद के पास जो लाल लिबास पहने हुए थे, पहुँची और मुझे दिखाती हुई उनसे बोली : ''इसे फाँसी पर चढ़ाएँ।''

मैं घबराया सा नींद से जागा, भट्ठे की तरह तपता हुआ, बदन पसीने में तर-ब-तर, बुख़ार की तेज़ी के कारण गालों से आग की लपटें निकलती हुई, डरावने सपने को देखते हुए उठा था, पानी पिया, सिर और चेहरे पर छींटे मारीं और दोबारा सोया मगर आँखों में फिर कोई सपना नहीं तैरा।

रौशन कमरे में कारनिस पर रखे पानी की सुराही की छाया पड़ती देख मैं हैरान रह गया। मुझे अब लगने लगा कि जब तक वह पानी की सुराही वहाँ रहेगी मुझे नींद नहीं आएगी। एक तरह का बेतुका-सा ख़ौफ़ भी मेरे अंदर उभर रहा था कि वह सुराही गिरकर रहेगी। बिस्तर से उठ खड़ा हुआ ताकि सुराही को किसी सुरक्षित स्थान पर रख सकूँ लेकिन एक अनजाने कंपन जिसके प्रति मैं सचेत नहीं था, हाथ इरादतन सुराही से टकराया और वह नीचे ज़मीन पर गिरी, गिरते ही टूट गई। मैंने अपनी दोनों पलकों को भींचा मगर ऐसा महसूस हुआ कि दाई उठ गईं और मुझे घूर रही हैं। लिहाफ़ के अंदर मैंने अपनी मुट्ठियाँ कसीं मगर किसी क़िस्म की कोई विशेष घटना ने कोई मोड़ नहीं लिया। एक सनसनाहट की हालत तारी हुई। उसी बेसुधी की कैफ़ियत में मैंने कूचे में आवाज़ सुनी, वह दाई के पैरों की आवाज़ थी जो अपनी एड़ियों को ज़मीन पर घसीटती नान व पनीर ख़रीदने जा रही थीं।

इसके बाद दूर से आती फेरी वाले की आवाज़ सुनाई पड़ी जो हाँक लगा रहा था : ''सफ़रा बुराह शातूत!'' नहीं, ज़िंदगी रोज़ की तरह थकावट भरी शुरू हुई थी। रौशनी बढ़ गई थी, आँखें जो खोलीं तो सामने सूरज के टुकड़े का अक्स देखा जो मेरे कमरे के दरीचे की छत पर बने हौज़ के पानी की सतह पर थरथरा रहा था।

कुछ ऐसी अनुभूति हुई जैसे कल रात देखा सपना इतना दूर और धुँधला हो चुका था जैसे कई वर्षों पहले जब मैं बच्चा था तब देखा हो। दाई मेरे खाने के लिए कुछ लेकर आईं थीं, उन्हें देखकर लगा जैसे उनकी सूरत एक बिगड़े दर्पण में क़ैद हो गई हो। वह इतनी झूली हुई कमज़ोर-सी मुझे नज़र आ रही थीं कि यक़ीन नहीं आ रहा था। उनका कार्टूननुमा हाल कुछ ऐसा था जैसे कि भारी वज़न ने उनके चेहरे को नीचे लटका दिया हो।

ननजून जानती थीं कि हुक़्क़े का धुआँ मेरे लिए नुक़सानदेह है तो भी वह मेरे कमरे में आकर हुक़्क़ा पीती थीं। जब तक वह हुक़्क़ा नहीं पी लेती थीं सच में उनका दिमाग़ अपनी सही जगह पर नहीं आ पाता था। इतना ज़्यादा दाई ने अपने घर

और अपने बहू-बेटे के बारे में बातें की थीं कि मुझे भी उन्होंने उस रसभरी ज़नाना बातों का हिस्सेदार बना लिया था और यह भी कैसी मूर्खता है कि आदमी दूसरों के घर परिवार के बारे में सोचने लगे, जैसे मैं अक्सर दाई की समस्याओं के बारे में सोचने लगता। पता नहीं क्यों दूसरों के दुखड़े सुन मेरे दिल पर गहरा असर होता जब कि ख़ुद के हालात ऐसे थे उसमें मेरी दर्दनाक ज़िंदगी का दीपक धीरे-धीरे कर बुझने वाला था। इन सारी बातों से मुझे क्या लेना-देना था कि मैं बची ज़िंदगी में इन नादानों और घटिहा कहलाने वालों के बारे में चिंतित हूँ जो कि हट्टे-कट्टे हैं, ख़ूब ख़ाते-पीते और सुख की नींद सोते हैं, ख़ुशियाँ व जश्न मिल-जुलकर मनाते हैं। और ज़र्रा भर भी जो मेरे दुख को महसूस करते हों। उनके चेहरों पर मौत के डैने इस तरह पंख पसारे नहीं होते हैं।

ननजून मेरे साथ एक बच्चे जैसा व्यवहार करती थीं। उनकी दिली इच्छा थी कि वह मेरे बारे में सब कुछ जान लें। अभी तक मैं पत्नी से पर्दादारी रखता था। जो थूक बलग़म रात को लगन में गिराता, उसके कमरे में घुसते ही उसे ढक देता, अपने सिर और दाढ़ी के बाल में कंघी करता। रात की टोपी को अपनी जगह पर रखता लेकिन दाई के साथ इस तरह की औपचारिकता न थी, जिस औरत का कोई संबंध मुझसे अभी तक बन नहीं पाया था, आख़िर क्यों, वह औरत पूरी तरह मेरी ज़िंदगी में दाख़िल हो गई थी?

मुझे अच्छी तरह से याद है, पानी की टंकी के ऊपर इसी कमरे में कड़कड़ाते जाड़े में कुर्सी* रखी जाती थी। मैं, दाई और यह बदचलन कुर्सी के चारों तरफ़ सो रहे थे। अभी पौ नहीं फटी थी कि अचानक मेरी आँख सोते से खुल गई। कमरे के दरवाज़े पर जो गुलदोज़ी के काम बना पर्दा लटक रहा था, मेरी आँखों के सामने उस पर्दे में जान सी आ गई। वह पर्दा कैसा विचित्र और डरावना हो उठा? उस पर्दे के ऊपर एक बूढ़ा कुबड़ा आदमी ठीक हिंदुस्तानी जोगियों की तरह शाल लपेटे, सर्व के दरख़्त के नीचे बैठा था। उस के हाथ में सहतारा जैसा बजाने वाला बाजा था और एक सुंदर लड़की, हिंदुस्तानी मंदिरों में नृत्य करने वाली बोगाम दासी को ज़ंजीरों में जकड़ रखा था। ऐसा लग रहा था कि वह मजबूर और बेबस है कि इस बूढ़े मर्द के सामने नृत्य करे। मैं कल्पना ही कल्पना में सोचने लगा जैसे इस बूढ़े मर्द को अंधे कुएँ में अज़दहे के साथ डाला गया होगा। तभी इसकी ऐसी हालत हो गई है जो इसके दाढ़ी और सिर के बाल इस तरह रान-सफ़ेद हो गए थे।

यह पर्दा हिंदुस्तानी ज़रदोज़ी कढ़ाई किया उन पर्दों में से था जो पिता या चचा ने सुदूर देशों से भेजा रहा होगा। उस पर उभरे जानदार दृश्य को जो और ग़ौर से देखा तो डर गया, सोती दाई को जगाया तो उन्होंने अपनी बदबूदार साँसों और रूखे काले

---

* जाड़े के दिनों में वह कमरा जो गर्म अंगारों वाली अँगीठी को बीच कमरे में रख उस पर बड़ा सा लिहाफ़ डाला जाता है जिसके चारों तरफ़ पूरा परिवार ज़मीन पर बिछे गद्दे पर सोते हैं।

बालों जो मेरे चेहरे पर रगड़ गए, के साथ मुझे अपने से लिपटा लिया। सुबह जो आँख खुली तो वह उसी हुलिया की लगीं मगर फ़र्क़ सिर्फ़ इतना था कि अब उनका चेहरा ज़्यादा सख़्त और गंभीर नज़र आ रहा था।

☙ आठ ❧

यह सच था मैं सब कुछ भुलाने, ख़ुद से भागने की कोशिश में बचपन के दिनों को याद करता हूँ ताकि इस बीमारी के पहले वाले दिनों की हालत में अपने को देख सकूँ और इस अनुभूति से सराबोर हो सकूँ कि मैं ठीक ठाक सेहतमंद हूँ...अभी मैं ऐसी मनोस्थिति से गुज़र रहा हूँ जैसे मैं वास्तव में बच्चा हूँ और मेरी मृत्यु के लिए, मेरे ग़ायब हो जाने के लिए, एक दूसरी साँस थी जो मेरे हाल पर तरस खा रही थी, उस बच्चे के हाल पर जो कल मर जाने वाला होगा। अपनी सदमा भरी ज़िंदगी की घटनाओं की तरह मैंने दाई को देखा, उनका फीका चेहरा, हलकों में धँसी आँखें, खीजी और थकी-थकी सी, नाक के नाज़ुक नथुने और हड्डिली चौड़ी पेशानी, मुझे उन दिनों की याद में डुबो गई जिसमें फ़िलहाल मैं भ्रमण कर रहा था, शायद वे रहस्यमय तरंगें जो उस बाल काल की मुझ तक पहुँचती थी वे मुझे तृप्त करके संतोष सा देती थीं। उनकी कनपटी पर गोश्त भरा मस्सा था जिसके अंदर से बाल निकले हुए थे। पहली बार मैंने इस मस्से को देखा था शायद इसलिए भी कि इससे पहले मैंने इतने ग़ौर से दाई को कभी नहीं देखा था।

यह ज़रूर था कि ननजून ऊपर से काफ़ी बदल चुकी थीं मगर उनके विचार पहले की तरह ही थे। बस जो फ़र्क़ आया था वह यह कि ज़िंदगी से ज़्यादा प्यार करने लगी थीं और मौत से डरती थीं, जैसे पतझड़ से पहले मक्खियाँ कमरे में शरण लेने के लिए घुसती हैं। लेकिन मेरी ज़िंदगी हर दिन, हर पल बदल रही थी, मेरा ख़्याल था कि जो परिवर्तन लंबे समय में मुमकिन होता है उसे इंसान चन्द वर्षों में तय कर लेता है। मेरे लिए यह रफ़्तार कई हज़ार गुना तेज़ हो चुकी थी। इस हाल में ख़ुशी रास्ता बदल शून्य की तरफ़ बढ़ रही थी, बढ़ती जा रही थी और शायद शून्य से भी ज़्यादा आगे बढ़ जाएगी। कुछ लोग ऐसे होते हैं जो बीस साल में ज़िंदगी से उखड़ने लगते हैं जबकि कुछ ऐसे होते हैं जो केवल मृत्यु के समय बहुत आराम और धीमे से ठीक उस चर्बी के चिराग़ की तरह जिसका तेल ख़त्म हो जाता है। वे बुझ जाते हैं।

दोपहर में जब दाई माँ, मेरे लिए खाना, लेकर आईं तो सूप के प्याले को ज़मीन पर पटखकर, मैं अपनी पूरी ताक़त से चीख़ पड़ा। सारा घर जमा हो गया मेरे कमरे के दरवाज़े के सामने वह लक्काते (रंडी) भी दौड़ी आई मगर फ़ौरन चली गई। मैंने उसके पेट पर नज़र डाली थी वह बाहर निकल आया था, नहीं, उसने अभी बच्चे

को जन्म नहीं दिया था। उन्होंने जाकर हकीम बाशी को ख़बर दी। मुझे इस बात को सोच-सोचकर मज़ा आ रहा था कि कम से कम मैंने इन मूर्खों को कठिनाई में तो डाला।

हकीम बाशी अपनी तीन बालिश्त लंबी दाढ़ी के साथ आए और हिदायत दी कि मैं तिरयाक खींचने लगूँ। कैसी बहुमूल्य दवा उन्होंने मेरी दर्दनाक ज़िंदगी के लिए चुनी थी। जिस समय मैं तिरयाक के कश खींचता था मेरे विचार बड़े, बारीक, रहस्यमयी और डैने पसारकर उड़ने वाले हो जाते, मैं भी बिना झिझक दूसरे परिवेश, अजनबी दुनिया में सैर सपाटे के लिए निकल जाता।

मेरे ख़्याल और अहसास पृथ्वी के आकर्षण और दुनियावी चीज़ों के भारीपन से आज़ाद होकर बड़ी ख़ामोशी और सुकून के साथ आकाश की ओर उड़ान भरते कुछ इस तरह से जैसे कि मुझे चमगादड़ के सुनहरे डैनों पर बिठा, उस चमकीली खोखली दुनिया जिसका कोई लक्ष्य नहीं, सैर कराती। इस का असर इतना गहरा और आनंद भरा मुझ पर पड़ता था जो मौत से भी कई गुना ज़्यादा था।

मंक़ल के पास से उठा और आंगन की तरफ़ खुलने वाले दरीचे की तरफ़ गया तो देखा दाई धूप में बैठी हैं। सब्ज़ी काटते हुए अपनी बहू से कहने लगीं, "हम सभी के दिल को धक्का पहुँचा है, काश! ख़ुदा उसे जल्द उठा लेता, उसे सुकून मिलता।" जैसे कि हकीम बाशी ने उन लोगों से कह रखा हो कि अब मेरे बचने की कोई उम्मीद न हो।"

यह सुनकर मुझे ज़रा भी धक्का महसूस नहीं हुआ, यह सब कितने अहमक़ हैं। इसी के एक घंटे बाद मेरे लिए वह जोशाँदा लेकर आईं। उनकी आँखें हद से ज़्यादा रोने की वज़ह से लाल और पपोटे सूजे हुए थे। मेरे सामने वह ज़बर्दस्ती मुस्कुराईं; मुझे दिखाने के लिए यह सब नाटक करते मगर कितने बचकाना अंदाज़ से! क्या सब समझते हैं कि मैं कुछ नहीं जानता? लेकिन क्यों यह औरत अपनी ममता का इज़हार मुझसे करती है? क्यों वह अपने को मेरे ग़म में शामिल समझती है? एक दिन उनको पैसे दिए गए थे और उन्होंने अपने काले झुर्रियों वाले सीने जो कुएँ से पानी खींचने वाली छोटी मश्क की तरह थे। जिनको उन्होंने मेरे होंठों से सटा दिया था। काश! उनके स्तनों में कोढ़ हुआ होता। जबकि उनके स्तनों को मैंने देख रखा था, जिसे देखकर मुझे क़ै होती है कि उस समय भूख मिटाने के लिए मैंने उनके बदन का रस चूसा है। और हमारे बदन की ऊष्मा एक-दूसरे के बदन ने महसूस की है। वह मेरे सारे बदन पर हाथ फेरती थीं और शायद इसीलिए एक ख़ास हौसले के साथ, हो सकता है एक औरत बिना शौहर वाली, मेरे साथ इस तरह का बर्ताव करतीं, वह उसी बचपन वाली निगाहों से मुझे देखतीं। मुझे बचपन में शौचालय ले जाती थीं, क्या पता वह मुझसे अपनी काम-वासना भी पूरी करती हों जो अक्सर औरतें, अपनी मुँह बोली बहनों से करती हैं।

अभी भी वह बड़ी मेहनत और जिज्ञासा के साथ ऊपर से नीचे तक की सफ़ाई करती थीं बक़ौल उनके 'तर व ख़ुश्क' करती रहती थीं...अगर मेरी पत्नी, वही रंडी, मेरे साथ होती तो मैं ननजून को कभी भी अपने पास फटकने न देता, क्योंकि मेरा सोचना था कि पत्नी के प्रति मेरा सौन्दर्य बोध और विचार दाई माँ के मुक़ाबले में ज़्यादा था या फिर यह काम इच्छा थी, इस ख़्याल ने मेरे अंदर शर्म व हया का अहसास जगा दिया था।

इस कारण मैं दाई माँ से पहले के देखते दूरी बनाए रखता था मगर दाई मेरे चारों तरफ़ मँडराती रहती थीं। उनका विश्वास था कि भाग्य का लिखा यही था। यही सितारों का खेल था। इसके अलावा वह मेरी बीमारी का भी फ़ायदा उठाती थीं। अपना सारा दुखड़ा, घरेलू लड़ाई झगड़े, सैर सपाटा बड़ी सादगी भरी धूर्तता व लालच से भरी अपनी बातें मुझसे कहतीं, बहू से जो उनकी शिकायतें थीं जैसे कि सौत ने कैसे अपने इश्क़ और कामुक अदाओं से उनके बेटे का दिल उनकी तरफ़ से फेर दिया है! बड़े जले भुने अंदाज़ से ये सब कहतीं उनकी बहू ज़रूर सुंदर होगी मैंने दरीचे से उसे आँगन में देखा है, भूरी आँखें, सुनहरे बाल, छोटी सुतवा नाक। कभी-कभी पैग़ंबरों के चमत्कार के बारे में मुझे बतातीं; इस बहाने वह मुझे हौसला और तसल्ली देने की कोशिश करतीं और मैं उनकी इस नादानी भरी सोच पर अफ़सोस करता! कभी-कभी वह मेरे लिए ख़बर देने का भी काम करती। बतौर मिसाल कुछ दिन पहले बताने लगीं कि मेरी बेटी...मतलब वही रंडी, बच्चे के लिए लिबासे क़यामत (इस नाम से कपड़ा नवजात शिशु को पहनाया जाता है) सिला है, ख़ुद के बच्चे के लिए। बाद में, जैसे कि उन्हें सब पता हो मेरी दिलदारी करतीं, कभी-कभी वह पड़ोसियों की चौखट पर पहुँच जातीं और दवा व उपचार के नए नुस्ख़े पूछ के आतीं; कभी जादूगर, फालगीर, जामेज़न के पास जातीं, पवित्र क़िताब को खोल लेतीं और मेरे बारे में उनसे सलाह मशविरा करतीं। साल के आख़िरी बुध के दिन वह फ़ालगूश के पास गई थीं। एक कटोरा जिसमें प्याज़, चावल और ख़राब हुआ तेल था। कहने लगी कि मैंने तुम्हारे सेहत के लिए भीख गाँगी और यह सारी गंदगी छुपाकर मुझे खाने को दी, कुछ कुछ देर बाद वह हकीम बाशी के बताए जोशाँदे को मेरी नाक पर बाँधती। उसी जोशाँदे को जो बिना बुढ़ापे के मुझे देने के लिए तय किया गया था—पुरज़फ़ा, रूबेसास, काफ़ूर, परसिवुशान बबूने कलहंस की चर्बी, अलसी का बीज, चीड़ का बीज, खाके शीर, माड़ और जाने क्या अल्लम-ग़ल्लम चीज़ें...

कुछ रोज़ पहले एक दुआ की किताब मेरे लिए लेकर आई थीं जिस पर कई अंगुल धूल जमी हुई थी! न केवल किताब, दुआ, बल्कि किसी भी तरह की कोई किताब, लेखन और विचार जो घटिहा कहलाने वाले लोगों से संबंध रखते हों वह मेरे किसी काम के नहीं, क्या ज़रूरत है मुझे उनकी? इस तरह के झूठ और ढोंगों

से मेरा क्या लेना-देना था। क्या मैं ख़ुद पुरानी नस्ल के सिलसिले का परिणाम नहीं हूँ? और पुरखों के अनुभवों का सार, क्या मेरे अंदर नहीं बचा है? क्या अतीत मेरे अंदर मौजूद नहीं था? लेकिन कभी मेरे अंदर मस्जिद, अज़ान की आवाज़ और वज़ू आख-थू करना और झुकना और खड़े होना उस एक प्रभुत्व और सारे जहाँ के मालिक के सम्मुख, फिर उनसे अरबी भाषा में बातें करना; मुझ पर कोई प्रभाव नहीं छोड़ता था।

जब मैं सेहतमंद था, कई बार ज़बर्दस्ती मस्जिद गया हूँ और मेरी कोशिश रही कि मेरा दिल वहाँ के बाक़ी लोग के साथ एक हो जाए। मगर मेरी नज़रें काशीकारी-ए-लुआबी और मस्जिद की दीवारों पर बने नक़्श व निगार में अटक जातीं जो मुझे एक ख़ुशगवार सपनों की दुनिया में ले जातीं और एकदम से मैं इस तरीक़े से अपने लिए फ़रार की राह ढूँढ़ लेता था, हैरत होती। दुआ के समय मैं अपनी आँखें बंद कर लेता और अपने हाथों की हथेली को अपने चेहरे के सामने कर लेता था। यह अंदाज़ मेरा अपना आविष्कार किया हुआ था। कुछ उसी तरह से जैसे शब्दों को बिना किसी वैचारिक ज़िम्मेदारी के नींद में दोहराना। मैं दुआ पढ़ता था लेकिन उन वाक्यों का उच्चारण मन की गहराइयों से नहीं निकलता था, मुझे ख़ुदा से बात करने की जगह एक दोस्त से गप्पें मारना ज़्यादा पसंद आता। क्योंकि संपूर्ण जगत के स्वामी तो मेरे सिर पर ढेरों थे।

जब मैं एक गर्म-नर्म बिस्तर में सोया पड़ा था, उस समय सारी समस्याओं की खोज मेरे लिए कोई महत्त्वपूर्ण बात न थी कि मैं यह जानने की कोशिश करूँ कि क्या ईश्वर का अस्तित्व वास्तव में है या फिर यह केवल धरती पर हुकूमत करने वालों के लिए एक रूपक भर है जो धर्मविज्ञान की चिरस्थायी दृढ़ता और अपनी प्रजा को कुचलने भर के लिए कल्पना कर बैठे हैं और इस बहाने ज़मीन को आसमान पर दिखाते हैं। मैं तो सिर्फ़ यह जानना चाहता था कि रात को सुबह तक गुज़ार सकता हूँ या नहीं। मुझे अनुभूति-सी हुई कि मौत के सामने धर्म, विश्वास, आस्था कितने सुस्त और बचकाना हैं और लगभग एक तरह का सैर-सपाटा है उन लोगों के लिए जो सेहतमंद और ख़ुशक़िस्मत हैं। मृत्यु के यथार्थ और त्रास के सामने जो निराशा भरी ज़िंदगी मैंने गुज़ारी है वह किस बात की सज़ा और इनाम है जिसका वायदा पुनर्जीवन के लिए किया गया था। वह फ़रेब भी रसहीन निकला और जो दुआएँ मुझे याद कराई गई थीं। वे भी मौत के भय के आगे बेअसर होकर रह गईं।

यह सच है, मौत का डर मेरा गरेबान नहीं छोड़ रहा था। जिन्होंने दर्द का मज़ा न लिया हो वह इन शब्दों का अर्थ नहीं समझ सकते हैं। ज़िंदगी की अनुभूतियाँ इतनी मात्रा में मेरे अंदर जमा हो चुकी थीं कि एक नन्हा सा पल ख़ुशी का भी मेरे दिल की धड़कन के ज़्यादा बढ़ जाने के कारण घंटों तक जुर्माना भरता रहता था।

मैं देख रहा था कि पीड़ा अपना वजूद रखती है मगर हर तरह के अर्थ और विचार से ख़ाली थी। मैं सभ्य कहलाने वाले घटिहाओं के बीच एक अजनबी और अनजानी नस्ल का बनकर रह गया था, जिसे वह पूर्णरूप से भुला चुके थे कि मेरा भी उसी पुरानी दुनिया से ताल्लुक़ है। बात जो भयानक थी वह मेरी अनुभूति थी कि न मैं जीवित लोगों में गिना जा सकता हूँ न मृत लोगों में! सिर्फ़ मैं एक हिलने-डुलने वाली ज़िंदा लाश भर था जिसका न संबंध-जीवित लोगों की दुनिया से रह गया था और न ही वह मृत्युलोक के विस्मरण और शांति से लाभ उठा सका।

रात के पहले पहर में जब मैं मंक़ल के पास से उठा तो दरीचे से बाहर नज़र डाली। एक वृक्ष काले रंग का क़स्साबी की दुकान के सामने पड़ा दिखा, काली परछाइयाँ आपस में गड्डमड्ड सी नज़र आईं। मुझे अनुभूति सी हुई कि हर चीज़ खोखली और वक़्ती है। आसमान काला और कोलतार का पलास्टर किया पुरानी सियाह चादर की तरह लग रहा था जिसमें बेशुमार चमकीले तारे सूराख़ों की तरह लग रहे थे। ठीक उसी समय अज़ान की आवाज़ गूँजी। यह अज़ान बेवक़्त थी, शायद औरत, वही रंडी बच्चे को जन्म देने में व्यस्त थी और दर्द से चिल्ला रही थी। कुत्ते के रोने की आवाज़ भोर की अज़ान के बीच-बीच में सुनाई पड़ रही थी। मैं सोच में पड़ गया, 'अगर यह सच है कि हर एक, अपना एक सितारा आसमान पर रखता है तो मेरा सितारा शायद बहुत दूर, अँधेरे में डूबा हुआ हो; यह भी तो हो सकता है कि मेरा अपना कोई सितारा ही न हो!'

तभी पहरेदारों का एक झुंड नशे में डूबा गली से गुज़रा। आपस में हँसी-मज़ाक़ करता, एक दूसरे पर बेहूदा जुमले कसता, उनकी आवाज़ मुझे सुनाई पड़ रही थी। उन्होंने अचानक कोरस में गाना शुरू कर दिया :

आओ चलें शराब पियें
मुल्क रे की शराब पियें
जो अभी नहीं पी तो फिर कब पियेंगे

मैंने घबरा कर ख़ुद को पीछे कर लिया। उनके गाने की आवाज़ें एक ख़ास अंदाज़ से फ़िज़ा में लहरा रही थीं। धीरे-धीरे कर उनकी आवाज़ें दूर होती गईं फिर आना बंद हो गईं। नहीं, उन्हें मुझसे कोई काम नहीं था, उन्हें नहीं पता था...फिर से शांति और अँधेरा चारों तरफ़ फैल गया। मैंने कमरे में चर्बी का चिराग़ नहीं जलाया, अँधेरे में बैठना अच्छा लग रहा था, अँधेरे में, यह तरल बहता पदार्थ हर जगह और हर चीज़ को तरावट देता है। मुझे इसकी आदत-सी पड़ गई है, यह अँधेरा है जो मेरे गुम हुए विचारों, भूले हुए भय, विकराल विचार जिन पर विश्वास न आए जो पता नहीं दिमाग़ के किस कोने में छुपे होते हैं, वे फिर से निकल आते हैं, उनमें जान सी पड़ जाती है वे चलने लगते हैं और मुझसे बदज़बानी पर उतर आते हैं। कमरे के

कोने, पर्दे के पीछे, दरवाज़े के किनारे से ये सारे विचार बिना चेहरे वाली आकृतियाँ मुझे धमकियाँ सी देती थीं।

उस जगह पर्दे के किनारे एक डरावनी आकृति बैठी थी न दुखी थी न ख़ुश थी। जब भी मुड़ता वह सीधे मेरी आँखों में देखती। उसकी सूरत मुझे पहचानी लगी जैसे कि बचपने में मैंने यह चेहरा देख रखा हो; एक दिन, नौरोज़ का तेरहवाँ रोज़* 'सीज़देह बदर' था। मैं दूसरे बच्चों के साथ सोरेन नहर के किनारे छुपन-छुपाई का खेल खेल रहा था, तभी यह दूसरी आम शक्लों के बीच यह चेहरा मुझे दिखा था। छोटा क़द, मज़ाकिया और अहानिकर चेहरा, बड़ी समानता थी उस चेहरे की मेरे दरीचे के सामने वाली दुक़ान के क़स्साब से। इसका साफ़ मतलब था कि यह आदमी मेरी ज़िंदगी में पहले से मौजूद था और बारहा मैंने उसे देखा है, यानी कि यह चेहरा मेरा हमज़ाद था और मेरी सीमित ज़िंदगी के अंदर मौजूद था।

जैसे ही मैं उठा कि चर्बी का चिराग़ जला दूँ वह आकृति अपने आप धुँधली पड़ी और ग़ायब हो गई। आईने के सामने गया और चेहरे को ध्यान से देखा जो तस्वीर उस दर्पण में उभरी वह बड़ी अजनबी सी थी, क़तई यक़ीन के क़ाबिल नहीं और बेहद डरावनी भी थी। मेरा अक्स मुझसे कहीं ज़्यादा शक्तिशाली नज़र आया और मैं आईने में एक तस्वीर बन गया था। मुझे लगा कि मैं तन्हा अपनी तस्वीर के साथ इस कमरे में नहीं रह सकता हूँ। मैं डर गया अगर भागता हूँ तो वह मेरा पीछा करेगी, दो बिल्लियों की तरह जैसे जंग करने के लिए आमने-सामने आमादा खड़ी हों। मैंने अपना हाथ ऊपर उठाया और अपनी आँखों को ढक लिया ताकि हाथों की कलाई कभी न समाप्त होने वाली अनंत रात का समा पैदा करे। कम-से-कम वहशत भरी मेरी हालत एक विशेष मस्ती और बेसुधी से भरपूर थी, कुछ इस तरह से कि मुझे चक्कर सा महसूस हुआ और मेरी जाँघें बेदम सी हो गईं। जी मितलाने लगा। एकाएक मेरा ध्यान अपने पैरों की तरफ़ गया, क्या देखता हूँ कि मैं अपने पैरों पर खड़ा हूँ। यह मसला मेरे लिए अजीब था। मेरे लिए यह किसी चमत्कार से कम न था, यह कैसे हो सकता है कि मैं अपने पैरों पर खड़ा हो सकता हूँ ? मुझे ऐसा लगा कि अगर मैं अपना एक पैर ज़रा-सा भी सरकाऊँगा तो मेरे शरीर का संतुलन बिगड़ जाएगा। मुझे चक्कर महसूस हो रहा था, ज़मीन और उस पर की हर चीज़ मुझसे कोसों दूर होती महसूस हो रही थी। मन में एक भयानक आरज़ू उभरी कि ज़मीन भूकंप और आकाश बज्रपात से पूरी तरह तबाह व बर्बाद हो जाए ताकि मैं दोबारा एक साफ़-सुथरी शांतिमय दुनिया में जन्म ले सकूँ।

---

* बसंत का महत्त्वपूर्ण दिन जब ईरानी शहर से बाहर जंगल और बाग़ की तरफ़ जाते हैं ताकि अपना रिश्ता (इंसान और प्रकृति) अपनी 'धरती माँ' से जोड़ सकें। यह शानदार तरीक़े से मनाते हैं।

जब मैं अपने बिस्तर की तरफ़ जाना चाहता था, कई बार मैंने ख़ुद से कहा, ''मौत...मौत'' मेरे होंठ बंद थे लेकिन मैं ख़ुद अपनी आवाज़ से भयभीत हो उठा। मेरे शरीर से पुरानी जिजीविषा चुक चुकी थी; मैं मक्खियों जैसा हो गया था जो पतझड़ ऋतु के आरंभ में झुंड की झुंड कमरे में जमा हो जाती हैं। मक्खियाँ मरी मरी-सी सूखी-सूखी सी अवस्था में जो ख़ुद के परों की वज़ वज़ की आवाज़ से भयभीत हो उठतीं, काफ़ी देर तक बेहिस सी एक दीवार पर चिपकी रहतीं जैसे उन्हें पता चलता है कि वह जीवित हैं, ख़ुद का बदन दर दीवार से टकरातीं और उनमें से मरी हुई कमरे के फ़र्श पर गिर पड़तीं।

नींद से पलकें जैसे ही मुँदतीं एक धुँधली सी दुनिया मेरे सामने उभरती। ऐसी दुनिया जिसका आविष्कार मैंने ख़ुद किया था जिसे मेरे विचार और अवलोकन प्रामाणिक बना देते जो हर तरह से मेरी जागती दुनिया के मुक़ाबले कहीं ज़्यादा सच्ची और सहज नज़र आती थी। जिसमें कोई रुकावट और बंदिश मेरे विचारों और कल्पना के बीच में न आती। देश और काल का वहाँ कोई प्रभाव न था। यह मेरी दबी-कुचली कामवासना थी जो सपनों में जागती थी, यह बेदारी मेरी छुपी हुई ज़रूरतें थीं जो शक्लों और घटनाओं को जो यक़ीन के क़ाबिल नहीं थीं उसे सच्ची बनाकर मेरे सामने पेश करती थीं और उस पल जब नींद से जागता तो अपने वजूद पर संदेह करता और अपने देश-काल से पूरी तरह बेख़बर होता। जैसे कि ये सपने जो मैं देखता था मानो मैंने ख़ुद बनाए हों और इन ख़्वाबों के स्वप्नफल मैं पहले से जानता था।

रात काफ़ी गुज़र चुकी थी। मैं नींद में डूबा ख़्वाब देख रहा था कि मैं एक अजनबी शहर की गलियों में हूँ जहाँ के अजीब व ग़रीब घर, अंकों के आकार के, ठीक क़ैदखानों की तरह शंक्वाकार व चौकोर जिनकी खिड़कियाँ दरीचे छोटे और अँधेरे थे, जिनकी दर व दीवार के चारों तरफ़ नीलोफ़र के पौधे उगे हुए थे...वहाँ पर बड़ी आज़ादी से घूम रहा था और सुकून की साँसें ले रहा था। लेकिन इस शहर के लोग विचित्र मौत से मरे हुए थे। सब अपनी अपनी जगह सूखे पड़े थे जिनके मुँह से निकली ख़ून की बूँदें उनके लिबास से बह नीचे तक आई हुई थीं। उनमें से जिसे हाथ लगाया उसका सिर टूटकर नीचे आन गिरा।

एक क़स्साब की दुकान पर पहुँचा तो क्या देखता हूँ एक बूढ़ा आदमी ख़ेज़रपेंज़री की शक़्ल व सूरत वाला मेरे घर के सामने बैठने वाले की तरह गर्दन में शाल लपेटे एक हाथ में चाक़ू पकड़े, लाल आँखों के साथ...जैसे उसकी पलकों को काट दिया गया हो...मुझे हैरत से घूर रहा था, मैं चाहता था आगे बढ़कर उसके हाथ में थामा चाक़ू ले लूँ तभी उसका सिर कटकर गिर गया और ज़मीन पर लुढ़क गया। यह देखकर मैं वहाँ से भागा और गलियों में दौड़ता चला गया, जिसे

भी मैंने रास्ते में देखा उसे अपनी जगह जमा हुआ पाया। अपनी पीठ के पीछे मुड़कर देखने में मुझे डर लग रहा था, जैसे ही पत्नी के पिता के घर के सामने पहुँचा...उसी रंडी का छोटा भाई...सीढ़ियों पर बैठा नज़र आया, जेब से दो बिस्कुट निकाला और चाहता था कि उसे दे दूँ। जैसे ही मेरे हाथ का स्पर्श उसे लगा,उसका सिर कट गया और ज़मीन पर आन गिरा, यह देख मैं चीख़ने लगा तभी मेरी आँख खुल गई।

अभी पौ पूरी तरह फटी नहीं थी। मेरा दिल ज़ोर-ज़ोर से धड़क रहा था। ऐसा लग रहा था जैसे कमरे की छत सिर पर बोझ बनकर लद गई थी और कमरे की दीवारें ज़रूरत से ज़्यादा चौड़ी व मोटी हो गई थीं। लग रहा था कि मेरा सीना चटख जाएगा। आँखें अस्त व्यस्त सी थीं। काफ़ी देर तक मैं कमरे के अँधेरे को वहशतज़दा सा चकित नज़रों से घूरता रहा, उन्हें गिनता रहा और दोबारा फिर से शुरू कर दिया—जैसे ही आँखों को ज़बर्दस्ती बंद किया, आवाज़ सुनाई पड़ी, ननजून कमरे में झाड़ू देने आ चुकी थी। मेरा नाश्ता उन्होंने कमरे के ऊपर दोछत्ती में रख दिया था। मैं दोछत्ती पर गया और दरीचे के सामने बैठ गया, ख़ेज़रपेंज़री अपने कमरे में नज़र नहीं आया। बाईं तरफ़ क़स्साब ज़रूर नज़र आया। उसके तौर-तरीक़े दरीचे से बड़े डरावने, गंभीर और बड़े नपे-तुले मुझे नज़र आते थे, उससे भी ज़्यादा मज़ाक़िया और बेचारागी भरे! इस आदमी को क़स्साबी का काम नहीं करना चाहिए था क्योंकि वह तरह तरह की अदाएँ दिखाता था। सूखे, काले, कमज़ोर टट्टू जो अपने दोनों तरफ़ भेड़ों को लादे हुए थे बेहद सूखी खाँसी ख़ाँस रहे थे। क़स्साब ने अपने चर्बी लगे हाथ अपनी मूछों पर फेरे और ख़रीदारी वाली दृष्टि से भेड़ों को तौला, फिर उनमें से दो को बड़ी मुश्किल से उठाया और दुकान से लटकते क़ुलाबों में टाँग दिया। फिर बड़े प्यार से भेड़ की रान पर हाथ फेरा, यह जब रात को अपनी बीवी के बदन को सहलाता होगा तो ज़रूर भेड़ों के खाल उतरे बदन को याद करता होगा और सोचता होगा कि अगर अपनी बीवी को हलाल करेगा तो कितने पैसे कमा लेगा।

झाड़ू जैसे ही ख़त्म हुई मैं अपने कमरे में लौट आया और मन ही मन निश्चय किया, बेहद ख़तरनाक निश्चय, अपनी सामान वाली कोठरी में गया, हड्डी के दस्ते वाल चाक़ू जो मेरे पास था, उसे संदूकची से बाहर निकाला, अपनी अबा के दामन से उसकी धार को पोंछा और अपनी तकिए के नीचे छुपा दिया। यह निश्चय तो मैंने बहुत पहले ही ले लिया था लेकिन मैं नहीं जानता कि उस क़स्साब की हरकतों में ऐसा क्या था जब वह भेड़ों को टुकड़ों टुकड़ों में काटता और उनको तौलता फिर बड़ी तारीफ़ी नज़र से उन्हें देखता कि मैं भी एकदम से प्रोत्साहित हो उठता कि उसकी नक़ल करूँ। मेरे लिए जैसे ज़रूरी हो गया था कि मैं भी इस आनंद को महसूस करूँ। मेरे कमरे के दरीचे के बीच बादलों में, एक गहरा सूराख़

एकदम नीले रंग का आसमान पर नज़र आ रहा था, उसे देखकर ऐसा लगा जैसे यह मेरे लिए है कि मैं इस रास्ते से ऊपर जा सकता हूँ, एक बेहद लंबी सीढ़ी पर चढ़ता हुआ। क्षितिज के पास पीले घने मौत के बादलों ने आसमान के किनारों को इस तरह छेक लिया था जैसे सारे शहर की धरती पर वह नीचे उतरने के लिए आतुर हो रहे हों।

अजीब तरह की वहश्तनाक और मस्तानी हवा चली कि मैं ज़मीन की तरफ़ झुक सा गया, हमेशा यह हवा मुझे मौत की चिंता में डाल देती थी। लेकिन अब तो मौत लहू भरे चेहरे और हड्डियों वाले हाथों से मेरा टेंटुवा दबाए हुए थी, इस समय सिर्फ़ निश्चय किया, लेकिन पहले यह निश्चय कर चुका था कि इस रंडी को अपने साथ लेकर जाऊँगा ताकि बाद में यह न कह सके, "ख़ुदा उन्हें बख़्शे, राहत मिली!"

उसी वक़्त मेरे दरीचे के सामने से एक ताबूत गुज़रा। चेहरे पर काली चादर पड़ी हुई थी और उसके ऊपर मोमबत्ती जला रखी थी। मुझे लाइलाहा इलल्लाह की आवाज़ ने उधर देखने पर मजबूर किया। वहाँ से गुज़रने वाले राहगीरों ने उसे जाने को रास्ता दिया और अपने काम में लगे लोग सब कुछ छोड़ उस अर्थी के साथ सात क़दम चलने के लिए साथ हो लिए और फिर अपनी दुकानों पर लौट गए। यहाँ तक कि क़स्साब भी काम छोड़कर मय्यत के पीछे गया था। मगर बूढ़ा बिसाती अपनी ज़मीन पर फैली दुकान से हिला तक नहीं। सारे लोग कैसी गंभीर सूरत बनाए हुए थे जैसे वह मौत के दर्शन में डूब गए थे। दाई मेरे लिए जोशाँदा लेकर आई, उनकी त्यौरियों पर बल थे। बड़े दानों वाली तस्बीह उनके हाथ में थी, उसे फेंका और ख़ुद ही कहने लगी, नमाज़ पढ़कर मेरे दरवाज़े के पीछे आकर ऊँची आवाज़ में तिलावत शुरू कर दी, "इल...ला...हुम..."

कुछ इस तरह से जैसे कि मैं ज़िंदों को क्षमा करने के काम पर तैनात था। लेकिन यह सारी नौटंकीबाज़ी का कोई प्रभाव मुझ पर नहीं पड़ा। उलटा मुझे राहत सी मिली कि ये इंसान कहलाए जाने वाले घटिहा चाहे कुछ देर के लिए सही झूठ का इज़हार करते हैं तो कम से कम मेरे भोगे यथार्थ से पलभर के लिए ही सही, गुज़रते तो हैं; क्या मेरा कमरा एक ताबूत नहीं था? मेरा बिस्तर क़ब्र से ज़्यादा ठंडा और अँधेरा नहीं था? मेरा बिस्तर हमेशा बिछा रहता और मुझे सोने की दावत देता! कई बार मैं इस ख़्याल से गुज़रा कि मैं ताबूत में लेटा हूँ, रातों को यह कमरा इतना सिकुड़ जाता कि मुझे दबाने लगता। क्या क़ब्र में यही अहसास नहीं होता? क्या किसी को मरने के बाद के अनुभव की ख़बर है?

मृत्यु के पश्चात ऐसा होता है कि ख़ून बदन में जम जाता है और एक दिन और रात के बाद बदन के कुछ अंग गलने लगते हैं। तो भी मरने के कुछ दिनों बाद तक सिर के बाल और नाख़ून बढ़ते रहते हैं। क्या दिल के ठहर जाने के बाद विचार और

भावनाएँ भी ख़त्म हो जाती हैं या फिर तब तक जब तक एक क़तरा ख़ून का सूखने से बचा रहता है। ज़िंदगी अस्पष्टता का पीछा करती रहती है। मौत का अहसास, ख़ुद में एक ख़ौफ़ है फिर उनके बारे में क्या सोचना जो ख़ुद को मुर्दा समझते हैं। बूढ़े हैं जो होंठो पर मुस्कान लिए मरते हैं जैसे कि वह सोते में सोते चले गए या इस तरह जैसे तेल का चिराग़ बुझ जाता है। एक मज़बूत जिस्म का जवान अचानक मर जाता है और उसके बदन की सारी ताक़तें अंतिम क्षण तक मौत से लड़ती हैं, वह क्या सोचता होगा?

बार-बार मैं मौत और बदन के ज़र्रात के बारे में सोचता, उनकी विवेचना और अवलोकन करता, इस तरह से मौत का यह ख़्याल मुझे डराता नहीं था, उसके उलट मेरे दिल की गहराइयों से यह इच्छा उठती थी कि मैं ख़त्म हो जाऊँ। जिस बात से मैं सचमुच डरता था कि कहीं मेरे बदन के ज़र्रे इंसान कहे जाने वाले घटिहाओं के बदन में न प्रवेश पा लें। यह सोच मेरे लिए असहनीय थी। कभी दिल चाहता कि मौत के बाद मैं अपने लंबे संवेदनशील होंठों और उँगलियों से अपने बदन का हर कण बड़े ध्यान से जमा करूँ और दोनों हाथों के बीच उसे इस तरह सुरक्षित रखूँ कि जो मेरे बदन के कण मेरी अपनी धरोहर हैं, वे किसी भी तरह से इंसान कहे जाने वाले घटिहाओं के तन तक न पहुँच पाएँ!

कभी-कभी ग़ौर करता हूँ कि वह सब जो मैंने देखा है। वे जो मौत के क़रीब हैं उन्होंने भी देखा होगा। उत्तेजना, घबराहट, निराशा और इच्छाएँ, ज़िंदगी मेरे अंदर गहरे बैठ गई थी और वे विश्वास जो दूर से मुझे सिखाए, पढ़ाए गए थे अजीब तरह का सुकून मुझे पहुँचाते। अकेली चीज़े जो कुछ हौसला देती वह थी नश्वरता, दोबारा ज़िंदगी जीने का ख़्याल मुझे बुरी तरह थकाता और मायूस करता था, जिस दुनिया में जी रहा था जब उससे लगाव पैदा न कर पाया तो दूसरी दुनिया मेरे किस काम की होगी? मेरा अपना ऐसा विचार है कि यह दुनिया मेरे लिए नहीं बनी है बल्कि कुछ घमंडी, बेहया बेहूदों, माँगने की प्रवृत्ति रखने वालों, सूचना बेचने वालों, नज़रों और दिल से भूखे-नंगे लोगों—उन लोगों की मुनासिबत से यह दुनिया बनी है जो ज़मीन और आसमान के ख़ुदा हैं। बतौर मिसाल भूखा कुत्ता जो एक छीछड़े के लिए क़स्साबी की दुकान के आगे दुम हिलाता है, लोग ख़ुशामदें करते, भीख माँगते हैं।...दूसरी ज़िंदगी का विचार मुझे थकाता और डराता है, नहीं, हरगिज़ नहीं, मैं ज़रूरत नहीं समझता इस क़ै करने वाली दुनिया और लानती चेहरों को देखने की, मगर ख़ुदा यह दिखाने पर आमादा था कि ऐसी दुनिया बार-बार मेरी नज़रों के सामने से गुज़रे। लेकिन मैं झूठी ख़ुशामदें नहीं कर सकता हूँ मेरी आरज़ू थी कि यदि मुझे एक और ज़िंदगी गुज़ारनी है तो मेरे होश व हवास शिथिल पड़ जाएँ और मैं बिना कष्ट के साँस ले सकूँ। थकन महसूस करने से

पहले शिव मंदिर के खंभों के साए में अपनी ज़िंदगी गुज़ार सकूँ, ताकि सूरज की किरणे मेरी आँखों में न चुभें। इस तरह लोगों की बातें मेरे कानों में पिघला सीसा न उडेलें।

जितना मैं अपने अंदर की गहराई में जाता हूँ,उन कीड़े मकोड़ों की तरह जो शीत ऋतु में अपने बिलों में छुप जाते हैं उतना ही करीब से मैं दूसरों की आवाज़ों को कानों से सुनता हूँ और ख़ुद की आवाज़ को अपने गले से। तन्हाई और एकान्तप्रियता जो मेरे अवचेतन में छुपी हुई है वह ठीक अनादिकाल की रातों की तरह गाढ़ी और पहाड़ बनी हुई थी, रातें जो अँधेरे से चिपकी, ढीट और घनीभूत थीं। शहरों के अकेलेपन पर उतरने को बेचैन...जो कामवासना और प्रतिशोध के सपनों में लीन थीं। लेकिन मैं इस गले के सामने ख़ुद मौजूद था फ़क़त एक पक्के सबूत और मजनूपन के अलावा कुछ न था। सृजन के समय का दबाव जैसे तन्हाई को कम करने के लिए दो लोग आपस में आलिंगित होते हैं और नतीजे में वही जुनूनी कैफ़ियत जो हर इंसान में जन्मजात मौजूद होती है। इस अफ़सोस की घुलावट के साथ कि धीरे-धीरे वह मौत की गहराइयों की तरफ़ खिंच रहा है।

तन्हा मृत्यु है जो कभी झूठ नहीं बोलती है।

मृत्यु के समक्ष सारे अंधविश्वास दम तोड़ देते हैं। हम वास्तव में मौत की औलादें हैं, यह मौत ही है जो हमको ज़िंदगी के फ़रेब से नजात दिलवाती है और वही है जो हमें ज़िंदगी की तह में आवाज़ देती है और अपनी तरफ़ बुलाती है। उस उम्र में जब हम लोगों की ज़बान पूरी तरह समझ नहीं पाते हैं अगर कभी-कभार खेल के बीच मध्यान्तर करते हैं सिर्फ़ इसलिए ताकि मौत की आवाज़ सुन सकें, यही मौत है जो हमें इशारा करती है। क्या हर किसी के लिए यह संयोग नहीं आता कि बिना कारण वह विचारों में डूब जाए और इतना गहरा डूब जाए कि उसे देश और काल की ख़बर न हो कि वह आख़िर किस चीज़ के बारे में सोचता है ? उस समय, उस पल के बाद वह ज़ाहिरी दुनिया और अपने परिवेश के बारे में जानकारी ले, उससे फिर से परिचित हो, यह मौत की आवाज़ है।

इस नम पड़े बिस्तर जिसने पसीने की बू को अपने अंदर समो लिया था, उस वक़्त जब मेरे पपोटे भारी हो गए और मेरी इच्छा हुई कि मैं ख़ुद को नश्वरता और कभी न समाप्त होने वाली रात के हवाले कर दूँ, उस लम्हे गुमशुदा यादें और भूले हुए सारे डर फिर से मेरी जान को लग गए : कहीं तकिए में भरे सारे पंख खंजर और तलवार न बन जाएँ, मेरे पहने कपड़े 'स्तरेहाम' के सारे बटन बड़े होकर चक्की के पाट में न बदल जाएँ। डर यह भी सता रहा था कि लवाशी* रोटी का टुकड़ा ज़मीन

* रुमाली रोटी से बड़ी और बेहद पतली रोटी। उसे इकट्ठा ख़रीद कर ईरानी कपड़े की तरह तह करके फ्रिज में रखते हैं और समय-समय पर खाते हैं।

पर गिर शीशे की तरह चूर-चूर न हो जाए। घबराहट यह भी थी कि कहीं चर्बी का चिराग़ ज़मीन पर गिरकर सारे शहर को आग न लगा बैठे। इस बात की फ़िक्र भी कि कहीं हमारे घर के हौज़ के फ़र्श पर रहने वाले नन्हें-नन्हें कीड़े हिंदुस्तानी साँप में न बदल जाएँ। यह सोचकर दिल हौलने लगा कि अकस्मात्, अपनी बिसात के पीछे बैठे बूढ़े मर्द खेंज़रपेंज़री पर इस तरह हँसी का दौरा पड़ जाए कि वह अपने हँसने पर रोक न लगा पाए। इस ख़्याल से दिल काँप रहा था कि कहीं बिस्तर क़ब्र में न बदल जाए और अपनी चूलों व क़ब्ज़ों के संग हिलते-हिलते मुझे दफ़न न कर दे और संगेमरमर जैसे सफ़ेद दाँतों का जबड़ा आपस में ऐसा जुड़ जाए कि कभी खुले ही न और इस डर से मेरी आवाज़ न चली जाए कि मैं जितना भी पुकारूँ मेरी मदद को कोई न पहुँच पाए...

मेरी ख़्वाहिश थी कि मुझे किसी तरह अपना बचपन याद आ जाए और जब याद आया, उसे महसूस किया। वह भी उन दिनों की तरह सख़्त और दर्दभरा था!

अपनी खाँसी की आवाज़ जैसे क़स्साब की दुकान के सामने खड़े काले सूखे बदन के टट्टुओं की खाँसी से मिलती-जुलती लगी। इस डर और दबाव के साथ कहीं उसमें ख़ून के थक्के न आ जाएँ। यह लाल नमकीन, गर्म तरल पदार्थ जो बदन के अंदर से आता है। इस बदन के रस को मजबूरन थूकना पड़ता है। मौत की लगातार धमकियाँ जो अपनी तरफ़ लौटने वाले सारे विचारों को रौंदती गुज़र जाती थीं और भय व निराशा तारी कर देती थीं।

ज़िंदगी बड़ी बेमुरव्वती और निष्ठुरता के साथ हर किसी का ज़ाहिरी चेहरा बनाती है, इस तरह से एक आदमी अपने लिए कई चेहरे रखता है। कुछ लोग इन चेहरों में से सिर्फ़ एक ही चेहरे का लगातार इस्तेमाल करते हैं जिसके कारण क़ुदरती तौर पर उस पर असर पड़ता है और वह गंदे और झुर्रियों से भर जाते हैं इस तरह के लोग कमख़र्च होते हैं। दूसरी तरह के लोग केवल जीवन-मरण पर विश्वास रखते हैं और चेहरे अपनी आने वाली पीढ़ी के लिए छोड़ जाते हैं। कुछ और लोग हैं जो बार-बार अपना चेहरा बदलते हैं मगर जब ढलती उम्र पर पहुँचते हैं तो समझ जाते हैं कि यह उनका आख़िरी चेहरा है जो जल्द ही तबाह व बर्बाद हो जाएगा। तब उनका अन्तिम चेहरा चेहरों के बीच से असली रूप में निकलता है।

पता नहीं मेरे कमरों की दीवारों में ऐसी कौन-सी ज़हरीली तासीर थी जिसने मेरे विचारों में विष भर दिया था। मुझे जैसे यक़ीन हो चला था कि मरने से पहले एक ख़ूनी आदमी,एक ज़ंजीरों में बँधा पागल इस कमरे में मौजूद था न सिर्फ़ मेरे कमरे की दीवारें बल्कि बाहरी दृश्य, यह मर्द क़स्साब, बूढ़ा आदमी ख़ेज़रपेंज़री, मेरी दाई और वह बदचलन औरत, इसके अलावा जिस किसी को भी मैंने देखा था,...मैं जिस प्याले में जौ का सूप पीता और जो कपड़े पहनता था..., इन सबने जैसे एका कर लिया था कि यह विचार मेरे दिल व दिमाग़ में बिठा दें।

❧ नौ ❧

कई रात पहले शाहनशीन हमामख़ाने में कपड़े उतार रहा था। मेरे विचार बदल गए। उस्ताद हमामख़ाने में जैसे ही मेरे सिर पर पानी डाला लगा मेरे काले विचार घुल गए। मैंने पानी की बूँदों से भरी हमाम की भीगी दीवार पर अपने बदन की छाया देखी। मैं उतना ही कमज़ोर और दुला पतला लगा जैसे दस साल पहले, जब मैं बच्चा था। मुझे याद आया कि तब इसी तरह बूँदों से भरी हमाम की दीवार पर मेरी छाया पड़ती थी। अपने बदन को मैंने ध्यान से देखा, जाँघ, पैर पंजे और बदन के बीच के हिस्से में कामवेग की नाउम्मीद शिथिलता नज़र आई।

उनकी छाया भी दस साल पहले ही वाली पड़ रही थी जब मैं बच्चा था। महसूस हुआ कि मेरी ज़िंदगी हमेशा से एक छाया की तरह भटकती, काँपती इस हमाम की बूँदों भरी भीगी दीवारों पर लक्ष्यहीन, अर्थहीन सी गुज़रती रही है। लेकिन दूसरे लोग तगड़े, मज़बूत, हट्टे-कट्टे थे जिनकी छाया बूँदों से भरी भीगी हमाम की दीवारों पर रंगीन और बड़ी-बड़ी दिखती होगी जो देर तक टिकती भी होगी, जबकि मेरी छाया बहुत जल्दी साफ़ हो जाती थी। मैंने जैसे ही नहाने के बाद कपड़े बदले मेरे विचार अचानक बदल गए। मेरा चेहरा, मेरे तौर-तरीक़े भी। ऐसा लगा जैसे कि मैं एक नई दुनिया एक नए माहौल में पहुँच गया हूँ उसी दुनिया में जिससे मुझे नफ़रत थी। दोबारा इस दुनिया में पैदा हुआ हूँ जैसा भी हो मैंने ज़िंदगी को दोबारा हासिल किया था। मेरे लिए यह किसी चमत्कार से कम नहीं था कि गर्म हमामख़ाने में एक डले नमक भर भी मैं घुला नहीं था!

मेरी ज़िंदगी, ख़ुद मेरी नज़र में असहज नामालूम और अविश्वसनीय सी दिखती थी कि मैं क़लमदानों के चमड़े के ख़ोलों पर बनी तस्वीर पर लिखने में व्यस्त हूँ जैसे कि एक शक्की चित्रकार ने जुनूनी कैफ़ियत में इन क़लमदानों पर रेखाएँ खींची हों। जब भी इस चित्र को देखता हूँ तो मुझे यह तस्वीर बहुत जानी-पहचानी सी लगती है शायद यह चित्र मुझे लिखने के लिए मजबूर करे। एक सर्व का दरख़्त बना हुआ जिसकी छाया में एक मर्द कूबड़ निकाले ठीक हिंदुस्तानी जोगियों की तरह पालथी मारे अपने बदन के चारों तरफ़ अबा लपेटे और सिर पर साफ़ा बाँधे, अपने बाएँ हाथ की तर्जनी को हैरत से अपने होंठों पर रखे हुए बैठा है। उस के ठीक सामने काला लंबा लिबास पहने, एक असहज मुद्रा में, शायद बोगाम दासी (देवदासी) उस बूढ़े के सामने नाच रही है। एक नीलोफर का फूल भी वह हाथ में लिए हुए है। उनके बीच में एक पतली जलधारा का फ़ासला भर है।

तिरयाक खींचते हुए उसके उठते नाज़ुक धुएँ की पर्तों में अपने सारे काले ख़्यालात उड़ा दिए। तब महसूस हुआ जैसे मेरा जिस्म कुछ सोचना चाहता है, कोई सपना देखना चाहता हो, वह काँप रहा था वह धरती के आकर्षण और हवा की

गंदगी से पूरी तरह आज़ाद हो चुका था और एक अनजान दुनिया में अजनबी रंगों और तस्वीरों के साथ उड़ रहा था। तिरयाक, एक हल्के नशे वाली वनस्पति की आत्मा, उसकी थिरकन, मेरे अंदर दौड़ रही थी और मैं वनस्पति की दुनिया में सैर कर रहा था। ख़ुद वनस्पति बन गया था? उसी तरह मंकल के आगे बैठा तिरयाक का कश खींच रहा था, मेरे कंधों पर मेरी अबा पड़ी थी, पता नहीं कैसे मुझे अचानक वह बूढ़ा मर्द ख़ेंज़रपेंज़री याद आ गया। वह भी तो इसी तरह अपनी बिसात के सामने झुका बैठा रहता है जैसे मैं इस समय बैठा हूँ। इस ख़्याल से मुझे इतनी वहशत सी हुई कि मैं खड़ा हुआ और अबा को कंधे से नोच दूर फेंका। आइने के सामने जाकर खड़ा हुआ, चेहरा फूला-फूला था और क़स्साब की दुकान पर लटके गोश्त की रंगत का हो रहा था। मेरी दाढ़ी भी बढ़ी हुई थी। चेहरे पर एक रूहानी आकर्षण उभर आया था। आँखें थकी, उदास, बीमार छोटी-सी लग रही थीं जैसे कि ज़मीनी आकर्षण के चलते सारे लोग मेरे अंदर घुल गए थे। मुझे अपना चेहरा बहुत प्यारा लगा। एक तरह की कामुकता का सुख ख़ुद अपने आपसे महसूस किया। आईने के आगे खड़े-खड़े ख़ुद से कहने लगा, ''तेरा ग़म इतना गहरा है कि तेरी आँखों में फँसकर रह गया है...अगर तुम रोए तो आँखों से आँसू गिरेगा या हक़ीक़त यह है कि नहीं गिरेगा... ?'' बाद में ख़ुद से कहने लगा...''तुम पूरे मूर्ख हो, क्यों नहीं, अपना ख़ातमा जल्द से जल्द कर डालते हो? किस का इंतज़ार है तुम्हें...किससे उम्मीद लगा रखी है तुमने? क्या छोटी बोतल शराब की तुम्हारी सामान वाली कोठरी में नहीं रखी है?...एक घूँट पी लो, सदा के लिए नशे में डूब जाओगे! अहमक़...तुम ख़ुद अहमक़ हो...मैं तो हवा में बातें कर रहा हूँ!''

मुझे जो विचार आते उनका आपसी कोई तालमेल न होता। मैं अपनी आवाज़ को अपने गले में सुनता मगर शब्दों के अर्थ पल्ले न पड़ते। इन आवाज़ों के साथ दूसरी आवाज़ें गड्डमड्ड हो जातीं, ठीक उसी तरह जब मैं बुख़ार में तप रहा था, तब मुझे अपने हाथों की उँगलियाँ पहले से कहीं लंबी नज़र आतीं। पलकें भारी लगतीं, होंठ मोटे हो जाते। तभी मैं पलटा तो देखा दाई दरवाज़े की चौखट पर खड़ी हैं। मैं क़हक़हा मारकर हँसा, दाई की सूरत वैसे ही भावहीन रही। आँखें बेनूर जो ख़ाली-ख़ाली सी मुझ पर टिकीं थीं। उन आँखों में न ताज्जुब था न ग़ुस्सा और न ही उदासी थी। ज़्यादातर मूर्खतापूर्ण बातों पर हँसी आती है मगर मेरी हँसी उससे कहीं ज़्यादा गहराई लिए हुए थी। वह नादान बुज़ुर्ग जो दुनिया की दूसरी चीज़ों के जानने में पिछड़ गए हों उनके लिए यह समझना कठिन था कि इस हँसी का सिलसिला कहाँ से है। जो भी रात के अँधेरे में आज तक गुम हो चुका है। वह इंसानी रफ़्तार से आगे मौत है। दाई ने मंकल उठाया और नपे-तुले क़दमों से बाहर चली गई। अपने माथे पर आए पसीने को मैंने साफ़ किया! मेरे हाथ की हथेली पर सफ़ेद धब्बे उभर आए। दीवार का सहारा लेकर मैं बैठा और सिर को खंभे से

लगाया जैसे मेरी तबीयत सँभल गई हो। इसके बाद जाने कहाँ सुना हुआ यह तराना मैं अपने आप गुनगुनाने लगा :

''आओ चलें शराब पियें,
मुल्क रे की शराब पियें,
जो अभी नहीं पी, तो कब पियेंगे?''

हमेशा दोपहर से पहले मुझ पर एक अजीब तरह की बेचैनी तारी हो जाती थी। दिल पर उदासी और बेक़रारी-सी छाने लगती जैसे सारा ग़म दिल पर जमा हो गया हो। बतौर मिसाल तूफ़ान आने से पहले का मौसम, उस समय मैं अपनी वर्तमान स्थिति से कट के रह जाता था और एक बेहद रौशन दुनिया में साँस लेने लगता, जिस की दूरी इस दुनिया से नापना बहुत कठिन था।

ऐसे अवसरों पर मैं ख़ुद से भयभीत हो उठता, सभी से डरने लगता जैसे यह हालत नाख़ुशी की हो। इसलिए भी कि मेरी सोच कमज़ोर हो गई थी। दरवाज़े के सामने जैसे ही क़स्साब और खेंज़रपेंज़री को देखता डर जाता था। पता नहीं उनके चेहरों और हरकतों में ऐसा क्या था जो डरावना लगता था। दाई ने मुझसे बड़ी सदमा भरी बात बताई थी। मुझसे कहने लगी, मैं पीर और पैग़ंबर की क़सम खाकर कहती हूँ कि मैंने बूढ़े मर्द खेंज़रपेंज़री को रातों को आते देखा है और मेरी बीवी के दरवाज़े पर कान लगाकर उसने सुना है कि वह बदचलन उससे कह रही थी, ''अपनी गर्दन में पड़ी शाल उतार दो।'' कुछ भी सोचा नहीं जा सकता है। परसों या नरसों जब मैं चिल्लाया और मेरी बीवी आई थी। दरवाज़े की चौखट से मैंने ख़ुद देखा था, इन्हीं आँखों से देखा था कि गंदे दाँतों, पीले कीड़े लगे दाँतों वाले बूढ़े के मुँह से अरबी की आयतें इन्हीं के बीच से निकलती हैं। मेरी बीवी के चेहरे पर उनके निशान देखा था आख़िर क्यों यह मर्द जब से मैंने शादी की है तब से मेरे घर के सामने नज़र आने लगा? आया घुड़सवार 'खाकस्तर नशीन' (गहरे रंग के घोड़े का सवार) था। क्या उस बदचलन औरत पर घुड़सवारी कर रहा था?

मुझे अच्छी तरह याद है कि मैं उसी रोज़ उस बिसाती की दुकान पर पहुँचा था और उस पात्र की क़ीमत पूछी थी। शाल के बीच से दो कीड़े लगे दाँत अधकटे होंठों के बीच से बाहर दिखे, हँसा, एक ऐसी खरखराती घिनौनी हँसी...जिसे सुनकर आदमी के बदन के रोंगटे खड़े हो जाएँ। कहने लगा, ''बिना देखे ख़रीदना चाहते हो? इस पात्र की क्या क़ीमत हो सकती है, आप के क़ाबिल नहीं, हाँ, ले लो, जवान मुबारक होगा।''

मैंने जेब में हाथ डाला दो दिरहम व चार पशीज़ निकालकर ज़मीन पर बिछी उसकी बिसात के किनारे रख दिया। वह फिर हँसा, एक बेहद सूखी भयानक हँसी जिसे सुनकर आदमी के बदन के रोंगटे खड़े हो जाएँ। मैं शर्म के मारे चाहता था ज़मीन में गड़ जाऊँ, अपने चेहरे को हाथों में छुपाए लौट आया।

उसकी बिसात के आगे लगी चीज़ें जंग की बू और गंदी बेकार की फ़ुज़ूल चीज़ों जिनकों नाकारा कहा जा सकता था उसकी महक से भरी हुई थीं। शायद उसका इरादा हो कि इस तरह की बेकार चीज़ों को जो ज़िंदगी में अब काम आने वाली नहीं हैं उन्हें आते जाते लोगों को दिखाए। वह ख़ुद बूढ़ा और नाकारा नहीं था? बिसात पर फैली सारी चीज़ें टूटी-फूटी, गंदी और मुर्दा हालत में थीं। लेकिन उनकी शक्लें कितनी अर्थपूर्ण और ज़िंदगी के प्रति हठ से भरी हुई। यह मुर्दा बेकार चीज़ें मुझ पर वह असर डालती थीं जो ज़िंदा लोग भी, चाहने के बावजूद नहीं डाल पाते थे।

लेकिन दाई ननजून मेरे लिए एक ख़बर लाई थीं, सभी को बता चुकी थीं...एक गंदे फ़कीर के साथ! दाई ने कहा कि मेरी बीवी के बिस्तर पर उसने जुएँ और चीलर छोड़ी थीं और ख़ुद हमामख़ाने चला गया। उस की पसीने में डूबी छाया हमाम की दीवार पर कैसी लग रही होगी? बिल्कुल ऐसी जैसे एक कामवासना की रसिकता से भरी छाया जिसे ख़ुद से उम्मीदें हों लेकिन इसी के साथ मुझे इस बार अपनी बीवी की पसंद बुरी नहीं लगी। क्योंकि बूढ़ा ख़ेंज़र-पेंज़री एक बेमज़ा, बिगड़ैल, मामूली मिसाल के तौर पर उन मर्दों में से नहीं था जो इस तरह की बेवकूफ़ व हवसपरस्त औरतों का ध्यान अपनी तरफ़ खींच सकता। यह दर्द, ऐसी बदक़िस्मती जो इस बूढ़े आदमी के सिर पर बरस रही थी, वह सारी लानतें जो उस पर भेजी जा रही थीं। उसकी शायद उसे ख़बर भी न हो कि उसे एक छोटा ख़ुदा बनाकर बिठा दिया गया है उस गंदी बिसाती की दुकान के सामने जिसका वह प्रतिनिधि और सृष्टि का रूपक था।

हाँ, दो कीड़े खाए पीले दाँतों के बीच से अरबी आयतों की आवाज़ बाहर फूटती थी जिसके निशान अपनी पत्नी के चेहरे पर पड़ा देख चुका था। उसी औरत के पास जो मुझे अपने आसपास फटकने भी नहीं देती थी जिसने आज तक मुझे अपने होंठों का चुंबन तक नहीं लेने दिया था।

सूरज पीला था। नक्कारे की चुभती आवाज़ बुलंद हो रही थी। माफ़ी और अपनी कमियों की प्रतिध्वनियाँ जो विरासत में मिली थीं, अँधेरे के भय से याद आ रही थीं। मुसीबत से भरी घड़ी जिसे मैं हर दिन महसूस करता था, वह आ चुकी थी। एक झुलसा देने वाली हरारत ने मुझे सिर से पैर तक अपनी गिरफ़्त में ले लिया था। ऐसा लगा जैसे मेरा दम घुट रहा है किसी तरह अपने बिस्तर तक पहुँचा और आँखें बंद बेहाल-सा पड़ गया। बुख़ार की तेज़ी ने हर चीज़ को बड़ा और हाशिएदार बना दिया था। छत नीचे के बजाए ऊपर जाती हुई दिखने लगी, कपड़े बदन को कसने लगे और मैं व्याकुल हो बिस्तर से उठकर बैठ गया और अपने आप बड़बड़ाने लगा!

"इससे ज़्यादा मुमकिन नहीं...अब सब्र नहीं होता..." एकाएक चुप हो गया। कुछ देर बाद ख़ुद से बड़े नपे-तुले मगर ऊँचे उपहास भरे स्वर में बोला, "इससे ज़्यादा..." फिर आगे कह बैठा, "मैं मूर्ख हूँ!" मैंने जो शब्दकोश में दर्ज शब्द का प्रयोग किया था, उसकी ओर ध्यान नहीं दिया था, सिर्फ़ उस शब्द से निकली उच्चारण ध्वनि का मज़ा लेता रहा। शायद अपनी तनहाई से निकलने के लिए या फिर ख़ुद अपनी छाया से बात करने के लिए मैंने ऐसा किया हो। ठीक उसी समय यक़ीन न करने वाली घटना घटी। दरवाज़ा अचानक खुला और वह रंडी दाख़िल हुई। ऐसा दिखाया जैसे उसे कभी-कभार मेरी चिंता होती है फिर भी धन्यवाद की जगह बाक़ी थी। वह यह जानती थी कि मैं ज़िंदा हूँ अभी तक और बहुत ज़्यादा कष्ट झेल रहा हूँ, धीरे-धीरे करके एक दिन मर जाऊँगा, धन्यवाद की जगह अभी भी बाक़ी थी। मैं सिर्फ़ इतना जानना चाहता था कि क्या वह यह जान पाएगी कि मैं मरा सिर्फ़ उसके कारण हूँ? अगर वह जान गई तो मैं कितने आराम और एक भाग्यशाली की तरह मरूँगा। उस पल मैं दुनिया का सबसे भाग्यशाली आदमी अपने को समझूँगा। उस रंडी के कमरे में दाख़िल होते ही मेरे सारे बुरे विचार जैसे उड़नछू हो गए। पता नहीं उसके बदन से निकलने वाली तरंगों और उसकी अदाओं ने मेरे अंदर ऐसी तरावट का अहसास दिया कि मुझे गहरा सुकून मिला। इस दफ़ा उसकी हालत पहले से बेहतर लगी। मांसल और परिपक्व, उसने पुराने अंदाज़ का रूई भरा लंबा लिबास 'अरखालुक़ संबोसेई तूसी' पहन रखा था। भवों को अच्छी तरह तराशकर उन पर वस्महा यानी नील की पत्ती को भिगोकर लकीर खींच रखी थी। चेहरे पर एक तिल भी बना रखा था। सुर्खाब और सफ़ेद आब को चेहरे और गालों पर लगा आँखों में सुरमा भी डाल रखा था। संक्षेप में उसने सोलह सिंगार कर मेरे कमरे में क़दम रखा था। साफ़ लग रहा था कि वह अपनी मौजूदा स्थिति से ख़ुश और मुतमईन है। अकस्मात् उसने अपने बाएँ हाथ की तर्जनी होंठों पर रखी। क्या यह वही पाक साफ़ नाज़ुक सपनों वाली लड़की थी जिसने काला शिकनदार कपड़ा पहन रखा था और मेरे साथ सोरेन नदी के किनारे छुपन छुपाई का खेल खेलती थी। क्या सचमुच यह वही लड़की थी जो बचपन की सारी आज़ादी और शरारतों के साथ और युवा अवस्था में जिसके लिबास से दिखती उसकी कामुकता से उभरी पिंडलियाँ थीं? अभी तक जब भी मैंने उसे देखा मेरा ध्यान इस तरफ़ गया ही नहीं जैसे कि मेरी आँखों पर अभी तक पर्दा पड़ा था। पता नहीं क्यों घर के सामने वाले क़स्साब की दुकान पर लटकी भेड़ें याद आ गईं जिसने मेरे लिए एक टुकड़ा गोश्त का निकाल रखा हो जिसकी पहले वाली दिलरुबाई पूरी तरह से ख़त्म हो चुकी थी। एक सीधी-सादी लड़की अब पूरी तरह रंगीन और संगीन औरत बन चुकी थी जो अब ज़िंदगी की फ़िक्र में थी! एक औरत अपने तमाम छल-कपट सहित! मेरी औरत!! वहशत और भय के साथ मैंने देखा मेरी पत्नी पककर पुख़्ता और बुद्धिमान हो चुकी है और

मैं जबकि उसी बचपन की निश्च्छल अवस्था में था। वास्तव में उसके चेहरे और आँखों से मुझे शर्म महसूस हो रही थी। मेरी औरत सभी मर्दों को अपना जिस्म देती थी और मैं, सिर्फ़ मैं अपने को उसके बचपन की धुँधली पड़ी यादों से तसल्ली देता रहता था जहाँ उसकी भोली भाली सूरत जो अब मिटती जा रही है। जहाँ उसके चेहरे पर ख़ेंज़रपेंज़री के दाँतों का, कोई निशान नज़र नहीं आ रहा था, नहीं, यह वह नहीं थी।

उसने कटाक्ष भरे स्वर में पूछा, "क्या हाल है तुम्हारा?"

मैंने जवाब दिया, "क्या तुम आज़ाद नहीं हो, अपने दिल की नहीं करती हो, फिर मेरी सलामती से तुम्हें क्या लेना देना?"

उसने दरवाज़ा ज़ोर से बंद किया और बाहर निकल गई। उसने पलटकर भी मेरी तरफ़ नहीं देखा जैसे कि मैं इस दुनिया के इंसानों से, ख़ासकर ज़िंदा इंसानों से बात करना भूल चुका हूँ। यह वही औरत थी जिसके बारे में मुझे संदेह था कि वह हर तरह की भावनाओं से ख़ाली है, मेरे इस बर्ताव से वह दुखी हुई। कई बार दिल चाहा कि उसके पास जाकर उसके सामने हाथ जोड़ उसके पैरों पर गिर पड़ूँ, फूट-फूट कर रोऊँ, माफ़ी माँगू, हाँ, मैं रोना चाहता था क्योंकि मुझे ऐसा लगा कि अगर मैं रो लूँगा तो मुझे सुकून मिलेगा कितने सेकंड, कितने घंटे, कितनी सदियाँ गुज़र गईं मुझे नहीं पता! मैं दीवानों जैसा हो गया था और अपनी इस पीड़ा से मुझे सुख सा मिला, इंसानों वाला मज़ा, ऐसा सुखद मज़ा जो सिर्फ़ मैं कर सकता था यदि ख़ुदा है तो उन ख़ुदाओं को भी ऐसा सुखद आनंद नहीं मिल सकता था।

यह वह वक़्त था जब मैंने अपनी श्रेष्ठता को जाना। अपनी श्रेष्ठता को मैंने बुरे कर्मों वालों, प्रकृति और सारे ख़ुदाओं में महसूस किया है जो इंसानों की वासना से पैदा हुए हैं। मैं एक ख़ुदा बन गया था, ख़ुदा से भी ज़्यादा महान और श्रेष्ठतम क्योंकि मैं अपने अंदर निरंतरता बोध और अनंतता की अनुभूति का गहरा प्रवाह महसूस कर रहा था।

लेकिन वह दोबारा लौटकर आई। जितना कि मैं उसे पत्थर दिल समझता था वह उतनी नहीं थी। अपनी जगह से खड़ा हुआ और उसका दामन चूमा और रोते, खाँसते हुए मैं उसके क़दमों पर गिर गया। अपना चेहरा उसके पंजों पर मलता रहा। इस बीच मैंने कई बार उसे उसके असली नाम से पुकारा भी, इसलिए कि उसके असली नाम से एक ख़ास तरह की आवाज़ और लय निकलती थी। लेकिन दिल की गहराइयों से जो आवाज़ मेरी निकल रही थी वह थी, "रंडी! रंडी! रंडी!" उसकी पैरों की मांसपेशियाँ मुलायम, कड़वे खीरे जैसे थीं। जो कच्चे खट्टे अंगूरों का मज़ा दे रही थीं। मैं उसको गले लगाकर इतना रोया, इतना रोया कि पता ही न चला कितना वक़्त बीत चुका है। जब मुझे होश आया तो देखा वह तो जा चुकी है।

शायद एक पल भी न गुज़रा कि इंसानों का सारा आनंद, सारा प्यार और दर्द मैंने अपने अंदर महसूस किया और उसी हालत में...जैसे कि मैं तिरयाक खींचते हुए बैठता हूँ, उसी बूढ़े ख़ेंज़रपेंज़री की तरह जो अपनी बिसाती की दुकान पर बैठता है, चर्बी के चिराग़ के सामने जो धुआँ दे रहा था, मैं बैठा हुआ था, सिर जम-सा गया था, उसी तरह बैठा-बैठा मैं फटी आँखों से चिराग़ की लौ को घूर रहा था। धुआँ बर्फ की पर्त की तरह मेरे चेहरे और हाथों पर जम गया था। जिस वक़्त दाई माँ मेरे लिए एक प्याला जौ के सूप और तर पुलाव चूज़े का लेकर आईं थीं मेरी यह हालत देखकर वह डर और घबराहट के मारे पीछे हटीं और उनके मुँह से चीख़ निकली, इसी के साथ हाथ में पकड़ी सीनी ज़मीन पर गिर गई।

मुझे यह सोचकर अच्छा लगा कि वह मुझसे डर गई है। इसके बाद मैं अपनी जगह से उठा। बत्ती को बुझाया और आईने के सामने जाकर खड़ा हो गया। चेहरे पर जमे धुएँ को हाथों से अपने चेहरे पर मल डाला। उफ! कितना डरावना चेहरा! उँगली से आँखें के नीचे के पपोटे खींचे, फिर उसे छोड़ दिया, अपना मुँह फाड़ा फिर गाल फुलाया, अपनी दाढ़ी के बालों की ऊपर खींचा और उसे दो हिस्सों में बाँट दिया फिर एक खास अदा से चेहरा बनाया, यह देखकर मैं हैरान हुआ कि मेरा चेहरा कितना भोंडा, डरावना और साथ ही साथ कितना मज़ाकिया लग सकता है। कौन यक़ीन करेगा कि मेरे अंदर इतने तरह के चेहरे छुपे हुए हैं जिनका मुझे आज पता चला। इन सारी अवस्थाओं को मैं अपने अंदर महसूस करता रहा हूँ उन्हें पहचानता भी हूँ और यह सब कुछ मेरी नज़र में मूर्खता के सिवा कुछ नहीं है जिस पर हँसा जा सकता है। सच पूछा जाए तो ये सारे चेहरे मेरे अंदर मौजूद हैं और मेरे ख़ुद के हैं। यह शक्लें डरावनी, अपराधी, मज़ाक़िया जो सिर्फ़ एक उँगली की मदद से बदल जाती हैं। शक्ल, उस बूढ़े क़ुरआन पढ़ने वाले की जैसी, क़स्साब की शक्ल, मेरी बीवी की शक्ल इन सबको मैंने अपने अंदर देखा है। जो भी चेहरे मेरे अंदर छुपे हुए थे उनमें से कोई में मेरा नहीं था। क्या मेरी बनावट के ख़मीर में उन शंकाओं, निराशाओं और शारीरिक मिलनों का समवेत विरासत के रूप में मौजूद नहीं? मैं इस विरासत का वाहक था, एक जुनूनी समवेद और हास्यास्पद, बिना इरादे ही मेरा चेहरा इन सारी मान्यताओं का घोषणा पत्र नहीं है क्या? शायद, मौत के वक़्त मेरा चेहरा इस भ्रम के मुखौटे से आज़ाद होगा और अपनी असली हालत में अपने आप आ जाएगा!

लेकिन यह भी हुआ हो कि मौजूदा हालात और गुज़रे हालात ने मेरे चेहरे पर जो हास्यास्पद से भावों का मुखौटा जड़ रखा है। वह मेरे अन्तिम चेहरे पर क्या अपनी छाप गहराई और पुख़्तगी से नहीं छोड़ेगा? बहरहाल यह बात मेरे समझ में आ चुकी थी कि कौन-सा काम मेरे हाथों अंजाम पा सकता है और मैं अपनी क़ाबिलियत को समझने की कोशिश कर रहा था कि एकबारगी मुझ पर हँसी का

दौरा पड़ गया, कैसी ख़ारिशज़दा वहशतनाक भयानक दोमुँही हँसी थी जिसे सुनकर मेरे बदन के रोंगटे खड़े हो गए। ऐसी हँसी जो मेरे गले की पेचीदगियों में निकली थी और कान की गहराई में सुनाई पड़ी थी, मेरे कान उसकी आवाज़ से अभी भी बज रहे थे। उसी समय मुझे खाँसी आई और एक थक्का ख़ून, एक टुकड़ा मेरे जिगर का सामने आईने पर जा पड़ा जिसे मैंने अपनी उँगली से आईने पर से पोंछ दिया और जैसे ही मैं पलटा, देखा ननजून उड़ी हुई सफ़ेद रंगत, बिखरे बालों, बुझी आँखों के संग हैरान परेशान सी जौ के सूप का प्याला, जो मेरे लिए लाई थीं, लिए खड़ी थीं। मुझे चकित हो घूर रही थीं। मैंने अपने दोनों हाथों से चेहरा छुपाया और उस तंग कोठरी के पर्दे के पीछे जा छुपा।

जब भी मैं सोना चाहता मुझे अपने सिर के चारों तरफ़ एक जलते गोले का दबाव महसूस होता। कामोत्तेजक गंध संदल के तेल की जिसे मैंने चर्बी के चिराग़ में मिला दिया था, मेरे दिमाग़ पर चढ़ गई थी जो मुझे पत्नी के पैरों की मांसपेशियों की सी लगी और खीरें की मुलायम कड़वाहट का मज़ा मेरे मुँह में था। अपना हाथ बदन पर मला फिर अपनी पत्नी के बदन से अपनी रान, पैर, बाज़ू की तुलना करने लगा। जांघों और कूल्हे का कटाव और पत्नी के बदन की गर्मी सब कुछ मेरी आँखों के सामने फिर से कौंध गई जो हक़ीक़त से कहीं ज़्यादा वास्तविक लगी। क्योंकि स्थिति की भी अपनी आवश्यकता होती है, ऐसा महसूस हुआ कि मैं उसके बदन की नज़दीकी की इच्छा रखता था। एक क़दम, एक इरादा इन सारी वासना भरी शंकाओं की पूर्ति के लिए काफ़ी था। लेकिन मेरे सिर का यह जलता घेरा इतना तंग और सुलग उठा कि मैं पूरी तरह वहम से गड्डमड्ड दरिया में डरावनी आकृतियों के संग ग़ोते लगाने लगा।

अभी अँधेरा था! नशे में डूबे पहरेदारों की आवाज़ सुनकर जाग गया जो गली से गुज़र रहे थे। आपस में एक दूसरे को गाली देते हुए। कोरस में गा भी रहे थे :

आओ चलें, शराब पियें
मुल्क रे की शराब पियें
जो अभी नहीं पियेंगे तो कब पियेंगे !

मुझे याद आया, एक बार मुझे अनुभूति री हुई थी कि एक बोतल शराब की मेरे सामान वाली कोठरी में मौजूद है। शराब जिसमें नाग का बेहद ख़तरनाक विष मिला हुआ है। उसके एक घूँट के पीते ही सारे दु:स्वप्न ज़िंदगी के समाप्त हो जाते...लेकिन वह...रंडी... ? इस शब्द की गूँज मेरे अंदर उसके प्रति एक ख़ास क़िस्म की लोलुपता जगाती और वह पहले से कहीं ज़्यादा ऊष्मा से भरी सप्राण हो मेरे सामने उभरती।

इससे बढ़िया और क्या कल्पना की जा सकती है कि एक प्याला शराब का उसको दे देता और एक ख़ुद पी लेता और एक ऐंठन के बाद दोनों एक साथ मर

जाते! इश्क़ है क्या? उन सभी घटिहाओं के लिए केवल क्षणिक विलासिता जो रंडीबाज़ी से ज़्यादा और कुछ नहीं। इन धोखेबाज़ों का इश्क़िया बयान इस तरह के लेखन में, जो अश्लील मुहावरों, घटिया कामुक परिभाषाओं से लबरेज़, नशे की मस्ती या पूरी होशमंदी में दोहराया जाता है जैसे गधे के आगे के पैर कीचड़ में और सिर पर मिट्टी डालना। लेकिन उसके प्रति मेरा प्रेम कुछ और ही चीज़ था। यह सच है कि मैं उसे पहले से जानता था। उसकी अजीब सी तिरछी आँखें, छोटा मुँह आधा खुला हुआ। आवाज़ घुटी-घुटी, धीमी-सी; ये सारी चीज़ें मेरी दर्दनाक पुरानी यादें थीं और इन सबसे मैं वंचित हो गया था। एक चीज़ जो मेरी थी वह मुझसे छीन ले गए, जिसकी जुस्तजू में आज भी भटक रहा था मैं।

क्या उन सबने मुझे हमेशा के लिए वंचित कर दिया था? इसी वजह से मेरे अंदर एक भयावह धुँधलका छाया रहता था। किसी दूसरी तफ़रीह को अपने नाउम्मीद इश्क़ का जुर्माना जैसा समझने लगा था। यह अहसास मेरे लिए एक वहम बनकर रह गया था। नहीं जानता मैं क्यों अपने दरीचे के सामने वाले क़स्साब को याद करने लगा जो अपनी आस्तीनों को ऊपर चढ़ाता, 'बिस्मिल्लाह' कहता और गोश्त काटने लगता। यह दृश्य हमेशा मेरी आँखों के सामने नाचता रहता। आख़िरकार मैंने तय कर लिया, एक ख़तरनाक इरादा दिल ही दिल में ठानकर मैं बिस्तर से उठा और आस्तीनों को ऊपर की तरफ़ मोड़ा और चाक़ू जो मैंने अपने तकिए के नीचे छुपा रखा था उसे निकाला। पीली अबा पहनी, कमर झुका ली। इसके बाद शाल के अपने सिर और चेहरे के चारों तरफ़ लपेटा। मुझे अनुभूति सी हुई कि ठीक मैं एक मिली-जुली हालत में हूँ। जैसे मेरे अंदर क़स्साब और बूढ़े ख़ेंज़रपेंज़री की आत्मा का प्रवेश हो चुका हो।

इसके बाद मैं धीरे-धीरे, दबे पाँव अपनी पत्नी के कमरे की तरफ़ गया। उसका कमरा अँधेरे में डूबा था। किवाड़ आहिस्ता से खोला, लगा शायद कोई सपना देख रही थी। बुलंद आवाज़ में कह रही थी, "गर्दन की शाल हटा दो।" मैं उसके बिछौने के पास गया। अपना सिर उसकी नर्म-नर्म साँसों के पास ले गया। कैसी ख़ुशगवार ऊष्मा थी मगर ख़तरनाक! मुझे महसूस हुआ कि इस ऊष्मा को कुछ और देर मैं साँसों में भरता तो दोबारा ज़िंदा हो उठता! ओह, अरसे तक मुझे यही गुमान रहा कि सभी की साँसें मेरी तरह गर्म सुलगती होती हैं। वहीं ठहरा रहा कुछ देर आहट लेता रहा, मैं ध्यान से साँसों को इसलिए सुनता रहा कि उसके कमरे में कोई और तो नहीं है। यानी दुराचारियों में से कोई वहाँ मौजूद तो नहीं मगर वहाँ वह अकेली थी। समझ गया कि जो भी अफ़वाह उस के बारे में फैलाई गई सारी की सारी केवल बनाई गई झूठ पर आधारित थीं। कहाँ से वह एक कुँवारी लड़की न थी? मैंने उसके बारे में अपनी कल्पना में जो भी आज तक सोचा था। उसके लिए सख़्त शर्मिंदा हुआ लेकिन यह भावना पलभर भी नहीं टिकी कि अचानक बाहर से

छींकने और दबी-दबी उपहास भरी हँसी की आवाज़ आई कि आदमी के बदन के रोंगटे सुनकर खड़े हो जाएँ। इन आवाज़ों को सुनकर मेरी सारी नसें बदन की खिंच गईं अगर इस छींक और हँसी को न सुना होता। अगर सब्र से काम न लेता, तो इसी पल एक फ़ैसला लेता कि उसके बदन का सारा गोश्त टुकड़े-टुकड़े कर देता और दे आता घर के सामने वाले क़स्साब को, ताकि वह जाकर बेच दे और ख़ुद एक टुकड़ा उसकी रान के गोश्त का नज़राने के तौर पर उस क़ुरआन पढ़ने वाले को ले जाकर देता और फिर दूसरे दिन जाता और उससे पूछता, "जानते हो, वह गोश्त जो तुमने कल खाया था, किसका था?"

अगर वह न हँसती, यह काम ज़रूर रात को अंजाम दे देता कि मेरी आँखें रंडी की आँखों की तरफ़ न उठतीं, क्योंकि उसकी आँखों के भाव से मैं लज्जित और प्रताड़ित सा महसूस करता रहा था, बहरहाल उसके पलंग के किनारे एक कपड़ा जो मेरे पैरों में उलझ गया था, उसे उठाया और घबराया हुआ बाहर की तरफ़ भागा, चाक़ू को उछालकर छत से बाहर फेंका क्योंकि ये सारे अपराधी विचार केवल और केवल इस चाक़ू के कारण थे। यह चाक़ू जो क़स्साब के चाक़ू की तरह था उसे मैंने अपने से दूर कर दिया।

कमरे में लौटा तो चर्बी के चिराग़ की रौशनी में ख़ुद को उसके लिबास को हाथ में उठाए देखा। गंदा कपड़ा जो उसके मांसल शरीर पर था। जिस पर मुलायम रेशम से हिंदुस्तान काम बना हुआ था, जो उसके बदन की बू और मोंगरे की सुगंध दे रहा था। उसके बदन की ऊष्मा उसका वजूद उसमें मौजूद था। उसको सूँघा और अपने पैरों के बीच रख कर सो गया। इतनी आराम की नींद मैं किसी रात नहीं सोया था। सुबह सबेरे अपनी बीवी की चीख़ व पुकार से मैं जाग गया, जिसने कपड़े के गुम हो जाने की वजह से हंगामा खड़ा कर दिया था। वह बार-बार एक ही वाक्य दोहरा रही थी, "एक नया कपड़ा नायलान का!" जबकि उसकी आस्तीन का सिर फटा हुआ था। अगर ख़ून की नदियाँ भी बह जातीं तो मैं यह लिबास लौटाने वाला नहीं था। क्या मुझे अपनी पत्नी का एक पुराना कपड़ा रखने का भी हक़ न था?

ननजून जब मेरे लिए गधी का दूध, शहद और ताफतून नान लेकर आईं तो एक हड्डी के दस्तेवाला चाक़ू भी खाने की सेनी में रख दिया था। कहने लगीं, उन्होंने इसको बूढ़े ख़ेंज़रपेंज़री की बिसात पर देखा तो ख़रीद लिया। फिर भवों को ऊपर कर बोली, "हो सकता है तुम्हारे कभी काम आए।"

मैंने चाक़ू उठाया उसे देखा, वह मेरा अपना चाक़ू था। इसके बाद शिकायत से भरे दुखी लहजे में बोलीं, "मेरी बेटी यानी वही रंडी सुबह सबेरे कहने लगी कि कल रात तुमने मेरा लिबास क्यों चुराया था।" मैं नहीं चाहती कि तुम्हारे मामले में पड़ूँ। लेकिन कल तुम्हारी पत्नी ने धब्बा देखा था...हम जानते थे कि बच्चा... ख़ुद

हमामख़ाने में कहने लगी कि मैं गर्भ से हूँ, रात को गई थी कि कमर की मालिश कर दूँ, देखा उसके बाज़ू पर गहरे नीले निशान थे मुझे दिखाने लगी और बोली, "बेवक़्त तहख़ाने में गई थी देखो जिन्नों ने मेरा क्या हाल कर दिया।" दोबारा बोली, "क्या तुम जानते हो कि तुम्हारी बीवी कितने माह से गर्भवती थी?"

मैं हँस पड़ा और बोला, "बच्चे की शक्ल ज़रूर उस क़ुरआन पढ़ने वाले की तरह होगी।" इस वाक्य को सुनते ही ननजून का चेहरा बदल गया और वह कमरे से बाहर चली गई। ऐसा लगा जैसे उन्हें इस जवाब की आशा मुझसे क़तई नहीं थी।

मैंने लगभग झपटते हुए उस हड्डी के दस्ते वाले चाक़ू को अपने लरज़ते हाथों से उठाया और सीधे सामान वाली कोठरी में जाकर उसे संदूक़ची में छुपाया और उसका ढक्कन बंद कर दिया, "यह कभी नहीं हो सकता कि उसके पेट में साँस लेने वाला बच्चा मेरा हो, बल्कि यह बच्चा वास्तव में उस बूढ़े मर्द ख़ेंज़रपेंज़री का था।

दोपहर की नमाज़ के बाद मेरे कमरे का दरवाजा खुला और उसका छोटा भाई उसी रंडी का छोटा भाई दाँतों से अपनी उँगली का नाख़ून चबाता दाख़िल हुआ। जो कोई भी उसे देखता फ़ौरन समझ जाता कि दोनों भाई-बहन हैं। इतनी ज़्यादा आपस में समानता! तंग दहाना, भरे-भरे कामुक होंठ, पलकें मुड़ी-सी ख़ुमार भरी, आँखें तिरछी हैरत भरी, उभरे रुख़सार, खजूर के रंगतवाले बाल बिखरे-बिखरे से और गेहुआँ रंग। ठीक उस रंडी की तरह उसमें भी एक अंश शैतानी भरा मौजूद था। जानता हूँ इस तरह की तुर्कमानी शक्लें बिना भावना, बिना रूह के इस जीवन दर्शन पर विश्वास करती हैं, जो मेरे लिए लाभकारी हैं बस वही चाहिए। चेहरे के भाव कुछ ऐसे जैसे ज़िंदगी को चलाने के लिए हर तरह के काम पर राज़ी हों, जैसे कि प्रकृति ने पहले ही भविष्यवाणी कर दी थी। चूँकि उनके पुरखे तेज़ धूप और मूसलाधार बारिश में जीवन व्यतीत कर चुके थे और सख़्त जीवन बीता चुके थे जिसकी वजह से न सिर्फ़ अपनी बदली शक्ल व सूरत उन्हें दे गए बल्कि अपनी दृढ़ता, कामुकता, लालच और भूख भी इन्हें बख़्श गए थे। उसके मुँह का मजा मैं जान चुका था ठीक खीरे की जड़ की तरह मुलायम और कड़वा था! जब कमरे में दाख़िल हुआ और ताज्जुब से मुझे देखकर कहने लगा—

"शाहजून कह रही थीं कि हकीम बाशी का कहना है तुम मरने वाले हो, चलो छुट्टी तो मिलेगी, आख़िर आदमी कैसे मरता है?"

मैंने जवाब दिया, "उनसे कहो, मैं तो बहुत पहले से मरा हुआ हूँ।"

शाहजून बोलीं, "अरे अगर बच्चा न गिरता तो सारा घर हमारा हो जाता!"

एकदम से मैं हँसने लगा, एक ऐसी सूखी घिनौनी हँसी जिसको सुनकर आदमी के बदन के रोंगटे खड़े हो जाएँ। कुछ इस तरह जैसे मैं अपनी आवाज़ को नहीं पहचानता हूँ। लड़का घबराया सा कमरे के बाहर भागा।

अब जाकर मेरी समझ में आया कि क़स्साब अपने हड्डी के दस्ते वाले चाक़ू के ख़ोल से भेड़ों की रानें क्यों साफ़ करता था। ज़बह होने के बाद, जो उन पर जमा ख़ून काली मिट्टी की तरह नज़र आता था, उसे साफ़ करते हुए भेड़ों के कटे गले से पनीले ख़ून की बूँदें ज़मीन पर टपकती थीं जिसे वहाँ बैठा पीला कुत्ता अपनी धुँधलाई आँखों से, दुकान के सामने कटी गाय और भेड़ों के सरों को बड़ी दिलचस्पी से देखता, ठीक उसी तरह जैसे भेड़ों के सारे कटे सरों, जिनकी आँखों पर मौत की धूल अब बैठ चुकी थी, कभी वे भी इसी तरह देखते और समझते थे।

आख़िरकार मैं अपने को छोटा ख़ुदा समझ बैठा था जो हर छोटे-बड़े इंसान की ज़रूरतों से ऊपर उठ चुका था। अनंत और शाश्वत की निरंतरता को मैं अपने अंदर महसूस कर रहा था। अनंत क्या है ? मेरे लिए उसकी परिभाषा केवल इतनी थी कि सोरेन नहर के किनारे उस रंडी के साथ छुपन-छुपाई खेलूँ। एकपल के लिए आँखें बंद कर उसके दामन में अपना सिर छुपा दूँ।

एक बार ऐसा लगा जैसे मैंने ख़ुद से बात की हो, वह भी एक अजनबी बनके, चाहता था अपने से बातें करूँ मगर होंठ जम गए थे। इस तरह से होंठ कस चुके थे कि ज़रा-सा भी हिलना उसके लिए मुहाल था। इससे पहले कि मेरे होंठ खुलते मैंने अपनी आवाज़ सुनी, लगा मैं ख़ुद से बातें कर रहा था।

यह कमरा हर लम्हा क़ब्र से ज़्यादा तंग और तारीक होता जा रहा था जहाँ कल रात वहशतनाक परछाइयों ने मुझे घेर लिया था। चर्बी के दिये के धुएँ के बीच पोस्तीन खाल का ओवरकोटनुमा अबा जो मैंने पहन रखी थी और शाल गर्दन में लपेटे हुए था। मेरी छाया जो दीवार पर पड़ रही थी फूलकर कुप्पा लग रही थी।

मेरी छाया मुझसे कहीं ज़्यादा रंगीन, मेरे ख़ुद के बदन से कहीं ज़्यादा सूक्ष्मता के साथ दीवार पर पड़ रही थी। छाया मुझसे ज़्यादा सच्ची लग रही थी। इस तरह तो बूढ़ा मर्द ख़ेंज़रपेंज़री, क़स्साब, ननेजून और वह औरत रंडी सबके सब मेरी ही छाया थे, उन छायाओं के बीच मैं क़ैद था। इस लम्हे अचानक मैं एक उल्लू का रूप ले बैठा और मेरा विलाप जैसे गले में अटककर रह गया जिसको मैंने ख़ून की बूँदों के रूप में थूक दिया। शायद उल्लू की भी अपनी मर्जी थी कि वह मेरी तरह सोचे। छाया दीवार पर अब पूरी तरह उल्लू का आकार ले चुकी थी जो झुकी अवस्था में बैठा बड़े ध्यान से मेरा लिखा पढ़ रही थी। ज़रूर वह सब कुछ समझ रहा होगा। जानता हूँ सिर्फ़ वह ही समझ सकता था। मैं कनखियों से अपनी छाया को देख रहा था और डर रहा था।

रात अँधेरी और सन्नाटी, ठीक उसी रात की तरह लगी जिसने मेरी पूरी ज़िंदगी को निगल लिया था। अपने डरावने आकार के साथ दर व दीवार, पर्दे के पीछे से मुझसे ज़बान लड़ाती हुई। कभी कमरा इतना तंग हो जाता है जैसे मैं ताबूत में लेटा

हुआ हूँ। कनपटियाँ सुलगने लगतीं। बदन का कोई अंग हिलना नहीं चाहता। एक भारी बोझ सीने पर लदा महसूस होता, ठीक उस भारी-भरकम वज़न की तरह जो कमज़ोर काले टट्टू की कमर पर लादकर क़स्साबों को भेजा जाता है।

मृत्यु ख़ुद अपनी आवाज़ में आहिस्ता से गुनगुना रही थी जैसे एक हकला मजबूर होता है एक ही शब्द को बार-बार दोहराने के लिए या फिर एक आदमी शेर को अंत तक पढ़ने के बाद दोबारा फिर से पढ़ता है। उसकी आवाज़ मानो आरी की किर-किर की ऐसी तरंगें थीं जो त्वचा में सूई बन चुभ रही थीं, कभी ऊँचा सुर पकड़तीं कभी अचानक रुक जातीं।

अभी मेरे पलकें पूरी तरह झपकी नहीं थीं कि पहरेदारों का एक झुंड मेरे कमरे के पीछे नशे में मस्त एक-दूसरे को गाली देता, गाता गुज़रा;

आओ चलें शराब पियें
मुल्क रे की शराब पियें
जो अभी नहीं पियेंगे तो आख़िर कब पियेंगे

मैं भी गुनगुना उठा, ''तब तक पिएँगे जब तक दरोग़ा के हाथ न लग जाएँगे।'' अनायास मैंने अपने अंदर एक शक्तिशाली आदमी का वजूद महसूस किया और मेरे दिमाग़ की गर्मी को ठंडक पहुँची और मैं फुर्ती से उठकर बैठ गया। अपनी पीली अबा कंधों पर डाली। शाल को दो-तीन बार सिर के चारों तरफ़ लपेटा, कमर झुका ली और हड्डी के दस्ते वाला चाक़ू जो मैंने संदूक़ची में छुपा रखा था उसे निकाला और दबे पाँव उस रंडी के कमरे की तरफ़ बढ़ा, दरवाज़े पर पहुँचा तो देखा उसका कमरा घने अँधेरे में डूबा हुआ था। उसकी आवाज़ मेरे कानों से टकराई, ''आ गए? शाल को अपनी गर्दन से उतार फेंको।'' उसकी आवाज़ की लय मुनासिब सी लगी जैसे किसी बच्ची की आवाज़ या फिर कोई सोते में बिना किसी ज़िम्मेदारी के बर्राता हो। मैं यह आवाज़ पहले गहरे ख़्वाब में एक बार सुन चुका था। क्या वह सपना देख रही थी? उसकी आवाज़ अब भारी और घुटी-घुटी सी हो गई थी। कुछ-कुछ उस बच्ची जैसी जिसके साथ मैं नहर सोरेन के किनारे छुपन-छुपाई का खेल खेलता था। मैं कुछ देर वहीं रुका रहा, दोबारा आवाज़ सुनाई पड़ी, ''आओ, अपनी गर्दन की शाल को उतार फेंको।''

मैं दबे पाँव कमरे में दाख़िल हुआ, अपनी अबा और शाल को अपने बदन से अलग किया और नंगा हो गया, पता नहीं क्यों, उसी हालत में चाक़ू पकड़े-पकड़े ही मैं उसके बिस्तर में जा घुसा। बिस्तर की गर्मी ने मानो एक नई जान-सी मेरे बदन में फूँक दी और मैंने उसके नम, ख़ुशगवार हरारत भरे जिस्म को, उस लड़की को याद करते हुए जिसकी उड़ी रंगत, दुबली काया और बड़ी-बड़ी मासूम तुर्कमानी आँखें थीं जिसके साथ मैं नहर किनारे छुपन-छुपाई का खेल खेलता था। मैंने उसे अपनी आग़ोश में लिया नहीं; बल्कि किसी भूखे, ख़ौफ़नाक दरिंदे की तरह उस पर

झपटा पड़ा। दिल की गहराई में उसके प्रति किसी क़िस्म का राग न था, मेरी समझ में इश्क़ और द्वेष की भावना एक-दूसरे के साथ-साथ चलती है। उसका चाँदनी की तरह सफ़ेद ठंडा बदन, मेरी पत्नी का शरीर, ठीक नाग की तरह जो अपने शिकार के चारों तरफ़ से लपेटता हो, खुला और उसने मुझे ठीक उसी तरह अपनी बाँहों में कस लिया। उसके सीने से उठती सुगंध मस्त थी, उसके भरे बाज़ुओं का कोमल मांस जो मेरी गर्दन से स्पर्श कर रहा था अजीब सी ऊष्मा से भरा हुआ था। उस पल मन में इच्छा उभरी कि काश! यहीं ज़िंदगी का अंत हो जाए तो कितना अच्छा हो। क्योंकि उसके प्रति जो मेरे दिल में कुंठा और दुश्मनी भरी हुई थी, वह अचानक कहीं ग़ायब हो गई थी। दिल चाहा कि उसके सामने जी भर के रो लूँ, इससे पहले कि मेरा ध्यान उधर जाता, उसके पैर ठीक 'महरे गियाह' की तरह मेरे पैरों से उलझ चुके थे और उसके दोनों हाथ मेरी गर्दन के पीछे बँध चुके थे। मैं ताज़गी भरी उस ऊष्मा को अपने जलते बदन में महसूस कर रहा था। मेरी त्वचा का हर पोर खुलकर उस ऊष्मा को पी रहा था, जिसका अहसास मेरा रोम-रोम कर रहा था। भय और सुरूर एक साथ घुल-मिल गए थे। उसके मुँह का स्वाद खीरे की तरह कड़वा था और कच्चे अंगूरों की तरह खट्टा था। इस मदहोशी के बीच, पसीना बहाते हुए मुझ पर बेख़ुदी सी धीरे-धीरे छाती जा रही थी।

मेरे बदन के छोटे से छोटे ज़र्रे जो मेरे वजूद का हिस्सा थे मुझ पर हुकूमत करते थे अपनी हार और जीत की घोषणा बड़ी ऊँची आवाज़ में व्यक्त करते थे। असीम समुद्र से वशीभूत इन दैहिक मौजो के सामने मैं पूरी तरह पराजित हो चुका था। उसके बालों से मोंगरा की सुगंध फूट रही थी जो उसके चेहरे से चिपके हुए थे। हमारे अंदर से उठती ख़ुशी और बेक़रारी की आवाज़ें हमें साफ़ सुनाई पड़ रही थीं। मुझे लगा जैसे उसने मेरे होंठों को कस के काटा हो, इस तरह कि वह बीच से आधे कट गए हों; क्या वह अपनी उँगली के नाख़ून इसी तरह काटती थी या वह समझ गई है कि मैं अधकटे होंठ वाला बूढ़ा नहीं हूँ। अब मैं चाह रहा था किसी तरह अपने को उसकी गिरफ़्त से आज़ाद कर लूँ मगर उसके बाज़ुओं की पकड़ इतनी ज़बर्दस्त थी कि मेरा हिलना तक मुहाल था, जितना भी हाथ पैर छुड़ाने की कोशिश करता मगर नतीजा कुछ न निकलता। आख़िर हमारे बदन का मांस पूरी तरह लुगदी सा बनता जा रहा था।

मुझे संदेह हुआ, जैसे उस पर जुनून सा सवार हो गया था तो भी मेरी कोशिशें जारी थीं। अपने को छुड़ाने की कशमकश में अचानक मेरा हाथ एक झटके के साथ बाहर निकला और उस पल मुझे ऐसा महसूस हुआ जैसे मेरे हाथ में पकड़ा चाक़ू उसके बदन के किसी हिस्से में धँस गया हो। कुछ गर्म सा तरल पदार्थ मेरे चेहरे पर उछलकर गिरा और एक चीख़ के साथ एकाएक उसकी बाँहों का कसाव ढीला पड़ गया। उस तरल पदार्थ की गर्मी जो मैंने अपनी हथेली में महसूस की थी, उसे वैसा

ही रहने दिया और चाक़ू को उछालकर दूर फेंक दिया और झपटकर उस के क़रीब बैठकर तेज़ी से उसके बदन को मलने लगा। वह मर चुकी थी। इसी बीच मुझ पर खाँसी का दौरान पड़ गया मगर वह खाँसी नहीं थी बल्कि एक सूखा ख़ौफ़नाक दो मुँहा अट्टहास था जिसे सुनकर किसी भी इंसान के बदन के रोंगटे खड़े हो सकते हैं। घबराया सा मैं अपनी अबा को कंधे पर डाल अपने कमरे की तरफ़ भागा। वहाँ कमरे में पहुँच जब चर्बी के जलते चिराग के सामने मैंने अपनी मुट्ठी खोली तो यह देखकर हैरान रह गया, उसकी आँख मेरी हथेली के बीच मुझे घूर रही थीं और मेरा सारा बदन ख़ून में नहाया हुआ था।

❧ दस ❧

मैं आईने के सामने पहुँचा लेकिन डर के मारे मैंने दोनों हाथों से अपना मुँह छुपा लिया, वहाँ आईने में अपनी सूरत की जगह, नहीं, मैं बूढ़ा ख़ेंज़रपेंज़री में तब्दील हो चुका था। मेरे सिर और दाढ़ी के बाल मेरे नहीं किसी और के हो चुके थे जो उस कमरे से ज़िंदा निकल आया था जहाँ एक साँप मौजूद था। अचानक सब कुछ सफ़ेद हो चुका था, मेरे होंठ बूढ़े के होंठों जैसे अधकटे थे आँखें बिना पलकों की, एक मुट्ठी बाल सीने से बाहर झाँक रहे थे और मेरे बदन में जैसे एक नई आत्मा का प्रवेश हो चुका था, मेरी फ़िक्र बदल चुकी थी, मैं किसी दूसरे की तरह अपने को महसूस कर रहा था और चाहने के बावजूद मैं ख़ुद को उसके चंगुल से जो राक्षस मेरे अंदर जाग गया था, उससे आज़ाद नहीं कर पा रहा था। उसी हाल में जैसे मैं अपने दोनों हाथों से मुँह छुपाए था, खिलखिला कर हँस पड़ा। यह हँसी मेरी पहली वाली हँसी से कहीं ज़्यादा ऊँची आवाज़ में थी जिसने मेरा पूरा बदन झकझोर कर रख दिया था। ऐसी गहरी हँसी कि यक़ीन ही नहीं आ रहा था कि मेरे बदन के छुपे हुए किस तहख़ाने से बाहर निकली थी ? वह खोखली खरखराती सी हँसी एकबारगी मेरे गले में घूमी और उसी ख़ाली जगह से बाहर निकली थी। अब मैं सचमुच में बूढ़ा मर्द ख़ेंज़रपेंज़री हो गया था।

बेचैनी की शिद्दत का यह आलम था कि लगा मैं एक लंबी गहरी नींद से जागा हूँ, आँखों को मला अपने उस पुराने कमरे में अपने को पाया जहाँ अँधेरा उजाला था और बादलों और धुंध ने शीशों को ढक रखा था। दूर से मुर्ग़े की आवाज़ आती सुनाई दे रही थी। मेरे सामने रखे मंकल के सुर्ख़ अंगारे उसी रूप में ठंडी राख में बदल चुके थे जो एक कश में उड़ जाते, ठीक मेरी खोखली सोच की तरह जो राख हुए अंगारों की तरह एक फूँक में हवा। पहली चीज़ जिसकी मुझे फ़िक्र हुई, वह गुलदान राग़े था जिसे क़ब्रिस्तान में बूढ़े गाड़ीवान से मैंने लिया था लेकिन गुलदान मेरे सामने नहीं था कहीं नहीं था या मुझे नज़र नहीं आया अचानक देखा कि दरवाज़े

के पास एक साया झुकी हुई कमर के साथ, यह आदमी एक कुबड़ा था जिसने अपने सिर और दाढ़ी को अपनी गर्दन में झूलती शाल से ढक रखा था। उसने अपने बग़ल में एक गंदे अँगोछे में लिपटा पात्रनुमा कुछ दबा रखा था, सूखी भयानक हँसी हँस रहा था जिसे सुनकर किसी भी आदमी के बदन के रोंगटे खड़े हो जाएँ।

मैं अपनी जगह से उठने ही वाला था कि वह दरवाज़े से बाहर निकल गया। मैं खड़ा हुआ और चाहता था उसका पीछा करूँ और वह गुलदान, जो उसने गंदे रूमाल में लपेट रखा था उससे ले लूँ।

तब तक वह आदमी ग़ज़ब की फुर्ती दिखा वहाँ से ग़ायब हो चुका था; मैं लौट आया और कमरे की खिड़की खोल गली में झाँकने लगा। देखा गली में एक झुकी कमर वाला बूढ़ा जा रहा था जिसके कंधे हँसी की शिद्दत से हिल रहे थे और उसके बग़ल में गंदे रूमाल का बस्ता दबा हुआ था। उठता गिरता वह तब तक जाता दिखता रहा, जब तक धुंध में वह पूरी तरह ग़ायब नहीं हो गया। मैं मुड़ा और ख़ुद पर नज़र डाली, मेरे कपड़े फटे हुए थे, सिर से पैर तक थक्का जमे हुए ख़ून से भरे। दो सुनहरी मधुमक्खियाँ को अपने चारों तरफ़ मँडराते और अपने जिस्म पर सफ़ेद छोटे-छोटे कीड़ों को रेंगते पाया, दिल पर मुर्दे के बोझ का दबाव बढ़ता महसूस हुआ...

निसाइ आवाज

उर्दू भाषा का लघु उपन्यास

इंसानी बस्ती का बयान उपन्यासों के पन्नों पर

अक़्ल की स्लेट पर दिल से लिखी इबारतें : आग़ा बाबर

साहित्य के दर्पण से झाँकता जीवन का मुखड़ा : मुहम्मद तुफ़ैल

इंसानी बस्ती का बयान उर्दू उपन्यासों के पन्नों पर

उपन्यास लिखने और पढ़ने से पहले दास्तान कहने, सुनने की रिवायत थी। बाक़ायदा क़िस्सागो होते थे, ताजिरों की रातें इन्हीं के सहारे अजनबी रास्तों और सराय में कटती थी। जहाँ अपने माल की हिफ़ाज़त रतजगा करके ही मुमकिन हुआ करती थी। ये कथाएँ अगर क़िस्तवार घंटों नहीं चलती थीं तो वहाँ रातें छोटे-छोटे क़िस्सों में बयान हो जाती थीं। वही क़िस्सागोई जो सीना ब सीना चलती हुई हम तक पहुँची। बाद में इंसान जब इन कहानी क़िस्सों से बाहर निकला तो उसने अपने अतीत पर शोध किया और दास्तान, क़िस्सा, कहानी, अफ़साना इनके फ़र्क़ को पहचाना और इनका वर्गीकरण कर दिया।

दास्तान का विषय लोक-कथाओं और प्राचीन साहित्य से प्रेरणा लेते थे। जिन्हें फ़ारसी में मसनवी, पंजाबी क़िस्से, सिंधी में वाक़ायती के नाम से जाने जाते। उर्दू की पहली दास्तान, दास्तान मीर हमज़ा के नाम से जानी गई। उसको सँजोने का श्रेय मुंशी नवल किशोर जी को जाता है जिन्होंने मन बना लिया कि इन ज़बानी क़िस्सों को वह काग़ज़ पर उतार लेगें और इस तरह पुरानी विधा सुरक्षित रह जाएगी। उन्होंने लखनऊ के तीन क़िस्सागो मुहम्मद हुसैन जाह, अहमद हुसैन क़मर और तसद्दुक हुसैन (1881-1905) द्वारा जमावरी शुरू कर दी। यह दास्तान 46 जिल्दों में और हर जिल्द 900 पन्नों की थी। ज्ञानचन्द जैन और शम्सुर्रहमान फ़ारुक़ी ने इस पर काम भी किया और यह तीन भाषाओं में उपलब्ध है, फ़ारसी, उर्दू, देवनागरी। अंग्रेज़ी में फ़ारुक़ी साहब की पुस्तक *आमिर हमज़ा : रोमांश ट्रेडिशन इन उर्दू एडवंचरस फ्रॉम द दास्तान ऑफ आमिर हमज़ा* जिसका अनुवाद अंग्रेज़ी में इस नाम से Framees W. Pritehtt (New York Columbia Press 1991) ने किया।

दास्तान ज़बानी बयान के बाद कविता में काव्य-खंड (मसनवी) के रूप में आयी। बतौर मिसाल गुलाबकउली, ज़हरे इश्क़ वग़ैरह। दया शंकर नसीम उस दौर का मशहूर नाम था जो आज तारीख़ के पन्नों पर दर्ज है। *बूस्ताने ख़्याल* (कल्पना का बगीचा 1760) मीर तक़ी ख़्याल द्वारा लिखित। इसके बाद लोक-कथाएँ, मध्यपूर्वी देशों, मध्य एशिया, पूर्वी भारत से उठाई गई दास्तानों को जमा करना शुरू

हो गया। *फ़साना अजायब* (1838-1842) रजब अली बेग सुरूर द्वारा, *क़िस्सा चहार दरवीश* (1820 के अंत) मीर अम्मन, *फ़सान-ए-आज़ाद* (1846-1902) चार जिल्दों में रतननाथ शरसार। *मज़हब-ए-इश्क़* निहाल चन्द लाहौरी, *आराइश-ए-महफ़िल हैदर बख़्श हैदरी*।

फोर्ट विलियम कॉलेज ने फ़ारसी के ग्रंथों को उर्दू में अनुवाद करने की जो रस्म चलाई उसने जाने अनजाने अपने से कहानी बनाने की प्रेरणा भी दी और इस तरह से उपन्यास लेखन की शुरुआत शुरू हो गई। छोटी कहानियाँ लंबी कहानियों में फिर पूरी बस्ती पन्नों पर सिमटने लगी। जिसमें विषय न लोक-कथाओं से उठाया जाता न प्राचीन साहित्य से बल्कि अपनी ज़िंदगी और परिवेश की खट्टी-मीठी बातों, कशमकश और दुखों का बयान होता। कभी-कभी अतीत के क़िस्से 'ऐतिहासिक उपन्यास' के रूप में भी लिखे जाने लगे। पुरानी दास्तानों और लोक-कथाओं को भुलाया जाने लगा और उन पर आलोचना करते हुए उन्हें रद्द किया जाने लगा। *गिल गामिश* और अलिफ़ लैला की तरह बरसों पाठकों की नज़र से ओझल रही जब तक उसे तलाश नहीं किया गया। सृजन के साथ आलोचना भी वजूद में आ गई और साहित्यिक दृष्टि के साथ सामाजिक दृष्टि भी अपने पूरे पैनेपन और गहराई के साथ पनपने लगी।

उर्दू का पहला उपन्यास किसे कहा जाए यह बहस का मौजू है क्योंकि कुछ आलोचक विदेशी भाषा से किया गया उर्दू में अनुवाद को प्राथमिकता देते हैं। कुछ ऐसे भी हैं जो विचारों की आधुनिकता को लेकर यह श्रेय देना चाहते हैं। यहाँ एक सिलसिला लेकर बात की जा रही है इसलिए डिप्टी नज़ीर अहमद से शुरू करते हैं।

उर्दू भाषा में नज़ीर अहमद (जन्म 1830, मृत्यु 1912) द्वारा लिखा उर्दू का पहला उपन्यास आया जो अपने समय की सामाजिक चेतना और महिलाओं की स्थिति पर लिखा गया था। उसका प्रभाव इतना गहरा पड़ा कि औरतों ने भी क़लम उठाया। रशीदातुन्निसा ने महिला लेखिकाओं में सबसे पहला उपन्यास लिखा और नज़ीर अहमद को ढेरों धन्यवाद भी दिया। इसके पश्चात विभिन्न विषयों पर लेखिकाओं द्वारा बेहतरीन उपन्यास लिखा। डिप्टी नज़ीर अहमद के उपन्यास *मिरातुलअरूस* की असग़री एक ऐसा किरदार था जिसमें सारी ख़ूबियाँ थीं। दूसरा किरदार अकबरी ठीक उसके विपरीत था। ख़ुद नज़ीर अहमद का कहना था कि उन्होंने क़लम लड़कियों को सही समझ देने के लिए उठाया है ताकि वे अपने मानसिक विकास की तरफ़ ध्यान दें। असग़री का प्रभाव पूरे पचास वर्ष तक रहा। बीस बर्ष में इसकी लाख प्रतियाँ छपीं। इसका अनुवाद गुजराती, सिंधी, हिंदी में और 1903 में अंग्रेज़ी में हुआ। यह दिलचस्प बात है कि 1942 में जब नजीर अहमद साहब दिल्ली पढ़ने आए थे तो वालिद ने उनसे कहा था कि अगर उन्होंने अंग्रेज़ी भाषा पढ़ी तो वह बाप की मौत देखेंगे। उस दौर में वतनपरस्ती और गुलामी के विरुद्ध अनेक तरह से एतराज़ दर्ज होते थे।

नज़ीर अहमद ने समकालीन अब्दुल हलीम शरर और रतन नाथ सरशार के अनेक महिला चरित्रों में असग़री की छाया ही नज़र आती है, *फ़साना-ए-आज़ाद* की मुख्य पात्र हुस्नआरा ने *मिरातुलअरूस* (दुल्हन के हाथों का आईना) को पढ़ रखा है और वह जितनी ख़ूबसूरत है उतनी ही अक्लमंद भी, उसकी ख़ूबियाँ लगभग असग़री से मिलती-जुलती हैं। अलताफ हुसैन हाली की *मजालिसुन्निसा* और शाद अज़ीमाबादी का उपन्यास *सूरतुलख़्याल* के विलायती किरदार में भी असग़री वाली ख़ूबियाँ मौजूद हैं यानी कि सुंदर, सुघढ़, ख़ुशमिज़ाज, दूरअन्देश, मिलनसार, इल्मेदीन के अलावा इतिहास, भूगोल, साइंस, अदब और आम बातों की मालूमात व समझ रखती है। मतलब कहने का सिर्फ़ इतना है कि मध्यवर्ग का आदर्श चरित्र असग़री बनकर रह गया था।

डिप्टी नज़ीर अहमद ने विधवा पर भी क़लम उठाया है और उसकी शारीरिक ज़रूरतों की तरफ़ भी ध्यान खींचा है। उस वक़्त का मूल स्वर औरत की आज़ादी, शिक्षा और उसकी बुनियादी ज़रूरतों को समझने पर ज़ोर था।

उर्दू की पहली महिला उपन्यासकार रशीदातुन्निसा, असग़री के किरदार से प्रभावित रहीं। उनके द्वारा रचे चरित्र अशराफुन्निसा, बिस्मिल्लाह बी वज़ीरन और लाडली—असग़री, अकबरी, जुम्मन और नईमा की परछाईं लगता है। उनका पहला उपन्यास *इस्लाहुन्निसा* दो हिस्सों में है। पहला हिस्सा 282 पन्नों पर और दूसरा भाग 38 पन्नों का है। इस उपन्यास का पहला संस्करण उपन्यास लेखन के दस साल बाद 1891 में मुहम्मद सुलेमान की कोशिशों से मुतएक़ैसरी पटना से छप सका था, लेकिन उसके सिर्फ़ दो संस्करण ही छप पाए थे। उस दौर के सभी उपन्यासों में लड़कियों की शिक्षा पर बहुत ज़ोर दिया गया है।

इसके बाद उर्दू उपन्यास लेखन में जैसे बाढ़ सी आ गई। एक से एक बड़े विषय और बयान जो आज तक क़ायम है। कुछ विषय तो लेखकों के दिमाग़ से निकल ही नहीं पाते हैं जैसे बंटवारा, जमींदारी उन्मूलन के बाद की तबाही और बिखराव। इसके बाद कई नए विषयों को लिया गया जिन में सामाजिक दृष्टि पर ज़्यादा ज़ोर था। भ्रष्टाचार, कुरीतियों और जड़सोच के विरुद्ध, गाँव से शहर की तरफ़ गमन, देश से विदेश की ओर पलायन, दलित एवं स्त्री-विमर्श इत्यादि। उपन्यास लेखन में नए नामों के साथ महिलाओं के नाम भी शामिल हो रहे थे। उर्दू आलोचक क़मर रईस ने उर्दू उपन्यासों में स्त्रियों के बदलते स्वरूप का वर्गीकरण करते हुए अपने लेख (उर्दू अदब को ख़्वातीन की देन, उर्दू अकादमी दिल्ली) में लिखा है : "क़िस्सों से दास्तानों तक जो किरदार उठाए जाते थे वे ज़्यादातर मर्दों के होते थे औरतों का ज़िक्र बहुत कम होता था। अट्ठारहवीं सदी के बाद हालात बदले। औद्योगिक क्रांति और साइंस तकनीक ने लोगों का नज़रिया बदला, डिप्टी नज़ीर अहमद से लेकर क़ुर्रतुल ऐन हैदर तक औरत के बदलते रूप नज़र आए। नए अदब में दास्तानों से ज़्यादा

औरतों के किरदार शामिल होने लगे। उन्नीसवीं सदी में वह औरतें भी शामिल हुईं जो घर से बाहर की थीं जिनमें *उमराव जान अदा,* और *नश्तर* उपन्यास की 'खानमजान', *ऐसी बुलंदी ऐसी पस्ती* उपन्यास की 'नूरजहाँ' इत्यादि ने आकर औरतों का दायरा बढ़ाया। फिर ऐनी आपा के उपन्यास *अगले जनम मोहे बिटिया न कीजो* में पहली बार निम्नवर्ग की औरत अदब में दाख़िल हो गई। इसी के साथ औरतों को देखने का एक नया नज़रिया कृश्न चंदर के उपन्यास *शिकस्त* और राजेंद्रसिंह बेदी के लघु उपन्यास *एक चादर मैली सी* के ज़रिए पंजाब के परिवेश में उभरा। खुले दिमाग़ की पढ़ी लिखी नई औरत के किरदार को उर्दू अदब में लाने वाली भी एनी आपा हैं जिनका उपन्यास *मेरे भी सनमख़ाने* की हिरोइन रख़शंदा है।''

औरतों के योगदान पर एक सरसरी नज़र सी डालते चलते हैं :

'तहज़ीब-ए-निसवाँ' नामक पत्रिका की संपादक मुहम्मदी बेगम के तीन उपन्यास *सफ़िया बेगम* (1913), *आजकल* और *शरीफ़ बेटी;* इसके साथ ही मिसिज़ अब्बास तय्यब जी का उपन्यास *शौकत आरा* (तीन जिल्द 1917), सुग़रा हुमायूँ मिर्ज़ा का उपन्यास *सरगुजश्त-ए-हाजरा* (1926), अब्बास बेगम का उपन्यास *ज़हरा बेगम* (1935), मिस हसन बेगम का उपन्यास *रौशन बेगम* (1940) इत्यादि। इसी दौर में नज़र सज्जाद के छह उपन्यास आए जिन्होंने सामाजिक परिवेश से निकालकर औरत को एक खुले व्यक्तित्व और सोच के रूप में अदब से परिचय कराया। उनके उपन्यास *खरमानसीब, अख्तरुन्निसा, आह मज़लूमा, नजमा, जाँबाज़ सुरैया* के नाम से थे। इसके बाद हिजाब इम्तियाज़ अली ने अपने क़लम से एक नया मोड़ दिया जिसमें रूमानियत है। उनके उपन्यास *ज़ालिम मुहब्बत, मेरी नातमाम मुहब्बत, अँधेरा ख़्वाब* हैं। इन उपन्यासों का परिवेश उच्चवर्ग और औरत-मर्द के रिश्ते और सोच व समाज की टकराहटें हैं।

ए.आर. ख़ातून ने अपने उपन्यासों *शमा, अफ़शाँ* में घरेलू माहौल और इंसानी रिश्तों की गहरी पड़ताल की है। उनके दौर में भी कई महिला लेखिकाओं ने उपन्यास लिखे जिन्हें अपने समय में पसंद भी किया गया। सबका नाम और ज़िक्र करना मुश्किल है। इसके बाद जो लेखिकाएँ उर्दू अदब में नए किरदारों के साथ आईं जिनमें आग थी, कटाक्ष था, स्थिति को बदलने की तड़प थी। उसमें रज़िया सज्जाद ज़हीर, इस्मत चुग़ताई और क़ुर्रतुल ऐन हैदर के वे सारे उपन्यास आते हैं जो आज भी उसी चाव से पढ़े जाते हैं। इसके बाद नामों की एक लंबी सूची है। लेखक लेखिकाओं ने अपने उपन्यासों का दायरा इतना बढ़ा दिया और अनुभव व अनुभूति, सोच और मनोविज्ञान, संघर्ष और सियासत को लेकर बेहतरीन उपन्यास दिए जिसमें ज़ाहिदा हिना का नाम एक अहम नाम है।

उर्दू में सआदत हसन मंटो को जिस तरह अश्लीलता के आरोप में अदालत के चक्कर लगाने पड़े, उसी तरह रहमान अब्बास (*नख़लिस्तान की तलाश* 2004) को

अपने इस उपन्यास के कारण अपनी नौकरी से हाथ धोना पड़ा। मगर उनके दूसरे उपन्यास *एक ममनूआ मुहब्बत की कहानी* को 2011 में पुरस्कार से सम्मानित किया गया। एस.एम. अशरफ़ का *नम्बरदार का नीला* को साहित्य अकादमी अवार्ड मिला जो भाषा एवं विषय की दृष्टि से एक अहम उपन्यास है। उर्दू के उपन्यासों और लेखकों के नाम यहाँ सारे गिनाए नहीं जा सकते हैं मगर सज्जाद ज़हीर से लेकर ग़यास अहमद गद्दी तक और क़ुर्रतुल ऐन हैदर से लेकर ज़ाहिदा हिना तक, क़ाज़ी अब्दुल सत्तार से लेकर अली नातिक़ तक, गुलाम अब्बास से लेकर इकबाल मजीद तक, बलवंत सिंह से लेकर नवाब सहर तक (इनके ज़िक्र मेरे तीसरे और चौथे खंड में है) एक न समाप्त होने वाला सिलसिला है।

आग़ा बाबर का उपन्यास *निसाइ आवाज़* (ज़नानी आवाज़) आपके सामने है। इसका चयन करते हुए ज़हन में एक बात आई थी कि इतनी पर्तदार महिला मनोविज्ञान से संबंधित और इस राग के साथ औरत के अहसास इसमें उभारे गए हैं जो पढ़ने में दिलचस्प और सोच के स्तर पर अर्थपूर्ण हैं। यह लघु उपन्यास स्त्री विमर्श की बहस से बहुत पहले लिखा गया है। आज उसे महिला विमर्श वाले क़लमकार किस दृष्टि से देखते और परखते हैं, यह अलग मुद्दा है। मगर मेरे लिए यह एक साहित्य-विमर्श है जिसमें जीवन और इंसान कैसा है उसे दर्शाया गया है। रिश्तों की गरिमा, रिश्तों की चाहत और भटकाव, तनहाई और उसके साथ शरारतें, इसके साथ लिखने-पढ़ने और सामाजिक एवं सियासी मुद्दों पर भी बातें जो पूरे उपन्यास को जीवंत बना देते हैं।

निसाइ आवाज़ उस माहौल का आभास भी देता है जो 1947 के ठीक बाद का समय है जिसमें उखड़ने और बसने जैसी आहटें महसूस होती हैं जबकि उनका ज़िक्र कहीं नहीं है। मगर कमाई की तलाश में मध्यपूर्वी देशों की तरफ़ और बौद्धिक आदान प्रदान के लिए लंदन एवं यूरोपियन देशों की तरफ़ जाने का ज़िक्र है। जो बात बेहद दिलचस्प लगी वह है एक लेखक की चिट्ठी का प्रभाव जबकि आज के दौर में गुंडों और नेताओं का यह रौब ज़रूर नज़र आता है।

उपन्यास की भाषा साहित्यिक है जो शेरों एवं चित्रकारों के नाम और पेंटिंग्स के ज़िक्र से पढ़ने का आनंद बढ़ाती है।

अक़्ल की स्लेट पर दिल से लिखी इबारतें

आग़ा बाबर की पैदाइश बटाला ज़िला गुरदासपुर में 13 मार्च, 1919 को आग़ा ग़ुलाम अकबर के यहाँ हुई। बचपन का ज़्यादा वक़्त लाहौर में गुज़रा। मैट्रिक एम.एस.सी. हाईस्कूल बटाला से, गवर्नमेंट कॉलेज लाहौर से बी.ए. और पंजाब यूनिवर्सिटी से एम.ए. की डिग्री ली। 1947 में वे हिंदुस्तान से पाकिस्तान विस्थापित हुए।

उर्दू में एम.ए. करने के बाद पंचोली आर्ट स्टूडियो में संवाद लेखक के बतौर काम किया। 'मुजाहिद' और 'हिलाल' नामक पत्रों का संपादन किया। नेशनल काउंसिल ऑफ आर्ट के डायरेक्टर रहे। फ़ौज से मेजर के ओहदे से रिटायर हुए। रिटायरमेंट के बाद अमेरिका चले गए। कुछ अरसा 'रीडर्स डाइजेस्ट' से जुड़े रहे। अमेरिका में 25 सितम्बर, 1998 को इस दुनिया से विदा हुए और न्यूयॉर्क में ही आपकी आरामगाह है।

आग़ा बाबर की पहली कहानी हुमायूँ पत्रिका में *ही एंड शी* छपी थी। कहानी संग्रह *चाके गरेबाँ* (1948), *लब गोया* (1956), *उड़न तश्तरियाँ* (1958), *फूल की कोई क़ीमत नहीं* (1958), *कहानी बोलती है'* (1989) प्रकाशित हुए।

उनकी नाटकों में विशेष रुचि थी, इसके लिए उन्हें शोहरत भी मिली। उनके नाटक संग्रह *बड़ा साहब* (तीन एक्ट प्ले 1960), *सीज़फ़ायर* (1948), उनका उपन्यास *हव्वा की बेटी* (1974) भी छपे।

ज़िंदगी ने वफ़ा नहीं की और कुछ रचनाएँ छप न सकीं जिसमें शेक्सपियर के ड्रामे, कवि मीरा जी की मृत्यु पर चार नाटक। स्वयं की जीवनी *ख़द व ख़ाल* के नाम से छपी। उसके कुछ हिस्से विभिन्न पत्रिकाओं में भी प्रकाशित हुए।

आग़ा बाबर अपनी रचना-प्रक्रिया के बारे में नेशनल लाहौर के एक इंटरव्यू (1991) में कहते हैं, "मैं जब कभी कोई अफ़साना लिखता हूँ तो सबसे पहले उसका अंत मेरे दिमाग़ में आता है, फिर किरदार और बाक़ी की तफ़सील। इस तरह मेरे लिए अफ़साने की इमारत को खड़ा करना आसान हो जाता है।" इनका लघु उपन्यास *निसाइ आवाज़* (ज़नानी आवाज़) पाठकों के सामने है। उनके दोस्त और संपादक मोहम्मद तुफ़ैल का भाषण भी यहाँ दिया जा रहा है जो न सिर्फ़ उनकी

साहित्यिक सेवा का ख़ुलासा है बल्कि बड़े दिलचस्प अंदाज़ से उनके बारे में ऐसी सूचनाएँ दी हैं जो उनकी प्रवृत्तियों के साथ उनके अदब को गहराई से समझने की मालूमात व दृष्टि दोनों देती है। आग़ा बाबर का यह लघु उपन्यास एक ख़ास भाषा शैली में लिखा गया है।

आग़ा बाबर की सभी कहानियाँ बेहतरीन कहानियाँ हैं। यह लंबा अफ़साना *कहानी बोलती है* संग्रह में छपा, फिर अलग से उपन्यासिका के रूप में छपा था! इनकी यह रचना कुछ पाठक शायद बार-बार पढ़ चुके हैं। कुछ का कहना कि जब नींद आती है या फिर ज़हन और दिल ख़ाली-ख़ाली सा लगता है तो अपने आप हाथ इस पुस्तक को उठा लेता है। कुछ वक़्त बाद दिल व दिमाग़ तरावट से भर जाता है।

उनका यह उपन्यास औरत के अंदर ममता के स्रोत को इस तरह बयान करता है जहाँ विवेक की कोई भूमिका नहीं रह जाती है।

साहित्य के दर्पण से झाँकता जीवन का मुखड़ा*

मेरा अध्यक्षीय भाषण संक्षिप्त है। उम्मीद है कि आप ख़ुश होंगे। जब इस जलसे के आयोजक ने मुझसे से जलसे की अध्यक्षता के लिए कहा, उस वक़्त मेरी आँखों में कई रातों की नींद जाग रही थी। मैं बेहाल, निढाल था।

इस आलम में मेरे कानों ने सुना, "मैं जलसे की सदारत की दरख़्वास्त लेकर आया हूँ।"

मैंने कुछ-कुछ आँखें खोलते हुए कहा, "मेरा हाल आप पर वाज़ेह है, इस लिए यह काम कोई दूसरा शख़्स मुझसे बेहतर अंदाज़ में कर सकता है।"

मगर वह साहब न माने, जैसे मैं ग़लत कह रहा था। उल्टा मेरे एक प्यारे दोस्त से टेलीफ़ोन कराया। उन्होंने फ़ैसला सुना दिया, "आपको ढाई घंटे की सज़ा भुगतनी होगी।"

मेरे साथियों का ख़्याल शायद मेरे बारे में यह हो चला है कि यह शख़्स अब किसी काम का नहीं रहा, लिहाज़ा इससे सदारतें (अध्यक्षता) करवाओ। सिर अब्दुल क़ादिर से उस वक़्त सदारतें करवाई गईं, जब वह ख़ुद अदब से रुख़सत हो रहे थे। अब्दुल मजीद सालिक से उस वक़्त सदारतें करवाईं जब वह ख़ुद अपने कामों से मुतमईन होकर, आराम की ज़िंदगी गुज़ारना चाहते थे। जस्टिस एस.ए. रहमान से उस वक़्त सदारतें कराई गईं जब कोई दूसरा जज इतना वक़्त बर्बाद करने के लिए तैयार न था।

उन तमाम बातों को सामने रखूँ तो मुझे झुरझुरी-सी आ जाती है। सोचता हूँ क्या मैं किसी काम का नहीं रहा जो मुझे अध्यक्षता के लिए पूछा जा रहा है? सदारतें ज़रूर करनी चाहिए, मगर अदब के पन्नों पर, तारीख़ के पन्नों पर।

आग़ा बाबर जो मेरे दोस्त नहीं, मेरे मेहरबान नहीं, सिर्फ़ एक कहानीकार हैं।

आग़ा बाबर से मेरी मुलाक़ातें ज़्यादा नहीं रहीं, मगर इतनी कम और मुख़्तसर भी नहीं कि क़लम उठाना मुश्किल हो। पहले वह फ़ौज में थे। हर वक़्त पिस्तौल लटकाए फिरते थे। बाद में उनका याराना सिर्फ़ क़लम से रहा, साहित्य से, कला से, ललित-कलाओं से। यही वजह थी कि उनकी तरफ़ मुड़कर देखना पड़ा।

* संपादक मुहम्मद तुफ़ैल का आग़ा बाबर पर दिए गए भाषण की प्रतिलिपि।

जब भी मिले, बेहद अपनेपन और ख़ुलूस की ख़ासी मिक़दार के साथ मिले। कोई अपना न भी हो तो अपना बना के उठते थे। यही वजह थी कि मैं उनके मिलने पर सोचता, अगर यह शख़्स थोड़ी-सी निश्छलता मुझे दे दे तो मेरी तबीयत का सारा खुरदुरापन ख़त्म हो जाए।

शायद उन्हें मेरे इरादे का इल्म हो गया था। यही वजह थी कि वे ख़ुलूस का सारा सामान सँभाल अमेरिका चले गए, जैसे अमेरिका में रहने वालों को ख़ुलूस की ज़रूरत मुझसे भी ज़्यादा हो!

आग़ा साहब की पैदाइश 1919 की है। यानी सत्तर साल के तो हो गए मगर वह अपने को जवान साबित करने पर तुले रहते हैं। जैसे वह तेज़-तेज़ चलेंगे, जिस से हाथ मिलाएँगे जानदार अंदाज़ में, बातें मद्धिम आवाज़ में नहीं खनकती आवाज़ में करेंगे। टाई बाँधेंगे तो तेज़ सुर्ख़ रंग की। स्कार्फ लगायेंगे तो शोख रंग का, कपड़े पहनेंगे जो ध्यान खींचे। सर्दियों में हीटर इस्तेमाल नहीं करेंगे जैसे उसकी ज़रूरत न हो। ग़र्ज़ यह कि हर अदा से साबित करेंगे जैसे बंदा जवान हो। मगर यह जवान बंदा दफ़्तर में जो भी नौकर रखता है, वह बूढ़ा चौकीदार होगा तो वह नब्बे साल का, चपरासी होगा तो वह चौंसठ साल का, माली होगा तो वह सत्तर साल का, लोग कहते हैं कि वह ऐसा हमदर्दी के चलते करते हैं, मगर ऐसा नहीं है। वह ऐसा अपने आपको जवान साबित करने के लिए करते हैं।

उनके घर जाइए तो हर चीज़ और हर सजावट में बला का सलीक़ा मिलेगा। दौलत बहाई हुई महसूस न होगी, बल्कि तदबीराना अंदाज़ मिलेगा जो बड़ा प्रभावी लगेगा। घर का सलीक़ा ज़्यादातर औरतों पर निर्भर रहता है, मगर इनका घर इनके गुणों की चुग़ली करता नज़र आएगा जैसे उनके अंदर बहुत बड़ी औरत छुपी हुई हो। बीवी ख़ुद के सजने-सँवरने में लगी होतीं और वह घर को सँवारने में व्यस्त रहते।

इन्हें बहुत पहले रिटायर हो जाना चाहिए था। फ़ौज से तो रिटायर हो गए थे, क्योंकि वहाँ सलीक़ा नहीं चलता, मगर आर्ट काउंसिल से रिटायर नहीं हो पा रहे थे, जिसके लिए बड़ी कोशिशें भी हुईं मगर अपने संबंधों के चलते टिके रहे और यह विश्वास दिला दिया था कि मुझे हटाया गया तो चित्रकला का बेड़ा डूब जाएगा। ललित कलाओं का सत्यानाश हो जाएगा। ऐसा न हर आदमी सोच सकता था न किसी और को यक़ीन दिला सकता था। यह ख़ूबी बनाई हुई नहीं है, बल्कि ख़ुदा की दी हुई है। अगर इख़्तियारी है तो मुझे कोई दूसरा आग़ा बाबर दिखा दिया जाए। जब भी मेरे पास कोई तहरीर आती है तो वह मेरे इम्तहान का एलान होती है। मैं उसे बड़े ग़ौर से पढ़ता हूँ। किसी प्रबुद्ध की लिखी हो या नौसिखिआ की। मेरे नज़दीक, अहमियत के एतबार से बात एक ही होती है।

रचना मुझसे पत्रिका 'नुक़ूश' के पन्ने छीनना चाहती है। संपादक के नाते मैं दख़लअंदाज़ी करता हूँ। रचना संतोष और विश्वास के साथ भेजी हुई होती है कि

पन्ने हथिया कर रहेगी, मगर मेरा तरीक़ा यह होता है, ऐसा आसानी से नहीं होगा। स्वीकृति और अस्वीकृति की कशमकश देर तक जारी रहती है। वाद-विवाद व बहस एकतरफ़ा होती है; रचना भेजते वक़्त लेखक की ओर से, निर्णय लेते हुए मेरी तरफ़ से। जब रचना मुझे लाजवाब कर देती है तो मैं ख़ुशी से घुटने टेक देता हूँ। ऐसे समय में मैं बहुत दरियादिल हो उठता हूँ। रचनाएँ मुझसे सैकड़ों पन्ने छीन सकती हैं जबकि मैं आसानी से पाँच-दस सफ़े भी देने पर राज़ी नहीं होता हूँ। आपने देखा होगा कि मैंने एक अंक में आग़ा बाबर के दो अफ़साने छापे। ऐसा कम होता है। मगर जब मुझे किसी की कला प्रभावित करे तो बंदा ख़ासा दरियादिल होता है। पिछले दिनों गर्म अफ़साने लिखने की हवा चली थी। डा. सलीम अख़्तर ने भी आलोचना छोड़ गर्म अफ़साने लिखे। राजेन्द्र बेदी जैसे गंभीर कहानीकार ने भी गर्म अफ़साने लिखे। आग़ा बाबर भी इस राह पर चल पड़े।

मैं ठंडे अफ़साने लिखने का आदी हूँ, लेकिन जब अनेक कहानियाँ मुझे इसी तरह की मिली तो मैं बहुत तिलमिलाया। बड़ी विनम्रता से एक अफ़साना राजेन्द्र सिंह बेदी को वापस किया, जो बाद में एक और साहित्यिक पत्रिका में छप गया। मगर मैंने बेदी का एक कलात्मक नया अफ़साना 'मुतहन' भी छापा। सलीम अख़्तर का भी एक वैसा ही अफ़साना छापा। क्या करता? नएपन पर प्रतिबंध लगा सकता था, मगर कल पर कैसे रोक लगाता?

मगर जब मेरे पास एक वैसा बिना कपड़ों के अफ़साना आग़ा बाबर का आया तो मैंने लिखा, "आपका अफ़साना मिला, मगर मैं उसे न छाप सकूँगा, फ़रमाइये अफ़साना आपको वापस कर दूँ या किसी और संपादक को भिजवा दूँ?"

जवाब आया, "अफ़साना मुझे भी वापस भिजवाया जा सकता है, किसी दूसरे रिसाले को भिजवाया जा सकता है, मगर मुझे पहले यह बताएँ कि आप अदब छापते हैं या कशफ़ुलमहजूब के अबवाब? (इस्लामी शिक्षाओं पर दातागंज बख़्श की किताब)

मैंने निवेदन किया, "दावा तो अदब छापने का है।"

"अगर दावा अदब छापने का है तो फिर इस अफ़साने को छापो। दूसरे यह कि इस दौरान मज़हबी किताब बहिश्ती ज़ेवर भी पढ़ लेना।" कहने का मतलब बेदी को अफ़साना वापस किया, उसने हुज्जत न की मगर आग़ा बाबर को लिखा तो तनकर खड़ा हो गया। क्योंकि उसमें तन जाने की ख़ूबी थी जो उसे इज़्ज़त भी दिलाती रही और बदनाम भी करती रही।

आग़ा साहब अफ़साने की पहली पंक्ति से लेकर अंतिम पंक्ति तक पाठक को बाँधे रखते हैं। मैं जो रचनाओं को क़िस्तों में पढ़ने का आदी हूँ, उनका अफ़साना क़िस्तों में नहीं पढ़ सकता। अफ़साना पूरा करना पड़ता है। जुमले कसे हुए मिलते हैं, नयापन लिए होते हैं। तहरीर का हुस्न कोई मामूली हुस्न नहीं है।

आग़ा साहब भी इबारत आराई के शौक़ में दो चार ग़ैरख़ानदानी शब्द लुढ़का देते हैं, मगर वह होते टुच्चनटाच हैं। शब्द हत्या और जानबूझकर क़त्ल करने में बहुत फ़र्क़ होता है।

ग़ज़ल की तरह अफ़साना भी नाज़ुक फ़न है। जिस तरह ग़ज़ल में बेमेल शब्दों का इस्तेमाल उचित नहीं उसी तरह अफ़साने का भी एक माहौल होता है। अफ़साने की बुनावट के मुताबिक़ अपने शब्द होते हैं। यहाँ तक कि अफ़साने के भी अहसासात होते हैं। ज़िंदा इंसानों की तो भावनाएँ होती हैं।

इस भूमिका से मेरा अभिप्राय यह है कि आग़ा साहब इस तथ्य से अनभिज्ञ नहीं हैं कि अफ़साने के भी अपने नियम और क़ायदे होते हैं। दूसरे वह इस सच्चाई को भी सझते हैं कि ग़ैरज़रूरी बातें चाहे कितनी करो मगर कहानी में एक शब्द भी फालतू का न लिखो।

हम तो फ़नकारों को उनके फ़न के हवाले से जानते हैं, इसलिए व्यक्तित्व के बारे में कला पर वार्तालाप न करना ऐसा होता है जैसे यह सोचना कि हवा के बग़ैर ज़िंदा रहा जा सकता है या दुहे दूध को थन में वापस किया जा सकता है।

मैं चाहता तो उनके अफ़सानों की इतनी तारीफ़ करता कि प्रेमचंद बेदी और मंटो की रूह भी परेशान हो जाती। इसलिए कि इस किताब ('कहानी बोलती है' नामक कहानी संग्रह) के अक्सर अफ़सानों से मेरा भी ज़ाती लगाव है। वह यों है कि संग्रह के अधिकतर अफ़साने नुक़ूश में छप चुके हैं और 'नुक़ूश' में अधिकतर उत्कृष्ट रचनाएँ छपती हैं! मगर मैं ऐसी कोई बात नहीं लिखूँगा जिससे मेरी भी क़लमी राल टपकती नज़र आए। इससे आग़ा बाबर के साथ अन्याय हो सकता है तो हो, मगर मैं परंपरागत आलोचक नहीं बनूँगा, नहीं बनूँगा।

1960 में 'नुक़ूश' का अफ़साना नम्बर निकला, जिसमें हिंद व पाक की लगभग सभी महत्त्वपूर्ण रचनाएँ शामिल थीं। मसलन कृश्न चंदर, राजेंद्र सिंह बेदी, सआदत हसन मंटो, इस्मत चुग़ताई, अहमद नदीम क़ासमी, अली अब्बास हुसैनी, उपेंद्रनाथ अश्क, ख़्वाजा अहमद अब्बास, देवेंद्र सत्यार्थी, हिजाब इम्तियाज़ अली। इस अफ़साना नंबर में आग़ा साहब का अफ़साना 'गुलाबउद्दीन चिट्ठीरसाँ' भी था।

चूँकि यह गोष्ठी आग़ा बाबर की नई पुस्तक 'फूल की कोई क़ीमत नहीं' के हवाले से हो रही है, इसलिए इस किताब के सिलसिले से सिर्फ़ मेरा एक कथन नोट कर लिया जाए कि अफ़सानवी दुनिया में एक और क़ाबिले ज़िक्र किताब का इज़ाफ़ा हुआ है। यानी तीस इकत्तीस किताबों में एक और इज़ाफ़ा।''

आग़ा साहब नए लिखने वालों की हौसला अफ़जाई में आगे-आगे रहते हैं। फिर अफ़सानानवीस और ड्रामानवीस भी हैं। कभी-कभी विचित्र नाटकीय स्थिति पैदा करने में सफल हो जाते हैं। इन्होंने एक आर्टिस्ट की तस्वीरों की प्रदर्शनी,

अपनी आर्ट काउंसिल में आयोजित की। पहले उसके व्यक्तिगत जीवन की पूरी जानकारी ली, वह आर्टिस्ट तीन इश्क़ कर चुके थे और नाकाम रह चुके थे।

आग़ा साहब ने आर्टिस्ट से पूछा, "अगर मैं आपका परिचय कराते हुए बीच में यह पूछूँ कि आपने कितने इश्क़ किए हैं तो क्या आप जवाब में यह कहेंगे कि तीन इश्क़ किये?"

उन सज्जन का जवाब था, "ज़रूरत हुई तो क़ुबूल करूँगा।"

चुनांचे उद्घाटन के अवसर पर मुख्य अतिथि और श्रोताओं से नवजवान चित्रकार का परिचय कराया कि "यह जवान आर्टिस्ट बड़ी सलाहियतों का मालिक है। इसकी तस्वीरों में यह ख़ूबी है, उसके साथ यह भी कहा कि इस नौजवान ने धड़ल्ले के साथ तीन इश्क़ भी किए हैं, फिर जवान आर्टिस्ट से मुख़ातिब हुए, 'क्यों भई, किए हैं न?'

इसके बाद आग़ा साहब श्रोताओं से दोबारा मुख़ातिब हुए, "इस नौजवान ने पहला इश्क़ किया, नाकाम हुआ, चुनांचे उसने तस्वीरों में पनाह ढूँढ़ी। दूसरा इश्क़ किया वह नाकाम हुआ, दोबारा अपने ज़ज्बात का इज़हार तस्वीरों में किया। उसने तीसरी बार इश्क़ किया वह भी नाकाम रहा। लिहाज़ा अब उठिए और चल के देखिए कि इनके हिज्र व विसाल का क्या आलम रहा जो आपको तीन किस्तों में नहीं, बल्कि एक ही क़िस्त में दिखाया जा रहा है।"

आग़ा साहब रौब ज़माने में बड़ी महारत रखते हैं। कोई फिलॉसफ़र मिल जाए तो फिलॉसफ़रों की बात करेंगे, कोई वैज्ञानिक मिल जाए तो दुनिया के बड़े-बड़े साईंसदानों की बात करेंगे, कोई अदीब मिल जाए तो नॉवेल प्राइज़ हासिल करने वाले हर अदीब के बारे में बातें करेंगे, जैसे इनामात इनसे पूछकर दिए जाते हों। एक बार पाकिस्तानी नस्ल का आधुनिक फ़ारसी जानने वाला नौजवान उनके कमरे में आया। आग़ा साहब मामूली फ़ारसी जानते थे। साबित यह करने के लिए कि मैं बड़ी फ़ारसी जानता हूँ, उससे फ़ारसी में गुँथ गए।

उस बेचारे की समझ में आगा साहब की कुछ बातें आईं और कुछ नहीं आईं। आग़ा साहब बोले जा रहे थे, मगर फ़ारसी नहीं बोल रहे थे! जब वह नौजवान जाने लगा तो इनके दफ़्तर का एक आदमी अपने साहब के फ़ारसी ज्ञान की सनद के लिए उन नए आए साहब से मुखातिब हुआ, "हमारे साहब कैसी फ़ारसी जानते हैं?" उसने जवाब दिया, "चूँकि मैं पाकिस्तानी हूँ इसलिए मैं उनकी फ़ारसी समझ गया। कोई ईरानी होता तो वह पागल हो जाता।" आग़ा साहब पीरों-फ़क़ीरों के बड़े खिलाफ़ हैं। तावीज़ गंडों के बारे में अच्छी राय नहीं रखते हैं। इसे ईमान के कच्चेपन का चक्कर बताते हैं, मगर मैं आपको भेद की बात बताता हूँ। जब इन्हें ख़ुद कोई मुश्किल पेश आती थी तो यह सीधे पीरों और फ़क़ीरों के पास पहुँचते थे। आप चाहें तो इसकी खोज इनके किरदारों से भी लगा सकते हैं। शाहजी और

सब्ज़पोश के किरदार इनकी पोल खोल देंगे। इसके बावजूद पोल खोल देंगे कि यह चाँदनी को चाँद से दूर रखने का फ़न जानते हैं।

यह जिसकी मदद कर सकते हैं, उससे पीछे नहीं हटते, मिसालें कई हैं। फ़िलहाल एक ही घटना तक रहते हैं, वरना यह हिस्सा काफ़ी फैल जाएगा।

इनकी मुलाक़ात एक ग़रीब शायर से हुई। वह मैट्रिक पास था। इन्होंने उससे कहा, ''भई पहले पढ़ो, फिर शायरी करना।''

शायर ने जवाब दिया, ''शायरी करने पर कुछ ख़र्च नहीं होता है। पढ़ने पर ख़र्च होगा, जो मैं नहीं कर सकता हूँ।''

चुनांचे इन्होंने दो सौ रुपये जेब से निकालकर दिए और कहा, ''किताबों और फीस का ख़र्चा मेरा रहा। मगर तुम ठीक से पढ़ना।''

चुनांचे वह साहब लगातार पढ़ते रहे। इम्तहान पर इम्तहान देते रहे। वह साहब आज ख़ासे बड़े अफ़सर हैं।

आग़ा साहब ज़हन में साहब बहादुर हैं। वह छोटे लोगों से मिलने में ख़ुशी नहीं महसूस करते, बल्कि बड़े लोगों से मिलना पसंद करते हैं। सैकड़ों से मिलते हैं, वज़ीरों से मिलते हैं, राजदूतों से मिलते हैं मगर बराबरी की सतह पर! बड़े बेतकल्लुफ़ाना अंदाज़, गुफ़्तगू लच्छेदार, क़हक़हे छत उड़ाने वाले, ग़र्ज़ बातचीत में समा बाँधने वाले। पेंटिंग की एक नुमाइश के उद्घाटन समारोह के अवसर पर सऊदी अरब के राजदूत को बुला रखा था। वह तस्वीरों को बड़े ग़ौर से देख रहे थे। एक तस्वीर उनकी समझ में नहीं आई।

उन्होंने तस्वीर के बारे में आग़ा साहब से पूछा। आग़ा साहब भी तस्वीर से वाक़िफ़ न थे। झेंप मिटाने के लिए सऊदी अरब के राजदूत के बाजुओं में बाज़ू डालकर कहने लगे, ''इस तस्वीर पर लानत भेजिए। आइये अगली तस्वीर देखते हैं।''

यह लगी-लिपटी रखने के ज़रा भी क़ायल नहीं हैं। यही वजह है कि कभी-कभी अपने लिए बदमज़गियाँ पैदा करते रहते हैं। मसलन इन्होंने एक साहब से एक जदीद मगर मशहूर अफ़सानानवीस का परिचय कराया कि यह फ़लाँ साहब हैं।

उस शख़्स ने कहा, ''यह तो बड़े मशहूर अफ़सानानिगार हैं।''

आग़ा साहब ने झट कहा, ''ख़ाक बड़े अफ़सानानिगार हैं! यह तो इस तरह के अफ़साने लिखते हैं कि आसमान से चील गुज़री, उसने बीट की और गमले में पौधा उग आया।''

यह दूसरों को छोड़ अपने को भी नहीं बख़्शते हैं। आशिक़ बटालवी अरसे के बाद लंदन से पाकिस्तान आए। आग़ा साहब के घर, आग़ा साहब के दोस्त की बटालवी साहब से मुलाक़ात हुई। आग़ा साहब ने इशारे से अपने दोस्त को अलग ले जाकर कहा—

''बूढ़ों से मिलना निरर्थक होता है, कोई इनके हत्थे चढ़ जाए तो अपनी लंबी बातों से बेहोश कर देते हैं, चुनांचे यहाँ से खिसक जाओ।'' इतने में चाय आ गई।

तीनों चाय की मेज़ पर बैठ गए। आशिक़ बटालवी ने पूछा, "आग़ा साहब ने तुमसे अलग ले जाकर क्या बात की?"

आग़ा साहब के दोस्त ने बात बनाई, "आग़ा साहब कह रहे थे, मेरे बड़े भाई बहुत प्यारे आदमी हैं, बड़े आलिम हैं, बोलते भी कम हैं।" यह दोस्तों के दोस्त हैं। इनकी हर तरह की नाज़बरदारी करेंगे। मॉडर्न आर्ट में एक शाकिर अली थे, एक अहमद परवेज़ थे जिन्हें बाहरी दुनिया भी जानती थी। अहमद परवेज़ आग़ा साहब के दोस्त थे। वह पाकिस्तान और पिंडी में होते तो सुबह उनके दफ़्तर आते। हुक्म देते, 'नाश्ता कराओ।' यह ख़ुद उठकर दफ़्तर से जाते (घर और दफ़्तर एक ही बिल्डिंग में था) नाश्ता तैयार करा के लाते, ख़ुद अपने हाथ से चाय बनाते और पिलाते। अहमद परवेज़ से यह भी कहते थे कि थर्ड क्लास शराब मत पीया करो! सेहत तबाह हो जाएगी। अगर तुम्हारे पास पैसे नहीं हैं तो आज मैं अपने किसी दोस्त से कहता हूँ कि अच्छी शराब मँगवा दे। यह एक अहमद परवेज़ की बात नहीं है, उनका अपने सारे दोस्तों के साथ यही सलूक था।

यह मैं पहले भी अर्ज़ कर चुका हूँ कि यह साहब बहादुर थे और हैं। मगर यह अजीब बात है कि इनकी मालूमात निम्न वर्ग के बारे में बड़ी गहरी और सूक्ष्म है। उनकी आदतें और बर्ताव, बात करने की शैली, उनके सारे तेवर कि कौन सी ख़ूबी मोची में होती है, कौन सी ख़ूबी लुहार में, कौन सी तरख़ान में। यह ज़रा-ज़रा से फ़र्क़ से सबको अच्छी तरह जानते हैं। यही वजह है इनके चरित्रों में बनावट नहीं मिलेगी। हक़ीक़ी रूप मिलेगा।

इनके भाइयों में आशिक़ बटालवी हैं, एजाज़ बटालवी हैं, मगर इन्होंने अपने नाम के साथ बटालवी नहीं लगाया। अगर वह ऐसा करते तो उनके भाइयों के व्यक्तित्व की पहचान ख़त्म हो जाती। वह आग़ा बाबर नहीं जो अलग-सा नज़र न आए। मेरा ख़्याल है कि आग़ा बाबर साहब अपने छोटे और बड़े भाई को बरखुरदाना निगाहों से देखते हैं। ग़र्ज़ जिस तरह से टेढ़ी लकड़ी का साया सीधा नहीं हो सकता। उसी तरह इस खास इंसान का आम आदमी बनना भी मुश्किल है। मैंने आपसे कहा था कि आग़ा बाबर बड़े धड़ल्ले के आदमी हैं। तनतना उनके ख़मीर का हिस्सा है। यह किसी जगह ग़ैर अहम नहीं है। इन दिनों आग़ा साहब अमेरिका में हैं। रीडर्स डाइजेस्ट के आफिस में विराजमान हैं और दुनिया के बड़े-बड़े नॉविलों का खुलासा कर रहे हैं। इन्होंने अपने दोस्तों का भी खुलासा करना शुरू कर दिया है यही वजह है कि इनके दोस्तों की संख्या घट रही है।

दोस्तियाँ ही क्या, अब तो दुनिया का भी ख़ुलासा होने वाला है।

—मुहम्मद तुफ़ैल

निसाइ आवाज़

आग़ा बाबर

जावेद हैदर ग़ुस्लख़ाने में दाख़िल होकर दरवाज़ा बंद करने ही को था कि टेलीफ़ोन की घंटी बजी।

"हैलो"

"इतनी देर से क्यों फ़ोन उठाया? क्या बात है?" जानी-पहचानी ज़नानी आवाज़ थी।

"देर से नहीं उठाया।"

"अच्छा, चलो देर से नहीं उठाया, और कौन है वहाँ?"

"और कौन होगा?" जावेद की आवाज़ में मिठास आ गई।

"कोई आदमज़ाद?"

जावेद ने सोचा, कितनी ज़हीन लड़की है। बोला, "जी नहीं।"

"क्यों नहीं? जो तुमसे बात कर रही है वह आदमज़ाद नहीं?"

"देखिए, आदमज़ाद वह है जो दिखाई दे। आप कहाँ दिखाई देती हैं। इसलिए आप आदमज़ाद नहीं हैं। आप कोई परी हैं या परीज़ाद। जिसकी सिर्फ़ मीठी-मीठी आवाज़ हमें सुनाई देती है।"

फ़ोन नर ज़नानी आवाज़ हँस दी फिर अपनाइयत से बोली, "क्या कर रहे थे? पढ़ रहे थे?"

"जी नहीं, नहाने के लिए बाथरूम में जा रहा था कि तुम्हारा फ़ोन आ गया।"

"नहा के कहीं जाओगे?"

"नहीं।"

"किस के साथ जाओगे? कहाँ जाओगे?"

"किसी के साथ नहीं जाऊँगा। कहीं नहीं जाऊँगा। मुझे पसीना आ रहा है। मैंने टेबिल टेनिस खोली है। सिर्फ़ गाउन पहन रखा है। अगर इजाज़त हो तो ग़ुस्ल कर लूँ।"

"इजाज़त है। पंद्रह मिनट बाद फ़ोन करूँगी।"

जावेद हैदर नहाकर निकला। शीशे के सामने खड़े होकर सिर के बालों पर

तौलिया किया। अंडरवियर पहनकर गाउन उतारा। क़मीज़ पहनी। बालों में कंघी की। वार्डरोब खोलकर नेकटाई बाँधी। पतलून पहनकर बूट के तस्मे बाँध रहा था कि फ़ोन आ गया! उसने कहा, "हलो!"

दूसरी तरफ़ से बड़ी एंग्लो सेक्सेन क़िस्म की आवाज़ आई, "हलो।"

यह दूसरी जानी-पहचानी निसवानी* आवाज़ थी, "बड़ी जल्दी फ़ोन उठाया।"

"क्यों न उठाता? शुक्र है आपने फ़ोन किया।"

"मेरे फ़ोन का आपको इंतज़ार रहता है?"

"यह भी पूछने की बात है। अभी तक आपको यह अंदाज़ा नहीं हुआ कि मैं कितनी जल्दी फ़ोन उठाता हूँ।"

"मैंने कल दो बार फ़ोन किया किसी ने नहीं उठाया।"

"आप को तो पता है यह फ़ोन कमरे में है। जब मैं घर से बाहर चला जाऊँ तो यह कमरा बंद हो जाता है।"

"हमें पता है, मगर आप इतना बाहर क्यों रहते हैं।"

"अकेला जो हुआ। घबरा के बाहर निकल जाता हूँ।"

"कहाँ?"

"लाइब्रेरी, अख़बार का दफ़्तर, बैंक, किसी दोस्त के यहाँ, सौ जगहें हैं।"

"मगर कल कहाँ थे?"

"कितने बजे?"

"दो बजे!"

"एक दोस्त के साथ होटल में बैठा खाना खा रहा था।"

"आपका ख़ानसामाँ मर गया है?"

"मरा तो नहीं। कराची से एक दोस्त आया था। उसने कहा चलो होटल में खाना खाएँ। घर तो रोज़ ख़ाते हैं। मुँह का ज़ायका बदलें।"

"ज़ायका बदलना शरीफ़ों का काम नहीं होता है।" यह कहकर ज़नानी आवाज़ हँस दी। उसने किसी और निसवानी आवाज़ को फ़ोन दिया। वह बोली, "आपके दोस्त अच्छे नहीं हैं जो कराची से ज़ायका बदलने के लिए यहाँ आते हैं।"

"ज़ायका बदलना और बदलवाना कोई बुरी बात नहीं है।"

"फिर?"

"फिर हम एक दोस्त के यहाँ जा बैठे, वहाँ वाहियात लतीफ़े सुनाते रहे। शेख़ सादी को वह साध्वी स्त्री कहता है।"

"शेख साधू कौन है?"

"आपको मालूम नहीं हो सकता है।"

"क्यों?"

---

* ज़नाना आवाज़

''आप इंग्लिश स्कूल की पढ़ी हुई हैं।''

''यह कोई बुरी बात है? अगर मैं, इंग्लिश स्कूल की पढ़ी न होती तो आपके इंग्लिश मज़मून की तारीफ़ भी न करती। आपके इंग्लिश लेखों को पढ़कर आपको फ़ोन किया था। याद है?''

''तो मैं पूछ रही हूँ शेख साधू कौन हैं?''

''साधू नहीं, सादी, फ़ारसी ज़बान का बहुत बड़ा शायर था।''

''वाहियात बातें करता था?''

''वाहियात बातें कौन नहीं करता। मर्द भी करते हैं, औरतें भी करती हैं।''

ज़नानी आवाज़ को हँसी आ गई। उसकी हँसी सुनकर दूसरी बोली, ''क्या कहता है?''

जावेद ने सुना ज़नानी आवाज़ ने धीमी आवाज़ में दूसरी को जवाब दिया, ''वाहियात बातें।''

''करता है वाहियात बातें? ख़ुदा की क़सम।'' दूसरी ख़ुशी से बोली।

उसने कहा, ''आपकी दोस्त वाहियात के लफ़्ज़ पर कैसी चहक रही हैं। हालाँकि मैंने कोई वाहियात बात नहीं की।''

''जी हाँ, आप तो बड़े कल्चर्ड आदमी हैं। दिन भर ताकझाँक जो करते हैं।''

''मैं तो लिखता-पढ़ता हूँ। कभी घर से बाहर निकल जाता हूँ। मिलना जुलना है। कामकाज है।''

''मेरे मेहमान आ गए हैं, फिर फ़ोन करूँगी।'' फ़ोन बंद हो गया! जावेद हैदर ने अपने रंगीन रूमाल को सामने की जेब से ज़रा ऊपर खींचा, आईने में अपने आपको देखा और दूसरे कमरे में चला गया, जो बावर्चीख़ाने के पास था! बावर्ची से कहा, ''बड़े मियाँ! हमें जाना तो कहीं और था मगर देर हो गई। अब सिनेमा जा रहे हैं आकर खाना खाएँगे।''

उसने कोठी को ताला लगाया। ग़ैराज से कार निकाल सिनेमा की तरफ़ रुख़ किया। वापसी पर खाना खाकर कपड़े बदले और स्टडी में बैठकर लाइब्रेरी से लाई हुई किताबों से अगले मज़मून के लिए मैटर निकालने लगा।

फ़ोन की घंटी बजी। रात को पौने बारह बजे थे। यह वह ज़नानी आवाज़ थी, जो वाहियात के लफ़्ज़ पर चहक रही थी।

''जी हुजूर, आपने याद किया?''

वह बोली, ''घटा उमड़ कर आई है। बादल गरज रहे हैं। मैंने कहा, पूछ लूँ क्या पिक्चर से ख़ैर ख़ैरियत से घर पहुँच गए? अग़ुआ तो नहीं हुए?''

जावेद को अचम्भा हुआ। उसे पिक्चर का कैसे पता चला? बोला, ''आपकी जासूसी की दाद देता हूँ। उसको भी जिसे आपने मेरे पीछे छोड़ रखा है।''

वह बोली, ''पिक्चर अच्छी थी। आप सिनेमा के वक़्फ़े में उठकर कहाँ चले गए थे?

जावेद को हैरत हुई, "मगर आप कहाँ थीं?"

वह हँसी, "मैं आपके साथ-सोथ थी। आपको मालूम नहीं?"

"काश मैं जान सकता!"

"फिर आप पान चबाते हुए आए। यह पान का चस्का कहाँ से पड़ा? जावेद को लुत्फ़ आने लगा। उसने पूछा, "अच्छा कुछ और?"

"कुछ और? जेब में से रेशमी रुमाल साफ़ नज़र आ रहा था जिसके कोने पर अंग्रेज़ी में 'जे' का हर्फ़ कढ़ा था। क्या आपको अपने नाम से बहुत प्यार है? बताएँ न? चुप क्यों हो गए?"

ज़नानी आवाज़ की अपनाइयत, मिठास और ठंडक जावेद हैदर के वजूद की दरारों से टप-टप गिरने लगी!

"आप कहीं मेरे दायें-बायें, आगे-पीछे बैठी होंगी।"

"आपने किसी जानने वाले को हाथ से 'व्यू' भी किया था। काश हमारी तरफ़ भी ध्यान दिया होता! हम भी तो पड़े थे राहों में," इतना कह कर वह हँसी और बोली, "अच्छा जाइये अब सो रहिये।"

"कैसे नींद आएगी?"

"क्यों? वह सोने नहीं देता?"

"कौन?"

"हैवान, वह डेविल।"

जावेद इस झापड़ के लिए तैयार न था। शर्मिंदगी मिटाने के लिए बोला, "आप इस वक़्त क्या कर रही हैं? अकेली हैं?"

"मैं इस वक़्त क्या कर रही हूँ? पिक्चर देखकर मैं और मेरे मियाँ घर आए हैं। वह क्लब गए हैं। मैंने अपने बाल खोल दिए हैं। ख़ुशबू लगा ली है। शब ख़्वाबी का लिबास पहन लिया है। छप्परखट पर लेटी इंतज़ार कर रही हूँ। आपका दूसरा सवाल था, "क्या मैं अकेली हूँ?" हाँ, मैं अकेली हूँ। क्या ख़्याल है आपका आ रहे हैं?"

दूसरा शबख़ून! अब बोलने की कौन-सी गुंजाइश छोड़ी गई थी ढीठ मर्द ने कहा,

"नींद उसकी है, दिमाग़ उसका है रातें उसकी हैं।
तेरी ज़ुल्फें जिसके बाज़ू पर परीशाँ हो गई

वह पूरा मज़ा लेकर बोली, "हाय अल्लाह! आपकी तबीयत तो ललचा रही है। आप शादी क्यों नहीं बनाते?"

"बनाते?"

"हाँ, कुछ दिनों वाली 'बनाई' जाती हैं। हमेशा के लिए 'की' जाती हैं। कब तक रँडवे बने रहोगे? इस वक़्त बाहर कार आ गई है। इन्होंने फाटक बंद कर दिया

है। चौकीदार अलसेशियन खोलने लगा है, गुड नाइट!''

टेलीफ़ोन बंद हो गया।

यह किस की बीवी है? कौन है? कहाँ रहती है? इसका शौहर कौन है? क्यों फ़ोन करती है?

ये परी चेहरा लोग कैसे हैं?
ग़मज़ा व अश्वा व अदा क्या है,
शिकने ज़ुल्फ़ें अम्बरी क्यों है?
निगहे चश्मे सुरमा-सा क्या है

वह यह शेर गुनगुनाता हुआ उठा। उसने खिड़की खोलकर बाहर देखा मूसलाधार बारिश हो रही थी। जिसकी तेज़ बौछारों में खंभों के बल्ब फीके-फीके दिखाई दिए। बादल ज़ोर से गरजा और बिजली की चमक चारों तरफ़ फैल गई। उसने खिड़की बंद कर दी। बिस्तर पर लेट गया और सोचने लगा।

सुबह की चाय जब ख़ानसामाँ ने लाकर दी वह स्डटी में बैठा नए मज़मून का एक चौथाई हिस्सा लिख चुका था।

''अख़बार आया?''

''जी यह रहा।''

वह ख़ुशी से अपना छपा मज़मून पढ़ने लगा, और साथ-साथ चाए की चुस्कियाँ लेने लगा।

नया मज़मून उसने दराज़ में रख दिया और शेव बनाने के लिए उठ खड़ा हुआ। टेलीफ़ोन की घंटी बजी।

''हैलो,''

''कमाल है इतनी जल्दी फ़ोन उठा लिया। किसके फ़ोन का इंतज़ार था? क्या कर रहे हो?''

''शेव बनाने के लिए जा रहा हूँ।''

''कमाल है कल फ़ोन किया था तो नहाने के लिए बाथरूम जा रहे थे। आज शेव बनाने जा रहे हैं। हर वक़्त रेज़र से खेलना अच्छा नहीं है।''

''जी,''

''जी क्या? कल मैंने इतने फ़ोन किए मगर किसी ने उठाया नहीं। मेरा ख़्याल है तुम नहा नहीं रहे थे। मज़हबी हो रहे थे।''

जावेद को झिझक भी महसूस हुई और ख़ुशी भी। ''मज़हबी होने का जवाब नहीं, यह आप ही का हिस्सा है।''

''तुम्हारे मज़मून ने सुबह-सुबह बोर कर दिया। यह और कितने हिस्सों में छपेगा?''

"दो और।"

"तुमने क़ौम को बोर करने पर क्यों कमर बाँध ली है?"

"अगर तुम्हें पसंद नहीं है तो मैं क़िस्तें रोक लेता हूँ।"

"क्या फ़र्क़ पड़ता है। जहाँ सत्यनास वहाँ सवा सत्यानास! यह ठीक है? छपने दो। मगर यह रोबिन परिंदा क्या होता है?"

"वसंत के आने की ख़बर देने वाला पंछी।"

"मगर यह हमारे देश का परिंदा नहीं है। हमारे यहाँ तो बुलबुल है, मैना है, चिड़िया है। मगर असल में ये परिंदे भी बहार के सँदेसा देने वाले नहीं होते। बहार तो आदमी के अंदर फूटती है, बाहर से नहीं आती अंदर से आती है।" वह बोली।

"मैं ऐसा नहीं सोचता। मौसम का असर होता है। रात कितनी ज़ोर की बारिश हुई। कितना उम्दा मौसम हो गया। आप बहार पर आ गई हैं।"

"बकवास बंद कीजिए।"

"मेरा मतलब है आप पर तो हमेशा बहार रहती है।"

"आप ज़बानदराज़ होते जा रहे हैं।"

टेलीफ़ोन बंद हो गया!

"धौल धप्पा उस सरापा नाज़ का शेवा नहीं
हम ही कर बैठे थे ग़ालिब पेशदस्ती एक दिन"...

यह शेर गुनगुनाता हुआ वह एक-एक करके शेव का सामान अपने सामने रखने लगा! उसने कमरे पर निगाह डाली और दिल में कहा, "शेव के बाद सही।" नहाने से पहले उसने छोटा कपड़ा हाथ में पकड़ा, अलमारी से फर्नीचर पॉलिश निकाला, पीतल पॉलिश की डिबिया ली, तिपाइयों को फर्नीचर पॉलिश से चमकाया। टेबिल लैम्प को पीतल पॉलिश किया। कपड़े पर फर्नीचर पॉलिश कुछ बचा रह गया था। उसने वह स्टडी की दीवारगीर मेज़ पर जा मला, जिससे मेज़ और चमक उठी। उसे अपनी खानादारी पर ख़ुशी होने लगी!

दो

वह लाइब्रेरी से निकला। अंग्रेज़ी अख़बार के दफ़्तर पहुँचा। संपादक से छपने वाले लेख के बारे में गपशप हुई। वहाँ से कार उसने उर्दू अख़बार के दफ़्तर की तरफ़ मोड़ दी। उर्दू अख़बार का एडिटर उस्मान अली भट्ठा उसका पुराना मिलने वाला था। जिससे मिलकर हमेशा ख़ुशी होती थी। उस्मान अली को बात करने का अपना एक मुहावरा था। बात सें बात इस तरह निकालता था कि सुनने वाला उसके सलीक़े पर दंग रह जाता। बीच में लतीफ़ागोई की फुलझड़ियाँ अलग छोड़ता, जिससे थकी

मांसपेशियों को सुकून हासिल होता और तबीयत बश्शाश हो जाती।

जावेद के लिए जब उस्मान मट्ठा ने चपरासी से चाय लाने को कहा तो जावेद बोला, "चाय न मँगवाइए, पान खिलवाइए।"

उस्मान ने अपनी पान की डिबिया और गिलौरी निकालकर पेश की। साथ ही बटुआ आगे बढ़ाया। जिससे जावेद हैदर ने छालियों के दो दाने और एक इलायची लेकर मुँह में रख ली।

"उस्मान साहब, आपके पान के क्या कहने हैं। आप किस ख़ूबसूरती से डिबिया में गिलौरी रखते हैं। वल्लाह आलम यह कहाँ से सीखा आपने?

"इसके सिखाने में बहुत से लोगों का हाथ है। कुछ मेरे जैसों की बुरी सोहबत, कुछ आप जैसों की अच्छी सोहबत। हमने भी आप की तरह देस-देस का पानी पिया है। अच्छी सोहबत का फल है कि आज हमारे यहाँ आपको डिबिया और बटुवा मिल जाता है, वरना बहुत से ख़ानदानी लोग उसे छोड़ चुके हैं। हमने बहुत-सी आदतें छोड़ दीं। मगर इसे छोड़ते हुए दिल मसोसता है। लौंग और इलायची का रिश्ता तोड़ने को जी नहीं मानता। पर आप बहुत दिनों बाद आए और अगर पंद्रह मिनट देर से आते तो हम आपकी मुलाक़ात से महरूम रहते।"

"कहीं जा रहे थे?"

"अब आप को साथ ले जाएँगे नवाब साहब की तरफ़।"

जावेद हैदर के चेहरे पर मुस्कुराहट आ गई।

उस्मान अली बोला, "एक अंग्रेज़ी मज़मून का तर्जुमा शुरू किया था, जो वहीं रखा है। इस पर नज़र डालना है। और आज जी चाह रहा है कि हुकूमत की फ़ॉरेन पॉलिसी पर एक एडीटोरियल घसीट डालूँ।"

"बड़ा नेक ख़्याल है।"

उस्मान मट्ठा ने अपने मातहत को हिदायतें दीं। सिगरेट सुलगाया और कार में आकर बैठा।

जावेद हैदर को मालूम था उस्मान अली का आशय नवाब साहब से नवाब की बेगम होती है। उसे यह भी मालूम था कि संपादकीय हो किसी मज़मून का तर्जुमा हो, दिमाग़ी काम हो, यह काम करने किसी बूटे के नीचे जा बैठता है। एक छोटी-सी कोठरी जिसमें सफ़ेद चाँदनी दो गावतकिए एक उगलदान, दीवार के साथ मुंशियों वाला संदूक़नुमा डेस्क। एक चाबी नवाब बेगम के पास होती दूसरी उस्मान अली के गुच्छे में। जावेद हैदर इससे पहले उस्मान अली के साथ दो बार नवाब बेगम के मकान पर जा चुका था। नवाब बेगम उन औरतों में से थीं, जो बनाव-सिंगार बिना भी अच्छी लगती हैं। दोनों बार जावेद ने उसे साफ़-सुथरे कपड़े पहने हुए देखा। उसकी लंबी-लंबी आँखें नमी से भरी-भरी रहतीं जैसे फूलों के कटोरे में शबनम भरी हो। उसकी पुतली में जैसे चुंबक की डली रखी हो। बार-बार देखने

को जी चाहता। कभी वह आँखें शिकरा की तंग आँखों जैसी लगतीं जो पहाड़ों की बुलंदियों का अंदाज़ा एक ही निगाह में लगा लेती है। फिर जैसे बर्फ से ढकी चोटी को देखने से शरबती आँखों में रस उतर आता है। कभी देखने से यूँ लगता जैसे रात भर जागती रही हों । इसीलिए तो उनमें विरह और वियोग के डोरे हैं। कभी यूँ लगता, ये आँखें बहुत सोई हैं। जभी नशीली है। अरब के वे शायर कितने सच्चे होते होंगे जो काबे की दीवार पर अपनी नज़्में चिपका देते थे! जिनमें कोई पचास-पचास शेर वे आँखों की तारीफ़ में कह देते थे। आँखें चेहरे की कितनी कंटीली आकृति हैं।

ये जो चश्मे पुरआब हैं दोनों — *एक खाना ख़राब है दोनों*
उनकी आँखें दो पैमाने — *हर पैमाने में मयख़ाने*
तेरी आँखें तो बहुत अच्छी हैं — *पर इन्हें करते हैं बीमार, यह क्या?*
दाग़ आँखें निकालते हैं वोह — *उनको दे दूँ निकाल कर आँखें*

मीर इन नीम बाज़ आँखों में — *सारी मस्ती शराब की सी है।*

आँख का कोई हद हिसाब नहीं! कभी सुरमा, कभी काजल, कभी दुम्बाला, कभी ब्लश, कभी मसकारा। उस्मान अली मट्ठा ने जावेद को इतना बताया था कि नवाब बेगम का ख़ाविंद मस्तीखान, बाहर भेजने वाली एक जाली कंपनी के झाँसे में आ गया था। मस्तीखान से पहली मुलाक़ात उस वक़्त हुई थी, जब वह अपने काग़ज़ात लेकर अख़बार के एडिटर उस्मान अली मट्ठा के पास आया था और उस्मान ने न सिर्फ़ रक़म लौटाने में मदद की, बल्कि किसी और कंपनी के ज़रिए उसे कुवैत में नौकरी भी दिलवा दी! बाहर जाने से पहले उसने उस्मान अली और इलाक़े के थानेदार की अपने मकान में दावत की थी जिसमें मोहल्ले के दो बुज़ुर्ग शामिल थे। इस मौक़े पर मस्तीखान ने लिखी हुई तक़रीर में उस्मान अली की तारीफ़ करते हुए शुक्रिया अदा किया था और मोहल्लेवालों से कहा कि उस्मान अली को वह अपना भाई समझता है। उसके घर के दरवाज़े उनके लिए हमेशा खुले हैं। उसने एक बैठक उनके लिए सजा दी है। वह यहाँ आकर कभी-कभी बैठा करेंगे ताकि मोहल्ले वालों पर उनका हाथ रहे। मोहल्ले वालों को जो तकलीफ़ हो, वह इनसे कहें, वह दूर करेंगे, ख़ुदा करे ऐसा दोस्त सबको मिले।

उस्मान अली मट्ठा ने कोठरी का ताला खोलते हुए नूरखान को आवाज़ दी!

नवाब बेगम की आवाज़ आई, "अच्छा आप हैं, नूर बाहर गया हुआ है।" इतने में नवाब बेगम कमरे में दाख़िल हुईं! "शुक्र है आप इतने दिनों बाद आए तो, मियाँ ग़ौस का काम हो गया है?"

ख़ुशी से उसका बदन उछला और वह पायँचे समेटकर दहलीज़ लाँघती गली में जा पहुँची।

उस्मान अली और जावेद ने गावतकिये पर कोहनी टेकी ही थी कि नवाब बेगम जूता उतारकर उनके पास चाँदनी पर आ बैठी। उसने जावेद हैदर से ख़ैरियत पूछी फिर उस्मान अली से कहने लगी। ''रोज़ मियाँ ग़ौस आपको पूछते थे। मैंने कहा आज आते हैं कल आते हैं। मैं अभी उनके घर गई थी। कह आई हूँ अभी आए कि आए।''

''क्या वाक़ई उसका काम हो गया?''

''आप कहें और न हो। कैसे हो सकता है।''

''मैं आपके लिए चाय बनाऊँ?'' उस्मान अली ने पान की डिबिया आगे बढ़ा कर कहा, ''चाय बाद में पहले ज़रा यह...'' नवाब बेगम ने डिबिया लेते हुए कहा, ''अभी मँगाती हूँ,'' और फिर गली में चली गईं।

उस्मान अली बोला, ''है न पूरी नवाब साहब! सारे मोहल्ले से काम करवाती हैं। किसी को इधर भगा देंगी किसी को उधर दौड़ा देंगी।'' उसने डेस्क खोलकर कुछ काग़ज़ निकाले और साथ ही दो सिगार निकाल कर फ़र्श पर रख दिए, ''यह आपके लिए हैं, जावेद साहब।'' इतने में मियाँ ग़ौस सलाम अलैकुम कहता हुआ वारिद हुआ।

''किस तरह अदा करें आपका शुक्रिया एडिटर साहब। आपके तो एक बोल से कंपनी का पूरा महकमा मेरे आगे-पीछे फिरने लगा है।''

''काम तो हो गया न?''

''जी पूरा नक़्शा मंजूर। आप का मुँह मीठा करने को यह थोड़ी सी मिठाई लाया हूँ। मैं तो रोज़ आपको पूछता रहा।'' नवाब बेगम कमरे में दाख़िल होते ही बोलीं, ''मियाँ जी, कई दिनों बाद आज यह इधर को आए हैं। इनसे आप ही ज़रा पूछें, इतनी देर बाद क्यों आए हैं?

जावेद हैदर को यह जुमला बड़ा प्यार लगा। तोला भर अपनापन, आधा तोला, प्यार, छह माशे घरेलू चाहत, पाँच रत्ती मासूमियत, सवा तोला दोस्ती, चार माशे नख़रा। उसने मुस्कुरा कर जुमला बोलने वाली के चेहरे की तरफ़ देखा। एकदम सारे तोले माशे रत्तियाँ गुम। कोई खोज न मिल पाया।

उस्मान ने मिठाई के डिब्बे को हटाकर एक तरफ़ रखते हुए कहा, ''ग़ौस साहब, आपने ख़्वाहमख़्वाह, तकल्लुफ़ किया। अगर आपकी ख़ुशी है तो हम ले लेते हैं। चलो अच्छा हुआ। आप का काम हो गया। अब हम ज़रा लिखने-पढ़ने का काम कर लें।''

मियाँ ग़ौस के जाने के बाद अँगनाई की तरफ़ चाय के बर्तन खटकने लगे। उस्मान अली ने आवाज़ देकर कहा, ''चाय के साथ कुछ न मँगाना। यह मिठाई पड़ी है।''

नवाब बेगम दुपट्टे से अपनी पेशानी और गाल पोंछती हुईं आई और बोलीं, ''सचमुच कुछ न मँगाऊ?''

''हाँ, बिल्कुल नहीं।''

वह ट्रे उठाए दाख़िल हुईं। फ़र्श पर रखकर बोलीं, ''सिर्फ़ नारियल का हलुवा लाई हूँ। कल बनाया था।''

फिर वह पायँचों को इकट्ठा कर के दीवार के सहारे बड़े अंदाज़ से बैठ गईं। अपनी चाय की प्याली अपने सामने रख ली। चाय पीते हुए उस्मान अली ने पूछा, ''नूरखान काम सीख रहा है न?''

''बिला नाग़ा जाता है।''

''शाबाश!''

उस्मान अली जावेद से मुख़ातिब होकर बोला, ''मैंने नवाब बेगम के बेटे को नवीं जमात से उठाकर खेराद के काम पर लगा दिया! मस्तीखान ने लिखा था, यह ज़्यादा नफ़ाबख़्श काम है। यह ज़माना टेक्नोलॉजी और हुनरमंदी का है।''

मोहल्ले के लड़के ने पान की डिबिया लाकर नवाब बेगम के हाथ में दे दी।

''आ गए आप के पान। इलायची, यह पुड़िया छालियाँ। लाइये बटुवे में डाल दूँ।''

जावेद नवाब बेगम से मुख़ातिब हुआ, ''आप ने सब काम सीख लिया है उस्मान साहब से।''

नवाब बेगम के होंठों पर मुस्कुराहट फैल गई।

उस्मान अली बोला, ''हमने नहीं सिखाया। उसने ख़ुद सीख लिया। बड़ी ज़हीन औरत है।''

वह अपनी तारीफ़ सुनकर उठी और ख़ाविंद का भेजा ट्रांजिस्टर उठा लाई। ''आप यहाँ कभी-कभी ख़बरें सुना करते हैं, यह लीजिए।'' फिर वह बटुए की जेबों में इलायचियाँ और छालियाँ रखने लगी।

उस्मान अली बोला, ''यहाँ एक पनवाड़ी हमारी खोज है। उसे हमने डिबिया भरना सिखा दिया है। हम नवाब बेगम को ख़ाली डिबिया देते हैं। वह हमें भरी डिबिया मँगा देती हैं।''

''यह भी कोई कामों में काम है?'' वह बोली।

''यह कितना बड़ा काम है, क्यों जावेद साहब? आज ही आप हमारे पान की तारीफ़ कर रहे थे।''

जावेद ने पूछा, ''रोज़ाना पान की डिबिया यहाँ भरी जाती हैं?''

''जी नहीं। एक पनवाड़ी दफ़्तर के क़रीब भी है। हमने उसे भी क़रीना सिखा रखा है।''

जावेद ने सिगार उठाकर एक सिगार सुलगाया और गाव तकिए का सहारा लेकर पाँव फैलाए। उसे पूर्वी अंदाज़ की कोठरी में विदेशी सिगार पीने का लुत्फ़ आने लगा।

"हमारे दोस्त जावेद साहब बड़ी ऊँची-ऊँची नौकरियाँ कर चुके हैं। इन्होंने कई किताबें लिखी हैं। बड़े आलिम आदमी है।"

"आप के दोस्त किसी से कम कैसे हो सकते हैं।"

"देखा नवाब बेगम की ज़हानत?"

जावेद हैदर ने नवाब बेगम की तरफ़ प्रशंसा भरी आँखों से देखा। वह फ़र्श पर पाँव फैला दीवार का सहारा लिए बैठी थीं। नवाब बेगम जिनके पाँव को ऊपर तले रखने से कैंची बनी हुई थी। उनके जूते दहलीज़ के क़रीब पड़े थे। एक सीधा, दूसरा टेढ़ा, जैसे यह शीरगर्म पंजरियाँ थीं। जिसमें से नर्म-नर्म परों वाले पंछी निकलकर उड़ गए थे। उसने सोचा, अरब के शायरों को छोड़ो, अपने शायरों ने पाँव पर कितने सारे शेर कहे हैं। कितने 'फ़ीट फ़ीटिश' थे यह लोग!

आपके पाँव के नीचे दिल है।
इक ज़री आपको ज़हमत होगी।
दिल में जो बात है कहते हुए जी डरता है
गुदगुदा लूँ तो कहूँ, पाँव दबा लूँ तो कहूँ
धोता हूँ जब मैं पीने को उस सीम तन के पाँव
रखता है ज़िद से खींच के बाहर लगन के पाँव
ले तो लूँ सोते में, उसके पाँव का बोसा मगर
ऐसी बातों से वह काफ़िर बदगुमाँ हो जायेगा
असद ख़ुशी से मेरे हाथ पाँव फूल गए
कहा जो उसने ज़रा पाँव मेरे दाब तो दे

एक सदी तक बेचारे मर्द को सौ पर्दों में छुपी औरत के बदन का जो हिस्सा दिखाई दिया वह सिर्फ़ पाँव थे। अपने लंबे फ्रस्ट्रेशन को दूर करने के लिए मर्द ने उनके गिर्द घुँघरू बाँध दिए फिर उन्हें ख़ूब नचाया! किसने किसको नचाया? पाँव ने शायद ख़ुद घुँघरू बाँध लिए और देखने वाले को नचाया। जब देखने वाले ने दूसरी तरफ़ को देखा तो पाँव ने उठकर उसकी तरफ़ अपना आप कर दिया और कहा, यह जो भी कहता है ग़लत कहता है कि

"ख़च्चे!
ख़ूबाँ दर ईं मामला तक़सीर मी कुनन्द

जावेद हैदर को घर पहुँचकर कस्लमंदी महसूस हुई। फिर बदन टूटने लगा। शाम तक बुख़ार तेज़ हो गया। रात को खाँसी आती रही। टेलीफ़ोन कई बार

बजा। मगर उसे कोई होश न था। सुबह डॉक्टर ने देखा। टेम्प्रेचर एक सौ चार था। ख़ानसामाँ ठंडे पानी में भिगो-भिगो कर पट्टियाँ पेशानी पर रखता रहा। तीन घंटे की नींद के बाद उसने पानी माँगा। दूसरे रोज़ बंद-बंद दुख रहा था। नाक बंद हो रही थी जिससे साँस लेने में तकलीफ़ हो रही थी। चौथे रोज़ सीने पर बोझ महसूस होने लगा। नाक बुरी तरह बहने लगी और खाँसी से बलग़म उखड़ने लगा। कमज़ोरी इस तरह जैसे किसी ने कोल्हू में पीस कर ताक़त निचोड़ ली हो।

सही तौर पर टेम्प्रेचर पाँचवें रोज़ नॉर्मल हुआ। इन्फ्लूएंजा ने जिस्म को तोड़ कर रख दिया था!

"मुँह का ज़ायका सख़्त कड़वा है।" उसने चाय की प्याली तिपाई पर रखते हुए ख़ानसामाँ से कहा।

"एक आध दिन में ठीक हो जाएगा। आप सोडा दूध पीयें। ठंडी चीज़ है।"

"तुम ठीक कहते हो। टेलीफ़ोन आए होंगे?"

"मैंने टेलीफ़ोन को साथ वाले कमरे में रख दिया था जिस तरह आपने कहा था।"

"मैंने कहा था? मुझे तो कुछ याद नहीं।"

"कुछ बेगम लोग के फ़ोन थे। मर्द लोगों के थे। मैंने नाम पूछा तो, बोले फिर करेंगे।"

"मेरा जी खुले में बैठने का चाह रहा है। बाग़ीचे में आरामकुर्सी बिछाओ, तिपाई रखो, जो अख़बार आए हैं, उस पर रख दो।"

जावेद हैदर कमज़ोरी के साथ ख़ुद हिम्मत करके उठा। खूँटी से गाउन उठाकर पहना। स्लीपरों में पाँव फँसाए, फट-फट करता बाहर आरामकुर्सी पर आ बैठा। सिगरेट पीता रहा और अख़बारों में सरसरी तौर पर झाँकता रहा। फिर उसने ख़ानसामाँ को बुलाकर कहा।

"बड़े मियाँ सीना जल रहा है। बाज़ार से सोडे की चार बोतलें ले आओ। तुम्हारी सोडा दूध वाली बात ठीक है। देखो अंदर का दरवाज़ा बंद है। बाहर वाले दरवाज़े से जाओ।"

ख़ानसामाँ के जाने के बाद थोड़ी थोड़ी देर पर दो बार फ़ोन की घंटी बजी। उसने जानबूझकर टेलीफ़ोन नहीं उठाया। तीसरी बार जब फ़ोन बजता ही चला गया तो वह उठकर आहिस्ता-आहिस्ता अपने कमरे में आया।

उसे पतझड़ के मौसम में चहकते हुए सुरीले परिंदे की वसंत भरी आवाज़ सुनाई दी।

"ओहो! आप क्यों बीमार हो गए? किसकी नज़र लग गई? अब तबीयत कैसी है?"

वही करारी सी ज़नानी आवाज़ मगर लहज़ा आज ज़रूरत से ज़्यादा धीमेपन की पदचाप!

"फ्लू हो गया था। बहुत टेम्प्रेचर रहा।" जावेद ने बराबर की भलमनसाई से कहा। मगर उधर से भलमनसाई के विरुद्ध नारा बुलंद हुआ। लहजे में तब्दीली आ गई, "आपका टेम्प्रेचर हमेशा हाई रहता है।"

फिर दो आवाज़ों की हँसी सुनाई दी।

"आपकी दूसरी दोस्त भी हालचाल पूछ रही हैं। यह लीजिए बात कीजिए।" दूसरी बोली, "बुख़ार उतरने के बाद मुँह का ज़ायका कैसा है?"

"सख़्त कड़वा।"

"पान खाने से ठीक हो जाएगा।"

"ठीक है, अभी मँगाता हूँ।"

"मँगाने की ज़रूरत भी क्या है। हम काहे के लिए हैं। आपके लिए ख़ुद लेकर आते हैं।"

"जाने दीजिए। ऐसी क़िस्मत कहाँ?"

"अच्छा न सही, लेटर बक्स देखें, रसीद की इत्तला दें।" फ़ोन बंद। ख़ून की गर्दिश तेज़ हो गई।

वह अपने कमरे से फटफट करता कॉरिडोर में आया। दरवाज़ा खोलकर बरामदे में पहुँचा। लेटरबक्स की जाली से कुछ-कुछ दिखाई दिया। खोला। चाँदी की पन्नी में चार पत्ते पान के रखे हुए मिले। बरामदे से कॉरीडोर में आकर दरवाज़ा बंद करने के बाद वह आहिस्ता-आहिस्ता बाहर खुले में पहुँचा। कुर्सी पर बैठना, यह सब कुछ ख़ुद ब ख़ुद हुआ।

उसे बस इतना पता है कि पान के पत्तों को ख़ुशी से भरी आँखों से हैरत से देखा किया। फिर सेहतयाबी के अहसास से पैदा होने वाली मुस्कुराहट उसके होंठों पर आई। उसने पान के पत्ते खोलकर देखा, मुँह में रखा और आरामकुर्सी से टेक लगाकर आँखों को बंद कर लिया। पान जैसे उसकी रूह में घुलने लगा।

उसने आँखें ख़ानसामाँ के पाँव की चाप सुनकर खोलीं। उसे ख़ामोशी से देखता रहा। उसने बास्केट में से सोडे की बोतलें निकालकर फ्रिज में रखीं। फ्रिज में रखे दूध को निकालकर देखा। फिर बावर्चीख़ाने में जाकर कुछ बर्तन इधर उधर किए। जब देखा कि जावेद जाग उठा है तो आकर पूछा, "सोडा दूध बनाकर लाऊँ?"

"अभी नहीं, पहले मेरा बिस्तर ठीक करो!"

अच्छा जी! जब मैं सोडा लाने के लिए बाहर निकला तो सड़क पर दो बेगमें कार में बैठी थीं। पूछने लगीं, "साहब घर पर हैं।" मैंने कहा, "जी हाँ"। बोलीं, "क्या कर रहे हैं।" मैंने कहा, "बाहर अँगनाई में बैठे अख़बार देख रहे हैं, इत्तला करूँ? "बोलीं, "नहीं। सिर्फ़ उनकी ख़ैरियत पूछनी थी।"

"फिर?"

"फिर चली गईं।"

"क्या हमारे किसी दोस्त के साथ यहाँ आई हैं?"

"जी नहीं।"

जावेद ने अपने जिस्म में सुरूर की एक लहर उठती महसूस की। पन्नी गाउन की जेब में रखी, उठा और कमरे में जाकर पलंग पर लेट गया।

टेलीफ़ोन की घंटी बजी—

"हलो!"

"मैं पूछ रही हूँ पान मिल गए?"

"जी..."

"बड़े तमीज़दार बन रहे हो!"

"क्या करूँ? आप मेरा इतना ख़्याल रखती हैं। मगर यह ज़्यादती थी कि आप दोनों कार में यहाँ तक आएँ और वापस चली जाएँ। अंदर क्यों नहीं आईं?"

"आपने पान खाया है या घास? वह कोई और होगी, 'बेशरम' आपकी मिलने वालियाँ। इस तरह की बातें हमारे साथ न किया करें।" दूसरी ने टेलीफ़ोन छीन लिया। "आपने अपनी दोस्त को नाराज़ कर दिया। हमने आपको अपनी चाहत से पान भिजवाए थे। अब मुँह का ज़ायका कैसा है?"

"अच्छा है! वल्लाह! पान में क्या मसीहाई थी कि..."

"वह क्या होती है? आसान लफ़्ज़ इस्तेमाल किया करें।" टेलीफ़ोन बंद हो गया।

उसने मुस्कुरा कर अपने ऊपर चादर डाली और सोचने लगा, तीसरी का फ़ोन नहीं आया? चौथी को क्या हुआ? यह भूलभुलैया, यह छुपम-छुपाई अपने अंदर एक चार्म एक रोमांस तो रखती है, मगर छुपम-छुपाई और भूलभुलैयों में एक-दूसरे को छुया तो जाता है, देखा जाता है। सूँघने की हरकत भी शामिल होती है, मगर यहाँ सिर्फ़ पान चखा जाता है। फिर भी जो भी हैं, बड़ी हिम्मत है।

चारों तरफ़ फीकी उदास ख़ामोशी में, कभी-कभी हॉर्न की आवाज़ सुनाई दे जाती है। कमज़ोरी और नक़ाहत से उस उदास ख़ामोशी में उसकी आँखें लग गईं। टेलीफ़ोन की घंटी बजी।

"उस्मान अली बोल रहा हूँ। कुछ दिन हुए हमने फ़ोन किया था। ख़ानसामाँ ने बताया, आप बीमार हैं। अब तबीयत कैसी है?"

"कुछ न पूछिए, बहुत बुरा हाल रहा। आप इस वक़्त क्या कर रहे हैं?"

"कुछ भी नहीं।"

"तो यहीं...आ जाइए। सख़्त तन्हाई महसूस कर रहा हूँ। बुरा हाल है।"

"नवाब साहब भी आप को पूछ रहे थे।"

"इन्हें भी ले आइएगा।"

"तो हम आ रहे हैं।"

जावेद ने घंटी का बटन दबाया जिसका कनेक्शन बावर्चीख़ाने में था।

"बड़े मियाँ, हमारे एक दोस्त आ रहे हैं। उनके साथ एक ख़ातून भी होंगी, चाय तैयार करके ले आना। यह लो पैसे। एक केक ले आओ। मगर जाने से पहले मेरे बिस्तर की चादर बदल डालो। वह अलमारी खोलो। ऊपर वाले खाने में चादर पड़ी है। दायें हाथ को। हाँ 'यही'।"

जावेद ने उठकर ख़ानसामाँ के साथ बिस्तर पर नई चादर बिछा दी, ऊपर लेने वाली चादर भी बदल डाली। फिर दो तकियों की टेक लगाकर बैठ गया। सिगरेट सुलगा कर सोचने लगा। उस्मान अली को विश्वास में लिया जाए या नहीं?

तीन

उस्मान अली बड़ा हमदर्द और दूसरों के साथ भलाई करने वाला आदमी था। हर वक़्त व्यस्त मगर जब भी पूछा जाए कि आप क्या कर रहे हैं तो उसका जवाब होता, कुछ भी तो नहीं। जैसे उससे बड़ा नाकारा और बेकार आदमी इस दुनिया में न हो। फिर उसकी सोच ने एकदम छलाँग लगाई। उसने तो तुम्हें कभी नहीं बताया कि उसके और नवाब बेगम के संबंध किस तरह के हैं और उनके तालुक़ात में कोई घुंडी हो तो भी यह बताने वाली बात नहीं। यह तो निजी बातें होती हैं और व्यक्तिगत बातों को अपने तक ही रखना चाहिए। एक पर्दा रहता है। पर्दे में भी एक कशिश होती है। हमेशा रहने वाली ख़ूबी मौजूद रहती है। भेद होता है। एक जादू होता है।

वह उठकर इन्हें दरवाज़े तक लेने के लिए गया तो उस्मान अली ने कहा, "भई, आप भी हद करते हैं। लेटे रहिए न। देखिए चेहरा कितना उतर गया है।"

"अब अच्छा हूँ। तेज़ बुख़ार, गला ख़राब, सीने पर बलग़म का दबाव, नाक बंद कुछ न पूछिए।"

नवाब बेगम ने कहा, "बंद-बंद में दर्द होता है। बड़ी ज़ालिम चीज़ है फ्लू!"

उस्मान अली बोला, "फ्लू में टाँगें बहुत दुखती हैं।"

"मेरी टाँगें माली और ख़ानसामाँ दाबते रहे, कौन दाबता? ख़ानसामाँ से दिल में डरता भी था कि कहीं जवाब न दे दे कि टाँगें दबाना तो नौकरी में शामिल न था!"

"बड़े मियाँ, अच्छा आदमी है। वही है न पहले वाला?" उस्मान ने पूछा, "जी हाँ...अभी आता है।"

नवाब बेगम को यह इल्म न था कि आप अकेले होते हैं। मैंने अभी रास्ते में बताया कि बेगम अल्लाह को प्यारी हो चुकी। बेटे बेटियाँ शादीशुदा हैं। ज़िंदगी बेफ़िक्री से गुज़र रही है।

"उस्मान भाई, इस बीमारी में यह ख़्याल ज़रूर आया कि अगर कुछ हो गया और सुबह मेरा यह दरवाज़ा अंदर से बंद मिला और मेरा जिस्म बेजान पड़ा हुआ तो बेचारा ख़ानसामाँ क्या करेगा?" यह कहते हुए जावेद हैदर के बीमार मुरझाए चेहरे पर एक फीकी सी मुस्कुराहट उभरी जिससे फ़िज़ा में उदासी फैल गई। जिसने उस्मान अली और नवाब बेगम के दिलों में हमदर्दी पैदा कर दी।

उस्मान अली बोला, "आदमी के रिफ़लेक्सेज़ कमज़ोर हो जाएँ तो ऐसा ख़्याल आता है। पूरी तरह ठीक हो जाने पर ऐसे ख़्यालात ग़ायब हो जाते हैं।"

नवाब बेगम बोली, "मौत तो एक सच है।" उससे तो किसी को इंकार नहीं। जावेद साहब की बात तो आपने शायद पूरे ध्यान से सुना नहीं।"

नवाब बेगम की बात जावेद हैदर को बहुत अच्छी लगी। वह पूरी तरह मुस्कुरा कर बोला, "यह बात तो उस्मान साहब ने कुछ एडिटराना तौर पर कह डाली थी।"

"वाक़ई!" उस्मान अली मुस्कुराया और उसने पान की डिबिया जेब से निकाली। जावेद ने तिपाई पर से पन्नी खोलकर पान पेश किया। एक पान उस्मान अली ने मुँह में रखा, एक नवाब बेगम ने लिया एक जावेद हैदर ने लिया। इन पानों में क्या जादू था कि घुलकर हल्क़ से नीचे उतरते ही असल विषय आप ही आप ऊपर आने लगा।

"हाँ, तो जावेद साहब अगर आपके रिफ़लेक्सेज़ मज़बूत हैं और मुकम्मल सेहत पाने पर भी आपका यही ख़्याल है जिसका आपने ज़िक्र किया है तो हम अपने अख़बार में मुनासिब रिश्ते का इश्तहार दे देते हैं और क्या ख़िदमत कर सकते हैं।"

नवाब बेगम जावेद की तरफ़ देखकर बोली, "अब बात हुई न।"

उस्मान बोला, "हम तो इससे भी ज़्यादा बात कर सकते हैं। क्यों न नवाब बेगम आपके लिए रिश्ता तलाश करने निकलें?"

वह मुँह भर कर बोली, "हज़ार रिश्ते, जैसी चाहें, जैसी कहें,"

उस्मान अली बोला, "जी हाँ, ठीक है। गाँव का दौलतमंद ज़मींदार था। शहर में भी उसकी एक कोठी थी। जब कभी शहर आता तो शहरी लड़कियों की चटक-मटक देखता। उनका लिबास, उनकी चलत-फिरत। एक दिन कहने लगा, 'ओ यारों हमारी भी तो एक शादी शहर विच किसी पढ़ी-लिखी लड़की से करवा दो। हम यह कोठी उसके नाम कर देंगे।' एक लड़की से शादी तय पाई। लड़की एम.ए. थी। पहली

रात को लड़की ने ज़मींदार से पूछा, ''चौधरी साहब आपको शेर का शौक़ है? ज़मींदार मूँछों पर ताव देकर बोला, 'क्यों नहीं जी, हम बड़े वडडे शिकारी हैं। तीन रीफलें हैं हमारे पास।' लड़की बोली, 'शेर नहीं चौधरी जी कोई शेर सुनाएँ।' ज़मींदार मूँछों पर ताव देकर बोला, 'तसाँ सुनाओ न सानूँ।' 'जनाब,' लड़की बोली—

'नक़्शे .फ़रियादी है किस की शोख़िए तहरीर का
काग़ज़ी है पैराहन हर पैकरे तस्वीर का

इसका मतलब बताएँ।'

चौधरी साहब बोले, ''इसका मतलब यह है कि तुसाँ साडे पर न बसे।''

जावेद हँसा और बोला, ''नहीं उस्मान भाई। नवाब बेगम ऐसा बेजोड़ रिश्ता नहीं लाने वाली हैं।''

''यह तो फुलझड़ियाँ छोड़ते रहते हैं। मेरी एक मिलने वाली को बहुत तजुर्बा है। बड़े अच्छे रिश्ते कराती हैं।''

उस्मान अली ने कहा, ''तो किसी रोज़ उनके पास जावेद साहब को ले जाओ न। नेकी और पूछपूछ!''

ख़ानसामाँ ट्रॉली लेकर आ गया।

''वाह बड़े मियाँ, कैसे पता चला कि हम बैठे हैं? हम तो तुमसे मिले भी नहीं...''

''यही तो बड़े मियाँ का कमाल है!'' जावेद बोला।

नवाब बेगम ने बड़े विश्वास से ट्राली को अपनी तरफ़ खिसकाया और प्यालियों में एक-एक चम्मच शक्कर का डालने लगीं।

उस्मान अली ने कहा, ''आप कुछ ठंडा पियें जावेद साहब!''

''मैं भी यही सोच रहा था। मेरे लिए चाय न बनाएँ। मैं सोडा दूध पीऊँगा!''

''मैं लाती हूँ।'' वह जल्दी से उठीं, सजे सजाए कमरों में से घूमती, अपने दाएँ-बाएँ देखती, बावर्चीख़ाने में जा पहुँचीं और ख़ानसामाँ से कहने लगीं, ''जावेद साहब, सोडा दूध माँगते हैं। मुझे दो, मैं ले जाऊँ।''

ख़ानसामाँ ने फ्रिज में से सोडे की बोतल निकालीं, जग में ठंडा दूध डाला, चीनी मिलाई और बोतल खोलकर उसमें डाल दी। इस दौरान नवाब बेगम ने अपनी क़मीज़ की दोनों आस्तीनों को कोहनी तक खींच लिया जिससे उसकी गोल कलाई दिखने लगीं। ट्रे में ख़ानसामाँ ने जग और गिलास रख दिया, जिसे नवाब बेगम उठाए कमरे में आन पहुँचीं!

जावेद बोला, ''आपने इतनी तकलीफ़ की!''

''वाह! यह क्या तकलीफ़ है।''

जावेद ने कहा, ''अब आपके लिए चाय मुझे बनानी चाहिए।''

"हाय! बिल्कुल नहीं जी।" नवाब बेगम ट्रे को अपने क़ब्ज़े में कर चाय बनाने लगीं।

उस्मान अली ने कहा, "जब तुम सोडा बना रही थीं, एक लड़की का फ़ोन आया था, जो जावेद साहब को तंग करती रहती है। न नाम बताती है और न टेलीफ़ोन नम्बर। उल्टा मज़ाक़ करने से बाज़ नहीं आती है। वह अभी फिर फ़ोन करेगी। जावेद कहते हैं, अब तुम फ़ोन उठाना और बात करना।"

वह मुँह भरकर बोलीं, "शादी की बात करूँ?"

उस्मान अली ने हँसकर अपनी प्याली मेज़ पर रख दी। जावेद मुस्कुराकर बोला, "आपका जो जी चाहे।"

उस्मान अली ने कहा, "पता करो है कौन? क्यों फ़ोन करती हैं। ये जो हमने पान खाए हैं, ये भी किसी लड़की ने भिजवाए थे। फ़ोन पर कहने लगी, 'अपना लैटर बाक्स देखो, तुम्हें वहाँ पान मिलेंगे।"

"उस लड़की ने कहा था जिसका फ़ोन आने वाला है?"

"नहीं वह कोई और लड़कियाँ हैं। वह भी फ़ोन करती रहती हैं।"

नवाब बेगम मठार कर बोलीं, "जा...वेद...सा...हब!!"

जावेद बोला, "आपने केक तो लिया ही नहीं"

टेलीफ़ोन की घंटी बजी।

नवाब बेगम बोलीं, "हलो!...जी, यह फ़ोन जावेद साहब ही का है। किसी को बाहर तक छोड़ने गए हैं। अभी आते हैं।...मैं कौन हूँ। मैं उनकी रिश्तेदार हूँ। वह बहुत बीमार रहे हैं न। इन्हें देखने आई थी। जी हाँ, कल या परसों चली जाऊँगी। अब तो अच्छे हैं। कमज़ोरी तो होती है न बीमारी के बाद। आप बहुत अच्छा करती हैं जो कभी-कभार फ़ोन करके उनकी ख़ैरियत पूछ लेती हैं। आप तो बड़ी अच्छी ख़ातून है। हद हो गई। मुझे तो आपकी आवाज़ से ही पता चल गया है कि आप कितनी अच्छी हैं। मेरा जी आपसे मिलने को चाहता है। आप कहाँ रहती हैं?...नहीं-नहीं, मैं टैक्सी में आ जाऊँगी। इसमें पर्दा रखने की क्या बात है...मुझे मालूम नहीं जावेद साहब को संगीत का शौक़ है या नहीं।...आप कल ही आ जाएँ। बिल्कुल! आप मज़ाक़ कर रही हैं। जिसकी आवाज़ इतनी अच्छी हो उसकी सूरत भी अच्छी होगी, मैं नहीं मानती जावेद साहब को बुलाती हूँ। ज़रा रुकिये।"

नवाब बेगम ने जावेद हैदर को इशारा किया। उसने टेलीफ़ोन लेकर कहा, "हलो! मैं दरवाज़े तक मेहमानों को छोड़ने गया था। कितने मेहमान? तीन। मेरी ख़ैरियत पूछने आए थे। तुमने तो मेरी बीमारी में टेलीफ़ोन तक नहीं किया—कराची गई हुई थीं? मुझे कुछ याद नहीं...हाँ शायद बता कर गई थीं...याद आया। यह मेरी रिश्तेदार हैं। बहुत अच्छी हैं आपको पसंद आईं? बड़ी मिलनसार हैं। तुम मुझे नहीं मिलतीं, इनसे तो मिल लो। औरत को औरत से क्या पर्दा? वह नहीं सुन रहीं। दूसरे

कमरे में गई हैं। हाँ, और मेहमान भी हैं अच्छी बात।'' जावेद ने टेलीफ़ोन रखकर नवाब बेगम से कहा, ''आपने तो कमाल कर दिया!''

''मैं भी यही कहने वाला था।'' उस्मान अली बोला।

''यह क्या पूछती थी कि मौसीक़ी का शौक़ है?''

''कहती थीं, मैं कराची से कैसेट लाई हूँ, क्या जावेद साहब को गाना सुनने का शौक़ है?''

''कब मिलने को कहा था?''

''मिलने की बात को टाल गईं। मैंने तारीफ़ की तो हँसकर बोली, 'मुलाक़ात को जाने दीजिए, मैं सूरत की इतनी अच्छी नहीं, जितनी आप समझ रही हैं।'''

''जावेद साहब! आप तो बड़े तू तड़ाक से बोल रहे थे।'' उस्मान अली ने कहा।

''किसी को तू, किसी को आप कहता हूँ।'' जावेद हैदर मुस्कुराया।

''शादी के लिए कोई तैयार नहीं?'' उस्मान अली ने पूछा।

जावेद हैदर का लहज़ा रूमानी हो गया! बोला,

''क्योंकर मुझे गुनाहे ज़ुलैख़ा का हो यक़ीन...
दामन को तेरे हाथ लगाया नहीं हनूज़,

दामन को हाथ लगाना तो दूर, गुफ़्तगू फ़ोन तक महदूद है फ़क़त। मजाल है जो अपने पते की हवा लगने दें। मेरे ख़्याल से शादीशुदा हैं और अच्छे घरों से हैं।''

''तो फ़ोन करने का मतलब?'' नवाब बेगम ने पूछा।

''तफ़रीह, दिल्लगी, ख़ुशवक़्ती,'' उस्मान अली ने जवाब देते हुए महसूस किया कि जावेद हैदर की कमज़ोर आवाज़ में तंदुरुस्ती की लहर दौड़ आई है।

नवाब बेगम के चेहरे पर गर्व भरा संतोष था कि उसने फ़ोन पर जो कुछ कहा, सबको पसंद आया और सबने तारीफ़ की। इसका जी और तारीफ़ सुनने को चाहा!

पूछने लगीं, ''सोडा दूध अच्छा था?''

''बहुत अच्छा! एक गिलास और पी सकता हूँ?''

नवाब बेगम ने बाक़ी दूध सोडा गिलास में डालकर जग ख़ाली कर दिया।

ख़ानसामाँ ने कमरे में दाख़िल होकर एक लिफ़ाफ़ा दिया, ''डाकिया लाया है, रजिस्ट्री ख़त है।''

जावेद हैदर ने दस्तख़त कर दिए। लिफ़ाफ़ा खोलकर ख़त पढ़ा। बोला, ''लंदन से ख़ुशख़बरी है। मुझे एक कॉन्फ्रेंस में बुलाया गया है।''

''कब?''

''दस दिन बाद, वहाँ कॉन्फ्रेंस में मुझे पेपर पढ़ना है। आइए, मैं आपको अपनी स्टडी दिखाऊँ?''

वह दोनों को लेकर पहले ड्राइंगरूम में गया, जो निहायत सलीक़े से सजा हुआ था। फ़र्श पर दो क़ालीन बिछे थे। ताकचों में बिलोरी चीज़ें रखी हुई थीं। दीवारों पर

बड़ी-बड़ी तसवीरें आवेज़ा थीं। एक तस्वीर की तरफ़ इशारा करके बोला, "यह मेरी बीवी की तस्वीर है।"

नवाब बेगम जावेद हैदर की सुंदर चेहरे वाली ओजपूर्ण स्वर्गवासी पत्नी की तस्वीर को बड़ी दिलचस्पी से देखने लगीं। कुछ देर तीनों ख़ामोशी से देखा किए। नवाब बेगम ने यह कहकर ख़ामोशी तोड़ी, "कितनी शानदार ख़ातून हैं।"

फिर वह कॉरीडोर से होकर छोटे कमरे में जा पहुँचे। जावेद ने हाथ बढ़ाकर बिजली जलाई। पॉलिश से चमकते गोल मेज़ के साथ ख़ूबसूरत लैम्प पड़ा था! पीछे दीवार के साथ ताक़चों में किताबों की क़तारें थीं। फ़र्श पर फूलदार कालीन बिछा था! ख़ाली ताक़चों में ख़ुशनुमा गुलदान रखे हुए थे। जावेद ने अब दीवारगीर मेज़ की ट्यूब जलाई। यह लिखने की मेज़ थी, जिसकी दराज़ में से उसने कुछ काग़ज़ निकालकर हाथ में ले लिए और जिस रास्ते उनको लेकर आया था, उसी रास्ते वापस ले गया।

उस्मान अली ने आते-आते नवाब बेगम से कहा, "पता है कमरों की सफ़ाई जावेद साहब ख़ुद करते हैं।"

वह हैरत से बोली, "सच ?"

"ख़ुद न करूँ तो कौन करे ?" जावेद ने मुस्कुरा कर कहा।

"यह तरीक़ा इन्होंने विलायत से सीखा है। वहाँ बहुत देर रहे हैं।" वापस कमरे में आकर उस्मान अली ने कुर्सी पर बैठते ही कहा, "जावेद साहब, शेख सादी ने एक जगह कहा है—'कसी कि ज़न नदारद, आसाइशे तन नदारद।' मतलब जिसके पास औरत नहीं उसे तन का आराम नहीं, इस कोठी में भी रौनक होनी चाहिए, क्यों नवाब साहब, आप मुझसे सहमत हैं कि नहीं ?"

नवाब बेगम बोलीं, "मैं तो सच, कल जमीला की तरफ़ जा रही हूँ।"

"यह काग़ज़ आपने तकिये के नीचे क्यों रखे हैं ? कोई मज़मून है ?"

उस्मान बोला।

"जो पेपर मुझे पढ़ना है, रात को उस पर नज़र दौड़ाऊँगा, सुबह टाइप होगा।"

"एक नक़ल मुझे दीजिएगा। अपने अख़बार में उसका तर्जुमा शाया करूँगा।"

"अल्लाह जो करता है बेहतर करता है। अच्छा हुआ आपको बुख़ार यहाँ हुआ। अगर लंदन में हो जाता तो परेशानी होती।" नवाब बेगम बोलीं।

जावेद ने नवाब बेगम से पूछा, "आपको लंदन से क्या चाहिए ?"

"आपकी मेहरबानी है," फिर उसने उस्मान अली की तरफ़ देखकर कहा, "उस्मान साहब से पूछ लीजिए मस्ती घर चीज़ें भेजता है।"

"आप लोगों के आने से मेरी तन्हाई दूर हो गई। बुख़ार की कमज़ोरी भी रफ़ा हो गई।"

"कल का प्रोग्राम क्या है ?" उस्मान अली ने पूछा।

"थोड़ी देर में बैंक जाऊँगा अपने टिकट के सिलसिले में। फिर वापस आकर आराम करूँगा।"

"नवाब कल तुम बड़ी बी से बात करो। रिश्ता जावेद साहब की उम्र के मुताबिक़ हो। बेवा औरत से निकाह करना सुन्नते नबवी है।" जावेद बीच में बोला, "मालूम नहीं उस्मान साहब, शायर सादी ने यह क्यों कहा है कि

'ज़ने बीवेह ना कुन अगरचा हूर अस्त,
राहे रास्त बेरौ अगरचे मुश्किल अस्त'

यानी विधवा से शादी न करो चाहे वह अप्सरा हो? राह सीधी लो चाहे वह मुश्किल हो।

"विधवा औरत नहीं, बल्कि ज़ने बीवेह यानी बाँझ औरत, क़ुदरत के अजूबे हैं। बहुत हसीन व जमील औरत आमतौर से बाँझ होती हैं। बड़े मियाँ से कहो टैक्सी ले आए अब हमें इजाज़त दीजिए।"

चार

दूसरे दिन शाम को उस्मान अली ने जावेद को फ़ोन किया कि वह अगले रोज़ दस बजे दफ़्तर आ जाए। नवाब साहब उनको लेकर बड़ी बी की तरफ़ जाएँगे। बड़ी बी के नाम पर जावेद हँसकर बोला, "हमें देहली की एक बड़ी बी याद आ गईं, क़ताला व कुत्तामा होती थीं।"

उस्मान अली और जावेद हैदर बैठक में बैठे बातें कर रहे थे। नवाब बेगम उनके पास क़हवा रखकर अंदर कपड़े बदलने चली गई। जब वह तैयार होकर आईं तो गालों पर रुज़ लगाने से चेहरे की ताज़गी बहुत अच्छी लग रही थी। होंठों पर लिपिस्टिक के हल्के से शेड से और ज़्यादा मुलायमपन उभर आया था। शलवार और तंग क़मीज़ इतनी अच्छी सिली हुई थी कि उनका का क़द लंबा और तीखा दिखाई देने लगा था। जावेद इस ख़्याल के आते ही कि ज़मीन पर सारी ख़ूबसूरती औरत से है, चहकते स्वर में बोला, "चलें?"

उन्होंने रेशमी चादर ढीली-ढाली ओढ़ ली और बोलीं, "चलें।" फिर बोलीं, "आप तो यही हैं न?"

"मैं यहीं हूँ, इंतज़ार करूँगा आप लोगों का।" उस्मान अली साहब ने जवाब दिया।

नवाब बेगम ने शहर से बाहर नई आबादी में जाकर एक कोठीनुमा मकान के सामने कार रोकने को कहा। वह जावेद को एक कमरे में बिठाकर दरूने खाना चली गईं। उस्मान अली जिसको बड़ी बी कहता था वह चालीस की रही होगी, मगर मज़बूत काठी की थी। बोलीं, "आप को तकलीफ़ देने से मतलब था कि आप ख़ुद

रिश्ता देख लेवें।'' जावेद हैदर के अंदर ताज़गी की एक लहर दौड़ गई। वह बोला, ''मुझे तो कोई एतराज़ नहीं है। उन्हें एतराज़ न हो।''

''आपकी कोठी, आपका रहन-सहन, आपका इल्म नवाब बेगम सब बता चुकी हैं। आपके लिए लड़की ऐसी होनी चाहिए, जो आपके माहौल में फिट हो।''

''उम्र का भी ख़्याल रखिएगा।'' जावेद हैदर थोड़ा-सा मुस्कुरा दिया।

''आप फ़िक्र न करें, यह मेरा काम है। मेरे पास पटाखे भी हैं।''

जावेद हैदर और भी मुस्कुराया, ''पटाखे?''

वह बोली, ''पटाखे, जी ऐसे रिश्ते वाले भी आते हैं।''

''वह कौन?'' जावेद हैदर ने पूछा।

''बड़े-बड़े ज़मींदार। लालची! वे तो हुए ही। एक विधवा की सुनें। शक्ल जिस्म दोनों की भद्दी। मिन्नतें करती हैं कि निकाह पढ़वा दो। बस एक दफ़ा निकाह हो जाए तो फिर जो मेरा जी चाहे करूँ। जहाँ मर्ज़ी हो जाऊँ। बात यह है कि जी कि मेरे साथ लोग साफ़ बात करते हैं। मेरा काम ही ऐसा है। कोई मुझसे पर्दा नहीं रख सकता। असली नक़ली मुझ पर सब ज़ाहिर हो जाता है। मैं शक्ल देखकर पहचान लेती हूँ। आपको देखकर मैंने अभी जी में जिस जिंस को सोचा था, सोच लिया। एक चालीस की, एक पैंतीस की, दूसरी पैंतालीस की, पचास-पचास, साठ-साठ की विधवाएँ भी मेरे पास हैं।'' जमीला ने आख़िरी जुमला नवाब बेगम की तरफ़ मुँह करके कहा।

नवाब बेगम ने जवाब दिया, ''इसीलिए तो हम आपके पास आए हैं।''

''चलें, तो फिर कार में बैठें, चालीस की पहले दिखाती हूँ।''

वह उन्हें लेकर एक ख़ूबसूरत कोठी के अहाते में दाख़िल हुई। सबसे पहले वही कार से उतरी और जल्दी से बरामदे में जा पहुँची। जहाँ एक औरत बैठी अख़बार पढ़ रही थी। जल्दी से बोली, ''नीलम, कपड़े बदल आओ।''

नीलम झट उन कुँवारियों के फुर्तीलेपन और असीमित जोश के साथ उठी, उसको देखने के लिए कोई आया है। जमीला नीलम के पीछे-पीछे ज़नानख़ाने में चली गई। जावेद हैदर और नवाब बेगम बरामदे में रखी कुर्सियों की ओट में लगे फूलों को देखते रहे। फिर जमीला ने ड्राइंगरूम का दरवाज़ा खोल दिया। जावेद हैदर ने एक ही निगाह में कमरे में रखी चीज़ों और उम्दा फर्नीचर का अंदाज़ा लगाया। वे तीनों ख़ामोश बैठ गए। कोने की मेज़ों पर शील्ड सजी हुई थी। कारनेस पर फ्रेम में एक ख़ूबसूरत फ़ौजी मर्द की तस्वीरें रखी थीं। दूसरी मेज़ पर एक और तस्वीर थी। फ़ौजी अफ़सर वर्दी में अपनी दुल्हन के साथ खड़ा था।

जावेद हैदर जब इस तस्वीर की तरफ़ देख रहा था तो जमीला बोली, ''नीलम का ख़ाविंद जंग में मारा गया था।''

इतने में एक मुलाज़िम ने आकर छोटी मेज़ पर ख़ुश्क ख़ूबानी, चिलग़ोज़े और बादाम रख दिए।

जमीला ने जावेद हैदर के कान में कहा, ''नीलम ग्रेजुएट है। एक बेटा बोर्डिंग हाउस में है। लड़की बी.ए. में पढ़ती है।'' फिर दिखावे के लिए ऊँची आवाज़ में बोली, ''आप कुछ लें न।''

इतने में नीलम साड़ी पहने दाख़िल हुई। जावेद हैदर उठकर खड़ा हो गया! नीलम बोली, ''आप तशरीफ़ रखें।''

फिर उसने उठकर ख़ुश्क मेवे की तिपाई को दोनों हाथों से उठाया और उनके क़रीब रख दिया! मुलाज़िम चाय लेकर आ गया! नीलम का चेहरा, उसकी चिरी हुई आँखें, जावेद को बहुत अच्छी लगीं। खिलता हुआ रंग बहुत भाया। वह जब साड़ी के छोटे से पल्लू को अपना सीना छुपाने के लिए गर्दन के नीचे खींचती तो तंग चोली में फँसे हुए उसके गुलाबी रंग के बाजुओं का नंगा-नंगा रंग और चमकने लगता। हैवानियत का कमाल है कि वह औरत का आगा-पीछा किस तरह देख लेती है। अब वह चाय की प्याली देने इधर से उधर जाती तो जावेद हैदर की चोरी चोरी ताकती निगाहों की अमरबेल उसके सारे सरापे पर फैल जाती और जब वह सामने से मेहमान को चाय की प्याली थमाती थी तो जावेद आधी चोली को सौ-सौ दुआएँ देता जिसकी वजह से नंगे पेट की पतली सी झलक आँखों के तारे नज़र में मोती ही मोती पिरो देती।

उसने चाय पीते हुए सोचा, 'औरत भी ख़ुदा का कितना बड़ा अनमोल तोहफ़ा है जो मर्द के लिए उसने रचा है औरत सचमुच इंसानी स्वभाव के एतबार से कितनी आर्कषक शै है। उसको सिर्फ़ देख लेने से ही किस क़दर रूहानी क़रार और जिस्मानी सुकून हासिल होता है। फिर औरत को त्यागकर जंगलों में निकल जाने का मतलब ?' उसके सोचने वाले दिमाग़ में एक ख़्याल पैदा होकर चमक उठा।

उस वक़्त नवाब बेगम उसके लंदन जाने के बारे में बात कर रही थीं जब उसने बताया कि यह वहाँ, एक अहम कॉन्फ्रेंस में शिरकत के लिए जा रहे हैं और उन्हें वहाँ लेख भी पढ़ना है तो उसने नीलम के चेहरे पर फ़ख़रिया ख़ुशी नमूदार होती महसूस हुई।

नीलम ने इस तरह मुस्कुराकर जावेद हैदर की तरफ़ देखा जैसे उसकी ख़ामोशी कह रही थी, यह तो बड़ी ख़ुशी की बात है। मगर उसने ऊपर से पूछा, ''आप का लंदन में कितना ठहरना होगा ?''

''कोई एक हफ़्ता,'' कुछ देर के बाद जावेद हैदर बोला, ''अब इजाज़त दीजिए।''

वह उठकर मोटर कार में आन बैठे। जमीला जो सबसे पहले कार से उतरी थीं, सब से आख़िर में सवार हुईं। रास्ते में बोलीं, ''नीलम को तो आप बहुत अच्छे लगे हैं, आप बताएँ नीलम आपको कैसी लगी ?''

जावेद बोला, "हमें भी अच्छी लगी, बातें भी अच्छी करती है।"

"किस तरह उठ-उठकर हमारी ख़ातिर-तवाज़ो कर रही थी। देखें तो हम उसके क्या लगते हैं।" नवाब बेगम ने कहा।

जमीला हँसी अब तो आप सब कुछ लगेंगे, नीलम कहती थी उसकी वालिदा अगले हफ़्ते आने वाली हैं। आख़िरी फ़ैसला करने वाली वही हैं। जावेद के मुँह से निकल गया, "अगर फ़ैसला हमारे ख़िलाफ़ हुआ?"

"तो क्या रिश्ते ख़त्म हो गए हैं? गाड़ी को दाहिने हाथ मोड़ो। यह भी दिखाती जाऊँ। कोई लड़कियों की कमी है, वाह जी!" उसने दाद लेने के लिए नवाब बेगम की तरफ़ देखा। उसका लहज़ा फ़ख़्रिया और फ़तहयाना था। ऐसा फ़तहयाना कि गाड़ी दायें हाथ को मुड़ गई और एक बन रही कोठी के अंदर दाख़िल हो गई। जावेद हैदर ने लम्हा भर के लिए सोचा कितनी बेरहम औरत है। नीलम को छोड़कर एक और जगह ले आई है।

ड्राइंगरूम के एक तरफ़ सितार पड़ा हुआ था। मुलाज़मा ने लाकर सुर्ख़-सुर्ख़ सेब मेज़ पर रख दिए। फिर छोटी प्लेटों के साथ नैपकिन रख दिए गए। इतने में किसी की सीढ़ियाँ उतरने की आवाज़ आई। जमीला बोली, "आ रही है।" चालीस-ब्यालीस की उम्र की, खिलते हुए गेहुआँ रंग की औरत पतले कपड़े की, ऊपर से तंग और कमर से नीचे घेरदार पेशवाज़ और चूड़ीदार पायजामा पहने होंठों पर लाखा जमाए, लबों पर ज़बान की नोक फेरती नीचे उतरती दिखाई दी। गर्दन जितनी अकड़ी हुई थी, आदाब कहते हुए उतनी ही टूटकर झुक गई। बड़े अभिमान से पेशवाज़ के घेरे को सँभालकर बैठ गई।

"आपने आने की ज़हमत फ़रमाई आपका बहुत शुक्रिया।"

जमीला बोली, "बेगम फ़िरदौस, आप जावेद हैदर हैं। आप जावेद साहब के दोस्त की बेगम हैं। जावेद साहब को आपसे मिलने का बहुत इश्तियाक़ था।"

आख़िरी जुमले पर जमीला और फ़िरदौस की आँखें मिलीं। रिश्ते कराने वाली ने जो पैग़ाम देना था, वह आँखों ही आँखों में दे दिया। फ़िरदौस ने वसूल कर लिया। एकदम से आँखों में चमक आ गई, जो स्वीकृति की इत्तला थी।

वह अपने होंठों पर ज़बान की नोक फेर कर बोली, "मुझसे मिलने का इश्तियाक़ था," कहकर उसके होंठ लम्हा भर के लिए इस तरह खुल गए और खुले रहे जिस तरह क़तरा नैसा के लिए सीप खुल जाए। जावेद को अज्ञानताकाल के अरब शायर का यह शेरी ख़्याल याद आ गया कि ख़ूबसूरत जिस्म को देखकर ज़िंदगी का एतबार बढ़ता है। फिर जावेद को एक फ़ोन याद आ गया, जब वह कह रही थी, "मैंने ख़ुशबू लगाकर बाल खोल दिए हैं, रात का लिबास पहन लिया है और छप्परखट पर लेटकर उनका इंतज़ार कर रही हूँ। क्या ख़्याल है आपका?"

"हम क्या इस क़ाबिल हैं कि किसी को हमसे मिलने का इश्तियाक़ पैदा हो।" वह जावेद की तरफ़ देखकर बोली।

जावेद ने उसकी आँखों में आँखें डालकर कहा, "क्यों नहीं, हमने आपकी तारीफ़ सुन रखी थी।"

"हमारी तारीफ़?"

"हमने आपको आपकी तारीफ़ से बढ़कर पाया है।"

फ़िरदौस के हाथ का कूज़ा आदाब के लिए उसकी ठोड़ी की तरफ़ बढ़ा। उसने कहा, "शुक्रिया!" और अपने छोटे-छोटे हाथों से सेब काटने लगी।

जावेद बोला, "क्या सेब भी जन्नत का मेवा है?"

वह एक अंदाज़ में बोली, "पता नहीं!" और उसने अपने सेबों को अपने चुने डुपट्टे से ढक लिया।

जावेद बोला, "जन्नत के ऊपर फ़िरदौस-ए-बरीं है और यह सेब फ़िरदौस-ए-बरीं का मेवा है।"

जमीला और नवाब बेगम को जावेद की तहदार गुफ़्तगू पर ख़ुशी होने लगी कि दोनों एक-दूसरे से घुल-मिल रहे हैं।

जमीला ने सितार की तरफ़ इशारा करके बताया, "आप सितार बजाना भी जानती हैं?"

"जी नहीं!" हम तो सीख रहे हैं। तन्हाई की बोरियत को कम करने का एक बहाना है। बहुतों को इल्म नहीं होता कि वक़्त का ख़ालीपन सख़्त भयानक चीज़ है।"

"हम जानते हैं, हमारी बेगम का इंतकाल हो चुका है। तन्हाई का सूरज बढ़ता है तो ख़त्म होने का नाम नहीं लेता।"

"आपने जो जुमला कहा, हम चाहें भी तो आपकी दाद न दे सकेंगे!" फ़िरदौस ने बड़ी मिठास से कहा।

"हमें मिल गई।"

फ़िरदौस ने गर्दन मोड़कर कहा, "हम कहते हैं बुआ चाय भिजवा दी होती," जावेद को हेयरपिन मिला कर किची-किची की हुई लंबी-लंबी चुटिया में मोबाफ के सुनहरे धागे कितने अच्छे लगे। इतने में वही मुलाज़मा ट्राली लेकर कमरे में दाख़िल हुई और बेगम फ़िरदौस के सामने रखकर एक तरफ़ खड़ी हो गई। फ़िरदौस ने एक खास अंदाज़ से जावेद की तरफ़ देखा और अपना जिस्म चुराकर बोली, "आप चाय हमारे हाथ से लेंगे या बुआ के हाथ से?" कमरे में लम्हा भर की ख़ामोशी छा गई।

जावेद हैदर ने नवाब बेगम और जमीला की तरह देखकर कहा, "बताओ हम क्या बोलें?" वह दोनों फ़क़त मुस्कुराईं। जावेद बोला, "आपके हाथ से।"

फ़िरदौस के लबों पर फ़तहयाना मुस्कुराहट नमूदार हुई।

"बुआ आप जाएँ।"

यह कहकर फ़िरदौस ने अपने माथे पर बिखरी हुई दो लटों को हाथ से हटाया। वह चाय की प्याली देने को उठी तो जिस्म चुराने का सवाल ही पैदा नहीं होता था। यह तो अपने आप दिखाने का मौक़ा था। जावेद हैदर ने उसका सरापा अपने अंदर जज़्ब कर लेना चाहा। फ़िरदौस ने छोटे-छोटे क़दम उठाए कि जावेद ने बढ़कर उसके हाथ से प्याली ले ली। और साथ ही ख़ुशबू की एक महक लेकर अपनी जगह आन बैठा। वह कैसी ख़ुशबू थी। वह कैसी लट थी कि माथे पर फिर आन पड़ी थी। उसकी शायराना हिस जागी और यह शेर याद दिलाकर ग़ायब हो गई—

हम निकालेंगे सुन ए बादे सबा बल तेरे
उनकी ज़ुल्फ़ों के अगर बाल परीशाँ हो गए।

वह कार ड्राइव कर रहा था कि जमीला ने पूछा, "आप ख़ामोश क्यों हैं फ़िरदौस अच्छी नहीं लगी?"

"अच्छी नहीं लगी? हमें तो मज़ा आ गया। कभी सोच नहीं सकता था कि फ़िरदौस जैसी औरत भी रहती है। मैं किस का शुक्रिया अदा करूँ, नवाब बेगम का जिन्होंने आपसे मिलवाया या आपका जिन्होंने रिश्ते दिखाए?"

जमीला बोली, "क़दरदान नहीं मिलता। शादी की तलबगार लड़कियों से तो शहर भरा पड़ा है।"

"मैं तो सोच रही हूँ, जावेद साहब, आपके कमरे में जो तख़्तनुमा कुर्सी बिछी है, उस पर फ़िरदौस बेगम मलिका लगेगी।" नवाब बेग़म ने कहा।

"नवाब बहन! सच्ची बात बताऊँ मैं, आपसे कोई बात पोशीदा नहीं रखना चाहती हूँ। फ़िरदौस जावेद साहब के क़ाबिल नहीं, पूछो क्यों। अपने शौहर की ज़िंदगी में शौहर के दोस्त एक सेठ साहब से दोस्ती रही, उनके मरने के बाद सेठ की रखैल हो गई। अब सेठ ने भी रिश्ता ख़त्म कर दिया है।"

जावेद हैदर अपना रंज और ग़ुस्सा छुपाकर बोला, "चलो बुआ से करा दो।"

उस्मान अली गावतकिए के साथ टेक लगाए पान चबाता रहा और तफ़सील सुनता रहा।

"ठीक है जावेद साहब लंदन हो आएँ। इस दौरान नीलम की वालिदा भी लौट आएँगी। शादियाँ तो आसमानों पर होती हैं। देख लीजिए रोज़ आपसे फ्लर्टेशन होती है। ये बीवियाँ शौहर की होकर भी शौहर की नहीं! फ़िरदौस ने सारी उम्र अपने शौहर के दोस्त से याराना रखा तो कोई अजीब या अनहोनी बात तो नहीं की। रखैलें,

लौंडियाएँ, कनीज़ें और बीवियाँ इतिहास में एक-दूसरे के साथ इतनी गुथी हुई हैं कि इन्हें एक-दूसरे से अलग करना मुश्किल है। कई बड़े कनीज़ों के तन से पैदा हुए। रोज़े अव्वल से कारोबारे हयात यूँ ही चलता रहा है जैसा आपने कहा है, हम फ़िरदौस को देखने चलेंगे और ज़रूर चलेंगे।''

''मैं भी चलूँगी।'' नवाब बेगम ने कहा।

''भला तुम्हारे बग़ैर कैसे जा सकते हैं!''

उस्मान अली ने डेस्क खोलकर एक पैकेट निकाला और नवाब बेगम को देकर बोला, ''यह लो तुम्हारे पीछे कोई जमालउद्दीन आया था। मस्तीखाँ ने भेजा है।''

नवाब बेगम ने पार्सल खोला और ख़त पढ़कर उस्मान अली से कहा, ''यह रेशमी कपड़ा और ख़ुशबू मेरे लिए है। क़मीज़ और सिगरेट की डिबिया आप के लिए।''

जावेद ने मज़ाक़ से पूछा, ''और हमारे लिए कुछ नहीं।''

नवाब बेगम ने झट परफ़्यूम की शीशी जावेद के हाथ में थमा दी, ''यह आपके लिए है।''

''नहीं, मैं तो मज़ाक़ कर रहा था'', फिर उसने मर्दाना आवाज़ से लहराकर कहा, ''इनके लिए लंदन से लाऊँगा।''

''फ़िरदौस के लिए?''

''और नहीं तो किसके लिए?''

जावेद हैदर के लंदन जाने के दो दिन बाद बेगम ने जाकर जमीला से कहा, ''जावेद तो फ़िरदौस पर मोहित हो चुका है, शादी या बग़ैर शादी, उसे हर तरह से मंजूर है। चलो, चलकर फ़िरदौस से बात तो करें। वह किस तरह राज़ी है।''

जब जमीला ने बात छेड़ी तो फ़िरदौस के चेहरे पर फ़तहमंदी झिलमिला उठी। कहने लगी, ''उस दिन हमें भी वह बहुत अच्छे लगे। उनकी आँखों में मुहब्बत की प्यास है।''

''जमीला बहन ने दोनों तरफ़ आग बराबर की लगा दी है।'' नवाब बेगम रसीले अंदाज़ से बोलीं।

''हमने तो जमीला पर हमेशा भरोसा किया है। हमारे भेदों से वह वाक़िफ़ है।'' यह कहकर फ़िरदौस बेगम उठीं और उसने कमरे का दरवाज़ा बंद कर दिया, फिर उनके क़रीब आन बैठी और राज़दाना अंदाज़ से कहने लगीं, ''अगर शादी करना है तो हमें अपने बेटे और बहू से इजाज़त लेनी होगी। अगर सेठ साहब की तरह रखना है तो हमें बेटे की कोई फ़िक्र नहीं। उनको न पहले इल्म हुआ था, न अब हो पाएगा। जावेद साहब जब चाहें आएँ हमारा सब कुछ उनका होगा, वह अपने दौलतख़ाने पर बुलाएँ, हम उन पर क़ुर्बान। वह ग़रीबख़ाने पर आएँ, हमारी

जान उन पर वारी। वह हमारे आक़ा, हम उनकी कनीज़। तौबा-तौबा मॉडर्न लड़कियों की तरह घर-घर झाँकना हमारी तरबियत में शामिल नहीं। सच पूछिए तो मर्द के लिए औरत औरत में कोई फ़र्क़ नहीं होता, मर्द के लिए हम तीनों एक जैसी हैं, फ़र्क़ होता है तो सिर्फ़ अदाओं में, अंदाज़ में, दिलबरी में। हम बन सँवर कर उनके साथ घर में फिरेंगे। जहाँ चाहें हमें ले जाएँ मगर जब हमारा बेटा बहू छुट्टी पर यहाँ आएँ तो फिर जावेद साहब को नाग़ा करना पड़ेगा।''

जमीला ने नवाब बेगम से पूछा, ''जावेद साहब को कोई एतराज़ तो न होगा?''

नवाब बेगम, जो फ़िरदौस की बातों को बड़ी दिलचस्पी से सुन रही थीं, हड़बड़ाकर बोलीं, ''कोई एतराज़ न होगा। हरगिज़ नहीं।'' फिर उसने सिर से पैर तक फ़िरदौस की उन तमाम ज़नाना हिस्सों की तरफ़ देखा जिन पर मर्द फ़िदा होता है; और औरत अपने स्वाभाविक ज़नाना ग़ुरूर से पागल हो जाती है। वह बोली, ''बेगम फ़िरदौस आप बड़ी ख़ूबसूरत हैं।''

फ़िरदौस ने बड़ी मुलायमियत से कहा, ''अब तो हम ढल गए हैं।''

शादी कराने वाली पेशावराना हिस फ़ौरन बोल उठी, ''जावेद साहब को हर माह क्या देना होगा?''

''घर का ख़र्चा, जमीला बेगम।''

''अंदाज़न?''

''तीन हज़ार।''

फ़िरदौस के छोटे-से प्राइवेट कमरे में ज़रा सी ख़ामोशी छा गई। ''हमने आपकी ख़ातिर नौकरों की तनख़्वाह अलग से नहीं माँगी, न बुआ की न बावर्ची की।''

''क्या तीन हज़ार में नौकरों की तनख़्वाहें शामिल हैं?''

''जी हाँ, शामिल हैं।''

नवाब बेगम ने जमीला की तरफ़ देखकर धीरे से कहा।

''तीन हज़ार।''

''मर्द बड़ा हरजाई होता है। यह तो शुरू से ही मर्द पर उसके हरजाई होने का जुर्माना लगाया गया है। शादी का मेहर भी इसी जुर्माने की एक शक्ल है। मर्द को अपने हरजाईपने का जुर्माना तो देना ही देना है। जावेद साहब जब लंदन से वापस आएँ तो आप उनसे पूछ लें। उन्हें कोई इंकार नहीं होगा। हमें तो वह बड़े तबीयतदार आदमी मालूम होते हैं।''

''आप ठीक कहती हैं। आपने तो अपने फैशन, अपने कपड़े भी शामिल नहीं किए।''

''जब प्यार बढ़ेगा तो ख़ुद ही सिलवा के देंगे। हमारे पास कपड़ों की कमी है? हमारा वार्डरोब भरा पड़ा है।''

"मगर दुल्हन का जोड़ा मेरी तरफ़ से होगा, मुझे आपका नाप चाहिए। पेशवाज़ और चूड़ीदार पायजामा।" नवाब बेगम बोली।

"यह सूट दे दूँ? यह ठीक है।"

"ठीक है।"

फ़िरदौस ने सूट लिफ़ाफ़े में डालकर नवाब बेगम को दे दिया और बोली, "पता है, यह कपड़ा सेठ साहब पेरिस से लाए थे।"

"मैं कल ही वापस दे जाऊँगी।"

"नहीं, यह बात नहीं है।"

"आपकी अपनी बात है, पूछना तो नहीं चाहिए सेठ साहब से अनबन क्यों हो गई?" जमीला ने पूछा।

"वह पोतों-पड़पोतों वाले हो गए थे। एकदम तब्दीली आ गई। आप ही अलग हो गए।"

नवाब बेगम ने घर पहुँचकर मस्ती खाँ का भेजा हुआ रेशमी कपड़ा निकाला। दरवाज़ा बंद कर फ़िरदौस का सूट पहना और आईने के सामने खड़ी हो गईं। इधर-उधर से अपने को चल फिर कर देखा। उसने जाकर अपने दर्ज़ी से कहा, "इस कपड़े का मेरा सूट बनेगा। यह नमूना देख लीजिए। इसी तरह का चूड़ीदार पायजामा और इसी तरह का पेशवाज़ ऊपर से तंग और नीचे से घेरदार।"

वह अगले दिन सूट वापस देने गई मगर फ़िरदौस बेगम घर पर न थीं। बुआ को देकर लौट आई।

पाँच

उस्मान अली सिर झुकाए एक लेख में सुधार कर रहा था और सिगरेट पर सिगरेट फूँके जा रहा था कि फ़ोन की घंटी बजी। उस्मान अली बोला, "ओ हो जावेद साहब, लंदन से आ गए? अच्छा रात आए। हम आएँगे। नवाब साहब भी अच्छे हैं। इस वक़्त तो कुछ मुश्किल है चार बजे के क़रीब रखिए। ठीक है चाय आपके साथ पिएँगे।"

जावेद हैदर टैक्सी की आवाज़ सुनकर इन्हें लेने बाहर आ गया।

"बड़े मियाँ बड़ा ख़ुश है!"

"आपके आने पर?"

"मेरे आने पर भी और इस बात पर भी कि आप उसकी ख़ैरियत ढूँढ़ने आए और आपने ख़ासतौर पर पूछा कि बड़े मियाँ किसी चीज़ की ज़रूरत हो तो बताओ।"

फिर अंदर जाकर बैठते ही जावेद हैदर ने एक क़मीज़ लाकर उस्मान अली को देते हुए कहा, ''यह आपके लिए है उस्मान भाई, और यह नवाब साहब के लिए है।''

नवाब बेगम ने रेशमी कपड़े को उँगलियों से मल-मल कर देखा और ख़ुश होकर बोलीं, ''कमाल कर दिया आपने! कितना अच्छा कपड़ा मेरे लिए लाए, इसका सूट बनवाऊँगी।''

उस्मान अली कपड़े को देखकर बोला,''बस ठीक है जावेद साहब की शादी पर पहनना।''

''पहले शादी वाली की तो सुनाओ?''

''दूल्हा ग़ायब, बारात हाज़िर वाली बात तो नहीं हो सकती है न। अब आप आए तो सिलसिला शुरू होगा।'' नवाब बेगम बोलीं।

''आप का इंतज़ार था। प्रोग्राम बनाए।''

''प्रोग्राम क्या बनाना है। पहले फ़िरदौस की तरफ़ चलें।'' जावेद ने बेताबी का इज़हार किया।

''कब?''

''कल ही चलो, क्यों उस्मान साहब?''

उस्मान अली धुआँ उड़ाते हुए बोला, ''नेकी और पूछ-पूछ।''

दूसरे रोज़ वह फ़िरदौस की तरफ़ रवाना हुए। रास्ते में जावेद ने शरारत से कहा, ''उस्मान साहब कहीं आप का दिल न पसीज पड़े। वाक़यात इस क़िस्म के भी हुए हैं कि शादी कराने वाला अपना ही पैग़ाम दे देता है।''

''हम आपको यक़ीन दिलाते हैं, जैसा मौक़ा होगा वैसा करेंगे।''

''आप दोनों बड़ी ख़ुशी के मूड में हैं।'' नवाब बेगम ने कहा।

''भई, रिश्ते करने जा रहे हैं, एक्साइटमेंट तो होती है ऐसे मौक़ों पर।''

''तो आ गया मकान,'' जावेद ने कार रोक ली।

''मैं इत्तला करूँ।'' यह कहकर नवाब बेगम खटखट करती मकान में दाख़िल हो गईं।

ऐसी गईं, ऐसी गईं, पाँच मिनट, दस मिनट, पंद्रह मिनट, सारा जोश मिट्टी में मिल गया।

आकर बोलीं, ''वह ग़ुस्ल कर रही हैं। कोई घंटे तक तैयार होकर नीचे आएँगी।'' अर्थपूर्ण निगाहों से उस्मान अली ने जावेद हैदर की तरफ़ देखा।

''किसी ने कहा है,'' जावेद ने पूछा।

बुआ दो दफ़ा आईं दो दफ़ा अंदर गईं। फिर आकर बोलीं, ''बेगम साहिबा कहती हैं कि आप जमीला के बग़ैर क्यों आए हैं? बेहतर होता कि आप उसको साथ लेकर आते...वह तैयार होकर एक घंटे तक नीचे आएँगी।''

''किसी ने बैठने को नहीं कहा!'' जावेद बोला।

"नहीं।"

"तो फिर आप अंदर आ बैठें।"

नवाब बेगम गाड़ी में आकर बैठ गईं। लम्हे भर की ख़ामोशी के बाद उस्मान अली बोला, "जमीला के बग़ैर हमारी कोई शख़्सियत नहीं है तो फिर चलिए जमीला की तरफ़।" हैदर ने गाड़ी स्टार्ट कर दी।

नवाब बेगम ने ज़नानख़ाने में जाकर जमीला को सारी बात सुनाई। जमीला ने पूछा, "तुमने यह क्यों नहीं बताया कि हम दोनों पहले गई थीं और यह बातें हुईं!"

"इसलिए नहीं बताया कि वह बुरा मान जाते। ये बातें रिश्ता कराने वाले के मुँह से सजती हैं। रिश्ता कराने वाली को अपने काम के दाम लेने होते हैं।"

"मैं समझ गई, तुम फ़िक्र न करो।"

"वह बैठक का दरवाज़ा खोलकर बोली, "बिस्मिल्लाह आइए तशरीफ़ लाइए। आप लन्दन से आ गए?"

जावेद ने उस्मान का परिचय कराया।

"मैं चाय बनवाऊँ?"

"जी नहीं, बिल्कुल नहीं, आप बैठ जाइए।"

जावेद हैदर से सारा हाल सुनकर जमीला ने कहा, "मैं माफ़ी चाहती हूँ। ग़लतफ़हमी हो गई है। फ़िरदौस बेगम नहाने से पहले बुआ से मालिश कराती हैं। फिर उबटन मलती हैं। उनको ग़ुस्ल में एक घंटे से ज़्यादा वक़्त लग जाता है। उन्होंने सोचा होगा, इतनी देर में आप मुझे ले आएँगे। बात यह है। मैं सुस्त बैठने वाली औरत नहीं हूँ। मैंने आपके पीछे उनके साथ सारी बात तफ़सील से कर ली थी। भाई साहब से कोई पर्दा तो नहीं है?" उसने उस्मान की तरफ़ इशारा करते हुए पूछा।

वह बोला, "जी नहीं।"

"आप उनको बहुत पसंद आए हैं और वह आपके साथ वैसा रिश्ता रखना चाहती है जैसे सेठ साहब के साथ था। वह आप की ख़िदमत और दिलदारी में कोई कसर नहीं उठा रखेंगी। शादी के लिए राज़ी इसलिए नहीं होतीं कि उनका बेटा और बहू नहीं मानेंगे। आपको उनके घर का ख़र्चा सिर्फ़ तीन हज़ार रुपये माहवार उठाना होगा।"

जावेद हैदर और नवाब बेगम दोनों ने उस्मान अली की तरफ़ देखा। उस्मान अली ने पूछा, "हमें बोलने की इजाज़त है?"

जावेद ने सिर हिला दिया।

"बीबी, इस तरह फ़िरदौस बेगम का घर आबाद हो जाएगा, मगर जावेद साहब के घर में रौनक़ नहीं होगी। वह तो आबाद न हुआ। हम तो चाहते हैं जावेद साहब घर जाएँ तो वहाँ उनकी बेगम उनका इंतज़ार कर रही हों। कोई घर की देखभाल कर रहा हो। निसाइ क़दमों की चाप सुनाई दे। किसी ख़ातून की आवाज़ कान में पड़े, ठीक है न?"

जमीला ने सिर हिलाया, "ठीक है।"

"आगे जावेद साहब की अपनी मर्ज़ी है। वह मालिक हैं।"

"आपने ठीक कहा उस्मान भाई।" जावेद बोला।

जमीला को उस्मान भाई का लफ़्ज़ बहुत अच्छा लगा। बोली, "उस्मान भाई, आपने नीलम नहीं देखी। वह जावेद साहब के लिए बहुत फिट रिश्ता है। अभी एक पार्टी मुझे लेने को आने वाली है। कल आप इसी वक़्त आएँ तो मैं आपको नीलम की तरफ़ लेकर जाती हूँ। आप देखेंगे कितनी अच्छी लड़की है। रिश्तों की कमी नहीं है, उस्मान भाई। अपनी-अपनी मजबूरियाँ होती हैं।"

"आप ठीक कहती हैं, बीबी। हम कल इसी वक़्त आकर आपको ले जाएँगे।" कमरे से बाहर निकलते वक़्त उस्मान जमीला को एक तरफ़ ले जाकर बोला, "अहम बात यह है कि हमारा क्या फ़ैसला है, अभी आप फ़िरदौस को न बताएँ।"

यह सुनकर जमीला की आँखों में चमक आ गई। आप फ़िक्र न करें। उसने कुछ इस अंदाज़ में कहा जैसे वह जान गई कि उस्मान अली भी एक दिन आकर फ़िरदौस बेगम के लिए अपनी ख़्वाहिश का इज़हार करने वाले हैं।

वह कार में सवार हुए ही थे कि दूसरी पार्टी की कार दरवाज़े में दाख़िल हुई।

जावेद काफ़ी देर कार चलाने के बाद बोला, "खोदा पहाड़ निकला चूहा। रखैल बनकर रहना चाहती है। तीन हज़ार माहवार दूँ और घर में वही तन्हाई, वही उदासी, अकेला बैठा रहूँ।"

उस्मान अली ने उसकी हिमायत में एक मिसरा पढ़ा—"उग रहा है दरो दीवार से सब्ज़ा ग़ालिब।"

"उस्मान भाई, आपने जमीला को बिल्कुल ठीक जवाब दिया। क्यों नवाब साहिबा, आपका क्या ख़्याल है?"

"जो आप का ख़्याल है, वही मेरा ख़्याल है।"

"कम अज़ कम हमें कमरे में बिठातीं, बुआ आकर पैग़ाम देती।"

"वह तो आस्तीनें चढ़ाए अंदर से निकली थीं। सचमुच मालिश ही कर रही होगी।"

"हम मालिश में उसका हाथ बँटा देते। फिर बन सँवरकर फ़िरदौस आतीं अपने होने वाले जेठ उस्मान भाई को आदाब कहतीं, कुछ अंदाज़ दिखातीं कुछ पान खिलातीं।"

उस्मान अली बोला, "लीजिए पान खाकर लबे एजाज़ हिलाइए, साहब!"

जावेद हैदर कल्ले में गिलौरी दबाकर जी में ख़ुश हुआ कि वह फ़िरदौस को अच्छा लगा कि उसने उसे उस सेठ का मरतबा दिया, जिसके साथ उसने अपने ख़ाविंद की ज़िंदगी में दोस्ती रखी और फिर उसके मरने के बाद उस वक़्त तक रही जब तक उसने छोड़ न दिया। यह कोई कम सम्मान नहीं है।

अगले रोज़ जमीला को साथ लेकर नीलम की तरफ़ जा पहुँचे। नीलम के आने से पहले नौकर ने चाय के बर्तन लगा दिए। नीलम की कॉलेज में पढ़ने वाली बेटी ने केक लाकर मेज़ पर रख दिया। उस्मान अली घरेलू वातावरण से प्रभावित होकर मुतमईन अंदाज़ में सिगरेट पीने लगा और उसने उस पुरसुकून गहरी निगाह से जमीला की तरफ़ देखा। अनुभवी जमीला ने उस निगाह का जवाब हल्की सी मुस्कुराहट से दिया और आँखों-आँखों में कहा, ''मैं ख़ुश हूँ आपको घर पसंद आया।''

नीलम और उसकी वालिदा एक साथ कमरे में दाख़िल हुईं। जावेद और उस्मान ने उठकर स्वागत किया।

नीलम ने जावेद से पूछा, ''आप कब वापस आए?''

''चंद ही रोज़ हुए।''

''अच्छा वक़्त गुज़रा?''

''जी, अच्छा वक़्त गुज़रा। कॉन्फ्रेंस में कई नए लोगों से मुलाक़ात हुई।''

''आपका मज़मून अच्छा रहा?''

''जी हाँ।''

''नफ़ीसा, आप लंदन कॉन्फ्रेंस में पेपर पढ़कर आए हैं। यह मेरी बेटी है बी.ए. में पढ़ती है। उसे नए और आधुनिक आलेख पढ़ने का बहुत शौक़ है।''

''मुझे मालूम होता तो मैं इस विषय पर लंदन से तुम्हारे लिए कोई किताब ले आता।''

''थैंक क्यू सो मच। आपका पेपर किस बारे में था?''

''तीसरी दुनिया के बारे में।''

नीलम बोली, ''हमें मालूम हुआ है आपके आलेख एक अंग्रेज़ी अख़बार में छपते रहते हैं।''

''जी हाँ मेरा लंदन वाला मज़मून बस छपने वाला है। आप मेरे दोस्त उस्मान अली हैं। उर्दू अख़बार के एडिटर हैं। यह अपने अख़बार में मेरे मज़मून का उर्दू तरजुमा छापने की सोच रहे हैं।''

''जी, सोच नहीं रहा अनक़रीब शाया करूँगा,'' उस्मान अली ने मुस्कुरा कर कहा, फिर नीलम की बेटी की तरफ़ देखकर बोला, ''बेटी, तुम स्टडीज़ के अलावा कॉलेज की और कौन सी चीज़ों में दिलचस्पी रखती हो?''

''डिबेटिंग में!''

नीलम की माँ बोली, ''एक इनाम भी जीत चुकी है।''

''बहुत ख़ुशी की बात है,'' उस्मान अली ने कहा, ''डिबेटिंग में इनाम जीतना बहुत बड़ी बात होती है।''

''अब एक और डिबेट में हिस्सा ले रही है।''

''सब्जेक्ट क्या है?''

"लव मैरेज इज़ अ होक्स—प्यार की शादी एक छलावा है।"

जावेद मुस्कुराया। नीलम भी मस्कुराई।

जावेद हैदर ने पूछा, "तुम इस विषय के पक्ष में बोल रही हो या विरोध में?"

"मैं पक्ष में बोल रही हूँ कि मुहब्बत की शादी हमारे आधुनिक समाज का बहुत बड़ा 'होक्स' है।"

उस्मान अली ने कहा, "शाबाश! उसने फिर नीलम की तरफ़ देखकर कहा, "आपकी बेटी जज़्बाती कम और तर्कपूर्ण ज़्यादा मालूम होती है। मुझे ऐसे नौजवानों से मिलकर ख़ुशी होती है जो भावनाओं के ख़ोल से निकलकर बातें करते हैं। हमारे यहाँ ऐसी लड़कियाँ होनी चाहिए जो हक़ीक़त के ज़्यादा क़रीब हों।"

"लो, तुम्हारे अंकल भी तुम्हारी तरफ़ हो गए।" उस तरफ़ से नफ़ीसा की नानी बोलीं।

नफ़ीसा ने जुमला जड़ दिया, "समझदार आदमी हमेशा मेरी तरफ़ होते हैं।"

सब हँस दिए। नीलम ने कहा, "डिबेट में यह जुमला भी कहीं जड़ देना—समझदार आदमी हमेशा मेरी तरफ़ होते हैं।"

इस अनौपचारिक बातचीत से कुछ ऐसे घरेलूपन का अहसास होने लगा जैसे कमरे में बैठे हुए यह सब लोग एक ही घराने के हों। कमरे में इस रची बसी फ़िज़ा से जावेद हैदर और उस्मान अली ख़ुश थे। इस फ़िज़ा को रचाने-बसाने में उम्दा बनी हुई चाय, गर्मागर्म पकौड़े और ताज़ा लज़ीज़ केक ने बहुत साथ दिया। जावेद हैदर को नीलम की नर्म-नर्म चेहरे पर चिरी आँखें और उनका मसकारा बहुत अच्छा लगा। नीलम ने भाँप लिया। यह चाहते हैं कोई बात की जाए। उनका ख़ामोश तक़ाज़ा पूरा करने के लिए नीलम ने पूछा, "आपने लंदन में कोई स्टेज शो भी देखा?"

"जी हाँ? मैं एक अंग्रेज़ दोस्त के साथ एक शो देखने गया, जिसकी बड़ी चर्चा थी। एक लड़की ने स्टेज पर आकर तीन गाने गाए। एक गाना मुझे बहुत पसंद आया। उस गाने पर हाथ तालियों से गूँज उठा। गाने का सार कुछ इस तरह का था—

वक़्त बदलता है—हमेशा से बदलता है
मेरी सोच बदल रही है—मौसम तब्दील हो रहा है
मेरा लहजा बदल जाएगा—मेरी सोच बदल जाएगी
हमेशा से मुहब्बत के समंदर में
ज्वार-भाटा आता है
वक़्त हमारा मुन्तज़िर है।"

शर्म से नीलम की आँखें झुक गईं। उस्मान अली ने देखकर कहा, "हम वक़्त के मुन्तज़िर हैं हमेशा से, हमेशा से...वक़्त बदलता है।"

नीलम ने ताज्जुब से पूछा, ''आप भी इनके साथ थे?''

उस्मान अली बोला, ''हमने तो सिर्फ़ तुक्का लगाया था।''

''आपने तो कमाल का टुकड़ा लगाया।''

''पढ़े-लिखे लोग हैं।'' नवाब बेगम ने लुक़मा लगाया।

''भई बात यह है, हमने अंदाज़ा लगा लिया था कि नज़्म किस तरह ख़त्म होनी चाहिए।'' उस्मान अली ने ख़ुशी से कहा।

''अंकल ने तो कमाल कर दिया।''

जवाब में नीलम के शगुफ़्ता होंठों पर मुस्कुराहट देखकर जावेद हैदर के बदन में ख़ुशी की लहर दौड़ गई। उसे नीलम शलवार-कुर्ते में अच्छी लग रही थी। उसके बोलने, उठने-बैठने में आज ज़्यादा दिलबरी थी। जावेद हैदर के लिए उस्मान के चेहरे को पढ़ना मुश्किल न था जिस पर साफ़ लिखा था— 'ठीक है।'

जब मुलाज़िम और नफ़ीसा चाय के बर्तन समेटकर चले गए तो जावेद हैदर ने नीलम की वालिदा से बड़े अपनेपन से पूछा, ''आप कब तशरीफ़ लाईं?''

''मुझे आज कितने दिन हुए नीलम?''

''पाँच दिन हो गए,'' नीलम उठकर अंदर जाते हुए बोली।

''मेरा दामाद मुझे छोड़ने आया था।''

''क्या करते हैं वह?'' जमीला ने पूछा।

''ख़ैर से इंजीनियर है।''

जमीला बोली, ''जावेद साहब का एक लड़का इंजीनियर है।''

''फिर मेरा दामाद उसे ज़रूर जानता होगा।''

''जी नहीं मेरा बेटा तो फ्रांस में होता है।''

''अच्छा फिर नहीं जानता होगा। नीलम उठकर अंदर गई है। बेहतर है मैं आपसे बात कर लूँ।'' जावेद हैदर और उस्मान, जमीला और नवाब बेगम फ़ैसला सुनने को सचेत हो गए।

''पहले तो मैं कहूँ, हम आपके शुक्रगुज़ार हैं, जमीला आप इतना अच्छा रिश्ता लेकर आईं। हमारे घर में भी एक लड़का है। उसकी बीवी भी मर चुकी है। उनकी तरफ़ से हाँ नहीं हो रही थी, अब उसने हाँ कही है। नीलम की ही उम्र का है। सऊदी में काम करता है। तुम जानती हो, घर के रिश्ते को अहमियत दी जाती है।''

''बिल्कुल ठीक है, अम्मा जी। आप बिल्कुल ठीक कहती हैं। क़ुदरत के हुक्म से शादियाँ हुआ करती हैं।''

जैसे पलभर में टिड्डीदल बेल के पत्ते और उस पर लगे मीठे अंगूर के गुच्छों को चटकर जाए, सरसब्ज़ खेती देखते-देखते वीरान हो जाए!

जमीला ने मायूसी की ख़ाली-ख़ाली निगाह से नवाब बेगम को देखा!

"अच्छा हमें इजाज़त दीजिए।"

"नीलम ये लोग जा रहे हैं।"

नीलम ने बरामदे में आकर ख़ुदाहाफ़िज़ कहा। आँखें मिलाने का सवाल कहाँ पैदा होता था।

कार ख़ामोशी से चलती रही। काफ़ी देर बाद उस्मान अली ने कहा, "बैडलक हो गई।"

"यही सोच रही थी मैं भी।" नवाब बेगम ने अपने दिल की बात कही।

"नवाब बहन, मेरे साथ कभी ऐसा नहीं हुआ। चलो, दिल छोटा न करो, शादियाँ उसके हुक्म से हुआ करती हैं।"

जावेद हैदर बोला, "उस्मान भाई, यह किसी ने न सोचा कि कितने कल्चर्ड और शरीफ़ लोग थे। किस सुकून और गर्मजोशी के साथ हमसे गुफ़्तगू करते रहे। किस खुले दिल से उन्होंने हमारी ख़ातिरदारी की। वे यह बात तो किसी भी तरह बग़ैर वक़्त गँवाए भी कह सकते थे। मेरे ख़्याल से सारा क्रेडिट नीलम की वालिदा को जाता है। इतनी देर बैठी रहीं, उसने दिल की बात ज़ाहिर नहीं होने दी।"

"हमारी नई तहज़ीब में समझदार औरतें कम होती जा रही हैं।" उस्मान अली ने जवाब दिया।

"जावेद साहब को अभी घर न जाने दें।" नवाब बेगम ने उस्मान अली को मशविरा दिया।

"क्यों?"

"आज तन्हाई ज़्यादा महसूस करेंगे। ऐसे मौक़ों पर होता है न।"

"अच्छा दिलदारी, ग़मगुसार लड़कियों के फ़ोन आने से दिल बहल जाएगा, क्यों जावेद साहब?"

"अब टेलीफ़ोन से दिल नहीं बहलता उस्मान साहब,...
इस फिज़ाए तीरा को करम कर मुनव्वर कर
दाग़ेदिल नहीं खुलता, देखने दिखाने से।"

लाइब्रेरी से किताबें लेकर जब जावेद घर पहुँचा और कपड़े तब्दील पलंग पर लेटा तो टेलीफ़ोन की घंटी बजी।

"हलो।"

"यह क्या शग़ल ढूँढ़ा है आपने?"

"कौन सा शग़ल?"

"आज कहाँ फिर रहे थे कार दौड़ाते हुए?"

"आप कौन होती हैं पूछने वाली?"

"अच्छा! यह परपुरज़े? मैं कौन होती हूँ पूछने वाली?"

"बीवी पूछा करती है यह सवाल। तुम मेरी बीवी तो नहीं हो।"

"तुम्हारी बीवी कहाँ है?"

"उसकी तस्वीर सामने लटकी हुई है, तुम नादान क्यों बन रही हो?"

"आज तुम्हारे साथ औरत कौन बैठी हुई थी?"

"रोज़ बैठी होती है, तुमने आज देखा है?"

"अगर अब देखा तो अपनी कार तुम्हारी कार से टकरा दूँगी।"

"यह तो बहुत अच्छा होगा।"

"जब से लंदन से आए हो, लहज़ा बदला हुआ है। किसी को दिल तो नहीं दे आए?"

"मेरा दिल है, जिसको मर्ज़ी दूँ। तुम्हारा तो नहीं।"

"दिले नादाँ तुझे हुआ क्या है?"

यह कहकर ज़नाना आवाज़ ने टेलीफ़ोन बंद कर दिया।

जावेद हैदर के साथ यह ख़ास बात थी कि रात भर सोने के बाद जब सुबह सुबह आँखें खुलतीं तो ज़हन में नए ख़्यालात हमलावर होते और नई तदबीरें दिमाग़ में आतीं। इसी वक़्त कोई नया ख़्याल आँख के साथ आँख खोलता। उसी वक़्त फ़िक्री उलझन का हल दिखाई देता। उसी वक़्त भूला हुआ शेर याद आता। उसी वक़्त विजदानी इरफ़ान (अन्तर्ज्ञान) का कम्प्यूटर अपना कार्ड बाहर फेंकता। उसी वक़्त हातिफ की आवाज़ सुनाई देती।

आज आँखें खुलते ही उसे अपने दोस्त अता रसूल का ख़्याल आया। जिससे गपशप हुए मुद्दत हो गई थी। अता रसूल और जावेद हैदर में तकल्लुफ़ न था। मुलाक़ातें होतीं तो लगातार होतीं। नाग़ा होता तो लंबा होता।

आज के अंग्रेज़ी अख़बार में उसका लंदन वाला मज़मून छपा था। उसे पढ़ने के बाद उसने सोचा, 'पहले एडिटर की तरफ़ जाना होगा। उसके पास जो मज़मून पहले से रखा है उसके बारे में ताकीद करनी होगी, फिर ड्राइक्लीनर से अपना सूट भी नहीं लाया। वापसी पर बेकरी से अंडे लाने होंगे।' वह सिगरेट मसलकर उठ खड़ा हुआ। तैयार होकर कोट पहन रहा था कि फ़ोन की घंटी बजी, "हेलो।"

"अता रसूल बोल रहा हूँ।"

"वल्लाह, आज सुबह उठते ही तुम्हारा ख़्याल आया था।"

"देख लो, हमने टेलीफ़ोन कर डाला। आज के अख़बार में तुम्हारा मज़मून देखा। यह बताओ कॉन्फ्रेंस में इस पर कोई चेमीगोइयाँ तो नहीं हुई?"

"नहीं, बड़े बैलेंस्ड लोग होते हैं वहाँ, तुम्हारी तरह जज़्बाती नहीं होते कि हर चीज़ का तियापाँचा कर दें।"

"तुम ठीक कहते हो। मैं चाहता हूँ तुम इसी मौज़ू पर हमारे फ़ोरम में एक लेक्चर दो। कुछ अपने मज़मून के चुने हुए अहम नुक़्ते बयान करें जो मज़मीन कॉन्फ्रेंस में पढ़े गए। उनका लब्बोलुबाब कॉन्फ्रेंस पर रिव्यू क़िस्म की चीज़, एक तायराना निगाह।

"मैं समझ गया।"

"तुम आ नहीं सकते, क्या कर रहे हो इस वक़्त?"

"तैयार होकर घर से निकल रहा था।"

"पहले मेरे दफ़्तर आओ। फिर कहीं जाना। लेक्चर के बारे में ज़रा खुलकर बातें करेंगे। तुमने एक बार मुझसे उस्मान अली के बारे में कहा था।"

"कहा था।"

"तो एडिटरों की एक जमात मिस्र और तुर्की के दौरे पर जा रही है। उस में उस्मान अली का नाम दाख़िल कर दिया गया है।"

"वेलडन! मैं सीधा तुम्हारी तरफ़ आ रहा हूँ।"

लेक्चर में अपने कौन-कौन से हिस्सों का हवाला देना होगा? फिर जावेद ने अता रसूल को कॉन्फ्रेंस में दूसरे लोगों के क़ाबिले ज़िक्र मज़मीन के अहम नुक़्ते बताए। जिन-जिन पर कॉन्फ्रेंस में थोड़ी बहुत बहस हुई, उनका ज़िक्र किया। लेक्चर का एक कच्चा ड्राफ्ट बना लिया गया। इसके बाद अब गुफ़्तगू ने रोज़मर्रा का रुख इख्तियार किया और अता ने पूछा कैसी गुज़र रही है तो जावेद हैदर ने कहा, "अब तन्हा नहीं रहा जाता। क्लब जाता हूँ तो वहाँ ख़ाविंद बीवी वाला माहौल, घर पर होता हूँ तो लड़कियों के बेहूदा फ़ोन आते हैं।"

"क्या कहती है बेहूदा लड़की?"

"बेहूदा लड़की, एक नहीं, कई हैं। एक मेरा पीछा करती है। मुझे बता देती है, कल मैंने किस रंग की नेकटाई लगाई हुई थी। रुमाल जेब से कितना बाहर था, किस रंग का था। मैं किस सिनेमा में बैठा फिल्म देख रहा था। दो ऐसी हैं जो बेहूदा बातें कर ख़ुश होती हैं। एक फ़ोन आधी रात को आता है। लचर बात करके बंद कर देती है।"

"अता पता?"

"नहीं बतातीं।"

फिर उसने अपने बीमार होने और लेटरबक्स के अंदर पन्नी में लिपटे हुए पान मिलने का क़िस्सा सुनाया।

"हमने सुन रखा था, रांड तो जीना चाहती है, रँडवे जीने नहीं देते।" अता ने कहा।

"रँडवा जीना चाहता है, मगर राँडें नहीं जीने देतीं। मैं चाहता हूँ तुम भाभी से कहो उनका बहुत से घरानों में आना-जाना है। मेरे लिए किसी विधवा का रिश्ता

पसंद करें। उनके लिए यह काम कोई मुश्किल न होगा।''

''ठीक है।''

''तुम और भाभी परसों रात का खाना हमारी तरफ़ खाओ।''

''और भी कोई होगा?''

''उस्मान अली होगा।''

''ठीक है।''

वह वहाँ से उठकर अंग्रेज़ी अख़बार के दफ़्तर पहुँचा। जहाँ एडिटर ने उसे अपने मिस्त्र और टर्की के दौरे के बारे में बताया। जावेद के पूछने पर कि और कौन-कौन एडिटर जा रहे हैं, उसने फ़ेहरिस्त सामने रख दी। उस्मान अली का नाम पढ़कर उसे ख़ुशी हुई। उसने वहीं से फ़ोन करके पूछा, ''आपको सरकारी ख़त मिला है कि नहीं?''

''अभी अभी मिला। जी, हमारा नाम भी मौजूद है। आप वहाँ से उठकर इधर आ जाएँ हमें आपका इंतज़ार रहेगा।''

जब जावेद हैदर उस्मान अली के दफ़्तर पहुँचा तो वहाँ लोग मिठाई खा रहे थे। जावेद के लिए चाय आई तो साथ कलाकंद और गुलाबजामुन भी थे।

''जावेद साहब, यह सब आपकी मेहरबानी से हुआ।''

''जी नहीं, क़तअन नहीं। देर से काम हुआ मगर ठीक हुआ। परसों अता रसूल और उनकी बेगम को खाने पर बुलाया है। उसने आपका काम किया है। आप भी आएँ और नवाब साहब भी।''

''हमारे साथ नवाब का आना ठीक रहेगा?''

''मेरा दोस्त कुवैत में काम करता है। उसकी बेगम हैं, वहाँ जल्द ही जाने वाली हैं। मैं अपनी तरफ़ से परिचय कराऊँगा।''

''जो नियत इमाम की।''

''नवाब साहब को चलकर ख़ुशख़बरी तो सुनाएँ और परसों के लिए नारियल का हलवा तैयार करने को कहें।''

उस्मान अली को बाहर जाने की वजह से कई ज़रूरी काम निबटाने थे। उसने कहा कि वह तयशुदा वक़्त से कुछ पहले ही पहुँच जाएगा। नवाब बेगम बोली, ''वह हलवा तैयार कर टैक्सी में पहुँच जाएँगी।''

''आप वक़्त से पहले पहुँचें। बड़े मियाँ तैयार तो सब कुछ कर लेगा, आपके होने से उसका हौसला बढ़ जाएगा। मैं आपको आकर गाड़ी में ले जाऊँगा।''

''यह ठीक है।''

गाड़ी से उतरते हुए जावेद हैदर ने पूछा, ''यह तो हुआ नारियल का हलवा जो मैंने उठा रखा है। जो लिफ़ाफ़ा आपने उठा रखा है उसमें क्या है?''

"इसमें मेरा सूट है। मेरा यह जोड़ा जो मैंने पहन रखा है, अगर बावर्चीख़ाने में उस पर कोई धब्बा लग जाए, या अगर दावत के लिए अच्छा नहीं तो तब्दील कर लूँगी।"

"नहीं, यह तो बहुत अच्छा है, मैं आपका परिचय कराऊँगा—यह मेरे दोस्त की बेगम हैं जो कुवैत की फर्म में काम करते हैं, और यह बात है भी ठीक।"

नवाब बेगम अपने को सिर से पाँव तक देखकर जावेद हैदर के साथ कोठी में दाख़िल हुई।

"बड़े मियाँ, लो नारियल का हलवा लो, इस पर वरक़ लगा लेना, जो-जो खाना पका, वह बेगम साहिबा को बता दो तुम्हारी मदद कर देंगी जो पक गया है उन्हें दिखा दो।"

"बहुत बेहतर, जी सब्ज़ चाय कम है। एक पैकेट मँगा लें तो अच्छा है।"

"मैं अभी लेकर आता हूँ, कुछ और तो नहीं चाहिए?"

"जी नहीं।"

जावेद हैदर जिन क़दमों आया था उन्हीं क़दमों चला गया।

नवाब बेगम ने बड़े आईने के सामने खड़े होकर अपने बालों को दुरुस्त किया। क़मीज़ को खींचा फिर अपने आपको मुड़कर देखा और दोनों, तीनों सजे हुए कमरों से होती हुई बावर्चीख़ाने में पहुँची। क़मीज़ की आस्तीनों को कोहनी तक खींचकर बोलीं, "क्या पका रहे हैं बड़े मियाँ?"

"कोफ़्ता-करी, पालक-गोश्त, माश की खड़ी दाल, पुलाव, रायता, सलाद और मीठा आप ले आई हैं।"

"क्या-क्या तैयार हो चुका है?"

"जी सलाद तैयार, माश की दाल तैयार, पालक-गोश्त तैयार, पुलाव की यख़नी निकाल ली है, आप जब कहेंगी चावल डाल देंगे।"

एक-एक देगची का ढकना उठाकर नवाब बेगम ने देखा फिर बोलीं, "लाओ रायता मैं बना दूँ।" वह बड़े चमचे से दही को फेंटने लगीं और ख़ानसामाँ अपनी हथेलियों पर कोफ़्ते गोल करने लगा।

"खाने के बर्तन मैंने साफ़ करके रख दिए हैं। आप देख लें। मैं पहले कई बार डिनर भुगता चुका हूँ। आप ज़र्रा भर फ़िक्र न करें।"

"नहीं, कोई बात नहीं।"

कार के अंदर दाख़िल होने की आवाज़ सुनाई पड़ी।

"साहब कहीं आकर चाय न माँग लें। मेरे हाथ कोफ़्तों से भरे हुए हैं।"

"कोई बात नहीं, मैं चाय बना दूँगी।"

"यह लो बड़े मियाँ, सब्ज़ चाय का पैकेट। अब हमें एक प्याली चाय दे दो।"

नवाब बेगम टमाटर काट रही थीं, बोलीं, "आप चलें मैं लाती हूँ।"

उसने कैटिल गैस पर रखकर पाँच मिनट में चाय तैयार कर दी और ट्राली में प्यालियाँ लगाकर अंदर ले आई।

"आपका ख़ानसामाँ अच्छा होशियार आदमी है। सब खाने तैयार हैं। कोफ़्ते और पुलाव बाक़ी हैं। मैंने कहा बड़े मियाँ मैं चाय बना लेती हूँ तुम कोफ़्ते गोल करते रहो। पालक-गोश्त में कुछ नमक ज़्यादा था, मैंने आटे का गोला डाल दिया है।"

"इससे क्या होगा?"

"आपने इतने दिन घर चलाया, आपको मालूम नहीं? आटे का गोला नमक चूस लेता है।"

"अच्छा किया आपने बावर्चीख़ाने की यह कारीगरी मुझे बता दी।"

"चाय कैसी बनी है?"

"बहुत अच्छी बनी है। एक प्याली और लूँगा।"

"उस्मान साहब मिस्र जाने पर बहुत ख़ुश हैं।"

"ख़ुशी तो होती है। बहुत देर के बाद जो बारी आई है।"

"रायते में क्या-क्या डाला जाएगा?"

"आप क्या डालती हैं?"

"खीरे और टमाटर के टुकड़े।"

"ठीक तो है।"

"और थोड़ा सा ज़ीरा।"

"मज़ा आ गया।"

"अपना काम पूरा कर आऊँ।"

उसने बावर्चीख़ाने में आकर खीरे टमाटर के कतरे टुकड़े दही में मिलाकर ऊपर से ज़ीरा छिड़क दिया।

"लो बड़े मियाँ, रायता तैयार हो चुका है, कोफ़्ते भी पूरे कर लिए तुमने, टूटेंगे तो नहीं?"

"सवाल ही पैदा नहीं होता।"

जब वह अंदर आई तो जावेद ड्राइंगरूम की दरमियानी टेबिल पर रखी हुई छोटी तश्तरियों में मूँगफली और बादाम के दाने रख रहा था।

"चखकर देखें अच्छे हैं।"

उसने दो दाने उठा लिए, "बहुत लज़ीज़ हैं।" फिर वह बोली, "यह तख़्त की तरह बनी हुई कुर्सी, जिसके बारे में मैंने कहा था कि इस पर फ़िरदौस बेगम बैठेंगी तो बिल्कुल मलिका लगेंगी।"

"यह कुर्सी बनी हुई इस तरह से है कि जो बैठे वह मलिका लगे।"

"यह तो सिर्फ़ ऊपर से कहने की बातें हैं। दिल में तो आपके वही बस रही है।" उसने शरारत के अंदाज़ में कहा।

जावेद मुस्कुरा कर बोला, "कैसे जाना?"

"जब वह मेरे दिल में बस रही है, आपके दिल में कैसे नहीं बसेगी?"

जावेद ने मज़ा लेकर कहा, "हाय!" फिर उसने मूँगफली के दानों वाला लिफ़ाफ़ा नवाब बेगम को पेश कर कहा, "मुँह नमकीन कीजिए।"

"मैं तो मुँह मीठा करूँगी, जब वह आएगी।" यह कहकर वह चाय की मेज़ के पास जाकर बैठ गई।

"आएगी से क्या मतलब?"

"मैं उसे लाऊँगी। एक बार वह यहाँ आ जाए, फिर न गई। महीने का तीन हज़ार माँगती है न? आप मुझसे छह हज़ार लें। उसे दो माह रखकर छोड़ दें।"

"अगर जो ज़्यादा लगा?"

"तो मुझसे और ले लें।"

"पर क्यों?"

"उसने आपका दिल तोड़ा है।"

"मेरा दिल तो कई बार टूटा है।"

"आप ग़लत कहते हैं, आप सोच क्या रहे हैं?"

"कुछ नहीं सोच रहा, बिल्कुल नहीं।"

फिर उसने चायदानी का ढक्कन उठाते हुए कहा, "देखूँ, आपके लिए चाय है।

"आप चायदानी में झाँक रहे हैं या अपने आपमें, सोचने क्या लगे हैं?"

"मैं यह सोच रहा हूँ कि आप कितनी ऊँची औरत हैं। कितनी अजीब हैं। छह हज़ार कोई मामूली रक़म नहीं होती है।"

"यह बात उस्मान साहब तक न पहुँचे।"

"सवाल ही पैदा नहीं होता है।"

"मैं आपके लिए चाय बनाऊँगी। शक्कर आप ख़ुद डाल लें। लीजिए आप चाय पियें मैं कपड़े बदल लूँ, किस कमरे में बदलूँ?"

"जिसमें आपका जी चाहे, वह गेस्टरूम है। उसमें चली जाएँ।"

नवाब बेगम ने अपनी शलवार और क़मीज़ बाथरूम की खूँटी पर लटका दी और नया सूट पहन लिया। आईने के सामने खड़े होकर उसने अपने बालों और चेहरे को ठीक किया। आँखों की पलकों पर विलायती काजल लगाया। होंठों पर लगी लिपिस्टिक को थोड़ा-सा छेड़ा फिर पर्स के छोटे खाने से निकालकर परफ़्यूम लगाया। और बाहर निकल खाने की मेज़ की तरफ़ चल दीं, जिस पर प्लेटें नैपकिन और छुरी, काँटे क़रीने से रखे हुए थे। जग और गिलास कोने की छोटी-सी मेज़ पर

धरे हुए थे, दीवार पर तस्वीरें सजी थीं। वह एक-एक करके तस्वीरों को देखती रहीं। जावेद के कमरे में टेलीफ़ोन की घंटी बजी। वह ग़ुस्लख़ाने से पुकारा, "उठा लें, ज़नानी आवाज़ हुई तो टाल दें।"

वह लपककर गई, "हैलो!"

"जावेद आ गए हैं?"

"आकर फिर चले गए हैं।"

"आप कौन हैं जो उनके कमरे से बोल रही हैं? यह फ़ोन तो उनके कमरे में बंद रहता है।"

"उनकी रिश्तेदार हूँ। वह कहीं क़रीब ही गए हैं, आ जाएँ तो क्या कहूँ? आप पैग़ाम दे दें अपना परिचय दे दें, क्योंकि हम भी किसी खाने पर जा रहे हैं।"

"कोई पैग़ाम नहीं।"

जावेद हैदर तैयार होकर सामने की कुर्सी पर आकर बैठ गए।

"आप बहुत अच्छी टेलीफ़ोन सेक्रेटरी बन सकती हैं। क्या ख़ूब जवाब देती हैं!"

वह मुस्कुराई, "मुझे आपकी सहेलियाँ कहती तो होंगी, यह कबाब में हड्डी कहाँ से आई?"

"आप जब मुस्कुराती हैं तो मालूम होता है आपको पान खाने की आदत है। पान खाने वालों को देखकर ख़ुशी होती है।"

"उस्मान साहब की डिबिया की आदत पड़ गई है। यह जो आपके दोस्त की बेगम आ रही हैं, कैसी हैं?"

"मेलजोल रखने वाली बड़ी हमदर्द ख़ातून हैं। अता और हमारा मिलना-जुलना पुराना है। बाहर कोई गाड़ी रुकी है। शायद उस्मान साहब आए हैं।"

"भई देर तो नहीं हुई।" उस्मान अली ने अंदर दाख़िल होकर पुकारा।

"आप अपने वक़्त पर आए। डिबिया पान लाए हैं?"

"बिल्कुल लाए।"

"नवाब बेगम को दीजिए।"

"हाय। अभी तो मुझे सालन चखने हैं, दो-तीन इलायचियाँ दे दीजिए।" उसने बटुआ आगे बढ़ा दिया। नवाब बेगम ने कुछ इलायचियाँ अपने पर्स में रख लीं। इतने में ख़ानसामाँ उजले कपड़े पहने दाख़िल हुआ।

"बड़े मियाँ, उस्मान साहब के लिए ठंडा लाओ, हाँ, जब खाना माँगे तो तैयार मिले।"

"जी तैयार मिलेगा," वह नवाब बेगम के पास चलकर आया, "ज़रा चलकर देख लें।"

वह बावर्चीख़ाने में कोफ़्तों का ज़ायका चखकर बोली, "अब हल्की आँच पर रख दो और यख़नी चढ़ा दो।"

बड़े मियाँ सेवनअप के तीन गिलास ट्रे में रखकर नवाब बेगम के साथ कमरे में दाख़िल हुआ।

वे अपना-अपना गिलास लेकर इधर-उधर की बातें करने लगे।

नवाब बेगम उस्मान अली और जावेद की बातें कई बार सुन चुकी थीं। अब उनका लहज़ा और बात करने का अंदाज़ भी जान चुकी थी। मगर अता रसूल और उनकी बीवी की बातें जैसे मीठी गोलियाँ हों। बेगम अता की बातों में बहुत मिठास थी। बातों-बातों में बेगम अता ने कहा—

"जावेद साहब, सुना है आप विदेश में लेक्चर देने वाले हैं। कौन सी तारीख़ तय हुई है?"

"अभी तारीख़ तय नहीं हुई है। जिस दिन अता जहालत फैलाने को कहेंगे, हम फैला देंगे।"

उस्मान अली ने कहा, "बेगम साहिब, जावेद साहब कहीं गए हैं या जहालत कहीं गई है।"

बेगम अता के होंठों पर मीठी-मीठी मुस्कुराहट फैल गई।

"जब आप मिस्र और टर्की का दौरा करके आएँगे उस्मान साहब आपको भी जहालत फैलाने को कहा जाएगा" अता रसूल ने मुस्कुरा कर कहा।

"साहब जहालत से इंकार की गुंजाइश कहाँ? जितनी आप कहेंगे हम फैला देंगे। साबित कर देंगे कि शिक्षा की रौशनी बहुत अच्छी चीज़ है...गाँव की एक लड़की शहर से शिक्षा हासिल करके अपने गाँव आई। गाँव में शौचालय कहाँ होते हैं। शाम के अँधेरे में औरतें जंगल जाती हैं। शाम को औरतें जाने लगतीं तो पढ़ी-लिखी लड़की उनके साथ नहीं जाती बल्कि, अँधेरे में लालटैन ले छत पर चढ़ जाती और लालटैन अपने पास रख शिक्षा की रौशनी फैलाती रहती थी।"

सब हँस पड़े, मगर उस्मान अपने भारी संजीदा लहजे को शरारत की आँच देकर बोलता चला गया, "मगर गाँव कितना बदनसीब था। उलटा हँसता और कहता, शिक्षा की रौशनी सब बकवास चीज़ है। होते-होते यह ख़बर ज़मींदार के पास पहुँची। उसने कहा, "बदबख़्तो! शैतानो! मुझे भी तो दिखाओ शिक्षा की रौशनी। मैं सारी उम्र उस रौशनी से महरूम रहा हूँ। उसने एक ही रात वह रौशनी देखी। दूसरे दिन शिक्षा की रौशनी को घर बुलाकर उससे निकाह कर लिया और शिक्षा की रौशनी हँसी ख़ुशी रहने लगी।"

अता रसूल ने कहा, "एक बार फोरम में हमने यूनिवर्सिटी की सिफ़ारिश से हिप्पी क़िस्म के एक ट्रेवलर का लेक्चर रख दिया। देखते-देखते हाल भर गया। उसने कहा, 'मैं दुनिया की सैर करता हूँ। मैंने घाट-घाट का पानी पिया है और मुल्क-मुल्क का सफ़र किया है। पाकिस्तान आकर मेरी तबीयत प्रफुल्लित हो गई है। क्योंकि यह बहुत ही रिच कंट्री है। मैं जिधर जाता हूँ भाँग के पौधे दिखाई देते

हैं। इतनी अधिकता से हरी-भरी भाँग ख़ुदाए बुज़ुर्ग की तरफ़ से ख़ुद उगी हुई है। मैंने किसी भी मुल्क में नहीं देखी है।''' बेगम अता और नवाब की आँखें फिर एक-दूसरे से चार हो गईं। दोनों के चेहरे फिर मुस्कुरा उठे।

सब मेज़ पर से उठकर खड़े हुए। बेगम अता बोली, ''जावेद साहब, आपने बहुत उम्दा खाना खिलाया। बहुत हँसाया और हमें आपके नारियल के हलवे का बहुत मज़ा आया।''

वह ड्राइंगरूम आकर बैठ गए। उस्मान अली ने पान की डिबिया निकाल कर बेगम अता से कहा, ''शौक़ फ़रमाइये।''

जावेद बोला, ''ग्रीन टी आ रही है।''

ट्राली लिए बड़े मियाँ कमरे में दाख़िल हुआ और नवाब बेगम प्यालियों में ग्रीन टी उड़ेलने लगीं।

जब मेहमान चले गए तो उस्मान अली ने कहा, ''जावेद आपके दोस्त कमाल के आदमी हैं वाक़ई अताए रसूल हैं।''

नवाब बेगम बोली, ''और उनकी बेगम कितनी शालीन और सभ्य हैं।'' ''उन्होंने हलवे की तारीफ़ जो की है।'' उस्मान अली मुस्कुराकर बोले।

जावेद पुकारा, ''बड़े मियाँ हलवा बचा या ख़त्म हो गया?'' खाने वाले कमरे से बर्तन समेटते हुए बड़े मियाँ ने जावेद से कहा।

''ख़त्म हो गया।''

''हलवा वाक़ई मज़ेदार था।'' जावेद ने कहा।

उस्मान अली बोला, ''फिर किसी दिन खिला देंगे। अब आप हमें उतारें हमारे अख़बार के दफ़्तर। कल आपके लंदन वाले मज़मून का तर्जुमा छप रहा है। उसका प्रूफ हम देखेंगे, क्योंकि तर्जुमा हमने किया है फिर कॉपी भी हमारे सामने जोड़ी जाएगी। मिस्त्र और टर्की के दौरे पर जाने से पहले नाइटशिफ्ट का काम देखना कुछ ज़रूरी हो गया है, फिर नवाब साहब को उनके घर छोड़िए।''

नवाब बेगम ने उस्मान अली से कहा, ''हाय! जी, रात का वक़्त है पहले मुझे छोड़ दें, फिर अपने दफ़्तर जाएँ। मोहल्ले वाले आपको जानते हैं, जावेद साहब को नहीं जानते न।''

''इसी तरह सही।''

जावेद ने कार चलाते हुए पूछा, ''यह ख़ुशबू कहाँ से आ रही है?''

''हुजूर यह मस्तीखान का नूर ज़हूर है।'' उस्मान अली ने जवाब दिया।

''हद है, आप लोगों की नाक में इतनी देर बाद ख़ुशबू पहुँची?'' सब अच्छे मूड में थे।

''मौसम देखा आपने?''

"जाड़े की आमद-आमद है उस्मान साहब, आसमान पर चाँद देखिए। है न नूर की टिकिया?"

नवाब बेगम बोलीं, "कह दीजिए यह भी मस्तीखान का नूर ज़हूर है।" जावेद ने हँसी का हुंकारा देकर कहा, "आपके जाने में सिर्फ़ चार दिन बाक़ी हैं उस्मान साहब! वहाँ मौसम सर्द होगा। बड़ा कोट लेकर जाएँ!"

"मैं भी यही सोच रहा हूँ।"

"हाय मैं मर गई! अपना जोड़ा मैं वहीं भूल आई जहाँ कपड़े बदले थे।"

"कोई बात नहीं क्या हो गया?"

☙ छह ❧

उस्मान अली को हवाई जहाज से भेजकर जावेद ने नवाब बेगम से कहा, "उस्मान साहब के जाने के बाद तबीयत उदास हो गई है। किधर चलें? आपकी तरफ़ या अपनी तरफ़?"

"जिधर आपका दिल चाहे। उस दिन आपका ख़ानसामाँ कहता था बेगम साहिबा, कभी-कभी आप आ जाया करें। आपके आने से रौनक़ हो जाती है।"

"ठीक कहता है। आपको देखकर ख़ुश हो जाएगा और आपकी वजह से हमारी भी ख़ातिर-तवाज़ो करेगा।" जावेद का यह जवाब सुनकर नवाब बेगम मुस्कुराईं रास्ते में जावेद ने पूछा, "चाय के लिए क्या ले लें? छोटे समोसे या मिठाई या दोनों चीज़ें?"

नवाब बेगम ने सादगी और ख़ुलूस से देखा, "जो आपका जी चाहे।"

उसने कार रोककर एक दुकान से समोसे और कलाकंद ख़रीदा और घर पहुँचकर बोला, "बड़े मियाँ, यह लो डब्बा और चाय नम्बर वन बना कर लाओ। हम ऊपर जाकर सनरूम में बैठते हैं।"

सनरूम में क़ालीन का छोटा-सा टुकड़ा बिछा था। गोलमेज़ के चारों तरफ़ बेद की चार कुर्सियाँ रखी थीं। कोने में एक गमले में पाम का एक पौधा लगा था। नवाब बेगम आरामकुर्सी पर बैठ गईं। जावेद हैदर ने सिगरेट सुलगाया, "कभी-कभी आप भी एक सिगरेट पी लिया करें, अच्छी लगेगी।"

"उस्मान साहब से पान खाने की आदत पड़ गई। आपसे सिगरेट की आदत पड़ जाएगी।"

"जिस तरह आप आरामकुर्सी पर अधलेटी होकर बैठी हैं, अगर इस तरह बैठकर सिगरेट पिया जाए तो बहुत लुत्फ़ आता है।"

"लो, मैं सीधी होकर बैठ गई। हाय! मैं अभी आई।" उठकर वह तेज़ी से चली गईं। जावेद हैदर कुर्सी पर अधलेटा होकर सिगरेट पीने लगा।

"मैं बाथरूम में अपने कपड़े भूल गई थी अब वहाँ नहीं हैं।"

"कहाँ जा सकते हैं, वहीं होंगे।"

"वहाँ तो नहीं हैं!"

"धोबी धुलाई में ले गया है, मैले थे न?"

"मैं तो उस दिन धुला हुआ जोड़ा पहनकर आई थी। मैले कहाँ से हो गए?"

"धोबी कहता था।"

"हाय मज़ाक़ छोड़िए न।"

"इतना परफ़्यूम लगा हुआ था क़मीज़ में कि मेरा बाथरूम ख़ुशबू से महक रहा था।"

"ठीक है, होगा!"

"फिर हमने आपके कपड़े तह करके अपने दराज़ में रख लिए। महफ़ूज़ पड़े हैं।"

"अपने दराज़ में क्यों?"

"ताकि थोड़ी सी ख़ुशबू बेचारी हमारी क़मीज़ों में भी चली जाए।"

वह उठकर नीचे चला गया। तीनों कपड़े शलवार, कमीज़, दुपट्टा तह किए हुए सामने लाकर रख दिए। नवाब बेगम मुस्कुराने लगीं।

"मेरे कपड़ों को तह किसने किया है?"

"कौन करता?"

"हाय, आपने ज़नाने कपड़े को हाथ क्यों लगाया?"

"आप जानकर कपड़े छोड़ गई थीं।"

"उई अल्लाह! मैं एक थैली भी तो छोड़ गई थी। जिसमें जोड़ा लाई थी।"

"आप एक चीज़ और भूल गई थीं।"

"क्या... ?"

"वह बर्तन जिसमें हलवा आया था।" नवाब बेगम के चेहरे पर कमसिनी की ऐसी मासूम मुस्कुराहट फैली जैसी ज़हीन बच्चे के चेहरे पर फैलती है जो मामूली सी पहेली भी न बूझ पाए।

बड़े मियाँ ट्रे पर समोसे, कलाकंद और चाय के बर्तन रखे दाख़िल हुआ। "बड़े मियाँ नारियल के हलवे वाला बर्तन भी लाकर यहाँ मेज़ पर रख दो। उस दिन वापस करना याद नहीं रहा था।"

"मेरी चीज़ें आप इकट्ठा करके इस तरह दे रहे हैं, जैसे कि अब मुझे यहाँ आने की इजाज़त नहीं है।"

जावेद हैदर के चेहरे पर मुस्कुराहट नमूदार हुई और वह दिलदारी के तौर पर नवाब बेगम के कंधे थपथपा कर बोला, "ऐसी बात न कहिएगा। ख़ुद ही तो आप चीज़ें इकट्ठा कर रही हैं और ख़ुद ही ऐसा कहती हैं।" फिर उसने पहल करने के लिए एक छोटा-सा समोसा मुँह में डाल लिया और बोला, "चाय बनाइए।"

"ज़रा दम हो जाए।"

बड़े मियाँ ने आकर तामचीनी का डोंगा मेज़ पर रख दिया।

"मुझे आज उस्मान भाई रवानगी के वक़्त उदास-उदास लगे थे। मुमकिन है मेरा वहम हो।"

"शायद कोई घरेलू बात हो। आपको तो मालूम होगा।" नवाब बेगम बोलीं,

"मुझे तो कुछ मालूम नहीं।"

"सच ? आपको मालूम नहीं ? उनकी बीवी दिमाग़ी तौर पर कुछ ठीक नहीं। दिमाग़ी अस्पताल में रह चुकी है। एक बेटी है जो विधवा होकर उस्मान साहब के घर में ही रहती है।"

"उस्मान साहब बड़ी हिम्मत वाले हैं। कभी भी उन्होंने इस बात का मुझसे ज़िक्र नहीं किया।"

"कई बातों का ज़िक्र नहीं किया जाता।" वह चाय बनाने लगीं।

"आपके कितने बच्चे हैं ?"

"दो ! एक लड़की जो आपकी बेटी की तरह पाकिस्तान से बाहर है। अपने घर में ख़ुदा के फ़ज़ल से ख़ुश है। एक बेटा है। वह बाप के पास जाने के लिए ट्रेनिंग ले रहा है। किसी दिन आपसे मिलवाऊँगी। मस्ती की तरह गोरा-चिट्टा है। यह कलाकंद तो बहुत मज़ेदार है।"

"जनाब यह एक खास दुकान का है।"

"किसी दिन आप आएँगे तो आपको पड़ोस की दुकान की तली मछली खिलाऊँगी। क्या ख़्याल है ? कल जमीला को लेकर फ़िरदौस बेगम की तरफ़ क्यों न चलें ?"

"फ़िरदौस बेगम नहीं, बेगम फ़िरदौस।"

"हाय तौबा!! इसके नाम से तो आपके मुँह में पानी भर आता है।

"कितने बजे आऊँ ?"

"ठीक नौ बजे आएँ।"

"मगर उस्मान साहब को पता न चले। वह क्या कहेंगे, हम कितने गिर गए हैं।"

"कहना क्या होता है ? मुहब्बत में ऐसी बातें नहीं सोचा करते," नवाब बेगम बोली।

"आप तो मेरी उस्ताद बन गई हैं।"

अगले रोज़ वे दोनों जमीला की तरफ़ जा रहे थे। जावेद हैदर ने कोट की जेब में से सुर्ख़ रूमाल बाहर निकाल रखा था। स्ट्राइप वाली नेक-टाई बाँध रखी थी। नवाब बेगम ने उस रोज़ की दावत वाला जोड़ा पहन रखा था। गले में सोने की ज़ंजीर थी। कानों में छोटे-छोटे बुंदे थे। हलका मेकअप किया हुआ था। मोटरकार फर्राटे भरती,

रास्ता काटती, मोड़ मुड़ती जमीला के घर रुकी। उसने अपने खास लहजे में 'बिस्मिल्लाह', कहकर बैठक का दरवाज़ा खोल दिया।

"आपने गर्म चादर क्यों ली है, तबीयत तो ठीक है?" नवाब बेगम ने पूछा।

"ठीक है, कल नहा के निकली तो कुछ सर्दी लग गई।"

"मौसम बदल रहा है सुबह को काफ़ी सर्दी हो जाती है।"

"जी हाँ।"

"हमने कहा, आपको पकड़ने का यही वक़्त होता है वरना आप घर से निकल गईं तो फिर पकड़ना मुश्किल है।" नवाब बेगम अपने माथे पर से बाल हटाकर बोलीं।

"अगर आप आधा घंटा और देर से आते तो मैं जा चुकी थी।"

"अच्छा जमीला, हम इसलिए आए थे कि जावेद साहब को बेगम फ़िरदौस की शर्त बिल्कुल मंज़ूर है। तीन हज़ार माहवार ठीक है। वह उनकी कोठी में कम, अपनी कोठी में ज़्यादा रहें। जब उनका बेटा बहू आए, वह उनके घर नहीं जाएँगे।"

"मैं अगले रोज़ गई थी, उसकी छब देखने वाली थी।"

"पहले क्या कम थी।"

"अब चलकर देखो। उस पर और चमक आ गई है। वह पाबंद जो हो गई है!"

"किसकी पाबंद?"

"थानेदार की, माहवार ख़र्च ले रही हैं। कहते हैं नया-नया आया था। आते ही फाँस लिया।"

"शक्करखोर को ख़ुदा शक्कर देता है।"

"अच्छा हम चलते हैं।"

"नवाब यक़ीन जानो, ढंग की पार्टी नहीं मिलती। मैं जावेद साहब से ख़ुद शर्मिंदा हूँ।"

सारा रास्ता जावेद ख़ामोशी से गाड़ी चलाता और सिगरेट फूँकता रहा और उसके साथ बैठी नवाब बेगम भी उसकी तरह ख़ामोश रहीं। फ़र्क़ सिर्फ़ इतना था कि जावेद के हाथ स्टेयरिंग व्हील पर थे और नवाब बेगम कार के दरवाज़े की तरफ़ दोनों हाथों को जोड़कर उन पर अपना चेहरे को यूँ रखे बैठी थी जैसे मासूम बच्चा सोते में अपने गाल के नीचे दोनों हाथों को जोड़कर रख लेता है। वह उसी तरह बैठे-बैठे बोलीं, जावेद साहब कोई बात कीजिए।"

एक शेर है— *ज़ुल्फ़ की रुख़सार की बाते करें*
आओ हुस्ने यार की बाते करें
हुस्ने यार तो थानेदार की क़िस्मत में गया
बताएँ आप किस बात की बातें करें?

इसके बाद सारे रास्ते ख़ामोशी रही। नवाब साहिब समझ गईं कि जावेद ने बहुत असर लिया है।

घर पहुँचकर जावेद ने कोट उतारकर कुर्सी पर फेंक दिया और नेक टाई ढीली करके दोनों हाथ गर्दन के पीछे रखकर पलंग पर थोड़ा-सा लेट गया। नवाब बेगम ने कोट उठाकर कुर्सी की बैक पर लटका दिया और कुर्सी पर बैठ गईं।

"क्या आपको मुझसे ज़्यादा मायूसी हुई है?"

वह चिड़चिड़े लहजे में बोला, "आपसे ज़्यादा क्या मतलब? मैं मर्द हूँ। वह मुझे अच्छी लगती थी। मैं उसका ख़्वाहिशमंद था। मायूसी तो होगी।"

नवाब बेगम ने अपने पर्स के अंदर वाले छोटे पर्स का ज़िप खोलकर नोटों की गड्डी निकालकर सामने रख दी।"

"यह क्या है?"

"तीन हज़ार मैं साथ ले गई थी। पेशगी माँगती तो दे देती।"

जावेद कभी नोटों की तरफ़ देखता तो कभी बेगम की तरफ़, "क्या मुझे आप से कम मायूसी हुई है? क्या ख़्याल है आपका?"

"ज़्यादा यक़ीनन ज़्यादा। आप कितनी ऊँची औरत हैं!"

उसने नोक से नोक मिलाकर दोनों जूते उतार दिए, कुर्सी पर आलथी मारकर बैठ गई और साथ ही बोली, "मुझे घर छोड़ आइए। मैं अपने बिस्तर पर लेटकर रोना चाहती हूँ।"

"रोने के लिए कोई जगह तो नहीं होती है।"

"होती है। मैं बिस्तर पर लेटकर रोऊँ तो जी हल्का होता है।"

"तो मैं उठ बैठता हूँ। आप इस बिस्तर पर लेटकर रोयें। मैं कुर्सी पर बैठकर रोता हूँ।"

"मज़ाक़ न करें, मुझे छोड़ आएँ।"

जावेद हैदर के अंदर इस ख़्याल से ख़ुशी की लहर दौड़ गई कि नवाब बेगम को उसका कितना ख़्याल है।

जब जावेद ने कार चलाते हुए रेडियो ऑन कर दिया तो नवाब बेगम बोलीं, "इसे बंद कर दें। आज मैं बहुत उदास हूँ। मैं चाहती हूँ अपने बावर्चीख़ाने में जाकर आपके लिए चाय बनाऊँ और बैठक में लाकर आपके सामने रखूँ।"

"फिर?"

"फिर जब चाय के ख़ाली बर्तनों की ट्रे लेकर चलने लगूँ तो सब बर्तन मेरे हाथ से गिरकर इस तरह किरची-किरची हो जाएँ, जिस तरह मेरा दिल किरची-किरची हुआ जाता है। और फिर मैं टूटे हुए बर्तनों की किरचियाँ आपके सामने बटोरूँ।"

जावेद ने कार चलाते-चलाते उसे तारीफ़ी निगाह से देखा। वह बाहर की तरफ़ देख रही थीं। उनके कान का मोती चमक रहा था और उसके दुपट्टे से पेरिस के परफ़्यूम की महक आ रही थी।

जावेद ने दिल में कहा, 'कितनी हमदर्द और ज़हीन औरत है! शायद उसकी ज़हानत से प्रभावित होकर उस्मान अली ने उनके घर के कमरे में बैठक बनाई है या शायद उस्मान अली की सोहबत में बैठकर मँज गई है। जो कुछ भी हो, कितनी ख़ुशी की बात है कि एक ज़हीन औरत जिसको मेरे साथ इतनी हमदर्दी है, साथ वाली सीट पर बैठी है।'

नवाब बेगम ने चाबी से ड्योढ़ी का दरवाज़ा खोला और जावेद को बैठक में बिठाकर ख़ुद बावर्चीख़ाने में जाकर चाय बनाने लगी। जावेद हैदर गावतकिया सिर के नीचे रखकर लेट गया और सिगरेट पीने लगा। उसे याद आया जब वह नीलम के घर से मायूस लौटे थे तो नवाब बेगम ने उस्मान अली से कहा था, 'जावेद साहब को अभी घर न जानें दें।' उसने पूछा क्यों? तो नवाब ने कहा था, 'आज वह तन्हाई ज़्यादा महसूस करेंगे। ऐसे मौक़ों पर तन्हाई ज़्यादा महसूस होती है।'

वह छत की कड़ियों की तरफ़ देख रहा था। मोहल्ले के एक बुज़ुर्ग सलाम अलैकुम कहकर दाख़िल हुए। जावेद उठकर बैठ गया। आने वाला बोला, "मेरे बेटे को रोज़ सुबह थाने बुलवाता है। शाम तक बैठाए रखता है। वह रोज़ की दिहाड़ी करने वाला है। उसका नुक़सान होता है। आप थानेदार को एक ख़त लिख दें। मेरे बेटे को बेकार में तंग न करें। वह शरीफ़ लड़का है।"

आवाज़ सुनकर नवाब बेगम बाहर आ गई। बोलीं, "बाबा जी एडिटर साहब बाहर गए हुए हैं। यह एडिटर साहब नहीं हैं। यह उनके भाई हैं।"

"फ़र्क़ क्या है, बेटी, यह भी दो हर्फ़ लिख सकते हैं। हमें तो एक आसरा चाहिए।"

"मेरा थानेदार वाक़िफ़ नहीं है बाबा जी।"

"चलो दो हर्फ़ लिख दें। काम होना होगा तो हो जाएगा।" नवाब बेगम आहिस्ता से बोलीं, "आपका बेटा राज है न?"

"हाँ बीबी, राज मज़दूर है—मोहम्मद हयात।"

जावेद हैदर सवालिया निशान बना नवाब बेगम की तरफ़ देखने लगा। नवाब बेगम ने उस्मान अली के काग़ज़ों में से एक काग़ज़ निकालकर जावेद के हाथ में दे दिया।

जावेद ने लिख दिया—'जहाँ तक मैं मोहम्मद हयात को जानता हूँ, शरीफ़ आदमी है। बूढ़े बाप का बेटा है। रोज़ की दहाड़ी पर गुज़र औक़ात है। अगर दिहाड़ी न करे तो घर का गुज़ारा नहीं होता। इस पर मेहरबानी की जाए...शुक्रगुज़ार रहूँगा।'

नवाब बेगम ने पर्चा पढ़ा और पकड़ाते हुए बोली, "बाबा जी, यह रुक़्क़ा लेकर अभी थाने चले जाओ। काम बनाने वाला ख़ुदा है।"

जावेद गावतकिया पर पहले की तरह सिर रखकर लेट गया। लेटे-लेटे उसे

बड़ी राहत महसूस होने लगी। वह सोचने लगा, ऐसे ही तो उस्मान अली ने यहाँ ठिकाना नहीं बनाया। वाक़ई इस कोठरी में एक सुकून ज़रूर है जो बड़े बँगलों में नहीं। बड़ी-बड़ी कोठियों में नहीं, बड़ी-बड़ी हवेलियों में नहीं। छोटी जगहों में सुकून क्यों हासिल होता है? कहते हैं "ए ख़्वाहिशों के मारे इंसान तुझे सुकून मिलेगा तो क़ब्र में मिलेगा।" यह क्या बात हुई? इंसान के अंगों में दिल कितनी छोटी-सी चीज़ है। अगर दिल को चैन व सुकून हासिल हो तो सारी दुनिया ख़ुश-ख़ुश और पुरसुकून हो जाती है। अगर दिल को क़रार न हो तो नींद उड़ जाती है। सारा निज़ाम हिल जाता है। एक छोटी-सी शमा रौशन होकर सारे कमरे को मुनव्वर कर देती है। इतने में चीनी के बर्तन खनके। नवाब बेगम आस्तीनें चढ़ाए, ट्रे उठाए, पाँव की एक नोक दूसरे से मिलाकर अपने जूते उतार रही थीं। जावेद ने उठकर ट्रे पकड़कर चाँदनी पर रख दी, "मैं आज मिक्स चाय बना कर लाई हूँ।"

"आप तो केक भी लाई हैं।"

"क्यों न लाती?"

"यह तो मैंने नहीं कहा, क्यों लाई हैं?"

"लेटे-लेटे क्या सोच रहे थे अच्छा कि बुरा?"

"वह गर्म-गर्म चाय की चुस्की लेकर बोला, "मैं सोच रहा था, आपकी इस छोटी-सी बैठक में, कितना सुकून है।"

"बाबा जी के चेहरे पर आपका रुक्का लेकर कितना सुकून आया, आपने नहीं देखा?"

"मैं सोच रहा था,"

ले ग़ालिब तेरे सिर पर ज़िल्लत का एक और जूता पड़ा।

लिख थानेदार को ख़त और अर्ज़ कर इसकी ख़िदमत में।"

"वह क्या?"

"मिर्ज़ा ग़ालिब एक नटनी पर फ़िदा थे। उस पर थानेदार भी रीझा हुआ था। उसने ग़ालिब को गिरफ़्तार किया, हवालात में डाला और ख़ुद नटनी से ऐश करने लगा।"

"आपके ऐश का भी तो मैंने इंतज़ाम किया था। तीन हज़ार की रक़म साथ ले गई थी। उसको भुलाने और आपको ख़ुश रखने के लिए मैं क्या कुछ न करती रही।"

उसने जितनी संतुष्ट निगाहों से जावेद की तरफ़ देखा था, उतनी ही अहसास मंदाना निगाहों से जावेद ने उसकी तरफ़ देखा। वह बोली, "बीच में फिर उसी फ़िरदौस की बात आन पड़ती है। कहती थी, मुझे जावेद बहुत अच्छे लगते हैं। उनकी आँख में मुहब्बत की प्यास है। उन्हें तंग करने को सभी हैं मगर तन्हाई का कोई साथी नहीं।"

जावेद की निगाह उसके कानों के मोतियों पर पड़ी, जो उसकी ज़बान से हर निकली बात दोहराते थे। फिर उसने उसकी गोल-गोल गर्दन की तरफ़ देखा जिसके गिर्द लिपटी हुई बारीक ज़ंजीर का नाजुक-सा पैनडेंट भी यही बात कहे जा रहा था, "तन्हाई का कोई साथ नहीं, तन्हाई का कोई साथी नहीं। जावेद को लगा जैसे कमरे में बिजली की रौशनी भर गई हो। उसकी निगाह नवाब के आस्तीन चढ़े बाजू पर से फिसलती हुई उसके हाथ पर जाकर रुक गई। अंदर के दबाव की बिजली तरंग ने कहा, "इस हाथ को उठा और चूम...वह उसके हाथों को उठाकर अपनी प्यासी आँखों से लगा लेना चाहता था कि नवाब ने कहा, "कौन है दरवाज़े पर?"

बाहर का दरवाज़ा खुला। एक गोरा-चिट्टा लड़का दाख़िल हुआ। सोलह-सतरह साल के लड़के ने बैठक की दहलीज़ पर खड़े होकर जावेद को सलाम किया।

"यह मेरा बेटा नूरख़ाँ है। बिल्कुल बाप की तरह गोरा-चिट्टा वही नाक-नक़्शा है।"

नूरख़ाँ बोला, "हम तीनों लड़के उस्ताद के साथ रेलवे वर्कशॉप काम करने जा रहे हैं। देर से आएँगे। उस्ताद ने कहा, घर बता आओ।"

"तेरी जेब में पैसे हैं? कुछ खा-पी लेना" उसने हाँ में सिर हिलाया। और ऐसी फुर्ती से भागा कि कमरे की सारी एक्टिविटी साथ ले गया।

बैठक में लम्हा भर के लिए ख़ामोशी छा गई।

चाय की प्याली जहाँ पड़ी थी, वहीं पड़ी हुई थी। दाँतों से कटा केक का टुकड़ा जावेद की प्लेट में धरा था और फूलों वाली चायदानी के पास शकरदान में रखा चमचा, मानो चाय की सब चीज़ें फ़र्श पर बिछी सफ़ेद मगर मटमैली चादर पर ज़िंदगी की एक ठहरी जमी नक़्क़ाशीदार तस्वीर बनकर रह गई थीं।

वह बिजली की रौशनी जिससे कमरा भर गया था फ़िज़ा में विलीन होने लगी।

"आप मेरे और उस्मान साहब के ताल्लुक़ात के बारे में ज़रा भी न सोचें। वह मेरी इज़्ज़त करते हैं, मैं उनकी इज़्ज़त करती हूँ, फ़क़त।"

"हद हो गई, मैं यह तो नहीं सोच रहा था।"

बाहर का दरवाज़ा खुला और वही बूढ़ा खखारता हुआ दाख़िल हुआ और बोला, "बेटी तू जीती रहे, तेरा साईं सलामत। थानेदार ने मोहम्मद हयात को छोड़ दिया है। बाहर खड़ा है...मेहम्मद हयात, अंदर आ जा, सलाम कर पुत्तर।" मोहम्मद हयात ने जिसके चेहरे पर परेशानी और घबराहट अभी तक मौजूद थी, माथे पर हाथ रख सलाम किया।

"कैसे छोड़ दिया?" नवाब बेगम ने पूछा।

"बस बेटी साब जी का ख़त थानेदार साब ने पढ़ा। क्या बताऊँ, दो बार पढ़ा उलट-पलटकर देखा। मुंशी को बुलाकर कुछ कहा। मुंशी ने छोड़ दिया।"

"बड़ा अच्छा हुआ बाबा जी। अब जाओ और मोहम्मद हयात को कुछ खिलाओ-पिलाओ।" जावेद हैदर ने बहुत बहुत तंगी से कहा। दोनों चले गए।

नवाब बेगम अंदाज़ से बोलीं, "लो आपके सामने थानेदार भी नर्म हो गया। आज कितना अच्छा दिन चढ़ा है।"

बैठक पर छाई बिजली की लहर हवा में घुल गई। जावेद ने महसूस किया, साहिल की तरफ़ आता ज्वार-भाटा मंदिर की तरफ़ उतर गया था।

"मैं चलता हूँ। मुझे ज़रूरी काम याद आ गया है।"

नवाब बेगम बैठे-बैठे बोलीं, "मुझे भी कुछ याद आ गया है मुझे उठाइए।" जावेद हैदर ने उसका हाथ पकड़कर खींचा। वह बिल्कुल सीधी उठी मगर गिरते-गिरते बची।

जावेद ने अपने कमरे का दरवाज़ा खोला ही था कि फ़ोन की घंटी बजी। वह बोला, 'हेलो।'

"आप कहाँ रहते हैं? इतने दिनों से मिल नहीं रहे हैं।" इतना कहकर उस ज़नानी अवाज ने फ़ोन दूसरी को दे दिया। वह बोली, "मेरा सलाम क़ुबूल हो, आप कहाँ होते हैं, हुज़ूर।"

"जहन्नुम में होता है।"

"जहन्नुम में हूरें होती हैं?"

"नहीं"

"तो हमें ले चलिए आपका दिल बहलेगा।"

जावेद हैदर को ख़्वामखाँ हँसी आ गई। दोनों वही थीं, पन्नी में गिलोरियाँ भेजने वाली।

"ज़रूर ले चलूँगा मगर छोड़कर वापस चला आऊँगा।"

उसने दूसरी को फ़ोन दिया। उसने कहा, "आप अभी तक वाइल्डमास्क लगाते हैं?"

"क्यों?"

"मैं जर्मनी से आपके लिए वाइल्डमास्क लाई हूँ। मगर भेजूँ किस तरह?" उसने फ़ोन दूसरी को दे दिया। "जो नेकटाई मैं लाई हूँ वह लेटर बॉक्स में पड़ी है जाकर निकाल लो।"

"क्या मैं एक सवाल पूछ सकता हूँ?"

"पूछो।"

"आप मेरे पीछे क्यों लगी हुई हैं?" (पूछता है, आप मेरे पीछे क्यों लगी हुई

हैं) (मुझे दो)। उसने फ़ोन दूसरी को दिया। वह बोली, ''आपमें ऐसी कोई कस्तूरी नहीं छुपी हुई है। आप ख्वामखाँ वाइल्डमास्क लगाकर बने फिरते हैं। जाओ जाकर लेटर बाक्स से टाई निकालकर लाओ।'' बीच में दूसरी बोली, ''बाँधने से पहले उसे चूम लेना। चूमना भूल तो नहीं गए? आता है न?''

दोनों हँसीं और टेलीफ़ोन बंद हो गया।

जावेद हैदर आरामकुर्सी पर लेट गया। मुझे चूमना नहीं आता। वाक़ई नहीं आता। मैंने चाहा था कि अपने हाथों की ओक में उसके हाथ रख लूँ और होंठों से लगा लूँ। वह मेरे हाथ पकड़कर कैसे उठी। मैंने उस मौक़े को जाने दिया। वह डगमगा कर गिरते-गिरते बची। ए अहमक़! अगर तू उसे कलेजे लगा लेता तो क्या होता। मगर तू तो सिर्फ़ वाइल्डमास्क लगाकर कस्तूरी मृग बना फिरता है। ज्ञान भरा आलेख लिख इतराता फिरता है। अपनी कहानी नहीं लिख सकता। कहानी तो बड़ा मुश्किल फ़न है। दूसरे मुल्कों में आदमी अपने उलझावे, अपनी बातें, कहानी लेखक को जाकर सुनाता है। वह उन घटनाओं से हीरे की तरह कहानी तराशता है। हमारे यहाँ इस तरह का दफ़्तर क्यों नहीं है। एक होना चाहिए, जहाँ जाकर अपनी आपबीतियाँ सुनाई जा सकें। उसका दिमाग़ खौलने लगा।

''जाओ लेटरबॉक्स से जाकर टाई निकालो।''

उसने लेटरबॉक्स का ताला खोला। लिफ़ाफ़े में नेकटाई पड़ी थी। चूम! इसे आँखों से लगा! यह तेरे लिए कहाँ से लाई गई है। उसने बार-बार चूमा। आँखों से लगाया। सामने मेज़ पर रखकर उसे देखने लगा। फ़ोन बजा।

''हेलो।''

''क्यों, नेकटाई मिल गई।''

''मिल गई। मैंने उसे बार-बार चूमा है। जहाँ पर आपने अपने होंठों से लब लगाकर बंद किया था, वहाँ भी मैंने बोसे दिए हैं।

''बदमाश! बेशर्म।'' टेलीफ़ोन बंद हो गया। उसने यूँ महसूस किया जैसे वह हज़ारों नेमतों से अपने दस्तरख़्वान पर से भूखा उठ आया हो।

फिर टेलीफ़ोन की घंटी बजी।

''हेलो।''

''भई मैं अतारसूल बोल रहा हूँ। मेरी बेगम सुबह से तुम्हें टेलीफ़ोन कर रही है। फ़ोन नहीं मिला तो उन्होंने मुझसे कहा। मैंने किया तो मिल गया है।''

''इरशाद, हुक्म?''

''वही बात जो तुमने मुझसे कही थी। मैंने उनसे कह दी थी। उन्होंने तुम्हारे लिए एक आध जगह ढूँढ़ी है। तुम जाकर अभी उनसे मिल लो।''

''वह घर पर हैं?''

''उनसे कह दीजिए मैं आ रहा हूँ।''

"जावेद हैदर साहब आए हैं।"

"उन्हें जाकर ड्राइंगरूम में बिठाओ। हम अभी आ रहे हैं।"

जावेद हैदर अपनी पसंदीदा गद्दे वाली कुर्सी पर जा बैठा और सिगरेट निकाल धुआँ उड़ाने लगा।

बेगम आतारसूल बारीक कश्मीरी शॉल ओढ़े दाख़िल हुईं तो जावेद हैदर उठकर खड़ा हो गया।

"अता ने मुझे बताया आपने मुझे कई फ़ोन किए।"

"कोई एक किए? मेरा ख़्याल है फ़ोन में कोई ख़राबी थी।"

"मैंने कई बार दुरुस्त भी कराया है। हो सकता है ख़राबी हो। बाज़वक़्त वह दुरुस्त करने आते हैं तो मैं घर पर नहीं होता हूँ।"

"उस दिन आपके खाने पर बड़े मज़े की बातें हुईं।"

"शुक्रिया। दरअसल आपके आने से रौनक़ हुई।"

"उस्मान अली बाज़ौक़ आदमी है, कहाँ के रहने वाले हैं?"

"कलकत्ते के हैं, मगर बीसियों जगह पर घूमे-फिरे हैं। एक तरह से सिन्दबाद जहाज़ी हैं।"

"कोई ख़त आया?"

"पिक्चर कार्ड भेजे गए। ख़त लिखने की फ़ुरसत कहाँ मिलेगी उन्हें।" उसने अपनी बात को फैलाकर ख़ुद ही समेट लिया।

"आपके बारे में अता ने मुझसे तफ़सील से बात की थी। यह भी बताया कि लड़कियाँ किस तरह की फ़ुज़ूल बातें करके आपको तंग करती हैं।" जावेद हैदर ने सिगरेट का धुआँ शरीर मुस्कुराहट के साथ छत की तरफ़ उड़ा दिया।

"हमारे वक़्तों में नर मादा को तंग किया करता था। अब हम देखते हैं कि मादा नर को तंग करती है। मेरा आशय मेल, फिमेल से है फिमेल के पीछे मेल का जाना तो समझ में आ सकता है। जंगल क़ानून है। मगर फीमेल का मेल के पीछे जाना कुछ ख़राब क़िस्म का अमल मालूम होता है। दोनों में जो आपस की कशिश है, वह अपनी जगह ठीक है, क्या मैं ग़लत कह रही हूँ?"

"जी, नहीं। आप बिल्कुल दुरुस्त कह रही हैं। फ़ोन करने वाली लड़कियों में कोई न कोई ख़राबी ज़रूर है।"

बेगम अता ने कहा, "कहीं न कहीं यक़ीनन है। चाहे सोशल माहौल में चाहे ग़लत तरबियत में, चाहे तालीमी सेहत में, इस ख़राबी की वजह कहीं है। दूर करना हमारा काम नहीं। हमारा काम तो इस ख़राबी से बचना है। जब हम जवान जहाँ थे तो हर तरफ़ से बौछार होती थी। लड़कों की निगाहें, मर्दों की निगाहें, तरह तरह की बातें, निगाहों से बुलावे। हम अपनी अक़्ली कोशिश और छठी हिस से हर पल उन

हमलों से बचने की कोशिश करते और अपने होने वाले शौहर के लिए अपने को बचाए रखते थे। मर्द ने शायद कभी ऐसा न किया हो। औरत बेचारी की सारी उम्र क़ुर्बानी देते गुज़र जाती है। वह हर बच्चे की पैदाइश पर मौत के मुँह से निकलती है। अगर बच जाए तो सारी ज़िदगी बच्चों पर क़ुर्बान होती है। अपनी ज़रूरतों को उनकी ज़रूरतों पर न्यौछावर करती है। क़ुर्बानी देते-देते जब मर जाती है तो उसका शौहर दूसरी शादी कर लेता है। यह बात कुछ अपील नहीं करती। मरने के बाद मरने वाली की रूह आलमे अरवाह (आकाश लोक) में चली जाती है। क्यों, यही कहा जाता है न!''

''जी हाँ।''

''इंसान का वजूद ख़त्म हो जाने पर रूह सलामत रहती है। हम इस बात का ख़्याल रखते हैं कि मरने वाला सुकून से जान दे सके। उसकी रूह को कोई तकलीफ़ न होने पाए। वह बेचैन न हो। अगर अतारसूल मेरे मरने के बाद दूसरी शादी कर ले तो यक़ीन जानिए मेरी रूह हमेशा के लिए बेचैन और बेकल रहेगी और अता का पीछा करती रहेगी। कभी आपने ख़्याल किया। ख़ाविंद का जनाजा उठने पर बीवी रोती हुई ड्योड़ी तक उसके पीछे-पीछे जाती है। इस तरह मरने के बाद बीवी की रूह ख़ाविंद का पीछा करती रहती है। आप अगर दूसरी शादी कर लें तो यक़ीन जानिए आपके बच्चों की माँ बेचैन और बेकल होकर आपके ख़्वाबों में दिखाई देगी। आप ख़्वाब में आने वाली का ज़िक्र अपनी नई बीवी से न कर पाएँगे। नई बीवी दो-चार दिन में नाज़िश की तस्वीर को उठाकर अलमारी में रख देगी। जो आपने दीवार पर लटका रखी है। आप चाहें भी तो एक लफ़्ज़ नहीं कह सकेंगे। आपके घर का पसंदीदा निज़ाम जिसकी बागडोर आपके हाथ में है, गड़बड़ाता जाएगा। आपकी औलाद जो आपसे मिलने आ जाती है, नई बीवी के आने के बाद उसका आना भी बंद हो जाएगा।''

''क्यों?'' जावेद के अंदर वाला बोला।

''जावेद साहब, माँ की कमी को फिर वह ज़्यादा शिद्दत से महसूस करने लगेंगे। बाप के मुतल्लिक़ यही सोचेंगे कि जिस्मानी ख़्वाहिशों के चलते उसने दूसरी शादी कर ली। अता ने मुझे बताया था कि आपने नसबंदी करा ली थी, इसलिए दूसरी शादी से औलाद होने का सवाल ही पैदा नहीं होता। औलाद की मज़बूत कड़ी ख़ाविंद और बीवी की मुहब्बत को क़ायम रखती है। औलाद न हुई तो आपके आपसी ताल्लुक़ात में वह उल्फ़त और रिफ़ाक़त नाम को पैदा न हो सकेगी, जो नाज़िश को हासिल थी। ज़िंदगी के उतार-चढ़ाव में नाज़िश ने आपका साथ दिया था। आपके दुख-सुख में वह आपकी जीवन साथी थी। उसकी याद आपको आज भी सुकून देती है। जब नई बीवी आप से घंटो लड़ेगी तो फिर आपको पहली बीवी की क़दर मालूम होगी। मगर उस वक़्त पानी सिर से गुज़र चुका होगा।

"ये औरतें मुझे बहुत तंग करती हैं और यह जो..."

"यह और वह कोई ताज्जुब की बात नहीं है। हर दौर में यही होता आया है। औरत की यह ख़ूबी है कि वह मर्द को अपनी मुहब्बत में गिरफ़्तार करना चाहती है। यह ख़्वाहिश शुरू से उसका मुक़द्दर हुई है। वह आपको अपना शिकार बनाना चाहती हैं। जब आपको इधर-उधर दावतों में सेमिनारों में देखती हैं, अख़बारों में आपके आर्टिकल्स पढ़ती है, आपकी चर्चा सुनती है, आपके अच्छे लिबास को भी देखती है, रहने का तौर तरीक़ा भाँपती है तो वह ज़बर को ज़ेर करना चाहती होंगी।"

"आपकी बातें बड़ी बेबाक हैं। एक सवाल पूछना चाहूँगा।"

"ज़रूर पूछें।"

"ख़ाविंद वालियाँ भी?"

"जी हाँ, बल्कि ज़्यादा। ख़ानदान उस पर भरोसा किए हुए है। वह इस भरोसे का नाजायज़ फ़ायदा उठाती है। कई औरतें ख़ुद सब कुछ करती हैं; मगर शौहरों पर रोक लगाती हैं। मुमकिन है आपको टेलीफ़ोन करने वाली ऐसी ही औरतें हैं। आपकी जीत इसी में है कि आप पर जाल फेंके जाएँ और आप शिकार न हों। जावेद साहब आपको ख़ुदा ने सोचने, पढ़ने-लिखने की रचनात्मक ख़ूबियाँ अता कर रखी हैं, जो ख़ुद में एक बड़ा इनाम है कि आप उदास नहीं हो सकते। अगर कभी वक़्त भारी लगे तो किसी अक्लमंद का यह क़ौल याद रखिएगा कि मुहब्बत और इश्क़ में सिर्फ़ क़ुर्बानी देना सही है। क़ुर्बानी को ख़ुदा ने हमेशा पसंद किया है। वह किसी भी सूरत में हो। आप अपनी बीवी नाज़िश के बुलंद क़द को याद रखें और कोई छोटा-मोटा साया अपने ऊपर न पड़ने दें, जिससे उनकी रूह को तकलीफ़ पहुँचे।"

वह अपनी शाल का लटकता हुआ किनारा फ़र्श पर से ऊपर उठाते हुए बोली, "यह बातें जो आपसे की हैं, अता की मौजूदगी में कहना मुनासिब न था। शायद मैं कह भी नहीं पाती। इसलिए मैंने अकेले में आपसे मिलना ठीक समझा। अगर मैंने ऐसी कोई बात कह दी हो, अगर आपको नागवार गुज़री हो तो मैं माफ़ी चाहूँगी।"

"यह कहकर मुझे क्यों शर्मिंदा करती हैं। मैं पहले ही शर्मिंदा हूँ।"

"ख़ुदा नाज़िश की रूह को चैन व आराम दे। अगर आपको मेरा मशविरा बुरा लगा हो तो मैं दोबारा माफ़ी की ख़्वास्तगार हूँ और अगर अच्छा लगा तो ख़ुदा मुझे फल दे। हम सबको मरना है। साल तो साल में हम पर भी मिडिल एजेड की मोहर लगने वाली है। कमाल है! मैंने आपके सामने न मेवा रखा न काफ़ी मँगवाई। अता कहते थे, जब उस्मान अली दौरे से वापस आएँगे तो हम आपको, उनको, आपकी दोस्त की बेगम को खाने पर बुलाएँगे। बड़ी संजीदा मिज़ाज और घरेलू औरत हैं, मुझे बहुत अच्छी लगी हैं।"

"और उस्मान साहब कैसे लगे हैं?"

"उस खाने पर बुलाने का मक़सद उस्मान साहब से उनके दौरे की मज़ेदार बातें सुनना ही तो है।"

"आपसे और अता से कोई संकोच है?"

"तभी तो मैंने आपसे से खुलकर बातें की हैं। मुझे अफ़सोस है, जो बातें आप मेरे मुँह से सुनने आए थे, वह न सुन सके।"

वह सिगरेट के टुकड़ों से भरी हुई ऐश ट्रे की तरफ़ इशारा करके बोली, "देखिए आपने इतने सारे सिगरेट पी डाले।" फिर उसने उठकर मेज़ की दराज़ से सिगार का डब्बा निकालकर जावेद को पेश करते हुए कहा, "आप सिगार शौक़ से पीते हैं।" उसने सिगार उठा लिया और अपने कोट की रूमाल वाली जेब में रखते हुए बोला, "आरामकुर्सी पर पर लेट कर पीऊँगा और आपकी बातों को याद करूँगा। इजाज़त चाहता हूँ ख़ुदा हाफ़िज़।"

जावेद कार चलाते-चलाते सोचने लगा, यह कैसी निसाइ आवाज़ थी, जो पहाड़ों की चोटियों को छूती, समंदरों के पानियों पर से होती, हवाओं के कंधों पर से फिसलती, गुनहगार धरती वालों का ठट्ठा उड़ाती, कानों में रस घोलती चली गई थी। हर...ज़नानी आवाज़ में जादू होता है। हर निसाइ आवाज़ में रस होता है। इस आवाज़ में समझ की कितनी तहदार लहरें थीं। लहजे में कितना ठहराव था। बोलने में दूरदर्शिता। उस्मान अली कभी कभी पसली से ऐसी बात निकालता है जैसे फूलों का रस निकाल रहा हो। जैसे तजुर्बे निचोड़ रहा है। उसी रोज़ कहने लगा, "हमारी नई तहज़ीब में समझदार और दानिशमंद औरतें कम होती जा रही हैं। मगर शुक्र है अभी कुछ लोग बाक़ी हैं जहाँ में।

अपने सोफ़े पर लेटा हुआ जावेद अपनी बीवी नाज़िश की दीवार पर लटकी तस्वीर को तके जा रहा था। नाज़िश के होंठों पर हल्की सी मुस्कुराहट थी, जो उस के होंठों से फिसलती हुई आँखों में चली गई थी। आँखें भी तो मुस्कुराती हैं। ख़ुदा ने आपको रचनात्मक सलाहियतें दी हैं। आपको लिखने-पढ़ने का शौक़ दिया है। आप कभी उदास नहीं हो सकते। बेगम अता ने कितनी अच्छी बात कही थी। बस कल सुबह। कल सुबह क्या? सुबह नए मज़मून की नींव रखी जाएगी। यही मेरी ढाल है। यही मेरी हिफ़ाज़त करेगी। उसने उठकर लाइब्रेरी से लाई दो किताबों को अपने बिस्तर की साइड टेबिल पर रख दिया और कपड़े तब्दील करने लगा।

पता नहीं, इस वक़्त नवाब बेगम ने कौन सा लिबास पहना होगा। वह सारा दिन मेरे साथ रहीं। तीन हज़ार रुपया मुझसे पोशीदा, छुपे पर्स में रखकर ले गईं। कितना बड़ा दिल होता है औरत का। औरत यक़ीनन ज़्यादा महसूस करती है। इसलिए मुझसे ज़्यादा वह मायूस हुई। बोली, 'मैं अपने बिस्तर पर लेटकर रोना चाहती हूँ।'

किरची-किरची हो जाएँ जिस तरह आपका और मेरा दिल किरची-किरची हुआ है। और फिर मैं टूटे हुए बर्तनों की किरचियाँ इकट्ठा करूँ। वह बर्तनों से भरा हुआ ट्रे उठाकर अंदर गई होगी। क्या वाक़ई बर्तन उसके हाथ से गिरकर किरची-किरची हो गए होंगे? मुझे जाकर उसका हाल पूछना है। अभी क्या अच्छा लगेगा? अच्छा लगता भी है, नहीं भी। क़ुर्बानी और हमदर्दी में फ़र्क़ है। हमदर्दी सिर्फ़ अल्फ़ाज़ से ज़बानी को जाती है। मगर उसकी हमदर्दी अल्फ़ाज़ से बालातर है। आज का दिन बड़ा हेक्टिक रहा। गुलाब की पत्तियों को किस तरह प्याज़ में मसला गया। प्याज़ को मोतियों के फूलों में कुचला गया। न गुलाब की ख़ुशबू रही न प्याज़ की बू। कैसा कचरा बना। उसकी तरफ़ से मायूस लौटे। चेहरा लटकाकर बैठ गए चुपचाप। मैं कभी सोच भी नहीं सकता था कि वह अपने साथ तीन हज़ार लेकर गई थी। उसने रुपयों का बंदोबस्त रातों-रात किस तरह किया होगा? तीन हज़ार बैंक में तो हो सकता है। मेरी जेब में तो नहीं हो सकता। मोहल्ले से उधार लिया होगा? बक़ौल उस्मान भाई, वह सारे मोहल्ले से काम कराती है। छोटे बच्चों की तरह अपने दोनों हाथों पर गाल रखकर कार में ख़ामोश उदास बैठी रही।

जावेद की उँगलियों में बेगम अता का दिया हुआ सिगार सुलग रहा था...और उसका दिमाग़ बजाज की दुकान बन गया था। जहाँ बजाज थान खोल खोलकर एक के ऊपर दूसरा कपड़ा, दूसरे पर तीसरा फेंकता चला जाता था। मेरी उदासी और तन्हाई पर फाहा रखने के लिए अता की बीवी का बंदोबस्त किसने किया था? यह इंतज़ाम आज ही होना था।

तेज़ रंगों वाले थानों पर बजाज ने हल्का मोतिया रंग खोलकर इस तरह फेंका कि सारी दुकान मोतिया की महक से भर गई। बेगम असग़री अता ने मुझसे दो मर्तबा माफ़ी चाही। किस बात की क्षमा? दुनिया में ऐसे भी लोग होते हैं जो लगी लिपटी रखे बिना सारी बात आपके सामने खोलकर रख देते हैं। उसकी बातों में कितनी सच्चाई थी। उसने उँगली से सिगार की राख झाड़ी और उस कमरे से उठकर फिर उसी कमरे में चला गया, जहाँ नाज़िश की तस्वीर लटकी थी। वह उस तस्वीर को तके जा रहा था। वह उन पतले-पतले होंठों को रसीली कोंपल कहा करता था। बक़ौल असग़री अता, कोई भी औरत दो-चार दिन में नाज़िश की इस तस्वीर को अलमारी में रख देगी।

मैं चाहूँ भी तो एक लफ़्ज़ नहीं कह सकूँगा। क्या मनोविज्ञान और इंसानी प्रवृत्तियों की समझ में वह री बे काकी की मिसाल है? हुस्न व जमाल में डोरीयनगिरे की तस्वीर है? मुहब्बत की सौगंध में मुमताज़ महल की तस्वीर है, जिसमें मेरी ज़िंदगी के हर्फ़ व हिकायत पोशीदा हैं। मेरी जवानी छुपी हुई है। मेरा यौवन समाहित है। यह उसकी तस्वीर है, जिसने मेरे साथ दुख बाँटा, जिसने मेरे साथ सुख देखा, जिसने मेरी क़मीज़ें धोकर इस्त्री की, जिसने मेरे कपड़ों में फिनायल की

गोलियाँ रखकर संदूक़ बंद किया। मेरी नेकटाइयों को तह करके रखा। जिसने ऐसे छोटे-छोटे कामों से मेरी मुहब्बत को बढ़ाया। मेरी बेटी, मेरे बेटे अपने बच्चों के साथ आएँगे। यह तस्वीर यहाँ नहीं होगी। अलमारी में होगी। मैं चाहूँगा भी तो लटका नहीं सकूँगा। इस क़दर मजबूर हो जाऊँग। क्या यह मुहब्बत का फैलाव मुहब्बत के ख़ातिर नहीं है? इसमें भी पराजित करने का स्वार्थ है। फ़िरदौस जैसी औरत भी जिसने ख़ाविंद के होते अपने शौहर के दोस्त से ताल्लुक़ रखा और शौहर के मरने के बाद सेठ के साथ रही, यह शर्त मनवाती है कि मेरा बेटा और बहू जब शहर में आएँ तो आपका रहना बंद रहेगा। कमाल है ग़ालिब ने दिल दिया डोमनी को। रजवाड़ों ने दिल दिया नटनी को। औरंगज़ेब आलमगीर का बेटा मिटा डोमनी पर। हाली से भी यक़ीनन अच्छी हरकत नहीं हुई होगी! 'धूम तो इतनी पारसाईं की...की भी और किससे आशनाई की।' हम इस क़दर गिर जाते हैं, मगर क्यों? हमारी शान, हमारी आन, हमारा आडम्बर!!! हमारी पहचान!!! नाजिश की तस्वीर की तरफ़ देखकर कमरे की बिजली बुझाते-बुझाते रुक गया! हमने उसके कमरे में सात रातों तक बिजली जलाए रखी थी। कहते हैं सात दिनों तक मरने वाले की रुह कमरे में आती जाती रहती है। अगर तारीकी देखती है तो बेचैन हो उठती है। बकौल बेगम अता, नाजिश बेचैन और बेकल होकर ख़्वाबों में मेरा पीछा करेगी। वह बत्ती बुझाकर फिर अपने कमरे में आ गया। क्या असग़री अता ग़लत कह रही थीं? ठीक है, सब औरतें देखने में एक सी लगती हैं जैसे जंगल में सारे के सारे दरख़्त सरसब्ज़, हरे हरे दिखाई देते हैं। यूरोप के पेड़ों पर पतझड़ आता है तो किसी के पत्ते आतशी गुलाबी हो जाते हैं, किसी के ऊदे, किसी के केसरी, किसी के शगरफी, किसी के पीले, फिर वे अपने वृक्षों से पहचाने जाते हैं कि वह किस किस प्रजाति से हैं। कुछ औरतें उम्र पाकर भी तत्त्वपूर्ण बातें नहीं करतीं। सचमुच अक्लमंद और एतबार के क़ाबिल औरतें कम होती जा रही हैं। अगर मैं आज असग़री अता के घर की तरफ़ न गया होता तो इस वक़्त बिस्तर पर लेटा तिलमिला रहा होता। क्या तिलमलाना सही लफ़्ज़ है।

क्या लानत-मलामत कर रहा होता। इस वक़्त नवाब बेगम बिस्तर पर लेटी ज़रूर आराम कर रही होंगीं। अब तो मैं कपड़े उतार चुका हूँ। मुझे जल्द ही जाना चाहिए था। मैं बहाने से उठकर चला आया कि मुझे एक काम याद आ गया है। मैं चलता हूँ। उसने कहा, ''मुझे भी उठाओ। मैंने उठा दिया। इसमें इतने अर्थ पैदा करने की क्या ज़रूरत थी। मुझे अपने दिमाग़ को जुलाब देना चाहिए। मेरा दिमाग़ ठस है। मेरे अंदर ख़राबी है। देखो, उस बैठक में कितना सुकून मिलता है। गावतकिए से टेक लगाकर नवाबों की तरह बैठ जाओ। पान चबाओ। पीकदान में थूको। सिगरेट पीयो। अंदर से खाने की ट्रे लगकर आ रही है। किस क़दर हमदर्दाना घरेलू माहौल। और क्या चाहिए? जैसे इंसानी बदन में कुछ सैमपेथिटिक नर्वस होती

है उसी तरह इंसानी समाज में भी कुछ हमदर्द लोग होते हैं।

हो ही आऊँ। कपड़े कौन से पहनने हैं। बस पतलून कमीज़। मगर रात के वक़्त जाना ठीक नहीं। बजाज ने खोलकर नया थान सामने के रुख फेंका जिस पर छोटे-छोटे फूल बने थे। हाय न जी! रात का वक़्त है। आप मुझे पहले छोड़ आएँ। मोहल्लेदार आपको जानते हैं, जावेद साहब को नहीं जानते न! चलो रहने दो। अब जाना ठीक भी नहीं। मैंने तो पहले ही यह सोचा था कि रहने दो। उसने बिस्तर पर लेटकर साइड से किताब उठाई कि टेलीफ़ोन की घंटी बजी। वह रिसीवर उठाकर बोला, 'हेलो,'

उधर से निसाइ आवाज़ आई, 'आप घर आ गए?'

'जी आ गया।'

"मगर आपकी आवाज़ में करारापन नहीं है।"

"वह कब था?"

"जो सुबह था।"

"मैं एक ऐसी बाइज़्ज़त ख़ातून से मिलकर आया हूँ जो सच्चाई और ईमानदारी की देवी है।"

वह हँसकर बोली, 'कहीं आप उस देवी के भेंट तो नहीं चढ़ गए?"

"उसने मेरे साथ ऐसी बातें की हैं कि मैं सुना किया, वह बोलती रही।"

"कोई जादूगरनी होगी। ऐसी जादूगरनियाँ कई हैं जो वशीभूत करना जानती हैं।"

"और आप फ़ौरन रिमार्क पास करना जानती हैं, पूछो उसने मुझसे किस बारे में बातें कीं?"

उसने अच्छा जी को लंबा कर कहा, "अच्छा जी...इ...इ, किसके बारे में बातें कीं?"

"आपके मुताल्लिक़।"

"हमारे मुताल्लिक़?"

"जी हाँ" (कहता है हमारे बारे में बातें की है) (मुझे फ़ोन दो।)

दूसरी ने फ़ोन लेकर कहा, "हमारे ताल्लुक़ से, क्या मतलब है आपका?"

"आप जैसी लड़कियों के बारे में जो मुझे फ़ोन करती हैं।"

"किसी टेलीफ़ोन ऑपरेटर की बीवी होगी।"

पहली ने फ़ोन ले लिया। बोली, "आप टेलीफ़ोन ऑपरेटर की बीवियों से मिलना छोड़ दें। अच्छी बात नहीं, घटिया बात है।"

"आप लड़कियाँ मुझे फ़ोन करना बंद कर दें। घटिया बात है।"

"हम लड़कियाँ नहीं हैं। हम औरतें हैं। मेरे चौदह बच्चे हैं।" दूसरी के हँसने की आवाज़ जावेद के कान तक पहुँची। "और जो मेरे साथ खड़ी है, उसके पंद्रह हैं।"

"आपके चौदह बच्चों में से जो जावेद हैदर का है, वह मुझे वापस दे दें। आपको करारापन चाहिए था न? मिल गया?"

"बेशर्म। बेहया!"

फ़ोन बंद हो गया। और वह बंद फ़ोन को ही कान में लगाए बोला—

दाग़ को चैन ही नहीं आता
जब तक उस से बुरा भला न सुने

फिर किताब देखते-देखते उसे नींद ने आ दबोचा।

सुबह उठकर उसने अपना कम्बल तह किया। बिस्तर के शिकन दुरुस्त करने के लिए चादर पर हाथ फेरा तो उसे फिर नाज़िश का ख़्याल आया। जब वह मेरा बिस्तर इस तरह ठीक करती होगी तो इस छोटे से काम से उसके दिल में मेरे लिए कितनी ढेर सी मुहब्बत और ख़ुशी जागती होगी। जिसने कभी ख़ाविंद का बिस्तर दुरूस्त नहीं किया, वह कभी भी इस मुहब्बत और ख़ुशी का अंदाज़ा नहीं लगा सकती है।

सात

वह सुबह-सुबह अपने लेख की शुरुआत के लिए स्टडी में जा बैठा और रात वाली किताब से नोट्स लेता रहा। उसने नाश्ता वहीं मँगा लिया और फिर काम में मसरूफ़ हो गया। ख़ासा दिन चढ़ आने पर उसने शेव बनाई और नहाने के लिए बाथरूम चला गया। वह बदन पर तौलिया फेर रहा था कि बड़े मियाँ के साथ किसी औरत की बातें करने की आवाज़ सुनाई दी। फिर साथ वाले कमरे से खट खट खट किसी के चलने की आवाज़ आई। जावेद ने ग़ुस्लख़ाने से पूछा, "कौन है?"

"मैं आपके लिए मछली लाई हूँ।"

"बैठिए मैं आ रहा हूँ।"

जावेद ने क़मीज़ पतलून पहनकर बालों में कंघी की और बाहर निकल आया। नवाब बेगम दरवाज़ की तरफ़ पीठ मोड़े तख़्तनुमा कुर्सी पर बैठी थीं। जावेद की निगाह सबसे पहले उसकी पीठ के उतार पर पड़ी, जहाँ बालों की लंबी चुटिया में मुबाफ के सुनहरे धागे दिखाई पढ़े। एक मिनट के लिए उसे फ़िरदौस का धोखा हुआ वह अचम्भे में आ गया। उसने सूट का कपड़ा पहचान लिया! यह मस्तीखान ने भेजा था।

"देखिए कितनी गर्मागर्म मछली है। नारियल का हलवा भी लाई हूँ।"

"गर्मागर्म?"

"जी नहीं रात को बनाया था।"

"रात को आता मगर रुक गया। मैंने सोचा आप सो गई होंगी। मगर मुझे क्या

पता था कि रात को तो यह सूट तैयार हो रहा था।''

''आपको पसंद आया?''

''क्यों नहीं।''

उसने फ़िरदौस की तरह गर्दन अकड़ा कर कहा, ''यह तो बहुत दिनों से सिलवाया हुआ था।''

''खिंचे-खिंचे चूड़ीदार पायजामे के साइड से उसकी गठीली रानें दिख रही थीं। पेशवाज़ में कमर से ऊपर का हिस्सा ज़्यादा चुलबुला और फुर्तीला दिखाई दे रहा था। गरेबान में चाँदी के बटनों की ज़ंजीरी फ़िरदौस की ज़ंजीरी की तरह थीं और होंठों पर फ़िरदौस की तरह डार्क लिपस्टिक का टच था।

वह फ़िरदौस की तरह ही इतरा कर चलने लगीं और बावर्चीख़ाने से प्लेटें उठा लाईं। मेज़ पर रखकर बोलीं, ''मछली ठंडी हो गई तो ज़ायका नहीं रहेगा।'' उसने बड़ी अदा से पेशवाज़ के घेरे को एक हाथ से सँभाला और जावेद के सामने वाली कुर्सी पर पर बैठ गई।

मछली खाने के बाद जावेद हाथ धोकर तौलिए से पोंछता हुआ बोला, ''इतने मज़े की मछली और हलवे के बाद एक पान क्यों न खाया जाए।'' वह दोनों कार में बैठकर शॉपिंग सेंटर की तरफ़ चल दिए, जहाँ जावेद हैदर का पसंदीदा पनवाड़ी बैठा था। वहाँ से पान खाकर कार स्टार्ट की तो नवाब बेगम बोलीं, ''आपको क्या हो गया है?''

''कुछ हो गया है? नहीं तो।''

''थोड़ी सैर कर लें।''

वह कार को बड़ी सड़क पर डालकर बोला, ''तो रात भर आप लेटकर रोईं?''

''तबीयत रोने के क़रीब-क़रीब थी, मगर जिस तरह आपने गाड़ी छोटी सड़कें से बड़ी सड़क पर डाल दी है, उसी तरह मैंने अपने ख़्याल को छोटी सड़क से बड़ी सड़क पर डाल दिया।''

''क्या मतलब?''

''मैं रोने के बजाए बादाम और नारियल मँगा हलवा बनाने लगी। सोचा सुबह मछली वाले की दुकान से गर्म-गर्म मछली लेकर आपकी तरफ़ आ जाऊँगी। फिर मेरे अंदर से आवाज़ आई, ''एक वायदा तो पूरा हो गया, मगर बंदी ख़ुदा की, फ़िरदौस का वायदा क्या हुआ?''

''मैंने जब आपको कुर्सी पर बैठा देखा तो ठिठक रह गया। सबसे पहली मेरी नज़र मुबाफ पर पड़ी। जिसमें सुनहरे धागे ऐसे गुँथे थे, जैसे फ़िरदौस के।'' मुबाफ गर्दन से उछलकर कंधे पर आ रहा।

वह बोली, ''यह?''

“हाँ, यही।”

“वह अपनी कमर को थोड़ा सा झुकाकर बोलीं, “मेरी पीठ पर शाबाशी दें, जिस पर पड़े मोबाफ को देखकर आपको ख़ुशी हुई।”

जावेद हैदर ने उसकी कमर को थपका।

वह बोली, “एक बात पूछूँ?”

“ज़रूर।”

“आपको नटनी क्यों इतना पसंद आई?”

जावेद हैदर ने कार चलाते हुए मोड़ काटा, मगर कोई जवाब नहीं दिया। फिर गाड़ी को छोटी सड़क पर ले आया।

“आपने मेरे सवाल का जवाब नहीं दिया?”

“कई सवालों के जवाब ईजाद ही नहीं हुए” वह मुस्कुराया।

“क्या इस सवाल का जवाब ईजाद नहीं हुआ?”

“घर पहुँच कर देखूँगा। शायद किसी किताब में कोई जवाब मौजूद हो। आप बातें भी कमाल की करती हैं।”

“यह बातें मैं आपकी कोठी में नहीं कर सकती। अपनी बैठक में कर सकती हूँ या आपकी गाड़ी में। यह जगहें छोटी हैं। आपकी कोठी बड़ी है जो मेरे छोटे-छोटे ख़्याल पर पानी डालकर पतला कर देती है। आपके कमरे कभी तो मुझसे अंतरंग हो जाते हैं तो कभी बेगाना होकर रौब डालते हैं।”

“रौब डालते हैं? ऐसी तो कोई बात नहीं, मेरी तरफ़ देखिए।”

“मुझे आपकी बैठक में बैठकर बहुत सुकून मिलता है मगर...”

जावेद की गाड़ी कोठी में दाख़िल हो गई।

उसने चाबी घुमाकर दरवाज़ा खोला। “इस जगह को बेगाना तो नहीं कहा जा सकता। आप यहाँ कितनी बार आई हैं, कौन-सा कमरा रोब डालता है?”

“यह कमरा कहता है यहाँ सेब मत रखो।”

“कौन-से सेब?”

“मैं आज सेब भी लाई थी। जो मैंने आलमारी में रखे हैं।” नवाब बेगम ने सुर्ख़ सेबों से भरी रकाबी और छुरी आलमारी से निकालकर मेज़ पर रख दी। बोली, “आप कुर्सी पर बैठ जाएँ।”

जावेद बैठ गया जैसे मरीज़ यह देखने को बैठ जाए कि तांत्रिक अब क्या करेगा।

“एक काम करें?”

“कहें।”

“मैं आपको फ़िरदौस ही के अंदाज़ में सेब काटकर दूँगी और आप मेरे साथ वही संवाद करेंगे जैसे आपने फ़िरदौस के साथ किया था।”

जावेद हैदर ने ताज्जुब से कहा, "करें।"

नवाब बेगम ने सीने के कमान गोशों से दुपट्टा हटा दिया और ज़बान की नाक होंठों पर फेर, ढीले-ढीले बोली, "हम क्या इस क़ाबिल हैं कि हमसे किसी को मिलने का इश्तियाक़ पैदा हो जाए?"

जावेद हक्का-बक्का होकर बोला, "हमने आपकी तारीफ़ सुन रखी थी।"

नवाब बेगम ने नाज़ से कहा, "हमारी तारीफ़?"

"हमने आपको आपकी तारीफ़ से बढ़कर पाया है।"

वह अपने दाएँ हाथ को प्याला बना बड़े अंदाज़ से अपनी ठोड़ी तक ले जाकर अदा से बोली, "शुक्रिया!" फिर छोटे-छोटे हाथों से सेब काटने लगी।

जावेद को याद आ गया जो उसने इस मौक़े पर कहा था। बोला, "क्या सेब भी जन्नत का मेवा है?"

नवाब बेगम की रसीली आँखें मिठास से भर गईं। फ़िरदौस के ही अंदाज़ से बोलीं, "पता नहीं।" और शरमाकर चुने हुए दुपट्टे से अपने सेबों को ढकने लगी।

जावेद के पेट में खलबली होने लगीं। "जन्नत के ऊपर फ़िरदौस-ए-बरीं है और यह सेब फ़िरदौस-ए-बरीं का मेवा है।"

जावेद और नवाब बेगम दोनों हँसते-हँसते उठ बैठे। हँसता हुआ जावेद दूसरे कमरे में चला गया। हँसती-हँसती नवाब बेगम जावेद के बिस्तर पर जाकर धम से जा गिरीं और नोक से नोक मिलाकर दोनों जूते नीचे फ़र्श पर गिरा दिए। फ़ोन की घंटी बजी नवाब बेगम बोलीं, "हलो,"

उधर से निसाइ आवाज़ आई, "जावेद साहब हैं?"

वह हँसकर बोलीं, "दूसरे कमरे में है।"

"आप कौन हैं?"

"मैं अपने घर आ गई हूँ। जावेद साहब को आप भूल जाएँ। उनका पीछा छोड़ दें।" यह कहकर उसने खट से टेलीफ़ोन बंद कर दिया।

जावेद गुफ़्तगू सुनकर जान गया कि नवाब बेगम और उसके दरमियान कोई अच्छा काम नहीं हो रहा है। वह तरकीब सोचता-सोचता अपने कमरे में दाख़िल हुआ।

उसके बिस्तर पर नवाब बेगम अपनी बाग़ी सल्तनत के साथ बेतकल्लुफ़ी से लेटी हुई थीं जैसे बरसों से वह इस बिस्तर से मानूस थीं या उस पर लेटने की उनकी बहुत पुरानी तमन्ना थी।

जावेद हैदर ने अपने बिस्तर पर बैठकर नवाब बेगम का हाथ अपने हाथ में ले लिया, "मैं नहीं चाहता कि मुझे आपसे शर्मिंदा होना पड़े और उस्मान साहब से शर्मिंदगी हो। आप उठ बैठें वरना मैं दूसरे कमरे में जाकर बैठ जाऊँगा।" वह अपना हाथ छुड़ाकर साथ वाले कमरे में चला गया।

उसने देखा चुना हुआ दुपट्टा उसकी बीवी की तस्वीर के ऊपर लटक रहा था। नीचे तस्वीर छुप गई थी। दुपट्टा उसके हाथ में था कि नवाब बेगम ने आकर झपट लिया और बोलीं, ''मैं जा रही हूँ।''

''नहीं, नहीं! मैं आपको छोड़कर आऊँगा। यूँ नहीं कि आप नाराज़ होकर जाएँ।'' उसने उसे धक्का देकर कुर्सी पर बिठा दिया और बोला, ''यहाँ बैठी आप फ़िरदौस लग रही हैं।''

''फ़िरदौस जाए भाड़ में। मेरे सामने उस नटनी का नाम न लें।''

फिर लहज़ा बदलकर बोली, ''फ़ोन की घंटी बज रही है।''

जावेद ने फ़ोन उठाया, ''हलो!''

''जावेद साहब मैं असग़री बोल रही हूँ।''

''जी मैंने आवाज़ पहचान ली।''

''मैंने अभी फ़ोन किया था।''

''आपने फ़ोन किया था। यहाँ तो नहीं आया।''

''मैंने अभी फ़ोन किया था किसी औरत ने कहा था कि आप दूसरे कमरे में हैं। मैंने पूछा, आप कौन हैं तो बोली, मैं अपने घर आ गई हूँ। जावेद को आप भूल जाएँ, उनका पीछा छोड़ा दें, यह कहकर फट से फ़ोन बंद कर दिया।''

जावेद से अपने वजूद को हल्का महसूस किया। जैसे भँवर से बच निकला हो। वह हँसा और इत्मीनान से बोला, ''पाँचवीं कोठी में जावेद हयात साहब रहते हैं। आपका फ़ोन उनके यहाँ जा मिला होगा। कई बार उनका फ़ोन मेरी तरफ़ आ जाता है।''

''मैं अजीब उलझन में पड़ गई। या अल्लाह! यह क्या माजरा हुआ? कौन किसके घर आ गई। आपको किसने शिकार कर लिया।''

''जी नहीं, मुझे कौन शिकार करेगा। आपकी बातों ने तो मेरी ज़िंदगी का रास्ता ही बदल दिया।''

नवाब बेगम ने ख़ुदाहाफ़िज़ कहा और कॉरीडार की तरफ़ चल दीं। ''मैंने फ़ोन इसलिए किया था कि अता को तीन रोज़ के लिए अचानक बाहर जाना पड़ गया। उन्होंने एयरपोर्ट से फ़ोन करके कहा था कि किसी फ्रांसीसी प्रोफ़ेसर का आपको फ़ोन या ख़त आएगा। जिस होटल में भी ठहरा हो आप उनसे जाकर मिल लें। बस यही पैग़ाम था। आगे मुझे कुछ पता नहीं। ख़ुदाहाफ़िज़!''

जावेद हैदर ने जल्दी से फ़ोन बंद करके खिड़की से झाँका। नवाब बेगम कोठी के अहाते से बाहर निकल चुकी थी। वह कार स्टार्ट करके कोठी के बाहर निकला। वह दुकानों के क़रीब खटखट करती चली जा रही थीं। लोग उनकी तरफ़ देख रहे थे। जावेद ने उनके क़रीब जाकर कार रोक दी और दरवाज़ा खोल आहिस्ता से बोला, ''मैं इस तरह नहीं जाने दूँगा। यह कोई तरीक़ा है? बैठिए। मैं छोड़कर आऊँगा।''

उसने गर्दन को यूँ झटका दिया कि मेरी बला भी नहीं आएगी। और ख़ामोशी से चलती गईं। जावेद को बहुत बुरा लगा। उसने फिर आकर उनके पास कार रोक दी। दरवाज़ा खोलकर बोला, ''लोग मुझे देख रहे हैं। वे क्या कहेंगे ? क्या सोचेंगे ? इस तरह ठीक नहीं है।''

''मैं टैक्सी ले लूँगी।''

''मैं आपको घर छोड़ आऊँगा। इस तरह जाना ठीक नहीं है। आपकी नाराज़गी इस तरह मुझसे बर्दाश्त नहीं होगी।''

वह अपने बाज़ू से पेशवाज़ को सँभालकर अंदर आ बैठीं।

चलती कार में इन्हें बाज़ारी लौंडे का रिमार्क अच्छा लगा, ''अबे ले गया फाँस कर शेर का बच्चा!''

मोड़ काटकर जावेद ने कार को बड़ी सड़क पर डाल दिया!

वह बोलीं, ''यह आप की कौन थी जिससे कह रहे थे कि आपकी बातें तो मेरी ज़िंदगी है, यह कोई नई पीछे लगा ली है ?''

आधी रात का मुक़दमा

अरबी भाषा का लघु उपन्यास

अरबी भाषित इलाक़े में उपन्यास लेखन

दिमाग़ी पेचीदगियों के बीच यात्रा करने वाला राही : मुहम्मद गलाला

अपनी बनाई दुनिया से परेशान इन्सान : समीर सरहन

अरबी भाषित इलाक़े में उपन्यास लेखन

अरब ज़मीन के भूगोल और इतिहास दोनों ही बहुत दिलचस्प हैं उसे विस्तार से जानने का अपना सुख हो सकता है। मगर मैं यहाँ पर मोटे रूप में इतिहास का इसलिए ज़िक्र कर रही हूँ कि इन विदेशी आक्रमणों ने आम इंसान की ज़िंदगी को जितना भी जहन्नुम बनाया हो लेकिन इतने बुरे समय में भी सही इतिहास साहित्यकार और कलाकार लिख रहे थे। अपनी परंपरा, भाषा, दर्शन को बचाने के लिए वह क़लम घिस रहे थे। दूसरी ओर यह भी बताना ज़रूरी है कि जो इलाक़ा सियासी प्रचार से आंतकवाद का गढ़ कहलाता है वह अपनी सृजनात्मकता में कितना उपजाऊ है जहाँ से सभ्यता एवं सांस्कृति का उदय होता है। तीसरी बात जो बहुत अहम है कि किस संघर्ष और बलिदान से कोई क़ौम अपनी सांस्कृतिक धरोहर को सहेजकर रखती है जो आज भी जारी है।

उन्नीसवीं सदी के मध्य तक सीरिया में गद्य की दो ही विधाएँ प्रचलित थीं। पहली 'मक़ामा' (मक़ामात का शब्दिक अर्थ सभा) जो लयदार गद्य के क़िस्से के अलग-अलग टुकड़े जिन्हें 'साज' कहा जाता था। उसे रावी सुनाता था। उसके जड़े हुए ख़ूबसूरत शब्द वास्तव में एक संगीत के नोट की तरह मन पर असर करते थे। दूसरी विधा कहलाती थी 'रिसाला' (शाब्दिक अर्थ ख़त या लेख) जो कि निजी और सरकारी स्तर पर जन्म, मृत्यु और त्यौहारों के मौक़े एवं समारोहों में जिसका आदान-प्रदान होता था। इन दोनों के अलावा स्थानीय बोली में कुछ पढ़ा-सुना जाने का भी प्रचलन था।

प्राचीन साहित्यिक ग्रंथ जिन्हें शाहकार कहा जा सकता है और वह छपे रूप में मौजूद हैं उसकी भाषा सीधी और सरल थी जिसमें अल जाहिज़ (775-798), अल-माआर्री (973-1057), इब्ने तुफ़ैल (1185), इब्ने ख़ल्द (1332-1406) का नाम लिया जा सकता है। वैसे तो यह कहा जाता है कि अरब साहित्य पाँचवीं सदी में वजूद में आ चुका था। सियासी केंद्र के बदलने के साथ विभिन्न देशों में समय-समय के साथ सृजनकर्ताओं को प्रोत्साहन और समर्थन मिलता रहा है जैसे जबाल-अल-हक़ जिन्होंने सीरिया की आज़ादी को स्वतंत्रता के बारे में ऐतिहासिक उपन्यास 1865 में

'जंगलों का सच' लिखा था। अल-हयाम-फ़ी-अलशाम ने 1870 में 'सीरिया के बाग़ो में हलचल' लिखा वह भी ऐतिहासिक उपन्यास था सातवीं सदी में सीरिया की विजय के बारे में। विदेशी उपन्यासों के अनुवादों का भी स्वागत हो रहा था साथ ही अरबी उपन्यास भी अंग्रेज़ी, फ्रेंच भाषा से अनूदित हो रहे थे। अरब साहित्य शायरी में हमेशा से समृद्ध रहा है। लेकिन गद्य में यूरोप के आक्रमण के बाद तब्दीली आई। वैसे यह 'मुलाक़ात' कोई साहित्यिक गोष्ठी जैसी नहीं थी बल्कि हथियारबंद फ़ौज के साथ हुई थी। जिसका कोई भी लेना देना शायरी और कहानी से नहीं था। मगर गुलामी के दर्द और आक्रोश ने नई तरह के जज़्बे, शब्द और अभिव्यक्ति को गद्य और पद्य दोनों में जगह दी और उसी के साथ गद्य में कहानी, उपन्यास, यात्रा संस्मरण और नाटक का विस्तार हुआ। शुरू में नई विधा को अपनाने में झिझक भी थी और अहंकार भी था, मगर वक़्त के साथ इन विधाओं ने अपनी जगह बना ली।

इराकी अपनी पहचान अब्बासी काल के वैभव और कला साहित्य के कौशल के उस चरम से जोड़ते हैं जहाँ दुनिया के कोने-कोने से कलाकार अपने फ़न के साथ वहाँ जमा होते थे। ठीक यही सोच सीरिया की है जो अपने को बेहतरीन साम्राज्य, सभ्यता एवं संस्कृति की नज़र से उमय्या काल से जुड़ा मानता है। इसलिए अरब इस बात को स्वीकार नहीं करते हैं कि साहित्य और कला में प्रेरणा उन्हें यूरोप से मिली है।

नए और पुराने के बीच यह संघर्ष चलता रहा और अरब भाषा साहित्य हर तरह से समृद्ध होता रहा और विश्व स्तर पर पुरस्कारों के सिलसिले में अरब लेखक कहीं भी पीछे नहीं रहा। जबकि उनके देशों में लगातार जंग किसी-न-किसी रूप में चलती रहती है मगर उनका क़लम न रुकता है और न थकता है। बड़े पैमाने पर सियासी जलावतनी भी लगातार झेलते रहते हैं। घर, परिवार, नौकरी के छूट जाने के बावजूद वह अदब से जुड़ी इंसानी हिकायतों की कहानी कहते और लिखते रहते हैं।

अब्बासी काल के बाद अरब का पतन तब होता है जब 1258 में हलाकू बग़दाद को तबाह करता है और तुर्की (1517-1800) ने अरबभूमि को अपने कब्ज़े में कर लिया। अरबी साहित्य तुर्की प्रभाव से कितना बचता मगर अरबी भाषा ज़रूर उसी तरह पुख़्ता रही। अरब भूमि और भाषा अरबी और साहित्य को तीन चार सौ साल तक बचाए रखने का श्रेय 'क़ुरआन' को जाता है। इस आसमानी किताब को पढ़ना हर अरब के लिए अनिवार्य था। जिसमें किसी तरह का बदलाव नहीं किया गया था। 'क़ुरआन' में आए शब्दों का उच्चारण भी नहीं बदला जा सकता था। इससे दो फ़ायदे हुए। एक तो धार्मिक पुस्तक में क्या लिखा है वह सब न केवल उन्होंने समझा बल्कि मुँह ज़बानी याद हो गया। दूसरा फ़ायदा यह हुआ कि पुरानी अरबी भाषा को उसी तरह सहेजा गया और आम आदमी उस भाषा से कभी अलग हो ही नहीं पाया। लेकिन तुर्की ने अरबों के जीवन विशेष रूप से निम्न वर्ग पर खासी

क़ियामत तोड़ी। अरब की ज़मीन बाक़ी दुनिया से कट गई और फिर 1798 में नेपोलियन मिस्र को जीतता है।

नेपोलियन की फ़ौजों की वापसी के बाद मोहम्मद अली मिस्र का हाकिम बना जो एक ख़ुशदिल और ख़ुशहाल बदलाव था। समाज और सियासत में कई तरह के सकारात्मक बदलाव आए और विकास की गति बढ़ी मगर ब्रिटेन और फ्रांस की नज़र नील कनाल पर थी। इस इलाक़े का भाग्य और बदक़िस्मती एक साथ वजूद रखती है। खनिज पदार्थ, जल, ऐतिहासिक खँडहर, मरुस्थल, मैदान, पहाड़ तीन धर्म अनेक भाषाएँ और कई नस्लें सब कुछ मिलजुल कर दुनिया का एक दिलचस्प इलाक़ा बनता है। इराक़, फिलिस्तीन, सीरिया के बुद्धिजीवियों का उनके कारणों से यूरोप के देशों में लगातार आना जाना रहा और महाशक्तियों की सियासी हुक्मरानी ने फ्रेंच और अंग्रेज़ी भाषा को अरब के उच्चवर्ग की दूसरी ज़बान बना दिया। जब भाषा पास आई तो साहित्य का अध्ययन भी सरल हो गया।

नजीब महफ़ूज़ के तारीखी, समाजी उपन्यासों ने इस पूरे इलाक़े की ऐतिहासिक कहानी लिखी है। राष्ट्रपति नासिर से लेकर अब तक के सियासी माहौल से सभी थोड़ा बहुत परिचित हैं, भले ही साहित्यकारों से कोई गहरा संबंध न भी हो। भारत वर्ष के पुराने ताल्लुक़ात इस इलाक़े से रहे हैं मगर वर्तमान समय में जो दूरियाँ बनी हैं उसके अनेक कारण हैं वरना प्राचीन ग्रंथों के अनुवाद द्वारा एक दूसरे के साहित्य से लाभ उठाया गया। 2004 में जब मुझे सीरिया जाने का मौक़ा मिला तो साहित्य अकादमी द्वारा गए हम तीन लेखक और कवियों का स्वागत इस वाक्य से अली ओखला ओरसान लेखक संघ के अध्यक्ष ने किया था कि अब्बासी काल के बाद भारत से आने वाला यह पहला साहित्यिक प्रतिनिधि-मंडल है और यह अच्छी शुरुआत हुई है।

सीरिया के लेखक और नेता सभी इस बात से चिंतित थे कि इज़रायली प्रधानमंत्री भारत के दौरे पर गए थे। भारत फिलिस्तीन के बारे में कहीं अपनी नीति तो नहीं बदल रहा है। सीरिया के कई शहर देखे जिसमें हम कुनेतरा भी गए जहाँ बड़ी तादाद में इज़रायली हमलों ने तबाही मचाई थी! जाने कितने गाँव और क़स्बे उजड़ गए थे। गाइड ने यह भी कहा कि यह इलाक़ा फिर से बसाया जा सकता था मगर हमने इसको इसी तरह सँजोकर रखा है ताकि हम बाहर से आने वालों को इज़्राईल की ज़्यादतियों को दिखा सकें। इस पूरे विवरण के बाद हम आसानी से सोच सकते हैं कि सीरिया में फ़िलहाल किस तरह का अदब लिखा जा रहा है। ख़ास कर तब जब उनके यहाँ लगभग हर शहर में लेखक संघ की नींव पड़ी हुई है। लेखकों से मिलना रहा मगर अफ़सोस अरबी भाषा न जानने के कारण हमारे सवाल दिल में घुटकर रह जाते और बातचीत केवल सतह को छूकर आगे निकल जाती।

जो अहम बातें हाथ लगी वे बेहद महत्त्वपूर्ण थीं। आसपास के अन्य देशों में जिस तरह लेखकों पर अंकुश है वैसा सीरिया में माहौल नहीं था। छपने की दिक़्क़त थी। प्रकाशक और लेखक के बीच वही लव एंड हेट रिलेशनशिप! तो भी वे लेखक जो लेखक संघ के सदस्य हैं कुछ राहत की स्थिति में हैं जैसे उनकी किताबें तो छपती हैं। दूसरे मकान, बीमारी और दूसरी तरह की बुनियादी कठिनाइयों में लेखक संघ माली मदद भी करता है। इसके बावजूद लेखक संघ की सदस्या मिलना आसान नहीं। पहली शर्त तो यह है कि एक लेखक कम से कम एक पुस्तक का रचनाकार तो हो।

दमिश्क में लेखक संघ के अध्यक्ष अली ओकला ओरसान से मुलाक़ात हुई। वह बहुत अच्छे कवि हैं और उन्होंने अपनी कविताएँ सुनाईं। उसी महफ़िल में मेरी मुलाक़ात महत्त्वपूर्ण उपन्यासकार नादिया ख़ोस्ट से हुई। उनसे बातचीत का विषय साहित्य था परंतु बात हिर फिर कर सियासत पर आन टिकती थी। फिलिस्तीन और इस्राईल। जो दूसरी लेखिका मरियम ख़ेर बेग थीं वह बच्चों की राइटर थीं और उनकी भी परेशानी छपने छपाने को थी ख़ासकर जब विश्व स्तर पर मंदी हो। हमारी बातों में दूसरे दिन इराकी कवयित्री साजिदा अल मोसावी भी शामिल हो गई थीं।

सीरिया में महिला लेखन फ़िलहाल किसी भी स्तर से मर्दों के लेखन से पिछड़ा नहीं है। यह वह इलाक़ा है जहाँ पर औरतों ने हुकूमत भी की है और सभ्यता एवं सांस्कृतिक स्तर पर अपनी भागीदारी भी दर्शायी है। चूँकि सीरिया में कई धर्म और भाषाएँ हैं इसलिए बौद्धिक स्तर पर एक खुलापन रूढ़िवादी टकराहटों के विरोध में साफ़ नज़र आता है।

नादिया ख़ोस्ट ने बढ़ती सियासत की तरफ़ चिंता जताई जिसमें अब वह पुराना खुलापन नहीं वह गया और अपनी पहचान के प्रति जागरूकता बढ़ी है। जो औरतें चादर और स्कार्फ पहले नहीं पहनती थीं वे अब अमेरिका से अपना विरोध प्रकट करने के लिए ज़िद में यह लिबास पहनने लगी है और कुछ अक़ीदे (आस्था) के चलते हुए। मगर औरतों की आज़ादी को लेकर जो क़ानून संसद में पेश हुआ वह जड़ सोच वालों ने पास नहीं होने दिया जिससे रौशनफ़िक्र बुद्धिजीवि वर्ग और औरतों में असंतोष की भावना है। पहले सीरिया में एक संतुलन एक ठहराव था मगर मौजूदा दौरे में उग्रता बढ़ रही है। हम इसका कारण जानते हैं मगर प्रतिक्रिया में प्रतिशोध व्यक्त करना वास्तव में अपना नुकसान करना है और यही अमेरिका चाहता है।

नादिया ख़ोस्ट ने अपने उपन्यासों की कथावस्तु बताते हुए कहा कि वह सिर्फ़ सीरिया देश पर नहीं लिखती हैं बल्कि इस पूरे इलाक़े को लेकर लिखती है जिसमें इराक़, जार्डन, फिलिस्तीन शामिल हैं। अरबी भाषा में जो कहानियाँ लिखी जा रही हैं जो विश्व भर में लिखी जा रही कहानियों से पीछे नहीं हैं। मगर उनकी पहुँच

दुनिया के बाक़ी देशों में नहीं जहाँ केवल उस देश की नकारात्मक स्थितियों की चर्चा कर यह बताया जाता है कि इस देश में केवल अत्याचारी और आतंकवादी रहते हैं।

कई शहरों में लेखकों के इसरार पर अपनी भाषा में रचना पढ़ी उसका कारण था कि शब्द और ध्वनि से कुछ समझना और महसूस करना चाह रहे थे। सीरिया से आते हुए जो पुस्तकें हमको उपहार स्वरूप मिलीं उसमें से एक पुस्तक साहित्य से गिनी-चुनी रचनाओं के अनुवाद की थी! उनमें अरबी साहित्य था न कि सीरियन साहित्यकार। यहाँ पर यह कहना बहुत अहम है कि अरबी भाषा के लेखक कवि चाहे वह फिलिस्तीनी हों, इराकी हो, सीरियन हों वे अलग-अलग करके नहीं देखे जाते हैं। शायद क्या यक़ीनन उसका कारण एक भाषा का होना है चाहे अपनी अभिव्यक्ति और उच्चारण में वह भले ही हर देश में कुछ अलग सी पहचान रखती है।

अरब ज़मीन दरअसल शायरों की ज़मीन रही है लेकिन दूसरे विश्व युद्ध के बाद एकाएक अरबी साहित्य में गद्य के प्रति रुझान बढ़ा जिसके अनेक कारण बताए जाते हैं। लंबे समय बाद आर्थिक स्थिति में स्थिरता आई। पेट्रोल उत्पादक देशों में संपन्नता बढ़ी। लिखित शब्दों से वास्ता रखने वाले वर्ग ने अपने साथ हुए अन्याय के बारे में गहराई से सोचा। सियासत की प्रचंड तूफ़ानी तबाही और ख़ूनी अतीत में बिखरे-छूटे इंसानी समाज की गहरी पीड़ा को अपने दिल व दिमाग़ से निकाल काग़ज़ों पर दर्ज करने के लिए व्याकुल हो उठे।

इतनी भयानक और बड़ी त्रासदी को वे शायरी में क़लमबंद नहीं कर सकते थे, इसलिए गद्य लेखन की बहुत बड़े पैमाने पर शुरुआत हो गई। ज़माना करवट बदल चुका था। छपने की सहूलियतें थीं। ख़ुद को व्यक्त करने के लिए मंच थे और विचार-विमर्श के लिए गोष्ठियाँ और सम्मेलन का खुला वैचारिक मैदान था। फिल्मों के अलावा रेडियो, टेलीविज़न, ड्रामे आदि ने लेखक वर्ग को वह सब कुछ दिया जो इससे पहले उन्हें लिखित शब्दों के बदले में प्राप्त नहीं हुआ था। शोहरत और दौलत, सृजन-सुख, यात्राएँ और अनुभव अनुभूतियों ने कलमकारों को मानसिक राहत दी।

अचानक 1948 में फिलिस्तीन समस्या ने सारे अरब समाज को हिलाकर रख दिया। उन्हें अपनी कोताहियों का गहरा अहसास जागा। कवियों ने जिस तरह अपनी शायरी का रुख यथार्थ की तरफ़ मोड़ दिया था, ठीक उसी तरह लेखकों की रचनाओं में भी यथार्थ ने अपनी जड़ें ज़माना शुरू कर दीं। *तौफीक़-अल-हकीम* ने 1933 के आसपास अपने उपन्यास *औदत-अल-रूह* के द्वारा वतनपरस्ती की भावना को यथार्थ की धमनियों में इस तरह प्रवाहित कर दिया था कि पढ़ने वालों का लहू गर्म हो जाता। कहते हैं इस उपन्यास को जमाल अब्द-अल-नासिर ने 1952 की क्रांति के पहले अनेक बार पढ़ा था। दूसरा नाम नजीब मह्फ़ूज़ का है जो मध्यवर्ग

दिमाग़ी पेचीदगियों में यात्रा करने वाला राही

मुहम्मद गलाला का जन्म 19 नवम्बर, 1929 मिस्र के ज़ागाजिग नामक स्थान पर हुआ। गलाला ने 1953 में क़ानून में बी.ए. की डिग्री ली और वकालत शुरू कर दी। चूँकि उनका झुकाव लिखने पढ़ने की तरफ़ था जो उनका ध्यान बार-बार अपनी तरफ़ खींचता था, इसलिए उन्होंने वकालत छोड़कर पत्रकारिता शुरू की और 'अलतहरीर' नामक पत्र में संपादक का पद सँभाला। कुछ वर्ष वहाँ रहे फिर ''रेडियो-टेलीविज़न' की पत्रिका के संपादक बने। 1988 में अरब लेखक संघ के अध्यक्ष चुने गए।

वकालत शुरू करने के बाद उन्हें महसूस हुआ कि बावजूद कोशिशों के वह न्याय नहीं दिलवा पाते और मुक़दमा लंबे अरसे तक चलता रहता, इस स्थिति पर उनका कोई बस नहीं चलता था। उनके अंदर की बेचैनी ने उन्हें पूरी तरह साहित्य की दुनिया की तरफ़ खींच लिया और उन्हें महसूस हुआ कि कम-से-कम वह अपनी मर्ज़ी से आम इंसानों का मुक़दमा लड़ेंगे और उन्हें न्याय दिलवा सकेंगे। उनकी लगन ने उपन्यास की दम तोड़ती विधा को नई ज़िंदगी दी। कुछ महत्त्वपूर्ण उपन्यास भी लिखे। जिनके नाम हैं—

तेज़ गंध (1962), *फुटपाथ* (1962), *रेलिंग,* (1965), *गुफ़ा* (1967), *मोहभंग* (1969), *त्रियाचरित्र* (1970), *मुहब्बत* (1971), *अभिशप्त महिला* (1972), *आधी रात का मुक़दमा* (1976), *लव इन कोपेनहैगन* (1975), *मावारीदी का क़हवा* (1978), *खोखा के बाद* (1980)

नजीब महफ़ूज़ और मुहम्मद गलाला ने अपना लेखन मिस्र के परिवेश पर ही केंद्रित किया है, गलाला के किरदार अधिकतर आधुनिक चुनौतियों को झेलते नज़र आते हैं। देश की उन समस्याओं से घिरे हैं जो केवल उनकी अपनी या सामाजिक जकड़न तक सीमित नहीं रह जाती हैं। उसमें तीव्रता है और व्याकुलता है। चूँकि गलाला के पास क़ानूनी ज्ञान और पत्रकारिता की व्यावहारिकता है, इसलिए उनके चरित्र उन कष्टों को भी झेलते दिखाए जाते हैं, जहाँ लेखक का अपना पक्ष केवल नहीं रह जाता है। इस दृष्टिकोण से गलाला नजीब महफ़ूज़ से अलग हैं। अरबी

भाषा में मुहम्मद गलाला का नाम मुहम्मद जलाल लिखा हुआ है। अरबी भाषा में कभी-कभी लोग 'ज' को 'ग' अक्षर में बदल कर बोलते और लिखते हैं। चूँकि मैंने यह अनुवाद अंग्रेज़ी से हिंदी में किया है, इसलिए, अंग्रेज़ी में लिखा नाम मुहम्मद गलाला ही लिखना मुनासिब समझा। अरबी भाषा में लिखा यह उपन्यास *अल-मुहकम्मा फ़ी मुनतासाफ़िल लैल* का अनुवाद अंग्रेज़ी में *ट्रायल एट मिड नाइट* के नाम से 'नेहद सिलैहा' ने किया है जिसे 'प्रिज़्म पब्लिकेशन्स' ने अपनी लिटरेरी सीरीज़ में (1992) में प्रकाशित किया था। मुझे यह नाम उपन्यास पढ़ कर मुनासिब लगा और मैंने उसे हिंदी में 'आधी रात का मुक़दमा' नाम दिया!

अपनी दुनिया से परेशान आज का आदमी

लेखक के रूप में अपनी पहचान कहानियों से बनाने वाले मुहम्मद गलाला ने जब अरबी साहित्य को एक के बाद एक दस महत्त्वपूर्ण उपन्यास दिए तो उनका शुमार मिस्र के महत्त्वपूर्ण उपन्यासकारों में होने लगा। उनके लेखन ने आलोचकों को अपनी ओर विशेष रूप से इसलिए आकर्षित किया कि गलाला ने आधुनिक युग के परिदृश्य में इंसान के सामने आई चुनौतियों को अपने उपन्यासों के केंद्र में रखा। उनकी साहित्यिक ईमानदारी और निरंतर लेखन ने उनकी कला को निखारा। उनके लेखन के पड़ावों और रचनाओं में बहुत कुछ ऐसा था जिसके कारण वह आलोचकों के प्रिय लेखक बन गए।

कला के संसार में अचानक आए मोड़ और साहित्य को केवल एक विशेष वर्ग की बपौती समझने वाले तेवरों के कारण सिनेमा, थियेटर, टेलीविज़न ने मिस्र के साहित्य एवं सांस्कृतिक वातावरण को एकाएक अपनी गिरफ़्त में ले लिया था। जिसने लिखित शब्दों में ग्रहण लगाना शुरू कर दिया। अपवाद के रूप में नजीब महफ़ूज़ और दूसरे उपन्यासकार, जो 1960 के आसपास उभरे थे, एकाएक उनका रुख भी इन लोकप्रिय विधाओं की तरफ़ मुड़ गया, जिसमें आर्थिक लाभ भी था। इस बदलाव ने उपन्यास लेखन में गिरावट ला दी और डर था कि कहीं यह साहित्यिक विधा, साहित्य के पटल से सदा के लिए ग़ायब न हो जाए। मगर कुछ प्रतिबद्ध जवान लेखक ऐसे थे जिन्होंने धारा के विरुद्ध बहकर इस विधा को ज़िंदा रखने में अपने क़लम को समर्पित कर दिया, जिनमें मुहम्मद गलाला का नाम भी आता है। गलाला के संघर्ष का तीसरा चरण उनके उपन्यास 'अभिशप्त महिला' और 'त्रियाचरित्र' जैसी कृतियों से पाठकों के सामने आता है। उन्होंने अपनी यथार्थवादी वर्णनात्मक शैली को पूर्णरूप से रद्द कर दिया और नवीन शैली अपनाई जिसमें अतीत, वर्तमान, भविष्य तीनों एक-दूसरे से उलझते हुए नज़र आते हैं, जिसमें मानसिक तनाव उभरता है। शैली उलझी और जटिल है। पात्रों की भावनाओं का उतार-चढ़ाव, अनेक घटनाओं, तर्कों तथ्यों से गुज़रता है। उनके किरदार वर्तमान समय के गहरे तनाव और दबाव में हैं। जो तन्हा हैं। बेघर हैं। बेबस और मजबूर हैं। उनका

वर्णन कभी इंसान की आंतरिक दशा को दिखाता है तो कभी बाहरी परिस्थितियों से उसे जोड़ देता है।

यह नवीन शैली संचेतन की धारा जानी गई जो चेतना की तीव्र तरंगों को कभी विभिन्न संबंधों, व्यक्तिगत और सामाजिक मुद्दों से जोड़ती हुई कभी अतीत की तरफ़ ले जाती तो कभी वर्तमान में ला पटकती है। गलाला की यह नई तकनीक एक साथ कई दृष्टिकोणों के संग चलती है। लेखक एक नज़रिए तक अपने को सीमित नहीं रखता है, जैसा कि पहले अपने वश में वह सब कुछ रखता था। जहाँ पर केवल लेखक की आवाज़ गूँजती महसूस होती थी। वह अचानक मद्धिम पड़ते-पड़ते पूरी तरह से गलाला के लेखन से ग़ायब हो गई।

पाठक इस दुनिया को उपन्यास में आए चरित्रों की दृष्टिकोण से देखते हैं और उनकी तीव्र अभिव्यक्तियों को पढ़ते हैं और आगे बढ़ जाते हैं। उपन्यास का पूरा ढाँचा चरित्रों की चेतना पर खड़ा नज़र आता है। दूसरे शब्दों में निष्पक्ष यथार्थ, सामाजिक या फिर दूसरी तरह वह बहुपक्षीय यथार्थ का रास्ता दिखाता है। गलाल अपनी नई शैली में थीम के केंद्रीय बिंदु तक पहुँचने के लिए पहले की तरह विस्तार में नहीं जाते हैं। पहले वह माहौल बनाते थे और स्थिति की तीव्रता को कम कर देते थे। अब वह बयान में कंजूसी से काम लेते हुए बड़ी महारत से सीधे सस्पेंस को धीरे-धीरे उभारते हुए उसे उस स्थिति में ले जाते हैं, जहाँ वह ख़ुद ब ख़ुद पककर विस्फोटित हो जाता है।

गलाला की पहली लिखी रचनाओं में वह अपनी विचारधारा और ग़रीब पिछड़े वर्ग के प्रति जो शोषित और हर तरह से वंचित है पूरी तरह प्रतिबद्ध नज़र आते हैं, जिसके कारण उनके उपन्यास केवल समाज का सच बनकर रह गए थे। अंकुश जो उनके लेखन का मुख्य बिंदु था वह अनेक आयामों में बदल गया। अब सब कुछ इतना सरल नहीं रह गया था बल्कि अनेक पर्तों में बदलकर पेचीदा हो चुका था। जिसमें एक वर्ग दूसरे वर्ग के शोषण तक सीमित नहीं था। बल्कि वह अब हर तरह के शोषण का प्रतीक बन गया था; सामाजिक, सियासी, नैतिक और जीवित रहने के संघर्ष के रूप में भी।

गलाला की शुरू की रचनाओं में यथार्थ तो था मगर सामाजिक दृष्टि न थी और न ही विश्व चेतना का प्रभाव था। उनके उपन्यास 'अल-तायब' (तेज़ गंध) और 'अल-रसीफ' (फुटपाथ) को पाठक पढ़ता हुआ महसूस करता है कि लेखक ने समाज की दुखती नब्ज़ को इस तरह पकड़ रखा है कि उसी के बयान में डूबता चला जा रहा है। किस तरह पीड़ित वर्ग उपेक्षित है और उसकी इस स्थिति की तरफ़ किसी का ध्यान नहीं जाता है। गलाला के इस तरह के लेखन का कारण वास्तव में मिस्र का माहौल ज़िम्मेदार था, जिसमें सामाजिक विसंगतियों को उजागर करने का दौर ही एक बड़ी चुनौती समझी जाती थी, न कि कलात्मक प्रयोगों में समय नष्ट

करने का। बौद्धिकता, अनुभव और अनुभूतियों की जगह सामाजिक संदेश की माँग थी। दूसरे, मुहम्मद गलाला ने अपने अंदर छुपी सृजनात्मकता को तब तक न पूरी तरह पहचाना था न अपनी कलात्मकता को इतना माँजा था।

गलाला द्वारा लिखित उपन्यास 'दी बार्स, द केव, द एलूज़न' में वर्गों की असमानता का प्रश्न तीव्रता से उठाने के बजाए उसमें मिस्र की जनता का संघर्ष, उसकी ऐतिहासिक पृष्ठभूमि को विभिन्न वर्गों के वैचारिक दृष्टिकोण को समाहित कर पेश ज़रूर किया था, जो स्वतंत्रता का इच्छुक था। मगर यहाँ भी गलाला ने न कोई दिशा दी और न मानवीय दृष्टिकोण।

इसके बाद के उपन्यासों में गलाला ने आधुनिक दुनिया के मनुष्य के उत्पीड़न को गहराई से दर्शाया है। यह विषय उनके पहले उपन्यासों के देखते बहुत पेचीदा था। वे शक्तियाँ जो इंसान को सामाजिक, राजनीतिक और नैतिक रूप से अपराधी बना रही थीं, वे बड़ी ख़ामोशी से इंसान को तन्हा, बेबस और बेघरबार बना रही थीं। इन उपन्यासों में मानवीय संबंध हर प्रकार की पुरानी मर्यादाओं के टूटन के कगार पर था, जो बरसों से इंसानी मुहब्बत और विश्वास पर टिका हुआ था। गलाला ने अपने दोनों उपन्यासों 'अभिशप्त महिला' और 'त्रियाचरित्र' में इन सारे विचारों और समस्याओं को बड़ी कलात्मकता के साथ पेश किया है, जिसमें अनेक नवीन तकनीकों का भी प्रयोग किया है। जिसका बेहतरीन नतीजा 'आधी रात का मुक़दमा' में अपनी पूरी ऊँचाइयों के साथ उभरा है! जिसमें उन्होंने अपनी सृजनात्मक ऊर्जा और कच्चे माल का प्रयोग बड़े सचेत ढंग से किया है। जो उनके क़लम की पुख़्तगी को दर्शाता है।

'आधी रात का मुक़दमा' बहुत सहजता से अपने थीम को लेकर शुरू होता है। इस उपन्यास का मुख्य चरित्र वाफ़िक़ जेल से छूटकर आता है और अपनी बीवी को तलाश करता है, जिसने उसके बेटे को जन्म दिया है। उसे संदेह है कि यह बच्चा उसका नहीं है। यह शक क्रमबद्ध घटनाओं, दृश्यों से पुख़्ता होता दिखाया गया है जो अंत में हिंसा पर समाप्त होता है। कहानी हम तक मुख्य चरित्र के सचेतन-संवाद से पहुँचती है ताकि हम उसके नज़रिए को भी समझ सकें मगर ऐसा होता नहीं है। दूसरे चरित्र उपन्यास के पन्नों पर तभी लाए जाते हैं जब वाफ़िक़ दिमाग़ी पीड़ा से गुज़र रहा होता है। उनका दृष्टिकोण भी हमें वाफ़िक़ के दिमाग़ में चल रहे द्वंद्व के द्वारा ही पढ़ने को मिलता है। जो मुख्य चरित्र के विरोधाभासों में तो कहीं स्वयं लेखक उसकी काया में समाकर चरित्रों की सामाजिक पृष्ठभूमि की सूचना देता है।

इस उपन्यास की नाटकीय त्रासदी ही केन्द्रीय भूमिका निभाती है। अचानक उपन्यास एक नया मोड़ लेता है—जब वाफ़िक़ की पत्नी फ़तिइया पाँच साल बाद जेल से लौटे पति के प्रति अपनी शारीरिक इच्छा व्यक्त करती है। यहाँ पर वाफ़िक़ उसकी काम-इच्छा के प्रति आश्वस्त होने की जगह ज़्यादा बेचैन हो उठता है और वह जेल में मिलने आई माँ के वाक्य की प्रतिध्वनियों में खो जाता है कि उसके जाने

के बाद उसकी पत्नी ने बेटे को जन्म दिया है। जेल में जेलर का व्यवहार और उसके सवाल उसे सहज नहीं रहने देते हैं। यह मानसिक संताप उससे हत्या करा देता है।

मुहम्मद गलाला कहीं भी अपने मुख्य चरित्र की सफ़ाई में न कुछ कहते हैं, न ही कारण खुलकर बताते हैं कि आख़िर वह किस जुर्म में जेल जाता है। इतने लंबे अरसे तक जेल में क्यों रहा। कहीं-कहीं उपन्यास काफ़्का के 'ट्रायल' की याद दिलाता है। वाफ़िक़ को अपना कोई जुर्म याद नहीं सिवाय उस अजनबी आदमी से हाथ मिलाने के जिसे वह बिल्कुल नहीं जानता है। उसी तरह फ़तिइया का बेटे को जन्म देना। यहाँ तक कि अपनी सास नाहीदा का बिना किसी सबूत के जेल जाना और तस्वीर का समाचार-पत्र में छप जाना। इन सारी घटनाओं पर लेखक कोई टिप्पणी नहीं करता है। इस तरह गलाला वाफ़िक़ की विडम्बना और बेचारगी को ज़्यादा उभार पाते हैं जो आदमी की अनिश्चितता को दिखाता है और उत्पीड़न को किसी एक की त्रासदी नहीं बनने देता है, क्योंकि यह मामला व्यक्तिगत नहीं सामाजिक है जिसके दबाव में सिर्फ़ एक विकल्प बचता है—मौत। शुरू से वाफ़िक़ हालात का कुछ इस तरह शिकार बनता है जो उसके दिमाग़ पर बहुत बुरा प्रभाव डालते हैं। और वह हत्या करने पर मजबूर हो जाता है। वही एक विकल्प है जो उसके बस में है जहाँ वह इंसानी बेबसी से टूटकर ऐसा क़दम उठाए शायद यह उसका प्रतिरोध भी हो। अपने चारों तरफ़ फैली अराजकता के विरोध में आत्महत्या, फ़रार या फिर हत्या। जिस दिमाग़ी हालत में हर दफ़ा नए बयानों से तंग आकर जब वाफ़िक़ जेल से बाहर निकलता है तो उसकी दिमाग़ी हालत सही नहीं रहती। गलाला बताना चाहते हैं कि वह हर जगह धोखा और भ्रष्टाचार देखता है। ऐसे अजनबी माहौल में न वह जी पाता है और न महत्त्वपूर्ण रिश्ते निभा सकता है। जेल के अंदर की दुनिया से बाहर की दुनिया ज़्यादा उग्र, कपट और क्रूर है। यहाँ सवाल एक दिमाग़ी मरीज़ के रहने का नहीं बल्कि समस्या यह है कि दुनिया अब रहने के क़ाबिल नहीं रह गई। वह ख़ुद रोगी है और भयभीत करती है। इस बात को लेखक ने चौथे चैप्टर में जेल से छूटकर आए वाफ़िक़ के स्वागत करती भीड़ के द्वारा बताना चाहा है कि किस तरह उसके प्रति सम्मान व्यक्त करने वाले अंत में इतने उग्र हो उठते हैं कि उसे अपनी जेल की तंग कोठरी की याद दिलाते हैं जो रूपक है।

इस तरह के रूपक उपन्यास में कई स्थानों पर हैं। उदाहरण के रूप में सलाद का कटोरा, कुत्ता और फ़तिइया की अधूरी पोर्ट्रेट। सलाद का कटोरा उसकी स्वतंत्रता की चाहत को, कुत्ते की दुम भूत की तरह छाए उस अँधेरे का जो उस पर छाया है और अधूरी पोर्ट्रेट जीवन से प्रेम और रंगों के उड़ जाने का द्योतक है। इलियट के शब्दों में 'टोटल लास' जिसमें प्रेम के अवसर भी सार्जेंट उमर की आवाज़ से बिखर जाते हैं। उसका वह वायदा भी जो पोर्ट्रेट को लेकर फ़तिइया से किया गया था। जिस तरह ऑक्सर वाइल्ड के उपन्यास डोरियन ग्रे की पोर्ट्रेट जिसमें वह सारे गुनाह

उसकी आँखों से झाँकते थे जो उसने किए थे। तभी उसका दिल चाहता था कि उसकी पोर्ट्रेट फाड़ डाले मगर चाहने के बावजूद उसके हाथ वहाँ पहुँच नहीं पाते।

वाफ़िक़ दोनों ही स्तरों पर हारा है। अपनी सृजनात्मकता और पौरुषता को लेकर जिसकी माँगें फ़तिइया उससे कर रही है। 'दौलत' जो एक अहम चरित्र है उपन्यास का और अपनी इच्छाओं से परेशान वह जाने अनजाने फ़तिइया के लिए शक के बीज वाफ़िक़ के ज़हन में बोती है। वास्तव में वह, वाफ़िक़ की केवल मॉडल भर है परंतु जगह वह फ़तिइया की लेना चाहती है।

वह अजनबी व्यक्ति व्यवस्था विरोधी था। नाहीद बिना अपराध के अपराधी बना दी जाती है। उसे लगता है उसके साथ अन्याय हुआ है। वह सवाल पर सवाल करता है मगर उसे जवाब नहीं मिलता अगर मिल जाता तो उसका दिमाग़ी संतुलन न बिगड़ता और न उत्तेजना उसे हत्या करने मजबूर करती, न अपने को यूँ तबाह करने पर।

संक्षेप में वाफ़िक़ नुमाइन्दा है आज के दौर के उस आधुनिक आदमी का जो अपमानित और हारा हुआ है। पुराने मानवीय मूल्य जो इंसान के अस्तित्व को अभी तक क़ायम रखे हुए थे वे दरअसल भरभरा कर गिर चुके हैं। जो बचा है वह केवल संदेह और अपमान जबकि इंसान इन चीज़ों से बचना चाहता है। वाफ़िक़ की त्रासदी यह थी कि वह न कुछ जानता था न किसी भी स्थिति के प्रति निश्चित था। वह विक्टिम किस चीज़ का था न वह जानता था न हम। धोखा और प्रताड़ना आज के आधुनिक इंसान की संचेतन की सबसे प्रभावी पारदर्शी पीड़ा है। जो उलझाव भरी सोच और विशालकाय ध्वंस का रूप है, निराशापूर्ण ढंग से रहस्यमयी घटनाओं को टटोलने के पीछे का तर्क मात्र है। सिर्फ़ तसल्ली इतनी है कि जब वाफ़िक़ अपने संताप की चीख़ उस आदमी के सामने बुलंद करता है जो उसके पकड़े जाने का कारण था जिसका जवाब सिर्फ़ उस आदमी की ख़ामोशी थी।

''मैं सो नहीं सकता।''

...

''रंग मेरी आँखों में मर चुके हैं।''

...

''मेरा सिर फ़ालतू की बातों से भर चुका है।''

''...''

''मेरी पत्नी बेवफ़ा है।''

''...''

''मेरा बेटा मेरा अपना नहीं है।''

''...''

ज़िंदगी न किसी सवाल की जवाबदेह है न किसी भी तरह की सांत्वना के लिए

तैयार। हत्या उसका आख़िरी पड़ाव था। इस अध्याय में अपने चरम पर पहुँची घुटन एकाएक 'गोली' की आवाज़ के साथ फट जाती है।

आधी रात का मुक़दमा वास्तव में इजिप्ट उपन्यासों की शृंखला में एक महत्त्वपूर्ण योगदान है और स्वयं गलाला की अपनी रचनाओं में एक अहम कृति है। उनकी लेखन के प्रति निष्ठा ने उन्हें सम्मानित स्थान पर पहुँचाया। यह उन्हीं की लगातार कोशिशों का फल था; जो उनके असीम धैर्य, अद्भुत लेखन क्षमता को दर्शाता है। उन्होंने स्वयं न केवल उपन्यास की नवीन तकनीक में उत्कृष्टता प्राप्त की बल्कि उपन्यास के नाटकीय फार्म को पुख़्ता रूप दिया। सबसे बड़ी ख़ूबी जो उन्हें अपने समकालीनों से अलग दिखाती है वह है, आधुनिक दौर में इंसान की परेशानियों का सूक्ष्म ब्योरा जो आज की कड़वी सच्चाई है।

—समीर सारहन

आधी रात का मुक़दमा

मुहम्मद गलाला

"जाते वक़्त दरवाज़ा ज़रूर बंद कर जाना," वाफ़िक़ ने सलाद के लिए प्याज़ काटते हुए कहा। उसकी आँखों से प्याज़ की तेज़ी पानी बनकर बह रही थी, जिसे पोंछते हुए उसने अपनी बात फिर से दोहराई।

फ़तिइया दरवाज़ा खोलकर तेज़ी से ड्राइंगरूम की तरफ़ लपकी, जहाँ उसका बेटा दहाड़ें मारकर रो रहा था, जिसे अच्छा-भला खेलता छोड़कर दोनों किचन की तरफ़ आए थे। फ़तिइया ने बेटे को गोद में उठा उसे बहलाया। जब वह चुप हो गया तो वह किचन की तरफ़ लौटी। बच्चा उसकी गोद में मचला और दौड़ते हुए बाप की तरफ़ भागा।

"टॉफी...वाफ़िक़ ?"

"नहीं, यह प्याज़ है।" वाफ़िक़ ने निगाह उठाए बिना कहा।

"अभी टॉफी नहीं है। जब वाफ़िक़ बाज़ार जाएगा तो तुम्हारे लिए टॉफी और चॉकलेट ले आएगा।" माँ ने हल्के से कहा फिर उसके सिर पर प्यार से हाथ फेरते हुए बोली, "तुम्हारी सारी कमी वाफ़िक़ टॉफी की पूरी दुकान ख़रीद कर पूरी कर देंगे।" मगर लड़का उसी तरह हाथ-पैर पटखता, हठ करता रहा।

"यह लम्हा भर, हमें सुकून से रहने नहीं देता।" माँ ने दुलार भरी आवाज़ में कहा।

बाप ने नज़रें उठाकर बेटे को देखा और ज़बानी वायदा किया, "पहले खाना खा लो फिर टॉफी दिलवाऊँगा।"

मगर बच्चा उसी तरह ज़िद में हाथ-पैर पटखता रहा जैसे बाप को मार रहा हो।

"वाफ़िक़...टॉफी।"

"तुम नहीं जानते यह पूरा सूअर के सिर वाला है।" माँ ने चमकते चेहरे के साथ बेटे का दुलार किया।

"लगता है, अपनी माँ पर गया है।" वाफ़िक़ बड़बड़ाया।

"अगर मैं होती सूअर के सिर वाली तो..." इतना कहकर उसने जुमला अधूरा छोड़ दिया और बेटे के गालों को कसकर चूमा और ठहरे स्वर में बोली, "ज़िद मत

करो। मैं बाहर जाती हूँ और तुम जो कहोगे ख़रीद दूँगी, तुम सचमुच सूअर के सिर वाले हो? कहो अपने बाबा से कि तुम्हारी माँ सूअर की सिर वाली नहीं है।''

बच्चा माँ की बाँहों में कस गया।

''तुम अपनी माँ की तरफ़दारी करोगे न समीह?'' वह बोली।

वाफ़िक़ प्याज़ के छल्ले काट चुका था। अब वह मुट्ठी में दबाकर उनका पानी निचोड़ रहा था। उसे देखने से ऐसा लग रहा था जैसे वह प्याज़ के साथ ख़ुद को निचोड़ रहा हो।

''यह मुझसे इस तरह चिपकता है जैसे कोई इसको मुझसे छीनकर ले जाएगा।'' फ़तिइया ने आईने में अपने को देखते हुए कहा, ''वैसे भी तुम से घुलने-मिलने में इसे वक़्त लगेगा।''

उसने चेहरा उठाकर माँ बेटे को देखना चाहा, मगर तब तक वह जा चुकी थी। ऐसा लगा जैसे उसने सिर उठाने में जानबूझकर देर लगाई हो ताकि दरवाज़ा बंद हो जाए और वह तन्हा रह जाए। उसे तन्हाई पसंद है। उसने लंबी राहत की साँस ली।

''तुम उसे जानते नहीं हो।''

फ़तिइया ने कहा और उसकी ख़ाली आत्मा में यह आवाज़ काफ़ी देर तक गूँजती रही।

उसे याद आया। वह जेल में था, जब उसकी माँ ने सलाखों के पीछे से उसे सूचना दी थी।

''तुम्हारे जेल जाने के बाद तुम बाप बन गए हो।''

उसके चेहरे पर यह सुनकर काली घटाएँ छाईं या नहीं वह नहीं जानता। शायद न छाई हों, मगर यह ख़बर सुनकर वह मुस्कुराया ज़रूर था। एक ठहरी हुई मुस्कान, जिसके जवाब में माँ के आँसू बहे थे। उसकी ख़्वाहिश थी कि वह बाप बने अपने ख़ून और मांस से। फ़तिइया ने उसे लिखा था, ''तुम अब बाप बन गए हो।'' उसे कुछ भी महसूस नहीं हुआ। कुछ भी नहीं। वह आँसुओं को गिराए बिना फूट-फूटकर रोया। उसके साथी क़ैदी ने पूछा भी कि वह किस बात से दुखी है और अपने अनबहे आँसू पर शर्मिंदा है?

''बस, बुरी तरह घर की याद सता रही है।'' वह बड़बड़ाया।

अचानक वह अपने पैरों को हिलाने लगा। उसे नाउम्मीद-सी महसूस हुई कि ज़िंदगी उसकी रगों में जम जाएगी उसी तरह जिस तरह ज़िंदगी ने उसके जीने के सारे रास्ते बंद कर दिए हैं। वह उस बच्चे को समीह पुकारती है।

''कुछ दिन लगेंगे यह तुमसे हिल जाएगा।''

जाने से पहले उसके मुँह से निकले शब्द वह दोहराते हुए कराह उठा। मुझे उसे उसकी गोद से छीन लेना चाहिए था और चीख़कर कहना चाहिए था, ''मैं तुम्हारा

बाप हूँ तुम बेटे हो...पता नहीं अब तक उसने जाने कितने चॉकलेट और मिठाई के डिब्बे उसे लाकर दिए हैं, मगर एक शब्द सुनने को तरस गया वह—'बाबा!'

एकाएक उसकी चेतना जाग उठी। उसे लगा काला कुत्ता उसके विरोध में खड़ा अपने पैर ज़मीन पर मार रहा है। वह उसे देख रहा है और महसूस कर रहा है कि एक दिन वह कुत्ता अवसर पाते ही उसपर झपट पड़ेगा और अपने पैने दाँत उसकी गर्दन में गड़ा देगा।

''अगर तुम राजद्रोही साबित हो जाते हो तो तुम्हें मौत की सजा मिलेगी'' सार्जेंट उमर ने साफ़ शब्दों में कहा था।

''मज़ेदार!'' फ़तिइया ने पति द्वारा तैयार सलाद को चखते हुए कहा! वाफ़िक़ कहने ही वाला था, ''मुझे अपने आसपास कोई कुत्ता नहीं चाहिए।'' मगर वह चुपचाप सलाद चबाता रहा।

''मैंने कभी चखा ही नहीं, जब से तुम गए थे।'' उसने गालों का चुंबन हल्के से लेते हुए पति से कहा।

उसने घृणा से काले कुत्ते की दुम देखी, जो बहुत हद तक भूत की दुम से मिल रही थी।

''उसने मेरी देखभाल की जब मैं अकेली थी।'' वह बोली जैसे वह उसका दिमाग़ पढ़ रही हो।

लेकिन वाफ़िक़ अपनी उबलती इच्छा को महसूस कर रहा था कि वह काले कुत्ते के पेट पर एक ज़ोरदार लात जमाए। उसके दाहिने पैर की नसें बुरी तरह खिंच रही थीं।

''डार्लिंग। वक़्त के साथ इसको तुम्हारी आदत पड़ जाएगी।'' फ़तिइया ने ज़ोर देते हुए कहा।

समीह ज़मीन पर लोट रहा था। उसके चारों तरफ़ टॉफियाँ बिखरी थीं, जिससे वह खेल रहा था। एक टॉफी उछलकर सलाद के प्याले में आन गिरी। वाफ़िक़ ने उसे उठाया और अपने कपड़े से साफ़ कर बच्चे के मुँह की तरफ़ ले गया। बच्चा पलभर झिझका फिर उसने हाथ बढ़ाकर टॉफी ली और बाप की इच्छा के अनुसार उसे मुँह में ले जाने के बजाए उछालकर दूर फेंका। वाफ़िक़ की नाक के नथूने हल्के-से फड़क उठे...। फ़तिइया ने तेज़ी से टॉफ़ी उठाकर बेटे के मुँह में डाली। बेटा जब टॉफी को दाँतों से चबाकर खाने लगा तो वाफ़िक़ को हँसी आ गई।

''...शरीर बच्चा।'' फ़तिइया मुस्कुराई, ''न कहना माँ की तरह है।'' फ़ौरन उसने जोड़ा। इस बार वाक़िफ़ की हँसी ज़िंदगी से भरपूर कमरे में गूँज उठी।

वह ख़ुशी से अल्हड़ लड़की की तरह खिलखिला पड़ी।

''जब से तुम लौटे हो, मैंने ऐसी हँसी पहली बार सुनी है तुम्हारी,'' वह बोल पड़ी।

"मैंने अपनी हँसी वहाँ छुपा रखी थी, जहाँ वह पहुँच नहीं सकते हैं।"

"तुम्हें अब कोई छू नहीं सकता है," उसने पति के बालों में उँगलियाँ फँसा आश्वस्त स्वर में कहा।

यह सुनकर उसने सिर हिलाया फिर सलाद को उँगलियों से इधर-उधर किया और काफ़ी तादाद में हरी मिर्च काटने लगा। अचानक उसे याद आया कि सार्जेंट उमर किस तरह हँसता था। उसका मूर्खता से भरा अट्टहास जो जेल की दीवारों से टकराता पूरे माहौल में गूँज उठता था। जब कभी वह किसी की हँसी सुनता तो उसे सार्जेंट उमर का तेज़ क़हक़हा याद आ जाता है और वह पूछना चाहता है कि जब वह हँसता है तो क्या सार्जेंट उमर की तरह लगता है? उसकी आँखें खिड़की के शीशे पर टिक गईं जो गंदा और धुँधला था।

"बहुत मिर्च है सलाद में, मेरी जबान..." फ़तिइया चीख़ी।

मिर्च जिन उँगलियों से काटा था उसी से माथा खुजाया वाफ़िक़ ने। वही उँगलियाँ आँखों से छुल गईं। उसको मिर्च की जलन का अहसास आँखों में हुआ तभी दरवाज़े पर किसी ने दस्तक दी।

"ज़रूर मुतावल्ली होगा।" उसने बंद आँखों से कहा।

उधर फ़तिइया ने अपनी जलती ज़बान अपने होंठों पर फेरी और सलाद का चटखारा लिया। दर्द से बेहाल वह बोल उठा, "मेरे भाई को अंदर आने दो।"

वह दरवाज़े की तरफ़ बढ़ी तभी उसे ख़्याल आया कि कहीं वह उसकी माँ न हो। वह माँ के लिए हरग़िज़ दरवाज़ा नहीं खोलेगी। उसने तो यह ख़बर सबसे छुपाई थी फिर इसे कैसे पता चला?

वह दरवाज़ा खोलने के बजाए बेडरूम की तरफ़ यह कहती बढ़ी, "भला मैं दरवाज़ा खोल उसे कैसे अंदर आने दे सकती हूँ, जबकि मैं आधी नंगी हूँ?" इतना कह उसने नाइटी पर कोई कपड़ा लपेटा और दरवाज़े की तरफ़ तेज़ी से लपकी। वह दरवाज़ा खोलने से पहले ठिठकी, कुछ पल खड़ी रही फिर कुछ सोचती हुई आगे बढ़ी और दरवाज़ा खोला, जब तक आनेवाला जा चुका था।

"मुतावल्ली होगा!" फ़तिइया ने ग़ुस्से भरी आवाज़ से कहा, "तुम सोचते हो वह यहाँ आएगा? तुम शायद सपना देख रहे हो!" उसने कटाक्ष भरे स्वर में वाफ़िक़ के घरवालों के व्यवहार पर लानत भेजते हुए कहा, "जब वह जेल में था और किसी ने फ़तिइया की देखरेख नहीं की थी।"

जलन के बावजूद उसने आँखें खोलीं और दरवाज़े की तरफ़ देखा। फिर यह सोचकर आगे बढ़ा कि शायद फ़तिइया उसे बेवक़ूफ़ बना रही है। बाहर सचमुच कोई न था।

उसने तबसे भाई को नहीं देखा था जबसे वह जेल से छूटा था। पूरे दो दिन गुज़र गए थे। उसकी बेक़रार आँखें इधर-उधर किसी को ढूँढ़ रही थीं, मगर वहाँ

कोई नहीं दिखा। फ़तिइया झुँझलाकर और क्रोध से भरी अंदर आई और अपने ऊपर लपेटा कपड़ा इस तरह नोच के फेंका जैसे वह नाइटी भी उतार फेंकना चाह रही हो।

"हो सकता है उसे पता ही न चला हो।" उसने थके स्वर से कहा और जानबूझकर उसकी आँखों की तरफ़ नहीं देखा।

"मैंने उसके नौकर को इत्तला दे दी थी।"

"हो सकता है नौकर उसे बताना भूल गया हो।"

तभी बच्चे ने सलाद के प्याले में झपट्टा मार मुट्ठी तेज़ी से भर ली। फ़तिइया की नज़र अचानक बच्चे पर पड़ी तो उसने बेचैन हो कसके उसकी कलाई पकड़ झटका दिया ताकि वह हाथ में पकड़ा सलाद छोड़ दे।

"अरे, छोटे गधे! क्या तुम मरना चाहते हो? इसमें ग़ज़ब का मिर्च है।" वाफ़िक़ सोच में डूबी मुस्कान से मन ही मन बोल उठा, काश मैं फ़तिइया से कह सकता—

"तजुर्बा करने दो इसे इस उम्र में इस जलन भरे दर्द का वरना बड़े होकर उसे गहरा धक्का लगेगा।"

"चलो बच्चे ने उसका ध्यान मेरी फ़ैमिली की तरफ़ से हटा दिया वरना...।" उसने संतोष की गहरी साँस भरी।

वह सोचने लगा, "दरवाज़ा खोलने में इतनी देर लगी कि मुतावल्ली ने सोचा होगा कि घर में कोई नहीं है और लौट गया होगा।"

"तुम बहुत मासूम हो।" कहती हुई फ़तिइया सिंक की तरफ़ बढ़ी ताकि वह बच्चे का हाथ धुला सके।

उसकी त्यौरी पर बल पड़ गए। उसे माँ का कहा जुमला याद आया, "तुम सचमुच बहुत भोले-भाले हो।" माँ की आवाज़ नल के गिरते पानी में घुलमिल गई।

"यह तुम्हारा सिधापा था जो तुम इस तरह जेल में बंद हो।"

सिंक पर गिरते पानी की फुहारें उड़कर उसके चेहरे पर पड़ीं तो उसे अच्छा लगा।

ट्रायल के दौरान उससे पूछा गया था—

"तुम उस आदमी के बारे में क्या जानते हो जो विश्वविद्यालय के सामने तुमसे गले मिला था?"

"कुछ भी नहीं।"

"उसका क्या नाम था?"

"मुझे याद नहीं।"

"तुम यह कहना चाहते हो कि तुम एक अजनबी आदमी से गले मिले जिसका नाम तक तुम्हें याद नहीं है?"

उसे याद आई उस पूछने वाली आँखें में उभरे भाव की जिसमें साफ़-साफ़ लिखा था, "बौड़म!" उसे इंतज़ार था कि फ़तिइया उसे "बौड़म" कहे। उसका दिमाग़ चकराया।

"तुम क्या सोचते हो मुतावल्ली आएगा?" फ़तिइया बोली।

वह भी पलटकर पूछना चाहता था।

"क्या कभी पूछताछ करने वाले ने तुमसे पूछा था कि तुम्हारा शौहर भोला-भाला या बौड़म है?"

उसकी जगह वह बोला उठा, "पदचाप उसी की लगी थी।"

"तुम मुझे छोड़कर क्या गए कि सबने मुँह ही फेर लिया। न तुम्हारे घर वालों ने और न तुम्हारे भाई ने मेरी ख़बर ली,... ख़ैरियत तक न पूछी कि मैं मरी या जी।" फिर उसने अवसाद भरे स्वर में बात घुमा दी, "आजकल कोई किसी की परवाह नहीं करता सबको अपनी पड़ी है।"

वह इससे ज़्यादा बातें सुना सकती थी मगर सब कुछ पीकर उसने इतना भर कहा, "जागो मिस्टर। अपनी आँखें यूँ पेंटिंग और स्टूडियो की तरफ़ से बंदकर के कुछ भी हासिल न कर पाओगे।"

बच्चे ने देखा माँ का ध्यान उसकी तरफ़ नहीं तो उसने दोबारा अपना हाथ सलाद के प्याले में डालने के लिए बढ़ाया मगर फुर्ती से माँ ने उसका हाथ बीच में पकड़ा और ज़ोर से झटक दिया। इस सख़्ती को देख बच्चा रो पड़ा। बच्चे को रोता देखकर उसे ग़ुस्सा आया। उसने बच्चा फ़तिइया के हाथ से छीना और नर्मी से उसे पुचकारते हुए प्यार भरी थपकी देने लगा। समीह उसकी बाँहों के घेरे से निकलने के लिए मचलने लगा।

वाफ़िक़ को महसूस हुआ कि बच्चा उसकी गोद में चैन नहीं महसूस कर रहा है। वह बेचैन है। फ़तिइया ने अपने पति की झुँझलाहट को महसूस करते हुए फ़ौरन कहा, "इसके साथ नर्मी का बर्ताव हमेशा नहीं चलता कभी-कभी सख़्त होना पड़ता है।"

वाफ़िक़ ने एपिटाइजिंग फूड के प्याले को घूरा। फ़तिइया को लगा कि उसकी आलोचना कहीं पर वाफ़िक़ को बुरी लगी है आख़िर वह उसका परिवार है। यह सोचकर बोली—

"तुम बया वाक़ई सोचते हो कि नौकर इत्तला देना भूल गया होगा?" बच्चा उचककर माँ की तरफ़ बढ़ा। वाफ़िक़ के चेहरे पर फीकी मुस्कान उभरी और दिल ही दिल में कहा, "बच्चे तुझे मार की सख़्त ज़रूरत है।"

"यह मुझे किसी तरह नहीं छोड़ता है।" शेखी भरे स्वर में वह बोली।

वाफ़िक़ ने सलाद का प्याला उठाया और बाहर की तरफ़ बढ़ा। वह अब मुतावल्ली के बारे में कोई बात नहीं करना चाह रहा था। वह हँसती हुई किचन से निकल उसके पीछे-पीछे ड्राइंगरूम की तरफ़ बढ़ी। उसने प्याले को अपने नज़दीक ज़मीन पर रख लिया।

"क्या तुम ज़मीन पर बैठकर सलाद खाने वाले हो?" उसने ताज्जुब से पूछा।

वह जानबूझकर उसके चेहरे की तरफ़ देखने से बचना चाहता था।

''ठीक से मेज़ पर रखकर खाओ।''

उसे पल भर के लिए लगा कि जो मेरे सामने खड़ी है यह वह लड़की हरगिज़ नहीं है, जिससे उसने शादी की है। यह वह लड़की भी नहीं है, जिसको स्कूल यूनिफार्म में सय्यदा ज़ैनब चौराहे पर उस सुबह देखा था और कह उठा था दिल ही दिल में ''यही मेरी बीवी बनेगी'' उसने फ़तिइया के गुलाबी गालों की तरफ़ देखा जो चेतावनी भरे स्वर में कह रही थी।

''शायद मुतावल्ली फ़ोन करे।''

''मुझे तो यहीं फ़र्श पर बैठकर खाना है।'' वाफ़िक़ ने हठीले स्वर में कहा—

''तुमने कुछ कहा वाफिक़?''

एकाएक वह फट पड़ा।

''जब मैं अंदर था तो ख़्वाब देखता था कि इस फ़र्श पर, इस ड्राइंगरूम में ठीक इसी जगह बैठकर मैं सलाद से भरा बड़ा-सा प्याला अपने सामने रखकर खाऊँगा और खाता रहूँगा...खाता रहूँगा।'' वह आगे भी कहना चाहता था, ''जब तक मैं मर न जाऊँ।'' मगर इस वाक्य को वह पी गया।

''हो सकता है मुतावल्ली आज रात आए।'' फ़तिइया ने अजीब ज़िद भरे स्वर में वही वाक्य दोहराया।

वह लगभग चीख़ने वाला था, 'मुतावल्ली जाए जहन्नुम में' मगर उसने अपने ऊपर कंट्रोल किया और सलाद की तरफ़ देखने लगा।

''तुम इस सलाद के प्याले के लिए बेकल थे।'' उसने नर्मी से पूछा—

''आज़ादी का मतलब है मेरे लिए प्याले भर सलाद।''

उसकी आँखों में टीस-सी उठी। उसने आँख बंद कर लीं। फिर जोश में कह उठा। ''तुम नहीं जानती इसका क्या मतलब है, तुमने कभी इस तरह ज़मीन पर बैठकर प्याले को अपने सीने से नहीं लगाया होगा, जो प्याज़ नींबू और हरी मिर्च से भरा हो।''

उसकी आँखों से भरभरा के आँसू गिरने लगे। प्याज़ वजह नहीं थी। वह कँपकँपा-सा गया। मगर नहीं चाहता था कि वह उसकी कमज़ोरी भाँप ले। जब उसने आँखें खोलीं तो कमरा ख़ाली था। वह चाहता था अपने बेटे को बाँहों में भरना। फ़तिइया खाने की सेनी के साथ कमरे में दाख़िल हुई।

''समीह कहाँ है?''

''वह सो गया है। अब हमें थोड़ा वक़्त मिला है।''

वह हल्के से हँसा और सलाद की तारीफें करते हुए खाने लगा।

वह आग जो सलाद खाने के बाद उसकी ज़बान को जलाएगी, इस ख़्याल से वह ख़ुश था।

‘‘कुछ मज़े ख़ास अपनी तरह के होते हैं।’’ वह फुसफुसाया।

फ़तिइया ने देखा उसकी आँखें लाल हो गई थीं। उसने अपने नाइट गाउन का फाया बना मुँह के फाप से गर्म कर उसकी आँखें सेंकी। कुछ देर वह इसी तरह गर्म फाहे उसकी आँखों पर रखती रही।

‘‘यह जल्द ही ठीक हो जाएगी।’’ वह प्यार से बोली।

उसकी मुलायम उँगलियाँ उसके चेहरे को छूती उसके बालों को सहलाने लगीं।

‘‘यह मेरी माँ मेरे बाबा के साथ करती थीं। उन्होंने ही सिखाया है कि कैसे अपने शौहर की जलती आँखों को ठंडक दो।’’

उसके पीछे हटने के बावजूद उसने आँखों की सिकाई जारी रखी।

‘‘तुम्हारी आँखें लाल हैं। ऐसा लगता है तुम मुझे खाना चाहते हो। क्या वाक़ई वाफ़िक़ तुम मुझे निगल जाना चाहते हो? यही तुम करना चाहते हो न?’’

एकाएक उसका संतुलन बिगड़ा और गिरने को हुई। वाफ़िक़ ने उसे बाँहों में सँभाल लिया। फ़तिइया को जैसे इसी क्षण का इंतज़ार था। उसने चुंबनों की बौछार कर दी। वाफ़िक़ जितना पीछे हटने की कोशिश करता उतना ही उसकी गहरी साँसें और कराहें उसको निगलने को आतुर नज़र आ रही थीं।

उसके उत्साह ने उसको पूरी तरह पिघला दिया और दोनों कमरे के फ़र्श पर एक साथ लोट गए। ठीक उन जाड़ों की लंबी रातों की तरह जब जलते आतिशदान के आगे वे अपनी शामें गुज़ारते थे। उसके पैर के धक्के से सलाद का बड़ा सा कटोरा उलट गया और सलाद कालीन पर बिखर गया।

‘‘लानत है तुम पर,’’ उसकी आवाज़ में पूर्ण पराजय की ध्वनि थी, जो उसके संपूर्ण समर्पण को तहस-नहस कर गई थी और आज़ादी बिखर गई क़ालीन पर।

बिना आवाज़ की वे सरसराहटें, ठीक आतिशदान में भड़कते शोलों की तरह हरारत भरी थीं। उनकी रातें गर्म-नर्म होतीं और वह पूरी तरह उसके प्रति संवेदनशील होती।

कमरे का लटकता दरवाज़ा खुला था। आवेश भरी काले कुत्ते की कर्कश आवाज़ बंद कमरे से आ रही थी जहाँ वह अपना सिर बाहर की तरफ़ निकाल भौंके चला जा रहा था। वह एकाएक भयभीत-सा अपने पैरों पर उछला। फ़तिइया हँसी के बीच लुप्त हो गई।

‘‘उसे जलन हो रही है।’’ वह घमंड भरी तेज़ आवाज़ से बोली, ‘‘मैं समझ रही थी कि मैंने उसे ऊपर बाँध दिया है।’’

वह कुत्ते को ख़ामोश करके लौटने वाली थी, मगर वाफ़िक़ ने तेज़ी से कपड़े पहनने शुरू कर दिए।

‘‘कैसा दुष्ट कुत्ता है।’’ वह घृणा से भर उठा जब उसने सलाद का प्याला उलटा पड़ा देखा।

ॐ दो ॐ

वाफ़िक़ फ़तिइया के साथ चिपका हुआ मानो उसकी छाया बना चल रहा था और वह उसका हाथ थामे हुए थी। एकाएक उसे महसूस हुआ मानो जेल की दीवारें उसके क़रीब आकर उसके सीने पर चढ़ गई हों। सार्जेंट की आवाज़ अचानक उसके कानों से आ टकराती है।

''वह जो जानते हैं ख़ामोश रहना, वह यह भी जानते हैं कि जुर्म कैसे किया जाता है।''

उसने देखा कि वह अपनी हथकड़ियों के साथ भाग रहा है। सार्जेंट की आवाज़ उसका पीछा करती हुई उसकी गर्दन को जकड़ रही है।

''वह जो जानते हैं कि जुर्म कैसे किया जाए, वह यह भी जानते हैं कि फाँसी के फंदे से कैसे आज़ाद हों। मैं अपनी माँ के क़ब्र की क़सम खाकर यह बात कह सकता हूँ।''

विश्वविद्यालय के बड़े से परिसर में वाफ़िक़ का कंधा अचानक फ़तिइया से टकराता है। वह गहरी साँस ले बड़बड़ाता है।

''मैं थक गया हूँ।''

फ़तिइया ने जैसे सुना न हो वह अपनी यादों में गहरे डूबी थी।

''यह घास प्रेमियों की साँसों से चमक रही है, तुमने एक बार कहा था न, मुझे तुम्हारी कही हर बात याद है। याद आया तुम्हें कुछ?''

फ़तिइया के लंबे बालों की लटें उसके चेहरे से छुल कर अब उसकी गर्दन पर हवा के साथ उड़कर सरसरा उठीं तो वह पीछे हटा।

''याद है...ठीक यही मौसम था। मुझे अच्छी तरह याद है। वह सुबह का वक़्त था। तुम दाहिने हाथ में सुबह का अख़बार लेकर आए थे। तुमने वही टाई लगा रखी जो मैंने तुम्हारे लिए पसंद की थी। क्यों...याद आया?'' उसका कंधा हल्के से हिलाती हुई आगे बोली।

''वह पेंटिंग, आह वह पोर्ट्रेट जो...'' उसे वाफ़िक़ की आँखों का खोयापन अच्छा नहीं लगा। उसने वाक़िफ़ को रोका और उसके सामने खड़ी हो गई।

''तुम आए थे पोर्ट्रेट को ख़त्म करने'' वह आगे बोल पड़ी फिर अपनी बात ज़ारी रखते हुए बोली, ''मेरी पोर्ट्रेट! फूलों के बीच में मैं, ख़ुद फूल लग रही थी, है न वाफ़िक़? उसे तुमने अभी तक पूरा नहीं किया है। वह कहाँ है? ज़रूर तुमने कहीं छुपा रखा है, बड़े दुष्ट हो! मैंने उसे हर जगह ढूँढ़ा...जब मैं...मुझे नहीं मिली।''

''चिड़िया गा रही है और लड़का लड़की से चिपका हुआ है।''

सार्जेंट उमर की आवाज़ ने उसके कंधे झिंझोड़ दिए। उसे महसूस हुआ जैसे उसके शानों से फ़व्वारा-सा छूटा है, जहाँ फ़तिइया ने अभी-अभी छुआ था।

''वह पोर्ट्रेट मेरी मेहनत का फल है। तुम उसे लेकर मुझे छल नहीं सकती हो।''

अक्सर वह सोचता था कि एक दिन जब वह सोकर उठेगा तो देखेगा कि उसकी आँखें फूलकर कुप्पा हो रही हैं। उसे याद आया सार्जेंट के भारी पंजे कैसे उसके कंधे को जकड़े हुए थे और वह कह रहा था।

''हो सकता है तुम दूसरों की आँखों में धूल झोंकने में माहिर हो, लेकिन तुम मेरी पकड़ से नहीं फिसल सकते हो। अभी तक कोई नहीं भाग सका है सार्जेंट उमर की पकड़ से, समझे।''

''ठीक वही सुबह का अहसास दे रही है यह सुबह।'' वह जैसे अपने से कह रही हो।

उसकी नज़र फ़तिइया की पतली उँगलियों और नुकीले नाख़ूनों पर पड़ी। वह मुस्कुरा दिया। उसकी मुस्कुराहट ने फ़तिइया के शरीर में सिरहन-सी भर दी। वह अपना सवाल ही भूल गई। और उसके साथ क़दम से क़दम मिलाकर चलने लगी। बहार की इस सुबह में उसके पैर थिरक रहे थे। फ़िज़ा में फैली गंध ने उन दोनों को अपनी बाँहों में भर लिया।

उसने अपनी आँखें उठा इस तरह सामने टिकटिकी लगाकर घूरा जैसे वह कुछ याद करने की कोशिश कर रही हो।

''तुम्हारी आँखों की वह बेक़रारी जिसमें इच्छा छुपी थी कि तुम मुझे लेकर कहीं दूर भाग जाओ।''

उसने अपने को फ़तिइया की नज़रों से देखा कि जैसे वह विश्वविद्यालय में उस सुबह चहलक़दमी का रहा हो, लेकिन उसे कुछ याद नहीं आया। क्या वह आतुर है या फिर झिझक रहा है। इसकी जगह उसे याद आया कि वह उस समय घर से बाहर निकल रहा था जब तक आसमान पर उजाला नहीं फूटा था। वह तारों बिना रात थी। उसके पिता ने उसकी शादी पर एतराज़ किया था। उसने क़सम खाई थी कि अगर यह शादी हुई तो वह उसकी माँ को तलाक़ दे देगा और यह घर ध्वस्त कर देगा। उसने सुना कि उसकी माँ रो रही थी या फिर वह ख़ुद रो रहा था। वह उसे प्यार करता था। उसके कान खड़े थे मगर उसे सिर्फ़ बाप के खर्राटे सुनाई पड़े। वह इतने तेज़ थे कि उसे अपने कान बंद करने पड़े थे। वह बेचैन था यह जानने के लिए कहीं उसकी माँ रो तो नहीं रही है। वह उसका रोना सहन नहीं कर पाएगा। वह तेज़ी से माँ के बिस्तर की तरफ़ बढ़ा, अँधेरे में उसका पैर किसी चीज़ से टकराया। उसके पिता ने बिस्तर पर करवट बदली तो वह तेज़ी से बाहर की तरफ़ भागा था। बहरहाल, वह इतना तो जान गया था कि उस रात उसकी माँ रो नहीं रही थी।

''तुम चाहते थे मुझे लेकर कहीं भागना।'' फ़तिइया ने ख़्वाबों में डूबे स्वर में कहा, ''तुम्हें लगता था जैसे तुम्हारा कोई पीछा करता हुआ मुझे तुमसे छीन ले जाएगा।''

बड़ी मुश्किल से उसे याद आया कि उस सुबह सूरज निकलने से पहले वह उठा था। उसने कपड़े बदले थे। उस रोज़ सूरज नहीं निकला था। वह सुबह नदी किनारे

गया था और देर तक उसे बहता देखता रहा था। लेकिन उस दिन से पहले वह, बिल्कुल नहीं पहचान पाया था अपनी पुरानी नदी नील को। वह वहाँ से लौटा उसने रास्ते से अख़बार ख़रीदा और उसे मोड़कर हाथ में पकड़ा। उसके क़दम मन मन भर के हो रहे थे। वह उस पेड़ की तरफ़ गया जिस की घनी छाया के नीचे वह अपनी दोस्त मरियम के साथ हमेशा बैठती थी। फ़तिइया की ख़ुशबू उसके नथनों से टकराई।

''ख़ुदा करे सब कुछ तबाह हो जाए, यह दुनिया भस्म हो जाए। सब मर जाएँ।'' उसने सोचा ज़रूर मगर कुछ हुआ नहीं। फ़तिइया पेड़ की छाया में नहीं बैठी थी। वह कहीं नज़र नहीं आ रही थी। उसे लगा उसका दिल बैठ जाएगा।

''दरख़्त बिल्कुल नहीं बदला।'' फ़तिइया ने उसे फूल देते हुए कहा। उसने जैसे ही फूल पकड़ा फ़तिइया की उँगलियाँ उसकी उँगलियाँ से छुल गईं। उसका दिल चाहा कि वह कहे, ''अभी तक इनकी नर्मी गई नहीं है।''

वह उस पेड़ के नीचे जाकर बैठ गया और महसूस करने लगा जैसे वक़्त वहीं ठहरा है, जब वह इसकी छाया में बैठते थे। बैठते हुए उसकी नज़र उसके स्कर्ट पर पड़ी, उसका पेटिकोट दिखा, उसने फ़ौरन सिर झुका लिया यह सोचकर कि उसे ऐसा नहीं करना चाहिए अभी वह मेरी बीवी नहीं बनी है। उसने आँखें फेर ली थीं।

''तुम मुझे प्यार करते हो? तुम मुझे प्यार करते हो वाफ़िक़?''

फ़तिइया ने पूछा।

''तुम जानते हो मरियम को, मेरी सहेली है। जो मेरी बाईं तरफ़ यहाँ बैठी थी याद है? उसने जब तुम्हें आता देखा तो बोली, ''वाफ़िक़ तो बड़ा ग़मगीन लग रहा है। मुझे लगता है उसने तुम्हारी मँगनी की ख़बर अख़बार में पढ़ ली है। हाथ में उसके अख़बार है। अगर वह इधर आया तो मैं उसके मुँह पर थप्पड़ मारूँगी इससे पहले कि वह यहाँ बैठे। वह थप्पड़ उसे नींद से जगा देगा तब उसे होश आएगा कि उसने क्या खोया है, उसने कहा था। मैंने उसकी ख़ुशामद की थी कि वह किसी भी हाल में ऐसा नहीं करेगी।''

''तुमने कहा था?'' वाफ़िक़ ने फूल को घुमाते हुए उसे मसलने की नियत के साथ कहा।

''मैंने कहा, वाफ़िक़ मासूम है, वह रहमदिल है।''

उसने वाफ़िक़ के हाथ से फूल छीन लिया और अपने होंठों में दबा लिया।

''मैं तुम्हें इसे मसलने नहीं दूँगी।'' उसने तीखी हँसी के साथ कहा।

''मेरी आँखों ने तुम्हें अपनी बाँहों में भर लिया था। तुमने कहा था...''मैं तुम्हारे लिए ख़ुशी चाहता हूँ।'' फ़तिइया को वह बहुत लंबा नज़र आया था। वह बैठी थी। वह खड़ा था। उसने फूल को उँगलियों में नचाते हुए कहा था, ''मैं तुम्हारे लिए ख़ुशियाँ चाहता हूँ फ़तिइया।'' उसने अजीब उन्माद-सा अपने अंदर महसूस किया, जो उस पल की याद दिला गया। मुझे नहीं पता कि यह सब कैसे शुरू हुआ। कुछ

था मेरे अंदर जिसने मुझे धक्का दिया था। मैं पागल था, लेकिन मैं जानता था कि हम एक सेब के दो हिस्से हैं जो कभी एक-दूसरे से अलग नहीं हो सकते हैं।

"तुमने क्यों पेपर फाड़ दिया था और मुझ पर चीख़ पड़े थे? क्यों नहीं तुम कह पाए थे कि फ़तिइया तुम मेरी हो सिर्फ़ मेरी, कोई भी तुम्हें मुझसे छीन कर नहीं ले जा सकता है। असल में तुम बुज़दिल हो।" एकाएक वह शिकायतों से फट पड़ी।

फ़ौरन ही उसे महसूस हुआ कि वह कितने सख़्त लहजे में बोली है। अपनी ग़लती महसूस कर वह नर्म-सी हँसी हँसी और बात को बराबर करने के लिए मीठी आवाज़ में बोली, "तुम सचमुच में डरपोक थे मेरे प्यारे छोटू।" उसकी हँसी कुछ ऐसी फैली जैसे कि उसने हरी घास पर लेट अँगड़ाई ली हो।

"मैं यहाँ पर इसी तरह बैठती थी। मुझे अच्छी तरह याद है। न, न, तुम वहाँ न बैठो। यहाँ आकर बैठो जहाँ तुम बैठते थे। मैं अतीत को फिर से वर्तमान में लाकर उसे एक बार फिर जीना चाहती हूँ।"

"मैं डरपोक था?" वाफ़िक़ बड़बड़ाया।

उसने वाफ़िक़ का हाथ दबाया, "मेरे प्यार तुम डरपोक नहीं हो" वह गुनगुनाई। मन ही मन वह बोला, "मैंने स्वीकार कर लिया था वह सब जो वह सुनाना चाहती थी।"

"तुम बहादुर थे।" फ़तिइया ने जोशीले अंदाज़ में कहा, "तुमने कहा था कि तुम मुझसे प्यार करते हो, मुझसे शादी करना चाहते हो।" वह पूरी तरह टूट गया।

"मैंने नहीं कहा था," वह मुकर गया।

फ़तिइया का दिल यह सुनकर बैठ गया, "तुमने नहीं कहा था कि तुम मुझसे प्यार करते हो? तुमने कहा था कि तुम मुझे चाहते..." वह जुमला अधूरा छोड़कर चुप हो गई, मगर उसका हाथ बड़ी उग्रता से पकड़ा, "तुमने कभी नहीं पूछा कि मैंने दूसरे मर्द को क्यों क़ुबूल किया? क्यों तुमने मुझे मारा नहीं? मैं चाहती थी तुम्हारा यह हाथ मेरे गाल पर पड़ता। मगर तुम सिर्फ़ इतना बोले, "मुबारक हो!" मुझे पता है कि तुम्हारे यह कहने का कोई और अर्थ नहीं था, लेकिन तुमने कुल मिलाकर सिर्फ इतना ही कहा, "मैं तुम्हारी ख़ुशियाँ चाहता हूँ, फ़तिइया।" उसने वाफ़िक़ का मज़ाक़ उड़ाते हुए कहा और उसका हाथ छोड़ दिया।

"तुम्हारी आँखें बता रही थीं। तुम शायद सारी रात सोए नहीं थे। मैं उस दिन तुम्हें देखते ही समझ गई थी।"

"मैं अपने स्टूडियो से भागकर तुम्हारे पास आया था।" उसने उगला। वह घास पर लोट गई। उसने अपनी नर्म हथेलियों से घास को दबाया और भाव-विभोर होकर हँस पड़ी।

"हम जब भी भूखे होते, मुहब्बत के लफ़्ज़ ख़ाते थे। जहाँ भी हम जाते थे लोगों की आँखों के घेरे में आ जाते थे।"

"जैसे हम कुछ ग़लत कर रहे हों!"

“लेकिन अब कोई नहीं जानता, किसी को भी” उसने कहा और चाहता था, कुछ और भी कहे, “यहाँ तब कि मैं ख़ुद को नहीं पहचानता दूसरों को जानना तो बहुत दूर की बात है।” मगर वह यह वाक्य निगल गया।

“लेकिन मैं तुम्हें जानती हूँ।” वह जीत भरी आवाज़ में बोली, “मुझे याद है बिल्कुल सही तरह से कि तुम कैसे लगते थे। तुम्हारी काली आँखें, तुम्हारी हुक्मराँ निगाहें, तुम्हारा सुडौल कसरती बदन, सीधा किसी तीर की तरह समय के विरुद्ध तना हुआ।”

“अच्छी याददाश्त है तुम्हारी।” उसने बेधक हँसी से कहा।

“तुम कभी भी मुझसे दूर नहीं थे, एक पल के लिए भी नहीं।” वह सपनीले अंदाज़ में आँखें बंद किए हुए, गहरी साँसें लेती हुई बोली।

“मेरा हमेशा दिल उस दिन को जीना चाहता है, जब तुमने किसी माँझी की तरह मेरे घर में घुसकर अपनी नौका को किनारे लगाया और मुझे उसमें बिठाकर ले गए। हम कंधे से कंधा मिलाकर चले थे। मुझे अपनी उस रात पर बहुत नाज़ है।”

“ऐसा लगा था जैसे वह इसी का इंतज़ार कर रहे हों।” उसने पछतावे भरे स्वर में मन ही मन कहा।

“वह हमारे प्यार की वर्षगाँठ थी,” उसने उत्सुकता से कहा और अपनी बाँहें फैला दीं, “मैं चीख़ती हुई दरवाज़ा खोलने गई थी अपने प्रिय के लिए आख़िर वह हमारे प्यार की सालगिरह थी। इन्हें अंदर आने दो। वे डरपोक थे, बुज़दिल थे, वे डरे हुए थे और जैसे ही दरवाज़ा खुला था, तुम बड़े वक़्त से पहुँच गए थे।” वह अपने पंजों पर खड़ी हुई। देखने में वह लंबी और आकर्षक लगी। उसने वाफ़िक़ का हाथ अपनी तरफ़ पकड़कर खींचा। “कैसे हम दौड़े थे उस दिन।” इतना कहकर वह दौड़ी उसे अपने साथ खींचती हुई। वह भी दौड़ना चाहता था, मगर उसके पैर भारी और सुस्त थे। उसे महसूस हुआ वह पूरी तरह लाचार है।

“हमारी वर्षगाँठ ख़ुशियों से भरी होनी चाहिए,” वह बोली, उसने याद किया कि वह लॉ स्टूडेंट के रूप में कैसी लगती थी। उसने एक फूल तोड़ा जो हाथ से फिसल कर उसके अपने सीने पर गिर गया। उसने फूल उठाया और आहिस्ता से फ़तिइया के सीने के पास रख दिया। “उन्होंने तुम्हारी यादों को ख़त्म तो नहीं कर दिया।” उसने काँपती, परेशानी से भरी आवाज़ से पूछा। उसने फूल उठाया और उसे अपने उरोजों के बीच में डाला और फिर बड़ी शिद्दत से चुंबन लेने लगी।

“हमारे आसपास दूसरे लोग भी हैं।”

“लोग, भूल जाओ उन्हें।”

उसने फ़तिइया को टटोलने वाली निगाहों से देखा।

जेल से आज़ाद होने के बाद आज पहली बार उसका ध्यान फ़तिइया के सीने की तरफ़ गया जहाँ उसके उरोज अपने पूरे उभार पर थे।

उसे याद आया परसों रात को जब वह उसकी बाँहों में नंगी पड़ी थी तो उसके सारे बदन में करंट दौड़ा था, एकाएक वह अपने को कमज़ोर और नपुंसक-सा महसूस करने लगा और वहीं पड़ी लकड़ी की बेंच पर बैठ गया।

''कौन लोग?'' वह चिढ़े हुए स्वर से पूछ बैठा।

''उन लोगों ने तुम्हें लूट लिया है,'' फ़तिइया ने कहना शुरू किया। आँखें मिलीं। एकपल के लिए लगा कि वह कोई अजनबी है। उसने अपना वाक्य पूरा नहीं किया।

''उस दिन हमने बोट ली थी नील पर, याद है?'' उसने उसकी हथेली को दबाया।

''आज के लिए बहुत हो गया।'' वह झुँझलाकर बोला।

''लेकिन मैंने अपने से वायदा किया है ठीक पहले की तरह जश्न मनाने का।'' वह अपने अंदर की ख़्वाहिशों के उबाल को रोक नहीं पाई और पूरे जोश से बोल उठी।

वह मजबूर हो उसके साथ चलने लगा।

''लोग हमें तक रहे हैं जैसे कि वह,...'' उसकी आँखें ख़ुशी से नाच उठी।

''पानी ताज़गी का अहसास दे रहा है।''

उसने नौकाओं की तरफ़ नज़रें घुमाईं।

''तुम नील की सैर को पसंद करती हो?''

''जबसे तुम गए हो मैं नदी की तरफ़ आई कहाँ हूँ।''

''लेकिन तुम समुद्र की तरफ़ तो गईं थीं।''

''समुद्र की तरफ़?''

''एलेकज़ेंड्रिया,'' उसने कहा और उसकी आँखों में पानी भर आया।

''ओह! वह तो तब की बात है, जब मैं स्कूल में पढ़ती थी।''

उसने फ़तिइया को चुभती हुई नज़रों से देखा, लेकिन शीघ्रता से आँखें हटा लीं। यह हरकत वह कई बार कर चुका है, जब से जेल से लौटकर आया है। उसे इस लड़की से डर-सा लगने लगा है। उसे हर पीड़ा अब बहुत साफ़-साफ़ नज़र आने लगी थी।

''तुम एलेकजेंड्रिया गई थी,'' उसने आरोप मढ़ते हुए कहा।

''ऐलेक्स? ओह, हाँ। अब याद आया। मैं गर्मियों में गई थी, जब वे तुम्हें उठा ले गए थे। माँ ने बहुत दबाव डाला था।'' यह सुनकर वाफ़िक़ ने अपना मुँह दूसरी तरफ़ फेर लिया।

"मैंने तुम्हें बताया नहीं था, जब मैं तुमसे मिलने आई थी।" उसने बेताबी से कहा।

"तुम्हें पूरा हक़ है जाने का।"

"मैं तो तुम्हें इसके बारे में बता चुकी हूँ।"

"मैं तुम्हें जीने के लिए मना तो नहीं कर सकता हूँ। मैं जेल में था, तुम आज़ाद थीं।"

फ़तिइया ने उसका हाथ पकड़ लिया। उसकी आँखें सूरज की रौशनी में दुख रही थीं।

"वाफ़िक़" वह याचना भरी आवाज़ से पुकार बैठी।

"..."

"तुम मुझसे ग़ुस्सा हो?"

उसने अपनी आँखें खोली। "मैं यह बिल्कुल नहीं चाहता कि तुम एकांतवासी बन जातीं, यह उचित बात नहीं है।"

"मैं वहाँ अकेले नहीं गई थी। माँ मेरे साथ थीं।"

उसे याद आया कि तफ़तीश करने वाले ने उससे कुछ कहा था, जब वह दूसरी बार उससे कुछ उगलवाना चाहता था।

"जानते हो तुम्हारी बीवी समुद्र के किनारे अपना समय गुज़ार रही है।"

"मैं अपनी माँ के साथ थी।" उसका दिल ज़ोरों से उछला। उसकी माँ ग़ैरक़ानूनी धंधे के सिलसिले से पुलिस शिकंजे में फँस जेल गई थी। यह बात उसने वाफ़िक़ से छुपाई थी।

नील नदी की छाती पर तैरती नौका जब आधे रास्ते पहुँची तो उसने एक बार फिर पूछा, "क्या तुम अभी भी मुझसे ग़ुस्सा हो?"

"क्यों ग़ुस्सा होने लगा?"

"मुझे नहीं जाना चाहिए था। मुझे अहसास है कि मैंने ग़लती की है।" उसने अपनी ग़लती को स्वीकार कर सिर झुका लिया। उसने चप्पुओं को छोड़ दिया। नौका आहिस्ता-आहिस्ता पानी पर तैरती बढ़ने लगी।

"एक क़ैदी क्यों ग़ुस्सा होगा अगर उसकी बीवी नहाने गई हो"

उसने यह बात पानी को चुल्लुओं से उछालते हुए बड़ी लापरवाही से कही। पानी उछल कर फ़व्वारा-सा बना। वह यहाँ यह भी कह सकता था—

"तुम्हें नंगा देखकर कई तरह के सुख का अनुभव होता है।"

मगर उसके मुँह से निकला, "यह ठीक नहीं होगा।"

एक बड़ी लहर नौका से टकराई तो उसने वाफ़िक़ का हाथ पकड़ लिया।

"वाफ़िक़," वह फुसफुसाई।

"क्षमायाचना करके तुम अपनी तफ़रीह ग़ारत मत करो।" वह हल्के से मुस्कुराया।

"तुम अब ग़ुस्सा नहीं हो न?"

उसका दिमाग़ बिगड़ा हुआ था। उसकी भटकी आँखों ने अपने आपसे कहा—

"वहाँ पर उन्होंने मुझे सिखाया है कि मैं कभी ग़ुस्सा न होऊँ।" वाफ़िक़ मन में इच्छा उभरी काश नौका भँवर में फँसकर नीचे चली जाए।

उसने वाफ़िक़ का हाथ पकड़ लिया उसकी गर्म-नर्म उँगलियों का दबाव भरा स्पर्श वाफ़िक़ को महसूस हुआ। अचानक वाफ़िक़ ने उसे पहचान लिया और बुदबुदाया, "फ़तिइया!"

"वाफ़िक़!"

तीन

वाफ़िक़ जाग चुका था, मगर आँखे बंद किए बिस्तर पर पड़ा था। उसको आँखों में अभी भी फ़तिइया के नंगे बदन की छवि तैर रही थी। वह उसकी बाँहों में सिमटते ही फफक कर रो पड़ी। यह देख वह सोच में पड़ गया कि सचमुच फ़तिइया ने सब कुछ लुटा दिया है? इस ख़्याल ने उसे बेचैन कर दिया।

चाँदनी उनके बिस्तर पर फैली थी। उसने भी उन पर जादू नहीं किया था और वाफ़िक़ से वफ़ा नहीं की, शायद वह इसी बात पर रो रही है? उसका दिल चाहा था कि हाथ बढ़ाकर उसके गिरते आँसुओं को पोंछ दे, लेकिन दूसरे लम्हे वह यह सोच कर ठहर गया।

"रो लेने दो उसे जी भरकर जिससे उसके दिल का बोझ हल्का हो सके।"

वह अपने को रोक नहीं पाया। हाथ बढ़ाकर उसने सिर के बालों को उँगलियों से छुआ। उसे वही बीते दिनों का स्पंदन भरा स्पर्श महसूस हुआ, जब वह अपनी रातें फ़तिइया की जुल्फों के साए में गुज़ारता था।

फ़तिइया के इस तरह रोए जाने से वह ऊब चुका था और चाहता था कि सिसकना बंद करके, जल्द से जल्द वह सब उगल दे, जो अभी तक वाफ़िक़ से वह छुपाती रही है ताकि सुबह की छाई घुटन ख़त्म हो और उसके धमाके से टूटे शीशे की किरचियाँ ऊपर तक उड़ सकें।

इंतज़ार करते-करते उसकी आँखें झपक गईं और वह फ़तिइया की गिरती आँसूओं की लड़ियाँ न देख सका।

वाफ़िक़ ने करवट बदली। उसे ओढ़ी चादर में गर्मी महसूस हो रही थी। वह चादर को अपने से दूर फेंकना चाहता था, मगर इस ख़ौफ़ से दम साधे पड़ा रहा कि कहीं फ़तिइया उसे जागता जान उसके चेहरे को अपने चुंबनों की बोछार से भर न दे। उसे सुबह-सुबह चुंबन का यह अंदाज़ बुरा लगता था, क्योंकि वह उसकी सोच का सिलसिला तोड़ देता था।

तभी तफ़तीश करने वाले की आवाज़ बम की तरह फटी—"तुम्हारी बीवी सुंदर है।" उसने वाफ़िक़ को झिंझोड़ा था। "तुम्हें डर नहीं लगता कि उसे कोई फुसला लेगा?"

उसका दिल चाहा था कि अफ़सर के मुँह पर खींचकर चाँटा मारे, मगर नहीं मार पाया था। क्यों...क्यों, क्या उसके हाथों को लकवा मार गया था या फिर वह सुन्न पड़ गया था, या फिर दोनों कैफ़ियतों ने एक साथ उस पर हमला बोला था? उसने चादर को दूर फेंका और बिस्तर से निकला। उसके सिर में अजीब तरह की जकड़न हो रही थी जिसे वह अपनी उँगलियों से दबा रहा था। उसे महसूस हुआ कि सिर पर उसके हाथ की जगह फ़ातिइया का मुलायम हाथ नहीं था। उसने ताज्जुब से मुड़कर उसकी तरफ़ देखना चाहा तो फ़तिइया वहाँ नहीं थी। बिस्तर पर उसका नाइट गाउन तयशुदा जगह पर पड़ा था। उसका अंडरवियर और दूसरे कपड़े कमरे में इधर-उधर बिखरे थे। उसने अपनी नज़रें शीघ्रता से उस तरफ़ से फेरी। वह नहीं चाहता था, यह सब देखना। दरवाज़ा बंद था। उसे महसूस हुआ कि बंद दरवाज़े और बिखरी अंडरवियर के बीच में ज़रूर कोई संबंध है। उसकी आँखें फिर उन बिखरे टुकड़ों की तरफ़ घूमीं। उसके हाथ धीरे-से उधर बढ़े। वह फ़तिइया की किसी चीज़ को छूना चाहता था। लेकिन जाने क्यों उसने काँपता हाथ पीछे खींच लिया। उसने सिगरेट जलाई और लंबा कश ले धुएँ को अंदर घोटा। उसे खाँसी का शदीद दौरा पड़ा। डॉक्टर उसे सिगरेट छोड़ने की सलाह दे चुके थे। उसका सिर नीचे को झुक गया। वह बिस्तर के किनारे बैठा था उसकी आधी उम्मीद थी कि वह वहाँ होगी। वह उसे बाँहों में भरकर उसके उरोजों के बीच अपना सिर रख देगा। उसकी आँखें कमरे में उसे ढूँढ़ती तेज़ी से घूमीं। एकदम से उसे झटका लगा कि जैसे फ़तिइया कमरे में मौजूद नहीं है।

"फ़तिइया....फ़तिइया।" वह भयभीत स्वर में पुकार उठा।

उसे कोई जवाब नहीं मिला। उसे वही ठंडी आवाज़ सुनाई पड़ी जैसे पूछ रही हो कि वह बिस्तर के किनारे इस तरह अटका-सा क्यों बैठा है। उसने इंतज़ार किया, मगर कोई नहीं आया। वह घबराकर हँस पड़ा। रुक-रुक कर हँसा जैसे उसकी हँसी के बीच कोई चीज़ रुकावट बनी हो।

उसे महसूस हुआ जैसे फ़तिइया घर में सजे फर्नीचर से ऊब चुकी थी, जिसे उसने अपनी मेहनत की कमाई से धीरे-धीरे करके ख़रीदा था। वह सारी-सारी रात जागकर पेंटिंग करता था फिर उसे सुबह बेचता था और उससे मिले रुपयों से बेडरूम के लिए फर्नीचर ख़रीदता था। उसने नज़रें घुमाकर नए फर्नीचर को देखा और अवसाद में डूब गया। उसने कुर्सी को ठोकर मारी तो उसे भारी बोझ-सा सीने पर महसूस हुआ। वह यहाँ से भाग जाना चाहता था। वह कपड़े बदलेगा और अपनी माँ के पास जाएगा। उनकी ममता भरी गोद में अपना सिर रखकर लेटेगा।

उसे अपनी शर्ट कहीं नज़र नहीं आई। वह झुँझला उठा अब उसे मौक़ा मिल गया था अपने अंदर भभकते ग़ुस्से को बाहर निकालने का, उसने फटकार भरे लहजे में पुकारा, ''फ़तिइया, मेरी शर्ट कहाँ है?''

वहाँ ख़ामोशी छाई रही। उसने अपना सिर धीरे-से हिलाया। वही आवाज़ गूँज रही थी।

''तुम्हारी बीवी सुंदर है। तुम्हें डर नहीं लगता कि कोई उसे बहका लेगा?'' उसने पूछताछ करने वाले का जुमला ख़ुद दोहराया और जिसे सुनकर वह उसमें छुपे सच को तलाश करते-करते भविष्य को अंधकार में डूबते देखने लगा।

वह बिस्तर पर बैठे-बैठे बेबसी में हाथ मलने लगा। दरवाज़े पर ताला था। उसका दिल चाहा, वह दरवाज़े को तोड़ डाले।

''दरवाज़ा खोलो, फ़तिइया दरवाज़ा खोलो,'' वह हैंडिल पकड़कर चीख़ रहा था। दरवाज़ा लॉक नहीं था। वह खुल गया। वह बाहर निकला।

उसे याद आया कि उसके सेल का दरवाज़ा कैसे खोला जाता था और उसे उस दिन बाहर निकाला जाता, जब सूरज नहीं निकलता था।

एक ख़ौफ़ उसके दिल में अचानक आ बैठा कि कहीं उसकी बीवी दूसरे कमरे में नंगी हो फ़र्श पर लेटी न हो। वह बड़ी सावधानी से पैर उठाता इस तरह आगे बढ़ रहा था जैसे वह जल्लाद के क्वार्टर की तरफ़ बढ़ रहा हो।

ड्राइंगरूम के फ़र्श पर युद्ध के बाद की सूनी ख़ामोशी की तरह चीज़ें बिखरी हुई थीं। ज़मीन पर चारों तरफ़ बेटे के लिए उसके लाए खिलौने और टॉफियाँ बिखरी पड़ी थीं।

''समीह!'' उसने पुकारा।

उसे अपना बेटा चाहिए था। बेटा जिसे वह अपने सीने से लगाना चाहता था। उसकी मासूम हँसी में सब कुछ भूल जाना चाहता था।

''मैंने समीह को अपनी माँ के पास भेज दिया था।'' फ़तिइया ने उसे बताया था जब वह दोनों बिस्तर पर एक साथ थे।

उसे महसूस हुआ कि उसके सारे बदन में ग़ुस्से की आग भड़क उठी है।

''मैं आज रात तुम्हें पूरी तरह पाना चाहती थी।'' फिर आगे बोली, ''यह सब मैंने उन रातों के लिए किया है, जो मैंने तुम्हारे बिना गुज़ारी हैं, वीरान और डरावनी...मैं उसकी कमी पूरी करना चाहती हूँ।''

उसकी आँखों में चमकता चाँद उभर आया, जब वह कहने लगी—

''मैं तुम्हारी बाँहों में आने के लिए बेचैन होती और सोचती कि तुम जेल की दीवारें तोड़कर मुझ तक पहुँच जाओगे।''

उसकी उँगलियाँ बच्चे के खिलौने से छुलीं तो उसके अंदर ख़ुशी का सैलाब एकाएक उमड़ा, उसे गोद में लेने के लिए। उसे लिपटाने के लिए वह तड़प

उठा। उसके आँसू पीने और उसका रोना सुनने के लिए वह बुरी तरह बेक़रार हो उठा।

जेलर का बूढ़ा मनहूस चेहरा उसके दिमाग़ में लटक-सा गया।

''मुबारक हो! तुम बाप बन गए हो।''

उसका चेहरा धुँधला गया और उसकी जगह पूछताछ करने वाले का चेहरा उभरा। जो उसी की फैलती आवाज़ की तरह भयानक रूप से बड़ा हो गया।

''तुम्हारी बीवी ख़ूबसूरत है क्या तुम्हें डर नहीं लगता कि कोई उसे फुसला लेगा?''

वह अनमना सा खिड़की की तरफ़ जाकर खड़ा हो गया और बाहर देखने लगा। उसका लगाया पौधा अब बड़ा पेड़ बन चुका था। वह उसे छू सकता था। उसने हाथ बढ़ाकर पेड़ का फल तोड़ा और उसे दाँतों से काटा। उसका स्वाद कड़वा था। लेकिन उसकी कड़वाहट में भी उसे एक तरह का मीठापन नज़र आया। कड़वाहट जैसे उसकी ज़बान पर बैठ गई थी।

''सीलन ने तुम्हारा स्टूडियो पूरी तरह बर्बाद कर दिया है।'' फ़तिइया ने वाफ़िक़ के सीने पर सिर रख कर कहा।

वह तंग राहदारी से गुज़रकर स्टूडियो की तरफ़ बढ़ा।

वहाँ पहुँचकर उसे महसूस हुआ जैसे वह जमकर रह गया हो। एक अधूरी पोर्ट्रेट उसके सामने थी। उस कैनवास से फ़तिइया उसे घूर रही थी। वह मुड़ा और वापस चला आया।

उसे वह रात याद आई, जब उसने यह पोर्ट्रेट शुरू की थी। वह नहीं चाहता था फ़तिइया का चेहरा पेंट करना। अब वह उसकी तरफ़ मुड़कर देखना भी नहीं चाहता था, मगर तब उसके ब्रश की नोक से फ़तिइया का चेहरा अपने आप निकल आया। क्यों? वह चाहता था कि उसे फाड़ दे, लेकिन उसके हाथों ने उसका साथ नहीं दिया।

दो हाथों ने आगे बढ़कर उसकी आँखों पर उँगलियाँ रख दीं। कानों में फ़तिइया की मीठी आवाज़ गूँजी।

''पहचानो मैं कौन हूँ?''

वह ग़ुस्सा नहीं हुआ। उसने उसके बालों का चुंबन लिया। उसकी आँखें फ़तिइया पर इस तरह टिक गईं जैसे वह उसके सामने खड़ी हो। उसने ठीक उस रात वाला महीन लिबास पहन रखा था। वह रात जो बहुत अरसा हुआ गुज़र चुकी थी, कैसे उसे याद रह गई? उसकी निगाहों के घेरे में था वह और फुटबाल की लगातार आती आवाज़ें जो दीवार पर बड़े भद्देपन के साथ पड़कर उसकी यादों में वज़न डाल रही थीं।

उसने उस पर पागल होने का आरोप लगाया। उसे अच्छी तरह याद है कि उसने रंगपट्टिका कैसे रखी और ईज़ल से कैनवास हटाया। उसे महसूस हुआ, वह कैसे

सर्पलता बन उसके सीने से चिपक उसके वजूद में सरकने लगी थी जबकि दीवार बड़ी नरमी से उसे ढकेलती अंदर बंद करने के लिए ले जा रही थी। वह ठीक उसी जगह तब खड़ी थी, जहाँ इस वक़्त खड़ी है। वह उसे नहीं देख सकता था, मगर वह देख सकती थी। उसने सिर्फ़ उसकी आवाज़ सुनी थी।

''तुम कैसे छोड़कर जा सकते हो मुझे ऐसे मौक़े पर?'' वह उबल पड़ी थी।

''यह पल फ़ैसला लेने का था? तुम हमेशा ऐसे समय में ग़ायब हो जाते हो जब तुम्हारी सबसे ज़्यादा ज़रूरत होती है।''

इस बार उसकी याददाश्त ने धोखा नहीं दिया। उसे याद आया कि उसने पलटकर कोई जवाब नहीं दिया था। न ही उसकी आँखों की तरफ़ देखा था, जिसमें से अजीब रहस्यमय तरंगें फूट रही थीं।

वह सीढ़ी की तरफ़ लपका था और वह उसके पीछे भागी थी। और? वह उसका इंतज़ार कर रहे थे। उसे देखते ही वह आगे बढ़े और उसे पकड़कर अपने साथ ले गए। वह बिना आवाज़ के विषाद भरी हँसी हँसा। क्या उसे बोध हो गया था कि वह आने वाले हैं और वह उनसे मिलने के लिए दौड़ पड़ा था?

उसे महसूस हुआ फ़तिइया की दोनों बाँहें उसको अपने घेरे में लिए हैं। ताकि वह उस दृश्य को न देख सके। वह रात और वह पीला ड्रेसिंग गाउन का फाड़ना जिसे वह पूरी कोशिश से अपने ज़ेहन से मिटा देना चाहता था।

उसने अपना सिर उसकी छातियों के बीच रखा।

''तुमने कब बिस्तर छोड़ा?'' उसने पूछा।

फ़तिइया ने उसे बड़े प्यार से देखा और वह जवाब देने की जगह गुमसुम बना रहा।

''वह आ गया है,'' वह ख़ुशी से भरी आवाज़ में बोली, ''फ़ैसला लेने का पल।'' फ़तिइया हमेशा मेरी पहल को निगल जाती है। उसकी ख्वाहिशें को उसके फ़ैसलों को, उसकी पुतलियाँ एक बार फिर पपोटों के पीछे छुप गईं। एक लंबी ख़ामोशी के बाद फ़तिइया हर कहीं अपनी बात पर ज़ोर डालकर बोल रही थी।

''वह पल? फ़ैसला लेने वाला पल। हमने कई साल ज़िंदगी के यूँ ही गुज़ार दिए। वे हमारे लिए कोई वजूद ही नहीं रखते हैं। उन्होंने हमसे इन्हें चुरा लिया था। अगर हम उस रात की तरफ़ लौटते हैं और वहीं से अपनी ज़िंदगी फिर से शुरू करते हैं तो फिर हमने कुछ नहीं खोया। उन्होंने हमें नहीं छला। हम उन्हें मूर्ख बनाएँगे। मैंने सारी तैयारी कर ली है।''

वह चारों तरफ़ घूमकर अपनी तैयारियाँ देखने लगी। नीला झीना नाइट गाउन भी।

''कुछ खो गया क्या?''

''तुमने कब बिस्तर छोड़ा?''

"आज भी उस रात के हर पल की याद ताज़ा है।" वह उसके पूछे सवाल को सुन नहीं पाई। कैनवास वहाँ था, इधर रंग प्लेट थी और मैं यहाँ खड़ी थी। तभी हवा में बिजली चमकी।

"तुम यहाँ नहीं खड़ी थीं।" उसने बताना चाहा, मगर वह बोले जा रही थी।

"और क्या था? संगीत..." उसने स्विच ऑन कर दिया। "यह वही गाने का मुखड़ा है जिसे सुनकर तुमने कहा था, जैसे तुम ब्रश चलाते हो, कष्टदायक लम्हे उसी तरह समय के आगे समर्पण करते हैं जिस तरह रौशनी का फ़रिश्ता अँधेरे की मलिका में एकाएक विलीन हो जाता है। घोर व्यथा गुनाह और चरित्रहीनता की तरफ़ बढ़ती है और दुख मासूमियत का नाश कर देता है।" तुमने यह सब अपने चेहरे के भावों और अपने रंगों के मिश्रण से बार-बार कहा है। तुम वाफ़िक़ से ज़्यादा बहादुर हो, मुझे अच्छी तरह याद है। वह भयानक फ़ैसले का पल। जब प्रेम मर जाता है और हरी ज़मीन सैलाब के पानी में डूब जाती है। जब फूल मसल दिए जाते हैं और हवा बंद हो जाती है। और इंसान जहन्नुम की आग में झुलस जाता है और वह पेंटिंग। वही पल था फ़ैसले का? विद्रोह की घोषणा? यही सब तुम कहते थे न? जब लूसिफ़र ने अपने ख़ुदा से कहा था, 'नहीं'! अपने वजूद को चुनौती देने के लिए यह बहुत बड़ा क़दम था, 'नहीं' कहने का। वह पल जब तुम भागे थे, वह पल जिसने तुम्हें भयभीत किया था तुम क्यों इस तरह भागे थे वाफ़िक़? क्या तुम ख़ौफ़ज़दा थे उस वैभवपूर्ण विस्मयकारी पल में क़दम रखने में जो जल्द ही सिकुड़ जाने वाला था। तुम तो एक किंवदंती किरदार हो। तुम्हारा चेहरा भी दंतकथा के किसी चरित्र की तरह है। तुम आज फ़रार नहीं हुए। तुम अपनी ज़मीन पर खड़े हो। तुम यह अच्छी तरह जान लो कि भागने से मुक्ति नहीं मिलती। तुम यहाँ हो। अब तुम फिर कहीं भागोगे नहीं।

संगीत ने उसे इस तरह अपने में डुबाया कि वह साँस लेने के लिए तड़प उठा।

"तुम्हारा चेहरा तब उदासी को नहीं पहचानता था!" फ़तिइया ने कहा।

"तुमने बिस्तर कब छोड़ा था?"

"तुम्हारा चेहरा तब पीड़ा का अर्थ नहीं जानता था।"

"बिस्तर," उसने फिर अपना वाक्य दोहराया जैसे वह फ़तिइया के कहे हर अक्षर पर मोहर लगा रहा हो।

संगीत जैसे आसमान से उतरा था।

उसने उतावले होकर संगीत बंद कर दिया।

"उस रात संगीत रुका नहीं था।" फ़तिइया ने बताया।

"मैं कब सुबह को जागा था?" वाफ़िक़ ने फ़तिइया की नज़रों से बचते हुए पूछा।

"क्या तुम मेरा साथ चाहते थे।" उसके स्वर में आश्चर्य था।

"मैं सिर्फ़ इतना कहना चाहता हूँ कि तुम सुबह बिस्तर पर नहीं थी।"

''तुम्हें सुबह-सुबह कैसे मेरी कमी महसूस हुई, ऐसा तो पहले कभी नहीं हुआ था।'' जैसे वह सवाल कर रहा था तो एकाएक उसे महसूस हुआ कि वह बिल्कुल पूछताछ करने वाले ऑफिसर की नक़ल कर रहा था।

''कल रात तुम रो रही थीं?''

उसकी निगाहें उस खिलौने पर पड़ीं जिसे अनजाने में वाफ़िक़ अपनी जेब में ठूँस रहा था। उसने ऐसा दिखाया जैसे वाफ़िक़ की इस हरकत से उसका ध्यान बँट गया है।

''तुम कल रात रोई थीं, आख़िर क्यों?'' उसने फिर दोहराया और हर शब्द पर ज़ोर दिया। उसमें विश्वास जागा। अब वह स्वीकार करेगी। उसने कुछ इसी तरह का विश्वास तफ़तीश करने वाले के चेहरे पर देखा था।

''मैं तुम्हारी औरत हूँ।'' वह नख़रे से फुसफुसाई।

''यह धोखा दे रही है।'' वाफ़िक़ ने सोचा, ''वह क्यों नहीं अपने जिरह करने वाले को धोखा दे पाया?''

''हम लोग तुम्हारे रोने को लेकर बात कर रहे हैं।'' उसे लग रहा था कि वह अंत में स्वीकार करेगी, ''तुम कल रात रोई थीं, क्यों?''

''तुम और क्या उम्मीद कर सकते हो एक औरत से, जिसका मियाँ बरसों बाद उसकी बाँहों में वापस लौटा हो।''

वह लाजवाब हो गया, मगर उसने अपनी कोशिश छोड़ी नहीं!

''कैसी शिद्दत से रोई थीं?''

''मेरा आदमी बाहर था, मेरा बिस्तर ठंडा था, मेरी रातें लंबी थीं।''

उसने गहरी साँसें लीं और उसके बदन से सटकर बैठ गई।

''मेरा रोना? तुम क्या समझोगे मेरे रोने का मतलब?'' उसने पूछा फिर क़हने लगी, ''तुम उन लंबी रातों का मेरा बिलखना कहाँ देख पाए?'' वाफ़िक़ उसकी साँसों को सहन नहीं कर पाया। उसकी साँसें रुक-सी गईं। फ़तिइया के बदन में सिरहन-सी दौड़ी। उसने समीह का नाम सस्वर लिया।

''कहाँ है समीह?'' अपने इस सवाल में वाफ़िक ने पनाह ली।

वह पलटी। उसके दिल में संदेह उभरा, कहीं वाफ़िक़ को माँ के बारे में पता तो नहीं चल गया। उसने बिना पल गवाएँ उसे अपनी बातों में फिर से उलझा लिया।

''वह कुछ दिनों तक मेरी माँ के पास रहेगा।''

''समीह!''

''वह तुम्हारी तरफ़ से मेरा ध्यान बँटा देता था।''

''लेकिन मैं समीह को देखना चाहता हूँ। उसके साथ रहना चाहता हूँ।''

''वह मुझे पूरी तरह से पाना चाहता है, और? तुम?''

''मेरा अपना बेटा समीह।''

''...''

''मेरे अपने बदन का टुकड़ा समीह।'' वह इस तरह से कह उठा जैसे उसे दो फाँक कर दिया गया हो।

''कल रात तुम्हें बताया तो था?''

''इतने वर्षों तक मैं उससे दूर रहा। क्या यह काफ़ी नहीं?''

''मेरा यह मतलब न था।''

''मुझे पूरा अधिकार है अपने बेटे को गले लगाने का।'' उसने दर्दभरी आवाज़ से कहा

''लेकिन मैंने सोचा?''

''तुमने ग़लत सोचा।''

उसने माँ के बारे में कोई सवाल नहीं किया। फ़तिइया ने भरपूर नर्मी भर मीठे स्वर में कहा, ''तुम इस तरह परेशान न हो। मैं अभी फ़ौरन जाकर बेटे को ले आती हूँ।''

उसकी भीरुपन फिर उसके आड़े आया और वह अपनी जगह से लुढ़ककर नीचे आया। फ़तिइया ने उसकी आँखों में अजीब-सी इबारत को पढ़ा।

''अभी मैं फ़ौरन जाती हूँ।'' उसने वायदा किया और अपना नाइटगाउन सरकाया।

''तुम्हें उसकी कमी इतनी खल रही है।''

वाफ़िक़ ने अपने को सँभाला। उठकर अपनी जगह पर बैठा और पैकेट से सिगरेट निकाल मुँह में लगाया। माचिस को इधर-उधर ढूँढ़ा, मगर उसे माचिस मिली नहीं।

''कहाँ है माचिस?'' बिना फ़तिइया से नज़रें मिलाए उसने पूछा।

''मैंने कभी सपने में भी नहीं सोचा था कि तुम इतना ग़ुस्सा हो जाओगे?'' फ़तिइया ने कपड़े बदलते हुए कहा। वाफ़िक़ ने जाती फ़तिइया को अपनी तरफ़ इस तरह खींचा जैसे वह उसे जाने के लिए मना कर रहा हो मगर कह उठा।

''मैं क्यों ग़ुस्सा होऊँगा?''

''तुम्हारा अधिकार है...तुम ग़ुस्सा हो सकते हो।''

उसने वाफ़िक़ के गालों का चुंबन लिया। वाफ़िक़ की उँगलियों में फँसी सिगरेट नीचे गिर गई। उसने फ़तिइया की पोर्ट्रेट की तरफ़ देखा। उसके अंदर अजीब-सी इच्छा उबली कि वह कैनवास को कई टुकड़ों में चीर डाले। उसके कानों में उसके उतरने की आहटें पहुँच रही थीं। उसने हाथ आगे बढ़ाया जो बीच में ही रुक गया और सीढ़ी उतरने की आवाज़ भी ग़ायब हो गई। वह उठा और उसने सिगरेट को पैर से मसला। उसने दरवाज़े की तरफ़ देखना चाहा मगर उसकी तरफ़ पीठ कर बैठ गया। उसकी उँगलियाँ पोर्ट्रेट तक पहुँची। फिर झिझककर ठहर गईं। वह उठा और खिड़की पर जाकर खड़ा हो गया। वह फ़तिइया को पीछे से जाते हुए

देखना चाहता था। वह जा चुकी थी। उसे बहुत ताज्जुब हुआ कि इतनी जल्दी वह कहाँ ग़ायब हो गई ? क्या उसने दरवाज़े से अपनी नज़रें दीवार तक घुमाने में इतनी देर लगा दी थी ? और वह एक छलाँग में सारा रास्ता पार कर गई ? उसने गहरी लंबी साँस भरी और खिड़की से हट गया। उसने पोर्ट्रेट की तरफ़ नहीं देखा। उसकी उँगलियाँ कुलबुलाईं, वह हँस पड़ा।

वह अपनी जगह आकर बैठ गया और संतोष की साँस भरी। उसे ख़्याल आया कि वह आज जल्दी सोकर उठ गया था, जबकि जेल जाने से पहले वह इतनी सुबह नहीं उठता था। अचानक उसकी नज़र चीटीं पर पड़ी जो अन्न का नन्हा टुकड़ा उठाए चल रही थी। उसने अपना पैर आगे किया ताकि जूते से वह चींटी को मसल दे! उसने नज़रें उठा स्टूडियो की दीवार को ताका। उसने सारी दीवारों को चित्रों से भरा पाया। उसकी आँखों में हैरत उभरी जैसे वह अपनी नहीं, दूसरों की बनाई पेंटिंग्स देख रहा हो। उसके बीच में लगी फ़तिइया की पोर्ट्रेट जो उसे घूर रही थी, जिसे उसने बनाया था।

एकाएक उसका ध्यान चींटी की तरफ़ गया, उसने उसे ढूँढ़ निकाला। वह मरी नहीं थी। उसका खाना एक तरफ़ पड़ा था और वह कुम्हलाई-सी फिर उठने की कोशिश में लगी थी। उसने उसे मारने का मन बना लिया था, सो जूते से उसने अपनी पूरी ताक़त से उसे मसल दिया। उसे लगा जैसे फ़तिइया उसके सिर पर खड़ी हो। उसने झटके से सिर ऊपर उठाया। वह वहाँ मौजूद नहीं थी। वह हमेशा अपने मृदुल, मुलायम व्यवहार के संग बड़ी चतुरता से उसे ढँक लेती है। उसने चारों तरफ़ नज़रें घुमाई और फ़तिइया को ढूँढ़ा, मगर वह नहीं दिखी। उसकी आँखें थक गई थीं। उसे लगा वह बूढ़ा हो गया है।

पुराने जेलर ने उसे होशियार किया था। "सिर्फ़ तुम हो, जो अपने को बर्बाद होने से बचा सकता है। ये लोग तुम्हें यहाँ लाए हैं ताकि तुम उल्लू के घोंसले में रह सको।" उसे याद आया कि उसने आगे बढ़कर उसकी गर्दन पकड़ी थी और गला दबाने की कोशिश की थी। यहीं एक ख़्वाब था जो उसने जेल में देखा था। जहाँ उससे उसके ख़्वाब और बदन के कपड़े दोनों उतारकर जेल के दरवाज़े पर टाँग दिए थे।

उसने अपने कंधे उचकाए, "उन्होंने उसे धोखा दिया है" उसने जैसे ख़ुद से कहा हो। "मेरे पास अनेक सपने थे।" लेकिन उसके सारे ख़्वाब सिमटकर सिर्फ़ एक ख़्वाब में बदल गए थे कि वह बूढ़े जेलर का गला दबा रहा है जो एक अच्छा आदमी था। जेल ऐसी ही जगह है, जहाँ रहकर कोई इंसान अच्छी बातें नहीं सोच सकता है। उसने अपने को अपमानित-सा महसूस किया और वह चीख़ पड़ा, "तुम कल रात क्यों रोई थीं फ़तिइया, मुझे सच बताओ।" उसने आँखें बंद कर लीं। सामने पीले ड्रेसिंग गाउन में फ़तिइया की छवि उभरी, गुनाह और दुराचार में लिपटी हुई।

उसकी कुर्सी घूम गई। जो संगीत ध्वनि उसके चारों तरफ़ मद्धिम सुरों में बज रही थी, एकाएक शोर में बदल गई। उसे इंतज़ार उस लम्हे का था, जब सब कुछ ध्वस्त हो जाए। जब वजूद से कोई विद्रोह फूटे, मगर वह पूर्ण प्रतिवाद था। वहाँ चीख़ें...थीं, "क्या प्यार गुम हो सकता है?"

चार

फ़तिइया पहले की तरह उसकी दीवानी नहीं रह गई थी। यह ख़्याल वाफ़िक़ को कष्टकर लगता था। उसने बाहर निकलकर धीरे-से दरवाज़ा बंद करना चाहा, मगर उसके हाथ से कुंडी फिसल गई और दरवाज़ा खुलने लगा। उसकी तेज़ आवाज़ से वाफ़िक़ स्तब्ध रह गया उसे यक़ीन सा था कि कुछ देर में ही दरवाज़ा पूरा खुलेगा और फ़तिइया नज़र आएगी। वह इंतज़ार में कुछ पल ठहरा रहा कि फ़तिइया को बेडरूम से हाल में आने और दरवाज़े तक पहुँचने में थोड़ी बहुत देर लग सकती है। लगता है उसे आवाज़ सुनाई नहीं दी। लंबे इंतज़ार के बाद उसने सोचा।

उसने दरवाज़े की तरफ़ पीठ मोड़ी और सीढ़ियाँ उतरने लगा। दो सीढ़ी उतरने के बाद उसे बैठने की इच्छा हुई, वह वहीं सीढ़ी पर बैठ गया।

'वह हरगिज़ फ़तिइया का बदन नहीं था।' वह मन ही मन कह उठा, 'वह बहुत बदल गई है क्या?' उसका दिमाग़ सुन्न हो गया।

फ़तिइया की आँखों के आँसू उसकी आँखों से गिरने लगे। उसकी आवाज़ उसे डुबोने लगी।

'मेरा रोना? तुम क्या जानो मेरे रोने के बारे में? काश, तुम मेरा रोना उन लंबी तन्हा सर्द रातों में देख सकते! मेरा आदमी बाहर था...मेरा बिस्तर ठंडा था।'

उसकी फटी नाइटी से उसके दिखते उरोजों का वह दृश्य वाफ़िक़ की आँखों के सामने कौंध गया। सचमुच उसने उसकी नाइटी पिछली रात फाड़ी थी। उसे याद है, उसने कहा था—उसे अपना यह नाइट गाउन बहुत पसंद था, जो मुझे हमेशा पुरानी यादें ताज़ा कर देता था।

वह अपने पैरों पर खड़ा हुआ। वह वही पुरानी रात थी। सोचकर उसके बदन में ताक़त लौटी। उसने देखा एक मकड़ी कीड़े के चारों तरफ़ अपना जाल बुन रही है। पूरे विश्वास से वह सीढ़ियाँ उतरा।

फ़तिइया ने प्रोत्साहित किया था, 'मेरा प्यार भीरु नहीं है।' उसका लहज़ा विश्वास से भरा था, जिसकी प्रतिध्वनियाँ गहरे उसके मन में उतर गई थीं। उसने एक बार फिर मुड़कर फ़्लैट के दरवाज़े को देखा और मुतमईन हो गया कि उसके जाने की ख़बर फ़तिइया को नहीं लगी है, वह दरवाज़े से झाँकती नज़र आती। उसे गुज़रे दिन याद आए। जेल जाने से पहले के दिन। जब वह जाने लगता तो वह

दरवाज़े पर खड़ी हो उसे बातों में ऐसा उलझा लेती थी जैसे फिर कभी मौक़ा नहीं मिलने वाला है। क्या वह अपनी पुरानी आदत छोड़ चुकी है।

उसने अपना सिर हिलाया। फ़तिइया यक़ीनन बदल चुकी है। उसे थकन का अहसास हुआ। उसका दाहिना हाथ जेब में गया, वहाँ चाबी नहीं थी। घर लौटने और बिस्तर पर लेटने की इच्छा ख़त्म हो गई। वह लौटकर दरवाज़ा खटखटा कर फ़तिइया की नींद में ख़लल नहीं डालना चाहता था। उसने वहीं ठहरकर इंतज़ार करना मुनाबिस समझा वरना फ़तिइया पूछती, "उसे कहाँ जाना था? जब वह रात को देर में सोया था तो इतनी जल्दी क्यों उठा?" उसने वहीं जँगले से पीठ लगाई और आँखें बंद कर लीं।

उसने दरवाज़ा खुलने की आवाज़ सुनी। वह काँप उठा। वह सेल के दरवाज़ा खुलने की आवाज़ थी। उसने व्याकुलता से मुड़कर अपने फ़्लैट के दरवाज़े को देखा, मगर वह बंद था। उसने हाथ उठा कान पर लगाया ताकि वह ठीक से सुन सके, मगर हाथ नीचे झूल गया। क्या उसकी पत्नी जाग गई है? वाफ़िक़ को लगा कि फ़्लैट से बिल्डिंग के दरवाज़े तक का छोटा रास्ता उसने बड़ी देर में तय किया है। उसके अंदर ऐसा कुछ चल रहा था, जो वह कह नहीं सकता था। वह दिन का समय था। बाहर रौशनी थी। मगर दाख़िले की जगह अँधेरी थी। जो उसे महसूस हुआ। वह डरा नहीं था। डर की भावना को लंबे अरसे के जेल प्रवास में वह भूल चुका था, जहाँ वक़्त उसके लिए मर चुका था। क्या वह सब कुछ वापस ला सकता है जो मर चुका है?

एकाएक उसके ज़ेहन में उस झिझकती आवाज़ वाले आदमी का चेहरा उभरा जो पाँच साल पहले ठीक इसी जगह उसे मिला था। उसने टाइम पूछा था। उसे एक मिनट ही फ़्लैट से निकले गुज़रा था। वह खीज उठा समय के गुज़रने का अहसास पूरी तरह उसके अंदर मर चुका है।

"मिस्टर, वाफ़िक़ कामिल?" झिझकती आवाज़ ने पूछा।

"हाँ।"

"आप मिस्टर कामिल? आप हमारे साथ आए यह आपका स्नेह है।"

उसे याद आया कि कैसे उसे झिझकती आवाज़ वाला पसंद आया और वह उस आदमी का दोस्त बन गया। वह साथ-साथ बातें करते हुए रास्ता चलने लगे, बल्कि उसने रौशनी भी दिखाई थी।

अगर वह उसको धक्का देकर भाग जाता तो! वह बड़ी आसानी से अलहुसैनी की तंग गली के मोड़ों में आराम से खो जाता और वह उसे पकड़ नहीं पाता। उसे दौलत का ख़्याल आया। दौलत उसे अपनी छोटी-सी खोली में छुपा लेती, जहाँ वह रहती थी। वे ढेरों की तादाद में थे और वह सिर्फ़ अकेला था। तन्हा आदमी सिर्फ़ छोटा-सा सूटकेस हाथ में लिए था, जिसमें सिर्फ़ 'बाथिंग सूट' था। वह समुद्र की

तरफ़ जाना चाहता था, ताकि सैलाब की तरह उमड़ती फ़तिइया की यादों को वह, वही समुद्र में डुबो दे। उसे बहुत ताज्जुब हुआ था। उसने झिझकती आवाज़ वाले की हँसी सुनी। यह निर्भीक हँसी थी, जिसने उसे हैरत में डाल दिया था कि वह आख़िर आई कहाँ से ? जब उसने जाना तो हैरत में पड़ गया कि यह अहंकार से भरी हँसी उस दुबले-पतले कमज़ोर से आदमी की है जो उसका सूटकेस पकड़कर चलना चाहता था ?

उसे महसूस हुआ दाख़िले की जगह पर तेज़ रौशनी है। उसने अपनी आँखें मलीं।

वह सोचने की कोशिश करने लगा कि आख़िर वह क्यों हँसा था। उसने सूटकेस खोला था और ठहाका मारकर हँसा था, क्योंकि सूटकेस में सिर्फ़ बाथिंग सूट था ? वह यक़ीन नहीं कर पाया था।

वह चेहरा जो उसे बड़ा शांत नज़र आया था। वह ठीक उसके विपरीत उसे अचंभित कर गया।

''इसका मतलब है तुम हमारा इंतज़ार कर रहे थे।'' वह बोला।

''इसीलिए तुम सिर्फ़ 'बाथिंग सूट' लेकर निकले हो।'' दूसरे ने गंभीरता से कहा, वह उस आदमी का चेहरा याद करने लगा, जिसने यह बात कही थी, उसकी जगह उसे वह आदमी याद आया जिसने उसके हाथ से सूटकेस लिया था और उसे वहाँ खड़ी कार के अंदर ढकेला था। उसने इंकार किया था, जहाँ वह आदमी उसे बैठने पर मजबूर कर रहा था।

अचानक चारों-तरफ़ से आवाज़ें उस पर हमलावर हुईं। उसे ऐसा महसूस हुआ जैसे पुरानी बिल्डिंग की दीवारें चटख गई हों और हर चटखन आवाज़ कर रही हो। उसे महसूस हुआ जैसे आवाज़ें उसके घर लौटने की ख़ुशी मना रही हैं। जब वह बिल्डिंग के गेट पर पहुँचा और उतरने के लिए पैर सड़क पर रखा तो उसे एकाएक महसूस हुआ कि यह सब मिलकर उसके आने का इंतज़ार कर रहे थे, तभी एक बोला था।

''हमने आपका दरवाज़ा खटखटाया था, मगर कोई जवाब नहीं मिला।''

एकाएक आवाज़ें गड्डमड्ड हो गईं जैसे हर आदमी दूसरे आदमी के शब्द खा रहा हो।

''हम चिंतित हो उठे थे। सोचा कुछ हो तो नहीं गया। ख़ुदा का शुक्र है कि सब ख़ैरियत रही।''

वह यह सब देख घबरा गया। उसे उम्मीद किसी से मिलने की नहीं थी। उसके चेहरे पर खिसियाहट भरी मुस्कुराहट उभरी। वह ख़ुशी से भरी आवाज़ों और उत्सुक चेहरों में घिर चुका था। वह फ़तिइया के गर्म बिस्तर की तरफ़ भागना चाह रहा था।

"हम वही करना चाह रहे थे जो मुनासिब हो तुम्हारे स्वागत के लिए। कई दिन आपको लौटे हो गए हैं और हम आपके सुरक्षित लौट आने पर मुबारबाद भी न दे सके। यह ठीक नहीं था। आख़िर हम आपके पुराने पड़ोसी हैं।"

उसकी फीकी मुस्कान फैल गई थी। उसने हाथ उठाकर हवा में लहराया। उसने कई चेहरों को उस भीड़ में पहचान लिया था। वह पड़ोसी थे और सड़क पर आते-जाते उनसे मुलाक़ात होती थी, लेकिन ढेरों चेहरे उसके लिए अजनबी थे।

एक आवाज़ सारी आवाज़ों से तेज़ उभरी।

"मर्द असली वही है जो संघर्ष करता है।" एक प्रशंसा भरी आवाज़ उभरी। वाफ़िक़ को वह आवाज़ पहचानी-सी लगी। उस आवाज़ को पहचानने की कोशिश की ताकि वह पहेली न बनी रहे। उसे अचानक याद आया कि यह तो सैदूम की आवाज़ थी। वाफ़िक़ जब आर्ट का विद्यार्थी था तो यह उसके कपड़े धोता और इस्त्री करता था। कभी-कभी दूसरे काम भी अंजाम दे देता था। फ़तिइया से शादी करने के बाद उससे नाता ही नहीं रह गया था। उसके नैन नक्श वही थे, मगर वह एक जवान मर्द में बदल चुका था। उसकी आवाज़ में एक तरह के हारेपन की ध्वनि उसे जाने क्यों लगी ? वाक़िफ़ के अंदर ख़ुशी का ऐसा फ़व्वारा उछला जैसे किसी को अनजान मुल्क में उसका पुराना दोस्त मिल जाए। वह उसकी तरफ़ बढ़कर पूरी गर्म जोशी से बातें करना चाहता था। उसके अंदर शब्दों का जलप्रपात-सा बहने लगा, मगर उसकी ज़बान तालू से लग गई और उसके मुँह से एक शब्द नहीं फूटा।

"अल्लाह उन शैतानों को अपमानित करे," सैदून की आवाज़ में उबाल था। इस बददुआ को सुनकर वाफ़िक़ के दिल को ठंडक पहुँची। उसके अंदर बढ़ती मजबूर भावना को जैसे नई ज़िंदगी मिल गई थी। वह चाहता था कि अब भीड़ बिखर जाए। वह चारों तरफ़ देख, मुस्कुराता हुआ आगे बढ़ा। उसने चंद क़दम तय किए। घनी भीड़ बिखरी नहीं, मगर ढीली ज़रूर पड़ी। वह सैदून के पास जाकर खड़ा हो गया वह उसके साथ अकेला रहना चाहता था। ये सारे लोग एक-दो सेकंड बाद चले जाएँगे तब वह तन्हा रह जाएग। वह सिर हिलाता रहा, हाथ लहराता रहा, मुस्कुराता रहा और सोचता रहा कि सबके जाने के बाद वह कहाँ जाएगा, क्या घर जाना ठीक रहेगा।"

लेकिन इंसानी घेरे का घनत्व छटा नहीं। वह एक शुभचिंतक से छूट दूसरे शुभचिंतक तक पहुँचता। भीड़ का घेरा उसके साथ-साथ आगे बढ़ रहा थ। रुका वह भी क्रासिंग पर चंद सेकंड के लिए और वहाँ से गुज़रते लोगों का आकर्षण बन गया। उनके लिए यह दृश्य अजीब था कि एक आदमी क़मीज़ और पैंट पहने है और उसे घेरे लोग गलाबिया (लोक लिबास) पहने हैं, जो चेहरे अनपढ़ और निम्नवर्ग के नज़र आ रहे हैं। कुछ राहगीर रुके और पूछने लगे, फिर हमदर्दी में हाथ हिलाते आगे बढ़ गए। जो बहुत जिज्ञासु थे, वे उस भीड़ में शामिल हो गए। इस भीड़

के चारों तरफ़ चलने वाली ज़िंदगी हर रोज़ की तरह चलती रही। लोग सौदा ख़रीदते और बेचते रहे। गधा-गाड़ी उसी भीड़ में बिना किसी उत्सुकता के अपनी जगह बनाती आगे बढ़ती रही।

क़हवाख़ाने से गुज़रते जुलूस को वहाँ घंटों से बैठे लोगों की बोरियत को ख़त्म करने का अवसर मिला और वहाँ बैठने वालों को एक नया दृश्य देखने को मिला जो उनके अंदर आनंद भर गया। कुछ तो अपनी सीटों से उठकर जुलूस में शरीक हो गए, लेकिन कुछ लोग उसी तरह सीट पर बैठे हुक़्क़ा गुड़गुड़ाते, नींबू, दालचीनी और हरी चाय का घूँट भरते और जाते जुलूस को देखने भर का मज़ा ले रहे थे।

वे आपस में मज़ाक़ करते, ऊँची आवाज़ में फ़िक़रा कसते इस जुलूस निकालने का कारण जाने को लालायित हो उठे थे, जो एक खास दिशा में भारी भीड़ के साथ चलता चला जा रहा था। कुछ अटकलबाज़ जुलूस का स्वागत तरह-तरह के जुमले कस तेज़ ठहाका लगा रहे थे। एक बोला, "यह जुलूस यूँ ही बिना कारण निकल रहा है।"

दूसरे ने हास्य-व्यंग्य का पुट देते हुए कहा, "जैसे बिना शहीद मक़बरा।" इस पर मिला-जुला ठहाका गूँजा।

एक आदमी ने जोश में भर चाय के गिलास पर किसी दूसरे के साथ शर्त बद ली। कुछ वहीं सीट पर बैठे-बैठे गर्दन ऊँची कर जुलूस को बढ़ते दूर तक देखने के लिए अपनी नज़रें गड़ाये थे। उन्हें शंका थी जैसे कुछ ही देर में कोई अनहोनी घटनेवाली है। कुछ दुकानदारों ने दूरअंदेशी से कहीं यह बढ़ती भीड़ का जुलूस फ़साद में न बदल जाए, सो वे अपनी दुकान के शटर गिराने लगे थे। कुछ शांत मन से दुकान के आगे खड़े जुलूस को बढ़ते देखते रहे।

इस बीच कई कहानियाँ बुनी गईं और सच तिल का पहाड़ बन गहरे कहीं दफ़्न हो गया था।

एक आदमी जोखिम उठाकर बोला—

"यह पैंट शर्ट वाला अभी-अभी जेल से छूटा है, लेकिन जेलर उसे सुधार नहीं पाया और जिस जुर्म में उसे पकड़ा गया था। वही उसने फिर शुरू कर दिया है और आठ नम्बर की छत से फैले हुए कपड़े अलगनी से खींचे हैं।"

दूसरे ने क़सम खाते हुए कहा कि यह अपने दोस्त की बीवी के साथ सोता हुआ पकड़ा गया है। यह कहकर उसने किसी दुकान के बाहर खड़े किसी शख़्स की तरफ़ इशारा करते हुए कहा, "वह है बेचारा पति जिसके साथ अन्याय हुआ है। वह तो इस पापी को फ़ौरन मार डालना चाहता था, मगर भीड़ ने कहा, नहीं यह ठीक नहीं है। यह अपराधी है और इसको पुलिस के हवाले कर देना चाहिए।"

सारी बातों का लब्बोलुबाब यहाँ जाकर रुका जब किसी ने पूरे विश्वास से कहा कि यह बहुत पुराना मुजरिम है। इसकी पूरी अपराधों की हिस्ट्री पुलिस की फाइल

में मौजूद है। मैंने ख़ुद अपनी आँखों से इसके घर से बुरी औरतों को आते जाते देखा है। वह सारी बातें, थाना जाकर ख़ुद सुपरिंटेंडेंट पुलिस को बता आया था।

उसकी मनगढ़ंत कहानी बड़ी रोचकता से लोगों ने सुनी। यह सुनकर पवित्र पुस्तकें बेचने वाला करुणा से कराह उठा, ''ख़ुदा हम पर रहम करे।''

ख़ुदा के मामले में दख़ल न देने वाली एक औरत जो ज़नाना स्कार्फ बेच रही थी। बोल पड़ी, ''हमें गुनाह से बचाना।''

बूढ़ा आदमी जो लंबी नेकर पहने था, एक ख़ास उन्मादी कैफ़ियत में हाँक लगा रहा था, ''जुनूनी, जुनूनी टमाटर।''

महँगे होते टमाटरों के लिए जुनून शब्द को सुन कई ग्राहक इस बुरी तरह से हँसे कि अपनी कुर्सियों से फिसल पड़े। वाफ़िक़ को इस बात की ज़रा भी चिंता नहीं थी कि उसके आसपास क्या घट रहा है। उसे अपनी इस इच्छा पर कि वह किनारे खड़ा होकर इस भीड़ का तमाशा देखे, रोक लगाना पड़ा। तभी उसकी नज़र सड़क के किनारे ऊपर आग की लपटों पर पड़ी। वह समझ गया कि आग खाने वाला अपना तमाशा दिखा रहा है। वह चाहता था कि खड़े होकर देखे, मगर उसे नामुमकिन-सा लगा। वह भीड़ से घिरा हुआ था। ऊपर से उसका क़द छोटा था, जिसकी वजह से पूरा दृश्य खुलकर सामने नहीं आ रहा था। उसने अपने को हर तरफ़ से इंसानों के बदन से घिरा पाया। इससे पहले उसे यह अनुभव नहीं हुआ था कि इंसानी बदन भी आपके लिए एक काल कोठरी जैसे बन जाते हैं। उसने गर्दन ऊपर तानी ताकि वह आग खाने वाले का ख़तरनाक खेल देख सके, मगर सिर्फ़ स्टैंप टिकटों की तरह पुरानी इमारतों की खिड़कियाँ नज़र आईं। खिड़कियों और दुकानों के दरवाज़ों से झाँकते चेहरे थे, जो एक खास दिशा में इशारे कर रहे थे।

उठी उँगलियों की दिशा में उसने देखा कि आग खाने वाले के मुँह से काला धुआँ निकल रहा है। उसे लगाकि वह उससे कुछ दूरी पर है। उसने आगे बढ़ने के लिए धक्का खाया और चंद क़दम बढ़ा। उसका बाजू किसी ने पकड़ा तो उसने पलटकर ताज्जुब से उसे देखा मगर वहाँ कोई नज़र नहीं आया। हो सकता है कोई दोस्त हो ? लेकिन दोस्त को ढूँढ़ना इस चेहरों के अथाह समंदर में, उसे नामुमकिन-सा लगा। वह फीकेपन से मुस्कुराया मगर कोई भी जवाब में नहीं मुस्कुराया। उसके सामने यह बात साफ़ हो गई कि भीड़ उसको वहीं रखना चाहती है, यह बात न किसी ने खुलकर कही न इशारे में कही, लेकिन सबके चेहरों से साफ़ ज़ाहिर हो रहा था, तभी एक लड़का चीख़ उठा, ''चोर...चोर!''

वाफ़िक़ को महसूस हुआ कि यह चीख़ सुनकर वह भागा नहीं, अगर वह भागता तो अचानक इस चोर-चोर की पुकार उसके भागने से जोड़ दी जाती और भीड़ बिना जाने-बूझे उसकी जमकर पिटाई कर देती चाहे बाद में जितना पछताती।

कुछ लोगों ने उसके पैरों को कुचला, मगर वह हिला नहीं, किसी ने उसे धक्का दिया मगर वह किसी दीवार की तरह गिरा नहीं, सीना सख़्त हो गया था। वह किसी के मुँह पर चीख़ना चाहता था तभी एक औरत चीख़ पड़ी और वाफ़िक़ जैसे अपने हवास में लौटा, 'क्या यह आवाज़ फ़तिइया की थी?' उसने ख़ुद से सवाल किया फिर ख़ुद ही जवाब दिया कि यह उसकी आवाज़ नहीं थी। वह औरत बोली, "तुम वो वाफ़िक़ हो? मुझे यक़ीन नहीं आ रहा है?"

वाफ़िक़ को लगा कि यह आवाज़ वह पहले कहीं सुन चुका है और अचानक वह आवाज़ धुएँ की तरह ग़ायब हो गई।

लेकिन वाफ़िक़ को अनुभूति हुई कि उसके चेहरे पर जो भाव उभरा था, उसकी तरफ़ मजमे का ध्यान गया और उनमें से कुछ जवान लड़कों ने उसके बदन में उँगलियाँ चुभो दीं, हालाँकि उसने अपने चेहरे के भाव को गंभीर बनाए रखा मगर जवान उँगलियों की चुभन छुरी की नोंक की तरह पहले से कहीं अधिक चुभने लगी। एक लड़के ने कसके उसकी कमीज को खींचा। दूसरे लड़के ने अपने नाख़ून उसकी बाँहों में धँसाए तो वाफ़िक़ के मुँह से हल्की आह की आवाज़ निकली। तभी उसकी जेब में किसी का हाथ गया और वातावरण में गोश्त के जलने की बू फैली। नपुंसकता-सी उसकी आँखों में झलकी और एक भद्दी-सी आवाज़ उसके कानों में गूँजी।

"ख़ुदा इसे माफ़ कर, यह बेज़बान है।" यह सुनकर वाफ़िक़ की नज़रें नीचे झुक गईं। उसने अपने आपसे कहा कि उसे सयादैन को फ़ोन करना चाहिए। हमेशा की तरह जब भी उसने सयादैन को पुकारा, वह पहुँच गया। उसकी आँखें इस भीड़ में सयादैन को खोजने लगीं, मगर वह भीड़ के सैलाब में डूबा हुआ था कि उसने देखा एक पुलिसमैन उसकी तरफ़ आ रहा है। वह डर गया। उसे साफ़ लगा कि अब वह गिरफ़्तार हो जाएगा और उसका जुर्म होगा—व्यावसायिक चौराहे पर क़ानून तोड़ने के लिए, जिसमें भीड़ की वजह से ट्रैफिक पहले ही जाम हो गया था। कार वाले हॉर्न बजा रहे थे और ज़ोर-ज़ोर से चीख़-चिल्ला रहे थे। उसकी सोच में पूरा माहौल बड़े फ़साद में बदल गया।

अभी कुछ दिन पहले ही वह जेल से वापस लौटा है। पुलिस उसे खींचकर फिर सलाखों के पीछे डाल देगी।

उसकी आँखें पास वाली मीनार पर जम गईं। फ़तिइया ज़रूर नीचे आएगी, वह एक बहुत निडर औरत है। वह मुझे बचाने सही मौक़े पर पहुँचेगी और उसे भीड़ से बचा लेगी। तभी एक मज़बूत हाथ ने उसे पकड़ा। उसे लगा यह उसी का हाथ होगा उसने जवाब में वह हाथ कसके पकड़ लिया। वह हाथ वाफ़िक़ को खींचने लगा और वह नींद में डूबे इंसान की तरफ़ उस ओर खिंचता चला गया। थोड़ी देर बाद उसे महसूस हुआ कि वह तो दौलत का हाथ था, जिसे वह पकड़े हुए था। दौलत घटनास्थल पर पहुँच गई थी। पूरे वक़्त बुराई कर रही थी, इस इलाक़े की जहाँ भीड़

जमा हुई थी कि वहाँ के लोगों को ज़रा भी अहसास नहीं है कि अपनों से बड़े लोगों के साथ कैसा व्यवहार करना चाहिए। वह गुस्ताख़ी और ढिढाई से पेश आ रहे हैं, जो ठीक नहीं है।

उसे अहसास हुआ जैसे कि सयादैन उसके पास उसे मज़बूती से पकड़े खड़ा था। वह जब भी आग उगलने वाले की तरफ़ बढ़ता उसे रोक लेता था। सैयादैन दौलत की कटु आलोचना से नाराज़ हो गया। वहाँ के लोगों ने तो अपने विशेष अंदाज़ से अपने पड़ोसी का स्वागत भर किया था। सयादैन कहने लगा कि उनके पास इस समय वाफ़िक़ की विनम्रता और महानता के बदले में देने के लिए सिर्फ़ उनके जज़्बात हैं, जिनका वह इज़हार कर रहे हैं। उसने लड़के को घर भेज कर शबरत मँगाया है। लड़का लौटने में देर लगा रहा है। वह जैसे ही वापस आएगा सब एक साथ शरबत का घूँट भर वाफ़िक़ के आने की ख़ुशी मनाएँगे। वाफ़िक़ के लिए उस जश्न से पहले घर चले जाना उचित नहीं होगा। सबने इसरार भरे स्वर में कहा। दौलत लगातार ग़ुस्से के मारे ज़मीन पर थूक रही थी। उसने किसी आदमी के सीने पर ज़ोरदार घूँसे मारे थे। वाफ़िक़ ने फ़तिइया की खिड़की की तरफ़ से अपनी नज़रें हटाईं और ज़ेहन से अपने घर को निकाल कर दूर फेंका। उसने देखा कि भीड़ इस तरह बिखर गई जैसे तस्बीह की दाने। उसने अपना थूक निगला और पास खड़ी औरत को ग़ौर से देखा और पहचान गया कि वह सचमुच दौलत ही थी। उसकी आँखें अब पुलिस वाले को उस बिखरी भीड़ में तलाश करने लगीं। तभी उसे एक बूढ़े की आवाज़ सुनाई पड़ी जो महँगे टमाटरों को जुनूनी टमाटर...कहकर बेच रहा था। उसकी साँसों ने दौलत को घेर लिया था और वह मजमे के किनारे से गुज़रने लगे। दोनों के कंधे आपस में टकराए। उसकी उँगलियों ने दौलत की उँगलियों को अपनी गिरफ़्त में ले लिया, मगर एक दूसरे से उनकी नज़रें नहीं टकराईं। दौलत का गला भावना से अतिरेक हो भर चुका था और वाफ़िक़ इस आकस्मिक घटना में खो चुका था।

दौलत ने अपने आपको सँभाला और कहा, "ख़ुशआमदीद! तुम घर लौटे।" दौलत को अपनी आवाज़ बेचारगी से भरी लगी और वाफ़िक़ के चेहरे पर एक कुचली, मुर्दा मुस्कान उभरी और धीमे हकलाती काँपती आवाज़ से बोला—

"दौऽऽलत।"

"वाफ़िक़!"

"कैसी हो?"

"अब सब ठीक हो गया है। जब तुम वापस आ गए हो।" काँपती आवाज़ के साथ कह उसने अपना मुँह दूसरी तरफ़ मोड़ा मगर उनके कंधे उससे छुल रहे थे। वाफ़िक़ ने ज़ख़्मी आवाज़ में धीरे से कहा—

"इनका इरादा नेक है मगर उसका इज़हार करने का अंदाज़ बेहद पुराना।"

''पुराना ?'' दौलत चीख़ पड़ी फूली–साँस के साथ बोली, ''वह पूरे आदमख़ोर थे वाफ़िक़।'' उसका सीना उठ गिर रहा था।

वाफ़िक़ को तभी ख़्याल आया कि वह कोई भी मौक़ा नहीं छोड़ती है। उसका नाम लेने में और वह हँस पड़ा और बोला, ''इसीलिए मैं उन लोगों को पसंद करता हूँ।''

तभी दौलत ने कहा, ''उन पर बिजली गिरे जहाँ कहीं यह जाएँ। वह ऐसा कैसे कर सकते थे वह भी तुम जैसे हितकारी के साथ। यह बहुत लज्जाजनक व्यवहार था। महान हुसैन की क़सम यह ऐसी कलंककारी घटना थी जो भूली नहीं जा सकती है।''

वाक़िफ़ ने कहा, ''यह तो सिर्फ़ मेरे घर लौटने की ख़ुशी का इज़हार कर रहे थे।''

''कैसा स्वागत! कैसा ख़ुशी का इज़हार! यह सिर्फ़ तुम्हारा भाग्य था।'' तब उसने सिर्फ़ दौलत को देखा, हक़ीक़त में उसे ग़ौर से देखा। वह उसकी मॉडल रह चुकी है। नग्न हो वह उसके लिए पोज़ दे चुकी है। वह उसके बदन की हर बारीकी से वाक़िफ़ है! उसकी इतने दिनों की ग़ैरहाज़िरी में उसका बदन पूरी तरह आकार ले चुका है। उसने अपने को व्यक्त करना उचित नहीं समझा। उसने पीछे से उसकी उद्दीप्त काया पर नज़र भर डाली। दौलत को महसूस हुआ कि वह आगे निकल आई है। उसने पीछे मुड़कर कहा, ''हर बात की एक सीमा होती है।''

वाफ़िक़ ने उसकी आँखों का रंग देखा। उसे पेंट करते हुए वह खासा परेशान हो जाता था कि उसकी पुतलियाँ किस रंग की हैं।

''अब मैं तुम्हारी आँखों का रंग पहचान गया हूँ।'' उसने उत्साह भरी आवाज़ से कहा। यह सुनकर दौलत हँसी पड़ी और अपना हाथ मुँह पर रख लिया जैसे वह हँसी को मुट्ठी में जमा करना चाह रही हो, फिर वह पहले की तरह उसे उछाल कर उसकी तरफ़ फेंकेगी।

''मेरे पास, हँसी के अलावा कुछ नहीं है।'' वह अक्सर कहा करती थी। यह हँसी थी, जो वाफ़िक़ को प्रोत्साहन देती थी।

दौलत ने अपना हाथ चेहरे पर फेरा, ''तुम्हें अभी भी याद है?'' वह कहने लगी, ''वह दिन भी क्या दिन थे।''

''तुम्हारे बाबा कैसे हैं ?'' उसने अचानक पूछ लिया।

''मर गए।'' उसने गहरी साँस भरी, ''बहुत दिनों पहले।''

वह चुप रहा।

''वह अब जहाँ हैं बेहतर हाल में हैं।'' कुछ पल बाद वाफ़िक़ ने कहा। उसकी आँखों में ग़ज़ब का ख़ालीपन था, ''कम से कम हम ज़िंदा मुर्दों से कहीं बेहतर हैं।''

वह उसके समीप हो गई। वह उससे लिपटना चाह रही थी।

''तुम ऐसा मत कहो वाफ़िक़ वह बेचारे, अपनी उम्र से पहले ही गुज़र गए।''

''ख़ुदा उसे सुकून बख़्शे।'' तसल्ली भरी आवाज़ में वाफ़िक़ ने कहा, ''वह बड़ा भला आदमी था।''

वे चलते-चलते गली के उस मुक़ाम पर पहुँचे, जहाँ दो मकानों के बीच गली बेहद तंग थी। फिर आगे जाकर मुड़ जाती थी। वह रुक गई। उसने रुककर उस अँधेरे में देखा कि वहाँ एक स्टोव और कुछ गिलास रखे हुए थे। वह समझ गया, उसके छूने के अंदाज़ से कि यह चीज़ें उसी की हैं। उसके चेहरे पर आश्चर्य का भाव और आँखों में बर्तनों को देख उभरती जिज्ञासा से वह सब कुछ ताड़ गई।

''भीख माँगने से तो अच्छा है।'' उसने दुखी स्वर में कहा। उसने अपने बालों को रुमाल से कसा और कहा।

''वे बड़े स्याह दिन थे। वह तुम्हें पकड़कर ले गए, जब वह बीमार थे। उन्होंने मेरे लिए कुछ नहीं छोड़ा सिवाय भूख के, बस और क्या ?''

वह द्रवित हो उठा। उसके दिल का हाल चेहरा कह रहा था। वह अपने को कुसूरवार समझ रहा था कि उसका बाप उसी की वजह से मरा। जब वह बोला तो उसकी आवाज़ में इस भाव की प्रतिध्वनियाँ साफ़ सुनाई पड़ीं, ''क्या हुआ उसके गीतों का ?''

''उसने गाना गाना बंद कर दिया था।'' उसने आह भरकर बताया। ''उसने कहा था कि वह तुम्हारे जाने के बाद अब कभी नहीं गाएगा। उसने अपनी बेला तोड़ दी थी। उसका दिल टूट चुका था। वह ग़म के कारण मरा था।''

ग़म ने तौफ़ीक का चेहरा सख़्त बना दिया था। उसने बेक़रारी से अपने पैर हिलाए। वह बुदबुदाया, ''वह मुझे से स्नेह करते थे।'' इतना कहकर वह बड़े रूखेपन से हँसा।

दौलत ने पुरानी कुर्सी पर शाल डाली और वाफ़िक़ को बैठने के लिए कहा। उसकी उँगलियाँ अनजाने में दौलत के सीने से छुल गईं। उसके गाल लाल हो उठे। उसने बेबाक़ी से वाफ़िक़ के कंधे दबाए।

जो तरंग उसके ख़ून में प्रवाहित हुई थी, उसकी झोंक में बोल गई—

''वह नहीं जानते थे कि मैं तुम्हारे सामने चित्र बनवाने के लिए नंगी बैठी थी।''

''लेकिन मैंने तुम्हें कभी नहीं देखा।''

यह जवाब सुन उसने बड़ी उग्रता से कहा :

''लेकिन हाँ, न्यूड बनवाने के लिए हमेशा कपड़े उतारने पड़ते थे, तभी तो तुम घंटों कैनवास पर ब्रश चलाते थे।''

''मैंने तुम्हें हमेशा रंग की नज़रों से देखा था।'' उसने उसे चिढ़ाया उसके गालों का रंग इतना सुर्ख़ हो गया था जैसे वह फटने वाले हों। उसकी निगाहें वाफ़िक़ की नज़रों से बचने लगीं।

''मैं एक बार तुमसे बहुत ग़ुस्सा हो गई थी।'' उसने याद दिलाया, ''मैं जब घर लौटती थी तो बाबा मुझे अपने गायन में अपने साथ ले जाना चाहता था। वह मुझे अपने लिए 'मुबारक' समझता था, इसलिए कहीं भी गाने जाता मुझे अपने साथ

लेकर जाना चाहता था। मैं जब उसे जवाब नहीं देती तो वह समझ जाता कि मैं ग़ुस्सा हूँ। फ़ौरन कहता था—

उससे ग़ुस्सा मत हो बेटी! मिस्टर वाफ़िक़ आर्टिस्ट हैं। आर्टिस्ट बड़े मूडी होते हैं ठीक समंदर की तरह। कभी-कभी उसकी लहरें इतनी शक्तिशाली होती हैं कि वह ख़ुद जान नहीं पाते हैं कि उसके थपेड़े हमें बहा ले जाएँगे। तुम इस बात को समझो और माफ़ कर दो।

वाफ़िक़ जिस कुर्सी पर बैठा था, वह झूलकर चरमरा उठी थी। उसने दौलत के स्कार्फ को स्टोव की रौशनी में तब देखा जब वह कुछ लेने के लिए नीचे झुकी थी। यह वही सुर्ख़ रुमाल था, जिसे उसने अपने कैनवास पर उतारा था और उस पोर्ट्रेट ने सड़क के किनारे बिककर उसे शोहरत दिलवाई थी।

चाय बनाते हुए दौलत की पीठ वाफ़िक़ की तरफ़ थी। उसका बदन उत्तेजना से हल्का हिलता महसूस हो रहा था। वह उसके सामने न्यूड बैठी थी। उसके नंगे बदन को उसने एक पेंटर की तरह से देखा था, केवल रंगों की नज़रों से। उसने कभी मर्द की निगाहों से उसको नहीं देखा था। और क्या इससे ज़्यादा अपने को दिखाने के लिए कर सकती थी कि उसने अपने सारे कपड़े वाफ़िक़ के सामने उतार दिए थे सिर्फ़ उसके लिए, अगर यह बात उसके बाप को पता चल जाती तो वह उसकी हत्या कर देता।

एक बार उसके बाप ने रोटी का टुकड़ा बींस में डुबोते हुए कहा था कि अब तुम बच्ची नहीं रह गई हो। उसका बदन यह सुनकर काँप गया था। फिर उसने कहा था, "परेशान न हो, मैं तुम्हारा बाप हूँ।"

उसने सिर हिलाया और वाफ़िक़ की तरफ़ मुड़कर देखा जो केतली के उचकते ढक्कन और भाप को निकलते देख रहा था।

"वह अंधा ज़रूर था, मगर सब कुछ देख लेता था। ख़ुदा उसकी रूह को सुकून दे।" उसने कहा फिर आगे बोली, "एक बार मैं उसके चेहरे की तरफ़ देख रही थी कि अचानक मुझे लगा वह अँधे नहीं हैं। मुझे यक़ीन हो गया और मैं उछल पड़ी। तब उन्होंने मेरी पीठ थपथपा कर कहा था, "अपने बाप से डरना नहीं चाहिए।"

केतली का पानी उबल चुका था। वह भी अपनी शर्मिंदगी से निकल आई थी।

"क्या तुम समुद्र को भूल चुकी हो।" अपनी पसंद की हरी चाय का मज़ा ले उसने पूछा।

अचानक उसे याद आया कि उसने एक औरत से परिचय कराते हुए कहा था कि इनसे मिलो, यह फ़तिइया है मेरी बीवी।

"नहीं, मैं भूली कतई नहीं हूँ।" उसकी आवाज़ में दबे ग़ुस्से की तेज़ी थी। वह खिलखिला कर हँस पड़ा और इतना हँसा कि हाथ में पकड़े गिलास की चाय छलक गई और आँखों में आँसू भर आए।

एकाएक उसका हँसना रुक गया और चेहरा सख़्त पड़ गया। आँखों में आए आँसू वहीं ठहर गए।

"अगर तुम मुझे वहाँ देखतीं जहाँ सोने की कोई जगह न थी। मैं लोगों के बदनों पर सोता था और लोग मेरे ऊपर सोते थे। मैं धीरे-धीरे मर रहा था। मौत एक पल में आ जाती है, मगर जब उसका इंतज़ार करो, तब वह बहुत तरसाती है।" दौलत का चेहरा चमका जैसे अचानक उसे कोई बात समझ में आ गई हो। फिर वह सुस्त-सा दिखा, "अब समझ में आया कि मुझे अजीब-सा अहसास क्यों होता है। कभी-कभी जैसे मेरा दम घुट रहा हो।"

एक पल ख़ामोशी से गुज़रा। अचानक ग्राहक के आने से चुप्पी टूटी। चाय का ऑर्डर दे, वह दीवार से टिककर बैठ गया और सिगरेट पीने लगा।

वाफ़िक़ को अपना भाई मुतावल्ली याद आया।

"क्या कभी तुमने मुतावल्ली को देखा?" उसने नर्मी से पूछा।

"हाँ, मैंने उसकी झलक भर देखी है, जब वह तुम्हारे घर जाता और आता था।"

"तुमने मुतावल्ली को मेरे घर से आते देखा?"

"हाँ," कुछ दिनों पहले।

"कब दौलत?"

"मैं..."

"क्या वह फ़तिइया को फ़ोन भी करता था?"

"हाँ, कई बार। मैं हमेशा कहती मेरा सलाम तुम्हें पहुँचाए। तुम इतने लंबे अरसे के लिए चले गए थे। मुझे तुम्हारी बहुत याद आती थी।"

ग्राहक ने झुँझलाहट से भर उसे याद दिलाया, "दौलत चाय।" फ़तिइया को याद आया कि उसने कुछ देर पहले कहा था कि मौत एकपल में आ जाती है, लेकिन जब इंतज़ार करो तो बहुत तरसाती है। अब उसके शब्दों का अर्थ समझा तो गाल पर चपत मार बोली।

"मौत! ख़ुदा ख़ैर करे, ख़ुदा ख़ैर करे।"

वहाँ अँधेरी गली में उमस थी। वाफ़िक़ को साँस लेने में परेशानी हो रही थी। ऊपर सूखे पाम और कम्बल की छत पड़ी थी। उसे जाना चाहिए। जब वह निकला था तो उसका कोई ख़ास जगह जाने का इरादा नहीं था। वह तो सिर्फ़ फ़तिइया की बग़ल में जागते और करवट बदलते-बदलते थक गया था। फ़तिइया को पता नहीं था कि वह कहाँ है। इस विचार के आते ही उसे ख़ुशी महसूस हुई। उसका दिल चाहा कि वह ज़रा टहले,मगर घर के सामने से बचकर; क्योंकि वह वाफ़िक़ का इंतज़ार करते हुए खिड़की पर खड़ी होगी और उसे देख लेगी और फिर वह लोगों से पूछेगी कि मैं इधर कहाँ आया था। शायद वह यहाँ पहुँच भी जाए। क्या उसे इस

जगह का पता होगा? दौलत ने उसे ग़ौर से देखा और समझ गई कि अब वाफ़िक़ उससे फ़तिइया के बारे में पूछेगा।

"मत पूछना, मेहरबानी करके कुछ मत पूछना।" उसने विनती की।

"मैंने तुम पर कोई दबाव डाला है?" वाफ़िक़ ने अपनी उँगली हिलाई

"मुझसे कुछ मत पूछना।"

वाफ़िक़ ने देखा वह रुआँसी हो उठी है। उसे याद आया कि एक बार उसे पोज़ देते वक़्त अचानक वह फफककर रो पड़ी थी। वह उस जवान लड़की की तरह लगी थी, जिसने सड़क पर बहार का सौंदर्य देखा हो और पहली बार प्रेम के हमले से घायल हुई हो। उसने उँगलियाँ चटखाना बंद किया और दौलत की तरफ़ देखा, जो ग्राहक को चाय दे रही थी।

"ख़ुदा तुम्हें अपनी रहमतों में रखे!" उस आदमी ने कहा।

"ख़ुदा करे ऐसा ही हो।"

वाफ़िक़ ने गिलास की पत्तियाँ छोड़ बड़ा घूँट भरा और ख़ाली गिलास पकड़े रहा।

"क्या तुम भी अपने बाप की तरह दूसरों का दिमाग़ पढ़ सकती हो?" वह बुदबुदाया और दौलत उसके सामने बैठ गई।

"मैं शर्त लगाती हूँ कि तुमने सुबह नाश्ता नहीं किया है।" उसने कहा।

"चाय से पहले मैंने कुछ खाया था।"

"मुझे...बड़े कस के भूख लगी है।" उसने पैरों पर उछलते हुए कहा, "तुम्हारा क्या ख़्याल है बींस की प्लेट और अलसी का तेल? मुझे पता है यह तुम्हारा पसंदीदा खाना है। तुम इसे खाने के लिए बेक़रार होगे।"

उसने जवाब का इंतज़ार नहीं किया और दौड़ गई। उसने तंग गली में पड़े केबिलों को एक छलाँग में पार किया और वह उसे तब तक भागता देखता रहा जब तक वह नज़र आती रही। उस पर पड़ती नज़रें, फ़िक़रे, सब उसके चारों तरफ़ उड़े मगर उसे नहीं छू पाए।

"ख़ुदा उसकी रूह को सुकून दे।" उसने दौड़ते हुए ख़ुद से कहा, "वह समझ चुके थे कि मैंने वाफ़िक़ के लिए न्यूड पोज़ दिया था। वरना वह मुझे मना क्यों करते? वह अजीब तरंगों की गुदगुदाहट से भर गई। गर्म बींस और रोटी का पैकेट सीने से चिपकाए थी। वह मिर्च और सिरके की प्याज़ ख़रीदना नहीं भूली थी। वह अपने को परिंदे की तरह फुर्तीला और हल्का महसूस कर रही थी। जैसे वह मर्मर-पक्षी हो और दर्दभरी हवा में उड़ रही है—ठीक बाप की तरह जब कभी उनका दिल रोने को चाहता था तो वह गाते थे। काले चश्मे के पीछे से बहते आँसू उससे छुप नहीं पाते थे। अगर अभी वह ज़िंदा होते तो वाफ़िक़ के स्वागत में डफली बजा एक नई मुबारक धुन बजाते और सारे मोहल्ले में उनकी आवाज़ गूँज जाती। उसने ग़मगीन धुन गुनगुनाई तभी उसके नथुनों में एक गंध भर गई, जिसमें गर्म बींस की

ख़ुशबू भी मिली हुई थी, तभी आवाज़ आई, "उस आदमी पर रहमत जो बरकत वाला है।" उसे वह आवाज़ भा गई। उसने पैग़ंबर मोहम्मद को याद किया और गर्दन में लटके लॉकेट जिसमें क़ुरआन था उसे चूमा। उसके क़दम उसे उधर की तरफ़ ले दौड़े जहाँ वाफ़िक़ इंतज़ार कर रहा था।

पाँच

उसकी आँखें वहाँ अटककर रह गईं जहाँ से वाफ़िक़ ने उसकी नाइटी फाड़ी थी। उसका दिल ग़म की इन्तिहा से चूर-चूर हो उठा था। काँपती उँगलियाँ बिना किसी मक़सद के उस जगह पर फिरती रहीं कि शायद दर्द का कोई क़तरा मिल जाए। कुत्ता एकाएक भौंक उठा। फ़तिइया की दुलार भरी आँखें वाफ़िक़ की ख़ाली जगह को बिस्तर पर टटोनले लगीं। उसका दिल अचानक इस ख़्याल से ज़ोर-ज़ोर से धड़क उठा कि उसकी माँ को जेल जाना होगा। रात गुज़र गई। वह आज की रात उससे सब कुछ कहकर नैतिक बोझ से मुक्त हो जाना चाहती थी। मगर शब्द कमरे की ठंडक में जम-से गए थे।

फ़तिइया यह सारी बातें अपने शौहर से दिन के उजाले में नहीं कर सकती थी। वाफ़िक़ की आँखों की फीकी रौशनी उसे सहमा देती थी। उसने बंद खिड़की पर नज़रें टिका दीं। रोज़ सुबह गाई जाने वाली दुआ सुनाई पड़ी, "ख़ुदा के पैग़ंबर की सब पर रहमत जो पाक और बरकत वाला है।" जो दिन की शुरुआत थी। उसने सोचा कि अच्छा हुआ कि यह आवाज़ तड़के सुनाई नहीं पड़ी, बल्कि उस वक़्त कानों में तैरी जब सूरज ठीक आसमान के बीचोबीच आ गया।

उसने अपनी फटी नाइटी को ऊपर से बराबर किया तो लगा कि दुख जैसे उँगलियों से टपक रहा हो। अब वाफ़िक़ को सब कुछ बताने के लिए उसे रात का इंतज़ार करना पड़ेगा।

भय से आक्रांत हो उठी थीं सारी सड़कें जब उसकी बहन सामिया बेतहाशा चीख़ उठी थी। 'मेरी माँ', 'मेरी माँ' बिजली की तरह उसकी चीख़ें लोगों के कानों में तड़प उठीं।

फ़तिइया अपनी बहन को अपनी बाँहों में भींच लिया था।

उसने कान लगाया कि एक बार फिर सुबह की दुआ सुनाई पड़ जाती, मगर सुनाई पड़ी सिर्फ़ बिस्तर की गहरी ख़ामोशी। उसने पायँताने पड़ी चादर को खींच पैरों पर डाला, फिर सिर की तरफ़ खींचा और इस तरह उसमें अपने को लपेट लिया जैसे बचपन में किया करती थी।

उसने देखा कि उसकी माँ पुलिस वैन से कूदना चाह रही है। वह चीख़ पड़ी उसे याद आया। उसकी चीख़ ने जैसे माँ में अजीब सी ताक़त भर दी थी जो पुलिस वाला

वैन के दरवाज़े को घेरे खड़ा था, उसे ज़ोर का धक्का दे दिया था और वह चीख़ती माँ के पास जाकर उससे लिपट गई थी, लेकिन वैन सरकना शुरू हो चुकी थी। यह देख वहाँ खड़े कुछ लोगों ने लपककर उसे पकड़कर पीछे खींचा। वह माँ के लिए कुछ कर गुज़रना चाहती थी। आख़िर क्या करना चाहती थी? यह उसे याद नहीं आया।

उसने चादर को झटके से हटाया। अंदर बहुत अँधेरा था, जिसने उस की याददाश्त को धुँधला दिया था। उसने गहरी साँसें भरी। उसकी उँगलियाँ अभी भी नाइटी के फटे हिस्से को बराबर करने की कोशिश में लगी हुई थीं।

वाफ़िक़ सुबह जल्दी उठकर अपने स्टूडियो गया होगा। उसने संतोष भरी साँस ली यह सोचकर कि उसने अपनी पुरानी दिनचर्या शुरू कर दी है। उसकी पकड़ फटी नाइटी पर ढीली पड़ चुकी थी, मगर उँगलियाँ, उसी जगह पर जमी थीं। उसने अपने चेहरे को छुआ तो महसूस हुआ। उसने रात को मेकअप शायद इस डर से नहीं उतारा है कि कहीं वह उसके चेहरे का पीलापन अँधेरे में ताड़ न ले। वह बिस्तर से उचकी और उत्सुकता से अपनी ड्रेसिंग टेबिल के पास पहुँची।

उसने अपना चेहरा मला और अपना मेकअप छुड़ाया। बिना मेकअप वाले अपने चेहरे को ग़ौर से देखा। उसका चेहरा जवान और ताज़ा लग रहा था, उन सारे दुखों के बावजूद, जिससे वह पिछले दिनों गुज़री थी। खिड़की से वही ज़िंदादिल आवाज़ सुनाई पड़ी—

"जो आएगा वह आकर रहेगा। हर आदमी का भाग्य उसके माथे पर लिखा है। कोई भी अपने भाग्य के लिखे से भाग नहीं सकता है।" उसे याद आया कि उसने इस ज़िंदादिल आवाज़ के मालिक को हज़रत हुसैन के मक़बरे पर एक बार देखा था। उस वक़्त वह तन्हा थी। वाक़िफ़ जेल में था। वह यह सोचकर वहाँ गई थी कि उसे शांति मिलेगी। उसे उम्मीद थी कि वह अपने आँसुओं से अपने ग़म को धो डालेगी। ज़िंदादिल आवाज़ फुसफुसाई थी।

"जो गया है वह लौटेगा।"

उसी रास्ते पर जाते हुए उसने दूसरे दिन सुबह फिर उसे देखा था। उसने फ़तिइया की आँखों में झाँकते हुए सख़्त लहज़े में कहा था, "मर्द भी रोते हैं।" वह ज़्यादा कुछ नहीं बोला था। उसका दिल चाहा कि वह दौड़कर वाफ़िक़ के पास जाए और पूछे क्या वह रोया था, जब वह जेल में था? एकाएक वह हँस पड़ी। उसका चेहरा सुर्ख़ हो गया। उसने आईने पर फिर नज़र डाली और अपने को ग़ौर से देखते हुए उस ज़िंदादिल आवाज़ वाले की शुक्रगुज़ार हुई। वह खिड़की से पुकारकर कुछ पैसे उसे देना चाहती थी।

उसने वास्तव में उसकी मन की गिरह खोली थी।

उसके इन शब्दों ने उसकी अँधेरी स्याह ज़िंदगी में रौशनी भर दी थी।

उसे दरवाज़े पर कुत्ते के पंजा मारने की आवाज़ सुनाई पड़ी।

उसने दरवाज़ा खोला और कुत्ते को अंदर आने दिया और प्यार से गले लगाया। वह उसकी अहसासमंद है कि उसने तन्हा दिनों में, वाफ़िक़ की ग़ैरमौजूदगी में उसका ध्यान रखा। फ़तिइया ने उसे कस के अपनी बाँहों में जकड़ा। कुत्ते ने दबाव महसूस किया, मगर जानता था यह प्यार भरा दबाव है।

''वाफ़िक़ से ग़ुस्सा मत होना।'' वह फुसफुसाई थी। उसकी बात सुनकर कुत्ते ने अपनी पूँछ नहीं हिलाई।

''तुम उससे नाराज़ हो? मैं जानती हूँ, लेकिन वह तुम्हें आघात पहुँचाना या तुम्हारी भावनाओं को ठेस नहीं पहुँचाना चाहता था।'' उसने नर्मी से उसे थपकते हुए वाफ़िक़ की तरफ़ से सफ़ाई दी। एकाएक उसकी आवाज़ में ज़नाना ग़ुरूर झलका, जब वह कहने लगी, ''वह अपनी औरत के क़रीब रहना चाहता है।'' उसने उसकी गर्दन पर चुटकी काटी और खिलंदड़े अंदाज़ में बोली, ''तुम जलते हो शैतान कहीं के। तुम उसे डरा देते हो। सोचो तुम उसकी तरफ़ एकदम से झपट पड़ते हो। कोई ताज्जुब नहीं जो उसने हड़बड़ाकर, इतनी जल्दी अपने कपड़े पहन लिए थे।''

फ़तिइया ने हाथ आगे बढ़ाकर गासिर का चेहरा छुआ, फिर फुसफुसाई, ''तुम नहीं चाहते कि वह मेरे साथ सोए, क्यों बोलो ठीक कह रही हूँ?''

फ़तिइया का दृढ़विश्वास था आत्माओं के पुनर्जन्म में। उसको पक्का यक़ीन था कि उसका पहला प्रेमी जो नील में डूब गया था, उसकी रूह गासिर में समा चुकी है। फ़तिइया ने उसके थूथन को प्यार किया तो उसने अपनी पूँछ हिलाई।

''आओ वहाँ, जाकर वाफ़िक़ से दोस्ती करो।'' वह जैसा कह रही थी कुत्ता वह करने को तैयार था।

''तुम जानते हो, मैं तुम्हारे बिना कुछ नहीं कर सकती हूँ डियर।'' उसने जानबूझकर यह बात कही। उसने अपना मुँह पोंछा जैसे वह किसी आदमी के चुंबन को साफ़ कर रही हो। बहरहाल वह अब फटी नाइटी उतारना चाह रही थी और उसकी जगह वाफ़िक़ की दी हुई नाइटी पहनना चाह रही थी।

''अपना चेहरा दूसरी तरफ़ करो।'' उसने कुत्ते को आदेश दिया।

उसने अपना चेहरा घुमा लिया।

फ़तिइया ने नीले रंग की नाइटी बदन पर डाली और आँखों में सुरमा लगाने लगी। आईने में उसकी जगह पुलिस इंस्पेक्टर का चेहरा उभरा।

''तुम्हारी माँ ग़ैरक़ानूनी धंधा करती है। सबूत सारे यही कह रहे हैं।'' उसने बड़े दबंग आवाज़ में कहा था।

वह बिना आवाज़ रोती रही। आँखों के काजल ने बहकर गालों पर काली लकीरें बना दीं। कुत्ते ने दीवार के पास वाली अपनी जगह छोड़ी और उसकी तरफ़ बढ़ा। गासिर ने अपना बदन उससे रगड़ा ताकि उसे तसल्ली दे सके। उसने गासिर की आँखों की तरफ़ देखा। आँसू की एक बूँद टपकी। क्या कुत्ते भी रोते हैं?

'मेरी माँ ग़लत धंधा करती है, गासिर।' दुख भरी फुसफुसाहट से वह बोली। जो दरवाज़ा पाटोपाट खुला था, माँ धड़धड़ाती हुई एकदम से कमरे में दाख़िल हुई। गासिर उन्हें देखते ही भौंकने लगा फिर गुर्राने लगा जैसे भौंकने में कुछ कहना बाक़ी रह गया हो!

"वाफ़िक़? क्या यह ख़बर सही है, मैंने किसी से सुनी है?"

"तुमने मुझे यह ख़बर बताई क्यों नहीं? वाफ़िक़ मेरा बेटा है अकेला मर्द जो मेरी ज़िंदगी में बचा है। तुम रो क्यों रही हो? क्या बात है?" फ़तिइया का दिल चाह रहा था कि वह अपना रोना किसी तरह न रोके बल्कि वह माँ से लिपटकर जी भरकर रोना चाहती थी। सिर्फ़ माँ है, जो उसे सुकून दे सकती है। वह उसके आँसुओं को समझ उससे हमदर्दी रख सकती है, लेकिन अचानक उसकी आँखों के आँसू सूख गए।

माँ ने हाथ बढ़ा उसे अपनी तरफ़ खींचा।

"तुम क्यों रो रही हो? क्या बात है?"

"कुछ भी नहीं।" फ़तिइया ने उकताए स्वर से कहा।

माँ ने अपनी झुर्रियाँ पड़ीं मुट्ठी कुत्ते की तरफ़ तानी।

"अब तुम्हें रोना नहीं चाहिए जब वाफ़िक़ घर लौट आया है। अपनी आँखें पोंछो। यह तो ख़ुशी मनाने का वक़्त है। कहाँ है वाफ़िक़। मैं उसे देखने को तड़प रही हूँ।" वह आईने की तरफ़ मुड़ी और अपने चेहरे के मेकअप को ध्यान से देखने लगी।

"क्यों तुम मुझसे बातें छुपा रही हो? जानती हो आजकल कुछ भी राज़ में नहीं रह पाता है।"

फ़तिइया सोचने लगी क्या वाफ़िक़ माँ का राज़ वास्तव में जान चुका है। उसने माँ के बदन को देखा और उसका हुलिया देख वह अवसाद में डूब गई।

माँ ने उसे दुलार भरी नज़रों से देखा, "तुम कुछ थकी-थकी-सी लग रही हो?"

"और दिनों के देखते हुए मैं आज ज़्यादा ताज़ादम अपने को महसूस कर रही हूँ।" उसने अपना प्रतिरोध दर्ज किया।

माँ ने आईने की तरफ़ मुँह घुमाया जैसे वह आँखों में और काजल लगाना चाह रही हो, "तुम जो कहना पसंद करो, कह सकती हो मगर यह चेहरा मेरी बेटी का हमेशा नज़र आने वाला चेहरा नहीं है।"

ख़ामोशी का लमहा गुज़रा। उसे माँ ने ही तोड़ा। उसकी आवाज़ में इस उम्र में भी ज़नाना कशिश भरपूर थी।

"क्या वाफ़िक़ ने तुम्हें परेशान किया है?

फ़तिइया ने कंधे उचकाकर कहा, "भला वह क्यों मुझे परेशान करने लगा?" फ़तिइया की इस तरफ़दारी पर माँ ने हल्का निर्लज्ज क़हक़हा लगाया जिस पर फ़तिइया का चेहरा सिकुड़ गया।

"अभी वाफ़िक़ कहाँ है?" माँ ने बेचैनी से पूछा।

"अपने स्टूडियो में।" बेटी ने शांत स्वर में जवाब दिया।

"साँस भी नहीं लेने पाया, बेचारा?"

फ़तिइया को जवाब देना जैसी बात महसूस नहीं हुई। माँ उठकर जाने लगी तो फ़तिइया को अपने ऊपर ग़ुस्सा आया कि उसने माँ को क्यों बताया कि वाक़िफ़ कहाँ है। फ़तिइया ने माँ के महीन कपड़ों को देखा और उसका ख़ून खौल उठा।

"आप इस लिबास में यहाँ कैसे चली आईं?" वह उबल पड़ी फिर आक्रोश से बोली, "यह शहर का पिछड़ा इलाक़ा है। मैं यह बात कई बार दोहरा चुकी हूँ।"

माँ उसकी तरफ़ मुड़ी और हँस पड़ी।

"क्या हमारे बारे में कम अफवाहें हैं?" फ़तिइया कहना चाहती थी, मगर चुप रह गई।

"आज सुबह जब उन्होंने बताया कि वाफ़िक़ रिहा कर दिया गया है तो मैं अपने को रोक नहीं पाई। मैं जैसी बैठी थी वैसी ही चल पड़ी। अब मैं क्या करूँ? वह मेरी सबसे नज़दीकी और प्यारी लड़की का पति है।"

माँ के कहे सहज शब्दों के बावजूद उसने माँ की आँखों में एक आहत औरत का भाव देखा। कुत्ता जाकर माँ के आगे खड़ा हो गया जैसे वह स्टूडियो का रास्ता माँ को दिखाना चाह रहा हो। माँ ने चलते-चलते उसे टाँग मारी। कुत्ता लम्हे भर के लिए ठिठका।

"इस भूत को मेरे सामने से हटाओ यह मुझे रेंगने जैसा अहसास देता है।" फ़तिइया ने फ़ौरन कोई ध्यान उधर नहीं दिया। कुत्ता माँ पर झपटा तो वह डरकर चीख़ पड़ी। "हटाओ इसे मेरे पास से, इसकी आँखें शैतान वाली हैं! एक दरिंदगी है उसमें, ख़ुदा हमारी हिफ़ाज़त करे। यह पूरा भूत है भूत।"

फ़तिइया ने कुत्ते को पकड़ अपनी तरह आहिस्तगी से खींचा!

"यह मुझे काट लेता तो, कैसे तुम इस आदमख़ोर को बर्दाश्त करती हो?" माँ ने झुँझलाकर कहा।

उन्होंने वाफ़िक़ को स्टूडियो में नहीं पाया।

फ़तिइया ने लंबी गहरी राहत की साँस ली। माँ ने अर्थपूर्ण लहजे में कहा, "तो वाफ़िक़ जेल से आज़ाद हो गया है।"

फ़तिइया का चेहरा चमक उठा इस ख़्याल से कि वाक़ई उसका शौहर जेल से वापस आ चुका है।

"वह बिस्तर पर नहीं था। सुबह जब मेरी आँख खुली।" उसने कहा, "मैं समझी वह स्टूडियो में होगा मेरी अधूरी पेर्ट्रेट को पूरी कर रहा हो।" उसने खोये स्वर में कहा।

"वह तुमसे कुछ कहे बग़ैर बाहर चला गया?"

"ज़रूर अपने छूट गए ज़िंदगी के लम्हों को फिर से पकड़ने निकल गया होगा इतनी सुबह।"

जल्दी से माँ ने अँधेरे में तीर फेंकते हुए बेटी की भावना टटोली और पूछा, "आख़िर वह पकड़ा क्यों गया था?"

"मैं अभी कुछ नहीं जानती।"

"मुझसे छुपाने की कोशिश मत करो," उसके चेहरे के भाव कह रहे थे, मगर ऊपर से बोली, "हाँ, तुम्हें कैसे पता होगा?"

फ़तिइया ने कंधे झटके और कहा, "मैं कैसे जान सकती हूँ जबकि वह ख़ुद कोई वजह नहीं जानता है।"

"लोग तब तक पकड़े नहीं जाते जब तक उन्होंने..."

"वाफ़िक़ बेगुनाह है।" फ़तिइया ने बीच में ही बात काट कर कहा।

"तुम्हारी माँ की तरह।" औरत ने उसी तरह अपने शक को दोहराया और कहा, "अगर वह सचमुच बेगुनाह होता तो इतने साल जेल में क्यों काटता भला?"

फ़तिइया की त्यौरी चढ़ गई। "वाफ़िक़ बेगुनाह है।" बड़ी सख़्ती से फ़तिइया ने अपनी बात दोहराई। उसकी माँ को महसूस हुआ कि वह बेटी को सिर्फ़ झुँझलाहट से भर सकती है। फिर वह कह उठी, "ख़ुदा का शुक्र कि उसने अपनी हिफ़ाज़त में रखा।"

"वाफ़िक़ अच्छा नाम है, दूसरों से ज़रा अलग।" फ़तिइया कह उठी।

इन शब्दों ने माँ के दिल को ठीक गोली की तरह छेद दिया। उसकी आवाज़ गले में फँस गई। उसके अंदर ख़ून रिसने लगा, जो बाहर से नज़र नहीं आ रहा था। उसे चक्कर सा आया। उसने दीवार का सहारा लिया तो उसका हाथ पेंटिंग्स से टकराया। फ़तिइया को लगा निशाना ठीक जगह पर लगा है। वह चुप है। कुछ देर बाद माँ ने ख़ुद ही ख़ामोशी तोड़ी।

"मैं जा रही हूँ।"

"नहीं रुको।"

"वह मेरे यह कपड़े देखेगा, नहीं, उसे मुझे इस हालत में नहीं देखना चाहिए।" उसने फ़तिइया की तरफ़ बड़ी नर्मी से हाथ हिलाकर विदा ली।

"रुकिए, मेरे साथ नाश्ता करके जाइए," फ़तिइया ने इसरार किया, "मैंने भी नहीं किया है।"

"आजकल मुझे भूख बिल्कुल नहीं लगती है।"

"इसके लिए आराम चाहिए।"

"मैं सेनिटोरियम जाऊँगी।

फ़तिइया ने काँपते हुए कहा, "नहीं, बिल्कुल नहीं।"

"मेरे वकील ने मुझे राय दी है।"

"लेकिन मुझे तुम्हारी ज़रूरत है।"

"तुम्हें सिर्फ़ वाफ़िक़ चाहिए।" माँ बोली। अचानक जैसे वह व्यथा में डूब गई हो। उसने खिन्न आवाज़ से आगे कहा, "मेरे पास कुछ नहीं बचा जो दे सकूँ। क्या वह यह जानता है?" उसने फटी आवाज़ में पूछा।

"अभी नहीं।"

"उसे कुछ न बताना।"

"उसे जानना तो होगा।"

"मैं ख़ुद उसे सब कुछ बताऊँगी।"

"नहीं, यह मुझ पर छोड़ दो।"

वाफ़िक़ अचानक कमरे में दाख़िल हुआ तो फ़तिइया का चेहरा सुर्ख़ पड़ गया। होंठों पर फीकी मुस्कान उभरी ताकि अपने उतरे चेहरे के भावों को छुपा सके। माँ ने अपने को सँभाला। उसे याद आया कि उसने किस धैर्य से काम लिया था, जब उसे पुलिस इंस्पेक्टर के सामने तफ़तीश के लिए पेश किया गया था। वाफ़िक़ ने लाइट जलाई तो अपने को नाहीद के सामने खड़ा पाया। मगर उसके चेहरे पर किसी तरह का भाव नहीं उभरा। जैसे वह दीवार पर लगी पेंटिंग्स में से एक हो। वह चुप थी, यह हैरत की बात थी। फ़तिइया अलबत्ता कुछ खिसियाई सी थी लेकिन माँ ने पूरी ईमानदारी से उठकर उसे गले लगाया। "मैंने तो आज सुबह सुना," माँ ने रुकी साँसों के साथ कहा, "मैं फ़ौरन भागी-भागी आई। मुझे कपड़ा बदलने तक का होश न रहा। सचमुच! तुम्हारी बीवी तो स्वार्थी है अपनी ख़ुशियाँ किसी से बाँटना नहीं चाहती है। यहाँ तक कि अपनी माँ के साथ भी। मैं उसे इल्ज़ाम नहीं दे रही हूँ। उसकी जगह मैं होती तो यही करती..." उनकी आवाज़ एकाएक ख़ामोशी में डूब गई। वाफ़िक़ ने थूक निगला। फ़तिइया ने बत्ती बुझाई। फिर स्विच दबा बत्ती जला दी।

"तुमने ज़रूर बहुत सख़्त वक़्त गुज़ारा होगा।" बूढ़ी औरत की आवाज़ जज़्बात से काँप रही थी।

फ़तिइया ने अपना चेहरा फेर लिया।

सार्जेंट उमर की आवाज़ कानों में गूँजी।

"अगर जुर्म साबित हो गया तो तुम्हें अपनी गर्दन देकर क़ीमत चुकानी पड़ेगी।" उसने सोचा, 'काश! वह अपनी गर्दन से क़ीमत अदा कर पाता तो इन सारे दुखों से एक साथ निजात मिल जाती।'

नाहीद ने उसके शाने थपथपाए और जज़्बाती लहजे में बोली, "हाँ, बहुत मुश्किल वक़्त था। हर लम्हा लगता था कि यह ज़िंदगी की आख़िरी साँस है। सीने पर रखा मनो भारी बोझ जो किसी हालत में हटता ही न था। लगता था मौत के साथ जाएगा।"

वाफ़िक़ की उँगलियाँ गर्दन को खुजाने लगीं।

''वह लम्हे!'' वह बोलती गई उसकी आवाज़ आसुओं से भीगी थी, ''जिन्हें मैं बख़ूबी जानती हूँ।''

वाफ़िक़ उसका आख़िरी वाक्य नहीं सुन पाया। वह सार्जेंट उमर के बारे में सोच रहा था। उसने वादा किया था कि वह फ़ोन करके उससे मिलने जाएगा, मगर उसने अभी तक फ़ोन नहीं किया, क्यों? उसने बताया था कि जब कभी वह अपने गुनाहों से हल्का होना चाहता है, वह इमाम हुसैन के मक़बरे पर ज़रूर जाता है और अपने दिल का बोझ उस शहीद के क़दमों पर डाल देता है। वाफ़िक़ को लगा कि उसे भी मक़बरे पर जाना चाहिए, मगर दिल में कोई उमंग नहीं उठी।

''वाफ़िक़ थका हुआ है।'' फ़तिइया ने इस तरह कहा जैसे पुरसा देने का समय ख़त्म हो गया है।

फ़तिइया के इस तरह कहने से नाहीद की बातों के बहाव में विघ्न पड़ा। उसने गहरी गंभीरता से कहा, ''एक बार फिर घर लौटना मुबारक से वाफ़िक़।'' उसकी आँखों से बचती हुई आगे बोली, ''ख़ुदा का शुक्र जो तुम्हें हिफ़ाज़त से घर ले आया।'' वाफ़िक़ को लगा, उसके कंधे से उसका सिर ग़ायब है।

''तुम्हें देखकर वाक़ई लग रहा है कि तुम रात भर नहीं सोए हो बेटे।'' नाहीद ने गहरे जज़्बे से कहा।

फ़तिइया हाँफ उठी। उसने अधूरी पेंटिंग्स पर नज़र दौड़ाई। एक लम्हे के लिए उसे लगा कि माँ अपनी बातें फिर से शुरू करने वाली है। वह नहीं चाहती थी कि माँ अपने मुँह से अपने पकड़े जाने की इत्तला दे। उसकी आँखें माँ के होंठों पर टिकीं जो कस के जमे हुए थे। उसने सोचा कि यह बढ़िया मौक़ा है कि वह बोले और बिना रुके बोलती जाए ताकि माँ को बात करने का मौक़ा ही न मिले।

उसने बिना सोचे समझे मुँह खोला और सवालों की बौछार वाफ़िक़ पर कर दी। ''तुम कहाँ गए थे वाफ़िक़? मैं जब सोकर उठी तो तुम मौजूद नहीं थे, कहाँ गए थे? मैंने अभी नाश्ता भी नहीं किया है। माँ भी तुम्हारे इंतज़ार में भूखी है। हम तुम्हारा इंतज़ार कर रहे थे, चलो अब सब नाश्ता करते हैं। सुबह-सुबह कितना बढ़िया महसूस होता है। उन लोगों ने तुम्हें इन ख़ुशियों से दूर...'' इतना कह वह बाक़ी के जुमले निगल गई।

माँ ने अधूरे जुमले को इस तरह सँभाला जैसे वह बड़ी देर से इस ठहराव का इंतज़ार कर रही हो, ''तुम्हें तुम्हारी नींद से दूर रखा शैतानों ने, लानत है उन पर।''

''मैं सोना नहीं चाहता हूँ।'' वाफ़िक़ ने फ़ौरन जवाब दिया ताकि वह बता सके कि उसके शानों पर उसका सिर मौजूद है।

फ़तिइया चुपचाप वाफ़िक़ के चेहरे पर आए भाव को पढ़ रही थी। उसे महसूस हुआ कि जेल में बिताए दिनों ने उसकी आत्मा को खा लिया है और

आँखों से पुरानी चमक छीन ली है। फ़तिइया को लगा कि वह उसकी माँ से पहले से कहीं ज़्यादा नफ़रत करने लगा है। फ़तिइया ने उसे बेधने वाली आँखों से देखा। वह चाहती थी अपने शक को दूर करना, मगर कुछ समझ न पाई। वहाँ वही रहस्यमय भाव था।

फ़तिइया ने ख़ामोशी तोड़ी, ''कहाँ गए थे तुम?'' उसने पूछ तो लिया था, मगर जवाब की उसे उम्मीद नहीं थी मगर वह चौंक पड़ी जब उसने कहा, ''दौलत से मिलने गया था।''

नाहीद की ख़ुशी भरी आवाज़ गूँजी, ''बहुत अच्छी लड़की है। वह हमेशा तुम्हारे बारे में पूछती थी। जब भी हमारी मुलाक़ात होती तो वह तुम्हारी बात करने लगती थी। वह चाहती थी कि तुमसे वहाँ जाकर मिले। कई बार वह मुझसे आग्रह कर चुकी थी कि मैं उसे साथ ले चलूँ। वह इस तरह मेरी ख़ुशामद करती और दबाव डालती थी कि मैं उससे कतराने लगी थी। मुझे बड़ा अजीब लगता था, जब वह तुम्हारे बारे में इतनी दिलचस्पी लेती थी। उसकी चटरपटर बातें मेरा सारा दुख सोख लेती थीं। जब कभी तुम्हारा भाई फ़ोन करता था तो वह इस तरह फ़ोन से चिपक जाती थी जैसे अब वह कभी उससे अलग नहीं होगी।''

फ़तिइया ने दिल ही दिल में सोचा कि माँ किस तरह की बकवास बातें कर रही है। बेहतरी इसी में है, कि किसी तरह इनकी आवाज़ बंद की जाए!

वाफ़िक़ उस वक़्त काँप कर रह गया। जब उसकी निगाहें नाहीद के गहरे रंगे बालों पर पड़ी फिर काजल भरी आँखों और शोख रंग की लिपस्टिक से जा टकराई फिर उसके महीन लिबास से फिसल कमरे में बिखरी रंग-बिरंगी पेंटिंग्स को देखने लगी। उसके लिए साँस लेना मुश्किल हो रहा था।

फ़तिइया को अपनी माँ को बाहर निकालने का मौक़ा हाथ लगा। उसने अपने दोनों हाथों से माँ को पकड़कर कहा, ''उसे काम करना है।'' कहती हुई वह माँ को खींचती दरवाज़े की तरफ़ ले गई, ''वाफ़िक़ को काम करना है।''

माँ रुकी। वास्तव में वह जाना नहीं चाहती थी। वह कुछ देर वाफ़िक़ के साथ बिताना चाहती थी। वही तो एक अकेला है जो उसके दुख को समझ सकता है, क्योंकि उसने ख़ुद वह सब कुछ झेला है। वह जानता है उस यातना को जब अजनबी हाथ आपको घसीटते हैं और ज़बर्दस्ती आपको तंग कोठरी में धकेल उसके लोहे के दरवाज़े को बंद कर देते हैं। उस तंग, अँधेरे कोने में आप सिर्फ़ चीख़ते हैं। चीख़ते और रोते हैं, फिर चीख़ते-चीख़ते थककर चुप हो जाते हैं। कोई न सुनता है न कोई आवाज़ ख़ुद तक पहुँचती, तब नाउम्मीदी से भर आदमी दीवार से सटकर बैठ जाता है।

लेकिन वाफ़िक़ ने उसकी तरफ़ पीठ कर ली और खिड़की की तरफ़ बढ़ गया।

वह बेटी के हाथों मजबूर हो गई।

दरवाज़े के क़रीब जब पहुँची तो उसने सुना वह फ़तिइया को पुकार रहा था। यह सुनकर उसकी उम्मीद जागी। उसका चेहरा लाल हो गया। उसे महसूस हुआ कि उसको भी उसकी उतनी ही ज़रूरत है, जितनी उसे वाफ़िक़ की है। माँ पलटी लेकिन फ़तिइया के हाथों ने उसे आगे नहीं बढ़ने दिया। माँ ने साफ़ सुना कि वह उसको पुकार रहा है—

"फ़तिइया! फ़तिइया!" उसने तीखी, दबंग आवाज़ में पुकारा।

फ़तिइया ने तेज़ी से माँ को दरवाज़े के बाहर धक्का दिया और इस डर से फ़ौरन दरवाज़ा बंद कर लिया कि कहीं, वह फिर अंदर आकर, वाफ़िक़ की तरफ़ बढ़े। कमरे से बाहर नाहीद अँधेरी राहदारी में इंतज़ार कर रही थी। उसने माचिस से सिगरेट जलाई और कश लिया। उसे मज़ा कड़वा लगा। तंग राहदारी की दीवारें उसे जेल की याद दिला गईं, जहाँ पर वह कई दिनों तक रही थी। उसे घुटन का अहसास हुआ तो उसने घबराहट में सिगरेट का लंबा कश खींचा, लगा दीवारें उसके क़रीब आ रही हैं और उसे दबाकर रख देंगी। उसे ताज़ा हवा की ज़रूरत शिद्दत से महसूस हुई। इन पुराने घरों के घने बसे इलाक़े में ताज़ा हवा का कहीं गुज़र नहीं होता। वह कई बार इन दोनों से कह चुकी है कि दूसरा फ़्लैट लो।

ताज़ा हवा में पहुँचने की जल्दी में उसने सिगरेट के जलते टुकड़े को पत्थर की ज़मीन पर फेंका और अपनी सैंडिल से दबा रगड़ दिया, तभी उसे ख़्याल गुज़रा कि वह अपनी बेटी के घर की सफ़ाई बर्बाद कर रही है।

उसने झुककर सिगरेट बुझा टोंटा उठाया और खिड़की जो सड़क की तरफ़ खुलती थी, जहाँ से बाज़ार दिखता था। उस तरफ़ बढ़ी। कुछ लड़के वहाँ खड़े बाहर का नज़ारा देख रहे थे। उसने सिगरेट का टुकड़ा हवा में उछाल दिया। उसने फिर नीचे झाँककर देखा जहाँ कुछ लड़के उसकी कार को धकेल रहे थे। वह उसे ख़राब न कर दें। सारी उम्र की बचत से उसने यह कार ख़रीदी थी। वह दरवाज़े की तरफ़ बढ़ी और थोड़ी-सी परेशानी के बाद उसे खोलने में कामयाब हुई। वह सीढ़ियों से उतर जब इस चालनुमा पुराने फ़्लैट से नीचे उतरी तो उसने ताज़ा हवा में गहरी साँसें भरीं। वह कार के क़रीब पहुँची तो लड़के वहाँ से भाग गए और उसे देखने लगे। उसके महीन कपड़ों से उसका अंडरवियर झलक रहा था। उसे हल्की सी परेशानी महसूस हुई और वह तेज़ी से कार का दरवाज़ा खोल अंदर घुसी ताकि उनकी बेहूदा नज़रों से बच सके।

जब वह कार में बैठ गई तो उसे महसूस हुआ कुछ लोग उसे ग़ुस्से से घूर रहे हैं। उसने कार स्टार्ट की और उस रफ़्तार से गली से बाहर की तरफ़ बढ़ी, जिस स्पीड से आमतौर से गली में लोग कार नहीं चलाते हैं। लड़कों ने हाथ हिला बाय-बाय कहा और एक लड़का, जो बम्पर से लटका था कार में झटका लगने से नीचे

गिरा। तभी सामने वाली बिल्डिंग से एक गमला नीचे आन गिरा और गिरते ही टुकड़े-टुकड़े हो गया। वह अपने पूरे वजूद के साथ हँस पड़ी। इस पूरे नैतिक संकेतों पर और हँसती ही चली गई। यहाँ तक कि उसकी आँखों से आँसू छलककर उसके गालों पर बहने लगे।

छह

वाफ़िक़ तम्बाकू चबाता हुआ हुक़्क़े का कश खींच रहा था। लकड़ी की कुर्सी पर उसने अपना दहिना हाथ फेरा जैसे महसूस करना चाहता हो कि यह वही कुर्सी है, जिस पर वह आकर बैठा करता था। जेल जाने से पहले वह अक्सर इस क़हवेख़ाने में देर रात तक बैठा आसपास की चहल-पहल में अपने को गुमकर देता था। उसकी उँगलियों ने कुर्सी पहचान ली थी। वह हँस पड़ा। हुक़्क़े का तम्बाकू ख़त्म हो चुका था। आवाज़ कर ताज़ा हुक़्क़ा मँगाना चाहा, मगर जाने क्यों उसका दिल नहीं चाहा।

क़हवेख़ाने के मालिक ने उसकी तरफ़ नज़रें घुमाईं। दोनों की निगाहें मिलीं। वाफ़िक़ उठना चाहता था फिर उसने ताली न चाहने के बावजूद बजाई। एक नया बैरा उसकी तरफ़ भागकर आया। वाफ़िक़ चाहता था कि उसकी जगह ख़ुद मालिक उसके पास आए ताकि वह बता सके कि पुराने ग्राहकों के साथ कितना उदासीनता भरा बर्ताव यहाँ हो रहा है। जो बैरा उसके पास ऑर्डर लेने आया था अभी कमसिन था। वह वाफ़िक़ को पहचान नहीं पाया। बैरे ने आगे बढ़कर चिलम से बुझे अंगारे हटाकर कोयले डालने के लिए हाथ बढ़ाया। वह राख में दबी चिनगारियों को सीधे उँगलियों से चुन रहा था, जिन की सुर्ख़ी अभी बाक़ी थी।

''अँगारे हैं...जल न जाना।'' वाफ़िक़ ने उसे टोका।

''आग मुझे कभी जला नहीं सकती।'' बेवकूफ़ी भरी हँसी हँसता बैरा बोला। वाफ़िक़ ने उस लड़के की आँखों में झाँका वहाँ बचपने के कोई आसार नज़र नहीं आए। ''मेरी उँगलियाँ आग पीती है।'' बैरे ने बताया फिर आगे कहने लगा, ''आपने हज़नवाला ख़ानदान के बारे में तो सुना होगा, 'आग खाने वाले' मैं उनमें सबसे छोटा हूँ। लगता है आप अजनबी हैं तभी...हम टानटा शहर से एक साल पहले हज़रत हुसैन की सालगिरह पर यहाँ आए थे। फिर लौटे ही नहीं। दूसरी गली की एक चाल में कोठरी ले रहते हैं।

वाफ़िक़ सिर हिलाकर रह गया। लड़के को हुक़्क़ा भरना नहीं आता था। उसने चिलम को ख़राब कर दिया था।

''असलियत में यह मेरा काम नहीं है।'' लड़के ने संकोच भरे स्वर में कहा, ''मैं ठहरा आग खाने वाला। वह तो बात यह थी कि मेरी लड़ाई मेरे बड़े भाई से हो

गई। उसने सबके सामने मेरा अपमान कर दिया था। ख़ुदा मेरे बाप को करवट करवट जन्नत दे, 'उन्होंने मेरे साथ ऐसा कभी नहीं किया। वह मुझे प्यार करते थे। मगर मेरा भाई...वह मुझसे जलता है, क्योंकि तमाशा दिखाकर मैं उससे ज़्यादा लोगों की तारीफ़ और इनाम पाता हूँ। आग मुझसे प्यार करती है। वह मुझे कैसे जला सकती है?''

अचानक दौलत की आवाज़ उसे सुनाई पड़ी। उसने गर्दन ऊँची कर चौराहे के इधर-उधर ताका, मगर वह उसे कहीं दिखाई नहीं पड़ी। शाम का झुटपुटा फैला चुका था, जिसमें उसकी नज़रें धुँधला गई थीं। उसे महसूस हुआ जैसे वह लावारिस हो। बातूनी लड़का अभी भी बोले जा रहा था कि आग उसे जला नहीं सकती, उसकी इस बात से उसे दौलत की कही बात याद आ गई। लड़का उसी तरह बोले जा रहा था।

''मैं बेइज़्ज़ती सहन नहीं कर सकता हूँ चाहे भूखा रह जाऊँ।''

वाफ़िक़ के गाल एकाएक तमतमा उठे। उसे जेलर का मारा झापड़ एकदम से याद आ गया।

लड़के का लगातार बोलना उसे बुरा लगा। उसने लड़के से कहा, ''जाओ जाकर हुक़्क़ा ठीक से दम कर के लाओ, जिसे तुमने पूरी तरह बिगाड़ दिया है।''

जेल से छूटने के बाद वह अभी तक अपनी माँ से नहीं मिल सका है। उसकी माँ बूढ़ी और लगभग अपाहिज-सी हो गई है। वह यह सोचकर कि वह माँ को इस हालत में नहीं देख सकता है अपनी लापरवाही से आँखें चुरा रहा था। उसे माँ की आवाज़ सुनाई पड़ीं—

''जेल जाने के बाद तुम बाप बन गए।'' जब वह सबसे पहले उसे जेल में मिलने आई थीं तब उन्होंने बताया था। उस बात की याद ने एकाएक उसे तैश दिलाया तभी लड़का सुर्ख़ अंगारों की चिलम लाता दिखा। उसके चेहरे पर फीकी मुस्कान उभरी। लड़के ने पास आकर चिलम के साथ कलाबाज़ी जैसी हरकतें कीं, जिसे देख वाफ़िक़ को हँसी आ गई।

''आप नहीं जानते कि आग के खेल के बाद मैं मसख़रा बन जाता था, जिसे देखकर भीड़ हँसती और मुझ पर सिक्कों की बौछार कर देती थी।''

वाफ़िक़ ने सलीक़े से भरे हुक़्क़े को देखा और अतीत में खो गया। उस पर भूत से मँडराने लगे। उसे वह आदमी याद आया, जिसने उसका आलिंगन किया था। क़ानून से बाहर। वह किसी से बग़लगीर नहीं होता, मगर उस आदमी से लिपटा था। अरसे बाद ही सही उस आदमी से एक बार उसे मिलना चाहिए। पूछताछ करने वाले के प्रश्नों से वह कतरा गया था। वह सोचता था कि यह सब उसकी कल्पना की उड़ान है।

"इसका अभी वक़्त नहीं आया है।" उमर जेलर ने कहा था। "उसे क़ानून तोड़ने के जुर्म में फँसाया जा सकता है। वह उसे पकड़ेंगे। तब जब उन्हें अपने किसी केस में उसकी ज़रूरत पड़ेगी और देखना जल्द ही वह सामने वाले सेल में तुम्हें नज़र आएगा।"

वाफ़िक़ ने उस आदमी का चेहरा याद करने की कोशिश की मगर उसकी याददाश्त ने उसका साथ नहीं दिया। पहली बार वह आर्ट एक्ज़ीबिशन में उससे मिला था। तब उसने वाफ़िक़ की पेंटिंग्स की बड़ी तारीफ़ें की थीं। पांच पेंटिंग्स इकट्ठा ख़रीदी थीं और मुनासिब से ज़्यादा दाम दिया था। उसने देखा लड़का अभी भी उसके चारों तरफ़ चक्कर लगा रहा है।

"आपको कुछ चाहिए तो नहीं?" उसने अदब से पूछा।

वाफ़िक़ ने तुरंत सिर हिला मना किया और सोचा—

'क्या वह रहस्यमय व्यक्ति किसी ख़ास काम के लिए उसके पीछे लगवाया गया था? ऐसा क्या उन्हें उसके चेहरे पर दिखा कि वह उसे देशद्रोही समझ बैठे? क़ानून तोड़ने वाला?'

उसने याद करने की कोशिश की, आख़िर उस आदमी ने चित्र ख़रीदते हुए उससे क्या-क्या कहा था? क़ोई ख़ास बात उसे याद नहीं आई। सिवाय टुकड़ों में उसके तारीफ़ से भरे लहजे के जो वह रुक-रुक कर बोला था।

उसे तो यह सब याद भी न आता, अगर इंट्रोग्रेटर बार-बार कुरेदता न। वास्तव में उसे याद करने पर मजबूर किया गया या फिर ख़ुद उसने पूछताछ करने वाले के लगातार इसरार पर ख़ुद से जवाब बना लिए थे?

जैसे ही तफ़तीश ख़त्म हुई वैसे ही उसके ज़ेहन से वे सारे संवाद उड़न छू हो गए थे जो उस आदमी से हुए थे। लेकिन दूसरे दिन फिर वही कहानी दोहराई गई और उससे पुराने सवाल दोहराए गए। उसे अपना पिछला कहा कुछ याद न आया। ज़ेहन से सब कुछ साफ़ हो चुका था। उसने मजबूर होकर नए सिरे से फिर सारे संवाद बनाए।

जेलर ने उसे पुराने कहे जुमले याद दिलाए और उसने सारी रात पिछले जवाबों को याद करने में बिता दी कि आख़िर उसने पहले क्या कहा था। ताकि दूसरे दिन सुबह फिर वह किसी उलझाव में न फँसा दिया जाए और नए सिरे से उसे फिर से पुराना कहा याद न दिलाया जाए और वह उसे याद करने में रातें जाग-जाग कर गुज़ार दे।

लड़का दूसरी चिलम भरकर ले आया था, जिसका साफ़ मतलब था कि वह उससे गप्पें मारना चाहता था। वाफ़िक़ ने हाथ उठा उसे मना किया। लड़का इशारा नहीं समझा और सोच बैठा कि वाफ़िक़ उससे बात करने के लिए बुला रहा है।

"मेरी माँ ने किसी को भेजा है ताकि वह हम दोनों भाइयों के बीच सुलहा करा दे।" लड़के ने आते ही कहा और पूछा, "आप क्या सोचते हैं मुझे वापस चले जाना चाहिए ?"

वाफ़िक़ को अचानक खाँसी का दौरा पड़ा, जिसने उसकी हालत ख़राब कर दी। खांसते-खांसते आँखों में पानी भर आया। उस रहस्यमयी आदमी से वह दोबारा मिला था जब संगीत समारोह में वह जा रहा था। उसकी झलक भर देखी थी। वह जब दौड़कर आया और प्यार से उसे बाँहों में भर लिया तो उसने ग़ौर से उसे देखा था कि कहीं वह कोई अन्य आदमी तो नहीं है। वह उसका नाम भी याद नहीं कर पाया। जाँच-पड़ताल करने वाले ही ने उस आदमी का नाम बार-बार दोहराया था। उसे आज भी उसके चेहरे का नक़्शा याद था। उसका चेहरा उसकी आँखों के सामने कौंधा था, बिल्कुल रौशन, जिसमें कोई धुँधलापन न था। उसकी आँखों में एक बुझी-सी लौ नज़र आई थी।

उसे उस आदमी से मिलने जाना चाहिए। यह बात उसने जेल में ही तय कर ली थी। वह सोच में लगातार उसका पीछा करता उसे ढूँढ़ता रहता था। वही आदमी है जो उसे निर्दोष साबित कर उसे इस उलझी गुत्थी से छुटकारा दिला सकता है। चाहे इस कोशिश में उसको निचोड़ना ही क्यों न पड़ जाए। वह जानता है कि वह शख़्स कहाँ रहता है। सार्जेंट उमर ने पता उसके लिए ढूँढ़ निकाला था। उसने पता याद करने की कोशिश की। उसने तय किया कि उसे क़हवेख़ाने से उठकर उस असरदार आदमी का घर ढूँढ़ने जाना चाहिए। उस पर ग़लत इल्ज़ामों की बारिश की गई थी। उसने कुर्सी पीछे धकेली और हुक़्क़े की नली मुँह में लगाई। यही कुछ चीज़ें हैं जो उसे राहत देती हैं। उसने आख़िरी कश का धुआँ अपने अंदर घोटते हुए सोचा। उसके अंदर एक सेहतमंद अहसास फैल गया। जाते-जाते उसकी नज़र लड़के पर पड़ी, जो क़हवेख़ाने से सटी दूसरी गली की चाल की तरफ़ बढ़ रहा था।

एक बार उसने सार्जेंट उमर से पूछा था।

"वह कब उसे रिहा करेंगे ?"

"तुम्हारे बारे में तो वह भूल चुके हैं। उन्हें स्मृति-लोप की बीमारी है।" फिर दिलासा भरे स्वर में बोला, "एक दिन रहमत तुम पर बरसेगी। उसने आँखें बंद कर लीं। वह सब कुछ जैसे भूल जाना चाहता हो। उसने अपने दोनों हाथ मोड़ पेट पर रखे। उसे माँ की आवाज़ सुनाई पड़ी, "जेल जाने के बाद तुम बाप बन गए हो।" उसने अपने कान बंद करने चाहे। समीह का चेहरा उसकी आँखों के सामने कौंध गया। उसकी आवाज़ उसे सुनाई पड़ी, "टॉफ़ी वाफ़िक़।"

दौलत ने कहा था, "समीह तुमसे ज़रा भी नहीं मिलता है।"

यह सुनकर मर क्यों नहीं गया। वह सिर्फ़ तेज़ धड़कते दिल को रोक सकता था अपनी ज़िंदगी ख़त्म करके।

सुबह की हाज़िरी में कहा गया सार्जेंट का जुमला उसे याद आया।

"हमारी क़िस्मत में लिखा है जीना और सहना!"

वाफ़िक़ ने क़हवेख़ाने के मालिक की तरफ़ देखा तो उसने मुँह फेर लिया। पहले शलाबी, क़हवेख़ाने का मालिक ख़ुद उसका हुक़्क़ा भर कर लाता था। क्या वह अपना एतराज़ दर्ज कराए। वह अपनी सफ़ाई में क्या कहेगा? आख़िर वाफ़िक़ क्या जानता है? लेकिन वह जानता है, "तुम्हारी बीवी बहुत प्यारी है।"

सार्जेंट की आवाज़ गूँजी, "तुम्हें डर नहीं लगता कि कोई तुम्हारे पीछे उसे बहका न ले।"

वह वापस बैठ गया। उसने अपने पाँचवें हुक़्क़े की नली मुँह में लगाई।

फ़तिइया बेवफ़ा साबित हुई। उसे याद आया कि उसकी बाँहों में वह किस तरह टूटकर रोई थी। उसे एकाएक ज़िंदगी से भरपूर आवाज़ याद आई—

"पैग़ंबर की तुम पर हमेशा रहमत बरसे।"

उसने उँगली बढ़ाकर चिलम के अंगारों को छेड़ा। "फ़तिइया ने मुझे धोखा दिया?" उसकी आवाज़ में अचम्भा था।

"उसे फ़तिइया के पास जाकर हिसाब चुकता करना चाहिए।" उसे इंट्रोग्रेटर की घूरती आँखें याद आईं, जो उसे मज़ाक़िया अंदाज़ से मूर्ख साबित कर रही थीं। सेल का लोहे वाला दरवाज़ा एक ज़ोर की आवाज़ के साथ बंद हुआ। उसकी आवाज़ उसके कानों से टकराई।

"सर्द तन्हा रातों ने मेरी हड्डियाँ तक गला दी थीं।" उसे फ़तिइया की फुसफुसाहट सुनाई पड़ी।

अधबुझे अंगारों ने उसके हाथों के पौरों को जला दिया। उसने पुरानी उँगलियाँ पीछे खींची और हाथ झटककर उसकी जलन कम करने लगा।

"लानत है उन ठंडी रातों पर वाफ़िक़।"

वे सारी सियाह रातें! जिनको बैरक की खिड़की से देखते हुए मैंने कितनी रातें जागते हुए काटी हैं।

"मेरी माँ ने मुझे सिखाया है।" फ़तिइया की आवाज़ लहराई।

"लानत है, उसकी माँ पर जो..." उसे याद आया कि उसने उसे कैसे लिपटाया था। बिल्कुल लाश का अहसास दिया था। उसका दम घुट गया था। दिल चाहा था कि उसका गला दबा दे। क्यों नहीं दबाई उसकी गर्दन? उसने दोनों हाथों की उँगलियों से सामने खड़ा खंभा पकड़ लिया। उसकी आँखें चारों-तरफ़ घूम रही थीं। एकाएक वह बहुत-सी आँखों के घेरे में आ गया। शलाबी की आँखों में नागवारी की धुंध थी। कानों से दौलत की आवाज़ टकराई। वह उठा और तेज़ी से आवाज़ की तरफ़ दौड़ा। तब तक दौड़ता रहा जब तक दौलत अपने घर की दीवार से सटी खड़ी बिना दूध की काली चाय बेचती नज़र नहीं आ गई। दौलत ने आँखों

ही आँखों में उसे लिपटाया, फिर आँखें इस शर्म से बंद कर लीं कि वह यह क्या कर बैठी। उसने काँपते हाथों से वाफ़िक़ की तरफ़ चाय बढ़ाई। वाफ़िक़ ने ठंडी साँसें भरी। लम्हे भर वे दोनों चुपचाप रहे। वाफ़िक़ ने चाय का घूँट नहीं भरा। दौलत की साँसें रुक गईं, जब वाफ़िक़ ने अपनी उँगलियों से उसका चेहरा अपनी तरफ़ ऊपर उठाया। उसकी आँखें छलक पड़ीं।

"उन्होंने बताया कि तुम क़हवेख़ाने में हो,...उन लोगों ने..." उसका लहज़ा काँपा, दोनों की नज़रें मिलीं।

"उन लोगों ने..." वाफ़िक़ ने आँसुओं से भीगी आवाज़ में पूछा।

"वे तुमसे ग़ुस्सा हैं।" वह फट पड़ी। "वह औरत जो कल तुम्हारे यहाँ आई थी," इतना कह उसने अपने उरोजों के बीच हाथ डाल एक पर्चा निकाला। अख़बार के उस टुकड़े पर एक औरत की तस्वीर देखी। उसकी आँखें फैल गईं। यह उसकी सास की तस्वीर थी, जब वह जवान थी। लम्हे भर को उसे शक हुआ जैसे कि वह उसकी बीवी की तस्वीर हो।

"मेरी बीवी?" उसने टूटे स्वर में कहा।

"उसकी माँ, क्या हुआ है तुम्हारी आँखों को?"

"मेरी बीवी?"

"उसकी माँ, इज़्ज़तदार औरत नाहीदा अपनी जवानी में, जैसा पेपर में लिखा है।" ताना मारते हुए दौलत बोली।

"उसकी माँ?"

"उसका प्रभाव बुरा पड़ सकता है। सारे पड़ोसी अपनी बेटियों के लिए चिंतित हो उठे हैं।"

"फ़तिइया!" वाफ़िक़ भरी आवाज़ में बोला।

"गुनाहगार औरत। व्यभिचारिणी! ख़ुदा बचाए हमें उससे, उसे कल तुम्हारे घर से लोगों ने निकलते देखा था।"

वाफ़िक़ खड़ा हुआ, कुछ दूर तक उत्तेजना से भरा पैदल चला फिर वापस आकर बैठ गया और जलते स्टोव की लपटें देखता रहा, फिर चाय का पहला घूँट भरा।

"तुम्हारी वजह से ऐसा नहीं हुआ है। मर्दों के बीच बेहतरीन मर्द हो, वरना वे लोग उसे पत्थरों से मारते। लोग बता रहे थे कि वह बहुत ही झीने महीन कपड़े में आई थी। ख़ुदा हमें शैतान से महफ़ूज़ रखे।"

"और समीह?"

"यहाँ पर तरह-तरह की अफवाहें हैं। बताते हैं भ्रष्टाचार और पुलिस उसके पीछे है। उसे ढूँढ़ रही है। तुम्हारी इज़्ज़तदार बीवी की माँ जेल से भाग आई है। ख़ुदा हमारे ऊपर रहम करना।"

"और समीह..."

"लोग भयभीत हैं कि कहीं वह तुम्हारे घर में न रहने लगे। ख़ुदा माफ़ करे जब तुम यहाँ नहीं थे तो वह काफ़ी लंबे अरसे तक यहाँ रही थी।"

उसकी पकड़ चाय के गिलास पर कस गई। इतना कसी कि गिलास चिटख गया। ख़ून हाथ से टपकने लगा। दौलत चीख़ पड़ी। जल्दी से कपड़ा फाड़ ज़ख़्म पर बाँधना चाहा मगर वाफ़िक़ रुका नहीं। उसने उसे रोकने की बहुत कोशिश की ख़ून को बहने से रोकना चाहा, मगर हार गई। वह दौड़ पड़ा। उँगलियों से ख़ून टपक रहा था। दौलत के गालों पर आँसू लुढ़कने लगे। वाफ़िक़ को महसूस हुआ कि वहाँ से गुज़रने वाले उसे ऐसी नज़रों से घूर रहे थे जैसे उसे फाड़ ही खाएँगे।

ज़िंदादिल आवाज़ वाले आदमी की बात ने उसकी राह रोक दी।

"परेशान मत हो," वह बोला, "मुतमईन रहो, तुम्हारी बीवी पतिव्रता स्त्री है।" दौलत उस पर बरस पड़ी। वाफ़िक़ को कुछ समझ में नहीं आ रहा था कि उसके चारों तरफ़ क्या हो रहा है। लगा दीवारें आगे बढ़कर उसे पीसने वाली हैं और ज़मीन फटकर उसे निगलने वाली है। दौलत ने उसे बेबसी से जाते देखा और गिरते आँसुओं की पीने की कोशिश की।

सात

सुबह के तीन बजे थे।

वाफ़िक़ ख़ाँसा और बेचैनी से उठकर बैठा। सारी रात उसने बिछौने पर तड़प कर गुज़ारी थी। रात बहुत लंबी थी। पलभर के लिए भी उसकी पलक नहीं झपकी थी। पहले उसका हाथ दुखता रहा फिर वह दर्द उसके सिर में जा समाया। उसका दिल चाहा कि वह ज़ोर से चीख़े और चीख़ता ही चला जाए। जबकि वह जेल में रहकर यह सीख चुका था कि दर्द को चुपचाप कैसे पिया जाता है। वह चाहता था अपनी बग़ल में लेटी फ़तिइया की तरफ़ देखे, मगर आँखें उस तरफ़ घूमी ही नहीं। उसे अपने सीने पर भारी बोझ महसूस हुआ जैसे मनों उदासी उसके दिल की गहराइयों में उतर चुकी हो।

फ़तिइया ने सोते में करवट बदली। वह चाहता था कि फ़तिइया जाग जाए। उसने अपनी आँखों के पपोटे कस लिए। वह उससे बात नहीं करना चाहता था। वह चीख़ पड़ी थी। उसका हाथ देखकर जिसमें से ख़ून लगातार टपक रहा था, फ़तिइया ने सवालों की बौछार कर दी थी। उसने चुप रहने में सुकून महसूस किया और फ़तिइया का हाथ हटाया। उससे आँखें मिल जाने के डर से उसने करवट बदली। वह जानता था, अगर उनकी आँखें मिल गई तो विस्फोट हो जाएगा। इस शंका से उसे भय लगने लगा था।

वाफ़िक़ अपनी उँगलियों के स्पर्श को अपने पपोटे पर महसूस कर रहा था। आँखें खोलने की कोशिश भी की फिर अचानक अपना चेहरा चादर में छुपा लिया। वह वाक़ई रोना चाहता था। दिल की भड़ास निकालना चाहता था। बावजूद कोशिश के वह एक बूँद भी आँसू की न गिरा सका। अँधेरा गाढ़ा था। उसकी व्यथा की कोई थाह नहीं थी। उसके कान सेल की आवाज़ों से बज रहे थे। वह पूरी तरह से अपने को बेचारा महसूस कर रहा था। उसका हाथ बिस्तर पर फैला तो उसकी उँगलियाँ फ़तिइया के हाथ से छुल गईं। उसका दिल एकदम से चाहा कि उसे बाँहों में भर ले और अपनी बुज़दिली उसके सीने में दफ़न कर दे। एकाएक कड़वाहट से उसका मुँह भर गया तभी उसे ज़िंदादिल आवाज़ सुनाई पड़ी।

ख़ुदा की रहमत उस पर जो पाक व बरकत वाला है।

उस आवाज़ ने उसे हिम्मत दी थी। उस आदमी ने कल रात जो बात कही थी, "तुम्हारी बीवी पाक है!" सुनकर उसके सिर का दर्द काफ़ूर बन उड़ गया। वह बिस्तर से उठा और फ़तिइया के पास जाकर खड़ा होकर उसका चेहरा घूरने लगा। वह अँधेरे में उसे भलीभाँति देख पा रहा था, जैसे कि वह चाँदनी में आँख बंद किए हुए सो रही थी। उसने समीह को नींद में बड़बड़ाते सुना। उसने उसके कान को पकड़ा। वह एक बार फिर बड़बड़ाया। वह चाहता था बच्चे को देखना जो अपनी माँ की बाँहों के बीच लेटा बेख़बर सो रहा था। वह झुका बेटे को प्यार करने के लिए, मगर यह सोचकर रुक गया कि उसे बेटे की जगह उसकी माँ को प्यार करना चाहिए था। उसकी आँखों से आँसू बह निकले। समीह की माँ पाक है। वह इस बात को सुनकर इतना ख़ुश हुआ कि दिल चाहा रो पड़े। उसका चेहरा भीगा था। पूरी तरह यह उसका भ्रम मात्र था। क्योंकि उसका चेहरा सूखा था। दूर-दूर तक गीलेपन का कोई चिह्न न था।"

दरवाज़े को खोलते हुए उसे महसूस हुआ कि वह पूरी तरह शांति में है। वह अँधेरे में साँस ले सकता है। सड़कें कुछ ज़्यादा ही काली दिखाई पड़ रही थीं। लोग भूतों की छाया बने आ जा रहे थे। उसे भ्रम-सा हुआ कि कोई सिपाही दीवार से टेक लगाए खड़ा है और कोई बच्चा रो रहा है। नहीं, यह समीह नहीं था। समीह अपनी माँ की बाँहों में सुरक्षित है। वह सोते हुए आदमी के बदन पर चढ़ गया। एक बूढ़ा आदमी बिल्ली को गोद में लिए बैठा था। वह आदमी जो अपनी रोज़ी कमाता है। वह लोगों के फेंके कूड़े को बटोर रहा था। शलाबी के क़हवेख़ाने में रौशनी थी। उसने अपनी आँखों पर ज़ोर डाला ताकि उस ज़िंदादिल आवाज़ वाले को ढूँढ़ सके।

दरअसल वाफ़िक़ उससे बात करना चाहता था। वह क़हवेख़ाने में दाख़िल हुआ। एक आदमी उकड़ूँ-सा कुर्सी पर बैठा था। वाफ़िक़ उसे देखकर मुस्कुराया और जाकर पास बैठ गया। वह आदमी नींद में डूबा था। उसे उस लड़के बैरे की

याद आई। उसने इधर-उधर खोजती नज़रों से देखा फिर उसे याद आया कि उसने तो लड़के को क़हवेख़ाने से बाहर जाते देखा था। उसे किसी से बात करने की तलब-सी महसूस हुई। उसने सोते आदमी को पुकारा, मगर वह नींद में डूबा रहा। उसने उसका कंधा पकड़कर झिंझोड़ा। उसको वही ज़िंदगी से भरपूर आवाज़ दूर से आती सुनाई पड़ी। वह अपने पंजों पर कूदा और तेज़ी से आवाज़ की दिशा की ओर भाग। अंत में उस आदमी को अपने सामने खड़ा पाया। उसने तेज़ी से बढ़कर उसका बाज़ू थामा और दीवानों की तरह पूछने लगा।

''आप मेरी बीवी के बारे में क्या जानते हैं? गुज़री रात आपने कहा था—वह पाक व पवित्र है।''

''इबादत सोने से कहीं बेहतर है।'' सभी जैसा जवाब उसे मिला।

''लेकिन मैं कल रात पल भर के लिए भी नहीं सोया।'' वाफ़िक़ ने सफ़ाई दी। उसे पागल समझकर उस आदमी ने सुलझे लहजे में जवाब दिया। ''सब्र करो, पैग़ंबर की रहमत से सब ठीक हो जाएगा।'' उसने अपने को वाफ़िक़ की गिरफ़्त से आज़ाद किया और हड़बड़ाता हुआ अपनी 'मुनाजात' (वंदना) गाता तेज़ी से आगे बढ़ा।

वाफ़िक़ ने ध्यान से सुना। इसकी आवाज़, ज़िंदादिल आवाज़ से हूबहू मिलने लगी। वह उसके पीछे दौड़ा। वह आदमी डर गया। उसने अपनी चाल तेज़ कर दी। अचानक वाफ़िक़ ठहर गया। वाफ़िक़ ने उस आदमी का चेहरा याद करने की कोशिश की जो परसों रात उसे दौलत के चायख़ाने के पास मिला था। उसे सिर्फ़ इंट्रोग्रेटर की शक्ल याद आई। उसने गहरी साँस ली। उसकी साँस के साथ फ़तिइया के कहे शब्द बाहर आए—

''तुम चाहते थे मुझे लेकर फ़रार होना, जैसे कोई हमारा पीछा कर रहा हो और वह तुमसे मुझे छीनना चाह रहा हो। यक़ीन करो वाफ़िक़ मैं कभी ऐसा क़दम नहीं उठाऊँगी, जिससे तुम्हारी आँखें नीची हों। मेरी पुतलियाँ तुम पर क़ुर्बान जो तुम्हें हमेशा बुलंदी पर देखना चाहती हैं।'' वह दीवार से सहारा ले टिक गया। रौशनी पास की किसी खिड़की से छनकर नीचे फैली।

''स्टोव को जलाकर पानी गर्म करने को रख दो। नमाज़ का वक़्त क़रीब है।'' यह आवाज़ उस आवाज़ से बहुत मिलती-जुलती है, जिसको वह ढूँढ़ रहा है। जब आवाज़ रुक गई तो उसे पक्का यक़ीन हो गया कि यह आवाज़ वही है उसका दिल चाहा कि वह बिल्डिंग के अंदर जाए और उसे ढूँढ़ ले, लेकिन वह वहीं ड्योढ़ी पर बैठ उसका इंतज़ार करने लगा। यह सोच कर कि वह जल्द ही मस्जिद जाने के लिए घर से बाहर निकलेगा। तब उसे पकड़ लेगा। इस बार वह मौक़ा गँवाना नहीं चाहता था।

छः बजे सुबह।

फ़तिइया की माँ ने पहले अपनी आँखें आश्चर्य से फाड़ीं फिर दुख से अपने सीने पर हाथ मारकर चिल्लाई, "क्या उसे दोबारा पकड़कर ले गए?"

फिर थकी आवाज़ में कह उठीं, "क्या वे कभी रुकेंगे? लानत है उन पर! अब इससे ज़्यादा ज़ुल्म और कितना करेंगे? क्या अभी उनका जी नहीं भरा?"

माँ की बात सुन फ़तिइया के त्यौरी पर बल पड़ गए। उसे माँ के शब्द अशुभ से लगे और बुरे भी।

उसने अपने को दिलासा दिया कि वाफ़िक़ अब आज़ाद है। फिर वह माँ की बात काट कर कह उठी :

"ख़ुदा न करे, फिर ऐसी बात मुँह से न निकालना।" वह माँ पर बरस पड़ी।

दोनों कुछ देर ख़ामोश रहीं। माँ के चेहरे से एक साया गुज़र गया। उनकी आँखों के पपोटे भारी हो उठे और उन्होंने जँभाई ली।

फ़तिइया को महसूस हुआ कि उसने माँ को इतनी सुबह जगाकर ग़लती की है। इससे पहले उसने एक बार ऐसा किया था जब वाफ़िक़ गिरफ़्तार हुआ था। कुछ लोग घर में घुस आए थे और फ़्लैट का सारा सामान उठाकर ले गए थे। उसमें वाफ़िक़ की भी कुछ चीज़ें थीं। वह इस अकस्मात् हुए हादसे से बुरी तरह भौचक रह गई थी और दौड़ कर माँ को इत्तला देने सुबह-सुबह पहुँच गई थी।

वहाँ पहुँच उसने माँ के चेहरे की तरफ़ देखा था जो अपने बिस्तर पर लेटी थी। उसने मन ही मन कहा, "इसके लिए धन्यवाद!" माँ ने लगभग अपनी नंगी काया पर चादर खींचकर ओढ़ रखी थी। फ़तिइया ने माँ को सोता जानकर वापस लौटने की सोची, तभी माँ एकदम से गहरी नींद से जाग उठी और जिज्ञासा से भर पूछने लगी कि ऐसा क्या घटा जो वह इतनी सुबह आई है? उसको कोई जवाब देते नहीं बना। उसे वाफ़िक़ का चेहरा याद आया, जब वह कल रात ज़ख़्मी हाथ लेकर घर लौटा था। हाथ से बहता ख़ून उसके कपड़ों पर धब्बे बन चमक रहा था। उसने वाफ़िक़ की आँखों में गहरे झाँका था। उसे महसूस हुआ था कि उसके अंदर कोई चीज़ टूट किरचियों में बदल गई है। वह जो भी हो, मगर है उसी से संबंधित कोई बात। उसका दिल तड़प उठा यह पूछने के लिए कि ऐसी कौन-सी घटना सड़क पर घटी, जिसने इस तरह इसको घायल कर दिया है। लेकिन वह पूछ न सकी और सारी रात उसने रोते हुए गुज़ारी। उसने रात को उसे बिस्तर से उठते हुए और समीह को प्यार करते हुए देखा था। उसका दिल ज़ोरों से धड़क उठा था। उसे याद आई वह रात जब वह उसे छोड़कर गया था। और वर्षों उससे दूर रहा था।

"ख़ुदा न करे!" उसने फुसफुसा कर कहा।

उसने माँ की तरफ़ से पीठ मोड़ ली। माँ ने नींद में डूबी आवाज़ से पूछा था, "यह आँसू क्यों?"

माँ के इस तरह पूछने पर उसके आँसू भरभरा कर गिरने लगे और उसने अपना सिर माँ के कंधे पर रख दिया। माँ उठ बैठी और प्यार से बेटी को अपनी गोद में लेने के लिए उसकी तरफ़ बाहें फैलाईं। अरसा गुज़र चुका था इस तरह माँ से लिपटकर रोये हुए! उसे यह सोचकर सुकून मिला कि वह आज भी उसे पहले की तरह ही सुकून दे सकती हैं।

"क्या उसे पता चल गया है?" अब आँसुओं का आवेग कुछ कम हुआ तो माँ ने पूछा।

"मुझसे अब सहन नहीं होता है।" फ़तिइया ने रोते हुए कहा, "यह रहस्य, यह इंतज़ार। तुमने कहा था कि मैं तब तक चुप रहूँ, जब तक तुम बेदाग़ न साबित हो जाओ। लेकिन अब मुझसे सहन नहीं होता। उसकी आँखों में कुछ ऐसा भाव होता है, जिसे मैं ठीक से समझ नहीं पाती है। मैं देखती हूँ, मगर पढ़ नहीं पाती हूँ। मैं जानती हूँ तुम बेगुनाह हो माँ, लेकिन हमारे चारों तरफ़ के घटिया लोग नहीं समझते हैं और वह हमें छोड़ेंगे नहीं। क्या किया था वाफ़िक़ ने जो उसे जेल में बंद रखा? सिर्फ़ यही तो बात थी कि वह एलेकज़ेंड्रिया जाकर अपनी थकन अपनी समस्याओं को समुद्र में बहा देना चाहता था। जब भी वह बाहर जाता है मैं इस इंतज़ार में रहती हूँ कि वह लौटेगा और मेरे मुँह पर अख़बार फेंककर कहेगा, "तुम्हारी माँ।" मैंने क्यों नहीं उसे सब कुछ पता दिया? क्यों हम बिना किसी कारण के एक-दूसरे को आहत करते हैं? हमने ऐसा कौन-सा बड़ा गुनाह किया है, जिसकी सज़ाएँ भुगत रहे हैं? वकील ने क्या कहा? हाँ, याद आया उसने तुम्हें यक़ीन दिलाया है कि तुम आरोपों से पूरी तरह बरी हो जाओगी। मैं जानती हूँ तुमने कोई अपराध नहीं किया है माँ, लेकिन वाफ़िक़ मुझ पर एतबार करेगा? मैंने जाने कितनी बार हिम्मत बाँधी उसे बताने के लिए, मगर उसकी आँखों की फीकी रौशनी हमेशा मेरा बाँध तोड़ देती थी। रात के अँधेरे में भी मैंने सब कुछ उगलने की कोशिश की, मगर उस अँधकार में भी मुझे उस की पुतलियों में छाई उदासी बेबस बना देती थी। कल रात तो उसकी आँखों में कोई चमक ही नहीं थी जैसे उन्होंने अपनी रौशनी हमेशा के लिए खो दी हो। मगर ऐसा नहीं था। पुतलियों में अजब-सी चमक थी, जो पहले वाली जानी-पहचानी हरगिज़ नहीं थी। मैं वाफ़िक़ को जानती हूँ? नहीं...पता नहीं क्यों मुझे महसूस होता है कि मैं उसे नहीं जानती। वह कुछ भी मुझसे नहीं छुपाता है। वह मुझे बेहद प्यार करता है। लेकिन वह बुझ गया है, जबकि मेरी लौ लगातार जल रही है।"

"ओह!" माँ ने उसे ग़ौर से देखा जो लगातार बोले जा रही थी।

"वह मेरे पास आया तो उसके हाथ से ख़ून बह रहा था। उसकी हथेली में काँच के गिलास का टुकड़ा फँसा हुआ था। उसने मेरी तरफ़ हाथ बढ़ाया ज़रूर

था, मगर चेहरे पर पीड़ा का कोई भाव न था। मैं अपनी भावनाएँ छुपाकर रखती हूँ, लेकिन सच तो यह है कि वह मेरी ज़िंदगी है। उसने एक शब्द भी नहीं कहा, शायद बाहर किसी ने उसके साथ बदतमीज़ी की हो, जिसका उसने ज़ोरदार जवाब दिया हो। उसकी उँगलियाँ...मैं कुछ नहीं जानती वह सारी रात नहीं सो पाया। सुबह होने से पहले वह उठा और बाहर निकल गया ताकि मस्जिद में जाकर नमाज़ पढ़ अपनी रतजगा की पीड़ा को शांत करेगा, ऐसा मैंने सोचा। क्यों नहीं मैंने उसे जाते हुए रोका? मैं चाहती तो रोक सकती थी! यह मेरी भूल थी। मेरा दिल कहता है वह अब नहीं लौटेगा। क्यों न्याय हमेशा देर में मिलता है, बहुत देर बाद...उसकी आँखें अँधेरे में पहले की तरह सितारा बन नहीं चमकतीं जैसे पहले चमकती थीं। मैंने उनमें झाँका था, जब वह झुककर समीह को प्यार कर रहा था। उस वक़्त उसकी आँखें धुँधली-सी थीं। पुरानी रौशनी ख़त्म हो चुकी थी। माँ, क्या प्यार मर सकता है? बोलो माँ, तुम तो अनुभवी औरत हो, बता सकती हो कि क्यों प्यार मर जाता है?''

सुबह के सात बजे थे।

वह दौलत का घर ढूँढ़ने में नाकाम रहा। उसने कई बिल्डिंगों में झाँका, कई दरवाज़े खटखटाए। उसका कहना, 'गुनहगार औरत' उसके दिमाग़ में गूँज रहा था। उसे पल भर को लगा कि दौलत का इशारा मानो फ़तिइया की तरफ़ था। वह फिर एक दरवाज़े की तरफ़ बढ़ा और उसने दरवाज़ा खटखटाया अंदर से आवाज़ें आ रही थीं, जिसमें दौलत की आवाज़ को वह पहचान गया था। ''दौलत नीचे आओ, मुझे तुमसे मिलना ज़रूरी है।'' उसने चीख़कर बड़ी बेचैनी भरे स्वर में कहा—

''यहाँ दौलत नाम का कोई नहीं रहता।'' औरत की आवाज़ दरवाज़े के पीछे से उभरी।

''मगर, मैंने उसकी आवाज़ अपने कानों से सुनी है।'' वाफ़िक़ ने कहा और औरत के चेहरे की तरफ़ नज़रें उठाईं, मगर अँधेरे के कारण चेहरा नज़र नहीं आया। ''तुम काफ़ी देर से दरवाज़े के सामने खड़े हो। मेरे बेटे!'' उसने अपनेपन से कहा, ''इस पूरी गली में कोई भी इस नाम का नहीं है। बेहतर है तुम दूसरी गलियों में जाकर ढूँढ़ो।''

उसने गर्दन आगे कर कान लगाया ताकि आवाज़ की तरंगों को पकड़ सके, मगर आवाज़ अँधेरे में घुल चुकी थी! वह दूसरी गली भी तरफ़ मुड़ा। बहता पसीना उसके पायजामे को टाँगों से चिपकता रहा था। उसने अपने ज़ेहन में दौलत के घर के धुँधले नक़्शों को याद किया और बाक़ी घरों को ग़ौर से देखने लगा, मगर उसे सारे घर एक से लगे।

वह एक घर की दीवार से टिककर खड़ा हो गया और सामने घरों की खिड़कियों की तरफ़ देखने लगा कि शायद किसी खिड़की से दौलत का चेहरा झाँकता दिख जाए। मगर वहाँ ख़ालीपन था। दौलत का चेहरा नहीं दिखा। उसने दौलत को अपनी दिमाग़ी निगाहों से देखा कि जब वह जेल से रिहा हुआ था तो उसने किन नज़रों से उसे देखा था। उसकी आँखों में आँसू तैर रहे थे। वह कुछ जानती थी, जिसे जानबूझकर वह उससे छुपाना चाहती थी।

''नहीं मुझे नहीं पता।'' जब उसने दौलत से फ़तिइया के बारे में पूछा तो वह साफ़ मुकर गई। वह सच्चाई जानना चाहता था। उसने अपने दोनों हाथ पीछे कर आपस में बाँधे और टहलने लगा। वह अपने बिखरे ख़्यालात को एकत्रित कर उस पर ध्यान केंद्रित करना चाहता था। लेकिन बावजूद कोशिश के वह सफल नहीं हो पाया। एकाएक वह एक दरवाज़े के सामने रुका और अपने आप उसके क़दम उस घर के अंदर बिना किसी इरादे के दाख़िल हो गए! वह तेज़ी से सीढ़ियाँ चढ़ते हुए ऊपर छत की तरफ़ बढ़ा और बरसाती में जाकर खड़ा हो गया। कमरे का दरवाज़ा भिड़ा था। उसने धक्का दिया और अंदर गया, जहाँ दौलत अधनंगी-सी बिस्तर पर पड़ी थी। अचानक अपने सामने वाफ़िक़ को खड़ा देख वह ख़ुशी से चीख़ी, ''वाफ़िक़!''

वाफ़िक़ की पेशानी पसीने से तर हो गई। उसने झट से अपना चेहरा घुमाया, मगर दौलत को अपना बदन ढँकने की जल्दी न थी। उसे छुपाना भी क्या था, आख़िर वह वाफ़िक़ की मॉडल थी। पोर्ट्रेट बनाने के लिए उसके सामने कई बार कपड़े उतार चुकी थी। उसका ध्यान जब उसकी पीठ की तरफ़ गया तो वह झेंप गई। उसने जल्दी से अपने कपड़े उठाए और पहनने लगी। वह अपने ऊपरी बदन को नंगा दिखाने के लिए आतुर हो उठी थी। जब उसके सीने वाफ़िक़ ने पेंट किए थे, तब वह पूरी तरह उभरे भी नहीं थे। लेकिन इन गुज़री रातों में वे परिपक्व हो चुके हैं। अगर वाफ़िक़ की नज़र उन पर अब पड़ती है तो वह ज़रूर पेंट करना चाहेगा। वह कैनवास पर जाकर जी उठेंगे।

उसे अचानक याद आया कि कल रात वाफ़िक़ का हाथ कट गया था। उसने अभी तक उसके बारे पूछा ही नहीं। उसे बुरा लगा वह अपना नंगा सीना ले फ़ौरन ही वाफ़िक़ के सामने जा खड़ी हुई!

''तुम्हारा हाथ कैसा है?''

वाफ़िक़ तनाव में आ गया। वह दौलत का नंगा सीना नहीं देखना चाहता था। दौलत ने अपनी गूँगी ख़्वाहिश का ख़्याल कर अपने सीने को दोनों हाथों से छुपाया। ''गुनहगार औरत! उस जैसी के लिए तुम्हारे क़ीमती ख़ून की एक बूँद भी गिरना मुनासिब नहीं है।'' वह धीरे से कह उठी फिर मन ही मन अपने से बोली, ''यह क्या कह रही हो दौलत? वह भी इतने तड़के। इस वक़्त क्यों गुनाह की बातें कर रही हो? तुम हमेशा बेमौक़ा बातें करती हो।''

वाफ़िक़ ने उसकी तरफ़ गर्दन घुमाई और उसके चेहरे को देखा। "गुनहगार!" उसके मुँह से घायल-सा स्वर फूटा।

दौलत के बदन में यह देखकर सिरहन-सी भर गई कि वाफ़िक़ की नज़रें उसके स्तनों पर भटक रही हैं।

"हाँ, गुनाहगार।" उसने चाहत भरे स्वर में दोहराया।

"यह तो सब जानते हैं।" वह उम्मीद कर रही थी कि वाफ़िक़ उसके स्तनों की प्रशंसा में कुछ कहेगा, मगर उसने उसका बाज़ू पकड़ झिंझोड़ा।

"तुम कैसे जानती हो?" उसके माथे पर पसीने की बूँदें छलकीं जिन्हें बड़ी नर्मी के साथ दौलत ने पोंछा तो वाफ़िक़ की पकड़ ढीली पड़ी। उसने सवाल सुना ही नहीं और ख़ुशी से भरे लहजे से पूछने लगी, "तुम्हें मेरा घर ढूँढ़ने में थोड़ी परेशानी तो हुई होगी। तुम पहली बार मेरे इस ग़रीबख़ाने पर आए हो। मैं चाहती थी तुम्हें बुलाना ताकि हम दोनों एक साथ ख़ुशी का जश्न मना सकें।"

"तुम कैसे जानती हो कि वह गुनाहगार है?" वाफ़िक़ ने अपना सवाल दोहराया तो उसके कानों को वाफ़िक़ की आवाज़ अजनबी-सी लगी। उसने बहुत ध्यान से उसकी आँखों में झाँका जिसमें सुर्ख़ डोरे उभर आए थे। वह दो आँखों के बीच चिर-सी गईं।

"थोड़ा आराम कर लो, बैठो मैं तुम्हारे लिए चाय बनाती हूँ।"

वह पलंग के कोने में टिक गया। उसके चेहरे का पीलापन गहरा गया था शायद हाथ से ख़ून बहने की वजह से।

दौलत का दिल चाहा काश! वह फ़तिइया की गर्दन अपने दोनों हाथों से दबा पाती।

"वह वफ़ादार औरत है। उसने अपने शौहर की ग़ैरहाज़िरी में उसकी इज़्ज़त का ख़्याल रखा।" दौलत ने अनचाहे स्वर में कहा।

वाफ़िक़ ने गहरी लंबी साँस भरी।

दौलत स्टोव को जलाने के लिए ज़मीन पर अपने कपड़े समेट कर बैठ गई। उसके पैर खुले थे, वह ख़ुश थी यह सोचकर कि इस बहाने वह उसके नंगे पैरों को भी देख लेगा।

"अपना चेहरा स्टोव से दूर रखो, उठती लपटों से..." वाफ़िक़ ने कहा तो वह आनंद से काँप उठी। वाफ़िक़ उसे प्यार करता है। उसने केतली रखी और सिर ऊपर उठाया। उसने देखा वाफ़िक़ अपनी पेशानी को हाथ से इस तरह पकड़े बैठा है जैसे वह कहीं स्टोव की आग पर न गिर पड़े।

"हाँ, लपटें।" उसने नाचते स्वर में फुसफुसाया। उसने वाफ़िक़ को अपनी निगाहों से अपने आग़ोश में भरा और फुसलाने वाले लहजे से आग्रह किया, "वाफ़िक़! तुम थक गए होगे, क्यों नहीं तुम मेरे बिस्तर पर लेटकर कुछ देर आराम

कर लेते?'' वह अचानक फट पड़ा और तेज़ी से उसकी तरफ़ झपट पड़ा, ''फिर क्यों तुम्हारी आँखों में आँसू थे? आख़िर क्यों?''

वह गहरे तक हिल गई। उसने इस तरह से अपने हाथ आगे बढ़ाए जैसे उसे जलते स्टोव के ऊपर गिरने से बचाना चाहती हो।

''यह आँसू क्यों?'' उसने फिर दोहराया।

''वह ख़ुशी के आँसू थे। लंबी जुदाई के बाद। तुम...''

''तुम झूठ बोल रही हो।''

उसे लगा लपटें बाहर की तरफ़ जा रही हैं। उसने स्टोव की तरफ़ देखा।

''ख़ुदा हमें अच्छा-बुरा समझने की सलाहियत देता है।'' वाफ़िक़ के मुँह से अचानक निकला।

वाफ़िक़ घुट रहा था। दौलत को चाय की ख़ुशबू महसूस हुई तो उसने स्टोव बंद कर दिया। वाफ़िक़ बिना आवाज़ किए जा चुका था। दौलत ने गिलासों में चाय उड़ेली तो उसने हलकी-सी आहट सुनी वह मुड़ी, और उसने चारों तरफ़ हैरानी से देखा। वाफ़िक़ अपनी जगह पर नहीं था। उसने बिस्तर पर नज़र डाली, वह ख़ाली था। फिर सहम कर चारों तरफ़ नज़रें दौड़ाईं और परेशान हो अपने कान खींचे और अपने हवास समेटे। आख़िर लकड़ी की सीढ़ी पर किसी के उतरते क़दमों की मद्धिम सी चाप उसे सुनाई पड़ी। उसने लपककर शॉल उठाई और अपने नंगे सीने को ढका, फिर उसे नोच फेंका फिर सोचकर फेंकी शॉल उठाई। सिर पर लपेटा और नंगा सीना छुपाया। वह तेज़ी से सीढ़ी की तरफ़ बढ़ी। तब तक आवाज़ बंद हो चुकी थी। उसने बिल्डिंग के दरवाज़े पर रुककर इधर-उधर ताका तो उसे हल्की-सी झलक दिखी जैसे वह दूसरी गली में मुड़ा हो। वह तेज़ी से उसकी तरफ़ लपकी तब तक वह भीड़ में गुम हो चुका था। वह चाहती थी दीवार से टेक लगाकर खड़ा होना तभी उसके सिर से शॉल फिसली और उसका नंगा सीना उघड़ा। वह शर्म के मारे तेज़ी से अँधेरी गली के घरों की तरफ़ लपकी।

साढ़े सात बजे सुबह।

वह चलते हुए सामने रास्ते को घूर रहा था। इस बीच उसकी पलक एक बार भी झपकी नहीं थी। वह ज़मीन पर पैर रखकर चल रहा था या ज़मीन उस पर क़दम जमा रही थी? उसके चारों तरफ़ फैले घर लोगों से उबल रहे थे और उसके सीने पर चढ़े हुए थे। उसके आसपास खड़े लोग उसे इस तरह टकटकी लगाए घूर रहे थे जैसे सूई मोती-पिरोती है। वह इनको किसी अंधे की तरह अनदेखा कर सिर्फ़ फ़तिइया के बारे में सोच रहा था। दौलत ने उसे लोगों के बीच उसकी इज़्ज़त का मिट्टी में मिल जाने जैसे संकेत दिए थे। पूछताछ करने वाले ने कहा था कि तुम्हारी बीवी बला की ख़ूबसूरत है। उसकी अपनी माँ ने कहा था

कि तुम्हारे जेल जाने के बाद तुम्हारी बीवी ने बेटे को जन्म दिया है! उसका ख़ून फिर से गर्म होने लगा।

कोई आदमी उससे टकराया, फिर दूसरा टकराया। इस तरह टकराते लोगों ने उसे दबाना शुरू कर दिया। वह चाहता था कि उन्हें पीछे धकेले मगर उसके हाथ निर्जीव हो गए थे। फ़तिइया उसके कानों में बुदबुदाई, "मैं आज रात सिर्फ़ तुम्हारी होकर रहना चाहती हूँ ताकि मैं उन ख़ूनी तन्हा रातों की भरपाई कर सकूँ।" क्या वह उसका मज़ाक़ उड़ा रही थी? वह वहाँ भागे जहाँ अपनी आँखों को उसकी आँखों में डूब जाने दे। उसने अपनी चाल तेज़ कर दी। उसके पैर अभी हरकत कर रहे थे। वह संतुष्ट होना चाह रहा था कि क्या वह कुछ करने के क़ाबिल रह गया है? वही ख़ुशदिल आवाज़ कानों से टकराई, "वह बरकत वाला, उस पर ख़ुदा की रहमत!"

उसने देखा कोई आदमी उसकी तरफ़ बढ़ा चला आ रहा है। उसे महसूस हुआ जैसे वह ख़ुद अनजाने में उस आदमी की तरफ़ बढ़ता चला जा रहा है। जब वह उस आदमी के पास पहुँचा तो उसे जैसे आभास हो गया था कि वाफ़िक़ उसी से बात करने आ रहा है। उसने दिमाग़ी तौर से अपनी आँखें बंद कर लीं और खुले पपोटे के साथ उस आदमी के पास से गुज़र गया। कुछ देर बाद उसे महसूस हुआ कि वह तो उस आदमी को बहुत पीछे छोड़ आया है। उससे बात करने की वाफ़िक़ की इच्छा मर चुकी थी। अब वह उसकी ज़िंदादिल आवाज़ में पढ़ी मुनाजात (वंदना) भी सुनने का इच्छुक नहीं रह गया था। वह फ़तिइया से बात करना चाहता था, वह औरत जिसने उसे धोखा दिया था। वह अपने ऊपर हँसा, यह क्या बेवक़ूफ़ी है कि सुबह सबेरे वह उस आदमी को खोजने निकला है। जिसके होंठ हिलने पर उसकी ज़िंदगी का दारोमदार है। कैसा मूर्ख है वह! पूछताछ करने वाले की आँखों से भी यही भाव दिखता था कि वह बहुत बड़ा अहमक़ है! भला ज़िंदादिल आवाज़ वाले का क्या संबंध हो सकता है उसकी बीवी के मामले से? अगर वह समीह का बाप हुआ तो, इस ख़्याल ने उसके दिल को काटकर रख दिया। उसके दोनों हाथ बेदम से होकर उसके दोनों तरफ़ झूलने लगे। लेकिन वह इतने भी बेजान नहीं हैं, जैसा वह सोचता है। वह उसके पास जाएगा और आराम से उस का गला घोंट सकता है। उसे लगा उसके बेटे समीह का चेहरा उस आदमी से बुरी तरह मिलता है! उसके अंदर बवंडर-सा उठा, मगर वह पलटकर उसकी तरफ़ नहीं गया। उसने ख़ुद से वायदा किया कि वह एक तेज़ छुरा ज़हर से बुझा हुआ लेगा और सीधे फ़तिइया के सीने में घोंप देगा। यह सारी ख़ुराफ़ात सोचता हुआ वह घर की तरफ़ बढ़ा। अचानक उसने सुना जैसे सार्जेंट उमर सुबह-सुबह जेल के आँगन में खड़े चीख़ रहे हों! उसने अपना सिर उन्हें देखने के लिए जो पीछे घुमाया तो वहाँ शलाबी उसे हुक़्क़ा पीने की दावत हाथ हिलाकर दे रहा था। वह लकड़ी की कुर्सी पर जाकर ढेर हो गया।

"इस मोहल्ले के सब लोग नाराज़ हैं वाफ़िक़ साहब! उन्हें उम्मीद नहीं थी कि ऐसी औरत को..." उसने अभी अपना वाक्य पूरा भी नहीं किया था कि वाफ़िक़ अपनी जगह से उठा और बिना कुछ कहे चला आया!

वाफ़िक़ ने देखा कि वह दौड़ रहा है। शलाबी की आवाज़ की प्रतिध्वनियाँ उसके कानों में गूँज रही थीं। वह आवाज़ तब तक उसका पीछा करती रही जब तक उसके दिमाग़ में ख़ुद भूचाल नहीं आ गया! फ़तिइया गुनाहगार औरत है। वह सीढ़ी चढ़कर ऊपर गया। अंदर घर में अँधेरा था। वह थमा और जँगले से टिककर खड़ा हो गया। थोड़ी-बहुत कड़वाहट जो उसकी ज़बान पर थी, उसे उसने निगला और सीढ़ी पर ठहरा। उसे महसूस हुआ जैसे सीढ़ी के नीचे से शलाबी की आवाज़ आ रही है। उसने नीचे झाँका और इच्छा की, काश! मैं इस सीढ़ी के नीचे अंदर ठीक शलाबी के सिर पर उतर सकता और अपनी पूरी ताक़त से उसका भुर्ता बना देता। उसने अपने पैरों से दरवाज़े पर ठोकर मारी। फ़तिइया ने कोई जवाब नहीं दिया। खटखटाने की तेज़ आवाज़ें जैसे भय के दरवाज़े को खोल बैठीं। वह चारों तरफ़ से डरावनी आवाज़ों से घिर गया। उसने देखा कि उसे खींचकर अंदर लाया गया है और वह जेल की एक कोठरी में बंद है। उसका भय उसके पंजों में समा गया और वह बेतहाशा दरवाज़ों पर ठोकरें मारने लगा। उसने अपने नाख़ूनों से दरवाज़े को खरोंचा। उसे महसूस हो रहा था कि फ़तिइया अंदर किसी मर्द के साथ है। वह उन्हें ताज्जुब भरी आँखों से देख रहा था। फ़तिइया दरवाज़ा खोलने में समय लगा रही थी। वह उसे जानता है, वह बहुत चतुर औरत है। दरवाज़ा आख़िर खुला और वह दौड़कर सीधे बेडरूम में पहुँचा। फ़तिइया वहाँ नहीं थी। उसके कुछ कपड़े वहाँ ज़रूर फैले थे, जिन्हें उसने अपने जूतों तले रौंद दिया। हो सकता है वह उसके लिए खाना लेने बाहर गई हो? उसने सोचा और बेडरूम में आकर वह अपनी शंका का कोई सबूत तलाश करने लगा। उसकी ढूँढ़ती आँखें थक गईं और अंत में समीह के कपड़ों पर आकर टिक गईं! वह समीह को देखने के लिए बेचैन हो उठा। वह ज़रूर उसे अपने साथ ले गई है। वह उसकी आवाज़ सुनना चाहता था, "टॉफी... वाफ़िक़ टॉफी।"

उसने समीह की जेब में हाथ डाला, उसमें टॉफियाँ भरी थीं। उसने बेचैन हो उसके कपड़े समेटे और सीने से लगाया।

वाफ़िक़ अपने स्टूडियो की तरफ़ बढ़ा और खिड़की बंद कर दी। अँधेरे में अपनी बनाई पेंटिंग्स को घूरने लगा। उसकी नज़रें फ़तिइया की पेंटिंग्स से टकराई तो उसने उसकी आँखों में झाँका। उसकी पलकें न झपकीं और न उसने नज़रें झुकाईं। बड़े कठोर दिल वाली चरित्रहीन स्त्री है! वह ज़मीन पर इस कोण से बैठा कि अगर फ़तिइया आती है तो वह उसे देख सके। वह पालथी मारकर बैठ गया। उसने कोयले सुर्ख़ किए और देखा कि वह अभी भी समीह के कपड़े थामे

हुए है। वह उन लपटों को पीना चाह रहा था, जो उसके कमरे के कोने से उठ रही थीं। उस पर अचानक खाँसी का बहुत बुरा दौरा पड़ा। उसकी आँखों के सामने दौलत की नंगी छातियाँ घूम गईं। वह झुका और उसने बेटे के कपड़ों को चूमा।

नौ बजकर पंद्रह मिनट।

नाहीद ने कॉफ़ी बनाई और सिगरेट जलाया। उसने बड़े स्वाद से कॉफ़ी का घूँट भरा। फ़तिइया पर्स में फ़्लैट की चाबी ढूँढ़ रही थी।

''तुम अनुभवी आँख हो, मुझे जवाब दो,'' उसने दोहराया। माँ ने सिगरेट का धुआँ घोटा और अपने नाख़ूनों को देखा।

''उसकी आँखों की चमक मर चुकी है।'' फ़तिइया ने कहा, ''क्या प्यार मर जाता है माँ?''

''इंसानी चमक मर जाती है जेल में?''

फ़तिइया चुप अपनी जगह बैठी थी। माँ ने कॉफ़ी का घूँट सुड़का। फ़तिइया ने माँ के चेहरे पर नज़रें गड़ाईं। माँ का चेहरा दुबला और पीला लगा। उसने उसमें समय का गुज़रना और तन्हाई को देखा। बाप तो माँ को अकेला वर्षों पहले छोड़कर चले गए थे। वह तो लगभग भूल चुकी थी कि उसका कोई बाप भी था।

''कितने दिन बीत चुके हैं उन्होंने मुझे कोई ख़त नहीं लिखा।'' वह बुदबुदाई। उसके कई शब्द माँ को दुख पहुँचा चुके होंगे, मगर उन्होंने चेहरे से ज़ाहिर नहीं होने दिया। सिर्फ़ उनके हाथ में हिलती कॉफ़ी की प्याली थी।

''वह चले गए और वक़्त पंख लगाकर उड़ता रहा,'' फ़तिइया ने कहा। माँ ने कॉफ़ी का दूसरा कप बनाया और ताज़ा कॉफ़ी का घूँट भरा। फ़तिइया नहीं पूछ पाई कि माँ के ख़्यालात कहाँ चक्कर लगा रहे हैं। मगर वह ख़ुद यह सोचकर ख़ुश हो रही थी कि वाफ़िक़ इस समय अपने स्टूडियो में होगा और उसकी अधूरी बनी पेंटिंग को पूरा करने में डूबा होगा। जब वह वापस जाएगी तो वह उसे अपनी बाँहों में भर लेगा और अपनी सारी उदासी उसमें उड़ेल देगा। वह बड़ी नर्मी से अपने प्यार के ज़रिए उसे ताज़ादम कर देगी! उसकी मद्धिम आँखों में फिर से चमक कौंधने लगेगी।

उसकी माँ ने दूसरे कॉफ़ी के प्याले का आख़िरी सिप लिया तो उसने माँ के हाथों से प्याला छीना और उसकी बची कॉफ़ी में छुपे रहस्य को पढ़ने लगी। लकीरें कुछ कह रही थीं। माँ ने उसके हाथों को चूमा तो उसने माँ की तरफ़ देखा जो प्यार से मुस्कुरा रही थी। उनकी आँखों में निश्छलता छलक रही थी।

''काश माँ! लोग तुम्हें जान सकते जो तुम हो।'' वह बोली।

माँ की आँखें भर आईं।

''वाफ़िक़ ज़रूर समझेगा।'' फ़तिइया ने ऐसे लहज़े से कहा जैसे वह ख़ुद अपने को विश्वास दिला रही हो। माँ ने अपना निचला होंठ काटा।

''आख़िर क्यों नहीं तुम अपने शौहर से सच कह सकीं?'' एकाएक माँ ने पूछा और कहा, ''सीधे तुम कह सकती थीं कि मेरी माँ को ग़ैरक़ानूनी काम करने के जुर्म में जेल जाना पड़ा था। बजाए उसके तुम कुत्ते से बातें करती हो। उस दिन मैंने ख़ुद अपने कानों से सुना जब मैं तुमसे मिलने आई थी कि तुम उस काले भूत से क्या कुछ नहीं कह रही थीं। तुम कोई बच्ची नहीं हो, जिसकी मुझे अभी परवरिश करना बाक़ी हो। न तुम वह लड़की हो जिसने निडर होकर मेरे सामने कहा था कि मैं फलां से शादी करने वाली हूँ, लेकिन जब मैंने वाफ़िक़ को देखा तो मुझे नफ़रत सी महसूस हुई, क्योंकि मुझे वह एक घोंचू सा आदमी लगा था। मैंने तुमसे कुछ नहीं कहा था, मगर मैं सारी रात नहीं सो पाई थी। मुझे अपनी जवानी के दिन याद आ गए थे।'' माँ इतना कहकर रुकी।

''फिर?'' फ़तिइया ने माँ के चेहरे को ताका।

''मैं भी अपने बाबा के पास इसी तरह गई थी और कहा था कि मैं इस आदमी से शादी करना चाहती हूँ। उन्होंने इंकार किया। और एक दिन जब वह सुबह उठे तो मुझे घर में नहीं पाया। क्योंकि मैं बैग लेकर उस आदमी के पीछे चली गई, जिससे मैं प्यार करती थी। मैंने उस रात देखा कि तुम अपने बिस्तर पर लेटी हो तो मैंने सुबह तुमसे कहा कि जाओ और उससे शादी कर लो। मैं तुमको उस घुटन से आज़ाद करना चाहती थी, जिससे मैं गुज़र चुकी थी। तुम्हारे बाप ने मुझे कभी इस बात के लिए माफ़ नहीं किया कि मैं उनके साथ भागी थी। उनके ताने सुने और फिर जब तुम छोटी-सी थीं, वह मुझे छोड़कर चले गए। मैंने अपने फ़ैसले की क़ीमत चुकाई और कभी भी अंजाम को देखकर अपने फ़ैसले पर नहीं पछताई। मैं तो उस वक़्त भी नहीं रोई थी, जब उन्होंने मुझे हथकड़ी पहनाई थी। तुम्हें क्या हो गया है? कहाँ गई तुम्हारी निडरता? तुम क्यों नहीं बता पाई अपने शौहर को? जो हुआ वह ख़ुदा की मर्ज़ी से हुआ है। अगर वह यह स्वीकार नहीं करता है तो अपना सामान बाँधो और यहाँ चली आओ यह तुम्हारी बहादुरी है, जो मर गई है। उसकी आँखों की चमक नहीं ग़ायब हुई है। अपने आँसू पोंछो। वाफ़िक़ हमेशा से कमज़ोर रहा है। मुझसे कहो तो मैं उसे ख़ुद बता दूँ, मगर तुम मना करती हो अब तुम ख़ुद देखो तुम्हारे भय भरी झिझक ने तुम्हें कहाँ पहुँचा दिया है। तुम अपनी रातें भय और चिंता में गुज़ारती हो, आख़िर डरती किससे हो? अगर तुम उस आदमी से शादी करतीं तो आज तुम इस तरह हारी हुई न होतीं। सैद बे ने हमेशा तुम्हें चाहा और आज भी कहता है कि वह तुम्हारा इंतज़ार करेगा। उसके पास बड़ी गाड़ी है और लगातार बरसता पैसा है। ठहरो! अपना बैग मत उठाओ मुझे अभी अपनी बात पूरी करने दो। मुझे ज़्यादा कुछ नहीं कहना है। सिर्फ़ आख़िरी बात ध्यान से सुनो। अगर

तुमने वाफ़िक़ को सब कुछ बता दिया तो वह भड़केगा। ग़ुस्सा होगा, मगर रात गुज़रने के बाद सुबह होगी तो वह मेरे पास आएगा। मेरे लिए लड़ेगा। कल मेरा केस जज के सामने है। मान लो मैं आरोप से मुक्त नहीं हो पाई तो मैं सिनेटोरियम चली जाऊँगी। मैं थक गई हूँ। ज़िंदगी हमेशा मेरे लिए सख़्त रही है, मगर इतनी सख़्त कभी नहीं रही है। मैंने हालाँकि हमेशा इस पर क़ाबू पाया है मगर इस बार हालात ने मुझे अपने शिकंजे में कस लिया है। मेरा यक़ीन करो, बहादुरी हमेशा मुहब्बत की आग को भड़काती है।'' इतना कहकर माँ रुकी। कुछ पल ख़ामोशी रही।

मेरी माँ बहुत जिगरे वाली औरत थी। उन्होंने मुझे सिखाया था कि मैं कैसे बहादुर बनूँ। ''मेरी एक बात हमेशा याद रखना कि प्यार कभी भय की छाया में नहीं पनपता है।''

नौ बजकर पैंतालीस मिनट।

सुबह के समय दौलत परेशान-सी उसके दरवाज़े पर खड़ी थी। उसका दिल तेज़ी से धड़क रहा था। वाफ़िक़ फ़्लैट में अकेला था। वह उसे पूरे शहर में ढूँढ़ती फिरी थी। शलाबी क़हवेख़ाने के मालिक को उस पर तरस आया और उसने बताया कि वाफ़िक़ उसकी बेइज़्ज़ती करके घर की तरफ़ भागा है, जहाँ उसकी बीवी सुबह-सुबह उसे अकेला छोड़कर कहीं चली गई है। उसे वाफ़िक़ की चीख़ सुनाई पड़ी, ''तुम झूठ बोल रही हो।'' वह अपने में डूब गई थी।

उसका क़तई कहने का वह मतलब न होता मगर जाने क्यों दौलत जब फ़तिइया के बारे में कुछ कहती है तो, उसके लहजे में अजीब-सी कड़वाहट आ जाती थी।

उसने अपना सिर दरवाज़े पर टिकाया उसे याद आया कि वह किस तरह बरस पड़ा था उस पर, जब उसने कहा था, ''ख़ुदा ने हमें कितना विवेकशील बनाया।'' उसने दरवाज़े को धक्का दिया वह खुला था।

उसने अपनी राह बेडरूम की तरफ़ ली। उसे बहुत पहले से फ़्लैट के अंदर के रास्ते पता थे। वाफ़िक़ कमरे में नहीं था। उसकी आँखें ख़ाली बिस्तर को टटोलने लगीं। दिल चाहा कि आगे बढ़कर उसे छू ले। उसकी नज़र एकाएक कमरे में बिखरे फ़तिइया के कपड़ों पर पड़ी। कड़वाहट भरा अहसास अपने ख़ुद पर तरस खाता उसे महसूस हुआ। वह स्टूडियो की तरफ़ बढ़ी और अंदर दाख़िल हो गई। वहाँ अँधेरा छाया था, जो धुएँ से भरा था। उसने आगे बढ़कर खिड़की खोली। खिड़की से रौशनी आई तो देखा दीवार से टिका वाफ़िक़ बैठा था।

''वाफ़िक़!'' उसने पुकारा, मगर वह उसी तरह बैठा हुक़्क़ा गुड़गुड़ाता रहा। वह चकरा गई। कहना चाहती थी कि मेरी बातों को तुमने ग़लत समझा तुम्हारी

बीवी एक वफ़ादार शौहरपरस्त औरत है। उसकी आँखें जैसी ही मिलीं। उसके शब्द वहीं ठहर गए। सिर्फ़ निकला मुँह से ''फ़तिइया'' ख़ामोशी को तोड़ती एक ही आवाज़ गूँज रही थी। वह हुक़्क़े की गुड़गुड़ाहट थी। उसकी इन्द्रियों ने जैसे काम करना छोड़ दिया। वह इंतज़ार में थी कि शायद वाफ़िक़ कुछ कहेगा। लम्हे गुज़र रहे थे और वाफ़िक़ उसी तरह ख़ामोश था। वह तेज़ी से आगे बढ़ी और उसके पास बैठकर बोली, ''तुमने मुझे छोड़ दिया है?'' फिर बुदबुदाई, ''बिना ख़ुदाहाफ़िज़ कहे हुए? माना की मैं और तुम रस्मों के घेरे में नहीं बँधे, मगर मैं आज भी तुम्हारी हूँ लेकिन फिर भी।'' उसके गले में कुछ फँसा। वाफ़िक़ हल्के से खाँसा। उसकी आँखों में गहरी व्यथा उभरी। उसके हाथों ने बढ़कर वाफ़िक़ का हाथ पकड़ा। उसने खाँसना बंद कर दिया। वह अपने हाथ पर उसका हाथ रखे रही। उसने देखा वाफ़िक़ के चेहरे पर तृप्ति का भाव उभरकर फैल गया है।

''तुम यूँ अँधेरे में बैठे थे?'' वह फुसफुसाई। वह चाहती थी कि उठकर खिड़की बंद कर दे, मगर इस डर से नहीं उठी कि फिर उसे वाफ़िक़ का हाथ अपने हाथ में लेने का कोई बहाना मिले या नहीं।

''खिड़की बंद कर दो।'' वाफ़िक़ ने थके लहज़े में कहा।

वह बेदिली-सी उठी और खिड़की के पल्ले बंद कर दिए, वह स्टूडियो की तरफ़ गई और उसका दरवाज़ा भी बंद कर दिया, जैसे वाफ़िक़ ने उससे यह भी करने को कहा हो। उसके मन में इच्छा तड़पी, काश! इस वक़्त फ़तिइया घर लौट आए। वह पीछे गई और उससे सटकर बैठ गई। उसका बदन उससे छुल रहा था। उसने उसे गुदगुदाया। वह ग़ुस्सा नहीं हुआ। दौलत को महसूस हुआ कि वह यही चाहता था। उसने अपने होंठ काटे और चुप्पी साध ली। उसकी साँसें बहुत तेज़-तेज़ चल रही थीं। उसे डर-सा लगा कि कहीं उसकी धड़कनें उसके अहसास के साथ छल न कर जाएँ।

''गर्मी है।'' उसने कहा फिर चुप हो गई यह सोचकर कि वह ख़ुद ही कहे कि दरवाज़ा खोल दो। हवा को अंदर आने दो। उसने सही लफ्ज़ का इस्तेमाल नहीं किया है। उसे कहना चाहिए था कि वह अपना ढीला ढाला वस्त्र उतार दे। ठीक उसी लहजे में जैसे पोज़ देते वक़्त उससे कपड़े उतारने को वह कहता था! वह फ़ौरन अपने कपड़े उतार देती जैसे ही खिड़की बंद होती। लेकिन अब बात दूसरी थी। उसने अपने से कहा। अब फ़तिइया उसके साथ है, मगर फ़तिइया तो बाहर गई हुई है।

''क्या फिर से मेरी तस्वीर नहीं बनाओगे?'' उसने बड़ी नर्मी से पूछा। वह उसकी साँसों का सरगम सुन रही थी। वाफ़िक़ के बदन से आँच निकल रही थी। उसका हाथ आगे नहीं बढ़ पा रहा था। उसे महसूस हुआ कि वह सारी ज़िंदगी भी चले तो वह वहाँ तक नहीं पहुँच सकती है।

दौलत ने उसके सीने को छुआ और अपना चेहरा उसके चेहरे के क़रीब ले गई और वाफ़िक़ की आँखों में झाँका। वहाँ जज़्बात की लपटें निकल रही थीं। उसने फँसे गले से उसे पुकारा। उसकी आग ने जैसे दौलत को झुलसा दिया, जब वाफ़िक़ ने दौलत का नाम लिया। तो जैसे दौलत की दबी इच्छा अपनी दीवानगी तक पहुँची। उसने पैर से धक्का मार हुक़्क़े को पीछे ठेला और उसे आग़ोश में भरा। वह उसे इस तरह पी रही थी जैसे वर्षों से वह प्यासी हो।

सुबह साढ़े दस बजे।

फ़तिइया अपने माँ के घर से निकली और तेज़ी से सीढ़ियाँ उतरने लगी जैसे कोई उसे दौड़ा रहा हो। उसका इस तेज़ी से हड़बड़ाकर जाना देख उसकी माँ की आवाज़ ने उसका पीछा किया।

''मुहब्बत कभी नहीं पनप सकती है ख़ौफ़ के साए में।''

उसने अपनी मुट्ठी इस तरह बाँधी जैसे वह ज़िंदगी से कुछ निचोड़ना चाह रही हो। अपने इस ख़ौफ़ से...।

वह अपना भय भगा देगी। वह इस वक़्त सीधे वाफ़िक़ के पास जाएगी। जहाँ वह स्टूडियों में बैठा उसकी पोर्ट्रेट में रंग भर रहा होगा। वह उसका सीना अपनी छाती में छुपा उससे कहेगी, ''तुम जब नहीं थे तो मेरी माँ को उन कमीनों ने पकड़ लिया था। केस की सुनवाई कल है। वह उसे बरी कर देंगे, इसमें कोई शक नहीं है। वकील ने इस बात का यक़ीन दिलाया है। उस पर दुराचार का आरोप है। लेकिन तुम मेरी माँ को जानते हो, हरगिज़ यक़ीन नहीं करोगे वाफ़िक़ वह एक शालीन औरत है।'' यह वाफ़िक़ को बोलने का मौक़ा नहीं देगी। वह उसे अपनी बाँहों में कस लेगी और अपनी साँसों में उसे पिघला लेगी। ''मैं तुम्हारी परेशानियों को बढ़ाना नहीं चाहती थी, इसलिए पहले नहीं बताया था। तुमने बहुत कुछ झेला है। मैंने अकेले सब कुछ सहा था। मैं किस तरह उस रात रोई थी। तुमने मेरे आँसू देखे तो थे। मैं रोई इसलिए थी कि मैंने तुमसे कुछ छुपाया था, लेकिन मैं उस बोझ को अब ज़्यादा दिनों तक नहीं झेल सकती हूँ।''

''मेरी माँ ऐसी नहीं है जैसा वह कह रहे हैं। वाफ़िक़! मैंने सिर्फ़ एक बार उन के घर में मर्दों और औरतों को देखा था। माँ ने बताया था कि वह सिर्फ़ ताश खेलने और कॉफ़ी पीने आए थे। जाड़े की सर्द रात में उन सबकी मौजूदगी ने माँ की तन्हाई को कम कर, ख़ुलूस की गर्मी दी थी। मेरे पिता तो उसे छोड़ चुके हैं। वह उन्हें प्यार ही नहीं करती थी, बल्कि उनके लिए उसने बहुत कुछ छोड़ा था। वह उनके साथ गायब हो गई थी। पहले वह इस बात से बहुत ख़ुश थे कि माँ अपनों को छोड़कर उनके साथ भाग गई थी सिर्फ़ और सिर्फ़ उनके लिए। यह बात ख़ुद उन्होंने मुझे बताई थी। लेकिन यह जज़्बा ज़्यादा दिन टिका नहीं। उनका प्यार

नफ़रत में बदल गया। जब भी वह हमबिस्तर होते वह माँ के बदन के प्रति तिरस्कार दिखाते।''

यादों ने उसके अंदर घुटन-सी भरी। उसे याद आया कि कल रात वाफ़िक़ उसके साथ सोया था। वह मुझसे दूरी बनाए हुए था। शायद वह बहुत थका हुआ हो। उसके कंधे दुख रहे हों। उसने संयम बरता था ताकि उसे थकन ज़्यादा महसूस न हो, इसलिए बात भी नहीं की थी। उसने जब वाफ़िक़ की आँखों में झाँका था तो उसे महसूस हुआ था कि जैसे किसी ने उसकी आत्मा को कुचलकर रख दिया हो। यह ज़ख़्म उसी से ताल्लुक़ रखता है। उसे यक़ीन-सा था।

''वह तुम्हारी ऊर्जा थी, जो मर गई।'' उसकी माँ ने कहा था। माँ के पास ज़िंदगी का एक लंबा तजुर्बा था।

''तेज़ चलाओ न?'' उसने टैक्सी ड्राइवर से कहा।

''आगे जाम लगा है, शायद कोई दुर्घटना घट गई है।''

घर के अंदर बला की उमस थी। उसने खिड़की का शीशा नीचे गिराया। तेज़ गर्म हवा के थपेड़े ने उसका मुँह नोच लिया।

''आज मेरे साथ रुक जाओ, कल कोर्ट जाना है।'' माँ ने ऐसा कुछ नहीं कहा था। मगर फ़तिइया उसके चेहरे के भाव से समझ चुकी थी। वह वाफ़िक़ से कहेगी कि माँ के साथ कोर्ट चला जाए। उसका वहाँ पहुँचना माँ को हैरत में डाल देगा और वाफ़िक़ माँ की बेगुनाही को अपने कानों से सुनेगा। एकाएक वह चिंतित हो उठी। कल रात वाफ़िक़ कहाँ गया था? जाने से पहले उसने मेरे चेहरे को देखा था। मैं अपने को सोता दिखा उसी तरह आँखें बंद किए पड़ी रही। उसे इंतज़ार था कि समीह को प्यार करने के बाद वह उसे प्यार करेगा। फ़िलहाल वह समीह को पड़ोस में छोड़कर आई है।

''मैं ज़्यादा देर नहीं रुक सकती हूँ।'' वह बुदबुदाई।

उसने अपनी घड़ी पर नज़र डाली। उसका दिल समीह को गोद में उठाने का चाहा। उसे समीह के लिए नए जूते भी ख़रीदने थे। टैक्सी जाम में फँसी थी। उसे लगा बेहतर है कि वह टैक्सी से उतर बाक़ी का रास्ता पैदल ही तय करे।

''सारे दिनों में से दुर्घटना ने केवल आज ही की सुबह क्यों चुनी'' वह झल्लाकर बड़बड़ाई।

'लगता है कार ने किसी आदमी को कुचल दिया है।'' ड्राइवर ने कहा।

एम्बुलेंस शोर करती तेज़ी से आगे बढ़ी।

''क्या कोई और रास्ता है?'' फ़तिइया ने पूछा।

''हम लेन में फँसे हैं। चाहूँ भी तो निकल नहीं सकता हूँ। इंतज़ार करने के अलावा कोई दूसरा चारा नहीं है। ड्राइवर ने बताया।

उसने अपनी आँखें बंद कर लीं। जैसे वह सुबह याद आ गई हो जब वाफ़िक़ उससे यूनिवर्सिटी में मिलने आया था। उसकी आँखों में इतनी बेक़रारी थी कि वह उसे उसी वक़्त अपने साथ लेकर कहीं उड़ जाना चाहता था।

उसका दिल अचानक रोने का चाहने लगा।

दिन के ग्यारह बजे।

वह एक लंबा विराम था।

''दरवाज़ा खोलो,'' अचानक दौलत ने उसकी आवाज़ सुनी उसे महसूस हुआ कि उसकी आवाज़ में थकान थी। उसने अपना बदन सिकोड़ा और पसीने में डूबे अपने नंगे स्तनों को पोंछा। वाफ़िक़ की गंध अभी भी उसके हाथों में बसी थी। उसने वाफ़िक़ की तरफ़ देखा और उसी तरह उसकी बालों से भरी छाती पर सिर रखे लेटी रही। वह संतुष्ट थी। चाहती थी कि वह भी उसे देखे।

''दरवाज़ा?'' उसने पूछा।

''खिड़की,'' उसने बिना उसकी तरफ़ देखे कहा।

वह चाहती थी कि उसके सामने से वह नंगी गुज़रे। लेकिन अब उसे कपड़ा पहनना पड़ेगा अगर उसे खिड़की खोलने के लिए उठना है। उसने आहिस्ता से अपने कपड़े उठाए। वाफ़िक़ दरवाज़े की तरफ़ बढ़ा। उसने दरवाज़ा खोला और बाहर निकल गया। उसने कपड़े पहने और खिड़की की तरफ़ बढ़ी और पहले उसने अपनी छवि खिड़की के शीशे में देखी। अपनी भवें बराबर कर उसने सिर का स्कार्फ ठीक किया और खिड़की खोल दी।

उसके दिल में इच्छा उभरी काश। फ़तिइया उसे ऐसी हालत में देख ले। उसने कमरे के बिखरे सामान को उनकी जगह रखा। बिस्तर की चादर ठीक की, फिर फ़र्श पर बिखरे कोयले उठाए जो गर्म थे। उसकी उँगली जला गए। वह वाफ़िक़ को पुकार बैठी। एकाएक अपने पर फ़िदा होने वाला भाव उसके सारे वजूद पर छा गया। वह जंगली फूल की तरह बारिश में भीगकर ताज़ा हो उठी थी। वह घमंड से भरी झूम उठी। वह अभी भी प्यासी थी। उसने बूँद ही चखी थी, वह पूरा समुद्र पीना चाहती थी। उसने उस पेंटिंग की तरफ़ देखा, जो इस उलट-पलट में अपनी जगह से गिर चुकी थी। उसने उसे उठाया और देखा। वह फ़तिइया की अधूरी पेंटिंग थी। उसे याद आया कि एक बार वाफ़िक़ ने कहा था।

''अगर मैं एक बार में पेंटिंग पूरी नहीं कर पाता हूँ तो फिर मेरी इच्छा मर जाती है।''

वह ख़ुशी से भर उठी थी। उसने देखा लाल स्कार्फ के साथ उसकी पोर्ट्रेट दीवार पर लगी थी। पिछले सारे वर्षों में वह उसे यहाँ टाँगें रहा।

''तुम वाक़ई बड़े सच्चे इंसान हो वाफ़िक़। ऐसा आदमी जो चीज़ों और लोगों की अहमयित जानता है।'' उसने दिल ही दिल में सोचा और फ़तिइया की पोर्ट्रेट को

पीछे फेंका और अपनी पोर्ट्रेट का चुंबन लिया। वाफ़िक़ देर में लौटने वाला था। क्या वह बेडरूम की तरफ़ गया है ? उसने वाफ़िक़ को पुकारा। फ़्लैट का दरवाज़ा अभी भी खुला था। वह उसे बिना बताए कहीं बाहर जा चुका था।

दिन के साढ़े ग्यारह बजे थे।

वाफ़िक़ को परवाह न थी वह कहाँ जा रहा है। वह सिर्फ़ इतना जानता था कि वह जहाँ भी जा रहा है, उसे वह नहीं जानता है। वह फलों का जूस पीने बीच में रुका। रास्ते में पुराने जूते बेचने वाला दिखा तो वह रुक गया, एक जोड़ा जूता उसे पसंद आया। अपने पुराने जूते वहीं उतारे और बिना किसी संकोच के वह नए जूते पहन आगे बढ़ा। सामने से आती अंजीर से भरी एक रेहड़ी पास से गुज़री। उसे बेचने वाले की पुकार बहुत भाई तो वह वहीं ठहर गया और अंजीर ख़रीदे। वहीं पास में दूसरी रेहड़ी पर बच्चों के खिलौने बिक रहे थे। वह भीड़ चीरता आगे बढ़ा और समीह के लिए खिलौना ख़रीदने लगा। फिर उसे चलाकर चेक किया, ऐसा करके उसे अजीब ख़ुशी महसूस हुई। चलते चलते अचानक वह हथियारों की दुकान के सामने रुका। उसे एक पिस्तौल पसंद आई। उसने ख़रीदी और जेब में रख ली। उसने अपने को सुरक्षित महसूस किया। उसकी नज़र दो झगड़ते हुए आदमियों पर पड़ी। वह वहीं खड़ा होकर तमाशा देखने लगा। वह एक-दूसरे को मार-पीट नहीं रहे थे, बस चीख़ चिल्ला रहे थे। यह देखकर वह झल्ला गया।

वह थककर चूर हो गया था। वहीं फुटपाथ पर बैठकर उसने हाथ में पकड़े अंजीरों के लिफ़ाफ़े को खोला और पक्की अंजीरों को छाँटकर खाने लगा। एकाएक उसकी नज़र तेज़ी से गुज़रते हुए आदमी पर पड़ी। वह शेख-अल-बीदैनी था, जो उसके साथ जेल के सेल में था। वह अपने पैरों पर उछला और उसके पीछे भागा। उसे याद आया कि वे लोग सुबह-सवेरे सेल के बाहर आए थे और रस्सी का फन्दा उन्होंने तैयार किया था। फिर शेख-अल-बीदैनी को फाँसी देने के लिए ले गए थे। उसके बाक़ायदा गले में फन्दा डाल दिया गया था। उसे एक इंसानी चीख़ का इंतज़ार था। उसने आँखें बंद कर लीं। बावजूद पीड़ादायक इंतज़ार के उसे चीख़ सुनाई नहीं पड़ी। बल्कि उसकी जगह मिले-जुले क़हक़हे सुनाई पड़े थे जो आँख खोली तो देखा कि वह नाटक था जिसे करके वह जेल के नीरस जीवन में कुछ मनोरंजन चाह रहे थे। वाफ़िक़ सामने आने वालों को धक्का देता हुआ आगे बढ़ रहा था, ताकि वह उसे गले लगाकर उसके कंधे पर सिर रखकर जी भरकर रोए, लेकिन वह किसी आत्मा की तरह विलीन हो गया था। उसकी गर्दन में दर्द-सा उठा और महसूस हुआ कि शेख की मीठी आवाज़ रोने में बदल चुकी है।

वह रोते हुए कह रहा है, "ख़ुदा सबसे बड़ा प्रतिशोधी है।"

दूसरी आवाज़ ख़ुशी से भरी हुई उसे सुनाई पड़ी, "हमारे ऊपर पैग़ंबर का साया रहे।"

आवाज़ ग़ायब हो गई। उसका चेहरा सामने आया। धैर्यवान आँखें थकी हुई पलकें। उसे एकाएक सार्जेंट उमर की चेतावनी याद आई।

"तुम हो जो ख़ुद अपनी पूरी तबाही को रोक सकते हो।"

उसने अपने निचले होंठ को दाँतों से दबाया। दर्द हुआ तो वह हँस पड़ा। उसे अचानक समीह की याद आ गई। उसने खिलौनों की तरफ़ देखा। वह वहाँ नहीं था। हाथ से कहीं गिर चुका था या छूट गया था। वह तेज़ी से चले रास्ते पर लौटा और फुटपाथ के पास पहुँच उसने इधर-उधर ढूँढ़ा, मगर खिलौना नहीं मिला। उसकी स्मृति उसे धोखा देती महसूस हुई। तभी उसकी नज़र एक बच्चे पर पड़ी, जिसके हाथों में वह ख़िलौना था। वह उस बच्चे की तरफ़ दौड़ा फिर कुछ दूर जाकर उसे अपनी बेवक़ूफ़ी का अहसास हुआ तो वह यह सोचकर रुक गया कि वह दूसरा खिलौना भी तो ख़रीद सकता है। उसकी कमर में एकाएक दर्द उठा। उसे वह कोड़ा याद आया, जो अनगिनत बार उसकी कमर पर पड़ा था। क्यों नहीं वह फ़ौरन वही सब उगल पाया जो वह सुनना चाहते थे। उसका दिल चाहा कि वह कपड़े उतार दे और नंगा हो राह चलता रहे।

उसे कोई आदमी अपनी दुखद गीतगाथा गाता दिखाई दिया। वाफ़िक़ शब्दों के जादू से खिंचता हुआ उसकी तरफ़ बढ़ा। उसकी आवाज़ दौलत के पिता से मिलती महसूस हुई। उसने ग़ौर से उस आदमी के झुर्रियों वाले चेहरे और कपड़ों को देखा और उत्सुकता से आगे बढ़ा। गाने वाले ने उसकी तरफ़ निगाहें नहीं उठाईं अपने में डूबा वह गीतगाथा गाता रहा। वाफ़िक़ का बदन अकड़-सा गया।

उसका हाथ पिस्तौल पर पड़ा और उसके ज़ेहन में घर उभरा जैसे फ़तिइया बिस्तर पर पड़ी रो रही हो।

दोपहर के बारह बजे थे।

आईने के सामने खड़ी दौलत अपने सरापे में खोई अपने रूप पर मुग्ध हो रही थी। तभी उसे फ़तिइया की आवाज़ सुनाई पड़ी, जो वाफ़िक़ को पुकारती उधर ही आ रही थी। अचानक दौलत ने उसे अपने पीछे खड़ा पाया। फ़तिइया उसे वहाँ देखकर हैरत से भर चौंक पड़ी और अचंभित स्वर में पूछ बैठी, "दौलत! तुम यहाँ?" उसकी हैरत में डूबी आवाज़ को सुनकर दौलत ने हाथ में पकड़ी लिपस्टिक कसके मुट्ठी में जकड़ ली।

दौलत की आवाज़ गले में फँस चुकी थी तो भी उसने गर्दन के इशारे से बताया कि वह बाहर गया हुआ है। फ़तिइया उसका संकेत समझ गई।

वह पलभर रुकी बामुश्किल उसने थूक निगला और खुले दरवाज़े की तरफ़ भागी। फ़तिइया तब तक खड़ी रही, जब तक दौलत फ़्लैट से बाहर नहीं निकली उसने मुड़कर आईने में अपना चेहरा देखा जो बासी फूल की तरह पीला पड़ा था। उसने उँगलियों से कसकर अपने गाल रगड़े और बिस्तर के किनारे बैठ कर उसने अपने जूते उतारे फिर झुककर पलंग के नीचे झाँका और सीधी बैठकर कमरे के चारों तरफ़ सरसरी नज़र डाली।

अचानक उसके बदन में करंट दौड़ा, वह उछलकर अपनी जगह से उठी और स्टूडियो की तरफ़ जाने के लिए कमरे से बाहर निकली।

उसे याद आया कि लौटने के बाद वह स्टूडियो में झाँकती हुई आई थी।

उसने जाकर वह जगह देखी जहाँ वाफ़िक़ अपनी अधूरी पेंटिंग्स रखता था। क्या उसे पूरा कर लिया? वह वहाँ नहीं थी। पूर्वाभास ने उसका दिल मुट्ठी में कस लिया। एकाएक उसकी नज़र दौलत की पोर्ट्रेट पर गई। उसका ग़ुस्सा सातवें आसमान पर पहुँच गया। उसने तस्वीर दीवार से उतारकर स्टूडियो के बाहर फेंकी और सोचा—दौलत को हरगिज़ कमरे से निकल भागने नहीं देना चाहिए था। आख़िर उसने दौलत को अपने बेडरूम में मौजूद पाया था। एक औरत उसके बेडरूम में? वाफ़िक़ ज़रूर उसे वहाँ लाया होगा। नहीं, कभी नहीं! वाफ़िक़ तो उससे बेइंतहा प्यार करता है। उसने वह सब किया सिर्फ़ उसी के लिए ताकि जेल की मियाद कम हो सके। उसने यह बात अपने क़ैदी साथी से कही थी, जो उन सारी चीज़ों को रखता था, जिन्हें सेल में लाना मना था। वाफ़िक़ ने कहा भी था, "मैं तुम्हारे लिए आया हूँ फ़तिइया! मुझे तुम्हारी ज़रूरत थी। मैं चाहता था कि ताज़ा हवा में साँस ले सकूँ।"

उसने उन यादों में डूब एक लंबी साँस भरी। वाफ़िक़ के शब्दों ने उसके फेफड़ों को जैसे ताज़गी से भर दिया था। उसका प्यार सुलग उठा। उसने अपने बालों को पीछे समेटा और अपने चारों तरफ़ बिखरी पेंटिंग्स को देखा। वह इन सारी पेंटिंग्स में अपने वजूद को पिघलता देखना चाहती थी। यह सब कुछ है वाफ़िक़ के लिए, उस ज़िंदा रंगों के लिए भी, जो वह पेंटिंग्स में भरता है। उसके पास कुछ भी नहीं बचा है किसी दूसरी औरत के लिए। उसने दौलत की नई पोर्ट्रेट की तरफ़ देखा जो उल्टी पड़ी थी। उसे हँसी आ गई। यह उस जलने वाली लड़की का काम है। वाफ़िक़ जल्द ही लौटने वाला होगा और फिर सारी रात वह मेरी बाँहों में खोया रहेगा। उसे महसूस हुआ जैसे वह हॉल में मौजूद हो। वह बाहर की तरफ़ दौड़ी। उसे लगा कि उसने वाफ़िक़ को बाहर निकलते हुए उसकी एक झलक भर देखी है। वह तेज़ी से सीढ़ियों की तरफ़ बढ़ी। लेकिन वह वहाँ नहीं था। वह खिड़की की तरफ़ गई और उससे झाँककर बाहर देखा। दौलत को उसने दरवाज़े पर खड़ा देखा। उसे नीचे जाना चाहिए और एक ज़ोरदार झापड़ उसके मुँह पर लगाना चाहिए। वह

जूते पहनने लगी, तभी उसने देखा दौलत वहाँ नहीं थी। उसका जोश ठंडा पड़ गया। उसने ठोकर मार जूते डाइनिंग रूम में फेंके और आराम से कुर्सी पर बैठ गई। उसकी साँसें सहज थीं। उसने सोचा। दौलत आई होगी वाफ़िक़ से किसी तरह की मदद माँगने, वह हमेशा दौलत के प्रति नर्म रहा है। उसने दरवाज़ा कमरे का खुला पाया था। यह वाफ़िक़ की पुरानी आदत थी। जब दरवाज़ा बंद होता तो उसे घुटन महसूस होने लगती है। फ़तिइया अपनी कुर्सी से उचककर खड़ी हुई और कमरे में टहलती ख़ुद से बातें करने लगी।

"वाफ़िक़ आया होगा और मुझे वहाँ न पाकर लौट गया होगा। वह मेरे बिना एक मिनट नहीं टिक सकता है वहाँ, इसलिए दोबारा चला गया। वह फ़्लैट उसको जेल की तरह लगता है। अरे ? मेरे वाफ़िक़! मेरे प्यार!"

उसे घर गंदा लगा। धूल की तह खाने की मेज़ पर नज़र आई। उसने उँगली से छुआ, धूल ख़ासी मोटी थी। उसे वाफ़िक़ की वापसी से पहले घर को साफ़ कर लेना चाहिए। उसने जल्दी से अपने कपड़े बदले और सफ़ाई में जुट गई।

उसे एम्बुलेंस का तेज़ हॉर्न सुनाई पड़ा। वह हँस पड़ी। उसे अचानक दौलत का चेहरा याद आया, जिस पर बड़े फूहड़पन से मेकअप थुपा हुआ था।

साढ़े पाँच बज रहे थे।

आख़िरकार उसने बिल्डिंग ढूँढ़ ही ली, जिसे तलाश करते हुए बड़ी देर से वह भटक रहा था। क़रीब पहुँचकर उसने एक बार फिर गहरी नज़र से बिल्डिंग को घूरा फिर मकान पर लगी नेमप्लेट को। पूरी तरह अपने को संतुष्ट किया कि वह आदमी यहीं रहता है। वही आदमी जिसने एक साथ उसकी पाँच पेंटिंग्स ख़रीदी थीं। उसने तेज़ी से संगमरमर की तीन-चार सीढ़ियाँ चढ़ीं और शीशे के बड़े से दरवाज़े के पास जाकर खड़ा हो गया। दरवाज़े पर तैनात काले रंग के चौकदार ने उसे अंदर दाख़िल होने के लिए टोका तो उसने उस आदमी का नाम बताया। नाम सुनकर चौकीदार ने आगे बढ़कर उसे रास्ता दिखाया। वाफ़िक़ चाहता था कि चौकीदार उसके साथ न चले लेकिन मना नहीं कर पाया। चौकीदार ने हाथ बढ़ा फ़्लैट की घंटी बजाई।

वाक़िफ़ बिना किसी तैयारी के आया था कि उसे क्या कहना है और क्यों मिलना है। उसे सिर्फ़ इतना याद था कि इस आदमी को पता चल गया था कि वह जेल में है। उसका दिमाग़ घूमने लगा। उसने तय किया कि वह मिलने पर कहेगा, "मैं आपको धन्यवाद देने आया हूँ कि आपने मेरी पेंटिंग्स के प्रति रुचि दिखाई," लेकिन यह तो बहुत पुरानी बात हुई। फिर वह क्या कहेगा, "मैंने कई नई पेंटिंग्स ख़त्म की हैं। मेरी इच्छा है कि आप उसे देखने आएँ।" चौकीदार ने दोबारा घंटी बजाई तो दरवाज़ा खुला और सामने एक बिखरे बालों का थका चेहरा नज़र आया।

वाफ़िक़ को समझते देर नहीं लगी कि वह ग़लत बिल्डिंग में आ गया है। यह वह आदमी हरगिज नहीं है, जिससे वह चित्र प्रदर्शनी में मिला था और बग़लगीर हुआ था। वाफ़िक़ हकलाने लगा। उसका सारा बदन पसीने से भीग गया।

''मिस्टर वाफ़िक़!'' उस आदमी ने चहकती हुई आवाज़ से स्वागत किया।

''कैसा सुखद आश्चर्य है आइए, अंदर आइए।''

वाफ़िक़ की आँखें जल उठीं।

''कौन यक़ीन करेगा कि वाफ़िक़ कामिल जैसा महान चित्रकार मेरे घर आया है।'' वह आदमी बोले जा रहा था। वाफ़िक़ ने थूक निगला। आदमी बात करता हुआ ड्राइंगरूम की तरफ़ बढ़ रहा था।

''मेरे हुलिया पर मत जाइए, मैं सो रहा था। लेकिन मैं पहली नज़र में आपको पहचान गया। आप पहले से थोड़ा बदले ज़रूर हैं, मगर पूरे निखार के साथ, इतना तो मैं कहूँगा।''

वाफ़िक़ बेचैनी के साथ सोफ़े पर बैठा। उसकी आँखें अब दीवार पर फिसलकर अपनी पेंटिंग्स ढूँढ़ने में व्यस्त थीं।

''मैं अख़बार में यह ख़बर ढूँढ़ता था कि अब आपकी दूसरी प्रदर्शनी कब हो रही है?'' आदमी ने दिलचस्पी से कहा, फिर अपनी बात जारी रखते हुए कहा, ''हमेशा नाउम्मीद रहा, आप शायद दूसरी तरह के कामों में व्यस्त हो गए होंगे। यह दुखद है, आपकी पहली चित्र प्रदर्शनी तो ग़ज़ब से कामयाब हुई थी।''

वाफ़िक़ की ढूँढ़ती आँखों को झटका लगा। दीवार पर उसका बनाया कोई चित्र टँगा नहीं था। वह झुँझला उठा।

''आप मुझे जानते है?'' वह दबे आक्रोश से बोला।

''क्यों नहीं। कौन नहीं जानता है वाफ़िक़ कामिल आर्टिस्ट को?'' वह बड़े शांत स्वर में बोला, जिसमें क्षमा भाव का मिश्रण भी था जैसे कि इस बीच उससे अनजाने में कोई ग़लती हो गई हो। वाफ़िक़ को महसूस हो गया कि उसने ठीक तरह से अपने को पेश नहीं किया है।

''क्या मैं आपको जानता हूँ?'' उसने पूछा।

वह आदमी परेशान-सा दिखा कि क्या कहे? उसने चुप रहना ही बेहतर समझा।

''क्या मैं आपको जानता हूँ?'' वाफ़िक़ ने ज़ोर डालते हुए दोबरा अपना वाक्य दोहराया।

''यह तो आप ख़ुद ही बता सकते हैं।'' उस आदमी ने अपने दोनों हाथ आगे बढ़ाकर कहा।

''लेकिन मैं आपसे पूछ रहा हूँ कि आप मुझे पहचानते हैं?''

''मुझे अच्छी तरह याद है।'' उसने पूरे विश्वास से कहा।

"मैं आपकी चित्र प्रदर्शनी देखने गया था। मुझे आपकी पेंटिंग्स पसंद आई थी। मैंने एक...दो नहीं पूरी पाँच पेंटिंग्स ख़रीदी थीं। मैंने उसका दाम भी आपको पेश किया था।

"क्या फिर हम बाद में कभी मिले थे?"

"सोचने दें...हाँ, मुझे लगता है कि हम एक बार और मिले हैं।"

"संगीत समारोह में जाते हुए।" वाफ़िक़ ने याद दिलाया।

"अरे हाँ, याद आया। मुझे क्षमा करें। मेरी स्मृति अब इतनी अच्छी नहीं रही जैसे पहले थी। आपकी याददाश्त बहुत अच्छी है। अच्छी क्यों न हो आप अभी जवान हैं। मुझे याद है कि आपने मुझे एक मित्र की तरह अपने सीने से लगाया था। यह आपकी मुहब्बत थी।"

"क्या वाक़ई हम दोस्त थे?" वाफ़िक़ ने बचाव भरे स्वर में कहा जैसे वह इस इल्ज़ाम को स्वीकार नहीं करना चाहता।

आदमी यह सुनकर हँस पड़ा, "हम दिखावा तो ऐसा ही कर रहे थे। आप बीच में एकाएक लंबे अरसे के लिए ग़ायब हो गए जैसे हम दोस्त ही कभी नहीं थे।"

"हम दोस्त नहीं थे।" वाफ़िक़ ने गंभीर स्वर में कहा।

इसके बाद दोनों चुप रहे। नौकर कॉफ़ी के दो प्याले ट्रे में उठाए आया। हाथ बढ़ाकर उस आदमी को एक प्याला पेश किया। वाफ़िक़ ने प्याला धीरे से पकड़ा। आदमी ने सिगरेट केस से सिगरेट निकाली, मगर वाफ़िक़ से बिना पूछे उसने उसे जलाया।

आदमी ने प्याले से एक लंबा घूट कॉफ़ी का तेज़ आवाज़ के साथ भरा और ख़ाली प्याला सोफ़े के पास रखकर फ़ैसला भरे स्वर में पूछ बैठा, "आप सचमुच चाहते क्या हैं?"

वाफ़िक़ ने हाथ हिलाया। उसे इस सवाल की उम्मीद नहीं थी।

वह फ़ौरन पूछ बैठा, "क्या मैं आपको जानता हूँ?"

आदमी को उम्मीद नहीं थी कि वाफ़िक़ अपना पूछा सवाल फिर से दोहराएगा। उसने मज़ाक़िया लहजे में कहा, "यह तो आप जानें?"

"मैंने कहा था, लेकिन पूछताछ करने वाले ने यक़ीन नहीं किया था।" वाफ़िक़ फट पड़ा।

"पूछताछ करने वाला... ?"

"वे रात को आए थे और मुझे पकड़कर ले गए थे और पूरे पाँच साल तक मेरे सिर पर सवालों की छड़ी मारते रहे...सवाल...सवाल...सवाल।"

आदमी का चेहरा पीला पड़ गया। उसके पैर अचानक ज़मीन पर पड़े। काफ़ी के प्याले से टकराए। क़ाफ़ी की बूँदें क़ालीन में जज़्ब हो गईं।

"यह पुराना इतिहास है।" उसने व्याकुलता से कहा।

"आप अतीत में जा रहे हैं।"

"लेकिन नया इतिहास मेरे साथ है। मैं अभी ज़िंदा हूँ मिस्टर।"

"इज़्ज़त काहीला।" उस आदमी से इस तरह कहा जैसे तनाव को पहाड़ में बदल देना नहीं चाहता है।

"इज़्ज़त काहीला अब्दुल करीम।"

आदमी हँस पड़ा ताकि मौजूदा चकराहट टूटे। "आप मेरे दादा का भी नाम जानते हैं न?"

"मेरे केस में।" वाफ़िक़ ने कहा। उसकी जेब में पिस्तौल थी उसे पता था। वह आदमी धुँधलाई-सी शंका के साथ पूछ बैठा, "क्यों... ?"

"मैं नहीं चाहता आप अपनी सफ़ाई में कुछ कहें। मैं कोई इंट्रोग्रेटर नहीं हूँ।"

वह आदमी थोड़ा आगे झुककर वाफ़िक़ के नज़दीक हो कर पूछने लगा।

"आप मुझसे क्या चाहते हैं मिस्टर कामिल?"

"उन्होंने मुझे क्यों पकड़ा था?"

"क्या उन्होंने तुम्हें पकड़ा था?" आदमी ने सोचते हुए स्वर में पूछा, वाफ़िक़ चुप रहा जैसे उस आदमी को अपने सवाल के बारे में सोचने का मौक़ा दे रहा है।

"यही वजह थी शायद, जो मैंने आपकी नई चित्र प्रदर्शनी की कोई ख़बर नहीं पढ़ी।" वाफ़िक़ चाहता था जेब से पिस्टल निकालना, मगर मजबूर था। उसके दाहिने हाथ में काफ़ी का प्याला था। बाँयें हाथ में पट्टी बँधी थी।

"उन्होंने वाफ़िक़ कामिल को क्यों पकड़ा था?" उसने अपना सवाल दोहराया। उसे याद आया कि पूछताछ करने वाले ने उससे सवाल किया था कि तुम उस आदमी को जानते थे जिससे विश्वविद्यालय के सामने तुम बग़लगीर हुए थे? तुम्हारा कहने का सार यही है कि तुमने एक अजनबी को गले लगाया था? वह आदमी जिसका नाम भी तुम नहीं जानते थे!" उसका गला जज़्बात की शिद्दत से भर आया।

"उसने कहा था, यह कैसे मुमकिन है कि तुम एक अनजान आदमी से इस तरह लिपट सकते हो?"

"लेकिन उन्होंने तुम्हें मेरी वजह से क्यों पकड़ा था?" उस आदमी ने एतराज़ भरे स्वर में पूछा, उसने डर को भगा दिया था। "उन्होंने मुझे तो नहीं पकड़ा? एक आदमी मुझसे मिलने ज़रूर आया था। वह बोलचाल में विनम्र था। मुझे अच्छी तरह याद है। उसका चेहरा सफ़ेद था। जूते पॉलिश से चमचमा रहे थे। वह मुझे एक इमारत की तरफ़ ले गया था, जो काफ़ी दूर थी। उन्होंने मुझसे ढेरों सवाल किए थे। यह भी कहा था कि मैं देशद्रोही हूँ। मैं तो एक सच्चा देशभक्त हूँ। इस बात का सबूत कई सनदों में मैंने उन्हें दिखाया। उन्हें तत्काल महसूस हुआ कि उनसे ग़लती हो गई है। वह सफ़ेद चेहरे वाला मुझे मेरी कार तक छोड़ने आया। उसने क्षमायाचना

करते हुए कहा कि उसे अफ़सोस है कि उसने एक शरीफ़ आदमी पर शक किया। उसके बाद वह आदमी फिर कभी नहीं दिखा।"

वाफ़िक़ ने प्याले में बची कॉफ़ी का घूँट भरा। उसने देखा कि सार्जेंट उमर अपनी आँखें सामने बैठे हुए आदमी की आँखों में डाल जैसे वाफ़िक़ से कह रहा हो :

"अगर साबित हो गया तो तुम्हें मौत की सज़ा होगी।"

"वह किसी और आदमी को ढूँढ़ रहे थे।" वह आदमी विश्वास भरे स्वर में बड़ी सहजता से बोला, "मुझे बाद में महसूस हुआ कि उनसे भी ग़लती हो जाती है।"

"क्या मैं वह दूसरा आदमी था ?"

"मैं यह नहीं जानता, लेकिन मैं मालूम कर सकता हूँ, अगर तुम चाहो तो, मेरी अच्छी जान पहचान है महत्त्वपूर्ण जगहों में"

ऐसा लगा जैसे वाफ़िक़ के लिए इस सच्चाई की तह में पहुँचना मौत और ज़िंदगी की तरह महत्त्वपूर्ण है।

"क्या आप मेरे लिए सच का पता लगा सकते हैं, इज़्ज़त साहब ?" उसने आग्रह भरे स्वर में कहा।

"यह बहुत आसान काम है।"

"मैं आपसे गुज़ारिश करता हूँ कि इस सच को मेरे लिए पता लगाए।"

"तुम मुझसे यूँ ख़ुशामदी लहज़े में न कहो।"

"उन्होंने मुझे कई साल बंद रखा। पूरे पाँच साल।"

उस आदमी ने आँखों से चश्मा उतारा और वाफ़िक़ को गहरी नज़रों से घूरा।

वाफ़िक़ के मुँह से अचानक ऐसे शब्द फूटे जैसे उसकी सारी बंदिशें एकाएक टूटकर बिखर गई हों।

"मैं...अब...कभी सो नहीं पाऊँगा।"

"..."

"उन्होंने मेरे हाथों से चलता ब्रश छीन लिया।"

"..."

"मेरी आँखों से रंग उड़ चुके हैं।"

"..."

"मेरा दिमाग़ गंदगी से भर चुका है।"

"..."

"मेरा बेटा! अपना नहीं है।"

"..."

वाफ़िक़ अपने पैरों की तरफ़ झुकता चला गया। लगा अब वह गिर जाएगा। आदमी ने उसे पकड़ा और सहारा देकर बड़े प्यार से उसे खड़ा किया। फिर उसे हमदर्दी से देखा और उसके बाज़ू को पकड़ उसे दरवाज़े तक पहुँचाया और कहा,

"मुझे आपके लिए बहुत अफ़सोस है मिस्टर..." इतना कह उसने तेज़ी से वाफ़िक़ की पीठ पर दरवाज़ा बंद किया और सावधानी से लॉक लगाया। फिर तेज़ क़दमों से ड्राइंगरूम की तरफ़ लपका ताकि समय रहते क़ालीन पर गिरे कॉफ़ी के धब्बों को साफ़ कर सके।

ग्यारह बज चुके थे।

रात बहुत काली थी। वाफ़िक़ अभी तक घर नहीं लौटा था। दौलत घर की तरफ़ जाने वाली सीढ़ियों पर बैठी घुटनों पर कोहनी जमाए अपना चेहरा उस पर रख लगातार घर के दरवाज़े को टकटकी लगाए देख रही थी। उसके हाथ-पैर सुन्न पड़े गए थे। वह वाफ़िक़ का इंतज़ार कर रही थी, और कल्पना में डूबी थी कि वाफ़िक़ उसकी बाँहों में है।

"आख़िर वाफ़िक़ अभी तक लौटा क्यों नहीं?"

वह उससे अकेले में, इस अँधेरे में मिलना चाहती थी। उसकी साँसों को पीना चाहती थी। उसके बालों भरे जंगल में सिर गड़ाकर खो जाना चाहती थी। वह उसे हर हालत में बताना चाहती थी कि फ़तिइया ने उसे रंगे हाथों बेडरूम में पकड़ा, जहाँ वह वाफ़िक़ को ढूँढ़ती पहुँची थी। वाफ़िक़ भी तो उसे बिना बताए अचानक कहीं चला गया था। उसे लग रहा था कि बस थोड़ी देर बाद वाफ़िक़ पहुँचने वाला है। उसने अपने गालों को मला। वह यह तो उसे बताने वाली नहीं है कि उसने फ़तिइया की ड्रेसिंग टेबिल पर रखी चीज़ों को छेड़ा है। उसे पूरा यक़ीन था कि उसने जी भरकर गालों पर जो रूज मला था, वह अब तक गालों से मिटा नहीं है। वह उस लम्हे को याद करके पुलकित हो रही थी, जब वह अपने चेहरे को पूरी तरह मेकअप से सजाकर वाफ़िक़ के पलंग पर लेटने वाली थी। तभी वह नज़र आ गई। दिल चाहा था उसका गला दबा दे।

उसे याद आया कि वह आगे बढ़कर बिस्तर छूना ही चाहती थी। उसे लगा था, बिस्तर मुलायम होगा जिस पर लेट पर अपने ही जिस्म से लिपटेगी। उसे महसूस हुआ कि वह किसी भी हालत में उससे दूर नहीं रह सकती है। उसे एकदम से ताव चढ़ गया। वह उसका मर्द है। वह उसे अपने से दूर नहीं जाने दोगी। मेरी ग़लती थी जो मैं फ़तिइया को देखकर वहाँ से भाग आई, जब वह ताज्जुब से उसे घूर रही थी। उसे वहाँ ठहरना चाहिए था और आँखों में आँखें डालकर उसका सामना बहादुरी से करना चाहिए था। उसने हमेशा वाफ़िक़ को प्रोत्साहन दिया था। उसकी बेहतरीन पेंटिंग्स को उभारने में उसका बड़ा हाथ है। उसे याद आया कितनी बार उसके सामने उसने कपड़े उतारे थे। उसकी आँखों को जी भरकर अपनी ताज़गी पीने दी थी, ताकि वह उसे अपने चित्रों में भर सके। उसके हाथों का स्पर्श उसे याद आया। उसकी ख़ुशबू उसे बेहाल बनाने लगी। उसका दिल तेज़ी से धड़कने लगा। उसकी आँखों

में फ़तिइया की छवि टूट चुकी थी। यह बात उसकी आँखों में झाँककर वह महसूस कर चुकी थी। उसके कहे शब्द उसे याद आए, ''इस मामले में ख़ुदा ने हमें आदेश दिया है कि जो कहो साफ़-साफ़ कहो।'' उसे अपने ऊपर गर्व था। वह हमेशा ऐसे शब्दों का चुनाव करती थी जो घातक हथियार हों। वह कब से उसका इंतज़ार कर रही है। उसे अपने आदमी को अब पूरी तरह हासिल करना चाहिए। शहर के लोग उसी से ही वाफ़िक़ के बारे में पूछते हैं जैसे वह उसका पति हो। फ़तिइया को तो वह उसकी बीवी समझते ही नहीं है। उसकी नज़रों के सामने दृश्य उभरा जैसे फ़तिइया वाफ़िक़ की बाँहों में है। उसे क्रोध आ गया। उसकी बेचैनी बढ़ गई थी जो उसे ऊपर जाने को उकसा रही थी। आख़िर उसने सारा दिन इसी तरह बैठे-बैठे उसके इंतज़ार में काट दिया है। उसे डर लगा कि पता नहीं फ़तिइया आज रात वाफ़िक़ के साथ कैसा बर्ताव करे? वह यह सुनकर बुरा नहीं मानेगा कि मैं उसके बेडरूम में गई थी। आख़िर हर औरत को पूरा हक़ है कि वह अपने मर्द के बिस्तर पर जाए! इसमें बुरा क्या है? उसे अब ज़ोरों की भूख लग रही थी। सारा दिन गुज़र गया था। उसने अभी तक कुछ खाया नहीं था।

उसे यक़ीन था वाफ़िक़ आ रहा होगा। अपने साथ वह गर्म खाना लाएगा। दोनों सीढ़ियों पर बैठकर खाएँगे। वह मुझे खिलाएगा और मैं उसे खिलाऊँगी। उसे याद आया कि उसने किस तरह हुक़्क़े का कश भरा था। लाल अंगारे उछलकर इधर-उधर फ़र्श पर बिखर गए थे।

उसने अपनी बाँहें फैला दीं और उसे अपने आग़ोश में भींचा। जैसे वह उसका सारा रस पीना चाह रही हो। वह चौंकी।

कहीं वह अपने स्टूडियो की तरफ़ तो नहीं चला गया?

कहीं वह वहाँ बैठा हुआ उसका इंतज़ार न कर रहा हो और वह यहाँ?

हो सकता है वह यहाँ से चुपचाप सरककर अपने बेडरूम में चला गया हो? वह दौड़कर जाएगी और उसे एक चुट्टिन औरत की बाँहों से छुड़ा लाएगी और चाहेगी कि उसके साथ बिस्तर गर्म हो। वह अपने पैरों पर उछली और लगभग दौड़ती हुई अपने कमरे की तरफ़ भागी।

बारह बजे आधी रात का समय।

वह बड़ी देर से खड़ा-खड़ा उसे घूर रहा था। वह उसकी कुर्सी पर बैठी थी। उसके हाथ खाने की मेज़ पर फैले थे। उनके बीच उसका सिर टिका था। उसके लंबे बाल उसकी गर्दन पर बिखरे थे कुछ लटें चेहरे को ढके थीं। वह गहरी नींद में डूबी थी।

खाने की मेज़ पर खाना सजा था। उसके सामने रखी प्लेट बता रही थी कि उसने अभी खाना नहीं खाया है। उसने बेटे के लिए प्लेट नहीं लगाई थी, मगर उसकी प्लेट ज़रूर रखी थी। वह अपनी कुर्सी की जगह उसकी कुर्सी पर बैठी थी।

उसने अपने होंठ काटे। इन दिनों वह सावधान रहती थी कि समीह उसके रास्ते में नज़र न आए। उसके कान खड़े थे ताकि वह सुनगुन ले और अपने बेटे समीह की साँसों के मद्धिम संगीत को सुन सके। उसके लगा समीह ज़रूर अपनी नानी के पास गया है। उसकी माँ पूरी तरह से पेशेवर है। शेख अल बैदानी ने बहुत सहा है और अब वह थक चुका है।

वह खड़ा-खड़ा उसे घूरता रहा। उसकी साँसों की लय से उसके मुँह पर आए बालों का हल्का-सा जाल कभी फूलता तो कभी पिचकता था। वह नहीं चाहता कि उसे जगाए। उसने बैंगनी रंग की नाइटी पहन रखी थी। इससे पहले उसने यह नाइट गाउन नहीं देखा था। उसने नज़रें उठाईं। सामने दीवार का रंग भी बैंगनी था।

घड़ी की सुई बारह बजे पर अटक गई थी।

आधी रात का समय था। उसने अपनी घड़ी पर नज़र डाली। जिसको उसने ठीक नहीं किया। आख़िर समय की क़ीमत भी क्या है? वह दीवार घड़ी को भी ख़ामोश कर देना चाहता था। लेकिन घड़ी ठीक फ़तिइया के सिर पर थी। वहाँ तक पहुँचने का मतलब था, फ़तिइया को जगाना। उसने मुँह चलाया। आँखों के सामने दौलत की नंगी छातियाँ कौंध गईं। वह उसके कमरे में जा सकता है, जहाँ वह अपना सिर उसके नंगे स्तनों के बीच रख सकता है। लेकिन अभी नहीं। उसकी आँखें फ़तिइया के चेहरे पर टिकी थीं। जिस पर मासूमियत बरस रही थी। उसकी नज़र अचानक काले कुत्ते पर पड़ी जो उसके पैरों के पास बदन मोड़े पड़ा था। उसके अंदर कुछ घुमड़ा। उसे लगा जैसे कुत्ता उस पर झपटने की तैयारी कर रहा हो। वह संतुष्ट था कि उसके जेब में पिस्तौल पड़ी है। कुत्ते की आँखों में शैतान नाच रहा था। वह कभी भी उस पर हमला कर सकता था।

"फ़तिइया।" वह चीख़ पड़ा।

उसने अधमुँदी आँखों से देखा, "वाफ़िक़!"

वह नहीं कह सका, "अपने कुत्ते को यहाँ के हटाओ।" कुत्ता अभी भी गहरी नींद में सोया पड़ा था।

"अरे, बहुत देर हो चुकी है, मैं बड़ी देर से तुम्हारा इंतज़ार कर रही थी।" उसने एक ज़बर्दस्त जम्हाई लेते हुए कहा, "पता नहीं कब ऊँघ गई। क्या तुम अभी आए हो?"

उसने जेब से पिस्तौल निकाली।

"मैंने फ़्लैट की सफ़ाई की।" वह बोले जा रही थी, "हर जगह ढेरों धूल जमी थी। मैंने आज बहुत काम किया है।"

उसने पिस्तौल को खाने की मेज़ पर धीरे से रखा।

"मैंने सारा दिन कुछ नहीं खाया। खाना मेज़ पर लगाकर मैं तुम्हारा इंतज़ार करती रही।"

वाफ़िक़ ने थूक निगला।

"सारे दिन तुम कहाँ रहे? मेरे जागने से पहले ही तुम चले गए थे।"

उसने मेज़ से पिस्तौल उठाई और अपनी उँगलियों में दबाई। उसके हाथ हल्के से काँपे।

"मैं अपनी माँ से मिलने सुबह गई थी। समीह को पड़ोस में छोड़ गई थी। मुझे माँ से मिलने जाना ही था।"

उसने पिस्तौल सामने की तरफ़ की।

"बेचारी माँ। वह गिरी..." उसका जुमला अधूरा रह गया, जब उसकी नज़र अचानक पिस्तौल पर गई। उसकी आँखों में सवाल उभरा।

"हाँ यह पिस्तौल है!" उसने स्पष्ट स्वर में कहा।

"कहाँ से मिली तुम्हें?"

"मैंने ख़रीदी है।"

उसने पिस्तौल की तरफ़ हाथ बढ़ाया। तभी उसके हाथ ने उसे रोका। उसके हाथ का इशारा वह समझ गई। उसके हाथ बीच में ही ठिठक गए।

"आख़िर क्यों ख़रीदा है तुमने इसे?" उसने हारे हुए स्वर में पूछा।

"मुझे पसंद आई!"

उसके मुँह से निकलने वाले शब्द उसके होंठों पर जम गए। वह परेशान सी कुछ समझ नहीं पाई।

"खाना ठंडा हो गया है, क्या गर्म करूँ?"

वाफ़िक़ ने पिस्तौल पर अपनी नज़रें गड़ा दीं।

"मैंने वैसे ही सलाद बनाया है जैसा तुम्हें पसंद है, नींबू का रस और ढेरों मिर्च डालकर।"

"मैं नहीं खाऊँगा।" उसने शांत स्वर में कहा।

"लेकिन तुमने सारे दिन कुछ नहीं खाया है!"

"मैं नहीं खाऊँगा।"

फ़तिइया ने नज़रें ऊपर उठाईं। उसकी आँखों में लाल डोरे से उभरे थे। वह आदमी जो उसकी तरफ़ मुँह किए खड़ा है, वह वाफ़िक़ नहीं जैसे कोई अजनबी हो।

"यह तुम्हारा पसंदीदा सलाद है वाफ़िक़ और हाँ, माँ तुमसे मिलना चाहती है। तुम जाओगे..."

"तुम कहाँ गई थीं?" वाफ़िक़ ने उसी तरह पिस्तौल को घूरते हुए कहा!

"अपनी माँ के पास। उन्होंने मुझसे कहा कि..."

उसने अख़बार की कतरन उठाकर उसे दिखाई। वह काँप गई।

"यह तुम्हारी माँ की तस्वीर है न?" उसने धीमे मगर सख़्त लहजे में पूछा।

"मैं आज रात तुम्हें सब कुछ बताने वाली थी।"

‘‘तारीख़ पढ़ो। काफ़ी पुरानी तारीख़ है।’’

‘‘माँ ने मना किया था तुम्हें बताने से। याद आया...’’

‘‘ख़ुद उसने क्यों बताया नहीं?’’

‘‘याद है जब वह पिछली बार आई थी? वह चाहती थी कि...’’

‘‘लेकिन तुमने क्यों नहीं, मेरी अपनी बीवी ने क्यों नहीं मुझे बताया?’’

‘‘तुम्हारी अपनी ढेरों फ़िक्रें थीं।’’

‘‘तुमने सोचा वह सारी फिक्रें मेरे ज़ेहन से आज रात साफ़ हो जाएंगी और जब तुम मुझे बताओगी?’’

‘‘नहीं, यह बात नहीं है, बल्कि यह राज़ मैं तुमसे अब ज़्यादा दिन छुपा कर नहीं रख सकती थी।’’

‘‘क्यों तुम उसके पास गई थीं?’’

‘‘तुम बहुत बदल चुके हो आजकल...’’

‘‘तो तुम वहाँ रिपोर्ट करने गई थीं?’’

‘‘लेकिन मेरी माँ...’’

‘‘तुम्हारी माँ पूरी रंडी है।’’

‘‘नहीं, वह बेगुनाह है। सुबह तक वह छोड़ दी जाएगी। वकील ने यक़ीन दिलाया है। तुम देखना वह सुबह तक छूट जाएगी। माँ चाह रही है कि तुम उनके साथ कोर्ट तक जाओ।’’

‘‘जैसा कि तुम उसके साथ एलेकजेंड्रिया गई थीं।’’

‘‘सिर्फ़ एक बार, सिर्फ़ एक बार, मैं ख़ुद बता तो चुकी हूँ तुम्हें। मैं नहीं जानती थी तब तक, मेरी माँ बेगुनाह थी।’’

‘‘जब मैं जेल में था तब वह इस घर में आकर रही थीं?’’

‘‘मैं अकेली थी। डर रही थी। मैंने उन्हें अपने साथ रहने को बुलाया था।’’

‘‘मैं जब जेल से छूटा तो तुमने मुझे बताया कि मुतावल्ली एक बार भी तुम्हें मेरी ग़ैरहाज़िरी में देखने नहीं आया।’’

‘‘...’’

‘‘जब तुम्हारी माँ यहाँ थीं तो तुमने बहुत साफ़ शब्दों में बताया था कि जब भी मुतावल्ली फ़ोन करता है, माँ उससे फ़ोन पर चिपक जाती हैं।’’

‘‘मुझे याद नहीं।’’

‘‘बात को टालो नहीं। मुझे एक-एक शब्द याद है, जो तुमने मुझसे कहे थे।’’

‘‘हो सकता है मैंने ऐसा कहा हो। मैं बहुत घबराई और चिंतित थी उस वक़्त कि क्या कह कर मैं माँ को रोकूँ ताकि वह...’’

‘‘तुम अपनी माँ को किसलिए मना करना चाहती थीं?’’

‘‘मुझे डर था कि यह सदमा तुम्हारे लिए बहुत भारी पड़ेगा।’’

"और उस आदमी के लिए?"

"किस आदमी के लिए?"

"वही जो चाहता था... ?"

"उसने मुझे पसंद किया था, जब मैं छोटी थी और स्कूल यूनिफॉर्म में जाती थी। हमारी मंगनी हुई। फिर मैंने उसे छोड़ दिया और बात यहीं ख़त्म हो चुकी थी।"

"क्या उसने फ़ोन किया था जब तुम माँ के साथ वहाँ थीं?"

"नहीं।"

"और तुम्हारी माँ, वह क्या सोचती है?"

"तुम अच्छी तरह जानते हो कि मेरी माँ क्या सोचती है।"

"वह यही चाहती है कि तुम मुझे छोड़ दो। ठीक कह रहा हूँ न?"

"लेकिन मैं तुम्हें प्यार करती हूँ।"

उसे लगा उसे बुख़ार-सा चढ़ गया है। पुराने दर्द की दबी टीसन फिर से उभरने लगी थी। दिल पर लगी चोटें जैसे सुलग उठीं। उसने अपनी शर्ट फाड़ डाली। फ़तिइया को उसकी ख़ामोशी ने अपने मुक़दमे की वकालत करने का मौक़ा दे दिया। "मैंने तुम्हें चुना था, क्योंकि मैं तुम्हें पाना चाहती थी।" इतना कह उसने दिल खोला, "मैं अपनी माँ के विरोध में खड़ी हुई। जब वे तुम्हें लेकर गए थे, तब मैं अनजानों से भिड़ गई थी। मैंने अपना दरवाज़ा बंद कर लिया था। गिद्ध चाहते थे मेरे ऊपर झपटना। मेरे शरीर की बोटियाँ नोचना मगर मैं चौकन्नी थी। मैंने लगातार उन्हें नाकाम बनाया और अपनी तथा अपने घर की पूरी तरह हिफ़ाज़त की। जब मेरा मालिक नहीं था। कोई मर्द इस पूरी दुनिया में, न मुझे कमज़ोर बना पाया न मैं किसी की बन पाई। मैंने अपने को पाक और सुरक्षित रखा सिर्फ़ तुम्हारे लिए। यहाँ तक कि आज मैंने सिर्फ़ तुम्हारी ख़ातिर अपनी माँ की तरफ़ से मुँह फेर लिया, जिसने अपनी पूरी जवानी मुझे पालने और बड़ा करने में लगा दी। मेरा अब कोई नहीं बचा है, सिवाए तुम्हारे वाफ़िक़! कोई भी नहीं इस पूरी दुनिया में।"

"और समीह?"

"..."

"किसका बच्चा है यह?"

"किसका बच्चा है यह?"

"हाँ, किसका बच्चा?"

"तुम अपने बच्चे से इंकार कर रहे हो वाफ़िक़? हमारे अपने बेटे से?"

उसकी आँखें बेआरामी के भाव से घूमीं, "यह मेरा बेटा नहीं है"

इतना कहकर उसने पिस्तौल उठाई।

पूछताछ करने वाले की तूफ़ानी आवाज़ उसके दिमाग़ में भूचाल-सा लाने लगी, "वह मुझसे नफ़रत करता है।" वह एकाएक अपनी पूरी ताक़त से चीख़ पड़ा।

"वाफ़िक़! ऐसा नहीं है।"

"हाँ, वह मुझसे नफ़रत करता है।"

"उसे तुमसे हिलने के लिए थोड़ा वक़्त चाहिए, आख़िर वह तुम्हारे जाने के बाद पैदा हुआ था।"

"हाँ, हाँ, क़बूल करो," उसका पिस्तौल पकड़ा हाथ कुछ और नज़दीक़ बढ़ा, "किस की औलाद है यह फ़तिइया?" वह गुर्राया।

"वाफ़िक़! तुम पागल तो नहीं हो गए हो?"

"अपने आशिक़ को बचाओ मत।"

"लेकिन मैं तुम्हें प्यार करती हूँ वाफ़िक़!"

पिस्तौल की गोली चली। उसे पता नहीं चला कि उसकी उँगली का दबाव कब बढ़ा गया था। उसने चीख़ की आवाज़ सुनी। उसने ख़ुद को चीख़ते सुना। उसने पिस्तौल सलाद के प्याले के पास रख दिया।

"तुम कह रही हो कि समीह मेरा बेटा है," फिर ठहर कर बोला, "अगर यह मेरा ही बेटा है जैसा तुम कह रही हो, तो फिर वह मुझसे प्यार क्यों नहीं करता है? एक बार भी उसने मुझे 'बाबा' कहकर नहीं पुकारा है। और जब मैं उसके गाल का बोसा लेता हूँ तो उसे मेरा छूना सहन नहीं होता है। लड़के को बाप का चुंबन अच्छा लगना चाहिए। ठीक कह रहा हूँ न फ़तिइया, लेकिन उसे ज़रा भी नहीं भाता क्यों?"

फ़तिइया ने अपनी टीस को अपनी धड़कनों में ज़ज़्ब कर लिया।

"मुझे तुम्हारा अपने को बचाने का यह अंदाज़ पसंद नहीं।" उसने इस तरह कहा जैसे फ़तिइया ने कुछ कहा हो उससे। "तुम्हें सच क़ुबूल कर लेना चाहिए, फ़तिइया! तुम्हारी बेहतरी इसी में है।"

तुमने अभी तक पूरी तरह खुलकर अपना गुनाह स्वीकार नहीं किया है। तुम्हें तब-तक नहीं छोड़ा जा सकता है, जब तक तुम सच नहीं उग़लती हो। उन्होंने भी मुझे तब-तक आज़ाद नहीं किया था, जब तक मैंने पूरा समर्पण नहीं किया था और यह काम मैंने अपने साथी क़ैदियों के सामने किया था। इसलिए मेरी प्यारी फ़तिइया तुम्हें अपने पापों की पूर्ण स्वीकृति आज करनी ही पड़ेगी।

उसे भूख-सी महसूस हुई। उसने हाथ बढ़ा मुट्ठी भर सलाद मुँह में डाला। उसे और ज़्यादा मिर्चों की ज़रूरत महसूस हुई। उसे अपनी माँ से मिलने जाना होगा। कमरा गर्म और उमस से भरा था। उसने दरवाज़ा खोला और बाहर निकला। उसने तेज़ी से क़दम बढ़ाए जैसे वह दौड़ रहा हो। खुली ताज़ा हवा में वह साँस लेना चाहता है, मगर वह जम गया था। जब उसने चलना चाहा तो लगा कि वह हिल नहीं पा रहा है। जबकि बाक़ी लोग बड़े आराम से आगे बढ़ रहे थे। सबके बीच वह स्थिर खड़ा था। सलाद का स्वाद अभी भी उसके मुँह में बचा हुआ था। फ़तिइया ने कुछ

ज़्यादा ही नींबू निचोड़ दिया था। उसकी आँखों से ख़ून बहने लगा। उसने अपने हाथों की तरफ़ देखा। उसे पता था कि उसके दिल के किसी हिस्से से ख़ून रिस रहा है। क्या कहीं कोई गोली चली है ? सिर्फ़ एक ? लेकिन वह नहीं सुन पाया। कहा तो यही जाता है कि गोली चलने की आवाज़ तेज़ धमाके जैसी होती है। उसने अपनी रफ़्तार तेज़ कर दी। वह चाहता था कि अपने सिर को माँ के सीने से टिका दे। उसके लिए रोते-रोते माँ ने अपनी आँखों की रौशनी खो दी थी। वह आदमी अपनी सुरीली आवाज़ से उसे सम्बोधित करता था मगर वह समझ नहीं पाया कि वह क्या कह रहा है। एक बार बूढ़े जेलर ने उसकी यह तकलीफ़ देखकर उससे कहा था, ''तुम सिर्फ़ कोशिश करो कि तुम अपने दिमाग़ को बिखरने से बचाओ और कंट्रोल में रखो।'' उसे याद आया कि उसने जेलर की गर्दन दबोच ली थी और दोनों हाथों से उसकी गर्दन दबाने लगा था। लेकिन वह सिर्फ़ एक सपना था। यह सपना, डरावना सपना उसने बार-बार देखा था, जब भी उसकी आँखें झपकती थीं। लेकिन उसने फ़तिइया का गला नहीं घोंटा। नहीं, वह फ़तिइया से बेपनाह मुहब्बत करता है। उसके कान खड़े हुए। उसे समीह के ठुनकने की आवाज़ सुनाई पड़ी, ''टॉफी, वाफ़िक़!''

ज़ेहनी तौर पर उसने एक ज़ोरदार झापड़ अपने गालों पर मारा। वह दरअसल कुछ और सुनना चाहता था। समीह! कहाँ है समीह! वह नहीं जानता। उसने पूछा भी तो नहीं था।

''वाफ़िक़! तुम पागल हो।'' फ़तिइया ने कहा था। उसने उधर का रुख नहीं किया, जहाँ दौलत रहती थी।

सुनसान पड़ी सड़कों पर वह चलता रहा। उसके चेहरे पर एक तेज़ रौशनी पड़ी। उसने उसे झल्लाहट से भर दिया। वह एक बंद घर की सीढ़ियों पर जाकर बैठ गया।

उसकी नींद फ़तिइया की आवाज़ से टूटी। वह उसे पुकार रही थी। उसने आँखें खोलीं तो फ़तिइया को अपने बग़ल में सोता नहीं पाया।

मुखपृष्ठ

परिशिष्ट

नंगे सर तलाब निकले हो गए स्कूल बंद मरनेवाले

देख तो उठकर ज़रा अपना वक़ार : *सय्यद मोहम्मद ज़ामिन अली 'ज़ामिन'*

वतन की याद में : *ख़दीजा आजीर*

रंगों को शब्द देनेवाला : *नास्सेर ओवेस्सी*

नंगे सर तलाब निकले हो गए स्कूल बंद मरनेवाले देख तो उठकर ज़रा अपना वक़ार*

सय्यद मोहम्मद ज़ामिन अली 'ज़ामिन'

ज़ामिन साहब के नाम के आगे प्रोफ़ेसर तो कभी कैप्टन लगता था। दोनों उनकी पहचान थीं। वह कवि और लेखक दोनों थे। शायरी में उनके उस्ताद मीर अली अब्बाद नैसा थे जिनके तख़ल्लुस (उपनाम) के नाम पर ही उन्होंने 'नैसा' पत्रिका का नाम रखा था।

उन्होंने फ़ारसी में एम.ए. की डिग्री ली थी। उर्दू उस समय तक हिंदुस्तान के विश्वविद्यालयों में अपना विभाग नहीं क़ायम कर पाई थी। संस्कृत एवं अंग्रेज़ी के विद्वान और इलाहाबाद विश्वविद्यालय के वाइसचांसलर श्री अमरनाथ झा ने यह ज़िम्मेदारी प्रोफ़ेसर ज़ामिन अली को सौंपी। ख़ास बात यह कि उर्दू के साथ हिंदी विभाग भी इस मुबारक मौक़े पर खुला और ऐसे विद्यार्थी आए जो बाद में उर्दू-हिंदी के नामवर लेखक और आलोचक हुए।

यह वह दौर था जब यूनिवर्सिटी का चेहरा सँवर रहा था। सभी विद्वान तन मन धन से अपनी सारी ऊर्जा विभागों में डाल रहे थे जिसका नतीजा यह निकला कि इलाहाबाद विश्वविद्यालय 'ऑक्सफोर्ड ऑफ द ईस्ट' कहलाने लगा।

प्रोफ़ेसर ज़ामिन अली ने गाँधी जी की इच्छा से हिंदुस्तानी अकादमी की पत्रिका के उर्दू संस्करण की ज़िम्मेदारी स्वीकार की। ज़ामिन साहब ने उर्दू को फ़ारसी और अरबी भाषा से अलग एक भारतीय भाषा का स्थान दिलवाया। उर्दू भाषा के विकास और प्रसार के लिए एक सर्वे कमेटी बनाई गई थी जिसके अध्यक्ष तारा सिंह साहब और सेक्रेटरी प्रो. ज़ामिन अली थे। उर्दू सर्वे कमेटी रिपोर्ट के नाम से जो ऐतिहासिक दस्तावेज़ तैयार हुआ था। वह आज भी मौजूद है। अपने समय के महत्त्वपूर्ण दस्तावेज़ों में से एक था। इस रिपोर्ट में उर्दू के स्रोत उसका इतिहास और शब्दों के शोध के बारे में विस्तार से सूचना दर्ज है। यह रिपोर्ट हिंदुस्तानी अकादमी में उर्दू की तरक़्क़ी और भलाई के लिए उस समय तक बुनियाद बनी रही

* स्कालर, प्रतिष्ठा

जब तक उस का उद्देश्य उर्दू और हिंदी दोनों भाषाओं के साहित्य को प्रोत्साहन एवं परवान चढ़ाना था। वह इलाहाबाद गवर्नर के सांस्कृतिक एडवायज़र थे, जिसके कारण उर्दू भाषा बेहतरीन मुशायरों के द्वारा नागरिकों की रुचियाँ बदलने लगी। ज़ामिन साहब, बैरिस्टर सर तेज़ बहादुर सप्रू, कवि पंडित राधेनाथ कौल 'गुलशन' और दूसरे महत्त्वपूर्ण लोगों ने मिलकर एक संस्था 'अंजुमने रूहे अदब' के नाम से शुरू की। यह संस्था आज भी इलाहाबाद में साहित्यिक गतिविधियाँ कराती रहती है। आप उत्तर प्रदेश मिलिट्री इमरजेंसी कमीशन के मेम्बर थे।

सय्यद मोहम्मद ज़ामिन अली का जन्म 1820 और मृत्यु अप्रैल 1955 में हुई। वह अपने समय के महत्त्वपूर्ण लोगों में थे। इनकी आख़िरी आरामगाह इलाहाबाद में मौजूद है। प्रो. ज़ामिन अली जिनके बिना इलाहाबाद विश्वविद्यालय का इतिहास पूरा नहीं होता। इलाहाबाद विश्वविद्यालय का 'लोगो' संस्कृत में था जिसका हिंदुस्तानी भाषा में उन्होंने अनुवाद 'जितनी जटाएँ उतने पेड़' किया था। उनका इतना गहरा विश्वास था इस 'लोगो' पर कि उनके घर का मेहमान अक्सर उन विद्यार्थियों से भरा होता जो दूर गाँव से पढ़ने की ललक लेकर बिना पैसे और ठिकाने के इस उम्मीद के साथ आते कि उनका बंदोबस्त ज़ामिन साहब करा देंगे।

ज़ामिन साहब के घर में हर मास एक मुशायरा होता जिसमें शहर और शहर के बाहर से आने वाले शायर सम्मिलित होते और उन्हीं के निवास पर ठहरते थे। ज़ामिन साहब 'गोल्फ' खेलने के शौक़ीन थे। दूसरा उनका शौक़ 'मुशायरा' आयोजित करना था। वह दौर इलाहाबाद शहर का साहित्यिक दृष्टि से 'सुनहरा दौर' था।

समय चलता रहता है। इमारतें खँडहर में तब्दील हो जाती हैं। पुस्तकें गल जाती हैं। इंसान मिट्टी में मिल जाता है बाक़ी बचती हैं यादें जो किसी लोक-साहित्य की तरह सीना ब सीना चलती रहती हैं।

भारतवर्ष की विभिन्न यूनिवर्सिटियों के बोर्ड ऑफ स्टडीज़ से संबंधित थे। अजमेर बोर्ड के मेम्बर और यू.पी. बोर्ड के कंवीनर थे। उन्होंने आगरा विश्वविद्यालय के अलावा असंख्य कॉलेजों में उर्दू विभाग की शुरुआत कराई। उस समय कुछ विद्वान उर्दू की लिपि को बदलने में एड़ी चोटी का ज़ोर लगाकर यह वजह दे रहे थे कि इसकी लिपि फ़ारसी-अरबी भाषा के शब्दों की लिपि है। उस समय प्रोफ़ेसर ज़ामिन अली ने उर्दू लिपि के समर्थन में उन सारे अक्षरों और उनके सुर व आवाज़ों को बतौर सनद पेश किया जो न फ़ारसी के थे न अरबी भाषा के थे। उर्दू को लेकर पक्षपात शुरू हो चुका था। उस समय परीक्षा में एक पर्चा 'ख़ते-शिकस्त' का भी होता था। इंटरमीडिएट बोर्ड ने यह पेपर ख़त्म करा दिया। मगर ज़ामिन साहब ने उर्दू कमेटी के कनवीनर की हैसियत से 15 नवम्बर का एक सवाल 'ख़ते-शिकस्त' की सूरत में हाईस्कूल के पहले पर्चे में शामिल कर दिया। इस पर भी हंगामा हुआ और वैचारिक मतभेद शत्रुता

में बदलने लगा। मगर उर्दू के प्रति विशेष मोह रखने और लिखने-पढ़ने वाले वाइस चांसलर अमरनाथ झा, नंद सिन्हा, प्रो. मैहदी हसन के साथ अनेक महत्त्वपूर्ण नाम इस मुहिम में जुटे थे जिसका सबूत 'नज़्रे अहबाब', 'ख़ुमरयात' वग़ैरह पुस्तकें हैं। इन पुस्तकों में इनके द्वारा इक़बाल जैसे कवियों पर लिखा गया और अपने जेब से इन पुस्तकों को छपवा कर बाँटा भी गया था।

यह सारा अभियान उस समय अपने उतार पर धीरे-धीरे करके आया जब गाँधी जी की शहादत हुई। ज़ामिन साहब बीमार पड़े, अमरनाथ झा विश्वविद्यालय छोड़कर पटना चले गए और बीमार हुए। एक-एक करके सभी मज़बूत स्तम्भ जो भाषाई एकता, भाईचारे और खुलेपन के पक्ष में थे वे समय के साथ ढहते गए। इस अवसर से लाभ उठाते हुए ज़ामिन साहब की गतिविधियों को नापसंद करने वालों और उनसे ईर्ष्या करने वालों की बन आई। उन्होंने धीरे-धीरे उनका नाम हर उस स्थान से ग़ायब करना शुरू कर दिया, जहाँ जहाँ उनका भारी सहयोग रहा। उनके इस विद्वेष से प्रो. ज़ामिन अली साहब को जो नुक़सान पहुँचा वह तो अपनी जगह उस से ज़्यादा उर्दू भाषा को क्षति पहुँची। अब भाषा के लिए काम करने के बजाय व्यक्तिगत उत्थान एवं लाभ की हवा बहने लगी।

भारत सरकार के डाक विभाग ने ज़ामिन साहब पर 30 पैसे वाला डाक टिकट 1980 में जारी किया जो उनकी अकादमी सेवाओं के प्रति श्रद्धांजलि थी। उनके घर एस.सी.बासूरोड और उनके गाँव मुस्तफ़ाबाद में उनके घर तक जाने वाले मार्ग को 'प्रोफ़ेसर ज़ामिन अली रोड' का नाम दिया।

1938 में जब इलाहाबाद विश्वविद्यालय की गोल्डन जुबली मनाई गई तक उनके द्वारा प्रकाशित पत्रिका 'नैसा' का विशेषांक निकाला जो मील का पत्थर माना गया। प्रोफ़ेसर ज़ामिन साहब शिक्षा के फैलाव एवं शहर की फ़िज़ा को सांस्कृतिक वातावरण देने में इतना व्यस्त रहे कि उन्होंने कभी भी अपनी ग़ज़लों, क़सीदों और मर्सियों को पुस्तक के रूप में लाने पर ध्यान न दिया। अपने विषय से संबंधित ज़रूर उनकी किताबें हैं—'तज़किरा' प्रयाग शहर के पुराने कवियों का 'गुलज़ारे नसीम', 'कर्बला', 'कश्मीर की सैर' मर्सिया पर अंग्रेज़ी में दो लेख इत्यादि। उन्होंने 'मर्सिया' को उर्दू के कोर्स में शामिल कराया जो पहले नहीं था और मर्सिया पढ़ाने से पहले वह 'कर्बला' पुस्तिका विद्यार्थियों को पढ़ने देते थे ताकि वह पूरी तारीख़ और उनमें आए महत्त्वपूर्ण नामों और उनके कामों से परिचित हो सकें।

ज़ामिन अली साहब मीर वाजिद अली के छोटे बेटे थे। उनको विरासत में जो जीवन मूल्य मिला उन्होंने उसे बड़ी ही निष्ठा के साथ दूसरे लोगों में बाँटा।

प्रोफ़ेसर ज़ामिन अली का निजी पुस्तकालय नायाब पांडुलिपियों एवं पुस्तकों से भरा था। उस पुस्तकालय के लायब्रेरियन 'कुददूस साहब' के देहान्त के बाद पुस्तकालय की कुंजी सीधे उन लोगों के हाथों दे दी गई जो उसमें बैठकर लिखना-

पढ़ना चाहते थे। ज़ामिन साहब की बीमारी से फ़ायदा उठाकर हज़ारों की तादाद में किताबें और पांडुलिपियाँ ग़ायब होने लगीं। कुछ पुस्तकें बेदर्दी से नौकरों द्वारा चोरी होकर बनिए की दुकान में लिफ़ाफ़े बनने और सौदा लपेटने के काम में आतीं। जब तक इन बातों का पता चला आधा पुस्तकालय ख़ाली हो चुका था और आधा बचा दीमको के हवाले धीरे-धीरे होता गया। जबकि उनकी देखभाल में पूरा परिवार जुटा रहता था, मगर आज की तरह वर्षों पहले दीमक से बचने की सहूलतें मौजूद न थीं।

उनके देहांत पर उस समय के शीर्ष साहित्यकारों ने इस तरह अपने उद्गार व्यक्त किए थे—

उनकी मृत्यु पर **पंडित जवाहरलाल नेहरू** ने जो उनके मित्रों में से थे, कहा था—मेरे दौर में उर्दू के काज़ का सबसे बड़ा मुजाहिद रुख़सत हो गया। उन के साथ गुज़ारे लम्हे याद रहेंगे। उनकी मौत से मुल्क को और ख़ासतौर से उर्दू को नाक़ाबिले तलाफ़ी नुक़सान पहुँचा है।

डॉक्टर ज़ाकिर हुसैन : प्रोफ़ेसर ज़ामिन के इंतकाल पुरमलाल से उर्दू तालीम का एक सुनहरा दौर ख़त्म हुआ। वह एक कामयाब शिक्षक, इल्मो अदब के माहिर और नर्म तबीयत के इंसान थे। इसका अहसास उन लोगों को ज़्यादा होगा जिन्हें कभी उनके क़रीब आने का मौक़ा मिला होगा।

महादेवी वर्मा : प्रो. ज़ामिन अली साहब देश की एकता पर विश्वास रखते थे। हिंदुस्तान अकादमी के सेक्रेटरी की हैसियत से अपने ठोस कामों के द्वारा उर्दू-हिंदी को नज़दीक लाने की कोशिश की। उन्होंने इलाहाबाद विश्वविद्यालय में उर्दू विभाग की बुनियाद डाली।

सुमित्रानंदन पंत : इसमें कोई संदेह नहीं कि प्रोफ़ेसर ज़ामिन अली साहब हमेशा याद आएँगे। जो लोग उनके क़रीब आए वे जानते हैं कि ज़ामिन साहब कितने बड़े दिल के मालिक थे। उनका सूफ़ियाना व्यक्तित्व उन्हें देखते ही दिल में जगह बना लेता था। मुझसे वह बहुत मुहब्बत करते थे। जब मैं अपनी ज़िंदगी के संघर्ष से तंग आकर उनसे मिलने चला जाता, उनकी ग़ैरमामूली मुहब्बत और शफ़क़त (स्नेह) मुझे विश्वास देती और मैं अपनी थकन भूल जाता था।

प्रो. नुरूलहसन : मुझे प्रोफ़ेसर ज़ामिन अली के शागिर्द होने की सआदत हासिल है। उस्ताद अपने शागिर्दों के बेहतर दोस्त, रहनुमा और ख़ैरख़्वाह थे।

समय चलता रहता है। इमारतें खँडहर में तब्दील हो जाती हैं। पुस्तकें गल जाती हैं। इंसान मिट्टी में मिल जाता है बाक़ी बचती हैं यादें जो किसी लोक-साहित्य की तरह सीना ब सीना चलती रहती हैं।

वतन की याद में

ख़दीजा आजीर

ईरान के ख़ुशहाल शिक्षित परिवार में इनका जन्म हुआ। अपने बचपन में कभी इन्होंने श्रीमती गाँधी को पत्र लिखा था। उसका जवाब बहुत सहेज कर अपने पास रखा था। उस पत्र को लेकर वह भारत आईं और सीधे श्रीमती गाँधी के पास 1980 में पहुँचीं और अपनी दिली तमन्ना डॉक्टर बनने की उनसे कही। श्रीमती गाँधी ने लेडी हार्डिंग में उनका दाख़िला करवा दिया। इस तरह ख़दीजा का डॉक्टर बनने का सपना पूरा हुआ, मगर अंजाम को नहीं पहुँचा। ईरान सरकार की शिक्षा–नीति में बदलाव आया और मजबूरन ख़दीजा को पढ़ाई बीच में छोड़कर वापस जाना पड़ा। ऑल इंडिया रेडियो की फ़ारसी यूनिट से उनके आलेख प्रसारित हुए। फ़िलहाल वह कई वर्षों से अपने परिवार के संग जर्मनी में हैं!

रंगों को शब्द देनेवाला

नास्सेर ओवेस्सी

ईरान की राजधानी तेहरान में 1934 में पैदा हुए। पोलिटिकल साइंस की पढ़ाई के बाद इटली चले गए। जहाँ से बीआक्स फाइन आर्ट किया।

स्पेन, इटली, ईरान में कल्चरल अटैची के पद पर रहे। इनका शौक़ बचपन से चित्रकारी की ओर रहा। इन्हें 1957 से 2007 तक विभिन्न राष्ट्रीय एवं अंतरराष्ट्रीय पुरस्कारों और सम्मानों से नवाजा गया।

इनके चित्रों की प्रदर्शनी तेहरान, फ्रांस, भारत, ब्राजील, इटली, मिलान, न्यूयॉर्क, ज़्यूरिक इत्यादि देशों में हुई। फिलहाल अब वर्जीनिया में रहते हैं।

उनकी इस पेंटिंग में औरत है जिसके हाथों में खुली पुस्तक है और उसके चारों तरफ़ ईरानी साज-सज्जा है उसी के साथ ईरानी कवि उमर ख़य्याम का एक शेर लिखा है जो उनका दर्शन लिये हुए है कि हम सबको मरना है और इस मिट्टी में मिल जाना है। ऐसा प्रतीत होता है जैसे चित्रकार ने बैक ग्राउंड का रंग मिट्टी के विभिन्न शेडो द्वारा दिखाया।

एई दूस्त बिया ब नाम-ए-ख़ुद बेख़ुरीम
इन यक दम मरा ग़नीमन बेशुमरीम

(मित्र! आओ अपने नाम का जाम पिएँ और इस पल की अहमियत को समझें। इस शेर का अर्थ आगे के शेरों में खुलकर सामने आता है।)

इस चित्र को अपनी पुस्तक शृंखला के लिए इसलिए चुना कि यह दर्शन हमारे क़रीब है। लेखक मौत की नींद सो जाते हैं मगर उनकी रचनाएँ नए लेखकों के हाथों पहुँच ज़िंदा हो जाती हैं उसी तरह जैसे मिट्टी में मिला इंसानी वजूद अनेक रूपों में दोबारा ढल जाता है।

❂❂❂